凤鸣丛书·创意写作书系
学术支持机构：
浙江传媒学院文学院
浙江传媒学院茅盾研究中心
浙江传媒学院创意写作中心
浙江省桐乡市文化和广电旅游体育局

第四者

（上）

向 宇 主 编

浙江工商大学出版社 | 杭州
ZHEJIANG GONGSHANG UNIVERSITY PRESS

图书在版编目(CIP)数据

第四者 / 向宇主编. —杭州:浙江工商大学出版社,2020.1

(凤鸣丛书. 创意写作书系)

ISBN 978-7-5178-3600-1

Ⅰ. ①第… Ⅱ. ①向… Ⅲ. ①剧本－作品综合集－中国－当代 Ⅳ. ①I230

中国版本图书馆 CIP 数据核字(2019)第 259206 号

第四者

DI SI ZHE

向　宇　主编

责任编辑	沈明珠
封面设计	林朦朦
责任印制	包建辉
出版发行	浙江工商大学出版社
	(杭州市教工路 198 号　邮政编码 310012)
	(E-mail:zjgsupress@163.com)
	(网址:http://www.zjgsupress.com)
	电话:0571－88904970,88831806(传真)
排　　版	杭州朝曦图文设计有限公司
印　　刷	杭州宏雅印刷有限公司
开　　本	880mm×1230mm　1/32
印　　张	18.875
字　　数	469 千
版 印 次	2020 年 1 月第 1 版　2020 年 1 月第 1 次印刷
书　　号	ISBN 978-7-5178-3600-1
定　　价	78.00 元(全二册)

谱博雅诗篇　迎凤凰涅槃

——凤鸣丛书总序

　　大雅今朝,凤鸣桐乡。我们的灵魂在倾听:文化创造的源泉在充分涌流,民族文化创造的活力在持续迸发,中华民族文化复兴的脚步,近了!

　　2016年5月17日,习近平总书记在哲学社会科学工作座谈会上的讲话中指出:"坚持和发展中国特色社会主义,统筹推进'五位一体'总体布局和协调推进'四个全面'战略布局,实现'两个一百年'奋斗目标、实现中华民族伟大复兴的中国梦,我国哲学社会科学可以也应该大有作为。"为了迎接中华民族新一轮凤凰涅槃,浙江传媒学院文学院、桐乡市文化广电新闻出版局联袂奉献"凤鸣丛书",作为我们的献礼!

　　"凤鸣丛书"作为浙江传媒学院文学院最新学术成果和创作成果,是浙江传媒学院博雅学术在人文积淀厚实的桐乡文化土壤中绽放的文明之花。风雅桐乡,人杰地灵,曾经涌现了朱子学家张履祥、学者吕留良、廉吏严辰、高僧太虚大师、文学巨匠茅盾、艺术巨匠丰子恺、艺术大师木心、摄影大师徐肖冰、篆刻大师钱君匋、漫画大师沈伯尘、编辑家沈苇窗、出版家陆费逵、著名画家吴蓬、著名新闻工作者金仲华等杰出人物。这些文化名人,构成了桐乡的"城市符号",凝聚成桐乡文化的"魂"。桐乡的优秀文化传统,理所当然地成为浙江传媒学院丰富的学术资源和教育资源,同时,也滋养了浙江传媒学院学子的精神文化肌理。

文学院是浙江传媒学院设立最早、办学历史最久的院部之一,拥有戏剧影视文学、汉语言文学、汉语国际教育、秘书学4个本科专业及戏剧影视文学(编剧与策划)、汉语言文学(涉外文秘)2个本科专业方向。现有浙江省"十一五"重点学科戏剧戏曲学,"十二五"省重点学科戏剧与影视学(戏剧戏曲学方向),"十三五"省一流学科戏剧与影视学(影视艺术理论与批评方向、影视编剧与创作方向);"十二五"校级重点学科中国语言文学(文化与传播),"十三五"校级一流培育学科中国语言文学和艺术学理论。戏剧影视文学是浙江省重点专业和浙江省新兴特色专业。中国语言文学大类是校级重点专业。文学院现拥有省级研究基地"浙江省非物质文化遗产研究基地"。学院学术实力强,科研成果丰富,近年来承担了国家级项目10余项、省部级项目50余项、厅局级项目60余项、各级教改项目20余项;出版学术专著40余部、文学作品10余部。学院教学水平高,育人业绩好。文学院学生近年在柏林华语电影节、威尼斯电影节"青年电影人培养计划"、全球华语大学生短诗大赛等国际赛事以及北京大学生电影节、环保部剧本征集、全国大学生征文大赛等国家级、省部级大赛中获奖30多项。

浙江传媒学院非常重视政产学研合作。近年来,由文学院自主创作的影视剧《明月前身》《盖世武生》《孝女曹娥》《长生殿》《梦寻》《七把枪》等已在中央电视台播出。为了促进政产学研全方位深度合作,文学院成功申报了两个校级研究机构:茅盾研究中心、网络文学研究与创作中心,整合了茅盾研究团队、木心研究团队、网络文学研究与创作团队、张元济影视剧创作团队等力量,开展了大量务实工作。"凤鸣丛书"即是文学院在桐乡文化土壤深耕细作收获的第一批文化作物。第一辑包括《茅盾研究年鉴(2014-2015)》《媒体化语境下新世纪文学的转型研究》《艺术现代性与当代审美话语转型》《百年汉诗史案研究》《汉语饮食词汇研究》《图像、文字文本与灵视诗学》《唐代园林与文学之关系研究》等。茅盾是我国现代文学史上杰出的作家、文艺理论家、文学翻译家，是我国现代进步文化的先驱者、中国革命文艺的奠基人，茅盾研究已经成为中国现当代文学的显学。浙江传媒学院茅盾研究中心作为茅盾研究的重要阵地，编撰的《茅盾研究年鉴》已经连续出版 4 年，今后还会持续出版。木心作为中国当代文学大师、诗人、画家，在台湾地区和纽约华人圈被视为深解中国传统文化的精英和传奇人物，一直是浙江传媒学院和桐乡市学者的用心之处，木心研究成果理所当然将是"凤鸣丛书"持续关注的对象。

2014 年 5 月 4 日，习近平总书记在同北京大学师生座谈时指出："人类社会发展的历史表明，对一个民族、一个国家来说，最持久、最深层的力量是全社会共同认可的核心价值观。核心价值观，承载着一个民族、一个国家的精神追求，体现着一个社会评判是非曲直的价值标准。"习近平总书记还指出："中华文明绵延数千年，有其独特的价值体系。中华优秀传统文化已经成为中华民族的基因，植根在中国人内心，潜移默化影响着中国人的思想方式和行为方式。今天，我们提倡和弘扬社会主义核心价值观，必须从中汲取丰富营养，否则就不会有生命力和影响力。"培育和弘扬社会主义核心价值观，必须立足中华优秀传统文化。"凤鸣丛书"将致力于优秀传统文化的挖掘以及文艺精品的创作，为"中国梦"的实现提供文化自信力。我们将关注昆曲剧本、动画片剧本、张元济影视剧本、杭嘉湖文艺精品等，策划更多创作活动，去讴歌桐乡、讴歌杭嘉湖、讴歌浙江省新世纪新面貌，坚守我们的核心价值体系和核心价值观，利用好中华优秀传统文化蕴含的丰富的思想道德资源，使其成为涵养社会主义核心价值观的重要源泉。

正如木心在《诗经演》里写道"遵彼乌镇/迴其条肆/既见旧里/不我遐弃。"桐乡文化是常新的，游子木心把她视为自己的精神归宿。

同时，桐乡又是中华文明的一个美丽缩影，博大精深的中华文明乃是中国人的安身立命之所。置身于桐乡大地上，我们感同身受，见证着中华文明孕育的新一轮凤凰涅槃。黎明正喷薄而出，我们正跨步在金光大道上！

凤鸣丛书编委会

二〇一九年春

序

向　宇

　　本书收录的是 2016—2017、2017—2018 两个学年浙江传媒学院戏剧影视文学专业学生创作的部分优秀影视剧本。浙江传媒学院戏剧影视文学专业是浙江省"十一五"重点专业、"十二五"新兴特色专业、"十三五"特色专业。经过多年建设和发展,本专业不仅在戏剧影视理论教学和研究上取得了一系列成绩,在编剧人才培养上也积累了一定的经验、取得了一定的成绩,诞生了不少已崭露头角的青年编剧。本书所收录的剧本绝大部分是本专业为促进编剧教学而举办的两年一届的"学院杯"剧本大赛的获奖剧本以及优秀毕业剧本。其中,一些剧本也在国内其他剧本比赛中获得了较好的成绩,如《一期永会》获第十四届广州大学生电影节原创电影剧本大赛单元优秀奖、第二届新西部全国大学生影像节剧本单元二等奖;一些剧本已经拍摄成电影并取得了不错的成绩,如根据《鱼与虾之夜》拍摄的短片获得中国金鸡百花电影节第三届国际微电影展映优秀作品奖;还有一些剧本得到了影视公司的关注,即将进入商业开发阶段。

　　这些剧本不局限于学生创作中常见的青春校园题材和个人生命经验,而将目光投向更广阔的社会历史、民族国家,致力于生活底蕴、人性深度和文化内涵的开掘,从中可以看到新一代青年人对生活、社会、历史、文化的真诚思考。譬如《无衣》通过一个虚构的战国故事,讲述乱世中的江湖情谊和儿女情长,慨叹绝对权力面前个体生命的渺小和悲哀。《红色的鄂尔穆尼》以作者家乡内蒙古的民族生活经验为依托，通过世代冲突、文化矛盾讲述少数民族文化的现代化遭遇与困境，表达了作者对本民族命运的关怀。《铁路尽头的小站》和《鱼与虾之夜》则是两个风格迥异的小城故事：前者通过青春爱情故事讲述时代变迁，一方面是对历史发展中衰落的小城——当代许多都市青年的精神故乡——的怀旧，另一方面则充满希望地面向未来；后者则以更冷峻的眼光审视小城，通过一个在大都市受挫返乡的白领在家乡小县城一夜的偶遇和意外，讲述了一个非常有现实意义的故事——走向都市的小城青年既难以在大都市立足，同时也在根本上和家乡产生了隔膜和疏离。《一期永会》讲述了一个特殊的职业工作者——人体器官捐献协调员——在生与死的强烈碰撞中成长的故事，表现了在极限状态下对人性的思考、对生命的叩问。

虽然这些剧本总体上讲尚显得比较青涩，但还是有不少让人惊喜的闪光之处。首先，所有这些剧本都自觉地通过扎实的故事表达创作者的理念，基本上摆脱了学生作品常见的抽象化、概念化的倾向。不少剧本情节曲折、想象丰富，具有鲜明的类型化倾向，较好地平衡了市场需要与个人表达的关系，如《无衣》《深渊》和《一流小说家》。其中，《无衣》在场面设计、人物塑造和台词等诸多方面都达到了较高的水准。除了传统的戏剧性叙事之外，也有不少剧本自觉地实验和探索了电影叙事的其他可能性。如《眨眼》使用非常严格的视点叙事，主要内容通过一个瘫痪在床甚至不能言语的病人的视点讲述，时空结构自由灵活，在过去与现在、意识与现实之间穿梭却有条不紊，各种转场技巧的使用也非常成功；《冬的刻度》用三段式结构讲述故事并有所创新，第一个故事一个月，第二个故事三个月，第三个故事半年，包含了前两个故事的全部时间；《鱼与虾之夜》结构短小精悍，成功地在一个高度浓缩的时空中建构了一个高度精简的故事，贯穿始终的主题意象——鱼与虾——则有助于将抽象的主题内涵具体化。

　　本书既是同学们努力学习的结果，也是戏文专业全体教师工作成绩的见证。本书的编选得到了戏文系全体教师的大力支持，尤其是刘连开、刘志宏、潘汝、阮南燕、吴斯佳、俞春放、俞洁、赵建飞等老师承担了很多具体工作。这些剧本从选题、创作到最后修改、定稿，都是在他们的指导下完成的。本书的出版，也得到了浙江传媒学院文学院领导的支持与帮助，在此一并表示感谢。

向　宇

2018 年 9 月于杭州

目 录 | Contents

无 衣

张梦斌

作者简介

张梦斌,女,1996年2月生,籍贯浙江省宁波市,浙江传媒学院文学院戏剧影视文学专业2014级学生。

故事梗概

五代十国时期,南楚国自开国君主马殷去世后,皇室里为争夺王位一片血雨腥风。公元932年,马殷第二子马希范继位。同一时期,其胞弟四王爷马希广为人谦逊温和,深受朝中大臣和百姓爱戴,三王爷马希萼手握重权却为人残暴、野心勃勃,两人都对王位虎视眈眈。马希广为扳倒马希萼,暗中收集了马希萼诸多罪证,并交由他看着长大的幕僚君黍,委托其将罪证交至朝廷。

君黍为顺利完成马希广嘱托,召集了江湖人士木苡南和殷其雷,三人一同踏上行程。路上三人合力,一次次躲过马希萼派来的追杀,却又意外落入马希萼的江湖势力——江门手中。然江门大小姐林芮予爱慕君黍多年,青楼女子君夕存又是马希广手下,在这二人里应外合之下,三人逃离。江门掌门林行更是临阵放水,助三人躲过马希尊的追杀。最后他们成功来到皇宫,木苁南却在此时倒戈,想要刺杀皇帝。原来木苁南的母亲因马希范而死,她接受这个任务只是为了报仇。而君黍作为朝廷中人,即便皇帝再荒诞无用,他也不能做出忤逆之事。最终木苁南因为君黍的求情被放出牢狱,同时许诺永不入境见君黍。君黍则留在皇宫之内辅佐皇上。殷其雷跟着木苁南离开。

岂曰无衣,不如子之衣。《无衣》本是《诗经》中一首睹物思人的怀旧之作,这个故事里,每个人心里都有一个曾经的人。但是混乱的世道之下,他们心中的江湖情谊和儿女情长都只能沦为时代的牺牲品。

1. 内,茶馆——日

一楼大堂稀稀落落坐着些人。古琴声里,有的人轻声说着话,有的人沉默地喝着茶,也有人认真地听着最前面男人的评书。

男　人:(画外音)虽说是前朝旧事,但从那人口中说出来,恍若昨日才发生。

最角落位置一个穿一身暗红色衣衫的中年女人沉默地坐着,握着茶杯的左手手背上有一道明显的疤痕。她轻轻地转动茶杯。

男　人:(画外音)那年,马希范继位,他下边两个王爷。三王爷马希尊资历最深,但为人跋扈、野心勃勃;四王爷马希广宅心仁厚,传言本无心王位,但见朝野被搅得一塌糊涂,这才忍不住出手加入争斗。

有一个穿青衣的中年女人走到这女子身边,随后坐下。红衣女子抬头看了眼青衣女子,笑了笑。

红衣女子:好久不见。

青衣女子:是啊,改朝换代三十年了,你还是没怎么变。

红衣女子：你比从前……（顿了顿，皱着眉欲言又止）

青衣女子：看来你不如从前伶俐了。

红衣女子：老了，很多时候不知该怎么开口了。

青衣女子笑笑。

男　　人：（画外音）虽然四王爷在位不过两年就又被三王爷反扑致死，但两人最初争斗的那一场，终究是四王爷胜了。而关于他的那场胜利，则又是众说纷纭了。

青衣女子低着头思考状。

青衣女子：原来后世还记着他们。

红衣女子：他们记着的也不过是几位王爷的争斗。

青衣女子：是啊，那背后发生的事，又有谁会去留意呢？

两人对视一眼，笑得都有些苦涩和无奈。

红衣女子举起茶杯。

青衣女子举起茶杯。

两人碰杯。

（字幕：三十年前，南楚国）

2. 外，城内——日

宽敞的青石板主干道上，马车来来往往，赶车人不紧不慢地赶着。偶尔有车里的姑娘或是妇人撩开帘子往外打量，露出的半张脸妆容精致，眼里带笑。两旁的行人或穿着简单的粗布衣裳，或穿着绸缎华服。年轻姑娘身穿高腰襦裙，三两成群笑着闹着，妇人挎着竹篮，年轻的公子哥手执画扇，都慢悠悠走着。

一身白衣的男子从画舫里走出，面目俊秀，风度翩翩，看起来二十上下的模样。

（字幕：四王爷马希广幕僚，君黍）

君黍身后，一位老人家跟出来，笑着朝他挥挥手。

君黍接过等候在一旁的小厮手中的缰绳，牵着马离开。

君黍来到城门口,两旁的护卫见着他忙堆着笑问候。

君黍点点头,翻身上马,抬头看了眼天色,朝着郊外直奔而去。

3.外,平原——日

君黍穿过一大片香樟树林,再往前是一小片平原。

五六名侍卫持佩剑站在林子边。君黍停下,看着前方。

平原上一匹深棕色大马直冲君黍而来。

马上的男子四十岁上下,穿着黑色常服,简单束发,面容沉静。

(字幕:马希范胞弟,马希广)

待马希广来到他身边,君黍微微一笑,轻拉缰绳。

两人一同朝着前方疾驰而去。

君黍动作利落,渐渐将马希广甩在身后,时不时回头冲马希广得意地笑笑。

平原再过去又是一片树林。君黍在林子边缘停下,回头望着几米外的马希广。

马 希 广:真是半点情面都不讲。

君　　黍:这时不灭大哥威风,要等何时?

马 希 广:(无奈摇头)我可等了你许久,做什么去了?

君　　黍:看中了一幅画,托人给嫂嫂送回去了。

马希广眯着眼。

君　　黍:(笑)自然是借大哥的名义。

马 希 广:没白养你。(说罢抬头看了眼天空,又看着前面的林子)

君　　黍:(笑笑)大哥想回去?

马 希 广:还想比?

君　　黍:难得事务不多,这半日闲,当玩得尽兴才是。

马 希 广:这些天你确实辛苦了,那你说,还想怎样?

君黍指指前面的林子。

君　　黍：穿过这个林子就是悬崖，晚到的人给出一个承诺如何？

马希广：我倒不知道我还能承诺你什么。

君　　黍：那你是许了？

马希广：当然。（说罢策马前去）

　　　　君黍跟上。

4.外，树林——日

　　　　两人在林间穿行。

　　　　一支箭从一旁射过来，射中马希广所骑的马的腹部。

　　　　马希广的马扬起前蹄，发出一声长啸。

　　　　马希广从马背上跌了下来。

　　　　几名黑衣人从树顶跃下，剑锋逼近马希广。

　　　　君黍回过头来，迅速下马来到马希广身边，一掌迎上，挡开了所有的长剑。

　　　　几名黑衣人与君黍缠斗在一起，另有几名朝着马希广袭去，马希广勉强阻挡。君黍一边对付自己身边的几个，一边还要分心帮助马希广。这时，林子后边的侍卫纷纷赶来，有两名最先来到马希广身边，护住了马希广。

　　　　其他几名护卫帮着君黍一起对付黑衣人，黑衣人落入下风，彼此对视一眼，转身逃离。

　　　　君黍看向马希广，马希广点点头。

马希广：抓个活的。

　　　　君黍点头，跟上那些黑衣人。

　　　　另有几名护卫朝着黑衣人和君黍的方向追了过去。

5.外，悬崖——日

　　　　四名黑衣人被追至悬崖处没了退路，和追过来的君黍以及几名护卫对峙。

君　　黍冲他们笑了笑。

君　　黍：不如束手就擒？也省得我们彼此浪费力气。

为首的黑衣人却笑了笑，吹了声口哨，随后悬崖下又跃上十几名黑衣人，迅速朝着几人杀过来。

君黍和护卫们赶紧迎战，君黍一边和几人打斗一边问身边的护卫。

君　　黍：这情形，怎么像是冲我来的？

护卫甲：看起来就是冲您来的。

君　　黍：我不过一介小辈，杀我干什么？

又有几人直逼君黍而来，君黍往后躲闪，有些吃力。

君　　黍：还不出来？

护卫们不明所以，这时正和一个护卫打斗的一名黑衣男子忽然停下动作，转而来到君黍身边，轻轻一挑，替他挡开了那些剑。

黑衣人收手，护卫们纷纷围到君黍身边，男人站在君黍身侧，两方人马对峙。

黑衣人首领：你？

男子摘下面罩，露出一张苍白冷漠的脸，看起来二十五六岁，神情冷峻。

（字幕：南楚国第一杀手，殷其雷）

殷其雷：好久不见。

黑衣人首领：是你？难怪能悄无声息混进来，你要帮他们做事？

殷其雷面无表情不说话。

黑衣人首领：你可知这次事关重大，你入了这一阵营，就没有回头的余地。

殷其雷：我做事，什么时候回过头？

黑衣人首领一愣，随即冷笑。

黑衣人首领：那随你。

说完他一挥手，身边的黑衣人跟着他跳下悬崖逃离。

护卫们想要追赶，君黍摆手。

君　　黍：都是有备而来的，不必再追了。

护卫甲：可是君爷——

君　　黍：王爷那儿我晚点去交差，你们先回去吧。

> 护卫们无奈，但还是转身离开了。
>
> 君黍这才转身看向身边的殷其雷。

君　　黍：难为你了。

殷其雷：我是自愿来的。

君　　黍：(笑笑)你还是老样子，身手倒比以前还好了。

殷其雷：你也没变。

> 君黍在悬崖边的草地上坐下，伸展手脚躺倒。

君　　黍：变了很多了，年纪大了，身手也弱了，只想远离这些是是非非。

> 殷其雷在他旁边坐下。

殷其雷：四王爷，真的会放你离开吗？

> 君黍沉默了一会儿。

君　　黍：其实他一直都没有强留我。

> 殷其雷看向君黍，君黍沉默，殷其雷移开视线。

殷其雷：何时出发？

君　　黍：还差一个人。

殷其雷：谁？

君　　黍：(眯起眼睛笑了笑)晚上有没有兴趣一同去九香居一趟？

殷其雷：花楼？

> 君黍点头。

殷其雷：不去。

君　　黍：(无奈地笑)好吧。那这便宜，只好留给别的人啦。

6.内，马希萼王府——日

装饰华美的大堂，身穿华服的男人站在门口，逆着光看着外边的天空,有飞鸟悄无声息飞过。

年轻手下跪在他身后的地上。

手　　下:黑崖刺杀失败,带来消息说,殷其雷现在在他们那边。

男人点点头,回过头来。

(字幕:马殷第三子,马希萼)

马　希　萼:无事,你先下去吧。

手　　下:是——(欲言又止)

马　希　萼:想问什么?

手　　下:王爷为何要我们对君黍下手?

马希萼沉默了一会儿。

马　希　萼:你觉得四王爷为人如何?

手　　下:属下听闻,他素来宽厚,原本也无意追求王位。

马　希　萼:那你觉得凭他一人,可有能耐与我为敌?

手　　下:王爷本就是诸位皇子中最有资历继承王位的,无人能与您
　　　　　为敌。

马希萼摇头,半天后才开口。

马　希　萼:若没有君黍在他身边,我自是无所畏惧。

手　　下:他当真令王爷如此忌惮?

马　希　萼:此人一日不除,后患无穷。

手下点头。

马希萼眯着眼睛思考状。

马　希　萼:希望这次,不要叫我失望才好。

7.内,街道——夜

人来人往的街道上喧哗声不断。

转角处金碧辉煌的九香居,不断有男子由笑得花枝乱颤的老妈妈引
着走入红漆实木大门。

8.内,九香居——夜

进口处是一间大厅,正中间是一座方形高台,台子上三五个女子跳着婀娜的舞蹈,台下的客人均围着排列整齐的方桌坐着。大厅左右两边及高台后方各有一道楼梯通往二楼的厢房。

男人的叫好声和女人的笑声,夹杂在鼓点钟瑟声中。

9.内,舞台的最前方——夜

有一张桌子单独摆放。

君黍坐在正中间,左右是便衣打扮的两个护卫。

三个人身边各自乖巧地坐着一个添酒的女子。

君黍喝着酒看着舞台上的女子。

护卫乙:君爷看着这舞姿如何?

君　黍:算不上顶好,入眼罢了。

护卫甲:我瞧着也是,老嬷嬷还说什么这是最近从江陵来的姑娘,看来也不过如此。

护卫乙:我倒觉得甚好。您二位是见多识广,自然瞧不上眼了。

护卫甲:那是当然,见过天上的,谁还看得上人间的。

君　黍:(笑笑)等事情过去了,我带你们上澶州瞧瞧。

护卫乙:事情真的能过去吗? 如今四爷三爷斗得这么狠,各方都一片混乱——

护卫甲咳嗽一声,护卫乙闭嘴。

君黍置若罔闻,接过身边姑娘递过来的酒,一把将她搂住。

君　黍:瞧你们那小心样,这儿是花楼,姑娘们什么没听过什么没见过,用不着顾忌太多。你说是吧?(冲着姑娘笑)

姑娘娇笑着敬酒。

姑　娘:你们男人的事,我们姑娘家可不管。

护卫甲和护卫乙对视着笑了笑。

护 卫 甲：倒也是。

这时周围忽然安静下来,奏乐鼓点声全都消失,有清脆的铃铛声响起。

两个护卫率先朝着声音望过去,君黍也眯起眼睛往那边看。

10.内,九香居舞台——夜

四周一片安静。穿着红色舞衣的曼妙女子立在鼓面上,朝众人鞠了个躬,随后她借着鼓面轻轻几个跳跃,来到了舞台正中央。

明黄的灯光下,女子罩着面纱,只一双眼睛露在外头,一个回眸已是眼波流转。紧接着乐声响起,女子开始跳舞。

11.内,九香居酒桌前——夜

护卫甲和护卫乙呆呆地看着台上。

护 卫 甲：(抓着身边姑娘的手,眼睛始终没有离开舞台)这……这哪来的姑娘?

护 卫 乙：你家中已有妻儿就别跟我抢了,这姑娘多少钱能赎出来?

姑 娘：(笑)这下要搅了两位的兴了,她不是我们这儿的人,只是与我们老嬷嬷有些交情,来助场的。

护 卫 乙：(摇摇头)可惜了。

护 卫 甲：那你可知她住在哪儿,是谁家的姑娘?

姑 娘：这……我们也不知。

一曲终了,寂静之后,掌声雷动。

护 卫 甲：只是来助兴又如何,咱们有君爷,还不能让她来陪我们喝杯酒了?

护 卫 乙：说的也是,哎,姑娘怎么走了?(视线顺着红衣女子移动)君爷,你倒是快点——(回过头发现君黍早已不见踪影)

护卫甲和护卫乙面面相觑。

12.内,九香居楼梯——夜

红衣女子离开舞台后往二楼走去,有男子想要尾随都被其他姑娘拦了下来。

13.内,九香居大堂——夜

君黍跟着红衣女子的方向走。

两人一个楼上一个楼下,隔着栏杆遥遥对视了一眼。

女子对着君黍狡黠地笑了笑,推开门进入房间。

君黍盯着那门的方向,又朝四周打量了一圈,随后转身,推开周围的人,大步往外走去。

14.外,花灯集市——夜

君黍走出九香居后四处张望,看见不远处人群中红衣女子的身影,急忙跟了上去。

集市里热闹非凡,街道两边都是各种摊贩,卖着一些手工艺品。

男男女女一边说笑一边走着,不少人手里提着漂亮的花灯。

君黍和红衣女子逆着人群,一前一后在集市里穿行。

15.外,石桥——夜

女子站在石桥之上,回头望着桥下的君黍,瞧不出表情。

君黍往上走,那女子却微微一笑,忽然翻身往下跃。

君黍来不及反应,只得跟着跳下,终于在女子即将落至水中时拉住了女子的手,随即一把将她搂入怀中,并借着一旁垂落的柳枝轻轻一跃,回到了岸上。

女子在君黍怀里低着头笑。

女　　子:身手不错。

君　　黍：过奖——

　　　　女子却轻轻推开了君黍，往后退了一小步，手里抓着一只箫，歪着头
　　　　看着君黍。

女　　子：只是警惕性不够。

　　　　君黍摸了摸自己身上，看着女子无奈地笑。

君　　黍：开心了？

　　　　女子点点头，看了眼头顶的弯月。

女　　子：不早了，君爷，我们来日再见呀。

　　　　女子说罢转身，瞬间就隐没在人群里。

　　　　君黍看着女子离开的方向。

　　　　殷其雷走至他身边，也看向女子消失的方向。

殷 其 雷：不追？

君　　黍：只是试试她的本事。

殷 其 雷：不怕她跑了？

君　　黍：有你在我怕什么？

　　　　殷其雷愣了愣，无奈地从怀里掏出一张纸，纸上赫然写着"罗亭酒
　　　　楼"四字。

君　　黍：(接过纸条)她倒很会取名。

16．外，王爷府第花园——日

　　　　花园凉亭，桌上摆着玉石棋盘。

　　　　君黍坐在桌前，手执白棋，放下后思索良久，又从对面的盒中取出一
　　　　枚黑棋。

　　　　马希广走过来，站在棋局前。

君　　黍：大哥腿刚好，这么出来不怕嫂子担心？

马 希 广：(在君黍对面坐下)原先摔得也不严重，你这一步走得不错。

君　　黍：接下来怎么走才是至关重要的。

马希广：我相信你。

> 君黍抬头，看了眼马希广。

君　　黍：成败在此一举，我定不会辜负大哥的期望。只是我离开的
这几日，还请大哥自己多加小心。

马希广：你想好带什么人去了？

君　　黍：我心中已有人选，只是还欠些时候。

马希广：正事面前你向来有分寸，我只是——

君　　黍：大哥是担心我的安危？

马希广：我一直觉得亏欠了你。

君　　黍：你若真要同我客气，不如在这些日子替我物色个漂亮姑娘。

马希广：（笑了笑）以你的本事，还需要我来插一手吗？

> 君黍执着棋子的手一停，半晌后轻轻放下，嘴角勾起一抹微笑。

17.内，罗亭酒楼——日

> 人来人往的街道上，有一家看着简陋毫不起眼，客人却来往不断的
> 酒楼。
>
> 从门口走进去，一楼大厅一排排的桌椅座无虚席，二楼的厢房里不
> 断传出客人的吆喝声。
>
> 看起来十五六岁模样的白白净净的男子站在柜台后，喜笑颜开地拨
> 着算盘。
>
> 一个看起来二十几岁的神情冷淡的女人，面无表情地在客人间穿行。
> 临窗边的桌子围坐了三个男人，几人笑着朝女人抛媚眼。女人瞥了
> 眼他们，毫无反应地继续往前走。其中一个客人甲露出不满的神
> 情，抬手就将桌上的一个碗投掷了过去。女人面不改色随手一挥，
> 碗往回飞，"砰"的一声撞在客人甲脸边的墙上，撞得粉碎。
>
> 客人甲一愣后猛地一拍桌子，柜台后的年轻男子听见动静后看出来，直
> 勾勾地盯着客人甲，客人甲对上年轻男子的视线，一愣后讪讪坐下。
>
> 这时门外走进来一个穿着破烂的老人，佝偻着背，头发很长，挡住了

脸,让人看不清他的神情,但他经过的地方,客人都会恭恭敬敬地自动让开一点距离。

老人走到年轻男子身边,俯身耳语了几句。

年轻男子听后点了点头,老人又从怀里取出来几本画册递给年轻男子。

年轻男子接过画册,想了想,端着画册往后走去。

18.外,酒楼后院——日

打开后门,酒楼和厨房之间隔着一个小小的庭院。

正中间一棵榕树下,一身红衣的女子坐在石桌旁,捧着一本小册子看得十分入神。

年轻男子拿着画册,在那红衣女子身侧半米处站定。

小　　六:南姐。

女　　子:什么事?

小　　六:有消息说官府最近在打探你的下落。

> 女子放下书,抬头看他,这才露出面容。她看着二十岁上下,五官清秀,眉眼间透着股狡黠。

(字幕:神偷三娘,木苡南)

木　苡　南:怕了?

小　　六:有南姐在,不怕。

> 木苡南笑笑,小六也笑了笑,随后一脸轻松地在木苡南身边的石椅上坐下。

小　　六:还有一件事,上回你让我找的本子,我给找着了。

木　苡　南:然后?

小　　六:我能问个问题吗?

木　苡　南:问。

小　　六:南姐你总看这些情情爱爱的本子,为何又从不看那些才子侠客一眼?

木　苡　南:(愣了愣,放下小册子)我捡到你时,你多大?

小六眼珠子转了转,掰着手指算了半天。

小　　　六:八岁。

木苡南:(点点头)是啊,一眨眼你都到了关心这些事的时候了,看起来该让你出去练练了。

小　　　六:我错了,南姐。

木苡南:(重新拿起小册子)江湖上漂亮姑娘一抓一大把,你真不想出去看看?

小　　　六:江湖上的漂亮姑娘都凶得很,前阵子还有俩姑娘在酒楼里为了一个男人大打出手,我不想出去看。

木苡南:敢在我的酒楼里撒野?名字记了没?

小　　　六:是江门的大小姐——

木苡南:谁让你记这个了。能让姑娘家打起来的男子,我倒很想会会。

小　　　六:好像是叫……叫什么君黍……

木苡南:(扔下小册子站了起来)君什么?

君　　　黍:(站在后门处)君黍。

　　　　　　木苡南眯着眼看过去。君黍回以微笑。

木苡南:(愣了愣,转而笑笑)小六,有客人来了,你还不去招待?

　　　　　　小六应了声,朝着君黍走过去。

君　　　黍:木姑娘,我是为你而来的。

木苡南:公子可认错了人?小女子不曾见过公子。

　　　　　　君黍在木苡南对面坐下,捡起先前她丢下的小册子翻了翻。

君　　　黍:舞不错,只是不知姑娘可曾注意到脚上的荧粉。

木苡南:不可能——

　　　　　　君黍抬头,木苡南微愣,眼中闪过懊恼。

　　　　　　小六来回望望,不明所以。

木苡南:(摆摆手)你先下去吧。

　　　　　　小六有些迟疑地离开。

木苡南移开视线,慢腾腾坐下,继续翻小册子。

木 苡 南:我已将那箫卖了,公子讨不回去的。

君　　黍:既到了姑娘手里,那便是姑娘的东西,任凭姑娘处理。

木 苡 南:那你这次来?

君　　黍:在下另有一事相求。

木苡南顿了顿,开口时漫不经心。

木 苡 南:你且说说。

君　　黍:有件东西,关乎天下动向,需要我亲手交至朝廷。我来,是
想请姑娘一同前往。

木苡南这才抬头,微微眯着眼睛和君黍对视。君黍笑着回望,木苡
南摇了摇头。

木 苡 南:我只是一介闲人,不愿卷入高堂之事。

君　　黍:事成之后,木姑娘惹上的所有官司,我来摆平。

木 苡 南:(眯着眼笑)这倒是个好交易,你还有什么筹码?

君　　黍:(看了眼远处端着菜进厨房的妇人的背影)酒楼里这些人的过
往,官府一并不再追究。

木苡南变了脸色,忽然伸手朝着君黍的命门袭来,却被隔空拦下。
木苡南抬头看着不知何时站在君黍身边的殷其雷,一愣后反身躲
过,再一个转身,从石桌底下抽出一柄长剑,直冲殷其雷而去。

两人缠斗在一起。不一会儿,殷其雷便打落了木苡南手中的剑,并
单手制住了她。

木苡南看着君黍,君黍对殷其雷点了点头,殷其雷松开手,站到君黍
身后。

木 苡 南:(有些气喘)真是不留情。

君　　黍:得罪了。

木苡南仔细打量殷其雷的脸,随后视线停留在他的佩剑上。

木 苡 南:深渊?(抬头看殷其雷)你就是传说中的第一杀手?

殷其雷冲她点了点头。

殷 其 雷：殷其雷。

> 木苡南愣了愣后捂上耳朵。

木 苡 南：我听说杀手通常都在杀人时才报上自己的姓名，我和你无
冤无仇，还有一家老小要照顾，请你放我一马。

> 殷其雷愣住，不知怎么回答。
>
> 君黍笑出声。

君　　黍：他是我请来一同去永州的。

> 木苡南放下捂着耳朵的手，狐疑地看着两人。

木 苡 南：你本事挺大，这人都请动了？给了什么承诺？

君　　黍：我们是旧相识。

> 木苡南"哦"了一声，转身又在石椅上坐下。

木 苡 南：那你也看到了，我打不过他，你找我去干什么？

君　　黍：江湖上传言，世上没有木姑娘偷不到的东西。那想必也没
有木姑娘守不住的东西。

木 苡 南：那可未必，别人要是硬抢，我只会把东西一扔然后走人。

君　　黍：(看向一旁的殷其雷)有他在不必担心这个。

> 木苡南思索了一会儿，点了点头。

木 苡 南：你这算盘打得不错。(眯着眼看向君黍)你是四王爷幕僚，那
么这信物，是用来扳倒三王爷的？

君　　黍：(点头)是。

木 苡 南：三王爷原本就最有资格继承王位，手中握着重权，在朝堂
和江湖上又有众多眼线，此行可实在凶险。

君　　黍：你怕吗？

> 木苡南与他对视，半天后浅浅笑了。

木 苡 南：好，我跟你走，但我还有一个要求。

君　　黍：姑娘请说。

木 苡 南：日后我若想杀哪个人，你让这家伙不准阻拦。

君　　黍：姑娘是要在事成之后杀了我消气？

　　　　木苡南站起身，凑近君黍的耳朵。

木　苡　南：(轻声)我舍不得杀你。但我有舍得杀的人。

　　　　君黍皱了皱眉。

　　　　木苡南转身，走向酒楼大堂。

19.外，罗亭酒楼后门——傍晚

　　　　木苡南站在门口，对面站着小六和酒楼里的厨师、小二们。

小　　六：南姐，你这一走，什么时候回来啊？

　　　　木苡南拍拍小六的脑袋。

木　苡　南：怎么还跟孩子似的。

小　　六：(红了眼眶)你每次离开我都很害怕。

　　　　木苡南叹了口气，上前抱了抱小六，松开后又和他身后的众人分别
拥抱。

木　苡　南：既然已经像诀别了，那就做得再像一些。

　　　　小六不好意思地笑了，众人也笑出声。

木　苡　南：行了，我走了，好好照顾我的酒楼。

　　　　木苡南笑了笑，转过身往前走去。

　　　　拐角处，君黍和殷其雷沉默地站着，看着木苡南。

　　　　木苡南看了眼两人，率先往前走去，君黍和殷其雷跟上，三个人大步
流星地往前走，背影看起来很潇洒。

20.外，山林小道——夜

　　　　木苡南把帽檐往下压了压，此刻三人都穿着灰色的商服，混在商人
的队伍里。

　　　　木苡南小心翼翼地看了眼四周。

木　苡　南：这和我想象中不太一样。

君　　黍：晚几天被发现，我们就少几天被追杀。

木 苡 南：可这才刚出了四王爷的势力范围，周围就可能有三王爷的
　　　　　人吗？

君　　黍：不是可能。

　　　　　木苡南皱眉。

君　　黍：这儿是三王爷势力最集中的一带。

木 苡 南：可真够猖狂的。

　　　　　这时队伍对面，前方的路上走来八九个衣衫褴褛的人。

　　　　　君黍和木苡南等人放慢速度。

　　　　　只见这些人三三两两走着，有老老小小，也有青年壮年，却都面黄肌
　　　　　瘦，穿着破旧的衣裳，步履蹒跚。

木 苡 南：这？

　　　　　木苡南身边一个四十几岁的商人在一旁无奈地叹了口气。

商 人 甲：这个方向，怕是从北边过来的难民。

木 苡 南：这几年虽然朝堂上争斗得厉害，但战乱却少，怎么还有这
　　　　　样的事发生？

商 人 甲：姑娘有所不知，朝堂大乱，县城便跟着小乱；上头不管事，
　　　　　下头便浑水摸鱼。这世道，早已腐朽不堪了。

　　　　　君黍看了眼那商人，微微皱眉。

君　　黍：在位者各有其扰，说他们不管事，是不是以偏概全了？

商 人 甲：这我可不知。我也就随口一说，我们做生意的，不过是想
　　　　　着赚点钱，谋个生存。

　　　　　商人甲说着又往前走去，木苡南看到迎面一个老人脚步踉跄，便皱
　　　　　着眉往那边走了几步。君黍拉住她。

　　　　　木苡南回头看他。

君　　黍：(摇头)不可。不要徒生事端。

木 苡 南：可是——

　　　　　一直走在两人前面的殷其雷这时掏出一袋银两，递给了他面前的老

婆婆。

君黍微愣，木苡南轻笑。

木 苡 南：看来这杀手，果然如江湖传言那般。

君　　黍：江湖怎么传的？

木 苡 南：江湖第一杀手，不杀老人，不杀小孩，相反，还有一副菩萨
心肠。据传曾有人目睹他给一个哭闹的小孩买了串糖葫
芦后，转身当着那孩子的面将目标一刀毙命。

君黍无奈地摇头。

21.内，马希广王府大堂——夜

马希广和一个看起来十分温婉的女人一起坐在大堂上。

女　　人：小君这个时候，也不知到哪了。

马 希 广：不用担心，这小子机灵。

女　　人：再机灵，这一路过去也实在凶险，也不知你哥哥现在知道
了多少消息。

马希广喝了一口茶，看向门外。

马 希 广：他会没事的。

22.外，河边——夜

商人队伍在河边整顿休息。

木苡南和君黍站在河边，身边都是正在休息的商人。

商人中有相熟的彼此低声说着话；也有人靠在石头上，闭着眼睛休息。

木苡南看了眼坐在自己不远处的商人甲，又扫了眼周围。

木 苡 南：这位大哥，你们这批茶叶是要往哪家的店铺送呀，东家还
是林家？

商人甲睁开眼睛打量木苡南。

商 人 甲：你怎么知道这两家的名字？王哥说你们是家里派来学做

生意的,瞧你的样子,倒像个老手。

木苡南:(轻笑)家父从前也是商人,我自小耳闻目染,知道一些。

> 君黍侧头看了眼木苡南,木苡南躲避君黍视线。

商 人 甲:那你倒也算承了父业。这位呢?

> 君黍拱拱手。

君　　黍:我是她兄长,一同出来长长见识。

商 人 甲:兄长?我瞧着可不像。

> 木苡南尴尬地笑笑。

> 商人队伍里有人朝商人甲挥了挥手,商人甲会意,往那边走过去。

木苡南:(瞪了眼一旁的君黍)兄长?

君　　黍:家父从前是商人?

木苡南:你说起谎话来可真面不改色。

木苡南:木姑娘也不逊色。

木苡南:我可没有——

> 君黍看着她。

> 木苡南赶紧闭紧嘴,左右张望了一会儿。

木苡南:这天色也不早了,晚上该不会要露宿吧?我去问问王哥。

> 木苡南往前走去,君黍看着木苡南的背影,微微皱眉。

23.外,客栈外的小路——夜

> 月色下,荒凉的小路边立着一座破旧的客栈,招牌在风中摇摇欲坠。
> 一行人走进客栈。

24.内,客栈——夜

> 一群人依次走进客栈,一个身穿棕色布衣的女人迎了上来,喜笑颜开。

老 板 娘:客人要住店?我们这儿有上好的房间,里边请。

> 君黍、木苡南和殷其雷三人跟着商人们走进去。

君黍打量着客栈的布局,从一楼大堂可见二楼、三楼的走廊和一排
排的房间。

木苂南和殷其雷并排走在君黍身后,木苂南看了眼老板娘,又看看
从后门走进来的一厨师打扮的男子,微微皱眉。

厨　　师:各位可有什么想吃的,小的都可以做。

商 人 乙:可有酒?

商 人 丙:明日还得启程,你喝什么酒?

商 人 乙:酒足饭饱才好做事你懂不懂,还有谁想喝酒的,别装正经,
跟我一起来。

几个商人笑着跟过去。

商人乙伸手想要揽厨师的肩膀,厨师微微侧身躲开。

木苂南盯着厨师,皱眉。

老板娘这时走到了她的身边。

老 板 娘:姑娘想住哪儿? 可要和身边这二位公子一块儿?

君　　黍:给我们并排的三间就好。

老板娘点点头,领着几人往楼上走去。

木苂南走在殷其雷身侧,上楼梯时忽然脚下一滑,伸手拉住殷其雷
的袖子。

殷其雷顺势扶了她一把。

君黍回头看两人。

君　　黍:没事吧?

木 苂 南:没事。

三人继续往楼上走。

25.外,屋顶——夜

君黍坐在屋顶上,头顶一弯明月,照亮他半边脸。

楼下传来阵阵说笑声,君黍往后躺倒,看着头顶的天空。

26.(闪回)外,河边——日

君黍和木苡南站在河边。

木 苡 南:(轻笑)家父从前也是商人,我自小耳闻目染,知道一些。

27.外,屋顶——夜

君黍皱眉,这时看到不远处的天空绽开烟火。

殷其雷翻身来到屋顶,和君黍并排坐着。

殷 其 雷:你倒是悠闲。

君　　黍:你也睡不着?

殷 其 雷:我不习惯睡客栈——你不觉得这地方怪怪的?

君黍看向殷其雷,这时楼下忽然传来瓷器被打碎的声音,紧接着响起兵器相接的打斗声。

两人对视一眼。

28.内,客栈——夜

君黍和殷其雷来到木苡南屋子门口,只见房门已破,屋子里一片狼藉,满地的陶瓷碎片。

殷其雷警惕地左右张望,君黍眯着眼,周围一片寂静。

君　　黍:不对。

殷 其 雷:嗯,太安静了。

君　　黍:(点头)有诈,我们先离开这儿。

殷 其 雷:那木姑娘她?

君　　黍:不用担心她。

两人持剑离开,一出酒楼,就见周围已被团团围住。

老板娘站在最前面,身后站着七八个穿一身黑衣的男人。

老板娘笑着看着两人。

老 板 娘：警惕性不错，只可惜那姑娘现在在我手里，二位还是束手就擒为好。

君　　黍：没找到你要的？

老 板 娘：公子在说什么？

> 君黍笑了笑，率先提剑往前冲去。
>
> 殷其雷略一迟疑，看了眼老板娘，也跟着往前冲去。
>
> 两边人马打成一片，君黍和殷其雷以寡敌众也没落下风。两人将距离自己最近的一批人打倒后，快速离开。

29.外，林子——夜

> 君黍在前，殷其雷跟在后面，两人在林子里快速跑着，最终在林子深处渐渐停了下来。
>
> 君黍回头看看。

君　　黍：不会再追来了。

殷 其 雷：就这么放任木姑娘不管吗？

> 君黍笑笑。

君　　黍：闻见了吗？

殷 其 雷：什么？

君　　黍：迷香。

> 殷其雷皱眉。

殷 其 雷：顺着这个方向，越来越浓郁了。

君　　黍：木姑娘是江湖中人，对客栈里那些人的伎俩应该熟悉得很，这会儿她没准在哪个地方优哉游哉地等着我们。

殷 其 雷：你什么时候发现的？

君　　黍：一进林子我就闻见了，走吧，去找她。

> 君黍往前走去，殷其雷跟上。

30.内,山洞——夜

君枭和殷其雷走到一个山洞外,君枭看了眼山洞,率先往里面走去。
殷其雷跟进去。

两人一进山洞,一个人影从殷其雷身边晃过,下一秒木苡南站在两
人一米开外的地方,笑盈盈看着两人。

君　　枭:木姑娘可还好?

木 苡 南:好得很,你看起来一点都不惊讶。

君　　枭:我比姑娘所以为的,还要了解姑娘。

木苡南笑笑,晃了晃手里的信封。

木 苡 南:那这个你想到了吗?

君枭皱眉,殷其雷大惊。

木 苡 南:殷大哥先前都没注意到?

殷 其 雷:你之前把它放我身上了?

木 苡 南:(点头)那客栈看似寻常,但老板娘和厨师都深藏不露,老板
　　　　娘打量我的目光透着算计,我想着打起来我不是他们的对
　　　　手,以防万一,还是放你身上比较妥帖。

君　　枭:(皱眉)是……上楼的时候?

木 苡 南:(点头)君爷好眼力。

殷 其 雷:我那时扶了你一把。

木 苡 南:(点头)殷大哥没有察觉也不奇怪,你杀人素来只给一刀,不
　　　　习惯与人缠斗,对我们这些小伎俩,自是不多留意。

殷其雷拱了拱手。

木苡南笑笑,转身往洞内走去。

木 苡 南:不过君爷能这么快找来,倒也出乎我意料。这山洞我已前
　　　　后看了一遍,安全得很,客栈是回不去了,今晚不如就在这
　　　　休息。

君　黍跟进去。

君　　黍：我看客栈里众人都没了声息，可是他们放了迷烟？

木苡南：对。

君　　黍：那为何我们二人无事？

木苡南：出发前，我在你们衣服上洒了解药。

君　　黍：真庆幸姑娘不是敌人。

木苡南脚步一顿，随后假装无事继续往前走去。

木苡南：我也庆幸你现在不是我的敌人。

三个人往山洞深处走去。

31.内，山洞深处——夜

三人走到山洞最深处，各自找了个角落坐下，这时外边又传来喧闹声。

木苡南：不该追来啊？林子这么大，我又给他们留了不少陷阱。

君黍侧耳听了一会儿。

君　　黍：不像是追兵。

木苡南皱眉，两人对视一眼，小心往外边走去。

两人倚在转角处偷偷往外瞧，只见外边大概有十七八个人，正是白
天见到的那些难民，此刻正站在洞口的位置。

难民甲：就先在这歇着吧，这林子里到处是陷阱，大晚上也走不
出去。

君黍看向木苡南，木苡南挠挠头，不好意思地笑笑。

难民乙升起火堆，一行人挤在那，叽叽喳喳说着话。

木苡南：打算怎么做？

君　　黍：他们都没有想到往深处探寻一下，看来没什么警惕心，不
必在意他们。

木苡南点头。

君　　黍：不过明日马希萼的人必定大肆搜寻我们。（看了眼外边）我

们不如混进难民里,先避一避风头。

木苃南:你觉得客栈里的那些人都是马希荨手下?

君　　黍:如果是打家劫舍,不该只对你下手,而且我们三个中,他们直接冲着你来,倒像是一早就知道你这有重要的东西。

木苃南:你怀疑我们这次的行动已经暴露了,而且是自己人卖的消息?

君　　黍:不排除这种可能。也可能他们只是试探。

　　　　木苃南思索了一会儿。

木苃南:我有些后悔同你过来了。

　　　　君黍轻笑。

32.内,山洞深处——夜

　　　　木苃南和君黍回到山洞深处。殷其雷靠着墙闭着眼睛休息。

　　　　木苃南和君黍看了他一眼,各自找了个地方坐下。

　　　　两人头顶有一个缺口,月光从外面照射进来。

　　　　两人各自闭上眼睛休息。

33.外,树林——日

　　　　树林空境头,日出转场。

34.外,林间——日

　　　　木苃南坐在树枝上,遥望远处。

　　　　君黍站在树下,看着木苃南。

　　　　木苃南注意到他的注视,低下头和他对视,半天后两人都笑了。

木苃南:这情形真是似曾相识。

君　　黍:木姑娘可有什么心事?

木苃南:女孩子的心事,你不会懂的。

君黍笑了笑，随后翻身跳上树枝，在木苡南身边坐下。

木苡南笑着看了一眼君黍，又看向山洞的方向，隐约可以看到难民纷纷从里边走出来。

木 苡 南：君爷，你说这种日子，什么时候才是个头？

君　　黍：内忧外患，在位者不谋其位，只怕苦日子还长得很。

木 苡 南：你算半个朝廷的人，这是在正大光明地说当今官府的不是？

君　　黍：我对仕途没什么抱负，若被抓了把柄，倒省得我找托词向四爷请辞。

木 苡 南：(回过头)那你这般为他，又图得什么？

君　　黍：我自小跟着四爷长大，做的一切，无非图个心安罢了。

木 苡 南：(笑了笑)我历来听闻你放荡不羁，倒没想竟是真的。

君　　黍：我也有一事想问。

木 苡 南：你说。

君　　黍：你这样见着人就心软，是怎么养活酒楼里那一帮人的？

木苡南笑笑，这时山洞那边忽然传来兵器相接的声音，两人变了脸色。

君黍探身望去，只见殷其雷挡在那群难民前面，对面一群黑衣人与他对峙。

35.外，山洞前——日

君黍和木苡南匆匆赶到，黑衣人和殷其雷对峙，殷其雷身后的难民互相靠在一起，惶恐不安地看着几人。

黑衣人首领笑着看着两人。

黑衣人首领：可算是来了。

君　　黍：这都被你们找来了。

黑衣人首领：跟我们走吧。

木 苡 南：如果不呢？

黑衣人首领：我知道你们有本事逃出去，但这些人……

　　　　木苡南神情一变。

木　苡　南：他们的性命可与我们无关。

　　　　黑衣人首领笑了笑，冲一旁的手下使了个眼色。

　　　　他左右的两个手下同时箭步往前，一人抓向难民中的一人。

　　　　殷其雷只护住其中一个，另一个十七八岁的姑娘被黑衣人死死扣住。

　　　　木苡南、君黍等人紧握佩剑。

　　　　黑衣人反手就是一巴掌，把那姑娘扇倒在地。

　　　　木苡南大怒，下一秒一道人影闪过，几人再回神时，木苡南已经来到那黑衣人身边，又是清脆的一巴掌。

　　　　黑衣人捂着自己的脸，一脸错愕。木苡南扶着姑娘，退到殷其雷身边。

黑衣人首领：姑娘好身手。但你救得了一个，能救得了所有？

　　　　木苡南沉默。

　　　　君黍慢吞吞走到木苡南和殷其雷身边。

君　　　黍：你是三王爷的人，我们若真跟着你走，只怕性命不保。

黑衣人首领：王爷眼下不会要你们的性命。

木　苡　南：我可以把东西给你们。

黑衣人首领：冲昨晚发生的事，我们可不敢小瞧姑娘的手段。

　　　　木苡南皱眉，君黍拦住木苡南。

君　　　黍：我跟你们走。

木　苡　南：君爷？

　　　　君黍把剑扔下。

　　　　剑落地，插进泥地里。

36.外，马希广王府——日

　　　　一身布衣的男人走过王府的长廊，走上台阶，敲了敲门。
　　　　身穿华服的女人（马希广妻子）打开门，接过男人手中的纸条。

男人退下,女人看了眼纸条,皱眉,转身往后院走去。

37.外,马希广王府后院——日

女人来到马厩前,有小厮牵着马等在那,女人把纸条交给小厮。

38.外,城镇道路——日

小厮骑着马离开王府,在路边一家茶叶铺门口停下,走进店铺里。

39.外,茶叶铺后院——日

后院上方天空的空镜头。

接着一只鸽子腾空飞起,往远处飞了过去。

40.内,江门牢房——夜

沿着长长的潮湿的地下通道一直往前,是一间小小的牢房。

牢房的三面都是墙,墙壁上湿漉漉的,往外渗着水,地面上铺着一层稻草,被水浸得透湿,除此之外房间里什么都没有。

君黍只冷冷瞥了一眼身后的侍卫,侍卫们就松开了手。君黍自己走进了牢房。殷其雷也默不作声地走了进去。

黑衣人给一旁的侍卫使了个眼色,侍卫将牢门关上。君黍和殷其雷站在门口,谨慎地看着几个人。君黍朝殷其雷使了个眼色,殷其雷点了点头。

黑 衣 人:(走至被两个侍卫牢牢抓住的木苁南面前)小娘们那一巴掌打得很痛快啊?

木 苁 南:(歪着头笑)就是还没洗手,脏得慌。

黑 衣 人:(伸手捏着木苁南的下巴)激怒我没有好下场。

木 苁 南:你娘子刚走开,你就要对我下手了?

黑 衣 人:(冷笑)反正到了三王爷手里也是同样的下场,你不如先从了我。

　　殷其雷暗暗抬起了手,袖子里银针闪烁。

　　君黍手抓住牢门的木桩,暗暗使力。

林　　行:把嘴巴放干净点!

　　穿着褐色便装的中年男人一步步走近。

　　男人看着四十岁上下,小麦肤色,不怒而威。

　　黑衣人连忙松开手,换了一副嘴脸。

黑 衣 人:林掌门,小的已经将您要的人带来了。这大半夜的,怎么
　　　　还劳烦您走一趟。

　　林行没有看黑衣人,只是走到木苡南面前。抓着木苡南的两个侍卫
　　松开手,把着门的侍卫将门打开。

林　　行:委屈姑娘了。

木 苡 南:你就是江门的掌门?

林　　行:正是在下。

木 苡 南:先前就听闻,江门掌门行事磊落,只是可惜成了三王爷的
　　　　爪牙。

　　林行皱了皱眉。

　　木苡南走进牢房,走至墙角坐下。

君　　黍:掌门打算什么时候送我们走?

林　　行:明日是小女十八岁生辰,过了子时就送你们走。

木 苡 南:(愣了愣,低声轻喃)掌门对女儿可真好。

君　　黍:(看了眼缩在墙角的木苡南,回头看着林行)我明白了。只是还
　　　　得麻烦掌门一件事。

林　　行:请说。

41.外,江门府邸——夜

　　林行走出地牢,一个人走在院子里。

月色下,院子里冷冷清清的。

林行经过台阶旁的几盆花草时,停了下来,弯腰端起花盆,把它们移到了长廊里有遮挡的地方。然后他站在长廊里,看着幽深的长廊。

忽然他神色一变,看向屋顶。

黑影一闪而过,几片瓦片应声落地。

林行无奈地笑笑,转身离开。

42. 内,九言阁内——日

细雨微风,柳城郊野,沿湖有一座高耸的塔楼,亭中寥寥乐声,却自然高远。

只容得下五六人的小亭子中,正中央有一位身着粉色纱裙的姑娘,指尖轻拨,琴弦微动。她的正对面有一位穿着绿色纱裙的年轻姑娘,懒懒地斜靠在栏杆旁,托腮望着外边的景色。

君 夕 存: 小予这是有心事?

林 芮 予: (回过头,看着君夕存)姐姐,我有一事不明白。

君夕存抬头看着林芮予。

林芮予低下头。

君 夕 存: 说不得?

林芮予扭过头。

君夕存笑笑。

林 芮 予: (趴在栏杆上看着外头)虽说不得,可还是想说。

君夕存停下,收手看着林芮予。

林 芮 予: (沉默了片刻)你说,如果操纵木偶的人倒下了,木偶会怎么样?

君 夕 存: 木偶可有想过早些挣断那些细线。

林 芮 予: 试过了,摔死了几只,剩下的就不敢动了。

君 夕 存: (起身,走至林芮予身边坐下,看着天上的几只白鸽)我劝不了你。

你我各为其主这么些年,眼下局面越发清晰,也许有一天

我会割断你的绳索,又或许是我被摔碎,只能是有一天珍
惜一天。

林 芮 予:我明白。

> 有小厮模样的人匆匆忙忙从长廊上跑过来,站在两人身后半米处。

小　　厮:大小姐,今日可是你生辰,大清早没见着你人影,急坏我们了。

林 芮 予:(回过头)你们大晚上吵吵闹闹,谁知道你们又做了什么见
不得人的事,我睡不着,来这找个清净怎么了?

小　　厮:是是是,大小姐别动怒,老爷找您有事,跟我回去吧。

> 林芮予冲君夕存笑笑,起身跟着小厮往长廊上走。
> 一只白色的信鸽飞至君夕存身边,在栏杆上停下。

林 芮 予:叫你去打听君黍的消息,怎么样了?

小　　厮:四爷府邸旁卖鸡蛋的大娘说,昨日清早见他出去后就再没
回来过,城里的其他线人也都没见着他,像是离了城。

君 夕 存:(拆下信鸽脚上的字条,只见上头几个小字,小声念)君黍在江门
手里。

> 君夕存站起身。

林 芮 予:君大哥爱玩,消失一天也不见什么稀奇。

君 夕 存:(遥遥看着林芮予的背影)小予。

林 芮 予:(回过头)怎么了?

君 夕 存:今晚,你们可缺个助兴的人?

43.内,地牢内——日

> 殷其雷靠着墙壁闭着眼睛;君黍站在门边,打量着外边;木苡南身上
> 盖着毯子,侧卧睡着。
> 君黍看了眼周边,视线转回来停在木苡南身上,忽然笑了笑,蹲下来
> 替她把毯子往上提了提。
> 殷其雷睁开眼睛,看着两人的背影。

君黍回过头来,两人对视。

殷其雷微微一笑。

君黍走到殷其雷身边,推了一把他的脑袋。

殷 其 雷:我手里虽没剑,你也未必打得过我。

君　　黍:五年前我们就没分出个胜负来,我倒也想看看结果。

殷 其 雷:那是我没对你下杀手。

君　　黍:你就这么对好朋友?

殷 其 雷:我都上这报答你来了。

君黍笑笑。

殷 其 雷:可有法子了?

君黍抬头看着窗外。

44.内,大厅——日

大厅内,马希广坐在最上头,两侧是五六个穿着便服的中年男人。

45.内,府邸院子——日

有布衣打扮的农妇站在大门口,小厮接过农妇手里的篮子,冲农妇
点点头。

小厮拿着篮子沿着长廊走,在转角处从篮子底下抽出一张字条,看
了一眼后往大厅走去。

46.外,府邸大厅——日

马希广接过字条看了一眼,皱了皱眉,走出门外,看着天空。

他身后的大臣疑惑地互相看看。

47.内,地牢内——日

君黍和殷其雷在牢内过招。

殷其雷出手又狠又快,君黍却见招拆招,随意懒散。

木苡南迷迷糊糊睁开眼睛,坐起来看着身前的两人。

有小厮冲过来。

小　　厮:打什么打,想干吗?

木 苡 南:你吼我也没用啊,我一觉醒来就这样了。

小　　厮:(使劲拍了拍门)给我停下!

木苡南快速起身,手穿过栏杆间隙一把抓住小厮的前襟。

木 苡 南:拍什么拍,有本事你进来把他俩分开啊。

另一个小厮跑过来把两人分开,拖着骂骂咧咧的小厮往另一边走去。

木 苡 南:(收回手,拍了拍在栏杆上粘到灰尘的袖子,回过头来看着已经扭作

　　　　一团的两人)他们防得厉害,身上都没带钥匙。

君黍退到墙角,气喘吁吁地看着对面的殷其雷,半晌后笑了。

君　　黍:得了,还是没能分出个胜负。

木 苡 南:等等,你们这是,真打?

君　　黍:你觉得三王爷会在哪里等我们?

木 苡 南:听闻他的府邸在永州。

君　　黍:从这儿去澶州,同从永州去澶州,哪里比较近?

木苡南愣了愣。

君　　黍:一路上有了江门的保护,还省了些麻烦。

木 苡 南:你们聪明人真可怕。

殷其雷轻笑出声。木苡南瞪了他一眼。

48.内,江门大厅——夜

宽敞的大厅,为首的座位上是林行。座位下方是几个分舵的舵主和
一些江湖人士。

大厅中央,君夕存一袭青衣,低眉信手抚着琴。

君夕存一曲终了,简单行礼后离开。

林 芮 予:（弯过身子冲林行低语）父亲，我送送姐姐。

林行点点头，林芮予冲座位下方众人笑笑，往外走去。

林行看了眼林芮予的背影，仰头喝下一杯酒，又笑着与旁人聊天。

49.内,江门地牢——夜

君黍靠着墙壁坐在地上，木苡南靠着牢门坐在他的对面。

木 苡 南:听动静，排场挺大。这过生辰的林家大小姐，就是在我酒楼里为你闹事的那位？

君　　黍:小予她只是性子闹腾了点。

木 苡 南:（自嘲地一笑）有这么一位宝贝她的父亲，想不闹腾都难。

君　　黍:（沉默片刻）其实怪不了林掌门，他与三王爷是旧相识，江门能做到今天的场面，也少不了三王爷背后的资金支持。

木 苡 南:这个说不得，那个也怪不得，我们在这傻愣愣待了一天，倒是自找的了？

君　　黍:你怎么了？

木 苡 南:（扭过头）没什么。

君黍和殷其雷对视一眼。殷其雷摇摇头表示茫然。

君黍起身，走到木苡南身边坐下。

木苡南一动不动望着外边。

君黍看着木苡南的侧脸，沉默片刻。

君　　黍:我派人找了你师父。

木 苡 南:（回过头）小六告诉你的？

君　　黍:小六说你跟师父分开六年，一定很想见她。

木 苡 南:（扭过头）我们只是各取所需一起做事，用不着你这么好心。

君　　黍:你真的不想再见她一面？

木 苡 南:你是真的好心替我找人，还是因为不放心我，生怕我是线人？一定要把我的身世查得清清楚楚？

君　黍：我承认，我确实抱了一些其他心思。

　　　　木苡南冷笑。

君　黍：但我也是真的——

牢房外看守的几人：什么人？

　　　　穿着朴素的农妇衣裳的女子小声答话。

女　子：林掌门让我给几位送饭。

　　　　几位看守坐在桌边，女子把菜一道道摆上桌子。

女　子：几位辛苦了。

看守甲：（摆摆手）把菜放下，你赶紧离开吧。

　　　　女子点头，给几位的碗里倒上酒。

君　黍：（微微一笑，隔着牢门远远地喊）这位大姐，可否赏点酒喝？

女　子：（闻声看过来）几个阶下囚，也想要喝酒？

君　黍：我们子时可就要被送到三王爷手里了，三王爷心狠手辣，还不知道等待我们的是什么下场，不知几位能否可怜可怜我们？

看守乙：吵什么吵！

　　　　看守甲默不作声。

女　子：（微笑）这位大人，您看，他们也确实可怜，林掌门又向来宽厚，不如我给他们送壶酒过去？

看守乙：哪来这么多事。

看守甲：（拦下看守乙）让她去吧。

　　　　女子笑了笑，拿着一壶酒走向君黍等人。

　　　　木苡南抬头看着君黍和那女子。殷其雷看清来人后一愣，往后缩了缩，又若无其事地移开视线。

　　　　昏暗的火光下，穿着农妇衣裳的君夕存冲着君黍微微一笑，将酒壶递给君黍。

君夕存：还剩下两个时辰几位就要走了，还不消停消停？

君　　黍：两个时辰想睡也睡不了，倒不如今朝有酒今朝醉。

君　夕　存：(又看向木苪南)去永州，该是走水路，我看姑娘穿得少，可要小心风大。

木　苪　南：(皱着眉打量着两人，随即微微一笑)冷的话，烧把火是不是会暖和一点？

君夕存笑笑，转身离开。

君黍看着君夕存离开的背影，摊开手心的字条。

只见字条上写着：永州岸边见。

50.外，地牢门外——夜

君夕存退出牢门，忽然神色一变，看向一旁的草丛。

林　苪　予：(走到君夕存面前)姐姐，他们是不是抓了君大哥？

君　夕　存：这种事你不要掺和。

林　苪　予：姐姐是不是已经有法子了？

君　夕　存：你先回去，今天是你的生日，在外面久了不合适。

林　苪　予：可我不能看着爹爹把君大哥交给那个人。

君　夕　存：(停下脚步)小予，你爹爹这么做，都是为了江门，你不要怪他。

林苪予沉默不语。

两人并排在月色下越走越远。

51.内，大厅——夜

林行坐在位置上喝酒。有小厮走近，伏在他耳边说了些什么。林行皱着眉，只是点了点头。

林苪予从屋外走进来，林行看向林苪予。林苪予慌忙别开视线，又转了回来，笑眯眯看着林行。

林　　行：(冲她招手)上哪儿去了，快过来。

52.外,船上——夜

君黍睁开眼睛。

这是一间狭窄的储物间,四周堆满了木箱,光线从狭小的窗口照进来,整个房间朦朦胧胧的。

木苡南在君黍对面的窗户下,手脚都被绳子牢牢绑住,她也不挣扎,就安安静静透过窗户往外看。

殷其雷闭着眼睛倒在君黍的身边。君黍看着木苡南的背影。

忽然响起轻微的敲门声。殷其雷睁开眼睛。

门被推开,君黍和木苡南眯着眼睛看过去。

穿着船夫衣服的君夕存和穿着看守衣服的林芮予迅速钻了进来。

殷其雷愣了愣,视线在君夕存身上定了定,又闭上了眼睛,微微调整姿势,转了个方向。

君　黍:(看着林芮予)你怎么把她也带来了?

君夕存掏出小刀,替木苡南解开身上的绳索。

君 夕 存:我拦不住她。

林 芮 予:(在君黍身后割绳子)抓你的是我爹爹,这事我也有责任。

君　黍:这事太危险了,你回去。

木苡南坐在地上活动了下手腕,看着君黍和林芮予。君夕存走到殷其雷身后去割绳子。

林 芮 予:君姐姐打算骗我们家的看守喝那下了毒的酒,我看不过去帮一把还不行吗?

君　黍:(失笑)帮谁?

林 芮 予:帮君姐姐呀,我直接把我们家的看守打晕了。我可不能让君大哥在这种地方待太久。

君夕存摇摇头没有说话。

殷其雷默默坐了起来,低着头却不看君夕存。

木苡南注意到后,疑惑地在殷其雷和君夕存之间来回打量。

君　　黍：你还是快离开吧，不要为难你爹。

林芮予：我同他说离开几天去找朋友。没事，你不用担心我，我们
　　　　杀出去吧。

君　　黍：(拉住林芮予)别急，没到时候。

林芮予：(愣了愣，在君黍旁边坐下来)你们有主意啦？

　　　　君黍看着外边。

53.外,甲板——日

　　　　林行站在甲板上，看着远处的水面。

54.内,储物间——日

　　　　林芮予坐在君黍身边，君夕存在船舱里来回走动，观察着船舱的
　　　　构造。

林芮予：(视线落在木苡南身上)这位是？

木苡南：(微笑)林小姐。

　　　　林芮予回头疑惑地看着君黍。

君　　黍：(咳嗽一声)木苡南。

林芮予：我听爹爹提起过你，江湖神偷木苡南。天下真的没有你偷
　　　　不到的东西吗？你什么时候来我们江门，或者你能偷走我
　　　　爹爹藏在书房里的那柄宝剑吗？

木苡南：(微愣)果然闻名不如见面。

林芮予：(挠挠后脑勺)我一直很想见见你，没想到是在这种情况下。姐
　　　　姐，等我们出去了，你教教我好不好？

木苡南：(不自然地别开视线)可……可以。

林芮予：(高兴地拉着君黍的袖子)君大哥！等我学会了！以后你有需
　　　　要就找我好不好？

　　　　君黍无奈地笑笑。

林芮予：（又看向殷其雷，拉了拉君黍的袖子）那个冷冷的大哥哥是谁？

木苡南：（轻笑）小姑娘可别乱说话，那位大哥哥是个杀手，只要他出手，没有能活下来的人。

君夕存看了过来，殷其雷连忙扭过头，木苡南看着殷其雷，忽然笑了笑。

屋外传来噼里啪啦的爆竹声。君黍神色一凛，四下看了众人一眼。

木苡南和殷其雷站起身，君夕存和林芮予站在君黍的身边。

55.外，货船——日

船即将靠岸，船上的人匆忙而有序地走动。

56.外，储藏室外——日

君黍在前，木苡南和殷其雷跟在后边，三人打开门，小心翼翼往外走。君黍走到一边昏迷的人身旁，取下那人的佩剑。

57.外，甲板——日

甲板上传来巨响。紧接着一股浓烟开始冒出。船员们急匆匆往那边赶去。

58.外，储藏室外——日

君黍回头看着殷其雷和木苡南，两人点点头，三个人弯着腰，朝着与船员相反的方向走去。

59.外，甲板——日

林　行：（抓着林芮予的手）小予，瞎闹！

一圈的看守面面相觑，不知所措。

有看守跑了过来。

看　守：大人！君黍他们不见了。

> 林行松开林芮予，急匆匆赶过去。林芮予跟了过去。

60.外，船舱——日

> 君黍三人站在甲板上。
>
> 林行飞身挡在君黍面前。

君　黍：林掌门。

林　行：我不能就这样让你们离开。

> 君黍和林行对视一眼，君黍笑了笑，后退一步。

君　黍：那我就不客气了。

> 君黍直冲林行而去。
>
> 殷其雷反手拿起放置在一边的扫把，将一头折断，和木苡南一同站在后边，与江门的弟子斗成一团。
>
> 林芮予赶到，左右看看，满脸着急。

林芮予：君大哥！你不要跟我爹爹打啊！

> 君黍的剑锋直逼林行而去。
>
> 林芮予夺过一旁江门弟子的佩剑加入战局。
>
> 木苡南和殷其雷对视一眼，殷其雷转身，朝君黍走过去。
>
> 林芮予挑开了君黍的剑锋。君黍将剑扔给了殷其雷，接过了殷其雷手中的木棍，小心翼翼闪躲林芮予的招式。
>
> 殷其雷冲着林行而去。林芮予眼角瞥见，不管不顾地扑了过去，林行神色一凛抱着林芮予一个转身。长剑直直穿透了林行的身体。
>
> 木苡南和君夕存回过头来。林芮予扶林行的身体半跪在地上，君黍迅速围了过去。殷其雷站在原地，剑锋朝下，一滴滴淌着血。
>
> 江门的弟子冲上前来，将几人团团围住。

林芮予：(抱着林行)爹爹！爹爹！

> 殷其雷看向君夕存，君夕存恐慌地看着殷其雷，往后退了一步。殷

其雷愣在那里。

有弟子冲了出来,直逼殷其雷而去。

弟　　子:你竟敢伤林掌门。

　　　　　殷其雷愣愣地盯着君夕存,仿佛什么都没听见。木苡南一慌,飞身
　　　　　上前,一把拽过殷其雷,剑锋划过她的左肩,被反应过来的殷其雷一
　　　　　剑挡开。

　　　　　那弟子摔落在地上,正要起来。

　　　　　另一边,林行嘴角溢出血,微微睁开眼睛,捏了捏林芮予的手,眨了
　　　　　眨眼睛。

　　　　　林芮予一愣,看了眼君黍,君黍冲她点点头。

林 芮 予:(大哭)爹! 爹! 醒醒啊! 爹爹!(所有人均被她的哭喊声吸引
　　　　　过去)

君　　黍:(忽然面露狠色,一把抓起林芮予,掐着她的脖子一步步后退)都别
　　　　　过来!

　　　　　木苡南、君夕存和殷其雷后退着靠近君黍,五个人一步步后退。

林　　行:(奄奄一息地半坐起来)不要伤害我的女儿!

　　　　　江门的弟子面面相觑,不知所措。

　　　　　君黍抓着林芮予,率先跳下船。江门的弟子还要往前,林行忽然直
　　　　　直地倒了下去。弟子们迅速围拢过去。

61.外,河边——日

　　　　　满是荒草的岸边,一串脚步隐隐约约。

　　　　　君黍扶着林芮予,木苡南扶着君夕存,五个人稀稀落落走在路上。

林 芮 予:君大哥,爹爹他不会有事吧?

君　　黍:(回头看了眼殷其雷)你放心,那一剑只是看着狠,实际上避
　　　　　开了要害。

林 芮 予:(如释重负)我也没想到父亲会这么做,他果然是向着我们的。

君 夕 存:只是我们都能看得出来林掌门是有意放我们离开,只怕其

他弟子也看得出来。

君　夕：若只靠林掌门一人，江门定然不会这么多年还闻名在外。

林芮予：（点头）没错，我们江门的人，都是知道该说什么、该做什么的。

君夕存笑了笑。

木苡南和殷其雷两人走在后头，殷其雷的视线时不时扫向君夕存，木苡南探头过去，近距离打量着殷其雷的神色。

殷其雷：你做什么？

木苡南：你在想什么？

殷其雷别开脸，不说话。木苡南微微一笑。

殷其雷：（沉默片刻）刚才，谢谢你。

木苡南愣了愣，看着一脸别扭的殷其雷，忍不住笑出声来。

木苡南：能帮天下第一杀手的忙，我也很荣幸。

殷其雷微微一笑。

木苡南：（歪着头细细打量）倒没想到你也会笑，还挺好看。

殷其雷：我虽杀人不见血，但也是人。

木苡南：（愣了愣，有些愧疚）你想过没有，这次的事一结束，就远离这些是是非非。

殷其雷：去你酒楼里跑腿吗？

木苡南：（大笑）你只要往楼里一站，也就没人敢惹事了。

殷其雷：（看着木苡南的侧脸）是个好主意。（视线往下扫，忽然神色微变）

木苡南低头，顺着他的视线看着自己淌血的肩膀，毫不在意地笑笑。

木苡南：所以我才喜欢深红色的衣裳，敌人永远不知道你伤势如何，起码气势上不输人。

殷其雷：（看了眼走在前面的君夕存）我不会处理这些，你要不去找——

木苡南：（打量着殷其雷的神情）看来你同那位君夕存小姐有些故事。

殷其雷扭过头，沉默无语。

木 苡 南：(用没受伤的右手拍了拍殷其雷的肩膀，一副好哥们模样)你放心，我不会多话的。

殷其雷沉默不语。

木苡南按着受伤的左肩膀，没留意被脚下的树枝绊了一跤，被殷其雷一把托住。

木苡南借着殷其雷的力，透过他的肩膀往后看。

君黍和君夕存转过身，君黍脸上有些冷意，君夕存却毫无反应。

木 苡 南：(凑近殷其雷耳边，轻轻一笑)完了，又是一出君有情而妾无意的好戏。

殷其雷僵在那里，没有多说话。

君黍快走几步过来。

君　　黍：怎么了？

木 苡 南：(微微退开)两个受伤的人互相安慰。

君黍扫了眼木苡南的肩膀，冷着脸拖着她往前走。

君　　黍：他怎么了？

木 苡 南：(被君黍拖着走也不挣扎，经过君夕存时轻声说)他比我严重，心伤。

君　　黍：(皱皱眉，看向君夕存)这附近哪有药草？我们暂且歇一歇，你替她包扎一下。

62.外，荒废的寺庙——日

荒野，众人面前是一座废弃的寺庙，门口处三扇红漆大门倒了两扇，只有中间一扇摇摇晃晃地立着。地面上满是断裂的木头和碎石。门口进去是一座破旧的佛像，透过佛像背后一个小小的窗户，微弱的光线照射进来。

殷其雷站在寺庙门口。

君黍脱下自己的外套，塞给木苡南。木苡南还在情况之外，愣愣地看着君黍。

木苡南：怎么恶狠狠的，我受伤了你没看见？

君　黍：（冷笑）你受伤了你自己没看见？一路上也不见吭一声，还吹着风聊得欢。

木苡南：不是吧君爷，我没来打扰你，你还反过来怪我？

　　　　君黍不说话，甩手走了出去。

　　　　林芮予原先在寺庙里左右转悠，等君黍离开后蹭了过来。

　　　　木苡南轻轻推开君夕存的手，将衣服小心往下拉了拉露出伤口。

　　　　君夕存给木苡南上着药。林芮予就趴在一边盯着木苡南看。

木苡南：（推开她的脑袋）你们一个两个，想干吗？

　　　　林芮予看看木苡南，又摸摸自己的脸，抬头看着君夕存。

林芮予：姐姐，她比我美吗？

　　　　君夕存温柔地笑笑，并不回答。

　　　　木苡南看着两个女人，皱着眉，然后一脸坏笑地看着君夕存。

木苡南：姐姐，你心里，可有住着人？

63. 外，寺庙门口——日

　　　　君黍在空地上生起了火。殷其雷用剑串着几条鱼走过来。

　　　　君黍看了眼殷其雷手里的剑。

　　　　剑穿透林行的画面一闪而过。

　　　　两人一个对视。君黍看了眼寺庙内的三人，迅速折断一根树枝，剥去外皮。殷其雷接过树枝，将鱼串起来，要递给君黍。君黍往后退了一小步，继续往中间加着柴火。殷其雷若无其事地把剑往地上一插，坐在火堆旁开始烤鱼。

　　　　君夕存走出来，看了眼殷其雷。殷其雷目不斜视，将已经烤焦了的鱼递给她。君夕存接过后，看了一会儿笑出声。

　　　　殷其雷快速扫了她一眼。

君夕存：不是这么烤的，要去了鱼鳞和内脏。

　　　　殷其雷低下头，默不作声。

君黍看着殷其雷，意味深长地皱着眉。

君夕存：(站起身)这几条怕是不能吃了，带我去河边吧。

殷其雷愣了半天，然后迅速地站了起来，走出几步后又折回来，拔起地上的剑，又径直往前走去。

君夕存愣愣地看着殷其雷，还是跟了过去。

君黍傻傻地看着两人的背影，和站在门口的木苡南对视一眼。

披着君黍外套的木苡南走了过来。

君　黍：还好吗？

木苡南：只是划了一下。

君　黍：(扭头看着火堆)吃完后，去镇上找间客栈，好好休息。

木苡南：(看着君黍，半天后笑了)君爷，你这是关心我？

君　黍：(一愣，面不改色继续盯着火堆)小予呢？

木苡南：说是在里边研究佛像，这姑娘有趣得很。

君　黍：不知道把她牵扯进来，是不是错了。

木苡南：看起来她对你有些意思，为了喜欢的人做些事，她不会计较对错的。

君　黍：(看着木苡南的侧脸)所以我才觉得错了。

木苡南扭过头，正对上君黍的视线。

半天后她扭过头。

木苡南：你可还有银两买马住客栈？接下来还有两天的路程，你怎么打算？

君　黍：(低下头笑了笑)行李虽丢了，脸还在，难道会有人不卖我君爷的面子吗？

木苡南：(大笑，去推搡君黍)少来。

君黍笑着躲闪。

木苡南：我一直想问你一件事。殷其雷和君姐姐之间，是不是发生过什么？

君　　黍：我跟夕存打小认识，看她的模样，不像是认识殷其雷。

木芯南：我瞧着也是，只是殷其雷的反应怪了些，像是一早就情根深种。

君　　黍：果然你也看出来了，不过即便如此也晚了。

木芯南：君姐姐心里果真有别人？

君　　黍：她心系我大哥，只是皇上不肯应允。

木芯南：就因为她是艺伎？

　　　　　君黍点点头。

木芯南：(握紧拳头)我们的皇上，果真以拆散别人为乐趣。

　　　　　君黍疑惑地看过去，木芯南注意到君黍的视线后连忙笑了笑。

君　　黍：其实几年前有人要赎她出来，她却宁愿借着艺伎的身份替四爷做事。

木芯南：(微愣)没想到君姐姐这么痴情。

64. 外，河边——日

　　　　　殷其雷站在水中，盯着河水，手持树杈，一脸严肃。

　　　　　君夕存蹲在一边，用随身带的小刀小心地刮着鱼鳞，时不时抬头看一眼殷其雷。

君夕存：先前我替芯南姑娘敷药时，她说，你是世上最光明正大的杀手。

　　　　　殷其雷一愣，没有说话。

君夕存：对不起，我冒昧了。

殷其雷：没，没有冒昧。

　　　　　君夕存沉默片刻，低下头继续刮着鱼鳞。

君夕存：其实我一见着你，就觉得……你更像是从武馆里走出来的不谙世事的武士，不该沾染鲜血。

　　　　　殷其雷抬头，看着君夕存。

君 夕 存:（遥遥对视，接着低下头去）是我僭越了，不该说这些。

殷 其 雷:不会，你说，我听着。

君 夕 存:我不知为什么，总觉得你有些眼熟，我们是不是从前就认识？

65.（闪回）外，街市——日

君夕存在河边放完花灯，起身的一瞬间忽然被一只手卡住了脖子。

男人身上全是血，恶狠狠地威胁君夕存。

男　　人:别动，带我去医馆。

君 夕 存:我就是大夫，你跟我来。

男人拽着君夕存往小巷子里走。转角处有几个黑衣人一闪而过，君
夕存急忙推着男人拐往了另一个方向。

66.（闪回）外，岸边——夜

月色下，君夕存小心翼翼地替男人处理伤口。

殷其雷抬起头来，看着君夕存。

67.外，河边——日

殷 其 雷:（看着君夕存，半天后摇了摇头）没有，我们没见过。

68.外，小道——日

君夕存提着鱼，殷其雷跟在后边，两人往回走。

君夕存的衣摆在风中微微摇曳。

殷其雷在她身后慢慢伸出手去，在即将触到衣摆时他愣了愣，收回
了手。

殷其雷看着君夕存的背影，暗暗握紧了拳头。

69. 内,寺庙内——日

殷其雷站在寺庙之内,抬头看着佛像,神情虔诚。

君黍走了进来。两人并排站着。

君　黍:你想说什么?

殷其雷转过头,看着君黍。

70. 外,寺庙门前——日

五个人围成一圈吃着烤鱼。

林芮予低着头,和坐在一边的君夕存小声说着什么。

君黍和木苡南说说笑笑。

殷其雷偶尔状似无意地瞄一眼君夕存,又迅速低下头。

木苡南注意到之后,和君黍对视一眼。君黍满脸不赞同地摇摇头。

木苡南扭过头。

木 苡 南:君姐姐,君大哥说你当年的琴艺名动江陵,我日后来找你
切磋切磋可好?

君　黍:你也真是敢说。

木苡南笑笑,推了君黍一把。林芮予抬头看了眼,又迅速低下头。

君 夕 存:好呀。我也想会一会妹妹。

木 苡 南:姐姐这样才貌双全,性子又好,真希望下次见着姐姐时,姐
姐已经寻到了良人。

君 夕 存:我只是一介艺伎,不盼着这些,只希望帮四王爷多做些事
就好。

殷其雷站起身。

君夕存看向他。

木 苡 南:殷大哥一介武夫,怕是听不得儿女情长。

君夕存笑笑。

殷其雷转身离开。

木苡南：不过殷大哥为人坦荡,又有担当,不知君姐姐觉得如何?

　　　　殷其雷停下脚步,背对着几人。

君夕存：我觉得如何?

木苡南：只是问问,君姐姐觉得殷大哥如何?

　　　　殷其雷转过身来,隔着火堆和君夕存对望。

　　　　君夕存移开视线。

　　　　君黍看着几人,拉着木苡南站起来。

君　　黍：天色有些晚了,我们赶紧出发吧。

木苡南：君姐姐,我的话,还请别放在心上。

　　　　木苡南被君黍拉着,起身离开。

71.外,永州城门——日

　　　　城门口各种打扮的男女进进出出,一排士兵整齐地站着,一个个检查通行的人的身份证明。

　　　　君黍走在最前面,后面跟着木苡南等人,五个人都穿着简单的麻布衣裳,低着头小心翼翼地跟在队伍后面。

　　　　士兵拦住了君黍,君黍抬头看他,从腰间取下一块令牌递给他。

　　　　士兵看了他一眼,一愣后正要出声,君黍冲他摇了摇头。

　　　　士兵会意,摆摆手放几人通过。

72.外,小巷——日

　　　　君黍走在最前,林芮予跟在一边,君夕存走在中间,木苡南和殷其雷走在最后。五个人拐进一条小巷子里。

　　　　林芮予回头看看,确定没人后露出松了一口气的样子。

林芮予：君哥哥,那士兵也是你们的人吗?

君　　黍：看把你吓得,不必担心,四爷他早有安排。

林芮予：那我们接下来？

君　　黍：接下来就得靠我们自己了。皇城虽离我们只剩一墙之隔，但下一道城门，就没这么好进了。

君夕存：那——四王爷现在可还安好？

君黍看了眼殷其雷。

君　　黍：你放心，他此刻正好好在王府待着，即便接下来朝堂大乱，也不会殃及他。

君夕存放心地点了点头，殷其雷看了眼君夕存，又面无表情地移开视线。

木苡南一直低头沉思，听着几人的对话。

这时一行人已经来到一座小院前。

君黍抬头看了眼围墙，正要跃起，陈旧的木门"吱呀"一声被拉开。

穿着一身白衣的年轻男子笑吟吟地看着君黍。

君黍看着男人笑了笑。

白衣男子：可算是来了。

73.内，小院——日

这是一座极为普通的小院，院子里有葡萄藤架，摆着花花草草，正中间放着一套桌椅。

君黍和那白衣男子面对面坐着，面前放着一副棋盘。左手边是一个插着一炷香的香炉。

林芮予拉着君夕存蹲在角落里赏花。

殷其雷站在葡萄藤架下。

木苡南走至君黍身边。

白衣男子：木姑娘，你还是不要过来得好。

木苡南：这怎么说？

白衣男子：我想要一个不分心的对手。

木苡南微愣。

君　　黍：(咳嗽一声)该你了。

　　　　白衣男子轻笑。

　　　　木苡南红着脸走开,走到葡萄藤架下和殷其雷并排站着。

　　　　殷其雷望向君夕存的眼神愣愣的。

　　　　木苡南叹了口气,戳了戳殷其雷。

木　苡　南：你知道那人是谁吗?

殷　其　雷：是负责四王爷地下情报网的项禹白。

木　苡　南：难怪看起来眼里透着精光。

殷　其　雷：小点声。

木　苡　南：这是夸他呢,怕什么。

74.外,小院——日

　　　　香炉中的香燃尽。

项　禹　白：(大笑出声)我果然无比怀念这种惨败的感觉。

君　　黍：(摇摇头)你这些年都顾着花天酒地了吧。

项　禹　白：少了你我无趣了很多。

君　　黍：你这样的人还会觉得无趣?这些年我可听到了不少你的
　　　　传闻。

项　禹　白：是吗?都是关于什么的?

　　　　项禹白抬头看君黍,君黍笑而不语,两人对视,这时小院外忽然传来
　　　　吆喝声。

男　　人：(画外音)跟我往这边来。小店保证童叟无欺。

　　　　项禹白笑了笑。

项　禹　白：看来是安全了,你同我过来。

　　　　君黍跟着起身,一行人往屋内走去。

75.内,项禹白院落——日

　　　　项禹白和君黍走在最前面,其他人跟在后边。

一行人穿过屋子,来到前院,只见院子里有许多马匹。

项 禹 白:眼下皇城周围全是三王爷部署的眼线,只后山一路,因师父坐镇无人敢去放肆。但前几日师父远行,我担心他们钻空子,就派了人在那路上留意。

君 黍:现在安全了?

项 禹 白:相对安全,师父不在,即便你们遇险,院里的人也不会出手相助。你们还要多加小心。

君黍点点头,作了个揖。

君 黍:多谢。

项禹白摆摆手。

项 禹 白:我能做的只有这些了,接下来的路还得靠你们自己。

君 黍:我明白,你只图个清静。

项禹白转身离开,君黍转身看向众人。

君 黍:此行凶险,小予你——

林 芮 予:我不走。

君 黍:小予——(看向君夕存,示意她帮忙说话)

君夕存会意。

君 夕 存:我带着小予先离开,接下来的事,我们也帮不上什么忙。

林 芮 予:姐姐——

君夕存拉了她一把,林芮予这才委屈地闭了嘴。

君黍又看向殷其雷和木苡南,还没开口——

木 苡 南:我明白。

君黍一愣,木苡南已经翻身上马,殷其雷也跟着上马,三个人一起骑着马从前院离开,君夕存和林芮予在后面目送几人。

76. 外,后山——日

君黍和木苡南、殷其雷三人骑着马来到后山。

君苂在山脚停下,往后看了眼。

木 苂 南:担心她们?

君　　苂:怕吗?

木 苂 南:我怕过什么?

君苂笑笑,两人朝着在前面等着的殷其雷骑过去。

三个人在树林间穿行。

木 苂 南:项禹白是你同门?

君　　苂:你怎么知道的?

木 苂 南:我听他说师父二字时,你神情有异,又看你们像是旧识。

君苂笑了笑。

君　　苂:我们是同门弟子。

木 苂 南:能教出你们这样的弟子,这师父我倒挺想见见。

君　　苂:他老人家爱出门远游,下次若有机会,就带你去见见。

木 苂 南:下次?

君苂挑眉看她,木苂南笑着掩饰,君苂还要再问,林子间忽然响起呼啸声。

四面八方涌出来许多黑衣人,瞬间将三人层层包围。

三个人神情一变,木苂南打量着这些人。

木 苂 南:你师兄该不会是害你吧? 这么多人藏在这儿,他会发现不了?

君　　苂:他不是这种人。

黑衣人首领:先前几次是你们侥幸,这一次,我们不会再放过你们了。

说完他一挥手,黑衣人围上前去,三个人陷入混战。

黑衣人一波接着一波,三个人应接不暇,殷其雷还应对得过来,木苂南和君苂身上已经被划伤大大小小好几道口子,一时间几个人陷入绝境之中。

这时林子外传来整齐的脚步声,江门的弟子穿着全白衣裳,威风出场。

林行和林芮予并排走来。

林 芮 予:君哥哥!

君 黍:你怎么来了,林掌门?

> 林行冲君黍点了点头,带着弟子们挡在君黍他们前面。

林 芮 予:虽然君姐姐说我们帮不上你的忙,但我爹爹他可以。

> 君黍有些歉意地看向林行。

君 黍:给掌门添麻烦了。

> 林行摆摆手。

> 黑衣人们站在众人对面,为首的往前站了一步。

黑衣人首领:江门现在要同三王爷作对了吗?

林 行:这里都是我的朋友,三王爷想动我的朋友,我也没有办法。

黑衣人首领:那我也就不废话了。

> 众人再度开打。

> 江门的人一波又一波出现,转眼间林中躺下一片人。

> 林行看了眼不断赶来的黑衣人,飞身到君黍身边。

林 行:我挡着,你们先走。

君 黍:多谢。

> 林行点点头。

> 君黍冲木苡南和殷其雷使了个眼色,三个人率先离开,有黑衣人想
> 要追过去,被江门的人拦下。

77.外,寺庙门口——日

> 君黍领着木苡南和殷其雷在林间狂奔,沿着蜿蜒的山路一直往上,
> 在山顶的位置,是一座古旧的棕红色的寺庙。
> 有钟声和僧人的念经声传来。
> 三人来到寺庙门口,门口扫地的僧人看了他们一眼,见怪不怪地继
> 续低头扫地。
> 君黍朝僧人作揖,随后往前走去,木苡南和殷其雷跟上。
> 僧人在几人身后淡淡开口。

僧　　人：徐师父不在。

君黍脚步一顿，继续往前走去。

远处的山路上，又有一群黑衣人奔过来。

僧人头也不抬地继续扫地。

78.内,寺庙——日

三个人绕过寺庙大堂，沿着长廊走，直到一间干净的小院外。

君黍率两人往小院内走去，推开房门进屋。

只见是一间没什么装饰和摆设的简单小屋，十分干净。

三人在桌子前坐下，君黍熟门熟路地绕过屏风。过了一会儿拿着一些药过来，将其中一些扔给殷其雷，又朝木苡南伸出手。

木苡南：(摆摆手)不碍事。

君黍直接抓住木苡南的手腕，把她的袖子往上挽，给她上药。

木苡南：现在这情形，我们这样是不是不大合适？

君　　黍：虽然这寺里的师父不会帮我们，但马希莩的人还是会有所忌惮的，不敢马上冲进来。

木苡南：他们不敢进来，我们也不敢出去，这是死局呀。

君　　黍：嗯。

木苡南：君爷你向来料事如神，可曾预见过这样的情形？

君黍沉默了一会儿。

君　　黍：预见过，但我没想把你牵扯进来。

木苡南轻笑。

木苡南：可是你最开始找的我。

君　　黍：我后悔了。

木苡南一愣，别开视线。

79.外,寺庙门口——日

黑衣人首领站在门口，一群黑衣人跟在后面。

黑衣人首领: 君爷,事已至此,只要你们把东西交出来,我们还能留你
们一条活路。

寺庙里一片寂静。

黑衣人首领: 我们虽各为其主,但不过都是图个活命,这天下是谁的
和我们又有什么关系,君爷,你可要想清楚了。

扫地的僧人抬头看了眼众人,摇摇头,换个方向继续扫地。

黑衣人还要说话,这时项禹白从一旁走上前来,冲黑衣人首领摇了
摇头。

首领会意,退到一边。

项 禹 白: 君黍。

80.内,寺庙——日

君黍神色一变。

木苁南和殷其雷对视一眼。

木 苁 南: 真的是他。

君黍站起身,走至门口。

项 禹 白: (画外音)出来吧。三王爷势力如何你也看到了,你这么为
四王爷做事,究竟是为了所谓的天下大义,还只是报他的
恩情?若只是报他的恩情,你大可不必赔上自己的性命,
还有他们的性命。

君黍回头看了眼木苁南和殷其雷,木苁南笑着走到他身边。

木 苁 南: 既然最初答应跟你过来,我就做好了所有的打算,你不必
顾虑我。

殷其雷也朝君黍点了点头。

殷 其 雷: 我欠你很多,一条命算不得什么。

君黍微愣,随后欣慰地笑了笑。

君 黍: 其实大义于我,并无什么要紧,我自始至终都不过希望身

边的人平安。四王爷如何,三王爷如何,外面的人也看得清楚,你们真觉得,若是三王爷得势,你们能如愿过上自己想要的生活?

81.外,寺庙门口——日

项禹白和黑衣人首领对视一眼,黑衣人首领面色铁青。

黑衣人首领:我看这君黍是不会乖乖就范的,项先生您,还望不要阻拦。

项禹白看看黑衣人首领,又看看寺庙,摇头叹了口气。

项 禹 白:你要做什么,都与我无关。

项禹白推开黑衣人首领对扫地的僧人作揖。

黑衣人首领:多有冒犯。

随后他一挥手,弓箭手朝着寺庙开始射箭。

无数支箭被射出。

82.内,寺庙——日

无数支箭从空中落下,有的落在屋顶上,有的落在地面上。

有在路上走着的僧人,见到箭后只微微一挪步,小心躲开,随后若无其事地继续往前走去。

小院内君黍三人往后退了几步,避开几支射到他们面前的箭。

木 苡 南:杀出去吗?

君黍看了眼外头的情形。这时又有几支箭射到他们面前,三个人堪堪躲闪。

又有无数支箭射了进来,三个人艰难躲闪。

这时凭空响起清脆的铃铛声,箭雨也停了下来。

木苡南一愣,脸上露出狂喜的表情。

君黍看向木苡南。

木苡南率先往门外跑去,君黍和殷其雷也跟了过去。

83.外,寺院门口——日

门口处一男一女两个中年人站着,男人穿一身白衣十分儒雅,女人一身红衣,腰间系着一柄剑,上头还挂着一个铃铛。

扫地的僧人乖乖地站在男人身后。

黑衣人看向来人。

黑衣人首领: 徐大人?你不是有事远行了吗?

男人(徐仲雅): 我若再晚些回来,只怕就不认得这儿了。

黑衣人首领: 大人,你素来不问朝堂的事,这·次——

木苡南和君黍等人已经来到门口,君黍看到徐仲雅后安心一笑,木苡南看到那红衣女人后,也露出了笑容。而对面的黑衣人神色一变,做了个退后的动作,徐仲雅移步到君黍等人面前。

徐 仲 雅: 我是不管朝堂的事,但这人是我徒弟。(瞥了眼木苡南)那姑娘是我老相好的徒弟。

木苡南和君黍愣住。

红衣女人(木三娘)翻了个白眼。

徐 仲 雅: 还有那人,(看了看殷其雷)是我刚收的弟子,这事我不能不管。

项禹白站在黑衣人首领身后,看到徐仲雅后目光躲闪。

项 禹 白: 师父。

徐 仲 雅: 除了你身后那个,这里的其他人我都要护着,你打算怎么办?

黑衣人首领大怒,身后的手下一齐亮剑。

徐仲雅挑眉,下一秒僧人排着整齐的队伍,轮流从院子里出来,排成一排站在徐仲雅身后。

徐 仲 雅: 你可想好了。

黑衣人首领看着面前众人,双方沉默地对峙良久。

半天后黑衣人首领转过身,领着众人离开。

徐仲雅看着黑衣人离开,这才转身看向身边的君黍。

徐 仲 雅：真会惹事。

> 君黍恭恭敬敬地抱拳笑笑。

> 木苡南蹭到木三娘身边。

木 苡 南：师父你怎么会来？

> 木三娘白了一眼徐仲雅和君黍，先一步往寺内走去。

> 剩余几人面面相觑，纷纷跟上。

84.外，寺庙院子——日

> 木三娘和徐仲雅坐在椅子上，木苡南和君黍、殷其雷三人站在一边，
> 木三娘把茶杯放下。

君　　黍：先前我还派了人在外到处找您，没想到我师父和您竟是旧
相识。

木 三 娘：什么旧相识？只是多年不见，碰巧遇见了，又听了些你们
的消息，就想着过来看看。

> 木苡南赔笑。

木 苡 南：师父这几年在外边可还好？

木 三 娘：没了你在旁边叽叽喳喳，我自然过得好。

> 木苡南摸摸鼻子讪笑。

> 徐仲雅笑着看几人谈话，这时开口。

徐 仲 雅：说回正事，我已经派人去皇宫送信，这会儿来接你们的人
大概快到了。马希萼只怕已经在召集势力，进宫的事情刻
不容缓。

君　　黍：还是师父考虑得周全。

徐 仲 雅：你啊，这回进宫，怕又是一场大变，可想好了？

君　　黍：师父放心。

> 徐仲雅沉默了一会儿。

徐 仲 雅：你此去凶险，我有些后悔，当年把你交给了他。

君　　黍：四爷从不曾逼迫我做什么,我只求问心无愧而已。

　　　　　木三娘来回看看徐仲雅和君黍,目光停在木苡南身上。

木 三 娘：你,过来。

　　　　　木苡南跟着木三娘离开。徐仲雅和君黍、殷其雷看着两人离开。

　　　　　殷其雷来回看看几人,面无表情地转身离开。

徐 仲 雅：小杀手你去哪儿?

　　　　　殷其雷脚下一顿。

殷 其 雷：去外边看看。

徐 仲 雅：这儿又没什么你听不得的话。

　　　　　殷其雷还是往前走去。

　　　　　徐仲雅笑着摇头。

　　　　　殷其雷离开后,徐仲雅再次看向君黍。

徐 仲 雅：小杀手是个聪明人。其实,我确实还有一事。

君　　黍：师父请说。

徐 仲 雅：前些日子你让禹白调查的事,关于那丫头的。

　　　　　君黍愣愣地看着石头桌面。

85.内,寺院小屋——日

　　　　　木三娘推门进去,木苡南跟在后面。

木 三 娘：你喜欢那孩子?

　　　　　木苡南一愣。

　　　　　木三娘会意一笑。

木 三 娘：他是马希广的人。

木 苡 南：我知道。

木 三 娘：马希广是那人胞弟。

木 苡 南：……我知道。

木 三 娘：他若知道你要做什么——

木 苡 南:师父想劝我不要进宫吗?

木 三 娘:我从来不劝你什么。

木 苡 南:那师父你——

木 三 娘:我只问你,如今什么打算?

木 苡 南:……我不知道。

> 木三娘这才回头看她,无奈地摇头。

木 三 娘:看来你真的喜欢他。

木 苡 南:我不是为他……不仅仅是为他。

> 木三娘在椅子上坐下,面无表情地看着木苡南。

木 苡 南:我们这一路走来,经历了许多事,也看到了许多事。我担心我的私欲会害了别的人。

> 木三娘沉默。
>
> 这时门口传来叩门声。君黍站在门口,看着两人。

君　　黍:打扰了。

> 木三娘看着君黍,抿嘴没有说话,起身绕过君黍,往外走去。
>
> 君黍走到木苡南身边,木苡南已经换了表情,笑盈盈地看向他。

君　　黍:就要进宫了,你怕吗?

木 苡 南:这一路你问了我无数句怕不怕,也不嫌麻烦。

君　　黍:皇宫里戒备森严,御前侍卫又都是百里挑一。

木 苡 南:前言不搭后语的,你怎么了?

君　　黍:皇上的身体每况愈下,皇位的事还未定下,他若现在倒下,只怕朝野将一片混乱。

> 木苡南看着君黍,两人对视,最终木苡南先移开视线。

木 苡 南:你知道了。

君　　黍:十年前皇……马希范,他看中一位商人的妻子。那妇人不肯就范,最终和丈夫一起死在了马希范手下。这件事虽被马希范极力隐瞒,但仍有知情人存活于世。据传那妇人的女儿后来一直四处游荡。

> 木苽南沉默不语，隐在袖子里的左手紧握成拳，指甲嵌进肉里。

> 君黍拉过木苽南的左手，轻轻掰开，又极温柔地握住。

木 苽 南：他毁了我的一切。

君　　黍：我知道。

木 苽 南：但你还是会阻拦我对不对？

君　　黍：我不能看着你去冒险。

木 苽 南：你是怕，因为我的复仇，使得本就混乱的朝局更加无法收
　　　　　拾吧？

君　　黍：(看着木苽南，神色复杂)你明知道我更怕什么。

> 木苽南沉默。

> 君黍忽然轻轻地把木苽南拥进怀里。木苽南想要挣扎，君黍更加用
> 力地抱住她。

> 两人沉默了很久。

君　　黍：等事情结束，我们就去山里住着，养鸡，种菜，看日落。

木 苽 南：我们理解的结束，可能不大一样。

君　　黍：你要是喜欢，我们也可以继续开酒楼。我来算账，帮你把
　　　　　钱管得牢牢的。

> 木苽南叹了口气，随后伸手环住君黍的腰。

木 苽 南：你不管你大哥了？

君　　黍：(摇头)大哥有嫂子照顾着，我们不管他。

木 苽 南：这天下你也不帮着看了？

君　　黍：大有圣贤人等着被重用，我只想过自己的日子。

> 木苽南沉默。

君　　黍：(松开木苽南)你会因为我变得庸碌看轻我吗？

木 苽 南：(歪着头一笑)君爷也会害怕被人看轻吗？

君　　黍：我只会怕你。

木苡南：（微笑）我不会。

    君黍放心地笑。

君   黍：那我们说好了？

    木苡南迟疑了一下，点头。

木苡南：行，我们说好了。

86.外，后山——日

    树林空境头。

    为首是穿着官服的几位大人，殷其雷和君黍骑着马跟在后面，几个人在林间穿行。

87.外，寺庙小院——日

    徐仲雅和木三娘在下棋，木苡南站在两人身边。

木三娘：现在心神不宁有什么用，这会儿他们该快到皇宫了。

木苡南：我总觉得有哪里不对。

徐仲雅：小君做事向来有自己的主意，你不用太担心他。

木苡南：但他太重情义了。项禹白就是个教训……

徐仲雅：这倒是，他一旦决定相信谁，就会赌上一切。

木三娘：也不知这性子是谁教出来的。

    木三娘说着又下了一子，徐仲雅露出懊恼的神情，只见他的棋子在无意中已经被木三娘的棋子团团围住。

    木苡南看着棋局，忽然神情一变。

88.（闪回）外，酒楼——日

    木苡南和殷其雷擦身而过，殷其雷和酒楼老板娘对视一眼，酒楼老板娘会意地点点头。

89.(闪回)外,难民村——日

君黍、木苡南和殷其雷三人混在难民潮里,往前走着。

殷其雷走在木苡南身边,随手在地上洒下一些粉末。

90.外,寺庙小院——日

木苡南转身跑出小院。

木三娘和徐仲雅站起来看向她的背影。

徐 仲 雅:怎么了?

木 苡 南:怕是要出事!

木苡南跑出寺庙。

91.外,宫殿——日

君黍在前,殷其雷在后。

两人在太监的引导下,走过长长的回廊。

92.外,练武场——日

演武场台上,马希莩坐在太师椅上,他的手下站在台子正前方。

台下各人整装待发。

马希莩起身看着下面的士兵,又回头看了眼身后的皇城。

93.外,后山——日

木苡南骑着马在山林里疾行。

94.外,宫殿正门口——日

君黍和殷其雷在太监的引导下,一步步走上宫殿门前的台阶。

两旁各站着两排的侍卫,一个个目视前方十分严肃。

95.外,宫殿大门口——日

木苡南来到宫殿门口,翻身下马。

96.外,宫殿正门口——日

君黍和殷其雷一步步走上台阶。

97.外,宫殿——日

木苡南跟在太监身后急促地走着。

98.外,宫殿大门口——日

君黍和殷其雷正要踏进大门,木苡南赶到。

木 苡 南:等一下!

所有人扭过头看她,君黍和殷其雷都露出惊讶的神情。

木苡南急匆匆追到两人身边,伸手从君黍身上滑过,一转身手里已经拿着卷轴。

君　　黍:苡南?

木苡南快速去拉卷轴,只拉开一小截,只见里面一片空白。

木苡南还要往外拉,被殷其雷一把夺过,递还给君黍。

木 苡 南:你疯了!你做了什么?

殷 其 雷:我做了什么?

等在一旁的太监催促。

太　　监:皇上还在里面等着,三位有什么话不如稍后再说。

木苡南看向君黍。

木 苡 南:东西怕是被调包了。

君黍一愣,摇了摇头。

君　　黍:不可能。

木苡南:反正不能进去!这里边有诈,殷其雷他——

> 君黍却上前一步,轻轻拉住木苡南。

君　　黍:你是担心我才赶来的?

木苡南:你怎么总分不清轻重缓急!

君　　黍:相信我就好。

> 木苡南瞪着他。
>
> 君黍看看周围。

君　　黍:这会儿你也走不了了,便跟我一同进去吧,记着,低下头,别说话,有我在。

木苡南:可是——

> 君黍拽着木苡南,冲太监比了个手势,太监点头。
>
> 太监率先推开宫殿大门,君黍、木苡南、殷其雷三人走入大殿。

99.内,宫殿——日

> 装饰华贵的宫殿大厅,顶部是巨大的龙纹壁画,两侧五六米高的立柱上雕刻着复杂的龙纹,地面被擦拭得光亮,隐约可见人的倒影。
>
> 门口处站着提刀的侍卫,往里边走,两边诸位大臣毕恭毕敬站着。
>
> 最前面的高台上,一个身穿黄袍,看起来四十几岁的男人坐在龙椅上。
>
> (字幕:南楚王,马希范)
>
> 君黍、木苡南和殷其雷一步步走上前去。
>
> 君黍和殷其雷没什么表情,木苡南暗暗咬牙。
>
> 三人在马希范面前跪下行礼。
>
> 马希范抬手,三个人站起来,微微弯着腰。

马希范:东西带来了?

> 君黍点头,把卷轴交给一旁的太监。太监接过后,一步步走上台阶,递给马希范。
>
> 马希范接过,看向下边的诸位大臣。

马 希 范：如各位所见，朕的三弟为人素来跋扈，但朕不曾料到他品性顽劣至此。这是地方官员签署的证明他作恶的联名信，信中还有诸多确凿的罪名证据，朕此次便当着诸位大臣的面，出示这一罪证，再由诸位商榷，是否要定他的罪名。

> 木苡南有些不安，君黍在衣袖下握住她的手，轻轻摇了摇头。

> 马希范慢慢展开卷轴，这时殿外忽然响起鼓声，紧接着兵器相接声不断，侍卫慌乱地跑进殿内。

侍　　卫：皇上，三王爷率着重兵，正往宫内杀来。

> 殿内大乱，马希范面无表情地冷笑一声。

马 希 范：他可真沉不住气。

> 君黍和木苡南、殷其雷三人跟着殿内大臣一起看向门外，不一会儿工夫，已有穿着盔甲的侍卫持着兵器冲进来，和门口的侍卫打作一团。

> 大臣纷纷抱头逃窜，侍卫后边，马希萼带着一群黑衣人一步步走进殿门。

> 殿内马希范这边，又有一批侍卫围拢到他身边，双方对峙着。

> 君黍拉着木苡南，偷偷躲到人群后边。

马 希 范：三弟，你终于来了。

马 希 萼：皇上早就料到了这一天？

马 希 范：朝野之中，谁人不晓你的野心？

马 希 萼：(冷笑)我本就是诸位皇子中最有资格继承皇位的，朝中大臣却日日向你举荐老四，他又是你胞弟。我再不来，这天下，可还有我的位置？

马 希 范：那你可曾想过为何诸位大臣都举荐老四？

马 希 萼：因我手段残酷？可皇上，你的手段比起我来，又如何？

> 马希范大怒，猛地一拍桌子。

马 希 范：放肆，你料定我拿你没办法？

> 马希萼冷笑，不做回答。

这时殿外又传来喊声。马希萼变了神情，马希范安心地笑了笑。

马 希 萼：你还留了后手？

马 希 范：你真当这几人送来的是罪证？

> 马希萼皱眉。
>
> 马希范展开手里的卷轴，只见卷轴一片空白。木苡南和殷其雷看到后愣了愣。

马 希 范：君黍等人不过是我安排的幌子，这所谓的罪证，也不过是为了引起你的注意。

> 马希萼错愕地看着马希范。

马 希 范：任何证据都可以被销毁，唯有眼见才属实。现如今这天下都看到了你的谋反之心，你还有什么话可说？

马 希 萼：事已至此，那二哥就不要怪我了。

> 马希萼说完一扬手，身边的黑衣人纷纷飞身上前，和马希范身边的侍卫缠斗在一起。
>
> 君黍和殷其雷对视一眼，帮着对付黑衣人。木苡南冷眼看着，没有上前。
>
> 这时门外又涌进来一批人，江门的弟子走在最前面，马希广走在后边。
>
> 马希萼看向马希广。

马 希 萼：老四你——怎么进来的？

马 希 广：你所有的注意力都被卷轴吸引，哪还有工夫注意我们的动向。

> 马希萼大怒，江门的人却已经逐个将黑衣人制服，马希萼见情势不妙，转身想要逃离。
>
> 君黍飞身到他身边，一把将他擒住。
>
> 马希广冲君黍点了点头，君黍看着马希广，神情复杂。
>
> 黑衣人见马希萼被抓，纷纷扔下了武器。

100. 内，宫殿——日

大臣站在两侧，马希范站在最前面的高台上，马希广和君黍等人站在台下。

马 希 范：马希萼意欲谋反，已被打入大牢。四王爷马希广救驾有
　　　　　功，平素他的为人诸位也看在眼里。

　　　　　大臣纷纷点头。

马 希 范：诸位若无异议，朕退位后，便由马希广继位。

　　　　　大臣轻声议论。

　　　　　马希范等议论声变轻后才又看向众人。

马 希 范：此外，朕还有一事宣布。

　　　　　君黍和殷其雷等人互相看看。

马 希 范：君黍等人此行有功。

　　　　　君黍和殷其雷、木苡南三人跪下。

马 希 范：不知几位可有何要求？尽管提出来，朕都满足你们。

君　　黍：臣所做的，全是分内之举。

　　　　　马希范笑笑。

马 希 范：朕早就听四弟说起过你，今日一见果然名不虚传，你的赏
　　　　　赐可再行商议。那你身边的二位，可有什么想要的？

　　　　　木苡南低着头看不清神情，沉默不语。

　　　　　君黍看着木苡南，露出担忧的神情。

马 希 范：不必害怕，只管提出来即可。

　　　　　木苡南闭上眼睛。

不同人的声音：（画外音）孩子，害死你母亲的是当今圣上，要怪只能怪命。

　　　　　　　孩子，对不起，不能看着你长大了。

　　　　　　　马希范看中你母亲美貌，硬要逼她就范，你母亲为保贞节，选
　　　　　　　择了自尽。

　　　　　　　孩子，你一定要好好地活着。

　　　　　木苡南抬起头，看向皇上。

　　　　　君黍皱眉。

木 苡 南：民女有一事相求。

马 希 范：你说。

木 苡 南：民间素有关于皇上的传闻，民女听了心中全是敬仰，一直
想见见皇上的真容。今日得以在此，望皇上能让民女，近
一些看看皇上的龙颜。

在场众人都是一愣。马希范笑了笑。

马 希 范：就这一个愿望？

木 苡 南：就这一个愿望。

马希范大笑。

马 希 范：那你便上前来。

马 希 广：皇上，这怕是不妥——

马 希 范：这有何不可？你且上前来。

木苡南点头，起身往前走去，一步步走上台阶。

君黍紧张地看着木苡南的动作。

木苡南在距离马希范几米处停下，直直地看着马希范。

马希范微微皱眉。

木 苡 南：皇上可是觉得我面熟？

马 希 范：朕瞧着，确实像在哪儿见过。

木苡南看着皇上，微微一笑。

木 苡 南：不知皇上可还记得，十年前被你逼死的江陵商贩一家。

君　　黍：苡南！

君黍在台下大惊，上前一步要往前，被一旁的侍卫拦下。

同一时间木苡南忽然抽过站在马希范一旁侍卫的剑，直逼马希范而去。

侍卫迅速挡开木苡南，木苡南以寡敌众。

殷其雷和君黍都想要冲过去帮忙，被侍卫拦在台阶下。

马希范一步步后退，木苡南发了狠，直直地冲着马希范而去，剑锋直
逼他的脖子。

君　　黍：住手木苡南！

君黍下了死手，狠狠撞开面前阻拦自己的侍卫，抽出一柄侍卫的佩

剑,飞身来到马希范面前,一剑挡开木苡南的剑。

剑锋划过木苡南的左手手背,木苡南倒在一边,随即站起来。

君黍挡在马希范面前。

木苡南拿剑指着君黍,两人对视。

君黍目露哀求,摇了摇头。

两人对峙良久,木苡南扔下了剑。

剑落在地上,发出哐当一声响。

101. 内,牢内——日

木苡南坐在地上,君黍在她对面的牢房,殷其雷被关在她的左边。

项禹白被侍卫押着经过三人。

君　　黍:手还好吗?

木　苡　南:(点点头,随后看向殷其雷)你到底是谁的人?

殷　其　雷:(苦笑)夕存为了马希广什么都愿意做。我以为,只有马希广彻底倒下,才有一丝丝希望,她会属于我。

木　苡　南:所以你才听了马希尊的谗言?

殷　其　雷:最初确实是我泄露了秘密,只是后来我才明白,比起得到她,我更想护她周全,免她烦扰。

木苡南微愣。

君　　黍:那日在寺庙里,他就将一切都告诉了我。只是我没想到你会察觉到他的不对,早知如此我该早点告诉你。

木　苡　南:对不起。

殷其雷摇摇头。

君　　黍:这事是我一手造成的,我……对不起。

木　苡　南:是我没控制住自己,才把情况变成这样,还连累了你们。

这时走道里传来说话声,有看守打开了君黍的牢门。

看　　守:你跟我出来。

君黍狐疑地跟着离开。木苡南和殷其雷看着他的背影,随后对视一眼,目露不解。

102.内,牢房空地——日

君黍走过长长的小道,来到一处空地。

马希广背对着他,站在唯一的光亮处。

君　　黍:(在马希广身后站定)大哥?

马 希 广:跟我走吧。

君　　黍:大哥。

马 希 广:怎么了?

君　　黍:我那两位朋友——

马希广转过身来,面露愠色。

马 希 广:你该知道,你的人要刺杀皇上,我若不是皇上的胞弟,只怕连你也保不全。

君黍沉默不语。

马希广转身离开。

君黍毫不犹豫地直直跪下。

马希广停下脚步。

君　　黍:大哥还记得当日你欠我的承诺吗?

马希广沉默。

君　　黍:求大哥放过他们。

马 希 广:我还以为,你会要我放你自由。

君黍沉默不语。

马希广闭上眼睛,无奈地叹气。

马 希 广:传话出去,刺杀先皇的刺客于深夜子时逃狱,全国通缉。

君　　黍:(感激地抬头)大哥。

马 希 广:一旦进入澶州,杀无赦。

君黍愣住。

马　希　广：你不要怪我。

君　　黍：我明白。

马希广离开，君黍回头看向木苡南和殷其雷被关押的方向。

103.外，宫殿——日

宫殿正门前的台阶上，穿着官服的文武百官肃穆地站立着。

马希广穿着黄袍，一步步走上台阶。

文武百官在两边整齐地跪下。

马希广走到宫殿门口，回头看向台阶上的众人，挥了挥袖子。

一众大臣站起来。

马希广抬头，眯着眼看着宫殿外头的天空。

104.外，枫树林——日

后山凌乱的枫树林中，君黍原本抬头看着天空，这时收回视线，看向对面。

木苡南正低着头，和他一起面对面站在树下。

殷其雷手持剑，抱肩站在不远处。

君黍和木苡南相对沉默了良久。

君　　黍：酒楼那边，我已经打点好了，官府的人不会再找你们的麻烦。

木苡南点了点头。

君　　黍：殷其雷的事我也交代过了，江湖上再也没有"第一杀手"这个人。

木苡南点头。

君　　黍：木师父前几日跟着我师父云游去了，她让我转告你，不用担心她的安危。

木　苡　南：好。

君　　黍：其他的事……有其雷在你身边我很放心。

　　　　木苡南沉默不语。

君　　黍：苡南。

木 苡 南：我走了。

　　　　君黍沉默。

　　　　木苡南转身离开。君黍看着她的背影。

　　　　木苡南走出几米后还是停下了脚步，低着头走至君黍面前，轻轻抱
　　　　住他。

木 苡 南：其实我一早就明白，你不可能真的放着皇上不管。即便我
　　　　留你在身边，你也不能心安。

君　　黍：(苦笑)对不起。

木 苡 南：(退后一步，歪着头笑)我只等你三年，三年后你若不来
　　　　找我——

　　　　君黍看着她。

木 苡 南：你就再也别来找我。

105.外,宫廷——日

幽深的小巷，来往的侍卫面无表情，偶尔有宫女安静地从一座宫殿
走向另一座宫殿。

一身青衣便装的林芮予跟在一位太监的身后，两人走在长长的回廊上。

106.内,宫廷——日

林芮予朝宫女比画了一个安静的手势，悄无声息地走进一间大
殿内。

沿着冷清清的大理石地面往前走，在最深处的卧室里，一位一身华
彩的女子坐在镜子前。

君夕存转过身来，冲林芮予微微一笑。

林芮予拉着君夕存走过空荡荡的宫殿,走在长廊之上。

林 芮 予: 皇上很忙吗?

君 夕 存: 还有许多事等着他处理。

林 芮 予: 姐姐——

君 夕 存: 人做过的每件事,都会在生命里留下烙印。

林 芮 予: 可你明明是为了他才做的。

君 夕 存: 有谁会在乎呢?

林芮予沉默。

君黍站在不远处的高台之上。

君 夕 存: (看着君黍)妹妹你呢?

林芮予顺着君夕存的视线看过去,无奈苦笑。

林 芮 予: 我能怎么样?

君 夕 存: 听闻君大哥一直帮着皇上处理朝事,再没有去过烟柳之
地,许是收了玩心,想要成家立业了。

林 芮 予: 他要成的家里,没有我。

君夕存看着林芮予,林芮予痴迷地看着君黍。

君黍站立在蓝天之下,面无表情地看着宫廷里来往的人们。

107.内,罗亭酒楼——日

木苡南坐在后院里,翻着手里的小册子,翻着翻着就失了神。

殷其雷一身厨师打扮,端着一盘鱼从厨房里走出来,经过木苡南身
边时,他停下脚步,欲言又止。

木苡南抬头对上他的视线,笑着站起身,接过了他手里的盘子,往大
堂走去。

殷其雷看着木苡南的背影,半晌后转身往厨房走。

108.外,街道——日

木苡南走在人来人往的街道上,渐渐隐没在人群里。

109.外,宫殿——日

侍卫急匆匆赶来。

君黍转过身,看了眼来人。

君黍一步步走向了幽深的巷子。

110.内,茶馆——日

木苡南和林芮予面对面坐在桌子前,男人还在台上评书。

男　　人:(画外音)三王爷马希萼逼宫反被降服,马希范正式将王位传给四王爷马希广。那时朝野之中都劝四王爷剿灭马希萼余党,四王爷却念旧情放过他们。

木苡南和林芮予都若有所思地看着台上。

男　　人:(画外音)三年后,他就是因为最初对老三的那点仁慈,被他毫不留情地反扑,最终命丧黄泉,实在是叫人唏嘘不已。

林芮予忽然笑着摇了摇头,木苡南看向她。

林　芮　予:其实我还有个问题想问你。

木　苡　南:什么?

林　芮　予:你那时说三年,是随口一提,还是真的只愿等他三年?

木苡南低下头沉默,不安地转着茶杯。

林芮予看着她,叹了口气,掏出一封信,封面一片斑驳,看得出来放了很久。

林芮予把信递给木苡南,木苡南接过。

林　芮　予:那时他拼了命想回来见你,怕晚了你就不在了,但刀剑无情,最后他也没能赶回来。

木苡南捧着信,手指微微颤抖。

林芮予起身离开。

111.外,街道——日

木苡南拿着信走出酒楼,站在街上。

年轻的男女来来往往,说笑声不断。

木苡南站在人群里,远远地眺望皇城。

（全剧终）

指导教师:刘连开

指导教师点评

剧本讲述了一个武侠故事。故事背景设定在五代十国时期,南楚国皇室成员为争夺帝位而互相争斗。核心主人公是君黍,他召集了江湖人士木苡南和殷其雷等人,一起完成一项任务——帮助王爷马希广扳倒对手、夺取帝位。

在这个特殊的历史大背景之下,几个侠义之士临危受命,其行动并无多少崇高的意义,他们最终也难以摆脱悲剧命运。不过,小人物努力维系心中的江湖情义的故事,仍然具有较高的艺术感染力。通过对小人物内心挣扎,尤其是江湖儿女可昭日月的侠义情怀的细腻描写,作者赋予了他们人格的光彩。剧本情节不枝不蔓,语言富有韵味,体现了作者比较扎实的剧作基本功。

红色的鄂尔穆尼

宋宜玲

作者简介

宋宜玲,女,1995年2月生,籍贯内蒙古呼和浩特,浙江传媒学院文学院戏剧影视文学专业2014级学生。创作或参与创作电影《桃源迷踪》,网络电影《舐血妖颜》《高考冲锋》《成长的青春》;曾担任编剧、跟组编剧、统筹、现场录音、跟组剪辑、场记等职务;创作的古体诗歌《拓耕荒原,爱洒人间》获第三届全国诗歌散文联赛银奖。

故事梗概

1989年夏,一支内蒙古地质勘探队抵达美丽的鄂尔穆尼河流域,被当地人尊称为"鄂尔穆尼英雄"的老牧民乌兰巴特邀请技术员马希文住在他家。回家帮父亲剪羊毛的敖云珠拉初遇马希文,二人渐生情愫。一天,马希文欣喜地告诉乌兰巴特地下拥有丰富的煤炭储藏且适宜开发,乌兰巴特坚决反对开采,他顺从"长生天"意愿,尊称草原为"大命",反对任何人破坏草原或水源的行为。不久上级部门制订开采计划,乌兰巴特对勘探队"弃草原大命于不顾"的行为十分不满,带领牧民趁夜拆卸、破坏勘测队的开采设备,设法阻止其挖掘并制止女儿与马希文交往。

马希文希望重得乌兰巴特的认可,不料"乌鸡褪色事件"使他们的误会更深,马希文也因此一度被牧民排斥。

旅游局长找到乌兰巴特试图说服他搬迁,并提出了一个令他无法拒绝的条件。率直了一生的乌兰巴特颓然地变成一个矛盾体……

淡入

1.外,内蒙古鄂尔穆尼河流域——黄昏/夜

音乐声起(悠扬深远的马头琴声中和有男声吟唱的蒙古长调)。夕阳下,鄂尔穆尼河映出霞光的玫瑰色,草原远处的群山成为一道剪影,夜色渐显。皎月移至远山边,徐徐升起。如盘的月前,一匹骏马走来停下,留下暗色的剪影。

2.内,内蒙古呼和浩特火车站候车厅——日

大厅里坐满候车的乘客。进站口的工作人员打开进站处的铁门,喊着:"到鄂尔穆尼的!"一众乘客拿着行李起身向进站口走去。

3.内,内蒙古呼和浩特火车站站台——日

一个梳着两根麻花辫、身着一件短袄的女青年随着人流走上站台,她的身后背着一把马头琴,手里提着一个布包。24岁的敖云珠拉长着张在蒙古族女孩中颇为清秀的面庞,且眉眼间又有藏族女孩的英气,她微笑着接过前来送站的在城里一同演出的校友递来的行李。站台边一列绿色的火车缓缓停下。

校　　友:一转眼咱们都一起演出四个多月了,敖云,回去好好休息吧。

敖云珠拉:(点头)就送到这里吧,谢谢你!

校　　友:不客气。回见!

人群中的敖云珠拉走向那列火车。校友站在站台边目送敖云珠拉上车。

4.外,内蒙古鄂尔穆尼河流域——日

航拍视角。

(字幕:1989年内蒙古鄂尔穆尼河流域)

奔腾的马蹄声中,镜头穿越高原、高度及腰的草丛,掠过鄂尔穆尼河面,潇洒自如。

此时的影像仿佛来自一个飞行者的双眼,灵活而充满人性。

片头字幕出。

镜头转为隐蔽飞行,极速穿过牧场成群的绵羊、饮水的蒙古马、点缀在围栏牧场间的简易砖房和仅有的几座如珍珠般散布的毡房。镜头掠过几座低矮砖房和畜牧围栏后,缓缓来到一座顶部绣有蓝色图腾的圆形毡房外,毡房门口不远处是一个手拿皮鞭的年近六十岁的老牧人。时值剪羊毛时节,低头吃草的绵羊,毛如云朵般洁白稠密。蓄着胡须、皮肤黝黑、脸庞沟壑纵横的乌兰巴特身着一袭老旧的青灰色蒙古袍,腰间别着一只旱烟袋。他看着身边低头吃草的羊群,拿着皮鞭的粗糙大手摸了摸跪卧在他身旁的小羊羔的头,用蒙语低沉地吟唱着一首草原长调。他的另一只手上握着一面只有手心大的锈迹斑斑的藏族银制镜子,翻开镜子上盖,里面镶着一个女孩骑在马上看向镜头的照片。这是他二十多年前病故的藏族妻子卓嘎拉姆。

远处一个年轻的牧民骑着一匹枣红色骏马向乌兰巴特驰来。乌兰巴特闻声抬头,亲切地唤着他。

乌兰巴特:宝力尔!

身着皮衣、马靴的宝力尔骑马来到近前,轻轻拉住马缰,利落地翻身下马,黝黑俊朗的脸上漾起爽朗的笑。

宝　力　尔:义父!

宝力尔接过乌兰巴特手中的皮鞭,将自己的马牵到毡房旁的拴马柱上系牢,转身大步走向乌兰巴特。

宝　力　尔:敖云要回来了!

乌兰巴特顿时开怀地笑起来,拍拍宝力尔的肩。宝力尔和右腿微瘸的乌兰巴特一起向他的毡房走去。

5.内/外,火车车厢/沿途草原——日

敖云珠拉坐在靠窗的座位上,她的马头琴立在座位旁边。坐在她对面的是一对夫妻和男方年迈的母亲。敖云珠拉转头看着窗外的景色。火车已远离城市,行驶之处,群山起伏,绿草辽阔。

绿野群山间,一列绿色的火车奔驰着驶向远方。

6.内,乌兰巴特的毡房——日

毡房内隐约可闻外面草原上的马头琴声。

一勺浓郁滚烫的奶茶被倒进一只木碗里,宝力尔捧起碗用嘴吹了两下就大口喝起来,被烫得龇牙咧嘴。他面前的木桌上摆着一盆手把肉、一盘新鲜的奶豆腐和一壶奶茶。乌兰巴特把茶壶放到火炉上,往炉架下添了两块粪砖。宝力尔喝完奶茶就伸手去抓盆里的羊腿,他大口嚼着羊肉和奶豆腐,乌兰巴特笑眯眯地望着他。

宝　力　尔:义父,还是你做的奶茶和奶豆腐最香!

乌兰巴特:(用小刀给宝力尔削羊肉)那就好啊。

宝　力　尔:敖云明天就到了,我骑马去火车站接她。(乌兰巴特点了点头)到收羊毛的季节了,你这栏里几百只羊等着剪毛呢,我留下来帮你。

乌兰巴特:(笑)我这里忙得过来,等敖云回来就不缺人手了。

宝　力　尔：(赶忙放下)不忙不忙,敖云在城里总是忙着演出,让她回来先歇几天……

乌兰巴特：(狡黠地看着宝力尔)那个养殖大户家的千金萨日娜前两天还来我这里,邀请你去他们家玩几天呢。

宝　力　尔：(顿时面无表情,起身欲走)我才不去找萨日娜……

乌兰巴特：(笑)我知道。你和敖云从小一起长大,也算是青梅竹马了。每逢敖云回来,你就总会帮我干活。

宝力尔咧嘴憨笑着,不置可否。两人听到毡房外传来的琴声和歌声,宝力尔扶着乌兰巴特向外走去。

7.外,乌兰巴特的毡房门前——日

数公里外的远处,隐约可见草原上热闹非凡的人群。

乌兰巴特：今天是什么日子?

宝　力　尔：应该是在排练,他们今天傍晚要迎接自治区调派来我们这里考察的地质勘探队。

乌兰巴特脸上闪过一丝惊讶,转身就一瘸一拐地朝拴在拴马柱上的枣红色马走去。

乌兰巴特：这么重要的事怎么不早告诉我?

宝　力　尔：(赶忙拉住乌兰巴特)义父,嘎查的领导知道你这几天腿病复发,住得离场地又远,就让其他同志代替你老人家去组织排练了……

乌兰巴特仍然执拗地往前走,宝力尔拦不住他。

乌兰巴特：把我的马牵过来。

宝　力　尔：就让其他同志帮你分担一次吧……

乌兰巴特推开宝力尔,牵了马,稍显吃力地跨上马背,策马绝尘而去。

宝　力　尔：哎……(慌忙跑进毡房,一把抓起自己的皮夹克和乌兰巴特的帽子,边套衣服边牵来自己的马,骑上就追)我和你一起去!

乌兰巴特骑马已经走远,宝力尔策马疾追。

8.内,火车车厢——日

敖云珠拉安静地坐在窗边。邻座的小男孩好奇地拉拉她的衣角,指指她座位旁的马头琴盒。敖云珠拉亲切地对他笑了笑,打开琴盒取出琴,男孩新奇地用手抚着枫木雕成的琴头。

男　　孩:（蒙语）这是什么?

敖云珠拉:（蒙语）潮尔。汉语叫马头琴。

男孩期盼地望着她。敖云珠拉左手按弦,右手运弓,演奏了一曲《苏和的小白马》。男孩认真地听着,坐在她对面的那对中年夫妻和男方的母亲赞赏地望着她。几个乘客闻声走来听敖云珠拉演奏。

老　　人:姑娘,你的马头琴拉得这么好,是乌兰牧骑的演员吧?

敖云珠拉:我想进乌兰牧骑,我毕业以后在呼和浩特和鄂尔多斯的城里演出。

老　　人:现在像你这样的年轻人已经不多了,蒙古族的孩子好多都不会说蒙语,不认识马头琴……

中年男人:（望着老人）所以我额吉在城里住了十几年,感觉自己和草原失去了联系,这不我们就接她回乡来了。

老　　人:住多高的楼房都和毡房的日子没法比啊!

敖云珠拉看着老人,赞同地点点头。

9.外,鄂尔穆尼草原——黄昏

鄂尔穆尼河边,几十名牧民身着各色的民族盛装,手捧哈达站在河岸,还有的抱着马头琴和火不思坐在草地上,摔跤表演者系上象征勇气和力量的腰带,等待即将到来的客人。正中间站着的是旗长和嘎查长。

乌兰巴特和宝力尔策马赶到现场,在场的牧民见到乌兰巴特都尊敬地向他行礼,旗长也向乌兰巴特点头致意。几个年轻的牧民兴奋地喊着:"乌兰巴特大叔来啦!"

嘎 查 长:(大步向乌兰巴特走来)鄂尔穆尼的英雄,你来了!

乌兰巴特:(从嘎查长手里接过迎接客人所用的哈达)还好我没错过。

宝力尔也拿了条哈达站在乌兰巴特身旁。

远处原野上,一队地质队的越野车沿鄂尔穆尼河疾驰,擅长马术的青年牧民骑着骏马伴随于越野车两侧,用蒙语问候着远道而来的客人。

10.内,越野车内——黄昏

颠簸的头车内,前排是司机和当地向导,后排挤着三个成年男人和一些勘探工具。坐在窗边的男人看到外面热闹的景象,挣扎着伸出手把车窗摇开,兴奋地向骑马的青年牧民挥手。这个长相斯文、满脸欣喜的汉族青年是马希文。开窗带进的疾风和奔马扬起的尘土让他和挤在身旁的勘探队长睁不开眼。

青年牧民:(对着车窗内,蒙语)欢迎你们!

马 希 文:你好!(蒙语)我叫马希文!(汉语)

勘探队长被风吹得立马动手把车窗关上了,马希文隔着玻璃向外面的牧民挥手。

11.外,鄂尔穆尼草原——黄昏

地质勘探队全体队员到达河边,青年牧民们热情地献上哈达和马奶酒,在河边表演乐器、搏击、射箭、歌舞等传统节目,勘探队员看得分外新奇,叫好不断。

旗长向勘探队长介绍鄂尔穆尼的地理情况,嘎查长把马希文和他的几个工友带到乌兰巴特和其他十几位中老年牧民面前。

嘎 查 长:这几位同志都是我们勘探队的汉族小伙子,是政府为我们鄂尔穆尼发展请来的先行军。我想,就让他们在执行任务期间住在我们嘎查的牧民家里,我们解决他们的食宿问题,让他们更圆满地完成任务!

乌兰巴特:我家还有空余的毡房,让他们到我家来住吧。

> 嘎查长欣慰地点点头,另几个老牧民也热情地邀请勘探队员留宿自家。嘎查长示意马希文住在乌兰巴特家。

马 希 文:(对乌兰巴特)大叔您好,我叫马希文,是勘探队的专职技术员。

嘎 查 长:小马同志,这位是乌兰巴特,你借住在他家里可是有福啦。他是我们鄂尔穆尼的老英雄,年轻时在内蒙古的那达慕大会上蝉联多届冠军,精通骑射之术而且品德高尚,被本地的牧民们叫作"鄂尔穆尼英雄"。他的名字在蒙语里就是"红色英雄"的意思。

> 马希文钦佩地望着乌兰巴特。

马 希 文:老英雄您好!

> 乌兰巴特有些尴尬地笑笑,又无奈地摇了摇头。

乌兰巴特:不要提那些了,都是陈年往事而已啊。

嘎 查 长:(指着宝力尔)这是老英雄的义子,宝力尔。

马 希 文:你好,宝力尔。

> 宝力尔打量着马希文,嘴里不觉哼出一声。马希文年龄与宝力尔相仿,但他身上充斥着的一股书生气和初到草原的好奇令宝力尔感到莫名的不快。

宝 力 尔:(对乌兰巴特低语)义父,家里没有空的毡房了,明天敖云就回来了。

乌兰巴特:住得下的。(对马希文)等一下你就和我们一起回去吧。

> 马希文礼貌地点点头。宝力尔闷声不响地先离开了。

12.外,锡林郭勒草原——夜

夜色中,敖云珠拉所乘的火车仍在原野中呼啸。远处的天色已渐渐发白。

13. 外,乌兰巴特的毡房门前——清晨

天蒙蒙亮,毡房门前架着的铁锅里,沸腾的开水煮着一大块羊肉。乌兰巴特拿着竹筐在不远处围栏里捡牛粪。拴马柱旁,乌兰巴特和宝力尔的马都不在,只剩一匹小马在低头吃草。

马希文从后面的小毡房里走出来,打着哈欠、头发蓬乱地走向乌兰巴特,边走边顺手套上毛衣。

马 希 文:大叔,你起得这么早啊。

马希文不经意间看到毡房旁边的矮墙上晾着几块奶豆腐,用手掰了一块吃。

马 希 文:很好吃啊这个……(正大口嚼着奶豆腐,突然发现晾奶豆腐用的矮墙是和乌兰巴特筐中一样的牛粪垒成的,顿时一阵反胃)呕……

乌兰巴特:(抬头看了眼马希文)这个牛粪很干净的。

马 希 文:(强行咽下)噢……不好意思啊大叔。

乌兰巴特:(走来,指着矮墙)这些是粪砖。牛粪在我们蒙古人眼里是腾格里的恩赐,而且是绿色产品,它是我们的柴火。我还总用它做牛粪香寄给我女儿,它能让我们不忘草原的味道。

马 希 文:噢……(看了眼乌兰巴特手中的粪筐)大叔你腿不方便,我帮你捡吧。

乌兰巴特:没关系,老毛病了。我给你煮了羊肉,你去尝尝。

马 希 文:(闻了闻)我说怎么这么香呢,我去看看宝力尔醒了没,叫他过来一块儿吃。

乌兰巴特:凌晨他已经出发了,去火车站接我女儿,这会儿应该快回来了。

几公里外响起低沉的吹号声。

乌兰巴特:快去吃吧,你们的队伍在催你们集合了。

马希文点点头,转身去捞羊肉了。

14. 外,鄂尔穆尼河畔——日

原野上,两匹健硕的枣红色蒙古马载着宝力尔、敖云珠拉还有她的行李驰骋归来。敖云珠拉骑着乌兰巴特的马,身后背着马头琴,满面兴奋地向家的方向全速进发。宝力尔爱慕地望着敖云珠拉,策马跟在她身后。

15. 外,鄂尔穆尼草原地质勘探区——日

机器轰鸣声中,地质勘探队用钻机在一处山脚下的地层钻孔,周围尘土飞扬。戴着护目镜的马希文用检测器取出深层的地质样本。

勘探队长:希文,怎么样?

马 希 文:砂层饱水,质地密实,我看应该是上更新统含砾中粗砂层组……

远处,敖云珠拉和宝力尔骑马路过,敖云珠拉拽了拽马缰,两人远远望着勘探队的人作业。

敖云珠拉:这些人在干什么?

宝 力 尔:政府派来的地质勘探队,吃住都在牧民家里。还不是义父,执意留了个汉人住下。

敖云珠拉:(眼里闪过一丝兴奋)汉人住在我们家?是那边哪一个?你指一下给我看!

宝 力 尔:(瞥了一眼站在人群中的马希文)咳,这有什么好看的,再说离得这么远也看不清,晚上他们收工回去你就能见到了。

敖云珠拉用好奇的目光在钻机旁的人中搜寻,正遇上马希文偶然间抬起的脸,她望向他。马希文看到了远处骑在马上的敖云珠拉,看到她清秀的身影,又看到她身旁的宝力尔,尴尬地顿了一下,假装抬手擦擦额头上的汗,又赶紧低头看地质标本。

宝 力 尔：（自语）不就是一个小白脸……（对敖云珠拉）我们走吧。

两人策马离开。

16．外，鄂尔穆尼草原——黄昏

几只大雁从天边飞过。夕阳在草原远处的群山边落下，天色渐晚。

17．内，乌兰巴特的毡房——夜

奶皮、羊肉、炖鸡、炒米奶茶和马奶酒被摆满了桌，乌兰巴特坐在卧榻的右边，敖云珠拉和宝力尔分别坐在中间和左边。宝力尔为乌兰巴特和敖云珠拉斟酒。

宝 力 尔：（把一块羊肉放到敖云珠拉碗里）这是义父刚煮好的羊肉，快吃吧。

敖云珠拉：阿爸，住在我们家的那个汉人怎么还不回来？

乌兰巴特：他们要完成今天的任务才能回来吧。

敖云珠拉：噢。（把碗里的肉放回去）那我们等他回来一起吃。

宝 力 尔：（抑制住脸上一闪而过的不快）敖云，你这几个月在城里演出还顺利吗？

敖云珠拉：还好吧，就是忙的时候跟团到处跑，闲的时候好几天都接不到一场演出，不过闲下来以后我才有机会继续练琴。

乌兰巴特：（怜爱地看着女儿）也别太累了。

宝 力 尔：城里那么好，我也想去看看。

敖云珠拉：哈哈，你得阿爸的真传，马术和射箭在咱们旗里也算数一数二，不如我们到城里一块儿参加比赛和表演？

宝力尔呵呵地笑着。

马 希 文：大叔我回……

毡门打开，门帘被一把掀起来，蓬头垢面、满身灰土的马希文拎着条毛巾走了进来。

马希文突然看到坐在卧榻上惊讶地看着他的敖云珠拉，那个白天令

他不禁注目的姑娘就坐在他面前。他赶忙用手和毛巾整理蓬乱无
比的头发。

乌兰巴特：这是我的女儿敖云珠拉。

马 希 文：你……你好。我是地质勘探队的马希文。

敖云珠拉看着突然变腼腆的马希文，爽朗地笑了。

敖云珠拉：欢迎你住在我家！（赶忙为马希文摆好碗筷）快来吃饭吧，我
们就等你回来呢。

马 希 文：（走向三人坐着的卧榻）嗯……好。

马希文脱下满是灰尘的外套放在一旁，缓缓走过去坐在乌兰巴特的
右边。乌兰巴特看看马希文，又看了看敖云珠拉，把木碗递给他身
旁的马希文。

宝 力 尔：（清了清嗓）那个……按照我们这里的规矩，年长者和德高
望重者才应该坐在最右边。

马 希 文：（尴尬地笑了笑，站起身）啊……实在不好意思，我不太……我
坐到最那边就好了。

乌兰巴特：没关系的，你不是蒙古族人，不必刻意遵从我们的习俗。

马希文还是拿着碗到左边，眼神扫过坐在左边的宝力尔。宝力尔
面无表情地抓起酒杯呷了一口马奶酒。坐在中间的敖云珠拉站起
来，直接从马希文手中拿过碗筷放在自己身旁。

敖云珠拉：来，你坐我旁边。我哥这人就是个死心眼，你别管他。

宝力尔面色隐隐现出阴沉。马希文坐到敖云珠拉身旁拿起碗筷，敖
云珠拉热情地不断往他碗里夹羊肉和奶食品。

马 希 文：这里的羊肉太好吃了，口感很香，还没有一点膻味。

乌兰巴特：我们鄂尔穆尼河的水非常清澈，牧草很茂盛，草原上长着
很多沙葱，草场也没有一点污染。羊吃了最好的草，自然
就有最好的羊肉和羊奶。

马希文赞不绝口，加上一天的劳顿消耗，饥饿的他大口猛吃，又不小
心被呛到。敖云珠拉见状赶紧用手拍了几下他的背，他的毛衣上在

户外作业时沾上的几块土坷垃扑簌掉在他面前的木桌上。其他三人也看见马希文身上掉出的东西，宝力尔不禁侧目暗笑。马希文暗自尴尬，故作自若地用手从桌上捏起一块土坷垃。

马　希　文：(仔细端详土坷垃)由于地层露出较差，被第四季覆盖……这块应该是浅层岩土，夹含少量的碳质板岩。

敖云珠拉：虽然听不懂你说的专业术语是什么意思，但感觉你一定很专业。

宝力尔用小刀削着手把肉，脸上的暗喜渐渐凝固消失。乌兰巴特看看对马希文满脸敬佩的敖云珠拉，又看看无言生着闷气的宝力尔，无奈又怜爱地摇了摇头。

敖云珠拉：(给马希文夹了一块炖鸡)这只鸡是阿爸专门去县城给你买的，怕你吃不惯这里的肉食和奶食，你尝尝。

马　希　文：(很香地吃着炖鸡，突然兴奋地放下筷子)大叔，我以前在城里的时候发现乌鸡在市场上卖得不错，而且乌鸡的养殖难度低，利润还比普通鸡高得多。大叔你要不购进一些新品种的乌鸡种苗试试看，挣到的钱正好还可以贴补家用。

乌兰巴特思忖着，宝力尔质疑地看着他。

宝　力　尔：你是汉人不了解我们这里的情况，鄂尔穆尼草原有人养羊养牛，但从没听说过有人养乌鸡！

马　希　文：乌鸡是一种滋补食材，而且有很高的药用价值，可以延缓衰老、强筋健骨，大叔有腿病，以后也可以常吃乌鸡来保健。

乌兰巴特：有点道理……我考虑考虑。

18. 内，马希文的毡房——夜

毡房内，马希文借着昏暗的灯光坐在卧榻上看勘探数据，乌兰巴特敲门进来，马希文放下数据图坐起来。

马　希　文：大叔。

乌兰巴特：我觉得你的建议很好，但是我不知道该选什么品种的乌鸡……

马 希 文：（自信地笑）包在我身上！明天我就去县城帮你订种苗。

乌兰巴特感谢地向他点点头。

19. 外，养殖场——日

此起彼伏的鸡鸭鸣声中，马希文走到饲养乌鸡的店铺门前。笼子里饲养的乌鸡按体型大小分为好几个品种，马希文细致地看各品种乌鸡的样貌特征。店里蒙古族的养殖场老板见有人前来，和屋里的妻子说了一句什么，赶忙迎出去。

马 希 文：老板，你这里哪种乌鸡最适合在草场环境饲养？

老　　板：（笑）草场里的话这几个品种都很适合，就看你想要什么品质的，我这里的货是县里最全的了。

马希文"噢"了一声，侧着头看笼子里的乌鸡，不论大小胖瘦，所有品种的乌鸡都长着白色的毛。

马 希 文：看着都是乌鸡……但这鸡爪的颜色有的是黑的，有的是黄的，也有的是灰的；鸡冠有的是红的，还有的是黑的……有的又没有鸡冠……（转头对老板）老板，哪种乌鸡品质最高？

老　　板：（眼睛一转，从笼里抓出一只体型最大的乌鸡，抚摸着乌鸡背上的毛）这种是根据最新技术培育的良种乌鸡，几乎结合了亲本的所有优势，不光体型比普通乌鸡要大，而且肉质紧实鲜美，尤其适合煲汤炖煮……（侧目观察马希文的表情）唉，这么好的乌鸡，只可惜现在草原的牧民还没人发现。

马 希 文：价格怎么样呢？

老　　板：价格倒是比其他品种都贵一点。

马 希 文：（点点头）好的，那我多买一点种苗，明天过来交订金。

马希文满意地离开，老板笑呵呵地送了他几步。见马希文走远，老板回头招呼他的妻子出来。

老　　板：(得意地对妻子笑着)这批杂交货总算可以出手了!

20.外,草场——日

(字幕:一个月后)

碧绿的草地上,成群的小乌鸡在觅食。乌兰巴特和敖云珠拉看着茁壮成长的小乌鸡,露出笑容。

21.外,乌兰巴特家羊圈/毡房——日

天气阴沉,草原上风声四起,天空中隐隐响起沉闷的雷声。围栏里成群的绵羊"咩咩"地叫着,抖抖身上云朵般的卷毛。敖云珠拉蹲在地上。乌兰巴特的腿疾加上阴沉的天气导致他只能僵硬地跪坐在地上,他将绵羊仰面躺着按在地上防止其因挣扎而受伤,敖云珠拉用一把铁质的羊毛剪给羊剪毛。剪完羊毛,乌兰巴特正要困难地站起身,他的病腿突然剧烈发抖难以站直,仰面摔倒在地。一个东西从他身上掉到地上。敖云珠拉见状赶忙过来扶父亲。

敖云珠拉：阿爸,你的腿病又犯了。

乌兰巴特：(气喘吁吁地想站起来,腿却使不上力)因为阴天的吧。

敖云珠拉：你这两天干活太累了,我扶你到毡房里休息。

敖云珠拉用尽力气撑起父亲的上身,但乌兰巴特的病腿完全不能着力,她根本拖不动他,只能将父亲的手臂搭在自己肩上,试图一点一点地背他回去。不远处传来马蹄声,马希文拉拉缰绳,翻身下马向马厩走去。敖云珠拉听到马希文回来了,大声呼喊。

敖云珠拉：马希文! 快来!

马希文一听围栏那边传来的声音不妙,扔下马鞭便向羊圈跑去。看到腿病复发不能行动的乌兰巴特,他立马冲过去帮敖云珠拉背起他就往外走。

马　希　文：大叔你腿病犯了吗? 我和敖云送你去医院!

乌兰巴特：不要紧的，老毛病了，你们扶我到毡房休息一会就好了。

马希文把乌兰巴特背到毡房门前，敖云珠拉打开门铺好毛毡，两人小心翼翼地把乌兰巴特扶到卧榻上，为他盖好被子。

马 希 文：大叔你就好好休息吧，我每天收工回来就没事了，而且有时候不用出工，剪羊毛、料理马、放牧什么的，统统包在我身上，如果有不会的地方我就找敖云教我。

乌兰巴特：（欣慰地点点头）我没事了，你们两个也休息去吧。

马希文和敖云珠拉相视一眼，走出乌兰巴特的毡房。

22.外，乌兰巴特家羊圈围栏——日

马希文和敖云珠拉走进羊圈，马希文从没剪毛的绵羊中挑了一只赶到敖云珠拉面前。

马 希 文：你教我一下剪羊毛的要领吧。

敖云珠拉：（抚摸着绵羊的脊背）很简单的，先把羊放倒……

敖云珠拉示意马希文试着把羊放倒，马希文无论从左边还是右边都没能把羊放倒，敖云珠拉叹了口气，马希文趁羊不备，突然扑上去把羊硬生生地扳倒，敖云珠拉吃了一惊之后又笑得前仰后合。

敖云珠拉：……不用这么猛的……还有就是一定要让它肚子朝上，然后把羊的右后腿夹在右腿关节中之后……对，就是这样。然后呈下蹲姿势，从羊腹部右侧前后腿之间开始剪。

马希文从敖云珠拉手中接过羊毛剪开始小心翼翼地剪毛，敖云珠拉满意地看着身手逐渐利落的马希文。

马 希 文：没想到剪羊毛这么有成就感。

敖云珠拉：你先剪着，我去给你挑一只毛最多的，这样更有成就感。

敖云珠拉哼着歌转身在圈里挑羊，她发现几步外有一只毛长得长而浓密的羊，她得意地一笑，拨开其他羊走过去，羊群缓慢地挪开，敖云珠拉看到一个藏族的银质小镜子在那只长毛羊前蹄旁边，静静躺

在地上。她赶紧走过去把镜子捡起来,拿来一块细羊皮小心翼翼地擦拭。

马　希　文:敖云!这只剪完啦。

　　　　敖云珠拉应声向马希文走去,坐在羊圈边上的空地上。马希文看到敖云珠拉手中用羊皮擦拭过的小镜子,好奇地凑过来端详。锈迹斑斑的银质镜子上雕刻有精致的藏文和纹章,历经几十年岁月但仍旧显出精致。

　　　　敖云珠拉翻开镜子上盖,里面镶着一个身着藏族服饰的女孩骑在马上笑着看向镜头的照片。

马　希　文:这个女孩是谁?

敖云珠拉:是我的额吉。

马　希　文:你的额吉是藏族人?

敖云珠拉:是的,她叫卓嘎拉姆。这也是她唯一的一张照片,阿爸把它洗出来镶进这个镜子里面。阿爸年轻的时候性格朴实但又执拗,他用自己的行动获得了额吉的芳心,他们很快疯狂相恋。额吉是藏族一个大户人家的女儿,但她不顾家人出于阿爸身体缺陷的反对,毅然选择和阿爸结婚。一年后,额吉生下我就病逝了,我拥有半蒙半藏的血统,阿爸为了纪念额吉,就给我取了这个半蒙半藏的名字。从那以后,悲痛欲绝的阿爸就独自一人抚养我,立誓终身不再娶。七年后,阿爸收养了宝力尔,我们从小一起长大,情同亲兄妹。

　　　　马希文默默点点头,凝视着敖云珠拉手中的镜子。

敖云珠拉:这个银质镜子是我额吉送给阿爸的信物,阿爸这些年一直把它带在身上。

23.(闪回)外,鄂尔穆尼河畔的山腰——日

　　　　风和日丽的一天,年轻俊朗的乌兰巴特骑着马在山坡上放羊,他看

到远处一个身着藏族服装的年轻女孩爬上山坡向他跑来。他向着女孩爽朗地笑，有些艰难地翻身下马，从身旁的草地上摘下一朵盛开的黄花。

卓嘎拉姆跑来，手里拿着一个银质的小镜子。她站定，郑重地把小镜子放在乌兰巴特手上。

卓嘎拉姆：（藏语）等我。

乌兰巴特：（不流利的藏语）我会的。

乌兰巴特深情地望着她，把鲜花轻轻别在她乌黑的长发上。卓嘎拉姆脸一红，兀自转身向山下跑去了。乌兰巴特骑回马上，笑着望向她跑远的背影。

24.外，乌兰巴特家羊圈围栏——日

马希文和敖云珠拉在围栏边挨在一起坐着，敖云珠拉望着镜子上母亲卓嘎拉姆的照片入神，全然没有看到方才到家下马向他们走来的宝力尔。宝力尔放下马背上驮着的刚从集市上买来的食物，见敖云珠拉和马希文并排坐在一起，全神贯注地看什么东西，他大步走来站在他们面前，马希文闻声抬头，看到宝力尔正低头盯着他们，有些尴尬地看向敖云珠拉。

宝 力 尔：敖云，你干什么呢？

敖云珠拉突然回过神，看到宝力尔严肃的脸，把小镜子用羊皮包好装进衣服口袋。

敖云珠拉：没干什么……阿爸今天腿病犯了，现在正在毡房休息呢。

宝力尔的眼神来回打量着马希文和敖云珠拉。马希文感到不自在，见宝力尔的马还没拴，他抖抖身上的羊毛碎屑，起身向羊圈外宝力尔的马走去。

马 希 文：你们先忙，我去拴马。

马希文一走，宝力尔的眼睛转而审视地盯着敖云珠拉。

敖云珠拉：怎么了？

宝 力 尔：(见马希文走远)你不会是真的喜欢这个小白脸吧？(敖云珠拉的目光移开，没有作声，宝力尔用眼神逼问她)你是蒙古族，他是汉族，他在鄂尔穆尼的任务完成以后就走了，和草原永远不会再有任何关系了。你对他的感情是不可能有结果的。(敖云珠拉没有看他，他抓起敖云珠拉的手)敖云，发誓你会远离他！

敖云珠拉：(抽出手)这些我都明白，但是这件事我怎么做是我的自由，(转身离开)不需要你事事过问。

宝 力 尔：你是我妹妹，我怎么能不管！

敖云珠拉：(走远，丢下一句)这件事不能。

宝力尔望着敖云珠拉离开的背影，脸上是说不出的忧虑和无奈。

25.内，县城某酒吧——夜

酒吧里，喧闹劲爆的音乐声中，宝力尔坐在角落独自拿着酒瓶喝闷酒，他面前堆着一排喝完的空瓶。他身后不远处四个无业青年状的男子边低语边打量着他，看着宝力尔手上的硕大绿松石戒指，打着暗语手势。宝力尔早已喝醉，对身后人的企图毫无察觉，他旁若无人地笑着，颤抖地拿起桌上最后一瓶酒，仰头痛饮，直到酒瓶从他的手中滑落，碎裂在地。

身侧吧台酒保无奈的神情令宝力尔回过神来，他扶着桌子，拎着自己的皮衣，艰难地站起身，付了酒钱，摇摇晃晃地向门外走去。他身后那四个男人相互交换眼神，其中最年长的男人打了个手势，几个人也起身付了钱跟出去。酒保接过钱，看着正要出门的四人，赶紧低下头，露出一脸大事不妙的神情。

26.内，乌兰巴特的毡房——夜

乌兰巴特躺靠在卧榻上，面色憔悴，双目微闭，敖云珠拉端来一碗热奶茶,乌兰巴特缓缓坐起身接过木碗。

乌兰巴特: 宝力尔去哪儿了？

敖云珠拉: (闷闷地)他走的时候没说。

乌兰巴特: 都半夜了,怎么还不回来？

敖云珠拉: 他先前回来以后心情不好,可能今天回他那边的家住了吧。

乌兰巴特: 心情不好,因为什么？

短暂的沉默后,敖云珠拉默默把镜子从口袋里拿出来,还给乌兰巴特。

敖云珠拉: 这个你今天掉到羊圈了。

乌兰巴特接过镜子,疲惫地望着敖云珠拉的眼睛。

乌兰巴特: 是不是因为他,那个汉人？

敖云珠拉没有说话,为乌兰巴特盖好被子,掀起门帘转身出去了。乌兰巴特望着毡门上的帘子,神情忧虑。

27. 外,县城行人街道——夜

夜色已深,街道上只有零星的几个行人,街角有个自顾自在垃圾桶里觅食的流浪汉。宝力尔转过一条街,扶着墙跌跌撞撞地往嘎查的方向走去,路越来越窄,人烟也越来越少。那四个男青年一直保持着几十步远的距离尾随他,宝力尔对此却全然不知。

28. 外,嘎查区域内——夜

一块地标性的铁牌插在路边,顺着铁牌所指的方向继续往前都是土路。昏暗的夜路下,醉醺醺的宝力尔已离开闹市区,摇摇晃晃地走进自己所住的嘎查区域内。四个男青年见四下无人,光线又十分昏暗,径直快步逼近宝力尔。宝力尔闻声恍惚地回头望去,四人向他冲过来,宝力尔回身欲走,腿脚却软得不听使唤。一把短刀抵在他的身后,他不敢再动。几个劫匪的手在他身上摸索,其中最年长的劫匪甲走到宝力尔面前,用刀指着他的脸。

劫 匪 甲：小子,乖乖把身上所有值钱的东西拿出来,不然捅死你!

宝 力 尔：(胡乱反抗)……没有,我……没钱。

劫 匪 甲：那我们只能自己拿了。

> 劫匪甲眼神示意其他三名同伙,四人对宝力尔拳打脚踢,醉酒的宝
> 力尔试图挥拳回击,但头晕目眩笨重不已,根本打不中对手。

宝 力 尔：……你们……不知道,我是谁的……儿子,我是乌兰……
巴特的儿子宝……宝力尔,那达慕搏克第……一名,你们
根本打不过……

劫 匪 乙：(嘲讽地笑,一边踢宝力尔)乌兰巴特哪来的儿子? 再说他那
么厉害怎么可能会有你这么个儿子!

劫 匪 甲：哈哈哈哈,没听说过!

> 四个劫匪继续打宝力尔。

29.外,乌兰巴特的毡房门前——夜

> 时至午夜,心急如焚的敖云珠拉拿着手电在家门口不停踱步,却照
> 不到宝力尔的身影。

30.外,嘎查区域内的小道上——夜

> 平日里健壮灵活的宝力尔由于醉酒寡不敌众,几下就被劫匪按倒在
> 地连踢带打。宝力尔倒在地上无力反抗,眼前模糊。劫匪甲一把抢
> 下宝力尔手上的绿松石戒指装进口袋。接着,宝力尔隐约感到两只
> 手粗鲁地在他口袋里翻找,他身上仅有的几十块钱被劫匪甲一把抽
> 出来。

劫 匪 甲：(不屑地把从宝力尔身上搜来的几十块钱塞进衣兜)不是吧? 就
这么点钱?

> 宝力尔躺在地上喘着粗气说不出话。

劫 匪 丙：没钱还敢戴这么大的戒指!

劫 匪 乙:(一脚踢开宝力尔,扯过宝力尔掉落的压在身下的皮衣)运气真是不好,本来还想着江湖救急,结果碰上你这么个虚荣的穷光蛋!

劫匪甲狠狠地往宝力尔身上唾了一口,四人发泄般地踢着宝力尔,宝力尔的双眼无神地睁着,身体已经趴在地上动不了了。

远处,刚刚收工的马希文转弯路过,他看见十几步之外不省人事的宝力尔被四个劫匪殴打,来不及思考,一个箭步冲上去,一脚踢向背对着他的劫匪甲。劫匪甲不备,被马希文踢倒,转过头咬牙切齿地瞪着他。

马 希 文:别……别打他!(他没想到自己的声音竟一直在颤抖)

劫 匪 甲:(揉着后腰,狞笑)一个汉人……有意思了……

四个劫匪扔下意识不清的宝力尔,转而逼近突然冒出的马希文。马希文见状下意识地后退,一道寒光闪过,一个酒瓶敲在马希文头上,几步外侧躺在地的宝力尔睁着眼睛,无神地看着被击倒的马希文。

马希文倒在地上,被劫匪围殴。他回过神来,看着雨点般落下的暴打他的拳头,拼尽全力爬起来还击。连续几次,四个劫匪将马希文打倒,马希文又一次次站起。

马希文依然被劫匪围殴,他用余光看到不远处地上有一块砖头,于是翻身爬向砖头,捡起砸到劫匪乙的脚踝,劫匪乙摔倒。其他劫匪冲上来,马希文不顾一切地抓住他们的腿和手拼命撕咬。

劫 匪 甲:(示意其他同伙停手)别打了,这汉人是个亡命徒!

四个劫匪拿了宝力尔的皮衣迅速跑得不见踪影了。马希文躺倒在地,再难起身,他费力地向着躺在不远处睁着眼目睹了一切的宝力尔投去一个自豪的笑。

31.内,嘎查医院马希文的病房——日

一间布置简易的病房里,马希文醒来,看见自己的全身缠满绷带,睡着的敖云珠拉趴在他的床边。马希文坐起身,敖云珠拉醒来,松了口气。

敖云珠拉：你总算醒了！那些混混已经被警察带走了。谢谢你……

马 希 文：(笑，摸摸头上的绷带，突然龇牙咧嘴)你想谢我？那你帮我写篇日报专访吧，就凭我这感人事迹，指定能火！

敖云珠拉：(眼含热泪)省省吧！

马 希 文：宝力尔现在怎么样了？

敖云珠拉：在东侧病房，那会儿我去看过他，他伤得不重，多休息几天就可以恢复了。

马希文松了口气，点点头。

马 希 文：我想出去走走。

敖云珠拉把轮椅推来，小心翼翼地扶马希文坐好。

马 希 文：我的手暂时不能动，你能推我散散步吗？

敖云珠拉微笑着，轻拭眼泪，推着马希文走到医院阳台，停下来。

敖云珠拉给马希文削着苹果，削完了正要递给他。

马 希 文：我……的手抬不起来。

敖云珠拉拿着苹果，俯身喂他。她不小心碰到了马希文的胳膊，马希文条件反射地伸手捂住另一只胳膊。

马 希 文：啊！好疼。

敖云珠拉看着马希文抬起的胳膊，马希文尴尬地笑了。两人望向阳台外面的绿野和羊群。

马 希 文：(转向敖云珠拉，郑重地)敖云，其实……有些话，有些感觉，我一直埋藏在心里不敢说，因为我不知道你会不会和我有一样的感受……但现在，我想告诉你。

敖云珠拉双颊微红，她转头，遇上马希文深情的目光。他们的脸庞慢慢地接近。

32. 内，医院病房走廊——日

被劫匪打得鼻青脸肿的宝力尔缓缓走出自己的病房，走到走廊上每一间病房门前看上面的患者姓名,在一间病房门口,他找到马希文的名字。宝力尔把头探到门上的玻璃窗望向病房里,却见里面空无一人。他继续向走廊深处走,转过一个弯,走廊尽头是一对举止亲密的男女。宝力尔定定神望去,是马希文和再熟悉不过的敖云珠拉的身影。

33.内,乌兰巴特的毡房/毡房门前——黄昏

(字幕:两个月后)

毡房门前,敖云珠拉赶着乌鸡去草场吃草,正赶上收工回来的马希文。

敖云珠拉:给你留了饭。

马希文应了一声,一脸幸福地笑着走进毡房。

毡房内,乌兰巴特正坐在桌旁用研钵捣着干牛粪,他的手边还放着一碗香料和一碗水。马希文拿着一叠文件,满脸喜悦地开门进来。

马 希 文:大叔,你做的这个是什么?

乌兰巴特:这是牛粪香,用干牛粪加上香料和水就可以做成。这个是已经风干过几个月的,(递给马希文一粒已经晾干的圆锥形的牛粪香,马希文用手捏着,放到鼻子前小心地闻了闻)在刚刚闻到的时候,这种香较为清淡柔和,随着时间延长,你就能闻到有一股清新的青草气息。

马 希 文:(吸了吸鼻子)闻不到牛粪的味道,但能闻到植物的香气。

乌兰巴特:牛粪香可以安神辟邪,还能杀菌驱虫,每次敖云去城里演出前,我总会让她带一些。

马 希 文:真是草原的馈赠啊。

乌兰巴特入神而满脸享受地闻着牛粪香。马希文突然想起手上的地质勘探数据图,把头探向专注地闻牛粪香的乌兰巴特,拿着文件在乌兰巴特眼前晃了晃。

马 希 文:大叔,你猜这是什么?

乌兰巴特：（读文件封面）地质勘探数据图？

马　希　文：没错，告诉你一个惊人的好消息：据探测，鄂尔穆尼草原，尤其是鄂尔穆尼河流域的地下拥有丰富的煤炭储藏，而且这里的煤炭品级很高，日后一旦开采出来，将会是一笔巨大的财富！鄂尔穆尼的确是草原上的一颗明珠！

乌兰巴特听后，脸上没有一丝喜悦神色。

乌兰巴特：这个勘测结果现在有多少人知道？

马　希　文：我是队里分析图表的专职技术员，图表出来我就第一时间进行了分析，目前应该只有我一个人知道……不过到了明天，所有人就都会知道了。明天一早我准备好地质勘探报告，然后队里向上级领导汇报，等批文下来就可以开采了。

乌兰巴特：我想请求你，千万别上报或者向他人提起这个勘探结果。

马　希　文：（不解地）为什么？这是帮助鄂尔穆尼牧民致富的好事啊，听说周边几个旗县现在都在施行"矿业兴旗"战略呢。

乌兰巴特：一年前，我听说杭盖乌达日格嘎查的草原自从开矿以来，地面被打出无数竖井，水源也被严重污染，那些无法提炼的矿石被工人随意丢弃在草原上。再加上拉矿车反复碾压，地上砂石裸露，飞沙走石，寸草不生，整片草原都变成了不毛之地。所以拜托你，开采煤矿这样的事绝不能在鄂尔穆尼的土地上重演！

马　希　文：大叔，我明白你的忧虑，但如实将情况向上级报告是我的原则和职责，我不能违背自己的原则。

乌兰巴特：我们蒙古族人坚决顺从腾格里的意愿，草原的命是"大命"，而我们人和动物的命都是"小命"。这里的一草一叶都是我们的命脉，任何人破坏草原或者水源的行为都是对腾格里的不敬！我年轻的时候就向腾格里发誓会在我的有生之年用生命去保护鄂尔穆尼的草原，我不能容忍它被任何人破坏!

马　希　文：大叔你说得都对……但是我不能说谎。

　　　　　　马希文拿着文件转身准备开门离开,乌兰巴特费力地站起来想拽住他。

乌兰巴特：马希文! 你给我站住! 我们不能失去草原!

马　希　文：(迟疑片刻,声音很小地)我答应你。

　　　　　　马希文说完,挣脱乌兰巴特的手兀自走出毡房,乌兰巴特收回手,陷入沉默。

　　　　　　敖云珠拉从外面回来,在毡房门口撞见匆匆离开的马希文。

敖云珠拉：希文,你去哪儿?

　　　　　　马希文阴沉着脸没有回答,径直离开了。敖云珠拉一脸疑惑地进门,看见沉默不语的乌兰巴特。

乌兰巴特：希望他不会做出让我有愧于腾格里和鄂尔穆尼的事……

34.内,地质勘探队办公室——日

　　　　　　马希文来到办公室上班,一开门见嘎查长坐在队长办公室的沙发上。勘探队长坐在嘎查长对面的办公桌前,两人正在交谈。

嘎　查　长：……这次你们地质勘探队可是立了大功。

勘探队长：您过奖了。

嘎　查　长：勘探报告已经提交到上级领导那里了,我们就等批示结果吧。

　　　　　　勘探队长点头。马希文不顾一切地冲进去。

马　希　文：什么? 勘探报告已经提交了?!

　　　　　　屋里的二人突然看见马希文。

勘探队长：噢,是啊,小吴连夜赶出来的,这哥们这回可累坏了……

　　　　　　马希文目瞪口呆,像是石化在地。

35.内,嘎查长办公室——日

　　　　　　嘎查长请乌兰巴特和其他十几位较为年长的牧民进来坐在办公桌

对面的椅子上。

嘎 查 长: 各位老大哥啊,勘探队的勘探结果各位都了解了吧?他们向上级领导报告了勘探结果,而且那个技术员马希文后来也向上级领导说明了我们嘎查的牧民们对环境状况的担忧。但是上级部门经过慎重研究决定,还是要以鄂尔穆尼的未来发展为重,以开发大局为重,制订方案计划开掘地下矿藏。而且这项计划在嘎查里得到了不少人的支持。

乌兰巴特: (重重地拍了下桌子)我们不同意!

另一位年事已高的牧民特伦颤颤巍巍地站起来。

特   伦: 这是弃草原大命于不顾,谈何大局!

嘎 查 长: (陪着笑)我明白你们的意思,但是我们做出这些牺牲,都是为了让鄂尔穆尼草原变得更好。

乌兰巴特: 如果执意这么做的话,恐怕要不了多久,鄂尔穆尼就像一年前的杭盖乌达日格嘎查一样,再也没有草原!

在座的老牧民听了顿时都议论纷纷,反对声一时不绝于耳。

嘎 查 长: (脸上的笑容完全消失)各位老大哥,思想太过守旧可不是好事啊!上面的批文已经拿到了,动工开矿肯定是避免不了的。今天请大家过来只是想给各位做做思想工作,在历史发展的车轮前,我们老年人可不能愚昧啊。

乌兰巴特: 那就没有做思想工作的必要了,我们不会容忍给予我们生命的草原消失在我们面前,否则腾格里会惩罚我们的!

乌兰巴特带着其他牧民离开了,嘎查长气得直咬牙。

嘎 查 长: 这帮老顽固!

36.外,乌兰巴特家的羊圈——日

敖云珠拉正在打扫羊圈,乌兰巴特满脸阴沉地大步向她走来。

敖云珠拉: 阿爸,你回来了。

乌兰巴特：那个汉人,不顾诺言,还是把勘探结果汇报给了他的上级,鄂尔穆尼草原要遭殃了。你不要再和这个马希文交往了!

敖云珠拉：阿爸,我不能听你的,这是我自己的事。

乌兰巴特：那草原的事是谁的事? 现在采矿的设备都开到了我们的草地上,马希文为了他们地质队的利益,置其他一切于不顾,我们像亲人一样待他,他却自私地出卖了鄂尔穆尼和我们所有牧民。你赶快远离他,越远越好! 我绝不会让他得逞!

敖云珠拉：他只是个勘探队的技术员,做出开采矿藏决定的又不是他! 即使他隐瞒实情不上报勘探结果,鄂尔穆尼地下埋藏着这么多煤炭,迟早也有人会发现。

乌兰巴特：你要是不和他尽快断绝感情,我就把他赶出去! 你最好早点看清楚,你现在喜欢的到底是一个什么样的人!

乌兰巴特说完,气呼呼地回毡房去了,留下敖云珠拉站在羊圈里。

37.外,鄂尔穆尼草原/施工现场——夜

深夜的草原静谧且一片漆黑,偶尔响起一两声牛羊的梦呓。砖房和蒙古包都隐在夜色中,只有月光和星辰点缀在天幕上发出一点光亮。一阵马蹄声响起,几道明亮的手电筒光在地面上交错移动,一队人骑马在夜幕下进发。乌兰巴特带着几个牧民停在采矿队的露天施工场地外,他们的马背上都驮着一个很长的羊皮袋。

乌兰巴特：(用手电照到面前不远处硕大的采煤机、采掘机和露天钻机)没错,就是这里了。

乌兰巴特回头示意,他一挥手,身后的牧民都翻身下马,从各自的羊皮袋里抽出铁锹、农用镐头、铁棒,走向施工器械……

38.内,嘎查长办公室——日

一只大手"砰"地一下重重砸向办公桌。嘎查长握着电话的另一只

手颤抖着,神情气愤。

嘎　查　长:什么?! 得修好才能开工……采矿机器坏了?

施工队负责人:(画外音)……施工区域的围栏和安全警示标志牌倒
了,凿岩机的钎杆、提升机的天轮轴坏了,皮带输送机
的皮带断了,破碎机的飞轮也碎了……

嘎　查　长:(面容怒不可遏,挂了电话)太过分了!

一个工作人员敲门进来。

工作人员:嘎查长,明天旗旅游局的领导要来。

嘎查长努力调整呼吸,平复自己刚才的愤怒。

39.外,县城集市——日

马希文和敖云珠拉一起走着,路过一个菜市场,马希文手里提着几
样蔬菜。

敖云珠拉:阿爸和宝力尔昨天把乌鸡卖出去了,过几天我再去进一批
种苗。

马希文自豪地笑了笑。

敖云珠拉:但是阿爸还在生勘探报告那事的气,不让我和你在一
起……我们该怎么办?

马　希　文:也许过一段时间他会想开的。

敖云珠拉点点头。

40.外,草场——黄昏

乌兰巴特和宝力尔放羊回来。老牧民特伦从对面走来,乌兰巴特向
他招手。

乌兰巴特:特伦!

特伦像没看见他似的,背着手径直从乌兰巴特和宝力尔身旁走过去

了。乌兰巴特和宝力尔回头望着他的背影,眼神疑惑。

41.内,乌兰巴特家毡房门前/毡房内——日

乌兰巴特的毡房门前站着几个等他的人。乌兰巴特和宝力尔赶着
羊群向毡房的方向走去,几个牧民看见乌兰巴特回来,赶忙大喊着
过去把他围住。

牧 民 甲:乌兰巴特,我们可算把你等回来了!

乌兰巴特正要开口询问,牧民甲就把一个铁盆重重地摆到他面前。
乌兰巴特一看盆里,是一只炖过的乌鸡。

牧 民 甲:你自己尝尝,这就是你卖的乌鸡!

乌兰巴特感觉摸不着头脑,他用手掰了一小块乌鸡肉尝了,眉头紧
皱,神情严峻起来。站在人群外的宝力尔拨开围住乌兰巴特的牧
民,也过来尝了一口盆里的乌鸡,没等咽下就低头吐了出来。

宝 力 尔:(对乌兰巴特)怎么会是这种味?是不是买了以后放坏了?

牧民甲冷哼一声。牧民乙从地上抬来一个盆子,里面是一只生乌
鸡,他从身后的布袋里掏出一瓶清水倒在盆子里。

牧 民 乙:你们看看这是什么玩意!

牧民乙用手搅动了几下盆里的清水,几秒钟后,乌鸡身上的黑色便
把水染成灰黑,鸡肉颜色变浅,乌兰巴特和宝力尔大惊。

牧 民 乙:乌兰巴特,我们一直把你看成是鄂尔穆尼最勇敢正直的
人,结果你却用颜料染鸡肉骗我们,赚这种黑心钱!

乌兰巴特:实在对不起,乌鸡的品种确实有问题,但我对腾格里发誓,
我绝没有对这些乌鸡做过任何昧良心的事……

牧 民 丙:你们还算好的,我这回可是被坑惨了。我们酒店的招牌菜
是乌鸡汤,但自打进了你们的货,客人吃了都说这根本不
是乌鸡,还有一股抹布味,全部要求退菜。你们把我买鸡
的钱还给我,还要补偿我们的名誉损失!

　　　　　　敖云珠拉从外面回来,疑惑地看着来找乌兰巴特算账的牧民。

乌兰巴特:(不住鞠躬)我对不起大家! 我回毡房取钱退给你们。

敖云珠拉:阿爸,这是怎么了?

　　　　　　几个牧民依然哄吵着,两个牧民拽着乌兰巴特的衣服跟他进毡房取
　　　　　　钱去了,敖云珠拉也跟进去看情况。

宝 力 尔:(用手指蘸了一点泡乌鸡的水,见乌兰巴特和敖云珠拉都进了毡房,
　　　　　　对外面的几个牧民)这一定是那个汉人干的,那个马希文!
　　　　　　是他欺骗了大家,我义父就是被他的花言巧语欺骗,买了
　　　　　　这批假品种的乌鸡,你们应该去找他算账。我这就去他队
　　　　　　里把他抓回来!

　　　　　　宝力尔神情愤愤不平,外面的几个牧民一直叫骂,准备去马希文队里。
　　　　　　马希文提着买来的东西回来,映入眼帘的就是这一幕极其混乱的场
　　　　　　景。宝力尔看到他回来了,一把将马希文推到众牧民面前。

宝 力 尔:老乡们,他就是马希文!(牧民们的目光集中到马希文身上)就是
　　　　　　这个刚来没几个月的汉人,为了自己的私利骗了我义父。

马 希 文:你说什么?!(看牧民们拿来的乌鸡)各位实在对不起,选种不
　　　　　　良确实是我的责任,请相信我真的不是故意的。(自语)是
　　　　　　那个养殖场老板,我买的还是最贵的乌鸡……

牧 民 丁:你拿了乌兰巴特的钱,买了这种最烂的乌鸡,剩下的钱都
　　　　　　自己装起来了吧?

牧 民 乙:看来,乌兰巴特被一个汉人教坏了,他不再值得我们信任!

马 希 文:你们怎么就不相信呢!

　　　　　　马希文百口莫辩,牧民们谩骂着马希文。乌兰巴特拿着钱出来,见
　　　　　　马希文被几个牧民围住推搡,示意敖云珠拉把马希文拉开,自己赶
　　　　　　忙把钱赔给牧民们。
　　　　　　乌兰巴特不住地鞠躬道歉,牧民们又骂了几句,拿着钱相继离开了。
　　　　　　马希文走向乌兰巴特,试图安慰他,乌兰巴特推开面前的马希文兀
　　　　　　自走进毡房,一眼都不看他。

乌兰巴特：收拾你的东西，离开我家！

> 马希文有些无措地站在原地，转身向自己住的那间毡房走去。敖云珠拉一把拦住他。

敖云珠拉：阿爸，别赶他走！这不是希文的错！

乌兰巴特：走，(对马希文)我不想再看见你。

> 马希文转身就往院外走。

敖云珠拉：你去哪儿？

马 希 文：找那奸商！

敖云珠拉：(跑着追上他)我跟你一起去。

42.外，养殖场——日

> 马希文和敖云珠拉赶到时，看到养殖场早已搬迁，空无一人。马希文恨恨地咬着牙，低头往回走。

43.外，鄂尔穆尼草原——黄昏

> 日落时分，一只孤雁鸣声哀戚，从天空飞过。

44.内，马希文的毡房——夜

> 马希文在毡房里收拾自己的随身物品和行李，侧耳听见毡房外又有牧民来找乌兰巴特赔钱的吵闹声和乌兰巴特道歉的声音。他把头埋在卧榻上的毛毡里，但外面的声音依然可以穿透他的耳膜，他把头狠狠往卧榻上撞。
>
> 敖云珠拉开门进来，马希文赶忙抬起头坐好，敖云珠拉坐在他身旁，手放在他的肩上。

敖云珠拉：你不会离开我的，对吧？

马 希 文：(有些惨淡地笑)不会的。

> 敖云珠拉靠近他，让他的头靠在她的肩上，两人依偎在一起。

45.外,鄂尔穆尼草原——黎明

静谧的草原上天色未亮,马希文背着自己的行李,深一脚浅一脚地
在草丛里走着。他回头望望乌兰巴特家的方向,神情复杂,他转回
身继续往县城的方向走。

46.外,马希文的毡房——日

天色已经大亮,敖云珠拉提着一壶奶茶,敲敲马希文毡房的门,听不
见里面有应答。

敖云珠拉:希文!

敖云珠拉用力敲了敲门,侧耳听着门内,仍没有一点声响。她试探
地把门推开,见毡房内毛毡整整齐齐地叠放在卧榻上,马希文的行
李物品都不见了,找不到一点他曾经在这里住过的痕迹。
敖云珠拉心急如焚,转身跑出去。

47.内,乌兰巴特的毡房——日

毡房里,乌兰巴特和宝力尔正在准备早饭,敖云珠拉急匆匆地冲进来。

敖云珠拉:你们看到马希文了吗? 他的行李怎么都不见了?

乌兰巴特和宝力尔有些惊讶地对视一眼,摇摇头没有说话。
敖云珠拉忍住眼底的泪,从拴马柱上解下宝力尔的马,翻身骑上就
冲了出去。

48.外,县城与鄂尔穆尼草原交界处——日

马希文提着行李在草地上走着,眼前是通往县城的土路,他转身看
了身后如碧海的草原片刻,继续向前走。

49.外,地质勘探队办公室门外——日

敖云珠拉下马就向办公室跑,办公室里的勘探队长看到慌忙跑来的

敖云珠拉,开门出来。

勘探队长:同志,你找谁?

敖云珠拉:我找马希文。他在吗?

勘探队长:我们也在找他呢,这都迟到两个半小时了还不来……

敖云珠拉神情困惑,突然想到什么似的,转身骑马飞驰离开。

50.内,县城火车站——日

一辆摩的在火车站售票厅外停下,马希文付钱给载他的人,拿着行李下了车,向售票厅走去。敖云珠拉骑着马追来看见他,大声喊着马希文的名字,但喊声被马路边嘈杂的噪声覆盖。马希文继续向前走去。

敖云珠拉见马希文已经走进火车站,赶紧把马系在外面,跑进火车站。

51.内,候车厅——日

敖云珠拉跑进大厅,目光四下搜寻着马希文的身影。她看到马希文时,他已经检过票向站台走去了。向检票口一路猛跑的敖云珠拉因为没有车票被检票工作人员拦住,她探过头拼命向站台上即将上车的马希文呼喊。

工作人员:(把敖云珠拉向后拉)这位同志,请不要影响车站的正常秩序!

敖云珠拉:马希文!

马希文听到敖云珠拉的声音,转身回头。两人目光相接,马希文惊讶地看着追他到这里的不断挣扎以免被工作人员拖走的敖云珠拉。站台上的铁路工作人员催促马希文赶紧上车,马希文犹豫地抓住车门把手。

敖云珠拉:留下来! 为了我……

马希文望着她,仿佛时间停止。列车即将关门离站时,马希文转身离开车门,向敖云珠拉跑去。

两人拥抱在一起,泪流满面。

52.外,乌兰巴特的羊圈——日

乌兰巴特独自在羊圈里捡羊粪。嘎查长带着旗旅游局的韩局长一
行来到乌兰巴特家。见他在羊圈里,嘎查长招手示意乌兰巴特出
来,乌兰巴特爱答不理地站在围栏里没有走过去。

乌兰巴特:这次找我又是要说采矿的事吗?我已经说过我的立场了。

嘎 查 长:不是不是,今天不谈采矿的事。这位是我们旗旅游局的韩
局长,他特意过来问候你。

韩 局 长:乌兰巴特同志你好,事关旗里的旅游规划,所以想和你说
明一下我们的下一步工作计划,希望得到你的理解和配
合。我们鄂尔穆尼的牧民都很热情好客,但苦于草原交通
不便,很多外地游客抵达这里十分困难,而且根据上级的
旅游设计规划图指示,你老人家的毡房和牧场恰好在通往
外界的铁路兴修施工区域内,所以我们为对你和你的家人
带来的不便感到抱歉。我们为你在县城安排了一套住房
并且可以补偿你牧场的经济损失,希望你可以配合我们完
成搬迁任务。

乌兰巴特:施工会污染鄂尔穆尼河的水源和草场吗?

韩 局 长:这个你放心,我们会尽量采取保护措施,但一点小的损失
还是在所难免的。

乌兰巴特:那不行,我不搬迁。

嘎 查 长:老英雄,县城的生活多滋润啊。

乌兰巴特:我才不稀罕去县城。

韩 局 长:乌兰巴特同志,你这几天再好好考虑考虑,后天我让我的
办事处主任带你和其他几位老牧民到县城里去放松一下。

乌兰巴特:去了又能怎样?

韩局长充满信心地看着乌兰巴特。

53.外,县城街道——日

繁华的街道上,一辆面包车驶来,接着停在街边。旗旅游局办事处主任下车,拉开面包车的推拉门。乌兰巴特和另两个老牧民从车上下来,四下打量着十分热闹的街市。

主 任:我先带各位在街上散散步。

街道两边,各色商店一应俱全,橱窗中的商品琳琅满目,乌兰巴特却只感觉眼花缭乱,他身旁的牧民甲好奇地探头望向理发店里的洗头姑娘。街上行人很多,乌兰巴特观察他们的穿着,很多年轻人穿着前卫,其中不乏一些年轻女性穿着性感暴露。

54.外,歌厅门口——日

办事处主任带乌兰巴特和其他牧民来到一家歌厅门前,乌兰巴特跟着其他几人走进去。

55.内,歌厅包厢内——日

空间狭小的包厢里灯光昏暗,房间顶上是一只旋转变色的镭射灯。主任和其他几个牧民在点歌,乌兰巴特坐在边上,只觉得包厢里吵闹憋闷。

办事处主任首先点了一首流行歌,拿着麦克风深情豪迈地唱着,歌声却五音不全。乌兰巴特坐着,被杂音极重的音响吵得心神不宁。他不堪忍受这种环境,从蒙古袍里取出一粒牛粪香点燃,使劲地用鼻子嗅,不一会神情略舒缓了些,精神稍稍放松。

牧民乙点了一首草原歌曲唱,主任见乌兰巴特坐在角落,走过去坐到他身旁,见他闭眼出神地嗅着。

主　　任:(对牧民甲)他这是干什么呢?

牧　民　A:闻牛粪香呢。

主　　任:老同志,过来点首歌。

乌兰巴特:(回过神来,摇头)我不会唱歌,你们唱吧。

　　　　　乌兰巴特继续沉浸在青草味的牛粪香里。主任默默摇摇头,和其他
　　　　　牧民继续点歌。敲门声响起,主任关掉麦克风,几人同时望向房
　　　　　间门。

门　　外:(画外音)警察查房!

　　　　　包厢门被歌厅服务人员打开,两名警察进门出示了证件,环顾房间
　　　　　里的四人。他们检查完毕正准备离开时,警察甲看到乌兰巴特手上
　　　　　拿着的不停冒烟的牛粪香,神色怀疑地走过来拿过他手上的香。

警　察　甲:这是什么?

乌兰巴特:牛粪香。

警　察　甲:(小心地拿起牛粪香)牛粪香?

　　　　　两名警察对视一眼,警察乙也走来,两人站在乌兰巴特面前。

警　察　乙:请跟我们走一趟。

乌兰巴特:这真的是牛粪做的!

警　察　甲:我们需要把你的样本带回派出所检测一下,你也需要配合
　　　　　我们做一个化验。

　　　　　乌兰巴特一脸惊讶地看着两名警察,主任和其他两个牧民哭笑不得
　　　　　地看着两名警察把乌兰巴特带走。

56.内/外,乌兰巴特家毡房内/门前——日

　　　　　韩局长、乌兰巴特和敖云珠拉坐在卧榻上。韩局长哭笑不得地看着
　　　　　乌兰巴特。

韩　局　长:乌兰巴特同志,我听嘎查长说,你还是不同意搬迁?之前
　　　　　和你一起去县城的两位牧民可是都同意搬走,支持局里修

建铁路了。

乌兰巴特:我不会搬到县城的。

韩 局 长:（对敖云珠拉）敖云同志,我听办事处主任说,你阿爸去了一趟县城竟然还被派出所拘留了几个小时,警察通过化验检测他有没有吸毒。

敖云珠拉:还不是因为一个破牛粪香? 阿爸,你去城里还带这东西干什么?

乌兰巴特:我在县城里找不到一点草原的味道……你不也是一样吗?

敖云珠拉:我不一样,你以为你每次在我走的时候给我带的牛粪香我都会用吗? 你错了,我从来都没把它拿出来过!

敖云珠拉从自己的背包里拿出满满一大盒牛粪香,摔在地上开门出去了。敖云珠拉冲出去,正好被站在门外的宝力尔遇到,敖云珠拉没理他。宝力尔站在毡房门边,侧耳听里面的谈话。

乌兰巴特看着被扔在地上的、女儿从未用过的牛粪香,凄然地叹气。

韩 局 长:乌兰巴特同志,这样吧,我听说你的义子宝力尔也像你年轻的时候一样是一个搏克和马术的好手,如果你同意迁走的话,我可以帮你推荐宝力尔到国外更好的平台学习摔跤和马术,成为国际职业选手。

乌兰巴特没有说话,但是他的神情开始动摇,显然有一点被他的话打动了。

韩 局 长:据说,宝力尔的亲生父亲佟乌恩白拉在世时,你们是非常好的朋友……

乌兰巴特陷入沉思。

57.（闪回）外,十七年前的鄂尔穆尼草原——夜

时值严冬,寒风呼啸,乌兰巴特独自在覆盖着积雪的草场上骑马放牧。一场暴风雪从远处袭来,乌兰巴特的马被朔风吹得倒退,他下

马艰难地在雪地中行走,他的脚已经开始不听使唤。

58.(闪回)内,乌兰巴特和佟乌恩白拉的毡房——夜

毡房内可以听到外面疾风肆虐,佟乌恩白拉起身穿上毛皮袍子就往外跑,大声呼喊乌兰巴特的名字。

59.(闪回)外,鄂尔穆尼草原——夜

暴风雪中,佟乌恩白拉拿着手电,四处找寻乌兰巴特的身影,终于在一处雪坑旁找到了快被积雪完全掩埋的乌兰巴特,他的马也因受惊跑得不见踪影。他抱起失去知觉和意识的乌兰巴特,见他的脸和手都已经冻得青黑,于是脱下自己的毛皮袍子把他裹住,背着他一步步艰难地在暴风雪中行走。

60.(闪回)外,乌兰巴特和佟乌恩白拉的毡房内——日

乌兰巴特缓缓醒来,见自己躺在家门口不远处的雪地上,身上裹着佟乌恩白拉的袍子。他赶忙挣扎着坐起身,却发现自己的右腿已经严重冻伤不能移动。而躺在他身后的佟乌恩白拉被厚厚的积雪覆盖着,全身灰白,他的身上只有一件薄薄的毛衣,乌兰巴特抱着他早已僵硬的身体,失声痛哭。

61.(闪回)内,乌兰巴特的毡房——日

乌兰巴特拿出一件小衣服给幼年的宝力尔穿上,摸摸他的头,宝力尔微笑地看着乌兰巴特。

宝 力 尔:谢谢你,义父!

62.内/外,乌兰巴特的毡房内/门前——日

乌兰巴特的思绪回到现实,韩局长看穿乌兰巴特的心思,自信满满

地看着他。

韩 局 长：你对宝力尔视如己出、关爱备至，我相信你比谁都想让宝
　　　　力尔有一个好的未来。

　　　　乌兰巴特默默点头。

韩 局 长：你还可以再考虑考虑。

乌兰巴特：我会的。

　　　　毡房门外的宝力尔掩面低头离开。

　　　　韩局长说完，起身出了毡房门。

63.内，乌兰巴特的毡房——夜

　　　　乌兰巴特独自坐在毡房里，闭上双眼。他的耳畔响起一个声音。

卓嘎拉姆：（画外音，藏语）乌兰巴特，你是"鄂尔穆尼英雄"的后继者，
　　　　是"长生天"选定的草原守卫者……

乌兰巴特：卓嘎拉姆！

　　　　乌兰巴特睁开眼，耳畔卓嘎拉姆的声音却消失不见了。毡房外响起
　　　　敲门声，宝力尔推门进来。

乌兰巴特：你还没睡啊？

宝 力 尔：（坐到乌兰巴特身边）义父，不要答应那个韩局长的条件。

乌兰巴特：为什么？

宝 力 尔：我不希望你因为我的未来离开草原，你为我做的已经够多了。

　　　　乌兰巴特望着宝力尔，把手放到他的肩上。

64.外，鄂尔穆尼草原——夜

　　　　午夜的鄂尔穆尼草原上，只有乌兰巴特的毡房隐隐透着光。

65.外，乌兰巴特的毡房门前——日

　　　　旅游局韩局长刚走到乌兰巴特家几十步外，就看到乌兰巴特站在毡

房门口,他刚要张口,乌兰巴特向他坚定而郑重地摇了摇头。韩局长像被钉在地面上一样站了片刻,转身离开了。

乌兰巴特看着韩局长离开的背影,眼神复杂,他正要转身回自己的毡房时,看见马希文从远处迎面向他走来。

66.内,乌兰巴特家毡房——日

乌兰巴特已经坐在卧榻上,马希文打开门进来,坐在他的对面,乌兰巴特没有看他。

马 希 文:大叔,我知道你现在不希望见到我,但请你先听我说完这些话可以吗?

乌兰巴特没有作声。

马 希 文:我明白这片草原对你来说意味着什么,它是你的信仰、你的使命。但历史的车轮每一次向前转动的时候都会碾碎一些东西,即使这些东西中不乏一些我们称之为"精魂"的信念。但我们知道,只有经历过阵痛般的锻造和涅槃,才有真正的飞跃和重生。我希望你老人家能试着相信文明总是进步的,给新生的事物一次存在的机会……

乌兰巴特:你走吧。

马希文迟疑了片刻,缓缓站起身开门出去了。

67.外,乌兰巴特的草场/铁路修建施工区域——日

(字幕:三天后)

施工队的工人带着工具来到乌兰巴特的草场,见他的毡房已被拆走了。

68.外,鄂尔穆尼草原边界——黄昏

乌兰巴特骑着马走在前面,宝力尔驾着装着他全部家当的勒勒车跟在后面。远处一个牧民骑马到草原边界放羊,他远远看到乌兰巴特

走到一个草坡上,于是掉转马头,将羊往相反的方向赶去。

宝 力 尔:……那不是孛日帖赤那吗?

乌兰巴特不语,拉拉马缰,转头望向他曾经草场的方向。

69.外,铁路修建施工区域——黄昏

夕阳渐落,施工队仍在横贯鄂尔穆尼河和乌兰巴特旧时草场的铁路
上施工,几个牧民热情地为施工队工人送来热奶茶。

河对岸,骑着马的敖云珠拉与马希文相隔而望。敖云珠拉望着马希
文,眼底迅速被泪水浸润,她迎上马希文的目光,莞尔微笑,接着调
转马头,转身离开。马希文望着她离开的背影。

弯曲的鄂尔穆尼河静静地流淌,被霞光映红。

淡 出

(全剧终)

指导教师:刘志宏

指导教师点评

　　《红色的鄂尔穆尼》剧本选取作者家乡内蒙古的人文自然环境作
为创作背景,敏锐地捕捉到蒙古族文化与现代文化进程中产生的矛
盾,将人物的命运放置在变革中进行描写。现实主义的观照视角不
断聚焦于文化冲突、人与自然的冲突、牧民民生冲突。以英雄之名而
存在的主人公乌兰巴特维护了一生的草原即将发生巨变。面对这种
变化,乌兰巴特的矛盾心理借由作者精心构思的镜头一一细剖出来;
乌兰巴特与女儿敖云珠拉的不同出路也意味着作者对草原的命运的
真诚思考。作者借用中国传统戏曲"道具"表现手法,设置出"牛粪
香"这一重要道具,其在作品中多次出现,很有意味。在初来乍到的

汉人马希文眼中，它是一种奇观；在身为大学生的女儿敖云珠拉眼中，它是一个羞于示人的代表落伍的东西；在父亲乌兰巴特眼中，它则是草原赐予蒙古族牧民的一件宝物，是割不断的民族情结。这在表现方式上避免了单一价值观的表达。

故事叙事流畅，结构清晰；人物具有典型化特征，同时又具有普遍性。

若能增强矛盾的内转、外化的流畅性，人物性格或许会更加突出、鲜明，从而达到更高的艺术高度。

一期永会

宋志成

作者简介

宋志成,男,1995年3月生,籍贯浙江绍兴,浙江传媒学院文学院戏剧影视文学专业2014级学生。曾执导《一个导演的成名之路》《生活的另一种可能》《浙江传媒学院2018届毕业宣传片》等影片,编剧作品《一期永会》入围第十四届广州大学生电影节之原创电影剧本大赛单元优秀奖、第二届新西部全国大学生影像节剧本单元二等奖。

故事梗概

本剧讲述了一位人体器官捐献协调员的成长与救赎的故事。

林子茜出生于深圳的一个小渔村,由于当时的地方医疗条件落后,在她很小的时候她父亲就因为得了肝硬化而不幸去世。童年时候的这一经历让她立志长大后要去学医,去救更多的人。

为了能实现自己的这个理想,毕业后她选择在一家医院里从事医护工作。在那里她见证了很多病人的康复,也目睹了很多病人的逝去，人世间的悲欢离合在她的内心深处留下了很深的烙印。然而由于长期的工作压力，她患上了抑郁症，不得不离开了原来的岗位。在接受了为期半年的治疗后，她因生计所困而戏剧性地成了一名器官捐献协调员。丈夫刘川虽然对她从事的这项工作不满意，但是出于尊重还是表示了支持。

在已经从事协调员工作多年的方叔的鼓励下，林子茜抱着试试看的态度勉强地开始工作，并开始以见习生的身份跟随方叔参与器官捐献的协调工作。与此同时林子茜也偶然发现了方叔和儿子方明之间冷漠又尴尬的气氛，得知方明因父亲当年忙于工作未参加母亲葬礼而耿耿于怀。方叔与儿子虽然住在一起，但因为内心的隔阂，父子关系十分冷漠。

一对带着女儿在深圳打工的夫妻，丈夫张明飞在上班途中遭遇了车祸最终导致脑死亡。他的妻子在悲痛之余做出捐献自己丈夫器官的决定，希望通过这种方式来让丈夫的生命得到延续。由于器官捐献需要直系亲属的同意，所以方叔和林子茜在出租屋里等待李芸母女的签字。尽管他的女儿还只有七八岁，但是在听到他们的来意之后，最后还是一边流泪一边在协议书上签下了自己的名字。在墓园里，林子茜将接受器官移植的病人寄过来的感谢信交给了李芸。

从小热爱音乐的 25 岁男生胡霆即将毕业开始全新的生活，却被查出患了渐冻症。在生命弥留之际，他偷偷联系了林子茜，希望自己去世之后可以捐献器官去救人。但是考虑到自己的母亲肯定不会同意，所以他希望林子茜可以代替自己去说服他的母亲。面对林子茜的到来，胡霆的母亲很坚决地表示了拒绝。后来当胡霆的母亲在路上看到了一些背着乐器的小孩子时，不禁想起了很多年以前学音乐的胡霆，触动很大。然而直到胡霆被医生确诊为脑死亡的那一刻，胡霆的母亲对于捐献这件事情还是很犹豫。在看了胡霆生前留下的一段独白视频后，她最终同意了儿子"将器官寄托在别人身上，代替我再去看看这个美丽的世界"的善良美好的想法。在胡霆的葬礼上,胡霆的朋友为大家演唱了胡霆生前写的歌曲。人们在歌声中感受着生命的未知和希望。

独自一人在城市打工的刘强因为一氧化碳中毒被送到医院,生命体征微弱,随时都可能离世。林子茜去往刘强所在的农村老家,希望征求刘强母亲同意捐献刘强的器官。但由于器官移植这件事在国内尚未得到很好的宣传教育,大部分人对此都有着误解。刘强的母亲在村民们的闲话中没有同意捐献。而另一边的刘强病情突然恶化,最终因抢救无效而错失了最佳的捐献时间。那段时间林子茜和结婚三年的丈夫之间再次产生矛盾,几经挫折之后的林子茜抑郁症复发,但她没有去医院而是选择了回老家。

回到老家之后,林子茜过上了平淡的生活,也有了更多的时间反思自己的选择。方叔那边,他因为上次协调事件的失败而十分失落,儿子方明看着年迈的父亲,出声安慰,两人有了和解的趋势。可是还没等到父子间那么多年的情感裂隙得到完美的缝合,方叔却在一次工作中突发脑溢血,进入脑死亡状态。

匆忙赶回去的林子茜面对病床上的方叔十分悲恸。方叔的儿子在这时终于完全理解了父亲,他做出了捐献父亲器官的决定。但受捐献者在千里之外的城市,万分紧急之下林子茜接受了这项任务,开始了争分夺秒的器官运送工作。

1. 外,海边——日

沙滩略偏远的一处,方明独自坐在一块岩石上,双手搭在膝盖上,一言不发地看着远处的海平面,眼神有些落寞。周围冗杂的涨潮声填满了整个黄昏。

巨大的岩石一半被海水浸润,一半裸露在空气里,海浪一波接着一波上涌,打湿岩石的表面。

一望无际的大海,晚风徐徐,偶尔有海鸥飞过,天空和海面被映照成深沉的暗红。

林子茜慢慢地走了过来,用手整理了一下被海风吹乱的长发,然后
坐在了方明的旁边。

林 子 茜：你在这里啊。

方明转过身去看了一眼林子茜,点了点头,露出一丝笑意,随即又将
目光看向了大海。

林 子 茜：关于方叔的事,我其实也挺后悔的,(林子茜看了一眼方明,然
后低下头去)要是之前我不那么犹豫就好了。

方明目光依旧望着大海。

方　　明：总觉得我爸他,一直都很不容易呢。

林 子 茜：是啊,生活向来都不是容易的。

林子茜抬起头看向方明,眼睛里似乎噙着泪水。

林 子 茜：但至少,你爸爸他一直都在努力做着让自己感到骄傲的事
情啊。

方明转过头,和林子茜对视,眼神里满是不解。

方　　明：骄傲那种东西,真的可以被感觉到吗?

林 子 茜：别人的骄傲我不了解,但方叔的骄傲,跟生命和希望的延
续有关。

方明思考了一会儿,像是突然间明白了什么似的,为了不让林子茜
看到他湿润的眼眶,方明又把目光看向大海。

(出片名：一期永会)

2.内,医院走廊——日

神色各异的病人来来往往,林子茜坐在走廊椅子上,脚边放着一个
小小的行李箱,她无意识地把玩着行李箱的把手,脸上面无表情。
周围是医院里嘈杂的声音。

3.内,医生办公室——日

刘川和医生面对面坐着。

医　　生：刘先生,这边有一份文件需要你签字。

刘川接过文件,签完字之后缓缓地抬头看向医生。

刘　　川：医生,说实话,我一直难以相信,我妻子这么乐观坚强的人,竟然会突然间得了抑郁症。

医　　生：抑郁症呢,就像是一场心灵感冒,谁都有可能不期而遇的。长期的工作压力和面对病人离世时的挫败感,都会是她抑郁症的诱因。不过这半个月的时间里,林女士的情况已经稳定很多了,倒不如离开医院去重新接触社会,那样对她的帮助会比较大。

刘　　川：那医生你的意思是……她已经痊愈了?

医　　生：虽然林女士的症状现已比较轻微,但回去之后还是要多注意她的情绪,很容易复发的。抑郁症需要生理治疗与心理治疗一起配合,除了要按时吃药,家人的关心和鼓励也是很重要的。

刘　　川：(眼神里有些哀伤,点了点头,低下头去将包拿了起来,然后挤出生硬的笑容)谢谢你。

医　　生：不客气的。

4.内,医院走廊——日

医院走廊上的林子茜看到刘川和医生走了过来,于是站起来面向他们,象征性地点了点头。

林 子 茜：这段时间麻烦你了。

医　　生：不客气的,这是我的本职工作。回去之后要时刻监控自己的情绪,不断调整和完善自我,让你的生活从黑暗中浮起来。

林 子 茜:(点点头)我会的,谢谢。

医　　生:多多保重啊。

刘川接过林子茜身边的行李箱。

刘　　川:(对医生)那我就先接她回家了,多谢医生的关心和照顾。

医　　生:路上小心。

望着他们离去的背影,医生的表情很是复杂。

5.内,车厢里——日

两个人坐在车里,彼此沉默着不说话。

刘川开着出租车,时不时地将视线转过去看林子茜,很是担忧的样子。

林子茜坐在副驾驶上,眼神一直看着窗外,像是在思考着什么,窗外景物的影子在她脸上快速地掠过。

在一个十字路口遇到红灯,车子停了下来。

路边停着一辆救护车,工作人员正在对一位伤者实施抢救。

看到这一幕的林子茜迅速地把车窗摇下来,将目光向那边投去。

刘川下意识地看了眼林子茜,有些担心。

林子茜注意到刘川的目光,抿了抿嘴移开视线。

这个时候绿灯亮起,车子向前开去。

6.内,出租房门口——傍晚

狭窄昏暗的楼道里,林子茜和刘川一前一后地爬着楼梯。

林子茜来到出租房门口站住了脚步,然后撕下了贴在门上的催缴房租单。

刘川提着行李箱也来到了房门口,看到这一幕连忙将单子拿过来,塞进了衣服前面的口袋里。

刘　　川：最近工作比较忙，所以一直把这件事情忘了，我过几天就去把房租交了。别在门口傻站着了，进去吧。

> 刘川从口袋里摸出了钥匙去开门。

7.内，出租房内——傍晚

> 出租房的门被打开。
>
> 这是一间五六十平的套间，装修看起来普通但很温馨。屋子里东西有些杂乱，沙发上堆了一些衣服，茶几旁的垃圾桶里堆了几个外卖盒子，像是很久没人打扫过。
>
> 林子茜看了眼屋子里的杂物，愣了一下，情不自禁地皱起了眉头。

林 子 茜：(用手在鼻子前挥了挥)看来我等下有得忙了。

> 刘川提着行李箱走进来，看到后有些不好意思地笑了，然后连忙跑上前去，手忙脚乱地把杂物收拾了一下。

刘　　川：刚才急着去接你，忘收拾了。

林 子 茜：(带着歉意)这段时间，真的是难为你了。

> 刘川停顿了一下，不知道该怎么接妻子的这句话，连忙换了一个话题。

刘　　川：噢对了……你不在的这些日子里我还学会了做饭，今天晚上我来做红烧带鱼吧，据说吃深海鱼对缓解你的病情会有帮助。

> 说着，刘川便向厨房走去，熟练地在厨房里弄起了晚饭。
>
> 林子茜在客厅收拾东西，回头看了眼厨房里刘川的背影，犹豫了一下走向厨房，倚在门口。

林 子 茜：我妈最近有来过电话吗？

刘　　川：(放慢了做菜的速度)嗯，这半个月她总共来了两个电话。你不要担心，我已经替你跟她说了。现在既然你已经回来了，我想晚上你最好给她打个电话吧。

林 子 茜：嗯。

刘川将带鱼下锅煎。

林 子 茜：刘川……

刘　　川：(拿着筷子翻动着锅里的带鱼)嗯,怎么了?

林 子 茜：(迟疑不决地)你觉得,我重新去找份工作怎么样?

　　　　　刘川原本在翻动带鱼的筷子停了下来,抬起头来但目光并没有看向她。

刘　　川：不要吧,你先在家待着,多休息几天。

林 子 茜：我又不是伤风感冒,休息什么。而且待在屋子里只会让我
　　　　　心情更加低落。

刘　　川：(将目光看向她)不是,别人不清楚你的情况,很可能……

林 子 茜：很可能怎样?

刘　　川：(停顿了一会)要不,我跟你一起去吧,只要别再做以前的工
　　　　　作就行。

　　　　　林子茜站在厨房门口愣住了,面对丈夫的回答显然有些不知所措。

　　　　　林子茜嗅了嗅,闻到了带鱼烧焦的味道,连忙走过去接过刘川手中
　　　　　的筷子。

林 子 茜：瞧你这带鱼煎的,再不翻就要焦了。

　　　　　刘川被她推开,看着林子茜,欲言又止的样子。

8. 内,卧室里——夜

　　　　　林子茜在房间里打扫卫生。

　　　　　刘川拿着水和药走了进来。

刘　　川：医生嘱咐我的,让你按时吃药。

林 子 茜：(停下了手里的事看向他)谢谢。

　　　　　说完她接过水和药服了下去。

　　　　　这个时候刘川走到衣柜前,从里面拿出一件外套穿上。

林 子 茜：这么晚了你还要出去吗?

　　　　　刘川整理了一下领子,转过身来抿着嘴点点头。

刘　　川：(支支吾吾地)反正我现在也没有什么事,倒不如出去多跑几单,这个点高铁站那边的乘客还是挺多的。

林 子 茜：对不起,我给家里面造成了这么大的麻烦,现在又帮不上任何忙,我挺过意不去的。

刘　　川：家里面的事你不要担心,有我呢。你先在家调整一段时间,工作的事之后再做打算也不迟。

　　　　　林子茜点点头,默不作声。

刘　　川：噢对了,之前你同事有来过电话,说东西都帮你收好了,有空回去取一下就行。那我先走了,你等下先睡吧,不用等我了。

　　　　　刘川穿好了衣服向门外走去,林子茜望着他的背影有点难过。

9.外,楼下停车处——夜

　　　　　林子茜的视角。

　　　　　刘川将出租车开出了小区。

10.内,医院里——夜

　　　　　医院门口突然间停下来一辆救护车,车门打开,一个担架被抬了出来。

　　　　　走廊上,医护人员急匆匆地推着急救病床奔跑着。

　　　　　病床上是一个浑身是血的男人,闭着眼睛似乎已经失去了意识。

　　　　　衣着朴素的中年女人(李芸)跟在一堆人后面,一边跑着一边抽噎。

　　　　　走廊迎面跑来几个接应的医生,几个人一起推着急救病床在走廊上跑着。

11.内,医院抢救室——夜

　　　　　医护人员将急救病床推进急救室。早已等待在急救室的医生给男人连上各种检查仪器。

医 生 甲：病人什么情况？

医 生 乙：车祸。初步判断肋骨骨折，怀疑颅内出血，出血情况待排查。

> 李芸站在一边，满脸泪水，想要上前又不敢打扰医生的工作，一副不知所措的样子。

> 有一个护士走到李芸面前。

护 　 士：你先去把手续办了，这里有我们。

李 　 芸：我丈夫他怎么样，没事吧？

护 　 士：（面有不忍）你先去办手续。

李 　 芸：我……好，我去，我这就去。

> 李芸一步三回头，跑出抢救室。

> 医生们还围在病人床前给他做着检查和抢救工作。

12．内，卧室里——夜

> 林子茜还在房间里收拾着。

> 这个时候，卧室里的座机响了起来，林子茜停下手中事情去接电话。

林 子 茜：喂？

> 电话那头传来母亲王美芬的声音。

王 美 芬：子茜，是我。

林 子 茜：（不知所措）妈……

王 美 芬：这么晚了还没有睡吗？

林 子 茜：今天下午刚回到家，现在还在收拾房间。

> 电话两头陷入沉默。

林 子 茜：妈……我觉得自己好失败。我都这么大个人了，怎么还老是给家人添麻烦啊。

王 美 芬：子茜啊，在我眼里，你可是一个很棒的护士啊。

林 子 茜：（一脸疑惑的表情）嗯？

王 美 芬：在你身上我看到有很重要的东西，是关于责任与奉献的。

林 子 茜:可我都不知道自己之后的目标和方向了。

王 美 芬:如果可以的话,就努力去将那些会让你感到美好的事情做到极致吧,因为那些都是可以让你好起来的支持力量。

林 子 茜:(点点头)嗯,我会的。

王 美 芬:时候也不早了,我该休息了,今天就先这样吧。

林 子 茜:晚安。

挂完电话之后,林子茜躺到床上,一副若有所思的样子。

13.内,抢救室门口——夜

李芸独自一人等候在手术室门口,神情很悲伤。

14.转　场

城市的夜晚转变到清晨的延时镜头。

15.外,学校门口——日

李芸骑自行车载着女儿穿梭在路上,神情憔悴却还在强撑。

女儿坐在后座上搂着妈妈的腰,也是心事重重的模样,几次想要和妈妈说话但是又没说。

李芸在校门口停下车,女儿从座位上跳下。

李　　芸:好好听老师的话,妈妈晚点来接你。

女儿点点头,走了几步后又停下来,转身观察着李芸的脸色,欲言又止。

李　　芸:快进去吧。

女　　儿:妈妈,爸爸怎么样了?

李芸愣住。

女　　儿:(看着李芸)他好点了吗?

李　　芸:(挤出一丝笑意)放心吧,爸爸会好起来的。

女儿刚才还暗淡的神情一下子雀跃起来,笑着点了点头,转身走进学校。

李芸站在门口看着女儿的背影,眼眶忍不住湿润了。

16.内,医生办公室——日

李芸和医生在办公室里面对面坐着。

王 医 生:你丈夫的事情,我很抱歉。

李　　芸:(神情很悲伤)他现在的情况怎么样?

王 医 生:在车祸中他的头部受到了严重的创伤,CT扫描显示,他的头部有大面积组织伤害和颅内出血的情况。在送到医院的时候,就已经陷入了深度昏迷。我们几位医生对他的状况进行了评估,显示结果很不乐观,已经错过了最佳的手术时间,因为脑部已经失血过多。

李　　芸:那我丈夫还会苏醒过来吗?

王 医 生:他这种情况,几乎不可能了,他现在已经不是昏迷状况,而是脑死亡了。

李　　芸:(摇摇头,难以置信地)我……我不是很懂。

王 医 生:他表面看上去没有什么大事,体温正常,呼吸正常,但这都是靠生命仪器在维持的。

李　　芸:可是……我还能听到他的心跳啊。

王 医 生:是的,他的心脏还在跳动,可如果撤掉那些仪器,他的一切生命体征都会消失的。

李芸沉默着没有说话,眼泪却已经开始倾泻下来了。

王 医 生:(拿出CT片子)我给你看一下CT片子,这是他的大脑,出血的部分已经到处都是了。

李芸没能忍住,哭了出来。

王医生看着她,不知道该怎么去安慰她。

王 医 生:很抱歉,告诉你这个悲伤的消息,但这是事实,请你节哀。

李芸泣不成声。

17.内,医院电梯——日

林子茜抱着一个纸箱挤进了电梯里面。

当电梯门再次打开的时候,她看到了王医生和几个护士在讨论着什么。

王医生看到林子茜,先是惊讶了一下,然后露出了欣喜的笑容。

林子茜也笑了笑,点了点头。

18.内,医院走廊——日

王医生和林子茜一起走在医院走廊上,来来往往不断地有病人经过。

王 医 生:最近怎么样?

林 子 茜:挺好的。今天是回来拿一些私人物品的,没想到还会再遇
　　　　　上王主任。

王 医 生:你接下去有什么打算?

林子茜慢慢停下了脚步,目光看向窗外,抿了抿嘴。

林 子 茜:我想尽快去找一份新的工作,不想再给家人增加负担了。

王 医 生:已经决定不再从事医护工作了吗?

林 子 茜:嗯……虽然每一次见证病人的康复,总能给我很大的鼓
　　　　　励。但目睹病人去世的时候,总是会有一种挫败与无助
　　　　　感,不停地折磨着我。当你全力地投入一场和死亡的较量
　　　　　后,病人还是走了,那种累,不仅仅是体力的消耗殆尽,还
　　　　　有心灵的疲惫不堪。毕竟积德救人,一直都是我从医的信
　　　　　仰啊。

林子茜脑海里不禁回想起了曾经工作时的场景。

两个人的步伐慢了下来,王医生看向林子茜。

王 医 生:医学是一门科学,在发展的过程中必然存在着失败,或许
　　　　　永远都不会完美。所以,有的时候啊,请包容它的无能为

力吧。但我很欣赏你,至少你已经懂得了尊重死亡。那些不尊重死亡的人啊,是不会懂得尊重生命的。

林子茜若有所思的样子。

王 医 生:有一件事,现在跟你提不知道合不合适。

林 子 茜:嗯?

王 医 生:红十字会器官移植中心那边,向我们医院申请调配一位专职的协调员,你想试试吗?

林 子 茜:我可以试试,但一个曾经掉入过抑郁症深渊的人,真的能做好这份工作吗?

王医生看着她,淡淡地一笑。

王 医 生:相信我,你曾经历过的那些糟糕的黑暗,会让你的情感接受度拓宽很多,会让你更加懂得悲剧的本质,有更多的同理心去理解身边的人。总之,比起以前,你会发现原来世界和人生是这样,可以如此的糟糕,又或者可以那样的美好。

林 子 茜:主任,谢谢你的鼓励,但可以给我一段时间去考虑一下吗?

王 医 生:嗯,你不用这么快就做决定的,想好了可以随时联系我。

林 子 茜:那我先告辞了。

王 医 生:路上注意安全。

林子茜向王医生点了点头,抱着纸箱离开了。

19.内,家里——日

刘   川:不行。

厨房里,此时刘川正一手拿着锅铲,一手握着锅把手,有些生疏地炒着西红柿炒鸡蛋。

林子茜站在他旁边,闻言只是点了点头,然后把手里的盘子递给了刘川。

林 子 茜:好吧。

林子茜转身离开,刘川回头看她,神情有些后悔。

20.内,卧室里——日

林子茜在卧室里整理东西。

她在纸箱里发现了一个玩具挂件,是一个小飞机模型。

林子茜捡起这个挂件,看着它若有所思。

21.内,医院病房——日

闪回。

七八岁的小男孩躺在病床上,林子茜给小男孩扎针,小男孩看着针头,抿着嘴一脸严肃。

林子茜笑着抬头看了他一眼。

林 子 茜:今天也很勇敢啊。

小 男 孩:姐姐你今天也很美哦。

林 子 茜:嘴真甜。(看了眼一旁床头柜上的大号飞机模型)以后想当飞行员?

小 男 孩:嗯,我本来想开战斗机,可又想到它容易出事。出事了我不怕,可我妈肯定要哭,那还是开客机好了。

林 子 茜:(一边笑一边把模型拿过来,递给小男孩)出院后要多注意身体,健康了才能做喜欢的事,要乖啊。

小 男 孩:嗯!那,姐姐,你喜欢做什么啊?

林子茜思考了一会儿,蹲下身去,看着小男孩的眼睛。

林 子 茜:我喜欢,看你们好起来的样子。希望你们都好好的。

小男孩眨眨眼,空着的那只手伸到枕头下摸了很久。

林 子 茜:别动,扎着针呢,我帮你拿。

小男孩已经掏出了一个飞机模型的小挂件,递给林子茜。

小 男 孩:我妈妈说,这个小飞机是爸爸对我的祝福,可以让我心想事成,我希望姐姐也能做成想做的事。

林子茜接过挂件,低头看着它。

22.内,卧室里——日

林子茜看着飞机模型微笑。

刘川系着围裙走过来,倚在门口看着林子茜。

刘　川:对不起。

林 子 茜:(抬头看他)好好的怎么了?

刘　川:我不该没问清就阻止你。

林 子 茜:没事,我仔细想了想,我现在这样……

林子茜走过来,拉着林子茜一起在床沿上坐下来。

刘　川:子茜。

林 子 茜:怎么,你们都觉得我想不开,一个个都来开导我?

刘　川:我不是开导你,我是觉得我们应该好好谈谈。

林 子 茜:谈什么?

刘　川:你想去工作吗?

林子茜沉默了一会儿。

林 子 茜:我不知道,但我知道你担心我。

刘　川:那你觉得,你能控制自己的情绪吗?

林 子 茜:我试试。

刘　川:那我支持你。

林子茜抬头看刘川。

刘　川:(揉了揉林子茜的头发)去吃饭吧。

林子茜笑了,随后又定定地看着刘川。

刘　川:怎么了?

林 子 茜:你换衣服了吗?

刘　川:没……

林 子 茜:你还穿着它坐床上!

刘　　川：我……

林 子 茜：你给我起来!

林 子 茜：(把刘川从床上拽起来,推着他往外走)下次不准再这样进卧室!

刘　　川：(举手做投降状)真是受不了你们学医的这些洁癖。

林 子 茜：这是正常的干净! 你一个天天闻汽油的人不会懂的!

> 林子茜推着刘川往屋外走。

23. 内,器官移植中心走廊——日

> 林子茜沿着走廊一路走,最终停在一间办公室前。办公室门牌上写
> 着"器官捐献办公室"。
>
> 门半掩着,林子茜刚准备抬手敲门,门就从里面打开了,走出来一个
> 微胖的男人(方叔),神色有点匆忙。只见方叔穿一身休闲服饰,看
> 起来有些不修边幅,眼睛却炯炯有神。
>
> 两个人都愣了一下。

林 子 茜：您好,我是新来的……

> 还没等林子茜说完,方叔就打断了她,关上了办公室的门然后向前
> 走去。

方　　叔：(边走边说)林子茜是吧,你们王医生已经跟我说过了。我
们现在要去协调现场,时间紧急,自我介绍就不必了,你跟
我过去就行。

林 子 茜：(有些不知所措,跟在方叔身后)啊……这就过去啊,可我什么
情况都还不了解啊。

方　　叔：病人,男,45 岁,在本地打工,前天晚上遭遇车祸,目前已
经进入脑死亡状态。作为协调员,我们需要先过去看看情
况,以保证及时和病人家属进行沟通。

> 两个人离开的背影。

24.内,医院办公室——日

办公室里,李芸和方叔、林子茜面对面坐着。

王 医 生:(向他们鞠了一躬)那我就先出去了。

方 叔:嗯,真是麻烦你了。

王医生走出去,关上门,走了几步还停下脚步,往回看了几眼。

方 叔:我知道这个时候你很难过,我也曾有过这样的经历,所以很能理解你现在的悲痛。但真的很抱歉,你丈夫的生命已经无法挽回了。

李 芸:这两天我一直都这么对自己说,今天他绝对能醒来,今天绝对会有奇迹发生,但是医生昨天告诉我他已经不可能醒过来了。为什么,他的心脏明明还在跳,他的手明明还是温和的,为什么……

李芸忍不住哭了出来。方叔看着她,一时也不知道该用什么样的言语去安慰她,过了很久他才开口。

方 叔:我明白,这些对你来说真的很难接受。但现在你有另一种选择,另一种权利。你愿意捐献出你丈夫的器官吗?

李芸抬起头看向方叔,眼泪还没来得及擦掉,显然有点不知所措。

林子茜先看了一眼李芸,然后又看向方叔。

方 叔:如果选择捐献的话,他的器官,将会帮助等待器官移植的病人重获新生。

李 芸:(支支吾吾地)我想知道……你要让我捐献的,是我丈夫的哪个器官?

方 叔:不是的,你误会了。我不会强制你捐献什么器官。我知道,事情来得突然,我也不想去试着说服你,这完全由你做决定。

李 芸:那我可以知道他的器官都捐给了谁吗?

方 叔:(摇摇头)这恐怕不行,因为器官捐献都是"双盲"的。

李　　芸：(低下头去,淡淡一笑)这样也挺好的。

李　　芸：我想再确认一下,是真的没希望了吗? 我怕我不够尽力,
　　　　　 女儿会怪我。

方　　叔：真的很抱歉,他的脑死亡状态已经是不可逆的了。不过你
　　　　　 放心,捐献的判定有一系列严格的程序和标准,在此之前,
　　　　　 医生肯定会全力以赴去抢救患者的。

　　　　　 李芸低下头陷入了思考,过了好一会儿才说话。

李　　芸：谢谢你。但可以给我一段时间考虑吗?

　　　　　 李芸慢慢地站起来,将椅子放好,准备朝门外走去。

　　　　　 方叔和林子茜也站了起来。

方　　叔：当然。你能听我把这些话说完,我已经很感激了。但恐怕
　　　　　 时间已经不多了,他的心脏功能不会持续很久,而最佳的
　　　　　 捐献时间恐怕也会很快错过。

　　　　　 方叔和林子茜向李芸鞠了一个躬。

　　　　　 李芸点点头,然后离开了。

25.内,医院走廊——日

　　　　　 林子茜和方叔路过手术室的时候,手术室的门缓缓地从里面打开了。
　　　　　 医生们走出手术室,为首的医生朝外面苦苦等待的四个家属(一个
　　　　　 老奶奶,一个中年女人,两个中年男人)摇了摇头。
　　　　　 年迈的老奶奶在一旁哽咽,中年女人扶住了她,两人走到一边的椅
　　　　　 子上坐下,女人搂着老奶奶安慰她。
　　　　　 医生们对视一眼,眼里有着难过和愧疚。
　　　　　 两个中年男人中,一个低着头快步走开,另一个站在医生面前强忍
　　　　　 着悲伤表达着感谢。
　　　　　 林子茜看着这一幕,脚步缓了下来,目露不忍。
　　　　　 方叔注意到了她的神情。

26.内,办公室——日

方叔和林子茜一前一后走进办公室。

这是一间较为宽敞的办公室,没什么装饰,只简单摆放着两套办公桌椅。桌面上散落着各种材料,墙上有一块区域贴着一些照片。

方　　叔:刚才走得匆忙,还没来得及带你看一下办公室。

方叔把一个座位上各种杂乱的资料快速收拾了一下,略显尴尬地看了看林子茜。

方　　叔:因为我平常工作都在外面,所以这里就一直没怎么收拾,让你见笑了。这以后就是你的办公桌了,坐吧,坐吧,我给你倒杯水。

林子茜点点头,缓缓地坐下,将包放到桌子上。

方叔倒了一杯水给她。

林 子 茜:谢谢。

方叔在自己的桌子前坐下,戴上了一副老花眼镜,开始整理起各种捐献的材料。

方　　叔:(翻看着材料,没有抬头)吓到了?

林 子 茜:(刚要喝水,停住了)什么?

方　　叔:刚才在手术室门口,那样的场面你肯定不是第一次看到了,怎么一副被吓到的样子?

林 子 茜:我不是怕,只是每次看到他们那样……

方　　叔:(停下了手中的事,抬起头看她)就恨自己救不了人?

林 子 茜:(点点头)嗯。

方叔抬起头看着她,但没有说话。

林子茜在环顾这个办公室的时候看到了窗台边的一株植物,于是放下手中的杯子走了过去。

林 子 茜:(轻轻地捧起那盆花)这盆风信子,真好看。

方叔放下手中的材料,也走了过来。林子茜把花递给他,方叔接过之后很仔细地端详着。

方　　叔:一段时间没注意,它居然开花了,真不可思议。

方叔抬起头,看着林子茜,指了指那盆花。

方　　叔:这是一位花农,在成功接受了肝移植手术之后送我的。

林 子 茜:只要点燃生命之火,便可同享丰盛人生。

方　　叔:嗯?

林 子 茜:噢,这是风信子的花语。它所代表的精神,是对自己信念的坚守。

方叔低下头去,又看了看风信子,神情很是动容。

方　　叔:原来如此。

林 子 茜:方叔,你是怎么会从事这份工作的?

方叔抬起头来,一时语塞,放下了手中的风信子,朝前面走去,看着墙上那块贴有很多照片的区域,取下其中一张照片,递给林子茜。

方　　叔:走上器官捐献协调这条爱恨交加的路啊,完全是生活给我的一个意外。

林子茜接过照片,上面是方叔跟一个女人的合影。

方　　叔:这是我妻子,五年前在一场车祸中不幸去世。悲痛之余,我选择捐出她身上所有可用的器官,最终救了六个人。有人哭着离开,也有人重新活了过来,一想到这里,所有的事情就都有了意义。从那以后,我就开始从事这一行了。

方叔不禁露出了一丝自豪与欣慰的神情。

林 子 茜:(双手把照片递给方叔)那你孩子肯定很支持你做这个工作吧。

方叔接过照片,苦笑着摇摇头,将照片重新贴回了墙上。

方　　叔:他还小,以后会懂的。

林 子 茜:这里就只有你一个人在工作吗?

方叔转过身来。

方　　叔：也不是,断断续续地来过十多个人,但是后来都离开了。我其实并不怪他们,毕竟这是一个很特殊的职业。只是我的身体状况不允许我再继续从事这份工作了,所以在此之前,我必须要找一个合适的接班人才行。

林　子　茜：我会努力的。

方　　叔：唉,把协调员的工作做下去,可比成为协调员要难上很多倍啊。

> 林子茜望着方叔,一时说不上来话,但很是感动的样子。

27.外,方叔回家路上——夜

> 方叔下班回家路上的一些场景。
>
> 在菜场里买菜。
>
> 开着电动车骑在路上。
>
> 把电动车停在小区楼下。

28.内,方叔家里——夜

> 昏暗的灯光下,方叔和儿子方明坐在餐桌前吃晚饭。
>
> 方叔不急不慢地吃着,而方明吃得很快,不一会儿就站了起来,拿着碗筷准备放到厨房的水槽里。
>
> 方叔看着他,一脸惊讶。

方　　叔：吃这么快,饱了吗?

> 方明洗完手之后用旁边挂着的毛巾擦了擦手。

方　　明：嗯,饱了。

方　　叔：(还在吃饭)那你好好写作业啊,最近的期中考试有进步吗?

> 方明没有回答,径直向房间走去。走到一半,他停了下来,转过身去看向方叔。

方　　明：下周三的家长会,你还是来不了对吗?

方　　叔:(停下了手中的筷子)有时间的话,我一定会去的……

方叔还没讲完,方明就转身回房间了。

看着他离去的背影,方叔叹了口气,眼神里充满了歉意。

29.内,病房里——夜

医院病房里,张明飞躺在病床上,身上插着各种生命维持仪器。

他的妻子李芸拿着一块毛巾正在给他轻轻地擦拭身子,神情很是悲伤。

李芸放下毛巾,拿起张明飞的手抚摸着自己的脸庞。

看着丈夫沉睡的脸庞,李芸忍不住抽噎起来。

30.外,吉田墓园——日

两人走进墓园。

守墓园的大爷(林大爷)看到方叔的到来显得很高兴,大老远地就走了出来迎接他。

林　大　爷:来啦?

方　　叔:腿好点了吗?

林子茜在一旁打量着两人。

林　大　爷:好多了,上回你带的药我还没用完。(看到一旁的林子茜)

方叔准备介绍。林子茜上前一步,把鲜花递给林大爷。

林　子　茜:大爷您好,我是林子茜,现在跟方叔一起工作。

方叔愣了愣,随即笑了。

方　　叔:那您去忙吧,我们自己进去就行。

林大爷点了点头,应了几声之后就回自己的小屋了。

31.外,光明树下——日

方叔带着林子茜来到了吉田墓园的一棵"光明树"下。

两人在树前站定。

林 子 茜：林爷爷在这守了多少年了？

方　　叔：四十二年。

林 子 茜：那他的家人？

方　　叔：他的儿子也在这个墓园里。

　　　　　　林子茜沉默。

方　　叔：那些捐献了器官的人都会被葬到这个墓园里。工作以来，
　　　　　我常常会在空闲的时间到这来看看。

　　　　　　风吹动树叶，沙沙作响。

　　　　　　林子茜看着眼前的"光明树"，一副若有所思的模样。

林 子 茜：有一种感觉，就好像他们的灵魂都依附在这棵树上，然后
　　　　　守护着我们。

　　　　　　方叔回头看了眼林子茜，两人相视一笑。

32.内，李芸家里——夜

　　　　　　这是一间不大但是很干净的屋子，看起来有些年份，墙壁上的白漆
　　　　　部分脱落，能看到墙体。原本贴着的一些奖状在墙上摇摇欲坠。
　　　　　　方叔、林子茜和刘芸三人坐在餐桌旁。
　　　　　　方叔从文件夹里掏出一份文件递给李芸。

方　　叔：这份文件，需要捐赠者家属签字。

　　　　　　李芸接过文件，签下了名字。

李　　芸：我女儿也要签吗？

　　　　　　方叔点头。

　　　　　　李芸放下了文件和笔，然后站起来朝里面的房间走去。

李　　芸：稍等一下，我去叫她出来。

方　　叔：（站起来，点了点头）麻烦你了。

　　　　　　没过多久，李芸带着朵朵走了出来。看到两位陌生人，朵朵有些不
　　　　　解，于是慢下了脚步。

李芸走到一半就停了下来,低下头去,掩面哭泣。

方　　叔:朵朵你好,我们是红十字会的工作人员。

朵　　朵:(坐到了椅子上)嗯? 你们是来给我们家捐款的吗?

方叔有些迟疑,努力地构思着语言,想尽可能地减少对孩子的打击。
见到方叔迟疑的样子,林子茜准备开口跟孩子说。

林子茜:朵朵,其实……你爸爸他,在那场车祸中已经去世了,他要永远地离开我们了。

朵朵听到这个消息,一瞬间没有反应过来,愣在那边好久。过了一会儿她才开口说话,声音有些奇怪,是极度压抑痛苦、忍住哭泣后造成的喉部紧张。

朵　　朵:可是爸爸已经答应了要送我儿童节的礼物啊。

说到这里,朵朵忍不住流下了眼泪。

林子茜:(强忍着眼泪,挤出一丝笑意)朵朵,姐姐答应你,到时候会陪你一起过儿童节的。但现在,你还要做一个很重要的决定。你爸爸虽然已经去世了,但是他的器官还可以挽救很多人,让很多别人的爸爸重新站起来。你愿意捐献出你爸爸的器官吗?

朵朵有些不知所措,用手擦去了脸上的眼泪,转过身子去看了看妈妈。
李芸流着泪点了点头。

朵　　朵:我妈妈已经同意了吗?

林子茜:(拿出了家属同意协议书)嗯,她已经同意了,这是她的签字。

但朵朵并没有接,继续问。

朵　　朵:捐赠的器官是捐给谁了,我能见到他们吗?

林子茜:这个……国家规定这是"双盲"政策。虽然不能告诉你受捐者是谁,但是我们会对受体一方移植器官后的状态进行实时记录,我们能告诉你你爸爸的器官在另一个生命体中的状态。

朵朵陷入了思考。

林 子 茜：朵朵，你就想你爸爸变成了一颗种子，又到新的生命当中发芽了。

这时朵朵拿过了母亲签字的同意书，仿佛接受了这个事实。

朵　　朵：（深吸一口气）我签。既然爸爸回不来了，那就希望他能在最后帮到其他的人，算是做点好事吧。

林子茜望着孩子，眼里噙满了泪水。

朵朵在文件上签下了自己的名字。

33.外，吉田墓园——日

吉田墓园的"光明树"下，林子茜、方叔、李芸、朵朵，四个人沉默地站着。

李芸让朵朵拿着一束鲜花放在了树下。

林 子 茜：谢谢你对我们捐献工作的理解和支持，你丈夫的器官可以拯救很多人，挽回好几个家庭的幸福。

方叔向李芸和朵朵鞠了一躬致以敬意。

李芸转过头去看方叔，之后又将目光看向了那颗"光明树"。

李　　芸：其实我很自私，我把丈夫的器官捐献出去是有目的的。他一辈子都这么苦，我希望让丈夫的器官寄托在其他人身上，可以代替他再去看看这个美丽的世界，再感受一下这世界的美。

说到这里，李芸的眼眶红了，但是却露出了欣慰的笑容。

方　　叔：所有的故事，都有个结局。但幸运的是，我们的人生啊，有的结局会变成一个新的开始。

这个时候方叔突然想到了什么，从背包里拿出了一封信。

方　　叔：这是移植了你丈夫肝脏的病人写的信件，他委托我一定要转交给你。

方叔双手递出去信件，李芸双手接过信件。

李芸看着这封信件，很是感动。

34.外,公交站台——日

方叔、林子茜、李芸和朵朵在公交车站台上等车。

公交车缓缓靠了过来。

这个时候林子茜蹲下身去,用手摸了摸朵朵的头,露出了笑意。

林 子 茜:朵朵,回去之后一定要听妈妈的话,好好学习。姐姐答应
　　　　你,到时候肯定会陪你一起过儿童节的。

朵　　朵:(开心地点点头)嗯,一言为定。

林 子 茜:一言为定。

李　　芸:朵朵,那咱们先跟姐姐说再见了。

朵　　朵:(挥挥手)姐姐再见。

林 子 茜:(慢慢站起来)嗯,再见了。路上注意安全。

李芸牵着朵朵的手上了公交车。

35.内,公交车上——日

李芸和朵朵在公交车后部的座位上坐下,从包里拿出了刚才在墓园
方叔给她的信件。

36.外,接受肝移植的患者的生活场景——日

关于信的内容的画面。

我是前段时间移植您丈夫的肝脏的患者,那时候我在医院做了四次
人工肝维系生命,是您和您丈夫的大义之举点燃了我的重生之路。
如果说给我第一次生命的是父母,你们就是给了我第二次生命的
人。我万分感激,也非常珍惜。我常常摸着肝的位置说:“我们一定
要好好地活着,努力去创造奇迹,要不负所望,不离不弃,相伴到
老。”我会带着这位善良人的分身,走遍天涯海角,看尽世间繁华,
快乐健康地幸福下去。

37.内,音乐剧场里——日

剧场内座无虚席,观众们都在认真地欣赏演出。

一个二十五岁的男孩子(胡霆)在舞台上演奏钢琴。

演奏完毕之后他站起来向观众致谢,突然间就晕倒在了舞台上。

台上同乐团的朋友们全都愣住。

台下一个看起来五十岁左右的女人(杨安丘)看到这一幕完全不知所措。

38.内,病房里——日

胡霆在医院的病房内醒了过来,他看了一圈四周,又打量了一圈自己身上的病号服。这时他注意到病房门口似乎有人说话,他艰难地走下床,步履蹒跚地走向门口。

门外医生与杨安丘在谈话,声音隔着房门隐约传进来。

杨安丘在抽噎。

医　　生:真的很抱歉,这种特殊的病情目前在全世界范围内都没有很好的治疗方法和手段。

胡霆愣在那里,开门的手停在门把手上。

医　　生:恐怕他剩下的时间只有一个多月了。我知道这一切都来得太突然了,但如果可以的话,这段时间你还是多陪陪他吧。

胡霆一脸难以置信的样子。

杨安丘低哑的哭声渐渐微弱下去,似乎是她在压抑自己的悲恸。

杨 安 丘:谢谢医生,我先进去陪他了。

杨安丘走近房门的声音。

胡霆急忙转身,跑回了床上,侧过身背对着杨安丘。

杨安丘看着胡霆的背影正要说话,低头看到了床前没来得及摆放整齐的鞋子,瞬间猜到胡霆可能听到了什么。

杨安丘：小霆,刚才……

胡霆拿被子盖住了自己的头。

杨安丘明白胡霆已经听到了一切,手捂着嘴忍住哭声。

胡霆背对着杨安丘,整个人在被子里瑟瑟发抖。

39.内,医院办公室——日

医院办公室里,林子茜和一位病人家属在说捐献器官的事情。

病人家属的情绪很激动,没等林子茜讲完就站了起来,愤怒地指着她。

病人家属：你给我滚,这里不是医院吗? 不是要救人的吗? 我妹妹她
还没死,你们就要拿走她的器官了? 我不会同意的。

说完,就把各种材料用力一扔,很生气地离开了。

林子茜望着他离去的背影,神情很是沮丧和难过。

她站起来去收拾那些散落了一地的材料。

这个时候她的电话突然响了起来。

40.外,医院小公园——日

林子茜和胡霆在医院小公园的一个长椅上坐着。

胡　　霆：子茜姐,你知道我以前是干吗的吗?

林 子 茜：我不知道。

胡　　霆：弹钢琴,我是一个弹钢琴的。老师都说我有一双天生适合
弹钢琴的手。每次我在台上,那种感觉,你知道那种感觉
吗? 可你看我现在这样,这几天我还能坐着和人聊天,可
他们说话的时候,我已经连配合他们笑都很难。我身体的
每一部分,都在一天一天地枯萎。

林 子 茜：不是说试了新的疗法,有好转了吗?

胡　　霆：好转一天,再恶化两天,再好转一天。你说,我还能活几天?

林 子 茜：别这么想。

胡　　霆：你听你劝我的语气,是不是自己都觉得没有说服力。

　　　　林子茜沉默。

胡　　霆：你是护工,我知道你肯定希望病人能活下去,但你也应该比普通人更知道病人的痛苦。子茜姐,"活着才有希望"这句话,不是针对每个人说的,也不是针对每种情况说的。我知道我好不了了,我可能能活得再久一点,可我不想这样活着。

林 子 茜：那你妈她?

胡　　霆：她其实也清楚我的情况,现在这样,我痛苦,她也陪着我痛苦。子茜姐,我不希望我剩下的生命就这样在病床上度过,也不希望就这么白白丢了命。我想做点有意义的事情。

林 子 茜：你真的想好了?

胡　　霆：(点点头)嗯。

41.内,互助组织会的场所——日

　　　　这是一间渐冻症互助组织交流用的小房间。房间中间七八个年龄各异、穿着打扮很不一样的人围成一团坐着。

　　　　有中年妇女伏在膝盖上,肩膀抖动着似乎在哭泣。

　　　　有衣着讲究的男人低着头神情迷茫。

　　　　也有满头白发的七十多岁的老奶奶拿手帕擦着眼泪。

　　　　其中一位患者家属分享完自己的故事之后,所有人都鼓掌。

　　　　这个时候一位会长模样的人看到了杨安丘落寞的神情。

会　　长：接下来能不能请杨安丘女士分享一下你的故事。

　　　　所有人都鼓掌。

　　　　杨安丘有些没反应过来,一脸不知所措的样子。

杨 安 丘：我……

会　　长：要不我们给些掌声送给杨女士。

大家再次鼓掌，都是鼓励的眼神。

杨安丘深呼吸了一下，挤出一丝笑意。

杨 安 丘：其实这阵子我还是抱着希望的。即使所有人都跟我说治
不好了，但是我觉得，说不定就有奇迹呢。医生说，已经不
能再拖下去了。他的病情越来越严重，我每天去看他，都
会看到他越来越瘦，越来越瘦。我等他睡着了就去他以前
练琴的地方看，想他以前和我说话的样子。那个孩子才是
胡霆，病房里被折磨得不成人形的人，怎么会是我的儿子
呢？最近我看了很多书，听很多人讲故事，他们都说一切
会过去的，什么都会变好的。可是我明白，我的儿子不会
变好了。能够变好的，只有我们这些被留下来的人。可是
我还是想不通怎么就变成这样了。没了他，还有什么值得
变好呢？

在场所有的人听了杨安丘的发言，都沉默着，神情很哀伤。

42．外，互助组织会的场所门口——日

聚会结束，杨安丘跟着人群走出房间。一直等在门外的林子茜迎上前。

杨安丘看了眼林子茜。

林 子 茜：阿姨好，请问您是胡霆母亲吗？

杨安丘沉默，带着打量扫了一眼林子茜，随后点了点头。

林 子 茜：您儿子委托我来找您，不知道您现在方便吗？

杨 安 丘：（仔细打量她）你说吧。

林 子 茜：您的儿子希望在离世之后捐献出自己有用的器官。

杨 安 丘：你等等？

林子茜停下。

杨 安 丘：谁跟你说的他要捐器官了？他一个大活人，你怎么找到这
儿的？他怎么联系你的？

林 子 茜:阿姨,我……

　　　　杨安丘想了想,像是想明白了什么。

杨 安 丘:不用说了,我什么都不想知道。你走吧。

林 子 茜:胡霆的事我很抱歉。

　　　　杨安丘压抑着情绪,一言不发地绕开林子茜往另一个方向走。

　　　　林子茜看着她的背影,掏出一张名片追了过去,递给杨安丘。

林 子 茜:阿姨,希望您能好好考虑,这也是胡霆的心愿。

　　　　杨安丘没有再看林子茜,直接离开。走了几步后她看了眼手里的名
　　　　片,准备扔到地上,又忽然停住,低头看着手里的名片沉默不语。

43.外,街上——日

　　　　杨安丘走在路上。她前面有四五个七八岁的小孩子背着乐器,一路
　　　　打打闹闹。

　　　　杨安丘看着他们,不知不觉地跟着他们往前走。

44.内,琴房——日

　　　　杨安丘跟着他们进了一个练琴的场所。

　　　　里面放着各种各样的乐器,很多的孩子在学乐器,一脸稚嫩但是表
　　　　情认真。

　　　　杨安丘看着里面的情景,不禁想起了胡霆小的时候。

45.(闪回)内,家里——日

　　　　胡霆小时候在家练琴的场景。

　　　　七八岁的胡霆坐在比他高的钢琴前面,一脸认真地弹琴。

46.内,琴房——日

　　　　杨安丘在琴房里看着这个场景,忍不住流下了眼泪。

47.内,医院病房——日

医院病房里,胡霆躺在病床上睡着了,神情有些憔悴。病床旁边的柜子上还放着一本作曲簿,上面凌乱地写着还未定稿的歌词和曲谱。

杨安丘提着一袋吃的东西,推开病房门,慢慢地走到了胡霆的床边,把东西放到了床头柜上,看到那本作曲簿,于是拿起来翻看了几页。

听到动静的胡霆醒了过来,看到母亲之后慢慢地坐起身子来。

杨安丘放下了那本作曲簿,拿过一个凳子坐下来。

杨 安 丘:还难受吗?

胡霆抿了抿嘴,露出一丝笑意。

胡　　霆:(俏皮的语气)嗯……打了那个药就一直想吐,吃了止吐的药我就开始便秘,吃了便秘的药我又开始头晕,你说我还要不要再吃头晕的药了?

母亲看着儿子乐观的神情,摸了摸他的头,笑中带泪地看着他。

杨 安 丘:你都这么难受了,怎么还谈笑风生的呀?

胡　　霆:我记得小时候有一次发烧感冒可难受了,但是你一坐在床边陪着我,我就什么都好了,真的很神奇。只是这次,我可能好不过来了。

杨 安 丘:(擦去了眼角的泪水)生病的人不要老是胡思乱想,你就好好地安心养病,一切都会好起来的。

杨安丘站起来,从那袋吃的里面拿出来一个苹果。

杨 安 丘:我给你削个苹果吧。

杨安丘打开了抽屉,在里面寻找水果刀。

胡霆难过地望着杨安丘,欲言又止的样子。

胡　　霆:妈,今天下午有一个叫林子茜的人来找过你吗?

杨安丘动作慢了下来,但是没有转头看向他。

杨 安 丘:(点点头)嗯……

胡　　　霆：我只是有些不甘心，二十五岁，人生刚刚开始的年纪，还没来得及和自己的理想热情相拥，就要匆忙与这个世界挥手告别。妈，对不起，我知道这一切对你来说很难，但我只是想在离开这个世界之前再做一点有用的事情。

母亲没有说话，递给他削好的苹果之后就找了个借口走出了病房，在走廊上忍不住哭了出来。

48.外,小区——日

林子茜急匆匆地走在方叔楼下。

小区花坛里传来微弱的狗叫声。

林子茜走过去几步后又退了回来,仔细往里边打量。

方明戴着耳机走在路上,看到林子茜蹲在不远处的花坛旁,好奇地走过去。

方　　　明：你在干什么呢？

林子茜被吓了一跳,猛地站起来,怀里正抱着一只脏兮兮的小奶狗。

方　　　明：你刚生的？

林子茜想打他却没有空闲的手,于是只是瞪着他,接着眼珠子一转,像是想通了什么。

林　子　茜：接着。

方明躲闪。

方　　　明：干啥呀就要我接着？

林　子　茜：你爸念了好久了想养狗,他工作太忙不行,可你空着啊。

方　　　明：我怎么就空着了！ 我天天的……再说了他想养跟我有啥关系啊！

林子茜一把把狗塞到方明怀里。

林　子　茜：方叔今天生日！

方明一愣,手里抱着小奶狗,也没有再还给林子茜,半天后他开口。

方　　明：可是，可是我们楼下一阿姨不喜欢狗，被她看到……

49.内，楼梯——日

方明在前，林子茜在后，两人一前一后走在楼梯上。

镜头切至方明正面，只见他肚子有些隆起，仔细看衣服里边还有什么东西在挪动。

方明双手抱住"肚子"，两人继续小心翼翼往上走。

有老阿姨开门出来，看了眼两人。

林子茜朝她笑笑，继续往上走。

阿姨狐疑地看着她，但也没多想，往楼下走去。

50.内，方叔家中——日

两人走进家门，林子茜把方明往浴室推。

方　　明：干吗？

林 子 茜：洗啊！

方明无奈，转身去浴室。

林子茜往屋子里走，看到方叔一动不动在沙发上坐着。

林 子 茜：(轻声喊)方叔？

方叔没有任何动静。

林子茜弯下腰，凑近他。

林 子 茜：方叔？

方叔还是没有反应。

林子茜轻轻推了推方叔，边推边喊。

林 子 茜：怎么在沙发上睡觉，会感冒的，方叔？

方叔依旧闭着眼睛。

林 子 茜：(有点慌张，加大力气摇了摇，一边摇一边喊)方叔？醒醒！

方　　明：(听见动静，急匆匆从浴室里跑出来)怎么了，怎么了？

方叔恰好睁开了眼睛,迷迷糊糊的样子。

林 子 茜:你没事吧?

方明愣在那里。

方　　叔:什么跟什么,你们怎么来了?

林 子 茜:你是不是哪里不舒服?

方　　叔:我就是睡得沉了点。

这个时候小奶狗从浴室里跑了出来。方叔看到后眼前一亮,神情温柔地走了过去。

方　　叔:哎哟,哪来的小狗,这湿嗒嗒的,洗都没洗干净。

方叔一边说,一边抱起了小奶狗。

林 子 茜:那我先下楼去拿蛋糕了,你们好好照顾它。

51.内,方叔家中——日

林子茜拿着蛋糕重新回到了方叔家里。

客厅里,方明抱着那只小狗,方叔在用吹风机给它吹毛。父子俩表现出以前从未有过的和谐与亲密。

林子茜看着这一幕很是欣慰,远远地站在门口不去打扰他们。

方　　叔:瞧着傻样儿,跟你小时候一模一样。

方　　明:(傻笑着)我小时候可比它胖多了。

这个时候小狗身上的毛发也吹得差不多了,方明松开手,小狗朝林子茜跑过来,两人这才发现了站在门口的林子茜。

林 子 茜:(提起蛋糕盒)蛋糕到了,咱们开始点蜡烛吧。

方叔跟方明走了过来,林子茜打开蛋糕包装盒,开始往上插蜡烛。

52.内,医院里——日

林子茜在医院里与病人家属沟通,进行协调工作的一些场景。

有的家属理解,也有的家属愤怒。

53.内,手术室——日

手术室里,医生已经准备就绪。

所有的医生和林子茜向安静躺在手术台上的捐献者默哀致敬,鞠了一个躬。

54.内,海边——日

胡霆站在海边拉着小提琴的场景。

55.外,公园里——日

林子茜路过一个公园的时候,看到了一大片盛开着的风信子,各种颜色都有,很是壮观,于是忍不住驻足欣赏,眼神里满是欢喜。

56.内,林子茜家里——日

林子茜在家里跟丈夫刘川的一些生活场景,两个人的关系较之前相比亲密了很多。

57.内,病房里——日

胡霆的同学和朋友来到病房里看望他,原本冷清的病房里顿时热闹起来,胡霆也露出了久违的笑容。

杨安丘站在病房门口,看着这一幕很是欣慰与动容。

58.转 场

城市的空镜。

59.内,医院病房——日

病房里,胡霆的身上插着很多仪器,一动不动地躺在病床上。

母亲杨安丘握着他的手，一言不发地坐在床边，神情悲伤。

林子茜慢慢地走进了病房。

看到林子茜的身影，杨安丘不再像上次那样激动和愤怒，她缓缓地站了起来，朝对方鞠了一个躬。

杨安丘回头望了一眼胡霆。

杨　安　丘：就在刚才，小霆已经被医生确诊为脑死亡了，其实我也知道，我的孩子不可能再醒过来了。

杨安丘忍不住流下了眼泪。

林　子　茜：我可以跟您谈谈吗？

杨　安　丘：有一本书里，讲述了一位接受了心脏移植以后得救了的女孩的故事。捐献心脏的是跟小霆一样脑死亡状态的青年男教师，移植成功痊愈之后的女孩，继承了他的遗志，成了一名出色的女老师。去世了的青年的愿望，和得救了的女孩化为一体生存了下去，我很感动。但如果是我的话，要把小霆的器官捐献出去，我真的做不到，对不起。

林　子　茜：我知道在这时对一个刚刚失去孩子的母亲提这种事情真的很残酷，但如果可以的话，我希望您能看一下这个视频。

林子茜拿出了手机递给她。

杨安丘接过手机，视频画面里是胡霆的笑容。

胡　　　霆：妈，当你看到这个视频的时候，我应该已经不在了。但你不要难过，也不要伤心，死亡只是我们人生旅途中必然会经历的一道风景而已。我想你现在肯定还是希望我可以醒过来，但是我想我这趟列车真的已经到站了。妈，你知道吗，当我走后，我的器官还可以帮助很多人重新见到他们的爸爸和妈妈。我已经不能改变我的未来了，但我还能改变别人的命运。妈，你一定可以明白的，对吗？假如可以再当你的儿子，我会很开心的。这个我很认真地在爱着的世界,请收下我最后的礼物吧。

杨安丘看完这个视频哭了出来,过了好一会儿,她点点头。

杨 安 丘:我同意捐献。

林子茜望着杨安丘,很是感动,但没有说话,而是朝她和胡霆深深地
鞠了一个躬。

60.内,葬礼现场——日

葬礼现场,安静而肃穆。

胡霆大学时期的几个朋友站在台上。台下是胡霆的亲戚和朋友。

男生甲弹吉他,男生乙是键盘手,女生和男生丙分别拿着话筒。

女生试了试音,开口时声音有些沙哑,她干咳了一声。

她身后的两个男生调试着乐器,低着头看不清神情。

男 生 丙:今天站在这里,是想给大家带来一首歌。

女   生:我们几个都是胡霆的大学同学,当年我们一起组建了乐
队。那时我们约好,要一直一直,坚持我们的音乐梦想。
后来,我们一个接一个离开了,要稳定的工作,要安静的生
活,只有胡霆还在坚持他的梦想。现在,胡霆走了。但我
们都相信,他只是换了一个地方坚持自己。今天我们给大
家带来的这首歌,就是胡霆留给我们最后的礼物。

音乐的前奏响起。

杨安丘眼眶发红地听着歌。

61.(闪回)外,校园里——日

大学时期的胡霆和朋友在音乐教室里排练。

胡霆和朋友勾肩搭背地走在校园里。

胡霆和朋友在舞台上演出。

62.内,礼堂——日

四个人在台上继续演奏。

63.外,车里——日

林子茜坐在城乡客运靠窗的位置上。坐在她旁边的都是一些衣着朴素、说话带着乡音的中年男女。

窗外是破旧的房屋和凌乱、人烟稀少的街道。她似乎正在去往一个偏僻的地方。

林 子 茜: (独白)胡霆的事结束没多久,我们又接到了一通电话。一个名叫刘强的环卫工人在家里煤气中毒,抢救无效后医生判定他为脑死亡。我们希望借他的帮助去救更多的人,但我们必须先取得他母亲的同意。

64.内,病房——日

病房内,刘强躺在病床上,身上插着一些仪器。

在他一旁,坐着他的同事,一个五十几岁的穿着环卫工人制服的男人,也是他为数不多的朋友之一——老张。

老张低着头,神情很是沮丧。

方叔走进病房,递给老张一些吃的。

老 张: (接过了吃的)谢谢。

方叔摇摇头。

两人陷入了沉默。

半天后老张干咳了一声。

方叔看向他。

老 张:今天对不起了。

方 叔: (淡然一笑)我明白你当时的感受。

老　　张：我也是急过头了。

方　　叔：认识多久了？

老　　张：二十几年了。

　　　　　方叔沉默，只是陪着老张。

　　　　　老张看着病床上的刘强。

老　　张：(内心独白)我都明白，可你要是真走了，这以后，谁再来和
　　　　　我这种人喝酒啊？

65.外,刘强老家——日

这是一座看起来很荒凉的小山丘，山路弯弯曲曲，因为刚下过雨，路
面很湿，隐约能看见几行脚印。

林子茜徒步走在山上，一步一步很艰辛。

66.外,刘强家里——日

林子茜敲门，开门的却是一个中年男人。

林　子　茜：你好，请问这是刘强家吗？

中年男人：你谁啊你？

林　子　茜：我想找一下刘强的母亲。

　　　　　中年男人上下打量了林子茜一遍，随后才点点头，神情里透露着怀
　　　　　疑和探究。

中年男人：你进来吧。

　　　　　林子茜跟着中年男人走进屋子。

　　　　　这是一间破旧的老屋子，墙壁是石头堆砌的，只是简单地铺整齐了
　　　　　而已，地面凹凸不平，屋子里光线很暗。四周放的家具都是七八十
　　　　　年代的老式家具，看得出来有些年份。

　　　　　而不大的屋子里除了刘强的母亲，最深处还放着两排长椅，密密麻
　　　　　麻坐着村主任和左邻右舍。

刘强的妈妈是个七十多岁的老人家,她坐在一旁的椅子上,低着头抹眼泪。她身边还有四五个中老年女人拍着她的背安慰她。

林子茜跟在中年男人身后走进屋子,男人进屋后就找了个椅子坐下,而屋子里其他人都抬起头来看着她。

林子茜见到这个阵势有点惊讶,随即看到了人群中正在抹眼泪的女人,她左右看看,见没人招呼她坐下,她只好在众人打量的视线里走了过去。

林子茜在刘强妈妈面前站定。

林 子 茜:阿姨?

刘强妈妈抬头看她。

林 子 茜:请问您是刘强的母亲吗?

刘强妈妈:(方言)你谁啊你?

林 子 茜:我是医院的,来找您说点事。

刘强妈妈:(方言)医院,医院的人?

两个人沟通很困难。最开始带林子茜进来的中年男人这时候才说话,给刘强妈妈做翻译。

中年男人:(方言)她说她是医院来的人。

刘强妈妈:(方言)医院来的人,噢,那来干吗?

林子茜看着中年男人。

中年男人:她问你来干吗?

林子茜一时有些犹豫。

中年男人:(很不客气)你来干吗的?

林 子 茜:我是负责器官捐献的协调员,刘强现在已经是脑死亡状态,醒过来的可能性很低,我们想要询问一下阿姨的意见,看是否有把他的器官捐出去的意愿。

中年男人:捐器官? 你们要拿一个还没死的人的器官?

周围的村民们有些能听懂的,也很惊讶地小声议论起来。有些没听懂的则问着身边的人,一时间屋子里叽叽喳喳的。

刘强妈妈：(看向中年男人,方言)在说什么呀?

中年男人：(方言)说要把你儿子的器官捐出去。

刘强妈妈：(方言)什么?

中年男人：(方言)就是把你儿子的器官给别人。

刘强妈妈：(反应过来,方言)为什么要给别人?我儿子还没死啊。

中年妇女甲：(普通话)就算死了也要留全尸是吧,你这姑娘哪来的啊,医院会拿别人的器官吗?

中年妇女乙：(方言)可别是个骗子吧,我看到新闻说,有些人就是拿别人的器官去卖,良心黑着嘞。

刘强妈妈：(方言)你要把我儿子的器官拿去卖?

　　林子茜没听懂刘强妈妈的话,但已经感受到了屋子里不友好的气氛。

林 子 茜：你们听我说,刘强的器官可以救很多人……

　　林子茜求助地看向中年男人。

中年男人：(站起来)你有什么证据证明自己的身份吗?我们为什么要相信你?

林 子 茜：我……我可以现在就给医院打电话。

　　屋子里叽叽喳喳地吵成一片,最后坐在最顶上的位置的一个老年男人咳嗽了一声。

　　一群人安静了下来,看向那个男人(村主任)。

村 主 任：我现在弄明白了,所以你是来问刘强的妈妈,能不能把他儿子的器官捐出去的是吧?

林 子 茜：嗯,我……

村 主 任：我不同意。

林 子 茜：(一愣)请问您是?

中年男人：他是我们这村的主任,我们村子里有什么事情发生,全都是大家商量着,然后由他决定的。

林 子 茜：我这次是来征求一下刘强母亲的意思的,如果要捐他的器官的话,家属同意就可以了……

村　主　任:我不管你们规定怎么样,反正我们这边就是这样,我说不
　　　　　同意就是不同意。

林　子　茜:可是……

村　主　任:刘强母亲现在这情况,也不能大老远赶去处理他的事情
　　　　　了,我们还要商量一下后面的事要怎么做,你可以走了。

　　　　　林子茜还想说话,刘强母亲身边的几个女人上前来,推着她出去。

林　子　茜:阿姨,阿姨,您再考虑考虑……

　　　　　林子茜被推出房间,房门被关上。

　　　　　林子茜站在门外,神情懊恼无奈。

67.外,刘强家门外——日

　　　　　林子茜蹲在门口的位置,等着里面的人出来。

　　　　　天色渐渐暗了下来。

　　　　　这时手机铃响,林子茜掏出手机。

　　　　　手机屏幕上是方叔发的短信:刘强不行了,你先回来。

　　　　　林子茜愣了愣,立马站起来往山下跑。

68.内,医院病房——夜

　　　　　刘强病床前,仪器发着警报声,心电图显示为直线。

　　　　　医生紧张地对刘强进行抢救。

　　　　　老张站在病床不远处,慌张地看着医生们工作。

　　　　　方叔拿着手机走进来,站在病床不远处,和老张并排站着。

　　　　　医生继续给刘强做心肺复苏。

　　　　　心电图始终显示为直线。

69.外,医院门外——夜

　　　　　林子茜从车上下来,狂奔向医院病房。

70.内,病房里——夜

林子茜沉默地站在刘强的遗体前面,思绪万千。

71.内,医院走廊——夜

方叔坐在医院走廊的椅子上,神情沮丧。林子茜站在一旁,靠在墙上沉默着。

之前一起工作的护士急匆匆跑了过来,站在林子茜面前。

林子茜抬头看她。

护　　士:终于找到你了,你妈一直在找你。

林 子 茜:什么时候的事?

护　　士:快一天了,你的手机又打不通,我让她在休息室等你了。

林子茜赶紧站起来,跟着护士离开。方叔跟在两人身后,跟了过去。

72.内,医院休息室——夜

休息室的沙发上,王美芬很拘谨地坐着。

她身边是大包小包的特产,右手边还放着一个装着已经冷了的馒头的小袋子。

林子茜和护士脚步匆匆地赶过来,王美芬能听见两人的对话。

护　　士:阿姨打不通你的电话,只记得你原来单位的电话,打过来又转到我那,然后我也找不到你,就先把阿姨接了过来。之前她已经在车站等了好几个小时了,问她吃饭没只说吃了吃了,给她买了点饭她也没动。

林子茜推开门走了进来。

王美芬抬头看她,冲她笑了笑。

王 美 芬:找我闺女真不容易啊。

林子茜伸手抱住了王美芬。

在三个人身后,方叔看着他们,默默地转身离开。

73. 内,林子茜家——夜

林子茜开门走进屋子,王美芬跟在后面收拾走廊上的鞋架,没有马上跟进屋。

屋子里一片漆黑,只有电视亮着一点光,沙发上刘川一动不动坐着。

刘　　川:回来了? 今天这么晚?

林 子 茜:挺忙的。怎么没去睡?

刘川听到林子茜冰冷的语气,以为她是因为自己赛车的事情生气,连忙想要解释。

刘　　川:我们聊聊。

林 子 茜:我今天很累了。

刘　　川:子茜。

林 子 茜:我没生气,我真的就是想先休息了。

刘　　川:每次你都这样,十句里面我只能听到你一句真话,跟我也必须这样吗?

林 子 茜:(无奈又疲惫)我又怎样了? 我保证我说的都是实话。我今天经历了很多事,我很累,我想休息,有事明天说。

刘　　川:子茜……

林 子 茜:你真的听不懂我说什么吗?

王美芬从屋子外边走进来,见到这场景明显一愣。

刘川见到王美芬后急忙站了起来。

刘　　川:妈,你怎么来了? 来了也不说一声?

林 子 茜:说一声? 跟谁说?

王 美 芬:干吗呢,小茜? 好好说话!

刘　　川:(有些尴尬)妈,我帮你把东西拿进去。

林 子 茜:妈,你别理他。行,你想聊聊,那我们聊。

王 美 芬：小茜！

　　　林子茜越过王美芬，在刘川面前站定。

林 子 茜：有点事，你自己去，我拉了个长途，这两天先不回来了。借口很多啊，一句比一句真。

刘　　川：妈在这，我们晚点说吧。

林 子 茜：不是你要聊吗?!

王 美 芬：小茜！你好好说话！

　　　林子茜一愣，意识到自己刚才有点冲动，有些后悔也有些疲倦。

王 美 芬：你们先回屋吧，客房那床我自己去铺，不用管我。

林 子 茜：今天我跟你睡。

王 美 芬：你别瞎闹了。

林 子 茜：我说真的，妈，我累了。

　　　刘川看着林子茜，不知道该怎么办。

林 子 茜：你去睡吧，我们明天再说。

刘　　川：那好……

　　　刘川回屋，林子茜在背后看着他，又忽然喊住他。和之前看到刘川给她做饭时，她走上前抱住他时的位置一模一样。

林 子 茜：这几天我都跟妈睡了。

　　　刘川停下脚步，却没有回头。

林 子 茜：晚安。

　　　林子茜拉着王美芬进了另一间屋子。这次换刘川站在客厅中央，一动不动。

74. 内，卧室——夜

王美芬细心地整理着床铺，然后开始叠衣服。

林子茜拿着从阳台上取回来的衣服走进屋子，倚在门框上看着母亲，陷入沉默。

林 子 茜：(慢慢弯下腰把头靠在王美芬肩膀上)我好累啊,妈妈。

王美芬拍了拍她的头。

林 子 茜：我想回家休息几天。

75.内,候车室——日

王美芬坐在候车厅的椅子上。

林子茜和方叔、刘川、方明四个人站在不远处的角落。

林子茜看了眼王美芬,看向方叔时神情愧疚。

林 子 茜：对不起,方叔。

方　　叔：你回去休息几天也好,这阵子辛苦你了。

林 子 茜：我过几天就回来。

方　　叔：刘强的事,你不要太放在心上。没有人怪你。

林子茜点点头,低着头,眼神里满是歉意。

林 子 茜：那我走了。

刘　　川：嗯。

林子茜走出几步后,方叔忽然喊住她。

林子茜回头看向方叔。

方　　叔：多吃点鱼和肉,补一补。

林子茜点了点头。

方叔冲她很温和地笑着,挥了挥手。

一旁的刘川默不作声。

76.内,卧室——日

刘川躺在床上,看着天花板发呆。

77.外,海边——日

林子茜在海边散步。

78.内,办公室——日

方叔走进办公室,看了一眼林子茜的桌子。

79.外,院子——日

林子茜在院子里发呆。

80.外,阳台——日

刘川给林子茜发短信。

81.外,路上——夜

方叔背着挎包走在路上。

82.内,林子茜老家——夜

林子茜在屋子里和王美芬一起看电视,手机屏幕亮了一下。林子茜看到刘川的名字后一愣,还是伸手点开了短信。

83.内,医院走廊——夜

方叔等在医院的走廊里。

林 子 茜:(画外音)原本说是回来休息三天,渐渐就变成了四天、五天。我和刘川的矛盾,其实也说不上什么矛盾,好像渐渐也就淡了。只是说到回去,方叔什么也没说,刘川也没有催我。我就这样突然放空了自己,却更加迷茫未来的方向了。

84.外,车站——日

林子茜走进大巴车。王美芬站在车站站台看着她的背影。

85.内,大巴车里——日

林子茜透过窗户看王美芬,冲她挥了挥手。

王美芬也冲她挥了挥手。

林子茜抿着嘴,半天后忽然站了起来,跑下车。

林子茜在站台上抱住了王美芬。

林 子 茜:妈,我不走了行不行?

王美芬拍了拍林子茜的肩膀,点了点头。

86.内,协调员办公室——日

方叔走进办公室,看到桌子上放着一封信,署名是林子茜。

方叔打开信,坐在椅子上开始看。

林 子 茜:(画外音)对不起方叔,我还是决定在老家再多待几天。我不知道我什么时候会回来,但这份工作,我恐怕不能胜任了。谢谢你这么久以来对我的照顾,但我有太多顾虑的事情。

方叔放下信,目光看向不远处的地方,没有焦点,似是理解,又似是叹息。

87.蒙太奇段首:林子茜回家后的一些场景

林子茜骑着电动车在路上。她的单肩包上挂着飞机挂件。

林子茜在公司的座位上坐着,敲击着键盘,时不时拿出纸笔做着记录。

下班后的饭局,别人都聊得很兴奋,唯独林子茜坐在人群中显得很落寞。

林子茜在阳台上看落日。

林子茜在自己的房间里,翻开了曾经看过的关于医护知识的书籍。

王美芬经过她的房间,站在外面看着她,叹了口气。

88.内,家中——日

林子茜和母亲面对面坐着,桌子上摆了满满一桌的菜,但没怎么动过。

林子茜显得心不在焉,几次抬头看王美芬却都又欲言又止。

王 美 芬:不好吃吗？ 是汤太咸了,还是?

林 子 茜:我想回去。

王美芬愣住。

林 子 茜:我想回去工作。

王 美 芬:……好。

林 子 茜:妈?

王 美 芬:都这么大了……做什么我都支持你。

林子茜眼眶发红,微微低下头。

王 美 芬:(往她碗里又夹了一块肉)就算不好吃,也多少吃一点,太瘦了。

林子茜低头吃饭。

89.内,公司会议室——日

林子茜坐在会议室里。大家正在开会。

这时林子茜的手机铃声响起,同事纷纷看过来。林子茜低头看了眼手机,微微皱眉,随即挂断了电话,挤出生硬的笑容来致以歉意。

但是没过一会儿她的手机又响了起来,由于担心错过重要的事情,她只好一边朝周围的人赔笑脸,一边走出会议室去接听电话。

90.内,公司阳台——日

林子茜站在阳台上接电话。

一滴水从屋檐滴落。

91.内,医院走廊——日

林子茜身上背着行李包,急匆匆在医院走廊上跑着。

92.内,医院病房——日

病房内,方叔躺在病床上。方明坐在椅子上,手里拿着一本笔记本在翻看。

方明见到林子茜进来,眼眶发红。

方　　明:子茜姐。

林子茜走到他面前,冲他点了点头,转身去看病床上的方叔。

方叔脸色苍白憔悴,毫无知觉地躺在床上,插着呼吸机。

林子茜眼眶渐渐发红,张了张嘴,却欲言又止,像是不知道该说什么。

方明看着两人,移开视线,起身走到窗边。

方　　明:(画外音)我爸在工作时突发脑溢血,现已被确诊为脑死亡。我知道,和母亲一样,他回不来了。这几年,其实我一直因为母亲的事记恨他,但有时候看着他一天天变老,看着他为他工作上的事高兴或者不高兴,我一边理解他又一边怪他。我总以为我们时间很多,等他再老一点脾气不那么差了,也等我再大一点不那么喜欢和他吵了,我们也能像街上那些父子一样,勾肩搭背走很多路。可是什么都来不及了,我留不住他,但我想把他的器官留下来去救别人,就像他这么多年来做的那样。如果他有意识,肯定也会这么做的。子茜姐,请你帮我。

93.内,医院走廊——日

走廊的尽头,林子茜手里拿着手机,手指停在拨出键上,最终还是按了下去。过了一会儿电话接通。

林　子　茜:(哽咽)妈。

王　美　芬:子茜。

林　子　茜:方叔他——

王 美 芬:……你还好吗?

林 子 茜:妈,对不起。

王 美 芬:(沉默了一会儿)没事的。

林 子 茜:我还有很多事情要做,我可能——

王 美 芬:你做自己觉得应该做的,其他都不用管。

> 林子茜点了点头,强忍着眼泪。

94.内,医院会议室——日

> 医院会议室里,几个医院领导和医生一起围在圆桌旁开会,在讨论
> 方叔捐献器官的事宜。
>
> 林子茜一直低着头。

王 医 生:根据中国器官分配系统的分配结果,方启年的肝脏和眼角
膜的合适受体在深圳本地,但是心脏的合适受体在几千公
里外的北京。而心脏离开人体冷保存的时间不能超过八
小时,所以在摘除器官之后,必须尽快把心脏带去机场,搭
乘当天最快一班飞往北京的航班。子茜,我知道你一直跟
着他做事,你们感情很深,但现在不是伤心的时候,你有更
重要的事情要做。

林 子 茜:(点了点头)我明白。

95.内,医院手术室——日

> 手术室内,医护人员已准备就绪。
>
> 所有的医护人员和林子茜向安静躺在手术台上的方叔默哀致敬,鞠
> 了一个躬。

医 生 甲:这位病人同意捐献双肾、肝、角膜、心脏。

> 医生彼此之间眼神交流后,开始了手术。

96.内,医院走廊——日

方明一直守在手术室门外的走廊上。

手术室的门被打开之后,他慢慢地站了起来。

林子茜和医生们把方叔的遗体和装有器官的箱子缓缓地推出了手术室,向方明这个方向走了过来。

方明的视线一直紧跟着方叔的遗体,等到他们停在自己面前的时候,他弯下身子去,看着方启年的脸。

方　　明:爸。

林子茜在一旁红了眼眶,别过头去。

医生也很动容,彼此沉默着。

方明又向医生和林子茜鞠了个躬,然后看向林子茜。

方　　明:接下来就交给你了。

林子茜点头。

方明跟随着父亲的遗体离开。林子茜注视着他们的背影,随后转身,和几个医护人员一起带着装有方叔心脏的箱子往另一个方向走去。

97.外,医院停车场——日

林子茜和几位医护人员护送着装有方叔心脏的箱子坐上了早已等候多时的救护车。

在医院领导噙着泪水的感动的眼神中,林子茜等人出发了。

98.外,城市空镜——日

一段城市的空镜头,救护车在路上的镜头,用作过渡。

99.内,车子——日

林子茜表情严肃地坐在车子里。

镜头慢慢下摇拍到装着器官的箱子。

100.内,王美芬开的小饭店里——日

王美芬正在店里面用抹布擦着桌子,电视里传来新闻报道。

报　　道:画面里的女生就是这次负责器官运送的林子茜,我们了解到,她和方启年两人一起从事器官捐献的协调工作……
王美芬抬头看着电视画面。
周围有客人也在看着电视。
王美芬欣慰地笑了。

101.外,马路——日

道路发生了严重的车祸,道路被堵,救护车无奈只能停了下来,救护车进退两难。

102.内,救护车——日

林子茜焦急地拨通了医院办公室的电话。

林 子 茜:(一边看着前面的交通情况,一边向领导汇报)接下来该怎么办?
医院领导:这种情况不能等了,接下来将启用救援直升机来完成空中接力。

103.内,救护车——日

林子茜坐在车里。手机铃响,屏幕上显示的是医院。
医院领导:救援直升机等会儿会停到离你最近的学校操场上。
林子茜点点头,立马拿着那个箱子下了车。

104.外,道路——日

林子茜在路上跑着,一辆摩托车在她面前停下。

林子茜抬头看,只见刘川戴着安全帽,冲她笑得很温柔。

林子茜上车。

105.外,道路——日

刘川载着林子茜在车流中穿行。

106.外,直升机处——日

接到任务后,直升机救援的工作人员便开始行动了起来。

107.外,空中——日

直升机在空中飞行时候的一些镜头。

108.外,路上——日

进入校园,林子茜下车,拎着那个箱子在路上奔跑着。

这时她看到在空中飞过去的直升机,稍微停顿了一会,然后比之前更加有动力地跑了过去。

109.(闪回)内,办公室——日

方叔和林子茜一起看着相册上的照片。

110.(闪回)外,墓园——日

方叔和林子茜一起走在墓园的小道上。

111.(闪回)内,方叔家中——日

方叔、林子茜、方明,三个人一起吃蛋糕。

112.外,学校操场——日

直升机在学校里降落。学校里学生们纷纷跑过去围观。

林子茜赶到了操场,在跟飞行员表示感谢之后,坐上了直升机出发。

113.内,医院——日

电视屏幕上是林子茜成功搭上直升机的画面,医院里的领导和医护人员都情不自禁地鼓掌欢呼。

一直神经紧绷的王医生这时瘫坐了下来,靠在椅背上一直没有说话。

周围有人看向他。

王医生扭过头去,抹了抹眼角的眼泪。

114.内,直升机——日

林子茜坐在直升机里望着窗外的风景。

林 子 茜:(独白)曾经那么排斥协调员工作的我,现在成了这场生命接力的一员。这种感觉很微妙。大概这就是生命的召唤,也是它的伟大。它不会终止,只要我们怀揣希望,就总能让它延续下去。

直升机往远处飞去的镜头。

童声背景音乐响起。

115.内,学校舞台——日

"六一"儿童节,第一位捐献者的女儿朵朵和班上的同学在舞台上合唱。

李芸在舞台下面看着女儿,很是欣慰与感动。

林子茜这个时候慢慢地从观众席的一旁走入了画面。

116.外,朵朵家——日

　　林子茜和李芸一起走在路上。

李　　芸:下回过来可别再带东西了,浪费钱。

林 子 茜:没事。你的手好点了吗?

李　　芸:好多了。

　　两人快走到门口的时候,女儿朵朵开心地跑了过来,抱住了林子茜的大腿,仰头看她。

林 子 茜:你好呀,朵朵。

朵　　朵:(低头思考了一会儿)姐姐好。

林 子 茜:你有事情问我吗?

朵　　朵:嗯,姐姐,我爸爸的器官在别人的身体里好不好?

　　林子茜蹲下来,和朵朵面对面。

林 子 茜:很好。

　　朵朵开心地笑了,随后从身后的包里拿出了一幅自己画的水彩画。

朵　　朵:这是我画的姐姐。

　　林子茜接过画,看到上面是自己的画像。

117.内,医院里——日

　　从水彩画慢慢地过渡到现实中林子茜工作时候的场景。
　　林子茜和病人家属一起坐在医院的长椅上,林子茜侧身耐心地向身边的人介绍着什么。

（全剧终）

指导教师:刘连开

指导教师点评

　　该剧本讲述了一位人体器官捐献协调员的成长与救赎。一位年轻的女护工被推荐为人体器官捐献协调员，她由开始的失意、抵触，逐渐转变、觉悟，最后成长为一名优秀的特殊职业工作者。首先，选题非常好，人体器官捐献协调员职业特殊，一手牵着生者，一手挽住死者，这类题材的故事所蕴含的情感元素与戏剧冲突是非常丰富的。其次，剧作上借鉴了《入殓师》《编舟记》等优秀电影的人物角色设计与剧作结构。作者的创作理念与方向是比较明确的。

　　目前剧本还需要在叙事类型与风格方面做一些斟酌与锤炼。是追求纪录片式的纪实风格，还是偏重戏剧性冲突的商业片风格？日本导演是枝裕和的电影在表现世情人性时所透出的淡然与残忍，与《入殓师》的温馨励志的风格，差异是很大的。这种差异也体现在剧本之中。此外，剧本对主要角色的性格刻画得不够出彩，人物弧光不凸显。总之，修改完善的空间很大。

毕加索的恋爱笔记

刘儒君

作者简介

刘儒君,女,1996 年 4 月生,籍贯四川成都,浙江传媒学院文学院戏剧影视文学专业 2014 级学生。

故事梗概

晚年的毕加索面临一系列的亲情、友情关系问题,他教孙子画画,却只是把孙子当成宠物一样的存在;他病重,却拒绝见亲生儿子;他喜欢与朋友待在一起,却只接受奉承;他对女佣很信任,却对妻子充满失望和怀疑;他对自己过去的情人充满歉意,却爱莫能助。面对生活的失控,毕加索只想离开人群,独自画画。在情绪低谷中,毕加索没有选择画油画,而是选择画素描。他画了一幅又一幅,回忆起自己青年、中年和老年时的感情经历。青年时与费尔南黛的恋情,让青涩而有才华的他正式走进绘画圈,画风从蓝色调转为粉色调;中年时与妻子、小女友、情人三人的纠葛中,他开创出立体主义画风;老年时遇见假小子一般的弗朗索瓦丝，虽其难以驯服，后却被视为真爱。但自私的习惯最终伤害了深爱着毕加索的弗朗索瓦丝，她投奔多年的男闺蜜，离开了毕加索。毕加索开始在绘画界封杀她，并且娶了别人，也就是现在的妻子。回忆完这一切，毕加索走出画室，妻子向他道歉，但他一心只想找到弗朗索瓦丝的画像。毕加索最终在无法诉说的遗憾中去世，他的灵魂跟自己所有的画告别，然后跟弗朗索瓦丝告别，像风一样走掉了。

1. 内，别墅——下午两点

孙子在圆形的餐桌上画画，桌角趴着一只狗，毕加索在一旁看着孙子。他随手架起一个画架，一边不时地指导着孙子，一边画着一幅以"孙子画画"为内容的速写。这幅速写上的人脸跟现实中的这个孩子一点都不像，两者形成了一种强烈的对比。布拉萨依站在毕加索身旁，毕加索给布拉萨依指了指自己的这幅未完成的画。

毕 加 索：怎么样？

布拉萨依：我想，您一定很喜欢孩子。只是您画的……更像一只狗。

毕 加 索：大多数人以为眼睛看到的是本质，其实画有时候比现实来得更真实。

桌角的狗突然起身，对着毕加索摇摇尾巴，又用两只前腿去够孙子的椅子，把舌头伸了出来。

孙 子：趴下！趴下！

狗围着桌子转了一圈，走到房间门口，回头看看孙子。孙子坐着，又着腰看着它，神情气愤。狗跑出了房间，孙子追出房间。

毕 加 索：(对孙子)小伙子，它是饿了！

布拉萨依：我去看看那两个小家伙！

毕 加 索：(对布拉萨依)一个人有了动物的陪伴，就能一直充满生命力。(笑)孩子也是小动物……但等他们长大了就不是了。

这时候门铃突然响了,毕加索用手势让布拉萨依去接对讲机。

2.外,别墅门口——下午两点

别墅外站着两个年轻人,穿着很正式,他们的无名指上戴着戒指,看起来很亲密,像是新婚夫妇。刚下过雨的街上,男士提醒女士绕过了地上的积水,女士挽着他的胳膊。女士好奇地向里张望,而男士正了正领带,清了清嗓子,踩了踩脚上的水和灰尘,显得有些紧张。男士低下头顿了片刻,手指按下了对讲机的按钮。一阵嘈杂的接线声音后——

布拉萨依:(通过对讲机)你是谁?

克 劳 德:我是克劳德。

3.内,别墅——下午两点

布拉萨伊回头看毕加索,毕加索不给回应。

布拉萨依:(通过对讲机)哪位克劳德?

克 劳 德:克劳德·毕加索。我想见见我的父亲。

4.外,别墅门口——下午两点

对讲机的电流声中断。女士抄起了自己的手,盯着对讲机,再看着克劳德。又过了一会儿,对讲机再次响起。

女佣依内:(通过对讲机)他太忙了,见不了你。

克 劳 德:那么……我明天来行吗?

女佣依内:(通过对讲机)不行,我想他明天也不会有时间见你的。

电流声再次中断。这时,一辆卡车停在了门口,车上下来几个维修工人,他们跟对讲机通报了身份,门很快就开了。依内从门里探出头,让维修工人进了门。

克 劳 德:为什么你们能进去,我不能?

带头的维修工人并不理他,只有一个小学徒停下来跟他说话。

小 学 徒:你想进去,先得有张通行证。

克劳德妻子:克劳德,我真怀疑他是不是你的父亲,哪有父亲连儿子
的婚礼都不参加?

克 劳 德:我们回去吧。

克劳德妻子:我还是不明白,你爸爸身体不好,为什么不允许你进去
看望一下……

克劳德和妻子离去,布拉萨侬从窗户里看着他们远去的身影,轻轻叹
气。

5.内,画室——下午三点

布拉萨侬的朋友正在跟毕加索道别,毕加索的孙子也被女佣侬内送
走了。只剩下毕加索和布拉萨侬。

毕 加 索:好久不见了,还是跟老朋友在一起轻松!

布拉萨侬:最近夫人还好吗?

毕 加 索:她能有什么不好的。倒是你怎么婆婆妈妈起来了!

布拉萨侬:(笑)不问了不问了。

6.内,画室——下午五点

墙上的钟飞快地转动,分针转了两周,从三点转到五点。毕加索躺
在沙发上,肩膀上盖着猫的皮毛。墙边堆着一些小雕塑,形状可爱
又怪异。画都贴着墙摆放着,每张画的下方都标有日期和毕加索的
名字,有的甚至标明了几点钟。画纸的颜料上蒙着一层灰;连地上
除了他经常踩的地方,也沾满了灰;小雕塑的身上除了手指的部位,
其他地方也有灰。

7.内,厨房——下午五点半

厨房的桌面虽然谈不上整洁,但跟毕加索房间的卫生状况形成了强

烈反差,显得比较干净。雅克琳脸色不太好,她感到自己的腹部有些疼痛,她一边捂着肚子,一边做饭。她听到毕加索的声音,于是直起了腰,做出精神很好的样子。毕加索走进厨房,他穿着短裤,光着上身。

毕 加 索: 你看起来精神很不错。有你照顾我,我想今天我可以多画几幅画了。

雅 克 琳: 可今天还有客人要见你呢。

毕 加 索: 告诉他们我不在不就行了。

女佣依内: 毕加索先生,他们都已经在大厅等很久了。

毕 加 索: 就不能让他们先回去吗?!

女佣依内: 可他们已经看见你了。

雅克琳腹痛加剧,毕加索突然看着雅克琳。

毕 加 索: (有些不耐烦,又有些嗔怪)前段时间你住院,我的工作可耽误得够多了。你该知道你对我有多重要吧,那段时间我根本就没法画画……依内,告诉我,雅克琳已经痊愈了吗?

雅 克 琳: (抢着说)我好得差不多了。

依内欲言又止。毕加索穿着短裤就去见客人了。雅克琳看着毕加索的背影远去,听着客厅的嘈杂声音响起。她从装杂物的柜子底部拿出一瓶药,上面写着止痛药。她"砰"的一声打开那药瓶,偷偷地用水咽下去,然后把药瓶很仔细地藏了起来。

8. 内,客厅——下午六点

毕加索摆出类似拍照一样的动作和笑容,转身又恢复正常,并使眼色让依内打发走了剩下的客人。

9. 内,画室——下午六点

出版商兼艺术商海海兹·博格荣与毕加索单独见面,他带着一个戴着圆眼镜的瘦瘦的助手，手里提着好几个大木箱子。海海兹顺手掩上了门。毕加索就坐在椅子上。

毕 加 索：两个打了无数次电话的人终于来见我了，我真想知道，你们究竟是从哪里弄到我的一百幅画的？

海海兹和他的助手对视了一下，然后海海兹使了一个眼色，他们一起拿出一幅画。瘦瘦的助手把画放在胸前托着，遮住了半张脸，到了鼻子的位置，他的圆眼镜被毕加索的眼神吓掉了一点。海海兹发现后，露出一丝懊恼的表情，在一旁帮忙把眼镜扶上去了。他们好不容易调整好画的角度，毕加索却站起了身，转过身背对他们。这时候，雅克琳在门后偷听。

毕 加 索：我知道了。

海 海 兹：(面露尴尬) 是这样的，特蕾丝最近找到了这些画，如果您能在这上面签上您的大名……将对特蕾丝的生活产生莫大的帮助……她的情况您也一直了解的。

毕 加 索：是吗？这样啊。好啊，你们就把它们放在那儿吧，我会签的。等明天早晨，签名干了，你们就可以把它们拿走了。

瘦瘦的助手仿佛有点不放心，他正想跟海海兹小声说点什么，掩着的门就被打开了，雅克琳闯了进来，并且尖叫着说话。

雅 克 琳：天哪！这是什么意思？你不就是每周四下午去和她睡个觉吗？可那个女人怎么会有这么多你的画……你绝对不能在那上面签名！那是属于你的画！特蕾丝不过是替你保管它们而已……如果她缺钱花，为什么不去当个保姆呢？

雅克琳继续地尖叫了一阵，怒气冲冲地跑了出去。

毕 加 索：情况你们也看到了，我能怎么办呢？我也很想帮助你们，可我真的爱莫能助。

海 海 兹：实话告诉您吧，特蕾丝的状况已经比您上次见她的时候糟糕多了……哦对了，你已经很久没见她了。

毕 加 索：我知道你们很真诚。但如果我真的签了，雅克琳肯定不会放过我的。我们家就是这样。

10.内,客厅——下午六点半

毕加索看起来心情非常不好,他正在翻箱倒柜,周围的客人都屏住呼吸一动不敢动。

毕 加 索:我的手电筒哪儿去了?! 我上午就放在这儿的,谁动了我的东西吗?

这时候有一些知趣的客人就退出去了。毕加索进入厨房,他看见雅克琳像是在藏什么东西。毕加索走上前去,把雅克琳拉起来。雅克琳还沉醉于刚才生气的情绪里。

雅 克 琳:我就知道,你会为了我拒绝那些特蕾丝派来的画商的。

毕 加 索:现在这不重要。我只想知道,我的手电筒去哪儿了,没有它我怎么工作? 今天耽误的时间已经够多了。

毕加索顺着雅克琳手边的柜子开始找,雅克琳帮他一起找。但找到最下面那个柜子时,雅克琳忍不住站起来,挡住柜子门。

雅 克 琳:这个柜子我刚看过了,没有。你去歇着吧,我来帮你找。

毕加索疑惑地看了她一下,把她拉到一边,自己蹲下身找,找到一瓶止痛药。

毕 加 索:这是什么?

雅 克 琳:反正不是手电筒。

毕 加 索:你瞒着我吃止痛药?

雅 克 琳:我跟你说了又能怎样呢?

毕 加 索:我不想了解那些无聊的细节,只是对你假装出来的那种好状态很失望。

11.内,画室——晚上七点

毕加索把自己锁在画室,画室很大,空空荡荡,只有毕加索坐的位置有一束灯光照下来,其余的空间都是黑漆漆的。由于找不到手电筒,他用蜡烛代替,把电灯放在自己的左后方,把蜡烛支在画的左上角,房间的光线变得稍微温和了一些。毕加索开始画画,但他总也画不出一幅完整的画,画完一个不错的底稿,他就用新一层的颜料覆盖住原来的痕迹,看起来就像什么也没画一样。(出片头)

12.内,画室——晚上七点

毕加索决定放弃画油画,改为画素描。他简单勾勒着一个女人的身影,这个女人赤身裸体,他又在她旁边画上了一个男人,他们相拥着躺在一起,一副安详而慵懒的样子。这幅画渐渐变成了一个真实的场景,也就是毕加索陷入的回忆。

13.黑 屏

(出字幕:蓝粉时代的笔记)

14.内,洗衣船——中午十二点

费尔南黛躺在毕加索画架对面的沙发上,身上搭着一床类似地毯的橘红色布匹。毕加索在画架前迅速地作着画,只是他的头顶这时候还没有秃。他身旁的摆设很简陋,房间很小,生活用品和画画的用具全部摆在一起,甚至连食物也摆在一起。他依然只穿着短裤,在炎热的中午冒着微微的细汗,可以看出是一个炎热的夏天。

费尔南黛:我需要换一个姿势吗?

毕 加 索:不用这样拘谨,在我面前保持自然就好。

15.(闪回)外,洗衣船楼下——下午一点

这是一个下雨的夏天午后,毕加索买了日常用品正要回洗衣船,突然他看见一个穿紫色衣服的女人在屋檐下躲雨。她抱着一只猫,戴

着一顶低调的黑帽子,头发浓密,眼睛就像湖水一样深邃,整个人透露出和毕加索截然不同的贵族气质。她比毕加索高一点。毕加索上下打量她的脸、颈。

16.内,洗衣船——中午十二点

毕加索假装要为费尔南黛理头发,结果变魔术一般地从费尔南黛的头后面拿出一支玫瑰花,并放在费尔南黛的枕边,然后接着开始画起来。费尔南黛笑了。毕加索却不小心踩到了一支有颜料的笔,他的脚有一块被染成了粉红色。

17.(闪回)外,洗衣船楼下——下午一点

夏天下雨的午后,毕加索忍不住用手在空中勾勒费尔南黛的帽子和侧脸的形状,这时费尔南黛突然回过头来,毕加索把手停在空中。

毕 加 索:我是毕加索。

费尔南黛看着他,笑了一下。

费尔南黛:我见过你的。

费尔南黛:我就住在这儿附近。

毕加索有点尴尬地低下头,但又忍不住去看费尔南黛的脸。费尔南黛的猫突然很不安分,从费尔南黛的手中逃出,往屋檐上一跳,跳到二楼的窗台上。费尔南黛稍稍有点惊慌,朝二楼望去,然后开始左顾右盼找一楼的门,却找不到。

毕 加 索:我知道怎么上二楼!

下一秒,毕加索站在侧面楼梯三楼的位置,看着在一楼上了几阶楼梯的费尔南黛。费尔南黛一脸疑惑地看着他,走得很慢。

18.(闪回)内,洗衣船——下午一点

再下一秒,费尔南黛站在三楼楼梯口,朝里面看,而毕加索站在通往

二楼的楼梯口等她。费尔南黛的猫不知道在什么地方叫了一声。费尔南黛走到毕加索站的位置,看了他一眼,走下通往二楼的楼梯。到达二楼以后,屋子一片漆黑,毕加索在她身后打开灯,费尔南黛惊奇地看着满屋子的油画,而她的猫正好在阳台上好奇地用爪子玩着地上的颜料,并试图用舌头去舔,费尔南黛上前制止。

费尔南黛:别吃!

闪出。

19.内,洗衣船——中午十二点

费尔南黛看着毕加索脚下踩着的颜料。

费尔南黛:需要我打扫一下吗?

毕加索并不回答,他顿了一下,突发奇想地把粉红色加入了原木蓝色底的画中。接着,他又调出更多浓淡的粉红色,在画布上涂鸦起来。

20.(闪回)外,洗衣船——晚上

二楼的房间一直亮着,外面继续下着雨,小猫身上沾上蓝色的颜料,不停地叫着。费尔南黛喘息的声音也跟猫的叫声一起传出。

21.蒙太奇段落

(跳接)费尔南黛穿着柔软的睡衣,陪在毕加索身边看毕加索画画,时不时站远又站近,给他提建议。

(跳接)费尔南黛穿着样式简单、细节精致的裙子,跟着毕加索出席各种朋友的聚会,在咖啡厅里畅谈,毕加索的朋友对毕加索投去羡慕的眼神,对费尔南黛投去欣赏的眼神。

(跳接)费尔南黛穿着正式,戴着帽子,跟毕加索一起见画商,她跟画商洽谈,一手交钱一手交货,画商微微屈身,拿着画走了。

(跳接)费尔南黛把租金交给洗衣船的房东。

22.内，洗衣船的画室——下午一点

画面又回到了两天后的房间内，毕加索已经画完了两幅画，完成度非常高，一脸兴奋。费尔南黛穿上了简单的家居裙子。

费尔南黛：需要我做饭吗，毕加索先生？

毕 加 索：你愿意做什么就做什么。只要我画画的时候你在身边。如果饿了告诉我，我们可以一起出去吃。

费尔南黛：(亲昵地)我想为你做点什么。

毕 加 索：一个女人应该做的，不就是守在她的爱人身边吗？

23.内，洗衣船——晚上十点

费尔南黛穿着一件很薄的白色裙子，在一旁昏昏欲睡，她手里拿着一本小书，看了几十页，就放在一边了。房间很不隔音，可以听见楼上的脚步声，可以听见楼下的聚会的声音，还可以听见隔壁男人和女人的声音。楼房外面有放烟花的声音，费尔南黛在烟花声中惊醒，跑到床边向外看去，眼神里是向往的神色。毕加索还在画画，房间里的灯光比较暗，毕加索拿了自己的外套给她披上，并拉上了窗帘。

毕 加 索：在想什么呢？这件衣服这么透，不怕被外面的人看到啊。

费尔南黛摆弄着床头的一束新鲜的玫瑰花。

费尔南黛：只是有些无聊，想出去看看。

毕 加 索：现在我要加紧作画，明天还有画商要上门，最好能把手里的这几幅都卖出去。你的那些朋友也会来吧？

费尔南黛：(不耐烦)放心……我帮你把关。

毕 加 索：我就知道我已经离不开你了，所以，陪着我画画吧，过一段时间，我带你回我家里见见我妈妈。

费尔南黛露出心满意足的笑容，把玫瑰花摆正。

24.内,毕加索在西班牙的家——早上七点

毕加索的妈妈看着费尔南黛,露出喜悦的神态,她为他们准备了早餐。

25.内,毕加索在西班牙的家——夜

费尔南黛在床上睡着,毕加索在收拾行李,母亲过来吻了毕加索的额头。

母　　亲:这么快就动身吗?

毕　加　索:带费尔南黛去我曾经最喜欢的地方看看。

26.外,小木屋——傍晚

村庄周围的人看到毕加索都露出羡慕的神情,而他们也在背后偷偷议论。毕加索和费尔南黛在傍晚的时候手挽手地散步。

村　　妇:看这小两口,那么恩爱。这个女孩子长得也漂亮又结实。

毕加索听到后毫不在意地往前走,中途停下轻轻吻了费尔南黛的脸颊。

27.内,小木屋——夜

晚上毕加索和费尔南黛回屋后,听见房子的窗户有奇怪的声音,吓得正在亲热的毕加索和费尔南黛突然停下来了。

费尔南黛:这个小木屋哪儿都好,就是周围太多村民了,总觉得被很多双眼睛盯着。

毕　加　索:你管他们干什么。

28.外,小木屋——早晨

费尔南黛一大早在窗户玻璃上看见了许多石头砸过的痕迹。她和毕加索出门的时候,大家看他们的眼神都变了。

村　　妇：这两个人还没结婚呢，就像夫妻一样生活在一起，真是不害臊。

　　　　毕加索听见了以后把费尔南黛搂住了，大大方方地从他们面前走过去。

毕　加　索：结婚和爱本来就是不同的事。

　　　　费尔南黛欲言又止。

29.内，洗衣船——下午

　　　　放在床头的玫瑰已经枯萎了，毕加索把这些掉落的花瓣碾成粉末撒在自己的颜料里。毕加索收拾好了东西就出门了，费尔南黛醒来的时候发现房间里已经没有人了。她并没有看到脚下的那些花瓣，她的脚踩过那些花瓣。费尔南黛穿上鞋也出门了。

30.内，三只猫酒馆——下午

　　　　毕加索为一个朋友画肖像，并听着周围的诗人讲一些有趣的事情。

31.内，洗衣船——晚

　　　　毕加索回到家，看到地上散落的花瓣，以为没有人。再往里看，突然看到一双女人的脚。费尔南黛娇羞地躺在床上，一副心满意足的样子。

毕　加　索：吓我一跳，我以为你出去了。

费尔南黛：没错，我是出去了。我去见了朋友。

毕　加　索：你去见谁了呢？

费尔南黛：一对夫妇。就是你上次见到的那一对。

毕　加　索：我的画又有人看上了，我觉得我快突破瓶颈了。

费尔南黛：(沉默一会儿)你都不怎么陪我了。

毕　加　索：你不已经找到人陪你了吗？

　　　　费尔南黛不说话了，过了一会儿，她又靠了过来。

毕　加　索：我正忙着呢。

32.内,洗衣船——晚

毕加索跟两个好朋友一起,从外面回家,看见家里打扫得干干净净,桌上多了一张纸条。毕加索看完纸条,非常生气。

毕 加 索:她明明知道我不喜欢打扫过的房间,却在离开前把灰尘全都扫没了。

毕加索的朋友:发生什么了?

毕 加 索:没事,该搬家了。

毕加索开始把自己的画和工具都装在一起。

毕加索的朋友:那费尔南黛呢?

毕加索不回答。

33.黑　屏

(出字幕:立体主义时代的笔记)

34.外,地铁站——中午

(字幕:15 年后)

毕加索的第二个恋爱笔记,就是第二幅画。一个穿着运动装的女孩子从地铁站出来,她的头发金黄,提着一个篮子,里面装着百合花。旁边有人在卖报纸,报纸上写着毕加索画展的信息,卖报的人给这个女孩推销自己的报纸,但女孩微笑着拒绝了。毕加索走上前去。

毕 加 索:你好,我是毕加索。

毕加索用期待的眼神看着她,指望着她能认出来,他就是报纸上那个刚小有名气的画家。

特 蕾 丝:毕加索是谁?

毕 加 索:啊……我是一个画家。其实,我是想问你,可不可以做我的模特?

特蕾丝很害羞,不知所措地望着他。

特 蕾 丝: 也许……我应该问一下我妈妈再答复你。

毕加索递给她一张纸条。

毕 加 索: 如果你想好了,那我们明天中午还在这个地铁站见面。

35.内,客厅——下午

特蕾丝手里提着花篮,她把纸条塞在白色的花篮里。她轻快地走过很多街道,可以从她的体态看出她是练过体育的。特蕾丝回到家后就把纸条交给母亲,母亲露出担忧的神色。

母　　亲: 傻孩子,毕加索就是最近经常出现在报纸上的那个画家啊,还经常带着老婆出入各种场所……

特 蕾 丝: 他只是让我当模特,应该没有别的意思吧?我看得出来,他是一个有趣的人。

特蕾丝用她蓝色的大眼睛认真地看着母亲,拉着母亲的手撒娇。

特 蕾 丝: 母亲,你会让我去的对吗?我觉得对于我这个年纪的女孩来说,是需要一些社交的。

母　　亲: 作为母亲我肯定担心你,不过我也相信你,你在母亲眼中是一个阳光的好女孩儿。你能认识像毕加索这样的画家朋友,一定能长见识。不过,答应母亲,不管发生什么事都要告诉我。

特蕾丝早就没了人影,她找了一件运动服出来,在镜子面前比画起来。

特 蕾 丝: 母亲我知道了,你说的我都懂了——你看这件衣服怎么样?

母亲看着特蕾丝天真的笑容,在背后微笑着,又皱了一下眉,轻轻摇摇头。

36.内,卧室——夜

房间里摆着奥尔加的画像,画像上的奥尔加非常恬静优雅而且身材匀称。奥尔加从外面进屋,她的体型已经和画像上的不一样了,变胖了许多。毕加索冷不丁地拍了一下她的屁股。奥尔加回过头来,有点懊恼。

毕 加 索:你的脸色不太好,是不是又没吃东西?

奥尔加费劲地解下束腰的带子。

奥 尔 加:我可不想再长胖了……怀孕时体重怎么也控制不了,现在不减重,什么时候减呢?下个星期我们还要去参加一个宴会呢。你别忘了,我的那些朋友等着见我们呢。

毕 加 索:比起胖女人,我更不喜欢听女人抱怨。你最近唠叨得有点频繁了吧。

奥 尔 加:减重的事可是你先提起来的,我上心了你又嫌唠叨了……那朋友的宴会你还去吗?

毕 加 索:去,当然去。听说他们能帮我再办一个画展?

奥尔加心不在焉,毕加索用手团住奥尔加。把脸靠得离奥尔加很近,眼睛直直地看着她。

毕 加 索:我说话的时候你得认真听着。

奥尔加的眼神从犀利变得柔和,她点点头。

毕 加 索:听着,我不想再听有关减重的事情,这些你自己解决就好,别老在我面前提。还有,那个宴会我一定会去的,你也好好准备一下,打理好自己的形象。现在我正处在事业的上升期,需要你的支持,知道吗?

奥尔加点点头,毕加索松开奥尔加。

毕 加 索:睡吧。

37.外,地铁站外——下午

特蕾丝早早地等在地铁站口,她穿着那件运动服。毕加索从远处看着特蕾丝,一边看一边慢慢地走近。毕加索突然出现在特蕾丝旁边,特蕾丝吓了一跳。

毕加索：你今天穿的衣服真好看,是为了穿给我看?

特蕾丝呆住了,马上脸红起来。

毕加索：在胡思乱想什么?

特 蕾 丝：我可没有。

毕加索：那你怎么连跟我对视都不敢呢?

特蕾丝听他这样一说,急了,马上盯着他的眼睛看。他们就这样对
视了一会儿。

毕加索：你知道吗,我以前画过一个蓝色眼睛的女孩,跟你一个样,
可那时我还不认识你。

特蕾丝从对视的心跳声中醒来。

特 蕾 丝：因为这样,您才找我当模特吗?

毕加索：这我说不准,我只知道,我想画你。

特 蕾 丝：那我们现在是去您的画室吗?

毕加索：哈哈哈,小女孩你怎么这么着急呢? 可不是人人都能进我
的画室,我还根本不了解你呢。如果你知道平时跟我聊天
的都是什么人,你就会知道你的幸运了。

38.内,电影院——夜

毕加索和特蕾丝坐在电影院里,银幕上正在放一部爱情片,影片里
女主角得了绝症,男主角悲痛欲绝,陪在女主角的身边诉说衷肠,并
向女主角求婚。特蕾丝一边看一边偷偷抹眼泪。

毕加索：唉,结婚和爱可是不同的事。

特蕾丝泪眼汪汪,茫然地望着毕加索。

毕加索：我猜你也不懂。你还太小,你妈妈不会告诉你真相的,可
是你妈妈也没有阻止你去探究真相,是吧。

毕加索：我亲眼看过我爱的人死去,死亡会带走一切美好的东西

……所以人在活着的时候,就该好好去感受,不要拒绝爱。

毕加索用手握住了特蕾丝的手,特蕾丝挣扎了一下,但毕加索用他坚定的眼神鼓励了特蕾丝,特蕾丝在黑暗中接受了毕加索的牵手。

39.内,画室——夜

特蕾丝穿着红色裙子,在毕加索的画室看他以前画的画。特蕾丝看到一张画上蓝色眼睛的女人的脸,在暗淡的灯光下显得有些诡异。她再看看画的名字,是特蕾丝。她吓了一跳。

特 蕾 丝: 这幅画是我吗?

毕加索显得非常愉快。

毕 加 索: 是的,生日快乐小女孩! 快过来看看画中的你。

特 蕾 丝: 她不太像我。

毕 加 索: 哪里不像?

特 蕾 丝: 我不长这样,毕加索先生。

毕 加 索: 你是在故意气我吗?

特 蕾 丝: 我不该这么说,你真的生气了?

毕 加 索: 我知道你很乖,原谅你了。

40.内,咖啡馆——日

早上奥尔加生气的时候,在毕加索面前摔坏了一个花瓶。毕加索在咖啡馆散心,他拿着一个小本子,开始写诗,他把奥尔加和特蕾丝的名字都写上去,觉得激不起灵感,于是画掉了。这个时候他被另一桌传来的声音吸引。一个女人正在脱装饰着玫瑰花边的黑色手套,纤细的手指上染着鲜红的指甲油,她拿着一把尖刀一次次戳在指缝之间的木头桌面上。偶尔她会戳中指头,然后鲜血直流,但还是会换个指缝继续戳着玩。毕加索被这个奇怪的游戏吸引,他向店里的人打听这个女人是谁。于是毕加索的画上就多了朵拉这个女人,现实中的画面变成《坐着的女人》这幅画。

41.内,客厅——日

特效:随着时间的推移,奥尔加家里白色的墙壁很快就塞满了成堆的简报、商品目录、请柬、剧院门票、照片、信件、从前的电话留言等,以至于奥尔加看到《坐着的女人》这幅画时,正想追究一下是谁,就被掉下来的纸片打乱了思绪。奥尔加走到毕加索的门边。

奥 尔 加:我想问问——

毕 加 索:不需要打扫,原封不动就好。

奥 尔 加:我还没说我要问什么呢。

毕 加 索:我知道。你想问,为什么我画画的速度这么快,还喜欢收集各种小玩意儿,家里放不下了,是不是?

奥 尔 加:差不多吧,我真正想问的是——

毕 加 索:你还想问那幅画上的女人是谁吧?

奥尔加等着毕加索回答。

毕 加 索:你看我多了解你,都知道你想问什么。可是你一点都不了解我,我的心思放在哪里你心里没数!

奥 尔 加:你什么都不告诉我,我亲自来问你还有错了?

毕 加 索:那我告诉你,我收藏的小玩意儿,我还不想扔其中的任何一个,别逼我做选择了。

42.黑　屏

(字幕:超现实主义时代的笔记)

43.内,画室——日

毕加索看着报纸皱眉,战争的场面让他想起曾经面对的死亡。朵拉在一旁看着他。

朵　　拉：让我猜猜，最近的事情让你想画关于死亡的主题了，对吗？

毕 加 索：怎么，你对这个也有想法吗？

朵　　拉：我可以帮你。

毕 加 索：你当然可以在旁边陪着我。我对女人的要求不多，无非是帮我打理好生活和社交，然后陪伴我。但是对于画画，这是我一个人的战争。

朵　　拉：我可以帮你，我说的不仅是激发。

毕 加 索：如果这是你自己的想法，而不是想要取悦我的话，我可以考虑。

朵　　拉：你有没有发现，你对人的期望是矛盾的吗？

毕 加 索：没有，因为我知道自己在做什么。我会忘记那些看法，然后画画，当你忽略别人的要求的时候，大家反而会越来越喜欢你。我之所以跟你交往，也是因为在你身上看到了另一个自己，但现在，你又变得有些陌生。

朵　　拉：你确定吗？好吧，我们不说这个话题了。

毕 加 索：很好。

44．内，画室——日

毕加索正在创作《格尔尼卡》，画室里摆满了颜料。朵拉在一旁帮忙拍摄。

毕 加 索：你可能是目前让我最省心的人了。

朵　　拉：为什么用"可能"两个字？

毕 加 索：世界上没有百分百的事，我为什么要骗你？

朵　　拉：那我还有百分之几让你不省心呢？

毕 加 索：暂时没有。

突然有人敲门，朵拉去开门。

朵　　拉：你是谁？走错了吧。

> 特蕾丝看看毕加索。毕加索对她笑了笑，好像是在鼓励。

特 蕾 丝：你就是朵拉吧，我没找错人。我来是请你离开的。

朵　　拉：你没有看见我们正在创作吗？

特 蕾 丝：（不屑地）你们？

朵　　拉：当然！我也是创作者之一，我离开了，这里的工作就没法继续下去。

特 蕾 丝：你都不问问我是谁吗？你问了就该知道，我有没有资格请你离开。

> 特蕾丝见朵拉没什么反应，更加激动。

特 蕾 丝：我为他生过孩子！所以他身边的位置是留给我的……

朵　　拉：你自己也知道没有说服力吧。另一个为他生过孩子的人，现在是他妻子；而我之所以站在现在的位置，是因为能在事业上帮他。而你，你能做什么？

特 蕾 丝：可他在信里说了……

朵　　拉：他私下跟你说了什么，在这儿可不管用。

> 特蕾丝跑到正在画画、充耳不闻的毕加索面前。

特 蕾 丝：你说句话吧！你在我俩中间选一个！如果你不选我……我马上就走。

毕 加 索：我怎么可能不选你呢……可是，我都喜欢，我喜欢你的甜美温柔、百依百顺；我也喜欢朵拉的聪明伶俐。这是完全不同的，也是自然而然的。我可以为你们一次次地拆穿自己的罪行，但你们能不能留到最后，需要你们自己争取，我无法替你们做完所有的事，知道吗，宝贝？

> 朵拉还想继续拍摄，但特蕾丝一气之下去跟朵拉抢摄影机。

朵　　拉：你疯了吧，这样对你有什么好处？

特 蕾 丝：只要能把你从这里弄走……哪怕只有一天……我爱他，我

相信他说的,他每周都给我写信,这些都是真的,我必须为
自己做些什么……所以……

朵　　拉:真让人无语……只听男人说什么,不看他们做什么,你脑
子真不够清醒。

特　蕾　丝:那他为你做了什么? 他不也一样没娶你吗?

朵拉又好气又好笑,开始提高音量。

朵　　拉:我知道他现在想要什么,而你一无所知,这就是我现在待
在他身边的理由。

特蕾丝不停地打朵拉,还时不时地抓住朵拉的衣服摇晃。朵拉笑了
一下,摇摇头。

朵　　拉:也对,你听不懂。

特蕾丝见根本就无法惹怒朵拉,便拿起朵拉的摄影机摔。这个时候
毕加索一直在旁边飞快地作画。朵拉看见摄影机有损坏,就抓住特
蕾丝,打了她一个耳光。特蕾丝愣了一下,但也不甘示弱,去抓朵拉
的头发。这时候她们正好滚到毕加索的脚下。

詹姆斯·罗德:怎么回事? 怎么这么吵?

毕加索做出一个"嘘"的动作。

毕　加　索:没什么,她们只是为了我争斗起来了。

詹姆斯·罗德:我真不敢相信,你能忍受有人在你的画室里大打出手?

毕　加　索:平时当然受不了,但我愿意给她们这样的空间。

詹姆斯·罗德摊手。

詹姆斯·罗德:反正这事你不管,别人也不敢管。

毕　加　索:老兄,我可不像你想的那样无情,如果有一天我不再给她
们发泄的机会,她们会疯掉的。 她们不是为了我打架,而
是屈服于人性,这已经不是我能左右的了。 就像我只能作
画,却无法阻止战争和血腥。 比起死亡,一切都是小事,但
幸运的是我不用上前线,你说呢?

詹姆斯·罗德：嗯……有什么需要我的再叫我吧。

45.外，火车站——日

(字幕:十六年后)

弗朗索瓦丝穿着男孩子的衣服,打扮得像个假小子,但依然掩饰不住她五官的美丽。匈牙利画家安德尔·罗茨塔坐在车厢里和她道别。

弗朗索瓦丝：老师,您一定要小心……

安德尔·罗茨塔：不用担心我,毕竟远水救不了近火。

车快开了,火车鸣笛。

弗朗索瓦丝：到底会发生什么啊! 告诉我,让我有个心理准备。

安德尔·罗茨塔：我知道你在想什么,我不是预言家,所以没法回答你。但我可以跟你打个赌,不出三个月,你就会认识毕加索。

弗朗索瓦丝：真的吗?!

这时候火车开了,安德尔·罗茨塔挥挥手。

安德尔·罗茨塔：快回去吧。

弗朗索瓦丝跑了两步,停在原地,挥了挥手。

46.外，街道上——日

弗朗索瓦丝和好朋友热内维耶夫走在街上聊天,弗朗索瓦丝的打扮还是没变,只不过头发更乱蓬蓬。热内维耶夫比她还要漂亮,穿着也更女性化,两个女孩子身高差不多。

热内维耶夫：我记得你十五岁的时候就不这样打扮了,怎么现在又穿男孩子的衣服了?

弗朗索瓦丝：这不重要,对了,你记得我们一起去参观过西班牙展台的《格尔尼卡》吧?

热内维耶夫：(心不在焉)记得啊,怎么了?

弗朗索瓦丝：你一点都不上心，我不说了。

热内维耶夫：别啊，我最怕别人话只说一半。

弗朗索瓦丝：那我就告诉你，可你要先答应我，跟我一块儿去。

热内维耶夫：好吧，答应你，快说，是什么事？

弗朗索瓦丝：别像我绑架你去似的，你又不亏。偷偷告诉你哦，这个星期六在卡塔鲁尼亚餐馆里，毕加索会带着他的情人去吃饭，库尼先生准备带我们去接触接触，哪怕听听他们说话也好呀，是吧！

热内维耶夫：天哪！是毕加索吗？不过他带着他的情人，我们这样去合适吗？

弗朗索瓦丝：这一点你不用担心！听说他的情人是一位摄影师，也会画画。我们只是在旁边听他们聊天，去讨教，说不定还能和他们成为朋友呢！

热内维耶夫做出思考的样子。

弗朗索瓦丝：这下你愿意跟我一起去了吧？说实话，我上次去参观《格尔尼卡》的时候，只得到了政治上的领悟，却没有得到美学上的领悟，可能我还是太年轻了，这次说不定能有所启发。

热内维耶夫：那我就勉为其难地答应你了。

47.内,卡塔鲁尼亚餐馆——夜

毕加索和朵拉坐在一个圆桌上。隔着帘子，弗朗索瓦丝和热内维耶夫坐在另一个圆桌上，库尼跟这两个少女坐在一起。

热内维耶夫：我想坐得离他们近一点。

弗朗索瓦丝：我觉得保持距离才能好好观察。

热内维耶夫：那我们换个位置。

弗朗索瓦丝：没问题。

弗朗索瓦丝和热内维耶卡换了位置以后,热内维耶夫离毕加索那桌
更近了,但座位背对着毕加索。弗朗索瓦丝离毕加索相对最远,却
正好面对着毕加索。毕加索和朵拉几乎是相对而坐,所以朵拉也看
不见身后的这一桌。毕加索说话的声音并不大,热内维耶夫不停地
转换着姿势,想要听到他们在说什么。朵拉对这些一无所知。但毕
加索看到热内维耶夫的动作古怪,不禁笑了一下。而毕加索和弗朗
索瓦丝时不时对视一下,弗朗索瓦丝发觉毕加索在看自己,但她却
没有做出失礼的举动,而是马上变得很淡定,于是毕加索又多看了
她两眼。朵拉发现毕加索眼神游移,就往后看,看他在看谁,弗朗索
瓦丝敏锐地把头若无其事转向一边。结果因为他们突然停止说话,
热内维耶夫也回了一下头,刚好和朵拉尴尬地对视,朵拉的眼里划
过一丝敌意。热内维耶夫随即对着对面的弗朗索瓦丝用唇语说话。

热内维耶夫:她很酷。

弗朗索瓦丝用微笑回应热内维耶夫。毕加索看到弗朗索瓦丝的微
笑,以为是朝着他的,于是也回报了一个微笑。弗朗索瓦丝觉得有
点无语,突发奇想给毕加索做了一个鬼脸。毕加索这次笑出了声。
朵拉再次回头,却没人跟她对视,她不知道去恨谁。正好服务员端
来了餐后的甜点,是一碗草莓。毕加索端起草莓,向邻桌走去。

毕 加 索:啊哈,库尼,是不是把你的朋友给我引见一下啊?

库 尼:当然!这位聪明伶俐的是弗朗索瓦丝,这位长得漂亮的是
热内维耶夫。她长得像不像古希腊的大理石雕像?

毕 加 索:你说话真像个演员,那你怎么形容这位聪明伶俐的小姐呢?

热内维耶夫:弗朗索瓦丝是佛罗伦萨的圣女。

库 尼:而且还不是平常的圣女,她是个还了俗的圣女。

毕 加 索:若是个还了俗的圣女就更妙了。她俩是做什么的?是搞
艺术的吗?

热内维耶夫:我俩是画画的。

毕加索大笑,他突然看了一眼弗朗索瓦丝。

毕　加　索：这是我今天听到的最有趣的事，你们两个小姑娘看起来一
　　　　　点也不像是画画的。

弗朗索瓦丝：我们当然是。（停顿）我俩最近正在办一个画展，在协和
　　　　　广场后面的那个画廊。

毕　加　索：好吧，我也是个画画的。你们可以到我的画室来看我作
　　　　　的画。

弗朗索瓦丝：什么时候呢？

毕　加　索：都可以。

热内维耶夫：那我们明天来可以吗？

毕　加　索：都可以。

弗朗索瓦丝：地址是哪里呢？

毕　加　索：库尼知道，他会告诉你们的。

48. 外，街道——夜

弗朗索瓦丝和热内维耶夫并肩走在街上，夜晚的冷风吹过来，她们
又靠得更近了。

热内维耶夫：沦陷期间画廊是不会展出毕加索作品的，可我们明天就
　　　　　能亲自去他的画室参观了，你不觉得我们很幸运吗？

弗朗索瓦丝点点头。

热内维耶夫：来之前你比我兴奋多了，怎么现在一副不高兴的样子？

弗朗索瓦丝：没什么，我只是在回想。我觉得他的态度有点忽冷忽
　　　　　热，不知道他是不是对所有人都是这样。

热内维耶夫：也许是因为刚认识吧，而且以他的地位，有点脾气也正常。

弗朗索瓦丝：但他对他的情人好像也……他过来跟我们说话，就把他
　　　　　的情人晾在一边，没跟我们介绍。

热内维耶夫：你观察得好仔细，可这跟我们有什么关系。为什么要去
　　　　　管别人的私事呢？

弗朗索瓦丝：总之，我们跟他交往的时候，应该小心一些。

49.内，奥古斯丁大街寓所——日

> 萨巴特在门口等热内维耶夫和弗朗索瓦丝。弗朗索瓦丝今天的穿
> 着非常别致，萨巴特笑脸相迎。

萨 巴 特：你们就是专程来看毕加索画作的两位小姐吧？

热内维耶夫：是的。

> 萨巴特带着她们穿过长长的走廊，走廊的旁边挂着一些毕加索收藏
> 的小玩意儿。

弗朗索瓦丝：啊，这幅画——

热内维耶夫：你小声点！怎么了？

弗朗索瓦丝：没想到毕加索也能驾驭这样的画作，我更崇拜他了。

萨 巴 特：小姐，这幅并非毕加索所作。

弗朗索瓦丝：那是谁画的？

萨 巴 特：马蒂斯，《有橘子的静物》。

弗朗索瓦丝：这样啊。

> 弗朗索瓦丝退后两步，又端详了一会儿，直到热内维耶夫把她拉走。
> 萨巴特的脸都快气绿了。

50.内，奥古斯丁大街画室——日

> 萨巴特一脸冷漠，把两个女孩带到毕加索面前转身就走了。

萨 巴 特：毕加索先生，我看这两个姑娘根本不懂你的作品。

毕 加 索：哦……我可不希望她们是来朝圣的。

> 毕加索把两个姑娘带到版画室。

热内维耶夫：我们还没看你的画呢。

> 毕加索打开版画室的水龙头，里面流出热水。而且一直开着，直到
> 整个屋里充满水蒸气。两个姑娘看得大气不敢出。后来弗朗索瓦

丝大胆地问话。

弗朗索瓦丝:毕加索先生,你是生气了吗?

毕　加　索:你怎么会有这种猜测?

弗朗索瓦丝:因为刚才萨巴特先生也生气了。

水蒸气弥漫在空气中,让视线变得朦胧。

毕　加　索:我这里不错吧,就是在战争期间,我也有热水。只要愿意,
你们随时可以过来洗个热水澡。

弗朗索瓦丝和热内维耶夫面面相觑。

毕　加　索:我这里有很多东西可以看,不仅仅是画,还有我这个人,你
们只有真对我这个人感兴趣,我才允许你们再来。

51.内,奥古斯丁大街画室——日

弗朗索瓦丝跟热内维耶夫换了一套衣服来拜访毕加索,并带了一盆
千日莲送给毕加索。毕加索看到千日莲跟弗朗索瓦丝衣服的颜色
很搭配。

毕　加　索:还有什么是你想不出来的?

52.内,奥古斯丁大街画室——日

毕加索带着两个姑娘去看自己的画,三个人有说有笑。

53.内,画廊——日

开画廊的玛德琳娜一看到两个姑娘就很兴奋,她拉住弗朗索瓦丝。

玛德琳娜:毕加索先生来看过你们的画展了,你们知道吗?

弗朗索瓦丝:(摇头)他没跟我们提起过……他为什么不跟我们说呢?
天哪,你记得我上次去拜访他说过什么傻话吗?!

热内维耶夫:好像……你提到了我们画的一幅画,是根据《格尔尼卡》

得来的灵感……

弗朗索瓦丝拍拍脑袋,一脸懊悔和害羞。

54. 内,奥古斯丁大街寓所——日

弗朗索瓦丝戴着一顶粉色的圆帽子,她敲了敲门。毕加索来开门。
弗朗索瓦丝低着头,帽子挡住了她的视线。毕加索开门后见只有她
一个人,就四处看看,然后表情泛起一丝捉摸不到的微笑。

毕 加 索:你一个人来的?

弗朗索瓦丝:啊……没想到是您来开的门,今天萨巴特先生不在吗?

毕 加 索:我也没想到是你一个人来敲门,今天热内维耶夫不在吗?

弗朗索瓦丝:她回老家了。

毕 加 索:那真可惜,她听不到我对你们的赞赏了。

弗朗索瓦丝:这是……什么意思?

毕 加 索:没什么,你先进来吧。

毕加索带弗朗索瓦丝来到一个她从来没进过的房间,弗朗索瓦丝觉
得有些不自在,于是到处张望。毕加索在角落里找到一些颜料和素
描纸,交给弗朗索瓦丝。

弗朗索瓦丝:您带我来,就是要给我这些?

毕 加 索:是啊。(顿了一下)你不热吗? 在房间里还戴着帽子?

弗朗索瓦丝想了想,摘下帽子。

毕 加 索:如果还觉得热,也可以把外套脱了。

弗朗索瓦丝想了想,把帽子又戴上了。过了一会儿,弗朗索瓦丝拿
着一些毕加索送她的小东西走出了房间。毕加索在前面带路,带她
出去,毕加索突然转身。

毕 加 索:我已经看过你的画展了。你在绘画方面相当有天赋。我
想你应该坚持不懈,每天都要努力。我会关注你的进步
的。我希望你能每一次都让我看到一些新的东西。

弗朗索瓦丝从她的帽檐下面看着毕加索,笑了。

弗朗索瓦丝:当然,谢谢您。

55.内,奥古斯丁大街寓所——日

雨下得很大,弗朗索瓦丝骑自行车到毕加索的寓所前,被萨巴特接进了屋。

毕 加 索:你看看这可怜的姑娘。不能让她就这么湿着,来,跟我到浴室来,我帮你把头发吹干。

萨 巴 特:这种事情,让伊内来做就行了……

毕 加 索:没你的事,让伊内守好本分就行。

毕加索帮弗朗索瓦丝吹好头发,带她来到画室,给她看自己的雕塑工具。

毕 加 索:雕刻石头和塑造一个人,其实是一样的。

毕加索说着,突然转过身吻了弗朗索瓦丝。弗朗索瓦丝并没有躲开,也没有迎上去。

毕 加 索:噢!天哪,你简直像块石头。至少你得把我推开吧,否则你是在暗示我可以为所欲为了?

弗朗索瓦丝:我觉得您说得很有道理,我都听您的。

毕加索突然把脸和弗朗索瓦丝靠得很近,但弗朗索瓦丝并没有因为他的眼神而变得害怕,毕加索马上退后一步。

毕 加 索:你这样子让我怎么……你都不抵抗一下!好了,现在已经不可能了,我想这事就这么算了吧。

弗朗索瓦丝仍然站在原地,眼神清澈而轻蔑,不去看毕加索。毕加索又看了她一眼,就走出门去。毕加索再回了一下头,发现弗朗索瓦丝根本就没有看过来,也没有跟过来。等毕加索彻底走掉了,弗朗索瓦丝才去看他背影的方向,她的眼神很复杂。

56.内,弗朗索瓦丝家——夜

弗朗索瓦丝的父亲收到一封女儿的来信,他看完以后非常生气,坐在沙发上发抖。

弗朗索瓦丝父亲:这个不肖女! 时局这么动荡,她不服从家里的安排,非要搞什么自己喜欢的事情,画什么画? 还敢写信回来,真是出去长了见识胆子越来越大了,等她回来我非教训她不可!

弗朗索瓦丝母亲:她要是知道你会生气,恐怕也不会回来了,估计是躲到哪儿去了……你别着急了,消消气,我们从长计议。

57.外,骑马场——日

(字幕:六个月后)

弗朗索瓦丝在一骑马场上,教人骑马。然后她把马牵到马厩,过程中看见远处有一头牛正在喝水,那头牛离得很远,在夕阳下只剩下一个剪影,这头喝水的牛的剪影很像毕加索画过的牛的形象,弗朗索瓦丝从现实中的画面,代入到了幻想中的画面。她对着这个画面微笑起来,也想起了毕加索。

58.内,奥古斯丁大街寓所——日

弗朗索瓦丝跟随着女佣伊内的脚步,走进毕加索的画室。毕加索一个人孤独地在作画,房间里只开了一盏小灯。弗朗索瓦丝给伊内比了一个手势,让她不要出声,伊内离开了。弗朗索瓦丝慢慢地走向毕加索,毕加索没有回头。

毕　加　索:好久不见,别说话。

弗朗索瓦丝欲言又止。

弗朗索瓦丝: 我就看您画一会儿。

> 毕加索回过头,眼里有点泪光。

弗朗索瓦丝: 您的话变少了……

毕 加 索: 说吧,为什么来找我?

弗朗索瓦丝: 我现在离开家了,就因为你当时的一句话……你鼓励我画画,家里人却希望我当律师。

毕 加 索: 所以你跟家里闹僵了,没地方去了,就来找我了?

弗朗索瓦丝: 也没你想的那么不堪,我现在在教别人骑马维持生计。倒是你,看起来最近心情不好?

毕 加 索: 你能找到活干就好,我可不想管你了。在我见过的那么多女人当中,你是脾气最不好的,我可不喜欢。

弗朗索瓦丝: 你不也脾气不好吗?可是你运气好,大家都喜欢你。

毕 加 索: 没有人会一直好运的,我已经变成老头子了,还能得到爱情吗?除了围绕着我的人越来越多,还有人能真心对我吗?

弗朗索瓦丝: 这话一点都不像你说出来的。

毕 加 索: 那我要说出什么话?你们就都认为毕加索是伟大的,以至于不会有自己的烦恼?你们都认为毕加索被拒绝就不会心碎吗?什么事物都有消亡的那一天,我曾经像一头狮子,可是狮子也会老,我能预感到。你如果只看到伟大,看不见死亡,那你还是不懂我,不如等我死后,去读我的传记,而不是站在这里听我讲话,或者去亮丽的博物馆看我的画展,离开我充满灰尘的画室。

弗朗索瓦丝: 这次我不会离开了,因为我不想再误解你,我想把你看得清楚一些,这需要时间。我们还是好朋友,对吧?

毕 加 索: 朋友?我不喜欢交异性朋友。你要把我当朋友是你的事,至于我对你如何界定,是我的原则和底线,你不用试图改变我。

59.内,奥古斯丁大街寓所——夜

弗朗索瓦丝和毕加索进行了愉快的晚餐,他们像朋友一样地说说笑笑。毕加索指导弗朗索瓦丝画画,看到她画得越来越好,就吻了她的额头。弗朗索瓦丝表面上虽然在克制自己的反应,但毕加索一离开她就忍不住高兴起来。毕加索看到了这一幕,认定了她对自己也有感情。

60.内,画廊——日

弗朗索瓦丝跟着毕加索见到了一些有名的画商,后来她开始独自去见他们,跟他们商量自己的画展,也获得了一些报酬。

61.内,奥古斯丁大街寓所——夜

毕加索给弗朗索瓦丝看他画的她,她的身体被画成了植物,弗朗索瓦丝很开心,她很喜欢这幅画。

弗朗索瓦丝:如果以后我们分开了,能把这幅画送给我吗?

毕　加　索:可以送给你,但是我们是不会分开的,你是唯一一个能带我通往巅峰之窗的女人。

弗朗索瓦丝:你真是个孩子,你只了解现在的你,却不一定了解以后的你。

毕　加　索:女人总是想得太远,如果没有现在,又怎么会有以后? 你知道吗? 当你这么说的时候,说明你没有接受现在的自己。

弗朗索瓦丝:现在的我是怎么样的?

毕　加　索:现在的你很想留下来,今夜。

弗朗索瓦丝:今天我不能住这儿,就算住下了,我明天也会走。

毕　加　索:我以为我们已经有默契了。

弗朗索瓦丝:我们当然有默契! 但我不能因为想要跟你达成默契,就忽略我内心的不安。

毕　加　索:那你把你的不安说出来,我来解决。

弗朗索瓦丝:你打算怎么解决呢?把你过去的情人、妻子,全部从记忆中抹去?

毕　加　索:你是在为这种事情烦恼?我以为你一开始就能接受,否则也不可能跟我在一起。她们确实存在,刚开始你觉得我对她们太无情,所以我就开始对她们好,现在呢?你是觉得我对她们旧情复燃了?我已经为你做出改变了,要是放在以前,我不会这么做。

弗朗索瓦丝:我是能够理解和接受……所以跟你在一起我没有任何怨言,但要我搬过来跟你一起住,我暂时做不到……我有自己的生活,我也不想重复别的女人的命运。

毕　加　索:你只是对自己没信心,有些事情你没法做到,你就退缩了,是吗?

弗朗索瓦丝:我从来没想过要逃避,只是我不认为你真的准备好了。

62.内,奥古斯丁大街寓所——日

女佣伊内帮着弗朗索瓦丝搬东西,弗朗索瓦丝的最后一件行李是一个大木盒,她不让别人搬,非要自己搬进屋里。她把重要的东西收拾得差不多以后,就把剩下的都交给了伊内。弗朗索瓦丝靠着毕加索家里的沙发,开始写信,写给她的一位朋友,叫作吕克·西蒙。她在信纸上写上了"致吕克·西蒙",然后不自觉地笑了一下,继续写信:"亲爱的吕克,我已经到了人生新的阶段……"

63.内,奥古斯丁大街寓所——夜

(字幕:十个月后)

毕加索正在接电话,司机正在外面等着,外面下着雨,弗朗索瓦丝的肚子已经隆起。

弗朗索瓦丝：我想我今天要提前去做个产检……

毕 加 索：我有一个很重要的会议，现在就要走。你现在才八个月，不会有事的，是你太紧张了。

弗朗索瓦丝：我自己的身体我自己了解，这段时间你这么忙，我从来没有抱怨过，今天我只是想让司机送我去趟医院。

毕 加 索：我这边已经来不及了，我不想把我的事情告诉你增加你的压力，你也不要来增加我的压力好吗？

弗朗索瓦丝：虽然我们在一起生活，但我的一些事情你并不了解。你不是全能的，不可能顾及方方面面，但今天这件事，我真的很需要你……

毕 加 索：我快要迟到了，你不知道这个会议的重要性。而且……亲爱的，我们不顺路，医院和我的目的地是相反的方向，这么迟了，我回来再陪你去吧。

周围的人都看着他们，不敢提意见。

弗朗索瓦丝：行了，我自己想办法吧。

64.内，医院——夜

弗朗索瓦丝独自来到医院，到了半夜的时候，孩子出生了。

65.内，奥古斯丁大街寓所——日

毕加索在找弗朗索瓦丝，但是没找到。

毕 加 索：伊内，你知道弗朗索瓦丝去哪儿了吗？

伊 内：她没告诉我们。不过，她每天上午都在家里料理你的事，下午又会出去，晚上再回来继续照顾你，您不知道吗？

毕加索陷入了沉思。

66.内,吕克·西蒙家的书房——日

吕克·西蒙为弗朗索瓦丝热了一杯牛奶,他们坐在高高的书架旁边的小沙发上,中间有一个玻璃茶几。

吕克·西蒙:虽然我们一直有通信,但真的很久没见了。我是从别人口中才知道你跟毕加索在一起了,而且有了孩子……(笑)你是一个妈妈了。

弗朗索瓦丝有点不好意思地笑了笑。

弗朗索瓦丝:至少我们还是朋友。

吕克·西蒙:当妈妈的你比以前更成熟了,不像个假小子了。

弗朗索瓦丝:你是想说我变老了,是吗?

吕克·西蒙:(笑)我可没这么说。

弗朗索瓦丝:(笑)你是个很简单的人,你不擅长说谎,特别是面对面的时候。

吕克·西蒙:你擅长一针见血。

弗朗索瓦丝:能一针见血的人往往无法改变现实,这才是最痛苦的。

吕克·西蒙:很多人说起你都很羡慕,因为你在毕加索身边,但我作为你的朋友,只想问,你真的过得开心吗?

弗朗索瓦丝:爱情只是我生活中的一部分,我有自己的生活。我每天都努力挤出自己的时间,没有放弃我喜欢的事情……即使很累。

吕克·西蒙:我这样说你可能会不高兴,但我见到的你,已经被爱情占去大部分了,你已经体力透支,看上去比以前憔悴多了……你自己肯定察觉不到,但对我这样的老朋友来说,你的变化真的很明显。

弗朗索瓦丝:我并没有变,只是时间流逝让你感觉到了差异。我跟他虽然每天生活在一起,但他不完全了解我。我跟你从小

就认识,互相通信很多年,但你也不完全了解我。难道
不是吗?

吕克·西蒙:这不是问题的关键。没有人能完全了解你,哪怕是朝夕
相处,哪怕是深深相爱,哪怕是最好的朋友……就在这
样没有人能真正介入你的生命的情况下,有一个人愿意
旁观、守候你,提出自己的建议,没有任何目的,我想你
可以听一听。

弗朗索瓦丝:跟朋友聊天真好……让我觉得时间虽然过去了,但一切
都没有变。可惜爱情越是深入,我们对它的变化就越是
敏感……

吕克·西蒙:这也许跟距离有关系。如果你跟我相爱了,生活在一
起,说不定也会觉得无聊,但也可能会有更好的状态,毕
竟我一定会支持你追求自己的事业……我现在心里突
然有了一个愿望,就是让你重新焕发青春。

弗朗索瓦丝:我相信你能做到。但我还不想伤害他。

67.内,奥古斯丁大街寓所——夜

毕加索在家里等着弗朗索瓦丝,手里拿着他画的弗朗索瓦丝画像。
弗朗索瓦丝回家了,孩子被伊内抱到卧室。

毕　加　索:这幅画你拿去吧。

弗朗索瓦丝:为什么?

毕　加　索:提前给你。

弗朗索瓦丝:不要。你帮我保管着,我每天回来一样都能看到它。

毕　加　索:这画的是我眼中的你,如果我有一天看不到你,这幅画也
就没有意义了。

弗朗索瓦丝:唉……

弗朗索瓦丝:这幅画对我们的意义,不是现在就能定义的。也说不定

有一天,它对我们俩都不再重要了。

68.内,奥古斯丁大街寓所——夜

弗朗索瓦丝感觉到有点体力不支,在做家务的时候在厨房里晕倒了。醒来以后她发现自己躺在冷冰冰的地板上,于是又站起来,爬到自己的木盒子边,拿出信纸开始写信。

69.内,吕克·西蒙寓所——日

(字幕:十五天后)

吕克·西蒙在客厅里踱步,弗朗索瓦丝在沙发上慢慢苏醒。

吕克·西蒙:你的身体情况这么糟糕,你居然只是写信给我,我过了好几天才收到。

弗朗索瓦丝:我当时想,等过几天你收到的时候,我就好了,就不用麻烦你了。

吕克·西蒙:我已经让人去把你女儿接过来了,你暂时别住他那里了。

70.内,奥古斯丁大街寓所——夜

毕加索独自坐在房间里,看着被搬走的东西。他走到门前,看了一会儿,然后关上门。

毕 加 索:(自言自语)我是不是在重蹈覆辙?

毕 加 索:伊内,你估计她会过多久回来?

伊　　内:毕加索先生,这是日积月累的,就算她不想走……也会有人把她带走。

71.内,咖啡馆——日

弗朗索瓦丝的脸色很红润,她正在跟画商商议自己的作品展出,这些都是毕加索不那么熟悉的人。吕克·西蒙在一旁守着，给她递过去一杯热牛奶。弗朗索瓦丝的画画得越来越好，开始在各大展馆展出，而且在报纸上被报道。但弗朗索瓦丝会避开毕加索出席的场合，她看见参与的人有毕加索，或者是毕加索的崇拜者，就主动避开。

72．内，画廊——日

毕加索正在跟人闲谈，看报纸，突然看到一张报纸上有弗朗索瓦丝和吕克·西蒙在一起的照片，再仔细看了看下面的字，他的脸色变了。这时候一位记者凑上去，把另一份报纸递给毕加索，上面有毕加索的一份报道。

实习记者：毕加索先生，这一篇关于您的报道是我写的，我一直很崇拜您。

毕 加 索：这是你的名字？

实习记者：是的！每一篇我写的都是这个署名，这样您看到就知道是我写的了！我接下来想采访您一下，可以吗？

　　　　　毕加索看了看弗朗索瓦丝那一篇报道的记者署名，居然是同一个名字。

毕 加 索：你想采访什么？

实习记者：关于……您的感情生活，大家都比较好奇……不，不是好奇，是关心！

　　　　　毕加索把报纸还给这个实习记者，头也不回地走出去了。

73．内，画廊——日

弗朗索瓦丝登门拜访一位画商，她带了一盆千日莲。画商正在和助手偷偷说着什么，弗朗索瓦丝一进去，助手就不说话了，然后出了办公室。弗朗索瓦丝把千日莲放在桌上。

弗朗索瓦丝：我想您应该了解我的情况了，您觉得什么时候能办画展呢？

画　　商：这个……既然其他画商都不愿帮你，我也不敢冒这个险啊。

画商转过身去。

弗朗索瓦丝: 我们当时不都说好了吗？您这边有什么情况的话,也请如实地告诉我。您的口碑,在绘画界是公认的,不会因为有人出高价,就做出违心的事情⋯⋯

画　　商: 不是出高价这么简单⋯⋯我能见你,就已经冒险了。跟你合作事小,关键是你惹到了不该惹的人啊。绘画界说大其实不大,真正能说得上话的人有几个？没了他,我们在绘画界就没活路了⋯⋯你就体谅我们,暂时别想着这件事了。

74. 内,吕克·西蒙寓所——夜

吕克·西蒙把淋雨回来的弗朗索瓦丝接进房间,弗朗索瓦丝几乎全身都被打湿了。

吕克·西蒙: 你怎么这么晚才回来？我提醒过你,今天会下雨,谈好了就回家。

弗朗索瓦丝: 没谈好⋯⋯谈不好了。

吕克·西蒙帮弗朗索瓦丝吹头发。

弗朗索瓦丝: 我明天去找他。

吕克·西蒙: 你这是哭了吗？

弗朗索瓦丝: (哭腔)我明天就去找他。

吕克·西蒙: 你这样已经感冒了,还去什么？他已经连活路都不给你留了。

75. 内,吕克·西蒙寓所——日

弗朗索瓦丝醒来,发现已经接近中午,但脑袋却很痛,无法起身,于是又沉沉睡去。

76. 内,吕克·西蒙寓所——日

弗朗索瓦丝在书桌上静静写字。吕克·西蒙正要出门。

弗朗索瓦丝: 你要去上班了吗?

吕克·西蒙: 放心,我先帮你去联系书商,他们会喜欢你的回忆录的。

77. 外,奥古斯丁大街寓所——日

弗朗索瓦丝敲门,没想到门很快开了。

弗朗索瓦丝: 我昨天来过了,当时没人。今天毕加索先生在吗?

妇　　人: 他们已经搬走了。

弗朗索瓦丝: 您知道他去哪儿了吗?

妇　　人: 去哪儿我不知道,我只知道毕加索先生要结婚了。

弗朗索瓦丝: 什么? 您是不是听错了?

妇　　人: 我是亲眼见到了,他身边那些朋友,也都这么说的。那个女人啊,长得——

弗朗索瓦丝: 我知道了,谢谢您,再见。

78. 内,画廊——日

毕加索正在和弗朗索瓦丝见过的画商谈话,他突然看到那盆千日莲。

毕　加　索: 弗朗索瓦丝来找过你?

画　　商: 我……

毕　加　索: 给你一个机会,你想办法阻止她出版回忆录。

画　　商: 可是她已经出版了……出书的事情,我一个画商管不了啊。

毕　加　索: 你的口碑一直很好,大家都相信你的话。

画　　商: 那我也不能凭空……

毕　加　索: 这怎么是凭空呢? 她的回忆录才是凭空,把我写成她想象

中的样子,这对我影响有多大? 我不想回忆,也不想所有人看了书帮我一起回忆,是她抛下我的。我要看着她和新情人的报道,还要忍受她的回忆录随便篡改回忆?

画　　商:那您不也转头就结婚了?

毕 加 索:跟谁结婚并不重要,我只是想让她知道,她的行为会有什么样的后果。

79.黑　屏

(字幕:终章)

80.内,别墅——夜

回到毕加索老年时期。毕加索在自己的画室醒来,他突然想找一幅画,于是翻箱倒柜。

雅 克 琳:需要我帮你找吗?

毕 加 索:不用。

雅 克 琳:我为我刚才发脾气的事情道歉……我确实不应该在外人面前那样说话。

毕 加 索:我早就忘了你说了什么。

毕加索并没有找到那幅画,他躺在床上,一直到第二天中午都没起床。

81.内,别墅——日

伊内和雅克琳还有毕加索的朋友都围在他的床边。

伊　　内:快请私人医生过来。

雅 克 琳:这两天下雨,私人医生还在路上呢。他平时也经常中午才起,昨天可能是情绪太激动了,才睡到现在。

伊　　内:他难受的时候是不会说出口的,只会报复所有人。

毕加索的私人医生身上全部淋湿了,他顾不上擦拭,就去给毕加索看病。过了一会儿,雅克琳从毕加索的画室失落地走出来,大家都忍不住哭起来。

82.内,毕加索的别墅——日

雅克琳请来了牧师和律师,来料理毕加索的后事。

牧　　师:他的灵魂已经不在这儿了,你不用守着他了。人死后,会先去找自己最爱的人。

雅 克 琳:那他留给我的财产呢?

律　　师:这要等他的儿女来一起决定,他们在法律上是有这个权利的。

雅 克 琳:那我能得到什么呢……

律师把一串数字告诉雅克琳。雅克琳瘫坐在地上。别墅只剩下雅克琳独自居住,渐渐失去往日的光彩,从外面看来有点阴暗。不久后报纸报道了雅克琳的自杀。

83.内,毕加索的画室——日

摇摇晃晃的镜头扫过毕加索从青年到老年的画作,最后久久定格在毕加索回忆时涂鸦的那幅画上,镜头慢慢拉高,飞出窗外。

84.内,弗朗索瓦丝寓所——日

弗朗索瓦丝把毕加索画的她的画像挂在墙的正中,女儿玛雅也在一旁帮忙整理。

弗朗索瓦丝:所有东西都带齐了吧? 以后我们就住这里了。

玛　　雅:那吕克叔叔呢?

弗朗索瓦丝:他会来看你的。

弗朗索瓦丝久久地看着墙上的那幅画。窗边白色的窗帘随风飘动,弗朗索瓦丝听见有人敲窗户的声音。弗朗索瓦丝打开窗户,外面下着倾盆大雨,并没有人,于是她只好关上窗。

(全剧终)

指导教师:潘汝

指导教师点评

  刘儒君同学是一位十分认真刻苦的学生,为了本次创作,她将图书馆里几乎所有关于毕加索本人和他画作的书籍都借来了,并且在网上找到了以毕加索为主角的所有影片,通过对传记的进一步深入理解,来架构自己的电影剧本。应该说,她付出了极大的努力。

  从创作的成果来看,有三个方面的优点:其一,将毕加索的艺术创作与情感历程结合起来,向我们展示了这位大艺术家的独特的恋爱历程,也揭示了艺术与情感之间的某种神秘联系;其二,电影是时空的艺术,该剧本较好地把控了相关事件的时空关系,将毕加索"粉蓝色时期""立体主义时期""超现实主义时期"等各个时期与不同女性之间的恋爱经历串联成一个比较连贯的整体,更值得肯定的是,剧本在回忆之中又有闪回,将时空关系清晰地呈现出来,增强了剧本叙事的厚度与深度;其三,一个著名艺术家的情史,容易陷于浮华与猎奇之泥淖,但是,作者在字里行间表现她卓尔不群的思辨能力,如毕加索在创作《格尔尼卡》时,两个女人为他争风吃醋而打架,友人问他为何允许女人在他创作时打架,他说:"我可不像你想的那样无情,如果有一天我不再给她们发泄的机会,她们会疯掉的。她们不是为了我打架,而是屈服于人性,这已经不是我能左右的了。就像我只能作画,却无法阻止战争和血腥。比起死亡,一切都是小事,但幸运的是我不用上前线,你说呢?"再如,毕加索说:"你们就都认为毕加索是伟大的,以至于不会有自己的烦恼?你们都认为毕加索被拒绝就不会心碎吗?什么事物都有消亡的那一天,我曾经像一头狮子,可是狮子也会老,我能预感到。你如果只看到伟大,看不见死亡,那你还是不懂我,不如等我死后,去读我的传记,而不是站在这里听我讲话,或者去亮丽的博物馆看我的画展,离开我充满灰尘的画室。"这些语言,优美而具有人性的深度,符合人物的身份。

当然,本剧作也有一些有待进一步打磨的地方,比如,作为剧作的开场,应该体现作者的匠心,更有深意。但本剧作中的开场的意蕴不够深远,只是老年毕加索的一个日常场景。另外,毕加索生命中的几个女人的个性迥异,如果从更高的标准来衡量的话,在本剧作中,她们的个性体现得不够鲜明;还有,尽管是传记性的剧作,但剧作者也应该有自己的创作意图与主旨,在本剧作中,尽管有许多思想的闪光点,但整体的意图有些模糊。

然而,瑕不掩瑜,我认为,面对这样的题材,这样一场戴着镣铐的舞蹈,刘儒君同学体现了良好的创作素养。

铁路尽头的小站

尚坤仑

作者简介

尚坤仑,男,1998 年 1 月生,籍贯河南太康,浙江传媒学院文学院戏剧影视文学(编剧与策划)专业 2015 级学生。原创剧本《铁路尽头的小站》获浙江传媒学院第五届"剧才杯"二等奖。

故事梗概

在 21 世纪即将到来之际的 1999 年,小县城发生着翻天覆地的变化。

小县城里濒临拆除的破旧火车站仍在循规蹈矩地迎接每天一列从不停靠的火车,忠心耿耿的王忠铁在铁路上干了一辈子,并且把早已辍学的 17 岁的儿子王建设安排为铁路防护工。某日,王建设邂逅了当地的一位美术老师苏白,逐渐产生了爱情的萌芽。在不断追求苏白的过程中,尚处在青春期的王建设的性意识也在不断地发生着变化。王建设逐渐由男孩成长为一个男人,苏白也渐渐地被王建设的反叛精神吸引,然而在小县城的种种束缚之下,苏白选择了离开小县城,从此杳无音信。

21世纪的号角声即将吹响,小县城也在改变着,苏白的父亲苏缪本是知名画家,却因江郎才尽安然去世。康阳火车站被强制拆除,号称新的大型火车站即将建立,而王忠铁难以接受一辈子辛勤守护的火车站就此消失,选择了卧轨自杀。觉得再也没什么值得留恋的王建设幡然醒悟,离开了这座小县城,展开了一段新世纪的探险。

1.外,康阳火车站——日

夏日下午的两点钟,轨道上的热浪扭曲变形。穿着脏背心的王建设歪歪斜斜地走在一条轨道上。

(字幕:1999年)

王忠铁站在铁轨旁,看着挂在康阳火车站斑驳石墙上的钟表。

王 忠 铁:(大喊)你赶紧给我下来! 还有两分钟火车就来咧!

王 建 设:(不耐烦)知道了,知道了。

王 忠 铁:蛋子! 蛋子! 弄啥嘞? 出来出来!

蛋　　子:我马上……马上就来了。

王 忠 铁:你们赶紧过来,车就来咧,列队迎车咧!

蛋子和王建设跑到王忠铁旁边,立正站好。

王 忠 铁:5……4……3……2……1……

王忠铁举起信号旗,绿皮列车慢慢悠悠地在铁轨上行使。

伴随着火车行驶的声音,片名缓出——《铁路尽头的小站》。

2.外,康阳火车站——日

三人看着火车驶远。

王 建 设:(把玩着手里面的钳子)天天就等这一列火车,没意思。

王 忠 铁:现在觉着没意思咧? 老早就叫你好好读书,书都叫你吃了咧？要不是我把你安排在车站当个防护工，你现在还能干啥咧？

王 建 设：天天读书，没意思。

王 忠 铁：(生气)这没意思那没意思？啥才叫有意思嘞？恁妈还不胜不叫你生下来，不生你恁妈还能活，赔了恁妈的命结果你是个浑小子，你对得住恁妈吗？

王 建 设：天天就念叨着这一句话，没意思。

王 忠 铁：(瞅了一眼蛋子)人蛋子没爹没娘，活得不比你有意思？

王 建 设：他才不懂啥叫有意思。

　　　　　王忠铁气得转身离开。

王 忠 铁：蛋子，走走走，咱俩走，回去睡觉去，睡觉多有意思。

蛋 　 子：好……好……

　　　　　王忠铁和蛋子回到车站职工房间。剩下王建设独自一人，继续歪歪斜斜地沿着铁轨走。

　　　　　走着走着，王建设突然听到远处传来的一阵歌声。

　　　　　歌词：和暖的阳光照耀着我们，每个人脸上都笑开颜，笑开颜……

　　　　　王建设顺着歌声望过去，草地上，一群孩子围成圈坐着，一个长头发、穿着碎花裙子的少女面对孩子们站着，背影修长。王建设呆呆地站在原地注视着她，一阵风吹起少女的碎花裙子露出臀部，王建设双颊涨得通红。

　　　　　少女突然转过身，王建设一个大步跑开了，倚在掉皮的墙边，钟表嘀嗒嘀嗒走得像心跳声。

　　　　　过了一会儿，王建设向前走去，发现草地上已经空无一人，他走到草地上，躺下。

3.内，职工房间——日

　　　　　熟睡中的王忠铁打着呼噜，蛋子拿着收音机听着嗞啦嗞啦的声音。

　　　　　王建设蹑手蹑脚走进房间，躺在床上。

蛋　　子：你干啥……去了？

王　建　设：没干啥，就往前面走走。

　　　　　　收音机里传来一阵甜蜜蜜的歌声。

王　建　设：唉，蛋子，你今天有没有听到前面那个草地上有人在唱歌？

蛋　　子：没有啊，你听……听见了？唱的是啥？

　　　　　　王建设哼唧了一个调调。

蛋　　子：是首儿歌。

王　建　设：靠，这你都知道？

蛋　　子：收……收音机里面……放过。

王　建　设：我还看见一个女的……带着一群孩子嘞。

蛋　　子：可能是……是个老师吧。

王　建　设：老师？（不屑）切，我最烦当老师的了。

　　　　　　王忠铁翻了一个身，打了一个很响的呼噜，二人被吓得赶紧闭嘴。

　　　　　　王建设躺在床上，闭眼，眼前浮现出少女修长的背影。

4.外,康阳火车站——日

　　　　　　火车开过，王建设又来到草地上躺下，闭上眼睛，想着少女的样子，
　　　　　　蛋子悄悄走到边上。王建设睁开眼看见蛋子的脸，吓了一跳。

王　建　设：（睁开眼）哎哟，吓死我了！

蛋　　子：你这几天……老是……来这个地方……你想啥呢？

王　建　设：谁都不想，就来这晒会儿太阳。

蛋　　子：大夏天的晒……晒太阳？

王　建　设：你管我！

　　　　　　王建设闭上眼睛，不说话。

蛋　　子：建设……建设……快起来……那个老师来了！

　　　　　　王建设睁眼，猛地站起来。

　　　　　　蛋子捧腹大笑。

蛋　　子：哈哈哈哈哈哈，骗到你了吧！

王 建 设：滚滚滚。（躺下）

蛋　　子：不过咋会有老师到这……这个地方来呢？咱这附近也……
也没啥学校啊……

王 建 设：（睁开眼）学校？

王建设站起来，跑。

蛋　　子：你……你去哪儿？（追过去）

二人跑回车站，王建设看见王忠铁还在熟睡，找到了靠在墙角的自
行车。

蛋　　子：你干啥？

王 建 设：不干啥，骑车去逛逛。

蛋　　子：你爸知道会……会打你的！

王 建 设：你就说我晚上会回来不就行了！（骑车）

王建设骑着车飞快驶去。

5.外,中心小学门口——日

王建设骑车到光明小学，被门口的保安拦下。

保　　安：唉，你谁啊？

王 建 设：我……我是这儿的学生啊。

保　　安：有你这样的学生吗？

王 建 设：我这样……我啥样？

保　　安：穿个脏背心糊弄谁呢？哪来的回哪去。

王建设撇个嘴，一个假转身骗过了保安，转身冲进去。

6.内,教室——日

（王建设在校时期）

教室的黑板上面正中间贴着一面五星红旗，两边写着"好好学习，天

天向上"。

老　　师：(站在讲台上)这星期轮到咱班升国旗,哪位同学自告奋勇,
　　　　承担这次的升旗任务?

座位上的学生沉默。

坐在最后的王建设举起手。

王 建 设：(站起来)老师! 我! 我愿意!

老　　师：除了王建设,还有其他同学吗?

座位上的学生一个两个害羞地举起了手。

老　　师：升国旗是件很严肃的事情,我们必须要让各方面都比较优
　　　　异的同学担任这次的升旗手,那就王晶晶、徐庆贺两位同
　　　　学来吧。王建设,你就算了。

王建设站在座位上。

7.内,教室走道——日

王建设向前跑,每跑过一个教室就会向里面看。

保安跟在后面。

保　　安：你给我站住!

学校的学生听见走廊有动静,纷纷扭头或探头看。

8.内,教室——日

窗外王建设和保安相继跑过,学生纷纷向外看,还有学生站起来拥
到窗前。

老　　师：哎哎哎,你们看啥呢? 都给我坐下! 好好上课!

学生们纷纷坐下。

9.外,操场——日

(王建设在校时期)

王建设站在红旗杆下,嘴里叼着一把剪刀,开始往上爬。他靠着自己的四肢向上攀爬,爬到挂着红旗的顶端,用剪刀剪下红旗,拿在手里。

10.外,操场——日

(王建设在校时期)

王建设披着红旗在操场上跑,后面跟着几个保安,学生们站在旁边看热闹。

保　　安:站住!

王建设不理会,继续披着红旗在校园内跑。

11.外,中心小学校园——日

王建设往前跑,后面跟了三四个保安。下课铃声响起,学生们挤满了校园。

保　　安:前面那个,别跑了!

学生们又是吹口哨又是鼓掌起哄,整个校园乱哄哄的。王建设终于累得慢慢停下来,后面的保安弯着腰,气喘吁吁的。

王建设抬起头,阳光照耀下,他看见二楼站着那位少女。王建设目光直勾勾地站在原地。

保安冲过去,王建设回过神,跑出了校园。

12.外,中心小学门口——日

王建设躺在树荫下。

王　建　设:原来你在这儿啊!(咧嘴笑)

下课铃声响起,学生们挤着走出学校,王建设盯着门口。

只剩零星几个学生时,那个穿着碎花裙子的少女骑着自行车出来。

王建设骑着车跟过去。

13.外,街道胡同——日

        王建设拐进一个胡同,发现少女正扭头看着他。

少　　女:你谁啊? 学生?

王 建 设:(慌张)我? 不是不是不是!

少　　女:干吗跟着我?

王 建 设:(慌张)我……我家就在这边。(傻笑)

        少女推着自行车往前走。王建设跟上去。

王 建 设:那个……我们能认识认识吗?

少　　女:为什么要跟你认识?

王 建 设:咱俩见过! 而且不止一次了!

少　　女:哦?

王 建 设:你是不是去过康阳火车站?

少　　女:没去过。

王 建 设:不可能,你还带着一群孩子嘞!

少　　女:(停下)哪儿?

王 建 设:火车站啊!

少　　女:好吧,我是去过,但是我没见过你。

王 建 设:我见过你了! 你当时还唱着歌。(哼着调调)就是这首歌。

少　　女:切。(推着车子继续往前走)

王 建 设:现在是我见你的第二面了! 不对! 是第三面了! 刚刚在
　　　　　学校是第二面……

少　　女:你这么折腾,就是为了认识我?

王 建 设:(挠头)是啊……嘿嘿。我叫王建设。你叫啥名啊? 唉你多
　　　　　大了? 你是中心小学的老师吗?

少　　女:一次问我这么多问题我可回答不了。

王 建 设:那你就告诉我你叫什么名字吧?

少　　女：苏白。

　　　　　　苏白继续往前走。王建设跟上去。

王 建 设：唉你别走啊！你还没告诉我你多大呢？

苏　　白：你多大？

王 建 设：17 岁。

苏　　白：比你大。

王 建 设：我……我还有最后一个问题！你是不是老师啊？

苏　　白：是。你还有什么问题吗？

王 建 设：没……没有。

苏　　白：那我走了。

王 建 设：(追上去)那我们就算认识了啊！

　　　　　　穿着碎花裙子的苏白往前走，夕阳下的影子越发修长。王建设痴迷
　　　　　　地看着她走远，天色暗下来。

王 建 设：完了完了，我该回去了。

　　　　　　王建设骑着自行车飞驰。

14.外,康阳火车站——傍晚

　　　　　　王忠铁站在火车站门口，抽着一根散花烟，左顾右盼，终于看见儿子
　　　　　　骑车回来。

王 忠 铁：你个鳖孙！又偷摸着跑哪儿去咧？你就跑咧，跑丢喽我也
　　　　　　省得养你。

王 建 设：(敷衍)知道了，知道了。

　　　　　　王建设把车停靠在墙边。

王 忠 铁：浪浪浪，你咋不学学好呢？你学学蛋子也中咧。

王 建 设：(敷衍)知道了，知道了。

王 忠 铁：车停好，洗洗手，进屋吃饭咧。

王 建 设：知道了，知道了。(走进屋)蛋子！蛋子！今天有啥好吃的嘞？

王忠铁看见王建设走进屋里,然后也进了屋。

15. 内,职工房间——早晨

王建设早上醒来,发现自己的内裤湿了一片,他伸进去摸了摸,拿出来闻了闻。(遗精)

王 建 设:不会是半夜尿床了吧?

王 忠 铁:(屋外)建设,建设,起床了!

王 建 设:知道了,知道了。

16. 外,铁轨——日

蛋子拿着一把道尺和一把钳子,王建设手里拿着信号旗。蛋子把长长的道尺架在钢轨上进行测量,然后用粉笔写上一些数字。

王 建 设:蛋子,蛋子,快起来,有火车来了!

蛋子赶紧收好道尺站起来。

王 建 设:哈哈哈,骗你的。

蛋 子:滚……滚蛋。

蛋子继续趴下去检查钢轨。

王 建 设:这还能骗到你?咱一天就过一列火车。哎,你说,咱们在这图啥啊?

蛋 子:铁路就是……是咱们……的……的……工作。

王 建 设:两点零五分,两点零五分。你说它要是早点到晚点到都中啊,为啥非得天天两点零五分。还必须得天天列队迎车,有啥意思?

蛋 子:没啥意思……这……就是……咱们的……的……工作。

王 建 设:蛋子,我想去城区里看看。

蛋 子:你不是已经去过了吗?

王 建 设:我说的,是天天都去,懂吗?

蛋　　子:不懂。

王 建 设:你肯定懂!

蛋　　子:那……那你跟我……说……有啥用?

王 建 设:(邪笑)蛋子……你帮我……掩护呗?

蛋　　子:不不不……不行。

王 建 设:我爸如果问起来,你就对他说,我去城里玩儿去了。

蛋　　子:不不不……不行。

王 建 设:(故作模仿)不不不……不行……除了不行,你还会说啥?

　　　　　　蛋子不作声。

王 建 设:不说话,我就当你是默认了啊!

蛋　　子:不不不……不行。

　　　　　　王建设一个转身,溜出蛋子的视野。

17.外,街道——日

　　　　　　王建设骑车经过一条条小街道。

18.外,中心小学——日

　　　　　　王建设趁保安不注意溜了进去。

19.内,车棚——日

　　　　　　王建设在教师车棚内来回转悠,找到苏白的那辆自行车。

王 建 设:原来在这儿!

　　　　　　王建设蹲下去,把车轮胎的气放了。

20.外,中心小学门口——日

　　　　　　12点的下课铃声响起,苏白走了出来。王建设推着自行车迎了上去。

王 建 设：咋？今天没骑自行车？

苏　　白：你咋又来了？

王 建 设：我有自行车，我送你呗。

苏　　白：（犹豫了一下）好啊。

> 苏白坐在后座，王建设骑车离去。

21. 外，街道——日

> 苏白坐在后座上。

苏　　白：说吧，是不是你干的？

王 建 设：啊？

苏　　白：我的自行车是不是你弄坏的？

王 建 设：不……不是……咋会是我干的呢……啊……好吧……是。

苏　　白：下午赶紧给我修好。

王 建 设：中，反正我下午也没事。

苏　　白：你不上学啊？

王 建 设：上学没意思，早就不上了。

苏　　白：你们老师要是知道你现在这副吊儿郎当的样子，肯定要被你气死。

王 建 设：苏……苏白，你是教啥的？

苏　　白：美术、音乐，教一些比你更小的孩子们。

王 建 设：我不小了，我 17 岁了！

苏　　白：你 17 岁还是比我小。行了，就停在这儿吧。

> 苏白下车，走回家。
>
> 王建设抬头，看到二楼的阳台上挂着胸罩和内裤，一时有点脸红。
>
> 苏白出现在阳台上，摆手。

王 建 设：（脸红）再……再见！

> 王建设一个猛子蹬着车离开了。

22.内,苏白家客厅——日

陈花下围着围裙,在厨房忙来忙去,嘴里哼着戏曲。

陈 花 下:(唱起来)一句话我说住了小妹妹,她羞羞答答呀把头来低。小妹妹年轻脸皮薄呀,羞破了脸皮呀可是了不得。(河南道情《王金豆借粮》选段)

陈花下嘴里唱着戏,把饭菜端到饭桌上。

陈 花 下:小白,下来吃饭嘞!

苏白下楼,走到饭桌旁。

苏　　白:妈,我爸呢? 还在三楼画画啊?

陈 花 下:是啊,成天待在三楼不出来,喊他下楼吃饭也不理我。你说他画得好也中啊,可就是也没见他挣着几个钱。这个家要真是靠他,咱娘俩可得饿死了!

苏　　白:你这么絮絮叨叨,怪不得爸不理你。

陈 花 下:切,爱吃不吃! 爱理不理!

苏　　白:妈,你先吃,我给我爸送上去,一会儿都凉了。

陈 花 下:去吧去吧,饿死咯还得出棺材钱。

苏　　白:妈!

陈花下继续唱戏。

23.内,三楼画室——日

三楼都是不加装饰的水泥墙水泥地,空白的宣纸挂在水泥墙上。
苏白推开三楼的门,里面黑漆漆的。

苏　　白:爸,大白天的,拉什么窗帘啊。

苏白把手里的饭菜放在桌子上,拉开窗帘,阳光刺进三楼的房间。
苏缪坐在一面画板前,本能地用手遮挡住眼睛。

苏　　白:爸,屋里这么黑,你看得清吗?

苏缪把画板移到墙角的阴影处,继续作画。

苏　白:爸,先吃饭吧,吃完饭再画。

苏　缪:苏白,你看爸今天画的画,怎么样?

苏缪把画板翻过去。

苏　白:爸,你先吃饭。

苏　缪:你先说,说完我再吃。

苏　白:(思考片刻)我觉得这幅画,构图上是好的,但就是色彩上……
　　　　单调了一点。如果能稍微多加些颜色,可能会更好看一些。

苏　缪:无彩色系的作品就是要这样才好看! 简约单调是这幅画
　　　　的主要特色!

苏　白:爸,人家都喜欢大红大紫的,有福气,谁买这种画啊?

苏缪拿着笔刷在红色的调色格里蘸了蘸,然后往画板上画。

苏　白:爸,你干啥?

苏　缪:你不是说大红大紫的好看吗! 这样就好看了,就能卖出个
　　　　好价钱了!

苏　白:爸,爸,你先吃饭吧。

苏缪越画越激动,直接用毛刷往上面涂。

苏　白:爸,你再画,就把这幅画给糟蹋了!

苏缪拿着毛刷的手停在空中。

苏　缪:好看吗?

苏　白:爸,咱先吃饭。

苏缪把画撕下来,生气地撕成碎片。

苏　白:(阻拦苏缪)爸,你干啥?

苏　缪:我叫你好看! 叫你好看!

碎片撒了一地,苏缪渐渐冷静下来。

苏白扶苏缪坐到椅子上。

苏　白:爸,你不要给自己这么大的压力,我现在也可以挣钱了,你

就多休息吧。

苏　　缪:爸错了,爸错了。爸就不该教你画画,祸害人哪!

苏　　白:爸,你这是啥话,要不是你教我画画,我现在还当不上美术
　　　　老师呢!

苏　　缪:我老了,不中用了,卖不出去画了,挣不到钱了……

苏　　白:爸,你放心,有我呢! 你要是还不吃饭,饭就凉了。

苏　　缪:(拍拍苏白的肩膀)小白啊,这家,以后就得靠你了。

苏　　白:我知道,吃饭吧。

　　　　苏白把饭递给苏缪。

24.内,教师办公室——日

　　　　放学后的办公室空无一人,办公室的各个桌子上都放着一大堆的作
　　　　业。王建设转来转去,终于找到苏白的办公桌。
　　　　苏白的桌子上有一张她的相片,咧着嘴,露着几颗牙,扎着俩辫子。
　　　　王建设看到一旁有一摞美术作业本,于是坐下开始画画。
　　　　过了一段时间,苏白走到王建设旁边。

苏　　白:唉,干吗呢? 办公室都敢进,不怕别的老师发现你啊?

　　　　王建设赶紧把手里的画藏起来。

王 建 设:那……那个,你……你的自行车我给你修好了。

苏　　白:手里拿的啥?

王 建 设:没啥。

苏　　白:给我,要不然你以后就别想进来了。

　　　　王建设把手里的画交给了苏白。

苏　　白:这是你画的?

　　　　王建设不好意思地指了指苏白桌子上的照片。

苏　　白:小时候没学过美术啊你?

王 建 设:没有,不然你教我?

苏　　白：你赶紧走吧，一会儿老师和学生们都来了。

王 建 设：(指着照片)那让我把这个带走呗，我回去多练练！

苏　　白：照片？不给！你画点别的也中啊。

王 建 设：……嘿嘿。照片就当是借我呗……

苏　　白：不借！

　　　　　王建设一把抢过照片，跑走。

王 建 设：(边跑边说)我会还你的！

25.外,中心小学——日

　　　　　自从这天起，王建设每天都拿着自己的画去见苏白。

26.外,康阳火车站——日

　　　　　王建设穿着背心，蹲在铁路边上刷牙，泡沫吐在生锈的钢轨上。

　　　　　他走到水龙头边，抹了两下脸。

　　　　　王建设抬起头，然后用力抹掉镜子上的灰。

　　　　　镜子中的王建设，胡子毛茸茸的，看起来有点脏。

　　　　　王建设摸了摸自己嘴唇边的胡子，想要揪掉一根。

王 建 设：哎哟，真疼。

27.内,苏白家——日

　　　　　陈花下在吊嗓子。

苏　　白：妈，你都不唱戏多少年了，咋还成天吊嗓子？

陈 花 下：你不懂，万一我以后再出山，还能成个角儿嘞！

苏　　缪：(从楼梯上下来)吊啥嗓子？大早上的不能让人清静清静，我
　　　　　作画的灵感都被你唱跑了！

陈 花 下：切，画不出来好画怪我头上咧！

苏　　白：妈！

陈　花　下：赶紧吃饭吧，饭都盛上桌了。

　　　　　　三人吃饭。

陈　花　下：小白，等会出门带把伞，这几天说是要大下雨。

苏　　白：嗯。

28.外,中心小学——日

苏白骑车到学校门口，天色渐渐暗了下来。

王建设依旧骑车过来守在学校门口。

天上渐渐开始下起大雨，王建设没有带伞，只好躲在卖零食的小摊贩的伞下面。

29.内,楼梯——日

大雨淋得教室走道和楼梯都是湿的。

一个孩子没踩稳，从楼梯上摔下，倒在楼梯口，伤口开始流血。

苏白见到孩子，马上抱起来。

高老师路过，苏白叫住高老师。

苏　　白：高老师！高老师！赶紧过来帮个忙！

高　老　师：(掩饰)我还有课要上，我得赶紧去上课。

　　　　　　高老师匆匆离去。

30.外,校园——日

苏白抱着受伤的孩子在大雨中向前跑。

31.外,中心小学门口——日

王建设看见苏白淋着雨跑来。

苏　　白：保安！保安！有个孩子受伤了,需要马上送医院!

保　　安：(摊手)我们也没有车啊!

> 王建设赶紧跑过去。

王　建　设：苏白,我骑了自行车,我送你去!

> 王建设用力骑着自行车,苏白抱着小孩坐在后面。

32.外,街道——日

> 雨中,王建设骑车,苏白抱着孩子坐在后面。

33.内,医院——日

> 苏白抱着孩子找医生。

苏　　白：医生! 医生!

34.外,医院门口——日

> 雨渐渐停下,苏白和王建设坐在医院门口楼梯上。

苏　　白：今天幸亏有你,刚刚医生说,要再晚一会儿,可能就失血过
多了……

> 王建设不语。

苏　　白：你咋不说话?

王　建　设：我妈……我妈当时生我的时候……就是因为难产……失
血过多去世的……

> 苏白愣住,摸了摸王建设的头。
> 王建设又从兜里拿出一幅画。

王　建　设：都湿了。

苏　　白：什么湿了?

> 王建设把画展开,上面的墨水早就被雨水染得变形了。

苏　　白：切。(笑)

王 建 设：我送你回去吧。

苏　　白：我得在这儿等家长过来，你回去吧。

> 王建设离去。

35.外，办公室外面——日

> 几个老师在说话，高老师提到学生的事儿，苏白站在外面听。

高 老 师：像学生受伤这种事情，不是自己班的就别管，万一出了事，我们可都是担不起这个责任的，你们说对不对？

老 师 1：对呀，特别是有些家长，那真的是孩子出一点毛病就要怪到学校老师的头上来，我们又不是保姆，怎么管得了那么多嘛！

老 师 2：苏白也真是，这种事情能推就推，没必要往自己身上惹麻烦。

> 苏白走近办公室，聊天的几个老师散开。
>
> 高老师走近。

高 老 师：苏白，今天上午那个学生没啥事儿吧？

苏　　白：没啥事儿。

高 老 师：我就说摔个楼梯不会有多大事的嘛！小孩子都比较皮！

> 苏白不语，回到自己的座位上。高老师尴尬地离开。

36.外，康阳火车站——日

> 天阴。
>
> 王建设拿着道尺在钢轨上测量，仿佛听到什么声音。
>
> 王建设抬头看，远处一个黑点正在快速驶来。

王 建 设：蛋子！蛋子！快从轨道上下来！快！

> 王建设和蛋子急忙从轨道上下来，一列火车从他们面前疾驰而过。
>
> 火车上面挂着"急救物资"的条幅。

蛋　　　子：火……火车？

王　建　设：现在也不是两点零五分啊,怎么会有火车呢?

王　忠　铁：(从房间里探出头)我咋听见有火车的声音嘞?

王　建　设：刚才过去了一列火车!

王　忠　铁：啥?

王　忠　铁：(王忠铁走到钢轨旁)这会儿咋会有火车呢? 调度也没跟我说呀。

　　　　　三人站在钢轨旁边不知所措。

37. 内,职工房间——日

　　　　　蛋子回到房间,摆弄收音机。

收　音　机：(嗞啦嗞啦)由于天气……连续大雨……流域发生水灾,请
　　　　　各位……安全……

王　建　设：哪儿?

蛋　　　子：没听清。

收　音　机：黄河……中下游……注意……

王　建　设：黄河中下游是哪儿?

　　　　　王忠铁找出一张破旧的地图,顺着黄河,找到了中下游地区,在上面
　　　　　看到了康阳县。

王　忠　铁：啥! 还有咱这儿嘞?

王　建　设：那咋办?

王　忠　铁：走走走,建设,蛋子,咱赶紧去拉点沙子去。

　　　　　三人动身。

38. 外,中心小学门口——日

　　　　　苏白推着自行车走出校门,看了看门口,没有王建设的身影,继续骑车
　　　　　往前走。
　　　　　骑着自行车的王建设逐渐跟了上来。

王 建 设:(追了上去)苏白！苏白！

苏　　白:(扭头)我还以为你今天没来呢！

王 建 设:苏白,咱们这可能要有水灾了！

苏　　白:别说瞎话了,你骗谁呢！

王 建 设:你怎么不信我呢,我没骗你！

  苏白不以为然,继续往前骑车。

王 建 设:苏白,你先停下！我带了收音机给你听！

  苏白停下,王建设拨弄着收音机。

收 音 机:黄河区域连日降雨……水灾……注……安全……

王 建 设:听见了吧,我真没骗你！你这几天注意……

  苏白骑着自行车返回学校。

王 建 设:(收起收音机)苏白！你干啥去！

苏　　白:回学校！

  王建设跟过去。

39. 内,校长办公室——日

  校长坐在椅子上打盹,苏白走近。

苏　　白:校长！咱这儿可能要有水灾了！得赶紧通知一下学生和
家长们！

校　　长:(打哈欠)啥？水灾？(笑)你是在跟我开玩笑吗,苏老师？

苏　　白:咱们这片地势低,水容易淹过来,得赶紧备点……

校　　长:(打断)得得得……苏老师,你只管教好你的课就好,别的你
别管。这些事上面的教委会做安排的,我们就等教委通知
就好！

苏　　白:但是最起码得做一些准备吧！

校　　长:行了苏老师,我跟你说了,这些多余的事你就别管了！

苏　　白:多余的事儿？你觉得这是多余的事儿？

王建设跑进来。

王 建 设：秃头，你连学生的安全都不管了，你当个屁校长！

校　　长：(嘲讽)哟，这不是以前被我开除的王建设吗？现在过来逞能来了？

王 建 设：我日……(一把揪起校长的衣领)

苏　　白：王建设！

王建设松开手。

苏　　白：校长，今天我跟你说的事儿，绝对不是开玩笑！这是关乎学生安全的事儿！希望你能做出安排！

校　　长：我告诉你，苏白！就算学校被淹，教委不通知，我们也绝对不能放假！

王 建 设：你！

苏白转身离开，王建设紧跟其后。

40.外,康阳火车站——日

大雨，王建设、王忠铁、蛋子穿着黑色的雨衣送走火车。

王 忠 铁：(收起信号旗)积水越来越多咧！要不是咱拉了那么些沙子，水都要淹进咱房子里去咧。

王忠铁和蛋子往回走，王建设愣了一会儿，骑着自行车就跑。

王 忠 铁：你这个鳖孙！你不要命咧！跑哪儿去啊你！

41.内,中心小学教室——日

积水渗进教室，有半个桌腿那么深。有几个女孩子开始哭起来。

女　　孩：老师，我怕……嘤嘤嘤。

高 老 师：同学们，校长不发话，咱们没办法出去呀！(一群孩子哭起来)哎哎哎！你们别哭了！

高老师向外看,苏白正在引导孩子们走出教室。

苏白走到高老师的教室。

苏　　白:你还看什么！赶紧让孩子们出去啊！

高 老 师:哦……哦……

苏　　白:(拉着小孩)来！赶紧出去！

高 老 师:校长……校长同意了吗?

苏　　白:出了事儿你负责吗?

高老师咽了口唾沫,两人开始引导孩子走出去。

42.外,中心小学门口——日

一大群家长围在门口,王建设骑车来到门口。

保　　安:你们挤什么? 现在不是放学时间！(拉人)赶紧走赶紧走！

家　　长:你没看见水都淹到膝盖了吗? 赶紧让我们进去接孩子啊！

保　　安:我们没有接到校长的指示,不能让你们进！

王 建 设:(在远处)狗日的！

王建设走过去,拿出来一把钥匙,打开校门。家长们跑进学校。

保　　安:(走过去)怎么又是你！

王 建 设:你们敢拦我试试?

王建设走进校园。

43.内,中心小学教室——日

苏白正在引导孩子们有秩序地离开。孩子家长纷纷赶来与孩子们
会合,抱着孩子赶紧离开。

王 建 设:苏白！苏白！

苏　　白:还有最后一个班了！

王 建 设:我帮你。

二人引导学生撤离。

雨渐渐停下来,撤离完学生,积水还没退,二人坐在教室里。苏白被雨水打湿的头发黏到脸上,她看着王建设笑,王建设跟着笑。

王 建 设:笑啥?

苏　　白:你今天怎么会来?

王 建 设:我就知道你会在学校撤离学生,所以过来帮你。

苏　　白:下这么大的雨,你不怕死啊?

王 建 设:不怕。

苏　　白:你怎么天不怕地不怕似的?

王 建 设:我怕,我怕你出啥事儿……

苏　　白:(沉默片刻)怎么回去?

王 建 设:我骑车回去。

苏　　白:这么深的积水,骑车恐怕不行了吧。到我家去吧。

王 建 设:(沉默片刻)好……好啊。

44.内,苏白家——日

苏白领着王建设回家。陈花下听见动静赶紧出来查看。

陈 花 下:哎呀小白,下这么大的雨你怎么……(看见王建设)这是?

苏　　白:哦……我学生。

陈 花 下:哦……来来来……身上都湿透了吧,赶紧进来。

王 建 设:好……好。

苏白领着王建设到她房间。房间里挂着她画的作品和她的照片。

苏　　白:你要不要先去洗个澡?

王 建 设:我……我算了……没在别人家洗过澡……

苏　　白:(笑)没见过你这么害羞的时候。行吧,那我去洗了。

苏白进浴室洗澡,房门上的一块磨砂玻璃隐约投射出苏白的乳房和臀部,王建设入迷地看着,下体慢慢支起了小帐篷。王建设捂住自己的下体,坐到了床上,在枕头上发现了一根长长的头发丝。他把它拿起来,在阳光下观看。

苏　白:看啥呢?(苏白湿着头发从浴室里出来)

王建设:(把头发丝藏起来)没看啥……屋里边挂的都是你以前画的画啊?

苏　白:(拿毛巾擦着湿头发)是啊,画得好看吗?

王建设:(盯着苏白擦拭着滴着水珠的头发)好……好看。

苏　白:脸红什么呀?

王建设:(不自然地看向外面)那个……太阳出来了,我回去啦。

苏　白:等会儿,我问你,那个钥匙哪儿来的?

王建设:哦,我之前还在中心小学上学的时候,自己偷偷私藏了一把。(笑)

苏　白:你之前说你被校长开除了,为啥?

王建设:之前上学的时候经常逃课。有一次好死不死地撞见了来视察的一些人,然后就把秃头惹怒了,把我开除了。但是我之前逃课的时候,也没见秃头那么生气过啊。

苏　白:可能……是你把他的奖金撞没了。

王建设:怪不得!那我那次逃课还是对的了!

苏　白:和校长作对你有什么好处吗?

王建设:我就是看不惯他那个劲儿!

　　　　阳光照进来,照得苏白闪闪发光。苏白身上的芳香使得王建设的脸上不断泛起红晕。

苏　白:太阳出来了,估计积水过会儿就该下去了。

王建设:那……那我就先走了。

苏　白:回去小心点啊!

　　　　王建设离开。

45.内,职工房间——日

　　　　王建设走进房间。

王 忠 铁：(怒)鳖孙，你还知道回来？下这么大的雨，你不想活咧？我
打死你个鳖孙！(拿鞋欲打王建设)

蛋　　子：(拉住王忠铁)建设不是回……回来了吗？别生气了。

王 建 设：对啊，你看我不是也没啥事儿嘛！

王 忠 铁：我今天非得问个清楚。这一段时间你老是往外跑，你到底
去哪儿咧？

王 建 设：就是……做好事去了呗……中心小学被水淹了，我过去救人。

王 忠 铁：你个混球儿还想骗老子是不是？

王 建 设：真没有！秃头不给学校放假，整个学校的学生都差点被
淹，看在我也是中心小学校友的分上，就过去帮把手。

王 忠 铁：你这熊货还敢叫校长外号，你啥时候才能有点出息咧你。
(摇头)

王忠铁和蛋子走出房间，王建设把一个上锁的抽屉打开，里面放着
苏白的照片，王建设把那根头发用纸包起来，小心翼翼地放在里面。

46.内，会议室——日

校长站在讲台上讲话。教师们坐在下面。

校　　长：说一下咱们学校的这个受灾情况，没出什么问题，全都好
好的！这也多亏了大家的共同努力，把学生安全撤离了出
去，没给咱们学校丢脸！另外呢，有一件重要的事情要宣
布，在迎接新世纪、新时代到来之际，我们学校的教学呢，
会有一些调整。为了提高学校的升学率，提高学生的成
绩，我们决定撤除那些占用学生大量时间，又对学生没有
什么实际作用的学科，比如美术、音乐等。

教师们议论纷纷，苏白坐在座位上很吃惊。

校　　长：在这里解释一下，我们呢，也并不是针对这些学科的老师。
只是新时代对学生们提了更高的要求，我们也要紧跟时代

要求,希望这些老师们呢,能够配合学校的决定。其他呢
就没什么事情了。好了,散会吧。

校长走出会议室,老师们议论纷纷。

高　老　师:(边说边走出教室)美术、音乐这两门学科一撤走,我们这些
教语文、数学的,不就更累了吗?

其他老师:(边说边走出教室)是啊!

老师们走出教室,剩苏白呆呆地留在会议室。

47.内,职工房间——日

王建设看着镜子里的自己,胡子越长越茂密了。他拿起放在镜子旁
边的父亲用的剃须刀,学着父亲在脸上刮来刮去,一不小心划了一
道口子,流出了血。

王　建　设:卧槽!

王建设跑到水龙头边,冲掉脸上的血,以及被刮掉的胡子碎渣。

48.外,中心小学门口——日

王建设等在学校门口,放学铃声响起,苏白抱着东西从里面出来。

王　建　设:(迎上去)苏白,你怎么还抱着一堆东西啊?(苏白不语)咋了,
你不高兴了?

王建设把苏白的东西抢过来,放到自行车上。

苏　　　白:你干吗啊?

王　建　设:过来,我带你去看露天电影去!

苏　　　白:不去!

王　建　设:你不去这些东西全都是我的了啊!

苏白不理王建设,继续往前走。

王　建　设:(拉住苏白)别别别,别走,我跟你开玩笑的,我今天真是来
找你看露天电影去的!

苏白看了王建设几秒。

苏　　白：走吧。

苏白坐到后座上，王建设带着她骑行。

49.外，广场上——夜

天色渐渐变黑。广场上几棵树上绑着四根绳，分别系上幕布的四个
角，投影机放在幕布前面，光线范围扩大到幕布上。一群孩子和老
人还有少许的青年人搬着板凳，等候观看。

幕布上放着《少林寺》，苏白和王建设来到广场上。

苏　　白：怎么又是《少林寺》？台词我都背住了。

王　建　设：多这一遍也不多啊……嘿嘿。

苏　　白：你脸怎么了？

王　建　设：刮胡子给刮破的……

苏　　白：(笑)哪有男人不会刮胡子的。

王建设害羞地低下头，二人继续看电影。

50.外，街道上——夜

王建设骑车带着苏白。

王　建　设：苏白，你今天为什么不开心？

苏　　白：(随意)我失业了。

王　建　设：(惊讶)秃头把你开除了？

苏　　白：学校不开美术课了，我自然也就被开除了。

王　建　设：本来不是上得好好的吗？怎么说不开就不开了？

苏　　白：本来就是边缘化的学科，迟早都要被学校抛弃的。

王　建　设：不干也好，省得以后再受秃头的气。

苏　　白：你老是秃头秃头地叫，他不把你开除才怪嘞。

王　建　设：为了给你出气，我能跑到学校用大喇叭喊秃头！喊他一百

遍！喊到全校的学生以后见了他都喊秃头。

苏　　白：(笑)到时候,保安肯定会把你痛打一顿的。

王建设：我才不在乎嘞!

苏　　白：你对所有人都这么讲义气吗?

王建设：这不是讲义气,这是……就是为了你。

苏白不语。

51.外,苏白家——夜

苏　　白：好了,就停在这儿吧。(苏白下车)回去小心点。

苏白转身欲走。

王建设：苏白!

苏白站住。

苏　　白：怎么了?

王建设：(犹豫)我喜欢你。

苏白摆摆手,有点慌张地回去了。

52.内,苏白家——夜

屋里亮着灯,陈花下和苏缪严肃地坐在椅子上。苏白走进屋。

苏　　白：爸,妈,你们都还没睡呢?

苏　　缪：过来坐下,有事和你说。

苏　　白：(把抱着的东西放在桌子上)刚好我也有事想告诉你们。

陈花下：小白,你拿的是什么东西?

苏　　白：爸,妈,我被学校开除了。

陈花下：(惊讶)啥?是不是和你的那个学生有关系?

苏　　白：哪个学生?

陈花下：就你领回家的那个学生,一看就不是什么好孩子。我告诉

你,以后离这样的小混混远一点,让别人看见了,你还嫁得
出去吗?

苏　白:妈,我身正不怕影子斜,怎么会有你说的那么不堪,我俩就
是朋友关系!

苏　缪:朋友关系?男朋友与女朋友的关系吧?

苏白愣住。

苏　缪:我告诉你苏白,我虽然没有见过这个人,但是从今天起,你
必须和这个小混混一刀两断,绝不能再有联系了。

苏　白:难道我交朋友还得听你的吗?

陈花下:你听听你现在说的话,被开除也是应该的! 你没有工作,
难道靠小混混养活你吗? 还是在家靠我和你爸养活你?
赶紧寻个好人家,把自己嫁出去算了!

苏白气得跑到了楼上,把自己反锁在屋里。

53.内,苏白家——日

苏白趴在阳台上,望来望去。

陈花下:(画外音)小白,下来吃饭了。

苏白下楼,看见饭桌上坐着另外一个男人,陈花下和这个男人在交谈。

陈花下:你多大了?

男　人:25了。

陈花下:跟我们家小白差不多大,挺合适的。

男人发出一声不好意思的笑。

苏白看都不看地走过。

陈花下:苏白! 你去哪儿?

苏白离开家。

54.外,康阳车站——日

王建设百无聊赖地躺在钢轨上,扭头,顺着钢轨的方向看去,好像是

苏白在招手。王建设坐起来,揉揉眼,看清楚真的是苏白,王建设跑过去。

王 建 设:苏白! 你怎么在这儿啊?

苏　　白:帮我个忙。

55.内,出租房的楼梯——日

狭窄的楼梯上,苏白上楼,臀部扭动。跟在后面的王建设拿着两个行李箱,看着苏白扭动的臀部。

王 建 设:这是哪儿啊?

苏　　白:我的新家。

王 建 设:你要搬家?

苏　　白:孩子长大了,不能和父母一起住了。这点道理你都不懂吗?

王 建 设:(点头)哦……嗯。

苏　　白:(打开门)就是这儿了。

王建设把东西搬到里面。

56.内,苏白的出租屋——夜

王建设把两个行李箱搬到出租屋。苏白拿着扫帚扫了一遍,王建设拿抹布把窗户、桌子、椅子擦了一遍。一个下午的时间,两人已经把出租屋布置得差不多了。王建设瘫倒在床上。

王 建 设:搬个家累得半条命都没了。

苏白还在整理自己的衣物,把衣服挂在衣柜里。

王 建 设:苏白,你为什么要搬家?

苏　　白:我爸妈要给我相亲,我忍不了,就出来自己住了。

王 建 设:那你答应了吗?

苏　　白:你觉得我会答应吗?

王 建 设:就是,这也得有个先来后到吧! 我还在这儿等着呢!

苏　　白：你把我当啥了，商品吗？

王 建 设：不是……不是……苏白，你以后还打算继续当老师吗？

苏　　白：我是为了我的父母才当老师的。他们希望我能工作安稳，我也就听了他们的话，但以后，我是不会再做老师了。你呢？你难道就甘心一直做一个小县城的铁路工，过一辈子吗？

王 建 设：我觉得我自己现在挺好的，和我爸、蛋子在火车站工作，也没什么事儿。

苏　　白：你可以一边工作一边学习，到时候再考个夜校，不是要比现在强很多吗？

王 建 设：我……我没想过。

苏　　白：你妈妈也绝对不会希望，你一辈子都待在这个小县城的火车站里，她肯定也希望你过得有出息。你好好想想吧。

王 建 设：（看着苏白）……你要是想要我考，那我就考。

苏　　白：（沉默片刻）红酒喝吗？

　　　　　苏白收拾好衣服，拿出来一瓶红酒。

王 建 设：苏白，反正你现在都已经出来住了，那我要是有什么学习上的问题，就直接过来找你呗！

苏　　白：好啊，只要你能考上夜校，天天来找我也不成问题。

王 建 设：那就说定了啊！干杯！

　　　　　王建设和苏白干杯喝酒。

57. 内，苏白的出租屋——日

　　　　　叠化。王建设趴在桌子上看书，苏白指导。王建设在屋里走来走去地读书，苏白倚在阳台上喝酒。王建设把书扔向空中，瘫倒在床上，苏白把书递过去。

58.内,苏白的出租屋门前——日

王建设像往常一样来到苏白的出租房门前。

王 建 设:(敲门)苏白! 苏白!

屋里无人应答。

王 建 设:奇怪,苏白出去了? (敲门)苏白,苏白!

59.内,苏白家——日

陈花下把苏白拉进家,苏缪在一旁站着。

陈 花 下:给我坐下! 苏白,我今天要是让你再走出去一步,我就不
是你妈!

苏白不坐。

陈花下把苏白按到椅子上。

陈 花 下:小日子过得挺快活啊? 你瞅瞅你现在成什么样子了? 你
现在还没嫁出去呢! 这要是在过去,全城的人都会笑你
的! 你让你爹你妈的脸往哪儿搁? 别说过去了,就说现
在,你跟个小混混在一块儿,谁看得起你,谁还会要你,你
再混下去,你这一辈子不就废了吗?

苏白不语。

陈 花 下:苏白,如果你还认我是你妈,就赶紧和那小混混断了关系。
我给你找·个好男人,嫁了算了。

苏 白:我不嫁。

苏缪一个巴掌扇过去。

苏 缪:你知不知道父母之命、媒妁之言? 不嫁也得嫁!

苏 白:(镇静)爸,你知道现在是什么时代吗? 你知道我想要的生
活吗? 你了解我吗? 从小到大,你一直逼我这样做那样
做,我是你闺女还是你的工具啊?

陈 花 下:苏白,你这话就过分了啊!

    苏白跑上楼。

陈 花 下:你再吵再骂,也不能打闺女吧?

    苏缪不语,上楼。

60.内,苏白的房间——日

    苏白坐在床上,被打的脸颊变得红肿,她的嘴角颤抖起来,无声地流泪。

61.内,火车站的职工房间——日

    王建设躺在床上。

王 建 设:都已经好几天了,苏白到底去哪儿了呢?(愁眉苦脸)要不然

    去她家找找?

    王建设骑车离开。

62.外,苏白家门外——日

    王建设骑车来到苏白家。

王 建 设:(站在门口大喊)苏白! 苏白!

    苏白听见声音走到阳台上,冲他招手,示意他回去。王建设兴奋地
    朝其挥手。

苏 缪:(走出来)就是你吧?

王 建 设:我?

苏 缪:趁现在,赶紧滚!

王 建 设:你谁啊?

苏 缪:我是她老子!

    王建设愣在原地。

苏 缪:滚!

    苏白跑了出来。

苏　　白：建设,你先走!

王　建　设：苏白,你还好吧?

苏　　白：我没事儿,你赶紧走。

　　　　　　王建设和苏缪对峙了几秒,骑车离去。

苏　　缪：(拉着苏白)回去!

63.外,街道——日

　　　　　　王建设骑在返回的路上。

王　建　设：操,你让我滚我就滚?

　　　　　　王建设拐弯回去。

64.外,苏白家——日

　　　　　　王建设把车停下,起跑,跃到墙上,拉着栏杆往上爬,翻到了阳台内。

王　建　设：(气声)苏白!

　　　　　　苏白扭头,发现了旁边的王建设。

苏　　白：你怎么进来了?

王　建　设：我爬上来的。

苏　　白：没受伤吧?

王　建　设：没有,以前经常爬树,爬惯了都。走,我带你下去。

苏　　白：爬下去啊?

王　建　设：没问题的,相信我!

　　　　　　王建设顺着栏杆滑到墙上,一跃而下,跳下墙。王建设在下面用双
　　　　　　手接着苏白,苏白跳下墙。二人骑车离开。

65.外,街道——日

　　　　　　王建设骑车带着苏白,发出一阵欢呼声。

王 建 设：(兴奋)解放了吧！你想去哪儿？我带你去！

　　　　苏白不语。

王 建 设：苏白,你怎么不说话啊？

苏　　白：建设,我打算出城了。

王 建 设：出城？好啊,你打算出去几天？

苏　　白：我不知道。

王 建 设：(自行车缓缓停下)你不打算再回来了？

苏　　白：建设……

王 建 设：苏白,你真的想好了吗？

苏　　白：我想好了。

66.内,苏白的出租屋——日

　　　　苏白在收拾行李。

王 建 设：苏白,你真的真的真的真的想好了吗？

苏　　白：你再问我一百遍,我还是会说我想好了。

王 建 设：你到底为什么想要出城？

苏　　白：这个地方,我已经待不下去了。

王 建 设：到底怎么了？

苏　　白：我不喜欢这个地方,就像你不喜欢学校一样,懂吗？你说你在
　　　　学校里不能活动,不能说话,没有自由;这个地方就像是我的
　　　　学校,我不能动,不能说话,也一样没有自由,简直压得我喘不
　　　　过气儿了。我想当个和你一样的坏学生,想逃学了。

王 建 设：苏白,其实……其实我早就感觉你过得不开心了。这样也
　　　　好,逃学多自由啊……就是……你会想我吗？

苏　　白：(沉默片刻)我会的。

　　　　苏白抱住王建设。

王 建 设：我可以想办法送你出去。

苏白一脸诧异地看着他。

王 建 设：你忘了，我在火车站工作。

苏白和王建设默默对视。

67.外，康阳火车站——夜

王建设和蛋子走在夜里。

王 建 设：蛋子，我想让你帮我个忙。

蛋 子：说。

王 建 设：苏白说她想离开这儿，你能不能帮我支开我爸……

蛋 子：不……不行……你爸要是知道了……肯定会发飙的！

王 建 设：你听我说完，你就只要假装晕倒，让我爸带你去医院，我对
我爸说我能举信号旗，你只要撑到火车来就好。

蛋 子：真的不行！

王 建 设：蛋子，你是我哥们，帮帮我的忙！

蛋 子：你不是喜欢……喜欢苏白吗？咋肯……让她走？

王 建 设：我就是喜欢她，才要让她走。蛋子，我求你了，就帮我这一
次吧。

蛋子沉默片刻。

蛋 子：好吧。

68.内，职工房间——日

王建设跑到王忠铁的房间。

王 建 设：爸！爸！不好了！蛋子晕了！你赶紧带他去医院看看吧。

王 忠 铁：啥？

王 建 设：你赶紧带他去医院吧！中午我来举旗！

王 忠 铁：你行吗？

铁路尽头的小站 / 263

王 建 设:没问题!

　　　　王忠铁和王建设把蛋子抱到自行车后座上,绑到王忠铁的身上。

　　　　王忠铁带着蛋子离开。

69.内,苏白的出租屋——日

　　　　苏白已经收拾好行李。

王 建 设:苏白,准备好了吗?

苏　　白:你跑着来的啊? 我的自行车在下面,我带着你吧。

王 建 设:还是我带着你吧,习惯了。

70.外,街道——日

　　　　王建设骑车带着苏白经过一条条街道。

71.外,康阳火车站——日

　　　　二人到达火车站,挂在烂皮墙上的钟显示着"12 点"。

王 建 设:还早呢,火车两点零五分才到,要不我带你到处走走吧。

苏　　白:好啊。

　　　　王建设领着苏白来到初见的草地上。二人坐在草地上。

王 建 设:咱俩第一次见面就在这个草地上,那时候你带你的学生们
　　　　　来郊游,还唱着歌……

苏　　白:我知道,我还记着呢。

王 建 设:(唱)河南的阳光照耀着我们,每个人脸上都笑开颜……

　　　　苏白笑。

苏　　白:(唱)和暖的阳光照耀着我们,每个人脸上都笑开颜……

王 建 设:苏白,我希望你能像歌里唱的那样,每天都能开心。我喜欢
　　　　　你,但跟你的快乐和自由相比,我还是想要让你离开这里。

风刮起苏白的头发,发丝飘到王建设的脸上,散发着一股芳香。阳光刺得他双眼有点迷蒙。

二人相视许久。

苏白吻王建设,王建设起了生理反应,心"呼呼"跳。王建设闭着双眼,任由自己的本能把苏白压在身下。

王 建 设:我喜欢你,是一个男人喜欢一个女人的喜欢。

风吹起草丛,花花草草随风摇曳。二人在草地上做爱。

二人坐在草地上,沉默。

王 建 设:车要来了,咱们回去吧。

苏   白:好。

二人走回车站。

火车慢慢驶来,王建设把展开的红色信号旗举在前面,火车慢慢停下来。

车长探出头来。

王建设示意苏白爬上开口的集装车厢。

车   长:咋了?

王 建 设:我刚刚看见钢轨上有两只猫。

车   长:我瞅瞅,没有啊。

王建设看见苏白已经爬上了集装车厢。

王 建 设:对不起对不起,是我看错了,对不起。

车   长:切。你这人真是有毛病。

火车慢慢启动。苏白和王建设打着招呼。

王建设追着火车,摆手。

火车走远,王建设停下。

王 建 设:再见,苏白。

王 建 设:(独白)这也许就是我的青春了,在充满希望的新时代到来之前,就已经结束了。

72.内,苏白家——日

黑白画面,主观镜头。从苏白家的楼梯上去,直到三楼苏缪的画室。打开房门,墙上挂着的是一幅幅空白的宣纸,桌子上摆的也是一张张空白的宣纸,纸篓里是一堆堆被揉起来的空白宣纸。苏缪躺在休息椅上,一动不动。

电　　视:我们来看这幅作品,这是 20 世纪国画大师——朱无大师的临终遗作,虽然并未完成,但是仍然有很高的收藏价值。看看各位给出的价格,10 万,15 万,30 万,50 万! 50 万一次! 50 万两次! 50 万三次! 成交!

旁　　白:苏白走后的几个星期,她的爸爸苏缪就去世了。有人说,他是突发心脏病死在三楼的画室里;有人说,他比不过那些比他更有名的画家,于是想通过死亡的方式,使他的画作升值;还有人说,这位曾经的画家,在新世纪即将来临的时候,才华随同他的灵魂一起消失了,他的死,是彻底的江郎才尽了。

73.内,职工房间——日

桌上摆着一个插着蜡烛的蛋糕,上面写着歪歪斜斜的"18"。三人合唱《生日快乐歌》。

王 忠 铁:赶紧许个愿吧。

王 建 设:许啥愿,我又不是小孩了。

蛋　　子:过生日哪有不……不许愿的?

王 忠 铁:就是! 许个愿!

王建设握住双手,许愿。

蛋　　子:许的啥……啥愿? 说出来听……听?

王 建 设:娶个媳妇儿!

三人笑。

王 忠 铁：等会儿这蛋糕，给你妈拿过去一份……

王 建 设：好……爸，等会儿我自己去吧。

王 忠 铁：嗯。

74. 外，坟地——日

王建设拿着蛋糕走向母亲的坟地。

王建设蹲下烧纸钱。

王 建 设：妈，人家都说，儿子的生日是母亲的受难日。妈，对不起，我不听话，让你受累了。这些年在天上过得好吗？儿子已经18岁了，成为一个男人了，已经能帮我爸做事儿了，你不用担心。妈，如果你知道儿子的心愿的话，一定要帮我实现……

远处蛋子跑来。

蛋 子：(大喊)不好了！不……不好了！

王 建 设：咋了蛋子？

蛋 子：有一群……一群说是上……上头的人……来了……跟你爸吵……吵起来了，我吵不……不过他们，就来……找你来了。

王 建 设：走走走，赶紧回去！

王建设和蛋子急匆匆离开。

75. 外，职工房间——日

一群身穿西装、手拿文件包的人围住王忠铁。

王 忠 铁：你们凭什么要拆了康阳火车站，我在这个火车站工作了一辈子咧，你们说拆就拆？

西 装 男1：叔，您冷静一下，我们也是接到了上头的命令，上头说要拆了它,我们也没办法啊!大家都是奉命做事。

西 装 男 2:对啊叔,您也别为难我们了! 您要是想理论,就去找上头
　　　　　说去! 跟我们说没用!

王 忠 铁:这个火车站破吗? 旧吗? 拆了它干啥? 你们要建新的火
　　　　　车站,到别的地方去建,就是不能在我这个地方建。

　　　　　王建设和蛋子回到家。

王 建 设:放开我爸! 爸,咋了咋了?

　　　　　蛋子扶住王忠铁。

西 装 男 1:你是?

王 建 设:我是他儿子,也是这个火车站的员工,你们到底有啥事?

西 装 男 1:我们出去说。

　　　　　几个人走出去。

西 装 男 1:是这样的,新世纪不是就要到了吗? 上头发话说,要赶在
　　　　　新世纪到来之前拆掉这个老的火车站,打算在新世纪建成
　　　　　一个新的火车站,让新的火车来到这个地方。

西 装 男 2:对啊,新的火车站建成之后,大家的出行也就便利很多了,
　　　　　这都是为了人民着想。更何况,你爸不同意也不行啊……

王 建 设:你们建这个新的火车站有问过这里的人吗? 他们同意吗?

西 装 男 1:这就不关我们的事了,我们只是下来做协调工作。

王 建 设:拆掉这个火车站,那我们这些员工去哪儿?

西 装 男 2:(支支吾吾)这个……我们就不知道了,估计上头会另外安
　　　　　排吧。

王 建 设:操。

西 装 男 1:这个火车站是一定要拆的,根本没有商量的余地!

西 装 男 2:这几天好好给你爸做一下思想工作,我们过几天来贴封条!

　　　　　西装男离去。王建设站在原地。

　　　　　三人坐在椅子上。

王 忠 铁：娘勒个脚。(河南脏话)他们说拆就拆,说建就建,我在这干一
　　　　辈子咧,都不管不问,现在突然要弄掉这个火车站,我不
　　　　愿意!

王 建 设：爸,你为啥一定要守着这个火车站?

　　　　王忠铁愣住,捂住脸忍不住哭起来。

王 建 设：爸……

76.外,坟地——夜

　　　　王忠铁来到王建设母亲的坟地,坟地位于一个小山坡上,可以俯瞰
　　　　整个火车站。王忠铁坐在坟地旁边,抽着散花烟,看着火车站。

王 忠 铁：18年咧,素兰,你都已经走了18年咧。(吐烟)有时候想你,
　　　　想得都睡不着觉。你说我的命咋就恁苦呢,你走咧,火车
　　　　站也得拆咧,我啥都没咧,都没咧。(流泪)素兰,你看,火车
　　　　站破吗?咱俩认识的时候,它也就这个样子,咋就破了呢?

　　　　王忠铁抽烟。

王 忠 铁：素兰啊,咋会有你这么好的人呢。咱俩在这个火车站头一
　　　　次见面的时候,我就被你迷住咧。我一个浪小子没有家,火
　　　　车站就是我的家,你嫁到火车站里来,吃不好,睡不好,也没
　　　　见你发过脾气,还成天笑嘻嘻的。我对不起你,对不起你
　　　　啊,都是你为了我做这做那,我还没为你做些什么,你就走
　　　　了。素兰啊,火车站要是拆了,我连个想你的地方都没了。

　　　　王忠铁站起来。看着整个破旧的康阳火车站。

王 忠 铁：素兰,我在铁路上干了一辈子,守着铁路,也守着你。我已
　　　　经没有了你,不能再没有这个火车站咧。(摇头)都没有咧,
　　　　我就活不下去咧……素兰,我想你,我想见见你……我想
　　　　见见你……

77.外,康阳火车站——日

黑白画面。天上下着雨,滴在身上发冷,三人站在钢轨边。

王 忠 铁:你们两个回去,我一个人送走今天的火车。

王 建 设:爸……

王 忠 铁:建设,你长大咧,让我这个当爹的很欣慰……(拍拍建设的肩膀)蛋子,这些年多亏有你咧……(拍拍蛋子)

王建设和蛋子沉默片刻,回去。

火车缓缓地驶来。

王忠铁躺在钢轨上,似乎看见了去世已久的妻子向他慢慢走来。

火车轧过王忠铁的身体,像没发生过什么事儿一样,缓缓地驶离。

王建设和蛋子疯狂跑来。

王 建 设:(歇斯底里)爸!爸!爸!

蛋　　子:叔!

二人抱着王忠铁的尸体,冰冷的雨水打在三人的身上。

王 建 设:(独白)我爸死了,死在了他忠心耿耿的铁路上。他的一生都在守这一条我认为无聊透顶的铁路,就像对他的爱情一样,从不出轨,别无二心。他一辈子的希冀都被磨灭了,于是他选择了卧轨自杀。

78.外,田地——日

连续几天的秋雨下个不停,二人在王建设母亲坟边挖了一处新坟,安葬王忠铁。王建设和蛋子跪在坟前。

王 建 设:蛋子,火车站被封了,你打算去哪儿?

蛋　　子:你呢?

王 建 设:我打算出城了,你跟我一块出去吗?

蛋　　子:我……我就算了……我就在城里找个工作干……干下去

算了……

王 建 设：这个地方,已经没什么值得我留恋的了。

蛋　　子：兄弟,有空要回来……回来看我。

　　　　　蛋子和王建设拥抱。

79.外,康阳车站——日

　　　　　康阳车站已经被贴上了封条。蛋子举起红色的信号旗,示意火车停下。

　　　　　王建设爬上去。

车　　长：(探出头)咋了?

蛋　　子：前面有猫。

车　　长：这个地方怎么那么多猫?

蛋　　子：因为老……老鼠太多了。

车　　长：我听说这个车站都被封了,你还不走?

蛋　　子：站好最后一……一班岗。

　　　　　火车慢慢开动,王建设和蛋子挥手告别。

王 建 设：(独白)我后来再也没有见过蛋子,不知道他去了哪儿,也不
　　　　　知道他到底是活着还是死了。我曾经羡慕他无人管束,应
　　　　　该比我活得更自由。可是,在没有边界的世界当中,根本
　　　　　就没有所谓的自由了。

80.内,火车上——日

　　　　　王建设站在火车集装箱口,望着康阳火车站渐行渐远。

王 建 设：再见,康阳火车站。

王 建 设：(独白)那年说了很多次的再见,真正的意思却是——再也
　　　　　没能见面。看着我出生,陪着我长大的康阳火车站,没能
　　　　　阻挡住势不可挡的新时代,还是被拆除了。它曾是我少年

时的依靠,也是我青春时的牢笼,而现在的我,就像从康阳火车站发出的一列火车,疾速驶向远方。

81.内,房间——日

一张桌子上摆着苏白的照片,咧着嘴,露着几颗牙,扎着俩辫子,那是王建设从苏白办公室抢来的。

(字幕:2000 年)

房门有开锁的声音,王建设背着包,推开门走进来。从包里拿出几本书,放在桌子上,学习。

王 建 设:(独白)至于我,我没有考夜校,而是考上了成人脱产班,整天在大学里上课,也算是半个大学生了。这是我在这个人人称之为充满希望的新时代,感受到的唯一一丝希望。

王建设抚摸着苏白的照片。

王 建 设:(独白)从那天起,我就再也没有见过苏白了。但是我仍然,坚定地,期待着,希望着,与她,再次见面。

(全剧终)

指导教师:阮南燕

指导教师点评

尚坤仑同学的剧本《铁路尽头的小站》,犹如一股清泉,在喧嚣的都市丛林中缓缓而流,给人一种淡淡的如雨后松柏的清新与甘洌。这是一篇关于成长的故事,男女主角的偶然相遇、怦然心动,既是命运的定数,也是青春成长的必然。懵懂少年在情窦初开时遇上自己心仪的女孩,完成了一次从身体到灵魂的文化洗礼和命运转折,并追随着女孩逃出牢笼的步伐,走上真正自由的心灵旅程。尤其是结局的寥寥几句,给人无限遐想。这也是一部探讨艺术灵感与创作的剧作,女主角的父亲是一位画家,然江郎才尽、为生活所困,只能选择了此残生。这种似曾相识的人物命运,仿佛是易卜生象征主义戏剧《当我们死者醒来》中的话题的时空回响。这还是一篇让人唏嘘的爱情故事,男主角父亲几十年如一日地坚守在这个铁路尽头的小站,只为了山坡上那一座爱妻的坟茔。所以当小站被拆除,男主父亲选择卧轨自杀,格外让人慨叹这份守候爱情的执着与痴狂。剧作围绕铁路尽头的小站,讲述两代人的三个故事,笔法娴熟,矛盾冲突设置巧妙,台词个性谐趣,风格清新自然。

凤鸣丛书·创意写作书系
学术支持机构：
　　浙江传媒学院文学院
　　浙江传媒学院茅盾研究中心
　　浙江传媒学院创意写作中心
　　浙江省桐乡市文化和广电旅游体育局

第四者

（下）

向　宇　主　编

浙江工商大学出版社｜杭州
ZHEJIANG GONGSHANG UNIVERSITY PRESS

一流小说家

杨小杨

作者简介

杨小杨,女,1996 年 6 月生,籍贯山西太原,浙江传媒学院文学院戏剧影视文学专业 2014 级学生。

故事梗概

偏执的小说家菲洛斯终于想出了一个绝佳的创意,但现实生活却安排了一场意外使他忘记了这个灵感,而在这之后,菲洛斯的生活却按照那个被他忘记的灵感进行下去,小说变成了现实,菲洛斯变成了现实生活中的小说主人公。

作家菲洛斯以写推理悬疑小说为生,但是很长时间以来他已经没有任何灵感,对生活没有热情,精神每况愈下。一次与老同学本偶遇,他从本那里拿到一种据说可以缓解精神状况的药物,吃了药之后,菲洛斯感觉自己变了一个人,重获对生活的热情。同时,他邂逅了妙龄个性女孩莫瑞娜,与她陷入爱情的甜蜜中。

很快，本给的一小瓶药就要吃完了，此时莫瑞娜发现了菲洛斯的这个秘密，她大发脾气并将他的药瓶偷走。没了药，菲洛斯变回了失败的失业者，他的生活再次陷入混沌。菲洛斯再次找到本，提出想要更多的药，可本告诉他，他必须先入会才能得到药，但前提是需要一大笔入会费。走投无路的菲洛斯借了高利贷并入会拿到了药，高利贷的还款时间是月底。

要在月底前还清贷款，菲洛斯的唯一办法就是写一个好故事，卖给出版社。有了药，菲洛斯恢复了稳定。之前莫瑞娜给他讲过的一个故事和他近期看的一部电影给了他启发，他有了一个灵感：一个构思巧妙的杀人故事。菲洛斯将写好的梗概拿给出版社以前的熟人汉斯。而汉斯因之前很多次合作不愉快，态度恶劣地拒绝了菲洛斯并将梗概扔到了楼下，菲洛斯到楼下去捡梗概，却意外被卡车撞伤。

菲洛斯醒来时已经在医院里，莫瑞娜陪在他身边。由于头部遭到撞击，菲洛斯患上片段性失忆，恰恰忘掉了他的故事创意，而他存有故事的电脑也在车祸中被压得粉碎。出院后菲洛斯搬到莫瑞娜家住，没有了药也失去了故事灵感，月底前还要将高利贷还清，菲洛斯绝望了。一天晚上，他与莫瑞娜去看了一场电影，回来之后莫瑞娜兴奋地和他说自己有了一个灵感并要将它写成书。莫瑞娜讲了自己的创意，菲洛斯听到之后感到非常震撼，通过自己的职业判断，菲洛斯认为这是一个绝佳的小说。他很喜欢这个创意并想把它占为己有，情急之下，他杀了莫瑞娜。

有了药，有了创意，菲洛斯开始写莫瑞娜讲给他的故事，一边写一边担心着如何处理尸体。一天，他无意中收到一张路边发的传单，上面写着因为房地产新建楼房，一个废弃的游乐园将被爆破拆除。菲洛斯想到如果把尸体肢解并藏在废弃的游乐园中，几天之后的爆破就会毁尸灭迹。回到莫瑞娜家中，菲洛斯把毁尸灭迹的方法写在小说中，并在晚上带着尸体到了游乐园。在游乐园里，菲洛斯找到了一个鬼屋,他把尸体藏在鬼屋之内,并在鬼屋后的一片废弃地中烧掉了包裹尸体的毯子。

菲洛斯的小说创作完毕后,他再次联系到出版社的汉斯,汉斯答应他先看看故事。在等待反馈的日子中,一天,菲洛斯在外出时在相同的地方再次收到了传单,传单上的消息让他出了一身冷汗,由于即将爆破拆除的游乐园是城市最老的游乐园,人们为了纪念它将会在周五晚举行一个"游乐园复兴仪式",游乐园将最后一次开园,而那些保存尚完整的设施将最后一次启动迎客。菲洛斯虽知道事情很有可能败露却无能为力。与此同时,出版社接受了他的故事,并签订合同决定将书出版。拿到了报酬,菲洛斯还清了高利贷。

由于游乐园的开园,尸体被发现了,但因为尸体被发现时已高度腐烂,提取不到任何有用的信息和线索,暂时没有任何人怀疑到菲洛斯身上。

警察局中的弗兰德警探是一个能力超群却极不合群的人,弗兰德和菲洛斯一样,痴迷于推理悬疑小说,他看过很多小说,经常从小说中获得灵感并运用到破案当中。这次的游乐园女尸案由他接手。案件在艰难中开始侦查,同时菲洛斯的新书出版上市了。一次偶然,菲洛斯与弗兰德在书店偶遇,但两人都不知道彼此身份。在书店,弗兰德买下了最新的悬疑小说,即菲洛斯的新书。起初,弗兰德被这本书里讲的故事深深吸引,后来,弗兰德渐渐发现书中的凶杀案作案手法竟和手头毫无线索的游乐园女尸案惊人得相似。秉持着怀疑态度,弗兰德再次来到游乐园,并按书中所写找到了案件的线索。成名后的菲洛斯也恰巧在这天晚上梦见了一些他记忆很久的细节,最重要的是想起杀死莫瑞娜的那个晚上,有证据留在现场。菲洛斯连夜再次进入莫瑞娜家准备清理现场销毁证据,可当他到了之后却发现那天留下的痕迹消失了。

过了一段时间,一天夜里,弗兰德登门拜访菲洛斯,而此时菲洛斯仍然不知道弗兰德的身份。弗兰德假借交流读书感受进入菲洛斯家中,在一系列看似无关紧要实则指向性很强的露骨问题交谈中,菲洛斯清楚地感觉到眼前的这个男人已经知道了自己的罪行。两人你一言我一语,最终摊牌,弗兰德亮出了自己的警察身份,并告诉菲洛斯自己发现了地毯碎片线索由此调查到了莫瑞娜的住处,而那天晚上他也在莫瑞娜家中,为了不打草惊蛇,他提取完证据之后将其清理干净,与菲洛斯几乎是前后脚到达莫瑞娜的家,弗兰德躲在暗处看到了他的举动,弗兰德又追踪到本,最后知晓了一切,然而唯一令他不解的就是菲洛斯的犯罪动机,不满足于破解案件,他越来越好奇隐藏在杀人案背后的动机,于是他没有将案件情况报告给警察局而是私自来找菲洛斯谈。菲洛斯深知自己已自身难保,两人在争执中扭打起来,用了与杀莫瑞娜时相同的手法,菲洛斯杀死了弗兰德。

一切看似归于平静,小说一炮走红,菲洛斯成了畅销书作家,名利双收。有一天,一个乞丐经过出版社楼下的垃圾堆,在里面翻拾垃圾时看到了一个信封,于是将信封同其他捡的杂物一起带到了他住的地下桥洞,在肮脏的环境中,乞丐席地而坐,一边吃捡到的残羹冷炙,一边拿出信封,打开里面的信纸,是一个故事梗概(菲洛斯被丢掉的故事梗概),梗概显示这是一部系列小说,乞丐津津有味地读下去,梗概中阐述的故事竟是莫瑞娜给菲洛斯讲的那个故事,只不过菲洛斯后来写的时候创造了一个完美杀人案,而在乞丐手里拿的梗概中,菲洛斯早在之前就写下了这个故事和杀人方法,但不同的是,原先的梗概中菲洛斯给出了破解这个案件的唯一线索,即他后来梦到的遗留在现场的痕迹。梗概里写到故事并没有到此结束,后来这个线索被人发现了,杀人者杀了发现的人,杀人者毁尸灭迹,又犯下一桩完美杀人案,然而这桩杀人案同样也有一个破解的线索,为了留有悬念,破解的线索和杀人者后来的命运将在小说的后部揭晓,而梗概的故事规划上显示,这系列小说一共有三部,而在第二部和第三部中,杀人者并没有被绳之以法,杀人者杀了每一个发现上一个案件线索的人,于是越来越多的人被杀,这部系列小说讲的是一个连环杀人案。乞丐看故事梗概看得津津有味,而此时,菲洛斯正坐在电脑前,他看着地上躺着的弗兰德的尸体,开始了第二部小说的创作。最后一个镜头中的人物洛茨即暗示着是一个发现第二个案件线索的人物,也是将会被菲洛斯杀死的第三个人。

1.内,女人的房间——夜

菲洛斯睁开眼,看着天花板一动不动。

白色的被子盖在肚脐处,胸前是女人金黄色的卷发。菲洛斯眼神四处瞟了瞟,将女人的头移开,小心翼翼地掀开被子下床,穿戴衣物。

2.外,街道——夜

菲洛斯独自走在街上,时间已经是凌晨,街上人很少,偶尔经过的车辆发出发动机的轰鸣声,菲洛斯把衣服夹紧,微佝偻着背过马路,街边走过的三五人窃窃私语着什么,菲洛斯继续往前走,远处传来吹口哨声。

3.内,家里——夜

菲洛斯在家门口掏钥匙,门一开,屋内漆黑一片,菲洛斯往前站了站正准备开灯,地上一根细物突然晃动。菲洛斯吓了一跳,不自觉地一抖,地上的东西扭动着,菲洛斯头皮发麻,神经骤然紧张,他在黑暗中紧盯着地上的东西,眼前出现密密麻麻的噪点,他感到一阵眩晕,黑暗中地上的细物还在扭动,他拼命地想看清却看不清。

巡　　警:先生?

晚上路过的巡警看见门前怪异的举动上前查看却把菲洛斯吓了一跳,巡警拿着手电照在地上,在混乱中,菲洛斯尽力摸到了灯的开关。暖黄色的灯光一开，地上只是一根麻绳，菲洛斯的一只脚踩在麻绳的一头，轻轻一动，整条绳子就会扭动。

巡　　警：先生，您没事吧？

菲洛斯回过神。

菲 洛 斯：没事，谢谢你。

菲洛斯脸色苍白，眼神还四处飘忽不定，没有完全镇定下来。

巡　　警：那辆车是您的吗？

菲洛斯看向门口停的那辆破旧的卡车。

菲 洛 斯：是我的，有问题吗？

巡　　警：没事了，您没事了吧？

菲 洛 斯：没事了，谢谢。

巡警点了点头，离开了屋子。

菲洛斯在原地定了定神，进了屋子捡起麻绳扔到一边。

房间并不宽敞，杂物堆得很凌乱，屋里的设施很简单，并排的书柜靠着一整堵墙，里面塞满了书籍。

菲洛斯走进卧室，床上被子摊着，衣物杂乱地扔在床上、椅背上还有地上，他进入洗手间又出来。菲洛斯拿着水杯坐在电脑前，打开文档，手放在键盘上，打下几个字之后又删去，他对着闪动的光标发呆，用中指"嗒嗒"地敲着键盘。

画 外 音：我是一个作家，或者说曾经是一个作家，外面停的那辆是我的车，一辆二手的，我从来不开它。我文学系毕业，大学时喜欢推理小说，深陷其中不能自拔，于是开始自己写，后来有报纸杂志找我约稿，我给他们写稿，发表那些短小、看似有趣的推理故事，他们给我开了专栏，再后来有出版社找我，我把写过的短文出版成书。（画面闪回以往时光，跳帧）有一天我忽然意识到这些都毫无意义，微薄的稿费，滞销的书被打上促销字样堆在角落，充斥着简陋语言的愚弄人的短文，使尽浑身解数为博人一笑，这些都毫无意义，我推掉了所有的约稿,我要写一个长篇的构造精巧的故事,我要写一本伟大的书。

菲洛斯叹了口气,起身走到客厅拿了些面包饼干,又从冰箱里拿出一罐果酱和一小瓶酒,打开电视,随便调到一个正在播放综艺节目的频道,整个人瘫在沙发里。墙上的时钟指针转过,菲洛斯换着姿势窝在沙发里。

画外音:然而从那天开始,我毫无灵感,我不知道如何起笔,不知道要写什么,我试着写了一些文章给出版社,他们否决了我写的东西,说那些东西晦涩难懂,于是,我变成了一个失业者。

4.内,家里——日

阳光照进屋里,菲洛斯蜷在沙发上被阳光弄醒,他睁开惺忪睡眼,电视还开着,无聊的综艺节目还在播。菲洛斯表情痛苦地从沙发上起来,走进洗手间,镜子里的他顶着两个黑眼圈。他走到电脑前,昨晚的电脑没关,看着仍然停在原处闪动的光标,菲洛斯头疼欲裂。他决定出门走走。

5.外,街上——日

正值上班高峰,人来人往,车辆堵在城市的主干道上,菲洛斯逆着快速行走的人群,他的头发因为早上没有打理稍显凌乱,穿着肥肥的棕色皮鞋、布裤子、颜色暗沉的格子衬衣,微皱着眉头,四处看。菲洛斯不停地走,走到了地铁口附近,周围的人都快步跑起来,他转过一个街角继续走,走到路口,他看看四周,发现马路对面有一家临街的很普通的餐馆,他在绿灯快结束前的几秒穿过马路,走进餐馆。

6.内,餐馆——日

餐馆内人们谈笑着吃着早午餐。

菲 洛 斯：一杯黑咖啡。

> 他从口袋里摸出一沓折得乱七八糟的整零混杂的钱,从中抽出几张
> 递给收银员。菲洛斯扭头看到餐馆内的书架,拿出其中一本《无罪
> 的罪人》端详。

服 务 员：先生,您的咖啡。

> 菲洛斯在临窗的位置坐下。
>
> 两个穿着笔挺西装的高个子男人走进餐馆,两人点餐之后坐在餐馆
> 中间的一张桌子旁,其中一个男人(本)坐下后环顾四周,眼神扫到
> 坐在靠窗角落的菲洛斯时停了一下,本眯缝起眼睛仔细辨认正在低
> 头看书的菲洛斯。
>
> 服务员把三明治送到桌前,本接过,冲另外那个男人小声说了些什
> 么,两人眼神交汇点头示意。本站起身,朝菲洛斯走去。

本 ：菲洛斯？

> 菲洛斯抬起头,眼神露出诧异。

菲 洛 斯：本？

本 ：天哪,真是太巧了。

菲 洛 斯：(站起来)是啊,这么多年没见。

> 本坐下。
>
> 两人相对而坐。

本 ：你一个人？

菲 洛 斯：对。

本 ：我和同事一起来的。

> 说着指了指他们桌子的方向。
>
> 菲洛斯朝本指的方向看去,和男人打了个招呼。

本 ：天哪,我们都差不多有十年没见了。

菲 洛 斯：是啊。

> 本直了直身子,手指动了动。

本 ：你怎么样？

　　　　　　　菲洛斯双手交叉，勉强地笑着。

菲 洛 斯：就那样。

本：做什么呢？

　　　　　　　菲洛斯低头笑笑。

本：哦，我差点忘了，大名鼎鼎的作家，上学那会儿你就出版了
短篇小说集。

　　　　　　　菲洛斯低着头，用手抓了抓头发。

　　　　　　　与本一起的男人眼神看向这边，拿起水杯喝水。

本：现在还出书吗？

菲 洛 斯：现在不出了，嗯……

　　　　　　　本眼神上下打量。

菲 洛 斯：你呢？做什么？

本：我在一家医药公司工作。

　　　　　　　菲洛斯点了点头，两个人短暂的尴尬。

本：结婚了吗？

菲 洛 斯：还没。

本：你还没结婚？

　　　　　　　菲洛斯脸上挤出似笑非笑的表情，喝了口咖啡。

本：不过说真的，你看起来老了不少。

菲 洛 斯：有时候确实感觉心律不齐，真的是老了。

　　　　　　　本一本正经地看向菲洛斯。

本：你有这些症状吗？

　　　　　　　菲洛斯点了点头。

本：有时候头晕？打不起精神？

菲 洛 斯：你怎么知道？

本：我们公司最近正在研究一种病情，针对的就是有提前衰老
征兆的中年男性，就是类似你说的症状。

菲洛斯微皱着眉头认真听着。

本 ：生理和精神双方面的问题。

本往桌前凑近，身子探前放低声音。

本 ：我们公司最近研发的药物能够缓解这种症状，希望能尽快
上市吧。

菲 洛 斯：是什么样的药？

本 ：临床病人实验显示效果相当不错。

本停了两秒，一本正经地看着菲洛斯。

本 ：菲洛斯，你的状态大不如前，如果你想试试的话，我可以给
你一些药。

菲 洛 斯：是吗？

本 ：当然，我们可是这么多年的老朋友。

菲 洛 斯：如果真的有用的话我可以买……

本打断了菲洛斯的话。

本 ：这个药还没有上市，我们还在等审批。

本说着从黑色的公文包里掏出一个小白罐放到桌上。

本 ：就当你以前文学考试给我打小抄的回报。

两人笑了。菲洛斯接过药，本看向一起来的男人。

本 ：哦，这是我的名片，上面有电话。

菲洛斯接过。

本 ：那我就先走了，还有事。哦对，记得不要和凉的东西一
起吃。

本用手指敲敲桌子。

菲 洛 斯：谢谢你。

本走到桌前拍了拍菲洛斯的胳膊。

本 ：常联系。

7.外,路上——日

男　　人:你觉得这单能成？

本和男人快步走在街上,大口吃着三明治融入人群。

本　:他是我大学同学,当时班上为数不多不逃文学课的人,刚毕业那会儿还算顺风顺水,出了本短篇小说集,再后来,每况愈下,无所事事,人到中年仍然没有功成名就,没有结婚,成天和外面的女人鬼混,把失败归结为生理和精神的疾病,这不就是我们要找的人。

8.内,餐馆——日

菲洛斯拿起白色的小药瓶看了看,然后揣进口袋里,重新翻开《无罪的罪人》,继续喝没喝完的咖啡。

餐馆里人渐渐多起来,声音喧哗。

9.外,路上——日

马路上车堵成长龙。

牵着狗的盲人老头走过。

司机鸣笛并从车窗探出头来向前张望。

人行道上行人步履匆匆。

10.外,街上——傍晚

菲洛斯走在街上,路过一家书店,走过橱窗时他看到促销区的角落里有一本书,他绕回门口走进书店,书店门口立着福尔摩斯读书分享会的牌子。

11. 内，书店——傍晚

促销区的书杂乱地堆成一摞，他大致扫了一眼，拿起角落里的一本封皮有破损、书页薄脆的书，书不是很厚，封皮上写着"推理短篇小说 菲洛斯 著"。菲洛斯神情严肃，轻轻地拂去封皮上的积灰。他拿着书在书店里逛，书店的里屋传出声音，菲洛斯走近，里面像是一间不大的教室，最前面站着一个人，正拿着《福尔摩斯探案全集》读着其中一段，下面的座位上坐着十几个人。菲洛斯走进去，坐在靠后边的一张桌子边，前面是一个短发穿着背心的女孩（莫瑞娜）。

莫瑞娜听到菲洛斯坐下的声音扭头看了看他，继续挂着头。前面的人继续朗读书中的话，莫瑞娜又看向菲洛斯，注意到他手里拿的书。

莫　瑞　娜：我能看看吗？

菲洛斯把书递过去。

莫　瑞　娜：菲洛斯。你知道这个作家吗？

菲洛斯表情略显尴尬。

菲　洛　斯：还好，没有名气，算不上什么作家。嗯，你喜欢福尔摩斯？

莫　瑞　娜：是。

莫瑞娜翻开了菲洛斯的书。

前面的人念完了最后一句话，合上书向大家微笑致意，底下的人都鼓掌，莫瑞娜也若无其事地鼓掌，菲洛斯也鼓掌。

12. 内，书店——夜

读书分享会结束，大家向外走。

菲　洛　斯：你觉得怎么样？

莫　瑞　娜：嗯？

菲洛斯指了指莫瑞娜手里拿的短篇小说集。

莫　瑞　娜：哦，差点忘了。

说着把书还给菲洛斯。

莫 瑞 娜： 我看了几篇,我觉得不错,很有个性的作者,我喜欢他的故事。

菲洛斯笑了笑,走到收银台,以很便宜的价格买下了小说集。

菲 洛 斯： 送给你。

他把书递给莫瑞娜。

莫 瑞 娜： 你这手段太老了吧,送书?

莫瑞娜说着推开书店的旋转门准备出去。

菲洛斯站在门口。

菲 洛 斯： 等一下……

莫瑞娜顿了一下,转过身来。

菲 洛 斯： 我没有别的意思。你不想收的话就算了。

菲洛斯准备离开。

莫 瑞 娜： 你叫什么名字?

菲洛斯笑了笑,离开。

莫瑞娜皱了下眉,低头看看手里的书,看着菲洛斯的背影。

天色暗了。

13. 内,家里——夜

菲洛斯微皱着眉头盯着白色的小圆药片看。

他站起身,捡起滚落在地上的白色小药瓶,上面光秃秃的,没有成分,没有日期,什么都没有标注,菲洛斯犹豫了一下。

画 外 音： 说实话,我不知道这是什么,我也根本不信任术,但还能发生什么比现在的状况更糟的事呢?

菲洛斯将一片白色小药片放进嘴里,喝一口水咽下。

菲洛斯仰靠在椅背上深吸一口气,眼前的事物发生扭曲变形,菲洛斯露出如释重负的神情,他闭上眼休息,再睁开眼的时候看起来好了很多,他又拿起药瓶仔细看,上面没有任何关于药品的说明。

电话响了。

菲 洛 斯:喂。

> 电话那头没有声音。

菲 洛 斯:喂?

莫 瑞 娜:看来真是你,菲洛斯。

> 电话那头莫瑞娜念着菲洛斯的名字。
>
> 菲洛斯摸不着头脑,一时间没有说话。

莫 瑞 娜:你的书我很喜欢。

> 菲洛斯听出来是下午自己碰到的女孩。

菲 洛 斯:是你。

莫 瑞 娜:约克街 5 号。

> 电话挂断了。菲洛斯还愣着。

14.内,酒馆——夜

> 菲洛斯走进门,莫瑞娜坐在面对窗户的吧台上,举起酒杯朝他示意。
>
> 菲洛斯在莫瑞娜旁边坐下,四处张望,晚上酒馆里人很多,放着轻松的爵士乐,人们在互相聊天,前面的人在跳舞。
>
> 莫瑞娜若无其事地拿着酒杯看着窗外,突然扭过头来。

莫 瑞 娜:我们跳舞吧。

菲 洛 斯:我还不知道你叫什么名字?

> 两个人同时说。
>
> 舞池中间两个人大笑着跳舞。

15.内,莫瑞娜家——夜

> 菲洛斯睁开眼,看着天花板一动不动。白色的被子盖在肚脐处。
>
> 莫瑞娜光着脚裹着白色的浴袍躺回床上,头躺在菲洛斯胸前。

莫 瑞 娜:我喜欢那个教授的故事。碰到一个素不相识的女人,无意间听到她的故事,于是他悄无声息地杀了使女人为难的人,女人不知道,所有人都不知道,警察永远不会找到他,因为他完全没有动机,就像什么事都没有发生一样,他的生活又能恢复正轨。

菲洛斯笑了笑。

莫 瑞 娜:多讽刺啊。

菲 洛 斯:很多人说这是一个喜剧。

莫 瑞 娜:喜剧没什么不好,让人高兴不是一件坏事。

莫瑞娜说着爬到菲洛斯身边,两人亲吻。

16.外,街上——日

菲洛斯和莫瑞娜有说有笑地走在街上,随便走进街边的商店,莫瑞娜挑选饰品试戴的时候,菲洛斯偷偷吃药。两人中午在街边的餐馆吃饭,菲洛斯帮莫瑞娜用叉子卷意面。

17.内,电影院——日

两人看电影,吃一桶爆米花,被电影中的情节逗乐。

18.外,街上——日

在莫瑞娜家门口,两人在移动冰激凌车前买冰激凌,卖冰激凌的男人冲他们笑,和莫瑞娜热情地聊天。

晚上突然下雨,两人没带伞,披着菲洛斯的外套跑着。

(中间切入数次菲洛斯将药倒进嘴中的画面)

19.内,家中——夜

回到家,两个人亲吻着进门。

菲 洛 斯:"等一下……等我一下。"菲洛斯放开怀里的莫瑞娜。进洗手间手抖着从口袋里掏出药瓶，小心倒出一片，慌张地打开水龙头，就着一口水咽了下去。

卧室传来床的晃动声。

20.外，博物馆——日

菲洛斯和莫瑞娜站在雕像前。

莫 瑞 娜：你记得那辆冰激凌车吗？

菲 洛 斯：冰激凌车？家门口的那辆？

莫瑞娜点点头。

菲 洛 斯：你们很熟？

莫 瑞 娜：对。

两个人边走边聊。

莫 瑞 娜：他一直都在这里卖冰激凌，早出晚归，冬天他也在，装着一车的冰激凌。

菲 洛 斯：大冬天谁会买冰激凌？

莫 瑞 娜：这个楼里曾经住过一个女人，他爱上了她。

菲 洛 斯：他们在一起了？

莫 瑞 娜：那个女人已经有孩子了，她和一个男人住在这栋楼里。

菲洛斯叹了一口气。

莫 瑞 娜：那个女人过得好像并不幸福。

菲 洛 斯：你见过她吗？

莫 瑞 娜：没有，我从来没见过她。他喜欢那个女人很久很久。后来，女人带着孩子走了，再也没回来过。

菲 洛 斯：那个男人呢？

莫 瑞 娜：不知道，那个男人消失了，再也没人见过他。

21. 内, 餐馆——夜

菲洛斯和莫瑞娜边吃边聊。

迎面走来一个男人。

男　　人：莫瑞娜？

莫瑞娜扭过头看向他。

菲　洛　斯：你们认识？

莫　瑞　娜：不认识。

男　　人：好久不见,莫瑞娜,你不会不记得我了吧。

男人把手搭在莫瑞娜肩上。

莫瑞娜推开他的手站了起来。

菲　洛　斯：你好,我叫菲洛斯。

男　　人：你的新男友,你一定是在逗我,莫瑞娜。

莫瑞娜拿起桌上的餐刀抵住男人的肚子。

莫　瑞　娜：我警告你,离我远一点。

男人笑嘻嘻地把手举过头顶。

男人看着菲洛斯。

男　　人：看来她是真的喜欢你,我并不想找什么麻烦。

男人指向那边的一桌。

男　　人：你这样让我在朋友面前很没有面子,我们以前不是很愉快吗？莫瑞娜,你为什么不回来跟我一起呢？

莫　瑞　娜：你再说一句我就把刀插进你胃里。

男人对菲洛斯做了一个鬼脸。

男　　人：她还像以前一样有个性,那我不打扰了,记得给我打电话。

22. 内, 莫瑞娜家——夜

菲洛斯在洗手间,他慌慌张张地翻遍所有口袋都没有找到药,他脑子里一片混乱,开始出现一些无序的画面,博物馆里的奴隶雕塑,躺在自己胸前的女人的金黄色卷发,文档里闪动的光标,咖啡馆里那本《无罪的罪人》一书,莫瑞娜在书店冲他笑的样子,两人跳舞时转圈时的眩晕感。突然房间里传出了声音,菲洛斯从混乱的思绪中缓过来,他用水冲了把脸,他看到镜子里的自己脸色苍白,眼角下垂,没有一点精神,他心烦意乱,脑子里一片混乱。

他走出洗手间装作没事的样子。

莫瑞娜背对着他坐在床上。

菲洛斯走过去把手搭在莫瑞娜肩上,莫瑞娜没有反应,菲洛斯绕到莫瑞娜正面,莫瑞娜表情很冷静,点了一支烟。

菲 洛 斯:你还好吗?

莫 瑞 娜:没事,你脸色不太好。

菲洛斯用手摸摸脸。

莫 瑞 娜:是不是晚饭没吃好?

菲 洛 斯:没有,可能这几天有点累,或者因为你在床上所以我的睡眠时间太短。

菲洛斯说着笑了,摸摸莫瑞娜的下巴。

莫瑞娜把烟掐了。

菲 洛 斯:你知道我一直在想什么吗?

莫瑞娜看着他。

菲 洛 斯:卖冰激凌的人。

莫 瑞 娜:你知道吗,尽管我和他之间已经很熟了,每天见,早上,晚上,但是我觉得我还是不了解他。

菲 洛 斯:女人带着孩子走了,而男人消失了。

莫 瑞 娜:有意思是吧,我知道你在想什么。他笑起来很好看。

菲 洛 斯:你不会爱上他了吧?

莫 瑞 娜:是的,先生,我爱上他了,你满意了吧。

菲洛斯笑了。

莫 瑞 娜：我看到你写的故事就和看到他一样。

菲 洛 斯：有什么联系吗？我记得你对我的书很有想法。

莫 瑞 娜：是吗？

菲 洛 斯：第一天我们遇见的时候，我把书送给你，你当时说我想泡你。

莫 瑞 娜：那这么说你当时确实是想泡我才送我的？

菲 洛 斯：这可不好说。

     两人相对而坐。

莫 瑞 娜：我也不知道为什么，但是总有一种感觉，你的每个故事都好像没讲完。你们背后都好像有什么东西，更大能量的东西。

菲 洛 斯：你有没有尝试过写作？

     莫瑞娜愣了一下。

菲 洛 斯：你很适合，为什么不试着写一写？写作不需要学什么，大多数是凭感觉。

     菲洛斯起身倒了一杯酒。

菲 洛 斯：我习惯手写。

莫 瑞 娜：这年代还有人手写？

菲 洛 斯：还好我写的都是比较短的，手写还可以应付。当我下定决心要写一个长故事的时候，我突然就没有灵感了，一个字也写不出来，我再也想不到完美的、没有漏洞的杀人方法了。

莫 瑞 娜：你杀过人吗？

菲 洛 斯：没有。

莫 瑞 娜：也许你杀一次就知道该怎么写了。

菲 洛 斯：那我也要先杀了你。

     两人嬉笑着亲吻。

菲 洛 斯：等我一下。

     黑幕中听到两人身体移动的声音。

莫 瑞 娜：菲洛斯，菲洛斯……

菲 洛 斯:等等,等等……

23.一组城市风光空镜

24.外,街上——日

菲洛斯走在街上。

马路嘈杂,车辆拥堵,街道上的人都阴沉着脸,菲洛斯走着和几个擦肩而过的人碰撞,人们投来不友好的眼神。

菲洛斯站在商业区的一个广场,抬头看着天空。

画 外 音:没有药的第三天,让我再次想起我只是一个失败的失业者。

25.内,菲洛斯家——日

电脑文档的光标闪动着。

菲洛斯在自己的屋子里翻箱倒柜找药。他头上冒着虚汗,双手颤抖。他在卫生间里翻完,没有,又在客厅的沙发上、茶几上找,又走到电脑前,钻到电脑桌下,把头贴在地上,看桌子下面有没有。

菲洛斯挣扎着从地上站起来,他用手抱住头,像快要发疯的样子,喘着粗气。突然他又拨动桌上的东西,翻书,手抖着终于找到一张名片,是本的名片。

菲洛斯把名片拿近眼睛看,他的眼神已经虚焦,他深吸了一口气,拿起电话拨了上面的号码。

电话嘀嘀了很久,菲洛斯心急如焚,电话仍然没有人接,菲洛斯气得把电话扔在桌上,他把桌上的东西拨倒,这时候电话通了,电话那头传来"喂,喂"的声音,菲洛斯赶紧把电话拿起来。

菲 洛 斯:喂,本,我是菲洛斯。

26.内,临街的那家餐馆——日

菲洛斯和本相对而坐在上次靠窗的座位。

本　　　:你看起来精神不太好。

菲 洛 斯:我知道我看起来很差。

> 菲洛斯小声地清了清嗓子。

菲 洛 斯:我想要更多的药。

本　　　:这可……

菲 洛 斯:本,我已经长时间处于一种精神不佳的状态了。我缺乏热
　　　　情,打不起精神,大多数时间都是不开心的,没有灵感。
　　　　本,我很清楚,但我确实需要它,我吃了之后感觉非常好,
　　　　我需要它。

> 菲洛斯没有再说下去,本微低着头,眼神犀利地看着他,两人沉默了
> 一会儿。

本　　　:也许我能给你介绍几个女人。

菲 洛 斯:这和女人没关系。

> 本没说话看着他。

本　　　:菲洛斯,你真的想要?

菲 洛 斯:我需要它。我不能再像这样活着了。

> 菲洛斯又紧接着跟了一句。

菲 洛 斯:我可以买。

> 两人间短暂的沉默。

本　　　:如果你真的想要,你得自己想办法弄到手。

菲 洛 斯:当然,当然,我愿意花钱买。

本　　　:我们有我们的规矩,这药不是你想买就能买到的。

> 说完这句,本停了一会儿,向右扭了一下头,然后又扭回来。

本　　　:你需要交一笔订金,不是一笔小数目,付了订金之后,你需
　　　　要再拉一个人,他付了订金,你才能拿到药。

> 菲洛斯皱起眉。

本　　　:你的订金会两倍返还给你,你可以用订金再换药。明白了

吗？只要再拉一个人进来,你就可以成倍拿回本金,并且得到药。你从线下拉进来的人越多你拿到的成倍的订金就越多,你每次拿到的药就越多。

菲 洛 斯:我直接买药不是更……

> 本打断了他的话。

本　　　:入会,你只有入会才能得到药。

菲 洛 斯:可你不是说药还没上市?

本　　　:没有上市,入会,只有入会才能得到药。

> 菲洛斯长叹一口气,他用手捂着脸看向窗外,神情复杂。

菲 洛 斯:多少钱?

本　　　:二十万。

> 菲洛斯呼了一口气。

本　　　:听着,其他人必须拉到下线才能真正入会,药才会给他们。因为你是我的朋友,所以你只要付了订金,我就会给你药。

> 菲洛斯脸色沉重。

菲 洛 斯:我从哪里拿这么多钱?

本　　　:菲洛斯,听我说,在这个方面我没法帮你,这就是规矩,谁都不能改变,我能帮你的已经说过了,你好好考虑。

> 本一本正经地朝菲洛斯点点头,菲洛斯用手摸着脸。

27.外,街上——日

> 菲洛斯走在街上怅然若失。

28.内,莫瑞娜家中——日

> 莫瑞娜在家中趴在床上对着电脑啪啪啪打着字。菲洛斯从外面回来。

莫 瑞 娜:这两天你去哪儿了?

菲 洛 斯:没去哪儿。

莫　瑞　娜：我要告诉你一个消息。

> 菲洛斯看起来筋疲力尽无心和莫瑞娜玩猜谜游戏。

莫　瑞　娜：上次你说我应该试一试写作，我没事的时候就试着写了写，这两天我把写的东西给朋友看了看，他说我很有写作天赋。

> 菲洛斯心不在焉。

菲　洛　斯：那说明你很棒。

> 莫瑞娜看出菲洛斯的不在状态。

莫　瑞　娜：菲洛斯，你是不是还在想那天晚上的事情，那不是什么大问题。你只是状态不好，这很正常。

> 莫瑞娜站起来走近菲洛斯。

莫　瑞　娜：我爱你。

> 莫瑞娜想吻菲洛斯，菲洛斯却一把扶住她。

莫　瑞　娜：怎么了？

菲　洛　斯：莫瑞娜，我遇到了一些事情，我需要一笔钱。

> 菲洛斯坐在沙发上表情痛苦。

莫　瑞　娜：你怎么了？

菲　洛　斯：我需要一种药，这个药需要一大笔钱，可我没有那么多钱。

莫　瑞　娜：什么药？

菲　洛　斯：让我静一静。

> 莫瑞娜拿出一个白色小药罐。

莫　瑞　娜：是这个吗？

菲　洛　斯：你从哪儿弄来的，你拿了我的？

莫　瑞　娜：这不是什么药，这和毒品没有区别。

菲　洛　斯：把它给我，莫瑞娜。

莫　瑞　娜：它会害死你的！

菲　洛　斯：把它给我。

莫瑞娜继续往后退。

莫 瑞 娜：没有它你就活不了了是吗，我真替你可悲！

菲 洛 斯：莫瑞娜……

菲洛斯一把抓住莫瑞娜，争抢手中的药。菲洛斯从身后勒住莫瑞娜，情急中，莫瑞娜咬了一口菲洛斯的手臂，菲洛斯一松手闪到了后面。

莫瑞娜大喘着气惊魂未定。

莫 瑞 娜：睡觉之前你都要吃这个药，不然你就硬不起来，你是不是因为有了药才能和我谈恋爱，所以你的生活都是假的，你以前都是怎么过的，菲洛斯？

菲 洛 斯：我们都没有权利追问过去的事情。那天在餐馆你以为我看不出来吗，莫瑞娜！把药给我！

菲洛斯向莫瑞娜扑过去。

莫瑞娜把药从窗户抛了出去。

莫 瑞 娜：你出去！出去！

29.外,街上——日

菲洛斯在人行道上搜寻着药瓶，人来人往，菲洛斯的眼神在行人的脚步间四处张望，顺着莫瑞娜窗下的那条街，转角有一条后街，菲洛斯一直找到后街仍然什么都没有找到。菲洛斯又怒又累，晕乎乎的。

菲洛斯正准备回去的时候，一扭头看见墙上有黑色的涂鸦，是一个电话。

30.外,后街——夜

这条街一个人也没有。

菲洛斯站在原地四处看，迎面走来三个人。

碰面之后，三人中领头的人从下到上打量了菲洛斯，之后拿出用信封包着的钱。

菲洛斯刚要接,男人又收回去。

男 人:你知道规矩吗?

男人停顿了一下。

男 人:十万本金,三万的利息,一个月还。

菲洛斯伸出手从男人手中抽走了信封。

31.内,餐馆——夜

本把一个信封从桌上推给菲洛斯。

菲洛斯看了一眼本,他因为连续多天的失眠和精神衰弱,眼中布满红血丝,眼眶乌青,双手微微颤抖着打开信封,里面是一个大的玻璃药瓶。

本 :我可以帮你找下线,但是你的本金拿不回来了,明白吗?

菲洛斯点点头。

本 :不要和凉的东西一起吃。这个药进入肠胃之后会迅速溶解,不会检验出来,但是如果和冰的东西一起吃,药就会因无法溶解而产生毒性。我只能帮你到这儿了。

本走出餐馆。

菲洛斯又看了看信封中的药瓶,小心地从里面倒出一颗吃下,他仰起头靠在餐馆的椅子上,深吸着气,像是得到了解放。

32.内,电影院——夜

银幕里放映的是一个惊悚片。

一个男人冲进房子里,房子里有一个女人和她的丈夫。男人闯进去,用刀捅死了醉鬼丈夫,然后带着女人跑了出去。

菲洛斯看得入迷,好像在思考着什么。旁边原来莫瑞娜坐的位置空着。电影结束后,周围的人都走了,菲洛斯仍然坐在位置上,好像想到了什么。

33.内,家中——夜

菲洛斯进家,边脱外套边径直走向电脑桌。

菲洛斯打开电脑,点开文档,特写是停在原来位置的闪动的光标。

画 外 音:我想到了,我要在这一个月内还清贷款,而我拿什么还呢,正如你们所见,我是一个失败的失业者,我除了会写文章以外一无是处,甚至都不能给人家做保姆,所以我唯一的出路只能写书卖钱。对,就像我之前想的写一本伟大的书。但现在不同了,我有了一个灵感,我还有支撑我写下去的东西。

想到这里,菲洛斯起身拿外套,从里面拿出药瓶,倒出了两颗药吃下。

画 外 音:我要把它写出来。

闪动的光标后面开始出现文字。

钟表显示时间是晚上十一点半,钟表开始一圈一圈转动,白天黑夜,菲洛斯在电脑前写,吃速冻食品,去洗手间,在房间里转悠,做俯卧撑,频繁地吃药,文档的字数显示越来越多,玻璃药瓶里的药剩的越来越少。

34.内,家中——日

按下最后一个回车键。

画 外 音:完成了。

他在镜子前穿戴好,他很少对着镜子打扮自己。

菲 洛 斯:OK,OK。

边说着边有些慌张地走到电脑桌前,拿出一个文件袋。

他边收拾边念叨。

菲 洛 斯:故事梗概。

他把几页手写的纸装进去。

菲 洛 斯：故事。U 盘,U 盘在哪呢?

　　　　菲洛斯慌张地翻着桌子上的东西,不小心碰倒了药瓶,药瓶险些滚
　　　　落到地上,但被菲洛斯接住了,菲洛斯长呼了一口气,药瓶里只剩下
　　　　两颗药,他又用眼神扫了一遍桌子上,仍然没有找到 U 盘。

菲 洛 斯：算了。

　　　　菲洛斯直接抱起电脑,拿着故事梗概出了门。

35.内,出版社——日

　　　　菲洛斯走进出版社的大门,经过格子间,走到一间办公室前敲了敲门。

门　　内：请进。

　　　　菲洛斯进去。

　　　　坐在办公桌后的人抬起头看。

汉　　斯：菲洛斯?

菲 洛 斯：汉斯,好久不见。

汉　　斯：是啊,你有事吗?

菲 洛 斯：汉斯我想……

　　　　汉斯起身走到菲洛斯跟前,一只手抵着他,另一只手打开办公室的门。

汉　　斯：你应该知道这个地方不欢迎你。我再也不会让你从我手
　　　　里骗走一分钱。

菲 洛 斯：你应该看看……

　　　　汉斯半推着菲洛斯来到露台。

菲 洛 斯：听我说,我有了一个新的故事,一个非常棒的故事,你一定
　　　　会感兴趣的。

汉　　斯：不,我不感兴趣,你知道上次签约我损失了多少钱吗?你
　　　　写的那是什么东西!

菲 洛 斯：我当时没有灵感,那个时候我的生活一团糟,可是现在不
　　　　一样了……

汉斯打断了他。

汉　斯：你最好现在就离开这里。

菲　洛　斯：汉斯这次不一样了。

他手忙脚乱地从信封里拿出故事梗概。

菲　洛　斯：这是我的故事梗概，我已经写完了，在我电脑里，我们可
　　　　　以进去聊，你一定会感兴趣的，这是一个好故事，相信我。

汉斯接过了梗概，菲洛斯刚刚松了一口气，汉斯却一挥手，将纸扔下
了楼。

汉　斯：菲洛斯，我们永远都不会再和你合作，还有，你写的东西真
　　　　的很差劲。

说完汉斯扭头走了。

菲洛斯看着眼前发生的一切，他用手抱住头，几近抓狂。

菲洛斯绕着侧面的铁楼梯小跑下去，在出版社后面的一个垃圾站看
到了路中间的纸，他正准备过去捡，一辆车冲过来，撞了菲洛斯，压
碎了他的电脑。

36.内，医院——日

菲洛斯睁开眼，看着天花板一动不动。

白色的被子盖住他的身躯，莫瑞娜的头靠在他身上。菲洛斯的头绑
着绷带，眼神呆滞地盯着天花板。

莫瑞娜发现菲洛斯已经醒来了。

莫　瑞　娜：你醒了。

莫瑞娜跑出去叫医生。

医生跑过来查看菲洛斯的情况。

画　外　音：他们告诉我，我被车撞了，肇事司机逃逸了，我很有可能会
　　　　　片段性失忆。很快这种可能变成了事实。

莫瑞娜坐在床边。

莫　瑞　娜：所以你记得那天出门做什么吗？

菲洛斯摇摇头。

莫 瑞 娜:记得那天谁和你在一起吗?

菲洛斯摇摇头。

莫 瑞 娜:那你能记得的最近的事情是什么?

菲洛斯的脑子里开始出现很多碎片化的画面。

菲洛斯表现出惊慌的神色,他从病床上直起身子,菲洛斯的脑海中浮现了在后街的三个人,和本在咖啡馆,本给他的那个信封还有信封里的玻璃药瓶子。

菲洛斯眼睛睁圆。

菲 洛 斯:故事,我的故事………

莫 瑞 娜:什么故事?

菲洛斯抓着莫瑞娜。

菲 洛 斯:我的故事,我的故事,我想不起来了,完了,我把我的故事忘了,莫瑞娜,我的书完了,我什么都写不出来了,莫瑞娜快打醒我。

菲洛斯用手猛敲头。

莫 瑞 娜:你疯了吗,你在干什么?

莫瑞娜拉不住他,医生见状帮忙拉住菲洛斯。

37.内,医生办公室——日

医　　生:病人现在生命体征已经恢复正常了,片段性失忆只能慢慢恢复,暂时没有更好的办法,建议病人可以出院。病人的情绪状况现在还不是太稳定,回家或者回到熟悉的地方对他的记忆的恢复和情绪的稳定都有好处。

38.内,莫瑞娜家——日

莫瑞娜把一碗面端到菲洛斯面前,菲洛斯眼神呆滞。

菲 洛 斯：给我药。

莫 瑞 娜：没有药！你永远别想再吃一颗药！那简直就是毒品，你迟早有一天会死在这上面。

菲 洛 斯：不会，我才不会死在这上面。

画 外 音：我当然不会死在这上面，高利贷的人会在这个月底找上门来，把我绑起来，拳打脚踢，在确定我真的没有钱还之后，他们会随便选择一种方式，用绳子勒断我的脖子，用刀捅进我的心脏或者干脆一枪崩了我，然后把我的尸体抛进大海，没有葬礼，没有花束，我的一生就这样结束了。这一切都是因为我的坏掉的脑子忘记了灵感，我的记忆截止到了我借高利贷的时刻。他们告诉我现场有一台笔记本电脑被压得粉碎，还告诉我，我去过出版社，我把这些事情都忘了。那个能够拯救我的灵感，彻底消失了。

（叠化）菲洛斯和莫瑞娜在家中。莫瑞娜在床上写作，看书，有时拿着电脑跑下来问菲洛斯意见。菲洛斯始终对着无聊的电视节目坐着。

39.外,路上——夜

两人走在去电影院的路上。

莫 瑞 娜：你消失的这段时间我一直在写作，说实话，我挺感谢你的，你让我发现了自己的一种天赋，我很享受。

菲 洛 斯：你写得很好，莫瑞娜，就像我以前说的，你一直都是最棒的。

菲洛斯显然没有什么精神。

莫瑞娜停住，踮起脚吻了菲洛斯，两人对视。

电影院门口贴着一张刚上映不久的电影的海报。

40.内,电影院——夜

菲洛斯和莫瑞娜坐在老地方看电影，菲洛斯全程毫无精神，而莫瑞娜却看得十分投入。

菲洛斯始终在回想后街借高利贷时的场景和那三个面相不善的男人,电影里突然发出的音效把他吓了一跳。莫瑞娜和影院里的其他观众一样,始终看得入迷。莫瑞娜微皱着眉头,表情严肃,顾不上吃手里的爆米花,全神贯注于电影,电影放映过半爆米花还满桶。

电影结束,周围的人都在陆续离场,莫瑞娜坐在座位上若有所思,菲洛斯仍然为以后的事情一筹莫展。

41.内,莫瑞娜家——夜

一进家门,莫瑞娜手里拿着一个没吃完的甜筒,慌慌张张的。

菲洛斯无精打采,高利贷的事情仍然一筹莫展。

菲 洛 斯:你怎么了?

莫 瑞 娜:菲洛斯,我突然有一个想法,我想到了。

菲 洛 斯:想到什么?

莫 瑞 娜:我想到一个故事,你听我说,你快过来。

　　　　　莫瑞娜激动得有点手舞足蹈。

莫 瑞 娜:一个男人经营着一个移动冰激凌车,每天很多人路过,他听到过很多人的故事。有一天,他遇到一个女人,她脸上有伤,身上有很多处瘀青,她怀里抱着一个小女孩,小女孩大声地哭着。女人一边尽力劝女孩,一边向男人买冰激凌。女人的卷发散乱在肩上,无助的表情中却有一种坚硬的东西。买完冰激凌,女人抱着女孩匆匆离开,男人待在原地,女人过马路时急驶的车辆从她身边经过,风吹过,她耳边凌乱的头发被吹起,男人看着女人愣住了神。

菲 洛 斯:他爱上她了?

莫 瑞 娜:男人每天都固定在那里推着移动冰激凌车,他又见过很多次女人,每次女人的脸上都带着新的伤口,她从来不说话,时间长了,男人渐渐知道女人住在对面的那一栋楼里,清楚地知道了是哪一个房间。有一天,小女孩独自跑出来,她想要一个冰激凌但是没有钱,男人送给她一个冰激凌。这时,女人从对面的楼里跑了出来,她慌张地带着女孩离开,不知道为什么,男人感觉到他们再也不会见面了。那天晚上,男人收了车,他远远地看着女人住的那栋楼,他走了过去,上了楼。女人的房间黑着灯,男人出于好奇撬开了房间的锁,小心翼翼地走进屋子,他继续往里走,突然一回头看见另一个男人在橱柜上支着身子。男人吓坏了,可是另一个男人却一动不动。男人走近一看,这个人腹部被捅了一刀,血顺着橱柜流下来。正当男人松了一口气时,这个人突然动了,他还没有完全死,央求他救他,男人想起女人身上的伤痕和瘀青,他杀了男人。

莫瑞娜停下来没有再往下说。

菲洛斯听得入了神,也没有说话。

两人沉默了一会儿。

菲 洛 斯: 然后呢?

莫瑞娜来回在房间内踱步,很烦躁。

莫 瑞 娜: 不行,我的头要爆炸了,菲洛斯,我现在要好好想想,这是一个好故事,我要把它写下来。你说得对,我或许真的适合写作,我现在有一个点子了,我必须把它写下来。

菲 洛 斯: 然后呢?

莫 瑞 娜: 然后?我虽然还没有想好,但你知道,这会是一个好故事……这会值很多钱,我们会拿到一笔钱,菲洛斯。

菲洛斯看着她。

莫 瑞 娜: 我想你能不能先搬回去住,因为这几天我需要一个人好好想想,我得一个人,等我写完了你随时可以回来。实在太难得了，菲洛斯，你应该能明白这种感觉，当你有一个灵感的时候……

莫瑞娜正说着，菲洛斯突然出现在她身后，举起一个瓶子砸向了她，血顺着莫瑞娜的额头流下来，莫瑞娜倒在地上。

菲洛斯很惊恐，手足无措，他嘴里念念叨叨。

菲 洛 斯：莫瑞娜，我没有办法，你说的没错，这是一个很好的故事，它会被写成一本很好的书，我需要一个好故事，我没有办法。

莫瑞娜倒在地上慢慢睁开了眼睛，她用手摸着从额头流下的血，喊着救命。

菲洛斯也惊呆了，他看着倒在地上挣扎的莫瑞娜，出了一身汗，这时楼道里传来有人上楼的声音，莫瑞娜艰难地站起来往门口走，一边走一边叫着，菲洛斯见状一把从后面勒住她的脖子，捂住她的嘴，让她不要说话。两人争执着摔倒在地上，菲洛斯无意间看到了藏在床头柜底下的药，他伸手拿到药。

莫瑞娜无助地喊着，楼道里上楼的声音越来越近，莫瑞娜一口咬住菲洛斯勒着自己的胳膊，菲洛斯一松手，莫瑞娜往门边爬，情急之下，菲洛斯看到桌上的甜筒，想起本说过的话。药和凉的东西一起吃会因溶解不了而中毒，菲洛斯一只手拖住莫瑞娜，另一只手抠开药瓶倒出药，反身拿到桌子上立着的甜筒，把药用力地捏碎，用手指混合进甜筒，一把塞进莫瑞娜的嘴里，冰激凌顺着莫瑞娜的嘴边流下来，一滴滴地滴在地毯和床单上。

莫瑞娜先开始挣扎着发出呜呜的声音，之后她被呛得咳嗽，菲洛斯捂住她的嘴，不让她发出声音，听着脚步声走远了，菲洛斯松了一口气。等他回过神来，莫瑞娜已经没了动静，她的嘴边沾着冰激凌，在奶油之外泛起一圈白沫。

42.内，餐馆——日

菲洛斯和本相对而坐。

本　　　：听着,你不能在这么短的时间内找我。

菲 洛 斯：我需要更多的药。

　　　　本眼神中带着不可思议的神情。

本　　　：你不能吃这么快,你……你的脑袋到底出了什么毛病,那些至少够你吃三个月……

菲 洛 斯：我知道,但我现在需要更多的药。

　　　　菲洛斯从上衣内口袋里掏出在莫瑞娜家拿回的药瓶,里面只剩下三四颗药。

　　　　本皱着眉头说不出话。

本　　　：你……

　　　　菲洛斯没听完本的话,直接从桌子下面给本递过一个信封。

　　　　本一脸质疑地偷偷接过。他先看看菲洛斯又低头小心地瞟了一眼信封里面,是一沓钱。

菲 洛 斯：我先给你这么多,你给我一些药,之后我会给你比这多成倍的钱,你把药准备好。

本　　　：这……

　　　　菲洛斯起身想要跨过桌子般。

菲 洛 斯：这笔生意你不吃亏。

　　　　说完菲洛斯走出咖啡馆,站在门口临街的地方。

　　　　过了一会儿,本也走出来,两人对视一眼,本往前走,菲洛斯跟在后面。

43.外,居民楼——日

　　　　一个老旧的居民区。菲洛斯在两栋楼之间等着。

　　　　本从一栋楼的小门出来,把药偷偷塞给菲洛斯。

本　　　：近期都不要找我了。

　　　　菲洛斯拿着药离开。

44.外,莫瑞娜家门口——日

菲洛斯走在回家的路上,压低帽子,路过每天摆放移动冰激凌车的地方,今天冰激凌车不见了。

45.内,莫瑞娜家——日

菲洛斯走进家中,一打开灯,莫瑞娜背朝着他坐在餐桌的座椅上。菲洛斯吓了一跳,缓了缓神,走进屋子。

菲洛斯把莫瑞娜抱起来,拽下床单,擦掉莫瑞娜身上的血和嘴边的污物。他把床单卷成一团扔在地上。扶起倒在地上的台灯。菲洛斯想把地毯掀了,但是发现家具全部压在地毯上,他一个人根本无法移动这些家具。

菲洛斯趴在地上检查有没有血迹,确定收拾干净之后他一屁股瘫坐在地上。

莫瑞娜并排坐在他的身边,他看看她,脸色苍白,浑身冒虚汗,像丢了魂一样。他把她扶上餐桌旁的椅子,背对着卧室,她的身子靠着旁边的墙壁。

菲洛斯拿着莫瑞娜的笔记本电脑,打开文档,盯着闪动的光标,他想了想,先空下了题目,吃了两颗药,开始写莫瑞娜讲的故事。他的手一刻不停地敲击在键盘上,进度条越来越往下,文档的字数显示越来越多。最后几个字是"他杀了男人"。

46.外,街上——日

菲洛斯在餐车买三明治。

发传单的人往他手里塞了一张传单。

菲洛斯边走边吃三明治,他瞥了一眼传单是房地产广告,他正准备把传单扔进路过的垃圾桶,却猛地把手收回来,仔细地看了起来。

传单写着,预售一期,城市新商圈,老游乐园将爆破拆迁,马上要建立城市新地标。传单中在平面设计图的旁边附了地图和一张小小的破旧游乐园照片。

47.内,菲洛斯家——日

菲洛斯走进家中,他打开电脑桌的抽屉在里面乱翻,翻出一把钥匙。

48.外,莫瑞娜家门口——日

菲洛斯把那辆破旧的二手车开到了莫瑞娜家门口。
他下了车,上楼去。

49.内,莫瑞娜家——日

菲洛斯在家里拿着电脑查了游乐园的名字,网页上显示它是这座城市的第一座游乐园,但是已经很多年了,现在早变成了一片荒地,大多数游乐设施早就拆除了,现在只剩鬼屋和几个项目还没有拆除,显得很空旷。菲洛斯又查了地图。他看看表,下午三点。
菲洛斯关掉了网页,打开文档顺着昨天停笔的地方继续写。
文档上出现"他把尸体塞进冰激凌车,推着他去了城市郊区一个荒废的游乐园"。
晚上,菲洛斯看了看街角,没有摄像头。他把客厅的家具移开,卷起一块地毯把莫瑞娜卷进去,背着下了楼放在车后面,用其他杂物遮盖住,开车上了路。

50.外,游乐园——夜

菲洛斯开车进了游乐园的大门,游乐园里一片狼藉,一个人都没有。
停下车,菲洛斯张望四周,他从车后面把尸体扛下来,搬进车的前座,用毯子裹好,然后把车门锁住。
菲洛斯走下来,旋转木马上沾满了尘土,往前一点,菲洛斯看出那是鬼屋。

菲洛斯确定四周没有人,独自走进去。

51.内,鬼屋——夜

走进入口,里面一片漆黑。鬼屋里面设置了感应器,菲洛斯走进,里面传出一些微弱的电子惊悚声音,菲洛斯继续缓慢地往前走,突然从天花板倒立下来一个女鬼,黑色长直发,白色的衣服,瞬间周围响起恐怖的惊悚音乐,菲洛斯被突然出现的模型吓了一跳,他眼前一阵眩晕,踉踉跄跄地往前走,不时有手从地下和旁边朝他伸来,再往里走,有一个房间,菲洛斯惊魂未定地走进去,一开门里面是一个病床,床上绑着一具背面朝上的尸体,尸体模型做得很逼真,菲洛斯走近看,他觉得这个背朝下的尸体很奇怪,他把绑在尸体手脚上的绳子解开,翻过来尸体,发现只是一个内部中空的壳,菲洛斯突然有了想法。

52.外,游乐园——夜

菲洛斯打开车门,将裹在毯子内的莫瑞娜的尸体扛起来再次走进鬼屋。

53.内,鬼屋——夜

因为鬼屋封闭所以很热,菲洛斯满头大汗,不时有手抓住菲洛斯的腿,菲洛斯快步往前走,突然,有一只手拽住了莫瑞娜的尸体,菲洛斯一下子被绊倒在地上,尸体也掉在了地上,一把斧头从毯子里掉了出来。菲洛斯很慌乱,他把那些手都踩下去,挣扎着从地上爬起来,重新包起尸体走进那个房间。

他费劲地把莫瑞娜的尸体平放在那个床上,看着尸体愣了神。他手里拿着斧头,下不了手,汗一滴一滴地落下来,他放下斧头,最终把尸体翻了个个儿,把假的模型小心翼翼地套在尸体上,给手脚系上死结,然后把床和附近收拾成进来前的模样。全部弄好之后,他汗如雨下地站在房间内,眼神怔怔地看着那个背面朝上的尸体模型,汗水和泪水从脸上滴下来,他脸色惨白,眼中脱水,仿佛整个人已经被挖空。菲洛斯拿着地毯走到外面,找到一个角落,用打火机点燃地毯的一头,看着地毯燃烧在火苗之中,他转身上车离开。

54.内,莫瑞娜家——夜

菲洛斯进入家中,他看起来有些手足无措,他又整理了屋里的东西,戴上手套,把家具、床都拿抹布擦了一遍,最后他拿走了莫瑞娜的笔记本电脑离开了这间房子。

55.外,街上——日

没有任何不同,像过去的每一天一样,街上行人来来往往。

56.内,菲洛斯家中——日

菲洛斯在文档里敲下"他用火烧了他们的房子、车子,他们所有的一切……"

画 外 音:我有了一个灵感,我还有支撑我写下去的东西,我开始了,我要写出一个精彩的故事,一本伟大的书。

墙上的时钟转了一圈又一圈,菲洛斯每过一段时间就要吃药,文档的字数越来越多,他写道:"男人用地毯裹着尸体将尸体带进了游乐园,他将尸体分尸,把鬼屋里假的道具换成尸体的四肢,安装在鬼屋里,后来,男人没有再回过女人以前住的地方,他每天在游乐园门口卖冰激凌,仍然推着他那辆蓝色的移动冰激凌车。很长一段时间,什么都没有发生,游乐园里的人每天络绎不绝,鬼屋的票卖得很好,似乎比以前还好,进进出出的人很多,很多人出来之后都吓得失了神色,小孩吓得哇哇大哭。"

画 外 音:我把情节设计得更刺激了,男人每天在游乐园门口一直注视着一切,直到有一天,他再次看到了女人和她的孩子,而她们排队买票正准备进鬼屋。

57.内,餐厅——日

汉　斯:我很抱歉听到你出了这个意外,因为那天和你说完之后我
就去外面见朋友了,出了这样的事情我不知道该说什么,
我很抱歉。

菲洛斯没说话看着他。

菲洛斯拿出一沓纸,从桌上推给汉斯。

菲 洛 斯:我保证这是一个好故事,我保证。

汉斯还没有接过去。

菲 洛 斯:你应该看一看。

58.内,家中——日

画 外 音:之后的时间我都在无所事事中打发,距离月底还有十几天,
可我着急又有什么用,我能做什么呢? 我买来了这本《无罪
的罪人》,大多数时间我都在看书。什么事情都没有发生,没
有人联系我,高利贷的人还没有找上门来,没有人提起莫瑞
娜,好像没有人知道她已经消失了,过几天楼就要开始建起
来了,游乐园会被爆破,永远都不会有人知道这里面有什么。
莫瑞娜的电脑里有她之前写过的一些东西,我看了,她写得
很好,不知道为什么,我觉得那些东西像是我写的,有时候我
在想,这到底是她写的还是我写的。

59.外,街上——日

菲洛斯在街上边走边吃三明治。路口处,上次发传单的人还在,他
们手里拿着气球和传单,好像在做什么活动,有很多小孩子围在周

围,菲洛斯走过去,照例被塞了一张宣传单,菲洛斯看着传单神情变得严肃。上面写着"游乐园复兴计划",称游乐园将在周五晚上开园,现存的游乐设施将会启动,作为城市的纪念,这将是最后一次游乐园开园。

60.外,游乐园——周五晚上

菲洛斯开车停在游乐园门口,游乐园亮了起来,到处挂着装饰的灯,园内正中央,人们点起高高的篝火,孩子们绕着火堆奔跑。远处的鬼屋开始排队了,鬼屋里面人们尖叫着,藏尸体的房间门一开一闭。菲洛斯远远地看着所有的人。

61.内,菲洛斯家里——夜

菲洛斯躺在床上难眠,他仰着头看着白色的天花板,电话突然响了。

菲 洛 斯:喂。

62.内,餐厅——夜

汉　　斯:你把后面的发我吧。

菲 洛 斯:你感兴趣?

汉斯露出无奈的表情。

汉　　斯:我也不想承认,但是这确实是个好故事。

菲 洛 斯:你会帮我出版?

汉斯点点头,把一个信封从桌子上推给菲洛斯。

汉　　斯:这里面是订金。签了合同之后,我会给你一张支票。

菲洛斯打开信封,里面装着厚厚的一沓钱。

63.内,家里——日

菲洛斯仍然在吃药,在电脑前修改稿子,完成后,点击"邮件"发送。

64.内,出版社——日

签了合同,菲洛斯拿到了支票。

65.外,书店——日

书开始成批地印刷,被运进各大书店,汉斯忙着做书的宣传工作,菲洛斯和他一起参加了很多发布会,书的销售量每天都在更新,媒体争相报道,评价很高。

66.内,出版社——日

菲洛斯在汉斯的办公室里谈笑风生。

秘书敲门走进来,给汉斯递了一张支票,汉斯在上面签了字,把支票递给菲洛斯。

汉　斯:合作愉快。

菲洛斯接过支票。两人相视而笑。

67.外,后街——夜

迎面走来三个人。

菲洛斯把信封递给大块头男人。

男　人:你是那个作家吧。

菲洛斯:我不知道你说的是谁。

男人轻蔑地笑了一下。

菲洛斯:你想怎么样?

男　人:没什么。

菲洛斯:听着,这件事我不希望有任何人知道。

男　人:放心,我们有我们的规矩,这种事情不会往外传的。

菲洛斯把信封递给男人，男人点钱。

男　　人:这年头写书不好赚钱了。

68.内,车里——夜

晚上下了雨,菲洛斯开车到莫瑞娜家楼下,他抬头看向莫瑞娜家的阳台,里面黑着灯。

画 外 音:那个卖冰激凌的男人再没有出现过。不知道为什么,我觉得我就像他一样。

菲洛斯开车离去。

69.内,车内——夜

菲洛斯回到家,准备停车,车里的广播正播报整点新闻,广播里说:"今日城郊的游乐园发现女尸一具,尸体是在游乐园的鬼屋里被发现的,由于游乐园刚刚举办完复兴仪式,闭馆后附近居住的小孩子溜进去,因鬼屋里散发出恶臭味,一名儿童出于好奇拆解了里面的一个设施,发现了尸体。据警方称,尸体被发现时已高度腐烂,法医鉴定为一名女性但身份信息无法提取,警方已展开调查,案件的后续进展我们将持续跟踪报道。"

菲洛斯愣在车里了,头上开始有汗珠渗出来,他僵在座位上一会儿,然后猛地拔了钥匙下车。

70.内,家里——夜

门一开,屋内漆黑一片,菲洛斯往前走了走正准备开灯,就在这时,地上一根细物突然晃动,菲洛斯吓了一跳,不自觉地一抖,地上的东西又扭动,菲洛斯头皮发麻,神经骤然紧张,他在黑暗中紧盯着地上的东西,眼前出现密密麻麻的噪点,菲洛斯又开始感到眩晕,他赶紧打开灯,灯光下,一条小蛇从屋子里爬出来,顺着门前的台阶爬下去,慢慢消失。

71.内,警察局——夜

警察局里面所有人都在连夜工作。

弗兰德正查看案件的资料和图片。

同　　事:弗兰德,局长找你。

72.内,办公室——夜

弗兰德敲敲门进去。

弗　兰　德:您找我?

局　　长:新案子你听说了吧。

弗　兰　德:我正看材料。

局　　长:这个案子情况比较复杂,尸体腐烂导致线索基本都没有
　　　　了,指纹现场也提取不到,太多人接触过,没办法提取指
　　　　纹。我们已经调查了好几天了,现在还没有任何线索,怎
　　　　么样,有没有兴趣接手这个案子?

弗　兰　德:尽力而为。

局　　长:除了你个人的能力,团队合作也很重要。

弗　兰　德:我会处理好的,如果没什么事我去跟进了。

同　　事:弗兰德,你的推理小说呢?有没有给你这个案子的灵感?

同事们看着他嬉笑。

73.外,游乐园——日

菲洛斯开着车远远地停在游乐园外面,看着里面有警方的车辆。菲
洛斯在车里表情凝重。

74.内，鬼屋——日

弗兰德在鬼屋里重新勘查现场，他仔细观察每一个地方，没有发现线索。游乐园的摄像头在很多年前游乐园闭园的时候就关闭了，弗兰德没有任何发现。

75.内，弗兰德家——夜

弗兰德回到家中，房间很小，但是物品摆放极其整齐，一张不大的床上被子整齐地放着，拖鞋整齐地摆在地毯上。桌子上有一个壁挂式的小书柜，里面放满了书籍和很多奖杯勋章，桌子上也有整齐的一摞书，全部都是与推理犯罪相关的小说，其中有一本《无罪的罪人》。弗兰德躺在床上，他的脑中开始浮现案件的材料和现场的画面，他试图理清思路。没有监控，没有指纹，尸体腐烂没有身份，没有失踪人员报案，没有目击者，弗兰德非常困惑。

76.内，菲洛斯家——日

菲洛斯在家中坐立不安，他一晚没合眼。

画 外 音：没什么，不会有人知道那是谁，也不会有人怀疑到我，很好，现在很好，到目前为止什么事都没有发生。我不应该自乱阵脚，谁会怀疑到我呢。

菲洛斯穿上一件外套，出门去了。

77.外，街上——日

菲洛斯走在路上，路过之前认识莫瑞娜的书店，他看到书店门口又立着"读书分享会"的牌子，他走近一看，是《无罪的罪人》。菲洛斯走进书店，在里面的屋子里坐在上次他坐过的位置。

弗兰德正从街道的另一边过来，他看到橱窗里畅销区贴着新书海报

（菲洛斯的书），他走进书店，畅销区的书整齐地堆得很高，弗兰德拿下一本翻看，里面的屋子传来声音，弗兰德带着书走过去查看。看到里面在开读书分享会，弗兰德找了一个空的地方坐下，刚好在菲洛斯旁边。

弗 兰 德： 你也喜欢这本？

弗兰德指指菲洛斯手上的《无罪的罪人》。

菲 洛 斯： 读过而已，没什么深研究。

弗兰德点点头。

菲洛斯看到他手上拿着自己的书，弗兰德注意到菲洛斯的眼神。

弗 兰 德： 新书上架，新作家，你看过吗？

菲洛斯摇摇头。

读书会结束，弗兰德在结账。他看到菲洛斯走出书店，他没有多在意。

78.内，警察局——日

弗兰德和同事在分析案件线索。利用空闲的时间，弗兰德看起了菲洛斯的新书，他看得很痴迷，书不离手。

79.内，弗兰德家——夜

弗兰德开门进家。他换了衣服，洗澡出来，打开床头灯，继续看书。看着看着，他眉头微皱，翻看着前后的书页，眼神中带着疑惑，然后突然从床上坐起来。

80.内，菲洛斯家——夜

菲洛斯喝了很多酒，茶几上酒瓶子和药瓶倒在一旁。他的意识已经不是很清醒，仰在沙发上，眼前一阵眩晕，他的脑海中开始浮现片段化的画面，他和莫瑞娜在一起的画面，他们一起看电影，还有借高利贷的画面，之后他想起他一个人看电影、车祸发生时、毒死莫瑞娜的画面,最后他想起了地毯,当时他掀开地毯时,看见床边地毯上有药和冰激凌的污渍,本想回来再处理,但是没有机会再回去,那些污渍仍然残留在地毯上,里面有没有溶解的药的成分?

81.外,游乐园——夜

弗兰德独自一人又来到游乐园,他打着手电往鬼屋后面摸索。鬼屋后面是一片废墟,沙土地上杂乱地堆放着一些杂物。弗兰德把手电的光打在地上,认真地搜寻着。突然,沙土地上一片有过燃烧痕迹的地方引起他的注意,他用脚把那片沙土踢开,地面上有明显的燃烧痕迹。

画 外 音:男人找到游乐园里的一个偏僻角落,他用打火机点燃了那块包裹尸体的地毯。

弗兰德蹲在地上,在旁边找了一根棍子,用棍子拨开沙土仔细地搜寻这片地方,接着他发现了没有燃烧尽的不明物体,他把一小块一小块的碎片从沙土中拣出来端详。

82.内,警察局——夜

弗兰德心急火燎地走进警察局。

弗 兰 德:洛茨,查查这个。

弗兰德一手拿着小说一手拿着密封袋。

办公室里所有的人都看向他。

洛茨疑惑地看看密封袋又看看他,然后起身走向另一间办公室,弗兰德跟着走进去。

洛　　茨:纤维物。

弗 兰 德:有可能是什么

洛　　茨:不能确定,但从材质看……

弗 兰 德:是什么?

洛　　茨:像是地毯、毛毯之类的东西……

洛　　茨:这上面有一点东西。

　　　　显微镜下小块的碎片上有沾染过液体的痕迹。

洛　　茨:需要进一步鉴定。

　　　　弗兰德走出警局,边走边打电话。

弗 兰 德:喂,我需要你帮我鉴定个东西。

83.内,菲洛斯家——夜

　　　　菲洛斯一头大汗从梦中惊醒。

　　　　他打开台灯,大喘着气坐起身子来,然后踩着拖鞋下了床,洗了把
脸,然后倒了一杯水。

　　　　菲洛斯坐在餐桌上,开始回忆刚刚梦里的场景。

画 外 音:我被车撞了,我是被一辆卡车撞到的。那个电影,那个电
　　　　　影我看过一遍,和莫瑞娜一起是我第二次看那部电影。

　　　　菲洛斯突然深吸一口气,他回想起来在莫瑞娜家里的场景。

画 外 音:地毯,我竟然忘记收拾地毯。

　　　　菲洛斯瞪圆了眼睛。

画 外 音:没关系,到现在为止什么事都没有发生,他们只是发现了
　　　　　尸体,没有人知道那是谁,也没有人怀疑到我,没有人会找
　　　　　到莫瑞娜的家,什么事都没有发生,我可以回去,甚至正大
　　　　　光明地走进去。把地毯收拾了再回来,不会有任何问题。

　　　　菲洛斯起身换衣服。

84.外,莫瑞娜家外——夜

　　　　外面下着很大的雨,菲洛斯来到莫瑞娜家门口。他打着伞站在以前
移动冰激凌车的位置避雨。他小心地探出头来,不让水打湿衣服,
莫瑞娜家仍然黑着灯。

85.内,楼道里——夜

菲洛斯在房门前,他小心地把鞋子脱了,放在一个看不到的死角。然后从口袋里小心地掏出钥匙,打开房门。进屋之后,他没有开灯,而是用手电开着最小的光,走到床边的位置。他蹲下来,从衣服里拿出一个袋子,里面装着小瓶的清洗剂,菲洛斯用手电照着床边的地毯,但什么都没有。菲洛斯趴下来,又用手电小心地照着床边的一周和其他的地方,仍然什么都没有。菲洛斯从地上站起来,他很困惑。这时候楼道里传来微弱的声音,菲洛斯走到门前,从猫眼看着外面,什么人都没有。菲洛斯顾不上多想,小心地把门打开一条缝,确定外面没有人之后他走出去,穿上鞋离开。

86.内,弗兰德家中——夜

弗兰德从外面回来,身上湿漉漉的。他坐在书桌前看了一眼书的侧面,然后用电脑打开谷歌搜索"菲洛斯"这个名字。

87.外,偏僻居民区——夜

本独自在一个巷子里,他警惕地看着四周,并时不时地看表。这时,从暗处走来一个人,戴着帽子。本眯着眼睛,想要看清他的长相,男人越走越近。一抬头,是弗兰德。

本 :钱带了吗?

弗兰德从衣服的内口袋里给本看了钱。本刚想拿,弗兰德合住衣服。
两人对视几秒。
本拿出一个小白罐打开,弗兰德看清后把钱给了本。

本 :不要和冰的东西一起吃。

弗兰德停顿了一下,紧接着掏出一张照片,是菲洛斯的照片。
本看了眼照片没有说话。

弗 兰 德 : 这个人从你这里买过药吗？

　　　　　本准备扭头走，弗兰德拦住他。

弗 兰 德 : 这个人有没有从你这里买过药？

本　　　 : 我为什么要告诉你。

　　　　　弗兰德敞开衣服口袋给本看，里面插着一把枪。

弗 兰 德 : 我再问你一遍，这个人有没有从你这里买过这个东西？

　　　　　本冷冷地看着他。

88.内,家里——日

　　　　　菲洛斯整天待在房间内。

画 外 音 : 一定是我记错了，那天晚上我一定收拾干净了，不然不可能没有痕迹的，我一定记错了。或者那天晚上根本就没有痕迹留在地毯上，我只是多想了而已，这只是一个梦，什么都证明不了。而且到现在为止，什么事都没有发生，一切都和平时一样。

　　　　　电话响了。

　　　　　菲洛斯接起电话。

菲 洛 斯 : 汉斯。

89.内,出版社——日

　　　　　菲洛斯准备接受媒体采访。

　　　　　汉斯拍了拍菲洛斯的肩膀。

汉　　 斯 : 别紧张。

　　　　　开始直播，记者向菲洛斯提了一些问题。

90.内,警察局——日

　　　　　弗兰德正看电视中的专访。

记　　者：你的灵感来源于什么呢？

菲　洛　斯：来源于我前期看的一部电影和生活中的一些人和事。

记　　者：您现在是单身吗？

　　　　　菲洛斯愣住了，他一时语塞，不知道该怎么回答。

洛　　茨：案子怎么样了？

弗　兰　德：还在挖线索。

91.内,弗兰德家——日

　　　　　弗兰德在自己家里的墙上贴了一张菲洛斯的照片开始研究，与此同时的这些日子，菲洛斯接受了越来越多的采访。

92.内,菲洛斯家——夜

　　　　　菲洛斯独自在家，有人敲门，菲洛斯打开门，是弗兰德。
　　　　　菲洛斯觉得这个人有点面熟但是记不起是谁。

菲　洛　斯：你找谁？

弗　兰　德：我找作家菲洛斯。

菲　洛　斯：你有什么事情吗？

弗　兰　德：你不记得我了？

　　　　　菲洛斯眉头微皱。

弗　兰　德：书店。

　　　　　菲洛斯豁然开朗。

菲　洛　斯：哦，是你，有什么我可以帮忙的吗？

　　　　　弗兰德拿出这本书。

弗　兰　德：是关于这本书，我才知道原来我曾有幸和作者一起参加读
　　　　　书分享会。

菲　洛　斯：请进。

　　　　　两人走进屋，菲洛斯请弗兰德坐在沙发上。

菲洛斯边倒水边问弗兰德。

菲 洛 斯: 你是怎么知道我住这里的?

弗 兰 德: 我有朋友住这边,他告诉我他曾看见你进出这片。

菲洛斯走过来坐下。

菲 洛 斯: 我有能帮到你的地方吗?

弗 兰 德: 很抱歉这么冒昧地打扰,是因为书,我太喜欢这本书了,真的,非常喜欢。

菲 洛 斯: 谢谢。

弗 兰 德: 我有一些地方实在太想听听作者本人的解读,我一直在看,直到今天晚上我再也忍不住,所以登门拜访。

菲 洛 斯: 说说看。

弗 兰 德: 你的故事讲完了吗?

菲 洛 斯: 什么?

菲洛斯正给弗兰德加水,听到这里他停了一下。两人对视。

弗 兰 德: 不好意思,我感觉故事好像没讲完,这不像是结尾。

菲 洛 斯: 是吗?

弗 兰 德: 没什么,也许你是为了让故事留有一些想象的空间。我只是个人意见,我更希望看到一个结尾。

菲洛斯看了看他。

弗 兰 德: 书中有几个地方特别想了解,不知道您是否能帮我解答疑惑?

菲 洛 斯: 说吧。

弗 兰 德: 男人杀了女人的丈夫之后,为什么一定要分尸?鬼屋的这个设定很有意思,但我觉得不一定要分尸。您是怎么想这个地方的,还是说纯粹为增加故事的刺激性?

菲 洛 斯: 这个地方……

弗兰德打断他。

弗 兰 德: 也许你也觉得下不去手,如果把整个尸体藏匿的话也可以达到抛尸的目的。夏天的话,尸体过不了多久就会腐烂,这样身份信息就无从得知,一样的效果,分尸只是为了情节刺激。

菲洛斯清了清嗓子。

菲 洛 斯:对我来说,这个地方还是为了营造恐惧和紧张感,所以采用分尸这种方法。

弗兰德若有所思地看着菲洛斯。

弗 兰 德:现在书中这个不是结局的结局很有意思,女人和她的孩子在鬼屋前排队,这很有戏剧性,因为事情的发展和走向从这刻开始有了很多的可能性。

菲 洛 斯:什么意思?

弗 兰 德:我是说,如果有人发现了呢? 如果事情败露,尸体被人发现了会怎样?

菲洛斯下意识地接上话。

菲 洛 斯:不会有人发现的。

弗 兰 德:为什么?

菲 洛 斯:就算有人发现,也没有理由怀疑到他头上。

弗 兰 德:为什么?

菲 洛 斯:没有线索。

弗兰德停顿了一下。

弗 兰 德:如果有呢?

菲洛斯站起身来走到冰箱那里从冰箱里拿出水。

弗 兰 德:您别介意,我只是觉得这个故事有很多种可能性,故事就像一棵树一样,可以长出很多分叉和枝干,可以有很多走向。

菲洛斯没有说话。

弗 兰 德:我注意到您家里的地毯,很柔软,我见过很多粗糙的地毯,如果不小心洒上什么饮料或者甜品,会留下很明显的痕迹,清洗起来相当困难。

菲洛斯正拿着杯子的手抖了一下，杯子掉在地上碎了。

弗兰德赶忙起身。

杯子里的液体留在地毯上，泛起泡沫。

弗 兰 德： 就像这样。

弗兰德低头看着地毯。

菲洛斯眉头深深地皱起，他感到呼吸有些困难。

弗 兰 德： 我只想知道为什么杀她？

两人四目相对，沉默了许久。

画 外 音： 他知道了所有事情，这个我面前的男人，知道了所有事情。为什么杀她，这句话没有主语，但是我确定他已经知道了所有事情。我该怎么办？

菲洛斯的身体开始微抖，细密的汗珠从额头渗出来。他半倚在餐桌前，想要移动身体拿什么东西。

弗 兰 德： 是这个吗？

弗兰德拿出药瓶。

菲 洛 斯： 你怎么有？

弗兰德打开冰箱，从里面拿出冷藏的半瓶汽水，然后取出一片药，放进汽水瓶，过了几秒，然后把瓶子放在茶几的边缘，汽水瓶开始冒泡，越来越多的泡沫从瓶口溢出来，滴在地毯上，留下白色的印迹。菲洛斯看到这些印迹，那天晚上在莫瑞娜家的记忆重新回到他的脑海中。（闪回）

菲 洛 斯： 不可能，没有留下痕迹……

弗 兰 德： 当然，如果有人比你先一步，那些痕迹就消失了。

菲洛斯眼神中带着惊恐。

弗 兰 德： 故事都是巧合的，难道不是吗？那天晚上我去了莫瑞娜的房子，替你清理了那些痕迹，但这个时候我碰上了一个醉鬼，他似乎是去找你的那位小女友的，于是我知道了莫瑞娜这个名字，知道了你和她的故事。后来，更巧的是我刚准备下楼,却碰到了你,那把放在楼道里的伞和那双黑皮鞋。你看起来很失望的样子。

弗 兰 德:在我看来,这个故事更精彩不是吗?

菲 洛 斯:你是怎么找到莫瑞娜家的。

弗兰德拿出一个密封的袋子,里面是那块烧焦的地毯碎片。

弗 兰 德:如果是坚硬毛质或者纯手工制作的地毯,它们坚硬粗糙,如果不小心洒上什么饮料或者甜品,那会留下很明显的痕迹,不仅是清洗困难,燃烧起来也很困难。

菲 洛 斯:你到底是谁?

弗兰德看着他,从口袋里拿出警员证。

弗 兰 德:告诉我,为什么杀她,我可以抓你,很早之前就可以抓你,但是我想不明白你的动机是什么,告诉我到底为什么一定要杀了她。

菲 洛 斯:给我药,先给我药。

弗兰德想了想,慢慢地走向他,递给他药瓶。这时候菲洛斯突然压在弗兰德身上,两人扭打在地上,弗兰德试图拔出口袋里的枪,菲洛斯用力一击,枪滑到一旁,弗兰德爬过去够枪,被菲洛斯拖住双腿,在挣扎中,弗兰德掐住了菲洛斯的脖子。

弗 兰 德:到底为什么杀她,为什么? 到底为什么?

菲洛斯情急之下捡起地上的一片碎玻璃渣,刺向弗兰德。弗兰德一松手,菲洛斯从地上站起来。他头晕目眩,情急之下拿起放在茶几上的半瓶汽水,倒进弗兰德嘴中。

弗兰德挣扎了几秒之后不再动弹。

(黑场)

93. 内,书店——日

菲洛斯在举行签售会,来了很多记者,面对记者的提问,菲洛斯应答如流。

94.外,出版社临街——日

出版社临街有一家小酒馆,从窗户外面可以看到里面的一台小电视。一个乞丐经过,他看到电视里播放的采访,没有多留意。乞丐走过路口,来到出版社后面的那片垃圾站。

95.内,菲洛斯家——日

菲洛斯拿出一个西红柿,放在手上检查。

96.外,出版社下的垃圾场——日

乞丐在翻捡那些垃圾。

97.内,菲洛斯家——日

菲洛斯冲洗西红柿。

98.外,出版社下的垃圾场——日

乞丐在很多杂物中看到一个信封,可以看到里面装着纸张(菲洛斯被丢弃的故事梗概)。乞丐好奇地捡起它,然后打开。

99.内,菲洛斯家——日

菲洛斯坐在沙发上,手中的西红柿湿漉漉的,他利落地揪下西红柿的蒂。

100.外,出版社下的垃圾场——日

纸上写着密密麻麻的字。乞丐找到一个空地,盘腿坐下,开始看起

来。上面写着"第一部 故事梗概"。里面出现了一些眼熟的字眼，"毒死""杀掉""地毯"等。

101. 内,菲洛斯家——日

菲洛斯大口咬着西红柿,西红柿的汁顺着手流下来,滴在地毯上,留下红色的印记。

102. 外,出版社下的垃圾场——日

乞丐津津有味地读着这个梗概写的故事。梗概里讲的是一个看似完美的杀人案件,菲洛斯却给出了破解的唯一线索,上面写着"男人在离开房间时,忘记清洗地毯上留下的污渍"。

乞丐继续翻到后一页,后面有一个附录,上面写着:"这本书有三部,杀人者被人发现了证据,于是杀人者杀了发现证据的人,同样毁尸灭迹,可他自认为无人可知的犯罪事实中仍然遗留了一条线索,之后又有人发现了这条线索,杀人者再次杀了发现线索的人,犯下连环杀人案。"

103. 内,菲洛斯家——日

菲洛斯起身走到电脑桌旁,打开休眠状态的电脑,点开文档,面对闪动的光标,他犹豫了下,从药瓶里倒出两颗药,写下"第二部"的题目。镜头下移,摇到侧卧在茶几旁的弗兰德的尸体。

104. 黑场

黑场中传来电话铃声。

电话响了几声之后转入语音留言。

电话那头是洛茨的声音。

洛　　茨:弗兰德,你在哪儿? 我有了一些发现,我想先告诉你。

（全剧终）

指导教师：刘连开

指导教师点评

　　该剧本讲述了一个较为复杂的纯虚构故事。剧中的主人公、小说家菲洛斯杀死了女友莫瑞娜，剽窃了女友的创意灵感，却不由自主地身陷自己小说创意的规定情境之中，他在现实生活中成了连环杀手，并最终写出了成功的畅销小说，小说家因而也成了小说故事里的主人公。复杂剧情的设计与处理，体现出作者较为扎实的剧作技能。

　　剧情设置上，存在一个需要斟酌的问题：主人公菲洛斯最初产生并在车祸中丢失的小说创意，与女友莫瑞娜的小说创意，两个创意的叠加及两人关系（情变）的设定，不仅使得剧情冲突复杂化，而且略显刻意与生硬。剧本中还存在一些叙事逻辑上的小问题。

　　作者在创作理念上比较有新意。作品在文艺片的内核中，融入了恐怖、惊悚、悬疑等商业元素，情节生动紧凑，易激发情感共鸣。

第四者

张胜楠

作者简介

张胜楠,女,1995 年 8 月生,籍贯黑龙江省齐齐哈尔市,浙江传媒学院文学院戏剧影视文学(编剧与策划)专业 2014 级学生。参与创作的作品《天地礼》获"迎接 G20 峰会·生活方式绿色化"微视频大赛微电影类三等奖。

故事梗概

程沛是一家企业的总经理,身边的人都对他赞不绝口,好人缘好脾气成了他的标签。但只有程沛自己清楚,他的人生一直被阴影笼罩着。双胞胎弟弟季淮是他心头的一根刺,两人年幼时父母对长子的严厉和对次子的宠爱让程沛一度陷入痛苦。失去父母后,兄弟两人相依为命,程沛担起了照顾弟弟的责任。可是这种重压也使得程沛的心理越来越扭曲,甚至患上了精神分裂症。

除此之外,季淮的女友平安曾是程沛的初恋情人。为了弟弟的幸福,程沛选择埋藏这段感情。但随着季淮的失踪,程沛心中隐藏许久的感情似乎有了新的机会,于是他开始装扮成弟弟与平安约会。平安和叔叔程德都发现了程沛假扮季淮的事实,于是分别去试探程沛并试图找出季淮的去向,但等待他们的,却是让他们难以接受的残酷真相……

1.内,写字楼的落地窗前——日

　　　　　黑屏。只有画外音。

画 外 音:您好,可不可以说一下,您和他的关系?

　　　　　屏幕亮起,写字楼落地窗前的沙发上坐着一个穿着白大褂的男人,只有上半身入镜,男人脸上的皱纹和鬓边的白发暴露了年纪。只有他一人面对着镜头,看向对面的眼神和蔼而慈祥。

程　　德:我是他叔叔。

画 外 音:您的职业是?

程　　德:心理医生。

画 外 音:您对他的评价是怎样的?

程　　德:他是个好孩子。

画 外 音:他对家里人怎么样?

程　　德:很好。

画 外 音:能更具体一点吗?

程　　德:我哥哥和嫂子车祸离世后,他寄宿在我家一段时间。他很努力,也很要强……还会经常来看我。

2.内,面馆——夜

　　　　　站在面馆门口的程沛掸了掸肩上落的雨,将伞收好放在面馆门口的伞架上。门口有很多因为下雨踩湿了的泥脚印,程沛将西装外套脱下拿在手里,拿起拖把帮开面馆的老奶奶将地拖干净。

老 奶 奶：(急忙抢程沛手里的拖把)你这是干吗？快给我，不用你做这些！

程　　　沛：没事的，我在办公室坐了一整天，正好活动活动筋骨！

老奶奶看着程沛呵呵地笑，引得面馆里其他顾客也往程沛这里看。

程　　　沛：奶奶，给我来一大碗牛肉面！

老 奶 奶：好嘞！

老奶奶为程沛端上来一大碗牛肉面，葱花和香菜在碗里飘着，颜色十分诱人。程沛一筷子捞起面条，从碗里翻出了一个荷包蛋。程沛对着柜台那里算账的老奶奶淡淡一笑，老奶奶也对程沛回以慈爱的一笑，程沛便开始大口大口地吃了起来。

3. 内，写字楼的落地窗前——日

画 外 音：能谈谈他人缘怎么样吗？

秘　　　书：他是个很有魅力的人，公司上下都很喜欢他。

画 外 音：你对他印象怎样？

女秘书没有说话，笑着将耳鬓旁的头发别在耳后。

画外音也了然地笑了起来。

4. 内，公司内部——傍晚

镜头拍摄整个公司的全景，体现出非常好的工作氛围，每个工作人员都在良好的工作环境中有条不紊地工作着。下班铃声响起，也没见几个人离开座位。

程沛从外面回来，手上拎着许多外卖袋子，后面还跟着送外卖的小哥。

程　　　沛：外面下雨了，大家加班不要太久，我帮大家叫了牛肉面外卖。

在众人的欢呼声中，程沛微笑着向大家点点头，往电梯口走去。他进到电梯里，电梯门刚刚要合上，却被一只高跟鞋阻止了。镜头从女人的高跟鞋向上扫去，看到女人的全貌，是接受采访的女秘书许丽。

女 秘 书：程总,有空吗?

程沛拿着手机正在摆弄,被这女人的声音吓了一跳。他猛然抬头,冷冽的目光把曼妙的女秘书吓得一愣。但是程沛的表情转瞬即逝,马上又换上了刚才那副温和的面孔。

程　　沛：怎么了?

女 秘 书：程总……我今天生日……

程　　沛：是这样啊……(程沛微微拍了一下女秘书的肩膀)祝你生日快乐。

女 秘 书：程总,我想……感谢你对我的照顾,不知道能不能请你吃个晚饭?

程　　沛：抱歉,我今天有约了。

程沛抱歉且有礼地对女秘书笑了笑,然后拿起手机对着微信发语音。

程　　沛：今天许丽生日,送个蛋糕过来。(转身对女秘书)我还有事,先走了,生日快乐。

许丽在电梯里无奈地笑。

5.内,写字楼的落地窗前——傍晚

画 外 音：刚放学吗?

程　　沐：嗯!

镜头同第一场。眼前的少女梳着齐耳短发,脸上稚气未脱,估摸着十五六岁的样子,穿着某初中的校服,裤子被改过,裤脚被卷了起来。她将手提包扔在地上,里面除了课本还有化妆品,包的拉链上还坠着一只毛茸茸的小怪物玩偶。

画 外 音：(只有一个女人的手入镜,捡起了小玩偶,小玩偶发出怪叫)挺可爱的,在哪里买的?

程　　沐：(狡黠地笑了笑)季淮买给我的。

画 外 音：(轻笑)那……最近季淮在家都做什么?

程　　沐:你是他的女朋友,你应该比我清楚啊。

画 外 音:我……不好意思打扰他。

程　　沐:平安姐,不是我说你,你太惯着我二哥了,他干吗去了就是
　　　　应该告诉你的,有什么不好意思的!

画 外 音:那……

程　　沐:有什么的,一会儿你就给他打电话!

程　　沐:平安姐,你真的打算嫁给我二哥啊?

　　　　画外音的脸这时才出现在镜头前,她有一头巧克力色的波浪卷发,
　　　　眼睛很大,看起来很温柔。

平　　安:嗯……

程　　沐:嫂子,那你喜欢我二哥什么呀?

平　　安:咳咳……我们跑题了。(她将录音笔重新对准程沐)你觉得程
　　　　沛和季淮有什么区别呢?

程　　沐:(端坐)嗯……区别啊……我觉得,大哥是个好大哥,他好像
　　　　没有什么缺点。在我看来,他完美得不像个正常人。和二
　　　　哥相比,就好像我们班第一名和每天被老师罚站的男同
　　　　学。但是二哥……是全天下最好的二哥!(将录音笔遮住,
　　　　小声说)就是不爱洗脚!

　　　　程沛推门进来,就看到平安和程沐两个人一起笑开了花。程沛站在
　　　　门口的暗处,看着窗边一大一小两个女生逆着光,头顶好像蒙上了
　　　　一层光晕。他眯眼看着平安和程沐,渐渐出神,直到程沐看见了他。

程　　沐:大哥!

　　　　程沛瞬间恢复过来,走到两人的身边,揉了揉程沐的头发,却看向
　　　　平安。

程　　沛:沐沐和你聊什么了,这么开心?

平　　安:她在和我夸你呢!

程　　沛:(挑眉)是吗?那我倒是要谢谢她了,改天报道出来,可不要

被我发现她揭我的短啊！

程　沐：大哥，你这话就不对了！你这么完美,怎么可能有短可揭
　　　　呢！（转头面对平安,还挤了一下眼睛）对吧,嫂子！

平安脸上一红没有说话,只是整理了一下笔记,匆忙站了起来。

听到程沐叫平安嫂子,程沛的脸色有一瞬间变化。

程　沛：没关系,你们继续。

平　安：都差不多了……谢谢你安排今天的采访。

程　沛：应该的,你是我弟弟的女朋友,这只是小事情。

平安这才抬起头羞怯地笑笑。

平　安：你放心,我会把你写得很好很好。

程　沛：好,改天我请你吃饭。

程沛看着平安面露难色,有些支支吾吾,才又补上了一句。

程　沛：叫上季淮一起。

平　安：好！（愉快地）谢谢程沛哥！

程沛点点头,低头提起程沐的包。

程　沛：好了,走吧,送你去学钢琴。

程　沐：可我还没吃饭啊,可以去吃麻辣烫吗？

程　沛：给你买了营养餐,我让我司机送你去,你在车上吃。

程沐微微扁嘴,在平安看得到的视线范围内,冲着程沛的背影做了
一个鬼脸,就被司机带出去了。

刚刚接受了采访的许丽也走了进来,看到程沛时脸上又浮现出采访
时的笑容,有些暧昧也有些仰慕。但在与程沛眼神触及的一瞬间,
她赶快收敛了神情。

许　丽：林小姐,我送您出去。

平　安：谢谢。（转身对程沛）那我就先走了。

程沛点点头,许丽将办公室门缓缓合上,程沛的笑容在门口渐渐收缩。

程沛慢步走到刚刚平安坐过的沙发上,从西服里衬口袋里掏出香
烟,刚要掏打火机的时候,发现桌上平安的录音笔没有拿走。

程沛点击播放,里面是刚刚平安的采访。他边听边笑。直到录音笔中传出了这样的对话:

程　沐:平安姐,你真的打算嫁给我二哥啊?

平　安:嗯……

程　沐:嫂子,那你喜欢我二哥什么呀?

平　安:咳咳……我们跑题了。你觉得程沛和季淮有什么区别呢?

程　沐:嗯……区别啊……我觉得,大哥是个好大哥,他好像没有什么缺点。在我看来,他完美得不像个正常人。和二哥相比,就好像我们班第一名和每天被老师罚站的男同学。但是二哥……是全天下最好的二哥! 就是不爱洗脚!

程沛停止了录音笔的内容播放。

程　沐:平安姐,你真的打算嫁给我二哥啊?

平　安:嗯……

程　沐:但是二哥……是全天下最好的二哥!

程　沐:但是二哥……是全天下最好的二哥!

程　沐:但是二哥……是全天下最好的二哥!

程沛朝窗外看去,天色有些阴沉,快要下雨了。

平　安:不好意思,我的录音笔忘记拿了。

平安突然推门进来,程沛把录音笔按了关机,又将没点燃的烟藏在了手心里。

程　沛:你和上学时候一样,总是这样丢三落四的。

平安冲着程沛吐了一下舌头,拿着录音笔离开了办公室。

程沛看着平安的身影消失在办公室门口,才松开了手。烟已经被他攥得四分五裂,里面的烟草也随着程沛张开手而七零八落。程沛又拿出一根新的烟点燃,忽明忽暗的火光伴随着烟雾,程沛的脸也渐渐在镜头当中模糊了。

6.内,程沛家中——夜

偌大的客厅没有开灯,只有电视的光芒在闪烁着映在沙发中间男人的脸上。男人和程沛有着一张一模一样的脸,只是着装风格不太相同。

电视正在播放娱乐新闻,上面出现了平安的脸。

男人有些愤怒地盯着屏幕出神了好一会儿,然后拿起遥控器按下了关机键。他将遥控器摔出去,砸到墙上立刻四分五裂。整间屋子都暗了下来,男人的脸也隐藏在了暮色之下。打火机清亮的声音响起,屋子里只剩下一点烟草的火光。

7.内,程沛的梦境——夜

程沛躺在床上睡觉,睡梦中的他满头大汗,死死抓住被角,十分紧张。

梦中飞快闪过几个片段:

(程沛梦境,灰白色调)

两个长得一模一样的小男孩在叔叔婶婶家的花园里玩,哥哥十分谦让弟弟,两人的关系看起来很好。小妹妹才一岁刚刚会走路,在旁边咿咿呀呀地叫两位哥哥,叔叔婶婶被美好的画面逗笑。

不远处的马路上一声巨响。

叔叔婶婶和三个孩子往路边看去,是一起车祸。

叔叔飞快地往车旁跑去。婶婶异常焦急地在打电话报警。

救护车来了,从车上抬下的是程沛和季淮的父母,满身是血的父母已经没了呼吸。医生看着叔叔摇了摇头,拿起白布盖住尸体。婶婶一手抱起程沐,一手将季淮的眼睛捂住了。

程沛看了一眼婶婶,又转过头来看着眼前的一切,将抓着婶婶衣角的手松开了,眼睁睁看着自己的世界从此崩塌。

父母满身是血的样子让程沛猛地从梦中惊醒,他慢慢坐起身,擦掉额头上的汗。他拿起床头柜上的水杯想要喝水,却看到了他们一家的全家福,父亲抱着季淮,母亲抱着程沛。

程沛啪的一声将全家福倒扣过来。黑屏。

8.内,平安家——夜

平安窝在沙发里看今天刚刚播出的娱乐新闻,上面是自己采访的画面。画面正在播放平安采访程沐的片段,她顿时想起了被她剪掉的画面。程沐在问她,是否愿意嫁给季淮。

平安想了想,还是拿起手机,拨打季淮的号码。

一阵忙音过后,显示暂时无法接通。

平安蜷缩在沙发里,抱住膝盖,缓缓睡去。

手机屏幕亮了起来,显示是季淮的来电。

平安还在睡着,电视的声音盖过了来电的震动声。

平安头枕着膝盖,一个不小心差点从沙发上掉下来,醒来的她急忙接起电话。

平　　安:喂,季淮吗?

程　　沛:是我。

平　　安:(停滞了一会儿)大哥,怎么是你?

程　　沛:季淮不在家,手机放在房间了。

平　　安:那你知道他去哪里了吗?

程　　沛:不太清楚,他这几天都不在家。

平　　安:程沛……大哥,那你说,他没拿手机,也没有回家,会不会出事?

程　　沛:别担心,他又不是小孩子了,总不会被拐卖了。

平　　安:(轻笑)嗯,但是联系不上他总归是有点担心。

程　　沛:你如果担心的话,我明天叫我秘书安排几个人去找找他。无非是在夜店或者赌场之类的,找到他之后我好好说说他。

平　　安：嗯……

9. 内，程沛家——夜

　　程沛在电话当中听出了平安的失落，似乎有些于心不忍。他握着手机的指节微微泛白，有一些埋藏在心里很久的情绪难以平复，在嗓子眼里马上就要溢出。

程　　沛：(轻咳一声)不开心了吗？我请你去吃冰激凌？

平　　安：不用了……谢谢大哥。

程　　沛：你其实不用叫我大哥这么见外的，我只比季淮大了五分钟。

平　　安：(笑笑)大哥早点睡吧，还是要谢谢你这次接受我的采访，新闻很成功，改天我请你吃饭。

程　　沛：可以，不过饭你来请，账要我来结。

平　　安：那怎么行呢？不如等我找到季淮，我们两个一起请你，让季淮结账好了。

　　程沛没有答话，电话那头只有略微沉重的呼吸声。

平　　安：大哥？

程　　沛：我在。

平　　安：那我们就这么说定咯？

程　　沛：好的。

平　　安：嗯！那你早点休息哦！

程　　沛：好，挂了。

10. 内，平安家——夜

　　平安将电话挂断，看着手机的通话记录显示的是季淮的名字，却没有找到季淮，心中还是有些烦闷。她翻找着手机通讯录，手在程德叔叔这里停下，想要拨打过去，又看了一下墙上的时间，已经子夜一点了。想了想，还是将手机锁屏了。

11.内,程沛家——夜

程沛也将电话挂断。

寂静无人的夜里,女孩的声音像是一根长满了刺的玫瑰,让程沛既觉得美好又觉得遍体鳞伤。

程沛苦笑,纵使有太多人嘲笑他是个工作狂,嘲笑他不解风情,甚至有人揣测他是个同性恋,都没有关系。真正让人痛苦的是,心里装着的那个人,永远都不能再拿到明面上,开诚布公地对她说一声我爱你。

深夜的电话,永远都不会是打给他的。

明知道这通电话不该接,却还是挡不住心里面的那份期待和雀跃,能说上几句话,真好。

12.内,程沛公司大厅——日

一大清早的公司上上下下都在忙碌着,整洁有序是程沛一贯的风格,公司的职员都很好地配合着程沛这样的作风,每天早上来上班的第一件事就是将自己的那一块位置整理得一尘不染。

程沛从大门口走进来,正好碰到了许丽。

程　　沛:许小姐,早!

许　　丽:程总! 早!

程　　沛:今晚帮我把行程空出来,我要出去吃个饭。

许　　丽:好的。

许丽望着男人挺拔的背影,暗自神伤。

13.内,程沛办公室——日

程沛坐在老板椅上,开始打量这屋子里的一切。

程　　沛:(自言自语)臭小子,还挺不错的……只是,为什么没有季淮的座位……你们应该坐一起。

> 程沛站起身来，又挪了一把椅子过来，放在自己椅子的旁边。

程　沛：(自言自语)是不是不太合适？

> 程沛又将椅子挪开了。

程　沛：季淮那小子，根本不可能好好上班。

> 说完程沛满怀爱意地笑了起来。

> 办公室的门响了几声。

程　沛：进来。

男职员：程总。

程　沛：有事吗？

男职员：程总，这个是上一季度的财务报表，请您签一下字。

程　沛：拿来吧……(看了一下报表)怎么这么多？

男职员：呃……程总，可是财务说这个数字前天已经和您报备过
　　　　了。您说今天拿过来给您签字就好。

程　沛：好，知道了。(指着审批单上)签这里吗？

男职员：是……是的……

程　沛：好。

> 程沛签了一个程字，停顿了一笔，又马上写下了沛字。

> 男职员有些错愕地看着程沛。

程　沛：好了。(将文件夹递给他)还有事吗？

男职员：不……没有了……

> 程沛点了点头。

男职员：程总，您刚才在搬椅子吗？需不需要帮忙？

程　沛：不用了。你出去吧。

男职员：好的。

> 男职员用奇怪的眼神看着程沛，这让他觉得很不舒服，等男职员将
> 门关好后，他将头靠在椅背上，开始闭目养神。

14.内,程德家——夜

门铃声响。

程德上前开门,是程沛站在门外。

程　沛: 叔叔。

程　德: 你来了,快进来。

程德接下程沛带来的礼物,并没有关门,反而是往门外四处张望。

程　德: 程沛,你弟弟呢? 不是说让你带他一起来的吗?

程　沛: 叔叔没有找他吗?

程　德: 这个孩子,我给他打电话了,他没接。

程　沛: 哦。最近诊所生意怎么样?

程德眉头微皱。

程　德: 还好,你呢?

程　沛: 我嘛,老样子。

程德妻子: 你们叔侄不要聊了,快来吃饭。季淮到了没? 做了他最喜欢的红烧肉。

程　德: 季淮没来,吃饭吧。

程德妻子: 哦……好,我去盛饭。

饭间程沛一直话不多,程德反复盯着程沛看。趁着妻子去拿汤,桌上只有两个人时,程德给程沛夹菜。

程　德: 程沛,吃个虾,你婶婶做虾的手艺是很好的。

程　沛: 好。

程沛夹起虾就开始吃,似乎并无不妥。

程德脸色一变。

程　德: 好吃吗?

程沛点点头。

程　沛: 好吃啊! 婶婶做的这个菜我最喜欢了。

程德妻子：汤来了！快尝尝我炖的汤。

　　　　程德妻子忙着给两人盛汤。

程德妻子：程沛多喝一点，这汤很鲜，我多放了一些紫菜，知道你从小
　　　　不吃虾，我还特别连小虾米都没放。

　　　　程沛脸色也一变，将盘子里的虾壳偷偷地拿菜叶盖住了。

　　　　程沛抬头，与程德四目相对。

程　德：程沛今晚住下吧，我们两个下下象棋。

程　沛：好。

15.内，程德书房——夜

　　　　程德和程沛坐在房间里下象棋。

程　沛：将军！

程　德：我输了。

程　沛：叔叔，你很不专心。

程　德：有吗？我怎么不知道？

程　沛：有，你的眼神告诉我，你特别想知道我是谁。

　　　　程德似乎没有想到程沛会突然这么一说，正在收拾棋盘的手骤然停
　　　　下。他抬起头端详程沛的眼睛，想从中看出一些蛛丝马迹。

程　德：程衍，是你吗？

　　　　程沛点点头。

程　德：真的是你，我们又见面了。

程　沛：别耽误时间了，你不用告诉我，我是程沛分裂出来的。我
　　　　告诉你，我是他的父亲，我有权占用他的身体。

程　德：程沛，你病了。

　　　　程沛淡淡一笑，跷起二郎腿靠在了身后的椅子上，成熟和淡定的气
　　　　质让程德恍惚间真的认为这是自己的哥哥重新活过来了。

程　沛：有病的是你们这些人，这么久不见，你没有话要和我说吗？

程　德：你要我和你说什么？我想对程沛和季淮的父亲说的话，在每年我哥哥的忌日那天我都会去他的墓碑前说，而不是现在。但我想，你费尽千辛万苦出来找我，应该是有话对我说才对吧？

程沛有些生气，暴怒着用双手捶击桌面，但又考虑到门外的程德妻子，所以压低了声线。

程　沛：我说了！我就是程衍！

程沛的眼睛变得猩红，他无法接受程德的说辞，然后又急忙摆摆手。

程　沛：我没空和你说这么多，我们开门见山吧，季淮去哪儿了？

程　德：既然你说，你住在程沛的身体里，难道你不知道吗？

程沛摇摇头，程德盯着他的眼睛，他的眼神中是急迫和担心，看着并不像假的。程德皱眉，难道他真的不知道？

程　德：程沛，（程沛抬起头瞪他）大哥。我问你，让我想想我该怎么形容，嗯……如果说是程沛正在占据身体，那时你在干吗？

程　沛：我什么也不做，睡觉。

程　德：最长一次你睡了多久？

程　沛：不记得了，大概两三年。

程德咋舌，微微掩饰住了自己的惊讶。

程　德：也就是说，这段时间内，程沛做了什么，说了什么，你并不知情？

程沛挑眉。

程　沛：当然，不过也不全是，程沛有的时候也会对我说一些事情。

程　德：你们可以对话？

程　沛：可以，不过要程沛同意才可以。

程　德：那你如何得到他的同意？

程沛有些不屑，似乎不想再和程德说下去。

程　德：大哥，我毕竟是个心理医生，你的情况对我的专业研究很有帮助,拜托你告诉我可以吗?

程　沛:程德,你当我傻吗?你把程沛治好了,我就真正消失了,你觉得我会告诉你吗?

程　德:你是不会消失的,因为你不是程衍,程衍早就在车祸中去世了。

程德站起身来,从抽屉中拿出了一个文件夹递给了程沛。程沛疑惑地打开文件夹,里面是程衍和妻子季清的车祸事故记录和死亡证明。程沛的脸色变了又变,无法接受这一事实。

程德用手指点了一点文件上程衍的照片。

程　德:这才是我的哥哥程衍,这是你的母亲季清,你不记得了吗?

程沛抱住自己的头大喊大叫,程德急忙过去抱住他,怕他伤害自己。

程沛昏了过去。

程德妻子听到屋内的动静,敲门。

程德妻子:程德? 程沛? 怎么了?

程　德:没事,你先去睡吧,我和程沛再聊一会儿。

程德妻子:程沛明早还要上班,你别拖着孩子玩太久啊!

程　德:知道了,放心吧。

程德妻子不放心地离去。

程德将程沛扶到书房的沙发上躺好,给他盖上了毯子。程德看着程沛的脸,视线模糊了起来,仿佛看到了年幼的程沛躺在床上,那时候程沛和季淮的父母刚去世不久,他将两个孩子接到家里和自己一起住。有一天程沛病了,发着高烧,十分虚弱地躺在床上,程德坐在床边给他喂了药,准备去厨房做饭。程沛因为高烧,没有什么精神,却在听到门外季淮大哭的声音后,就缓慢地从被窝中爬出来,给季淮开了门,看到季淮鼻青脸肿,衣服也破了。程沛知道季淮肯定是和别的小朋友打架了,就偷偷地把季淮拉进屋子,找出药箱给季淮涂药,季淮疼得直叫,程沛还会用手轻轻拍打季淮的后背安抚他。

程德在卧房门口目睹了这一切。

背后突然有一只手放在了他的肩膀上。

程德一惊,回过头来,已经从回忆中回到了现实。

程德妻子看他惊讶的样子也吓了一跳。

程德妻子: 你怎么了?

程德摇摇头,看了一眼程沛没有被惊醒,就拍着妻子的手,示意她出去说。

程德妻子点点头,随着程德走出书房。

房门缓缓关上,假寐的程沛睁开眼睛。

16. 内,程德家客厅——夜

程　　德: 不是让你先去睡觉吗,怎么没去?

程德妻子为他递上了一杯热水。

程德妻子: 我不放心你们,刚才听到有动静,就进来看看。程沛怎么了?

程德欲言又止。

程德妻子: 是不是……又像小时候那样……

程　　德: 你知道?

程妻点点头。

程德妻子: 收拾桌子的时候,看到了虾壳。

程　　德: 可惜我在他小的时候没有及时给他治疗,如今他这个年纪,治疗恐怕也要费很大的力气。

程德妻子: 不能和程沛商量,让他配合治疗吗?

程　　德: 恐怕很难,刚才我在对话的过程中,发现原来程沛自己是可以和自己分裂出来的这个"假父亲"对话的。

程德妻子: 这说明什么?

程　　德: 说明程沛在自己的心里是不接受父亲的离去的,而且可以猜测他对于自己分裂出的这个父亲很是依赖,毕竟这么多年,他一直瞒着我们。

程德妻子：也就是说，程沛为了保住自己分裂出的这个"假父亲"，也许根本不会承认这个事情。

程　　德：没错，所以要找到一个合理的突破口才可以。

程德妻子：那突破口是什么？

程　　德：季淮。

程德妻子：为什么？怎么是季淮呢？

程　　德：据我的观察，程沛每次发病，诱因一定和季淮有关。与其说程沛是季淮的哥哥，我看更像是季淮的父亲。

程德妻子：也许，只是出于哥哥对自己弟弟的关怀呢？

程　　德：我看不像。程沛对于季淮的态度已经超乎一个哥哥的范畴，曾经我在想两个孩子实在可怜，程沛能够担负起一个哥哥的责任也让我很感动，现在看起来，可能从那个时候开始，就已经有了变化。

程德妻子：那季淮能够帮到他什么呢？

程　　德：还很难说，毕竟现在季淮不知去向。

　　　　　　程德妻子看了一眼卧室的门，压低了声音。

程德妻子：那你说，程沛到底知不知道季淮在哪里？

　　　　　　程德陷入沉默。

　　　　　　程沛打开房门走了出来，程德妻子看到程沛急忙停下想要说出口的话。

程德妻子：程沛，怎么不再睡会儿？

　　　　　　程德回头，端详着程沛的脸。

程　　德：醒了？

程　　沛：是，叔叔。

程　　德：睡得好吗？

　　　　　　程沛揉揉头。

程　　沛：还好，叔叔抱歉，今天没有陪你下棋。

程德和妻子对视了一眼。

程　　德:没关系。你今天累了,早点睡吧,我让你婶婶去把客房给你整理出来。

程德妻子:好的好的。

程　　沛:婶婶,不麻烦了,我还是回去好了。季淮也许回家了,我回去看看。

程　　德:这么晚了,明早再回去?

程　　沛:没关系的,我让司机来接我。

程　　德:好吧,那你注意安全……如果看到季淮的话,记得让他来找我。

程　　沛:好的,那我就先走了。婶婶晚安。

程德妻子:哎!回去路上慢点儿啊!

程　　沛:好,知道了。

程沛离开,程妻将大门关上,转过身来和程德对视,两个人的眼神中都是愁云密布。

程沛站在门口,听着屋里的动静。

程德妻子:我看,程沛这孩子的病好像很严重。

程　　德:是,看来一直以来是我大意了,但是当务之急还是要先找到季淮。

程德妻子:那你觉得季淮到底在哪儿?

程德摇摇头,一言不发。

程沛在门口听完这句话,神情有些悲伤,脸色变了一变,似乎做了某种决定后转身离去。

17.内,心理诊所——日

(这一场为程沛扮演季淮)

助手将程德办公室的门推开。

助　　手：程医生，有人来找您。

程　　德：哪位？

助　　手：他说是您的侄子。

> 程德一愣。

程　　德：快让他进来。

助　　手：好的。程先生，这边请。

> 助手将男子引入屋内。

> 男子的出现让程德倍感惊讶，却松了一口气。眼前的男子蓬头垢
> 面，不修边幅，身上还散发着烟味和酒气，穿着随意且夸张，脸上时
> 时刻刻都带着一种小混混的表情。但程德看到他，心里的愁雾一扫
> 而空。季淮，他居然来了。

程　　沛：叔叔。

程　　德：季淮，你到底干什么去了？你看看你，人不像人鬼不像鬼
　　　　　的，还不赶紧回家找你哥去？

> 程沛双手插兜，整个人痞气地坐在了程德办公室的沙发上，掏出烟
> 就要点着，程德瞪了他一眼，他才悻悻地把烟放回口袋。

程　　沛：叔叔，这么久没见，怎么这么凶？

程　　德：你也知道这么久没见？你到底去哪儿了？

程　　沛：去玩儿了几天。

程　　德：去哪里玩连家也不知道回？不回家也不打个电话？

> 程沛挠了挠头发，有许多的不耐烦。

程　　沛：手机忘带了，我又没办法。

程　　德：我真是服了你了。你要是有个三长两短，我怎么跟你爸妈
　　　　　交代？

程　　沛：我都这么大的人了，能有什么事？

程　　德：你也知道你是大人了？是大人还整天让我和你哥操心？

程　　沛：你少提我哥，我和他不是一路人。

程沛说完就站起身，又挠了挠头发。

程　沛：我哥说你们担心我，我就来看看，现在见到我就行了，少管我的事。

程　德：你！

程德显然被程沛的话气得不轻，想骂他的话最终还是改为叹了一口气。

程　德：不管怎么样，你回来就好。

程沛点点头，转身就要离开，却听见程德的声音从身后再次响起。

程　德：你和叫平安的那个女孩子怎么样了？你们也都不小了，要是真的喜欢，就结婚吧，不喜欢的话也别耽误了人家。

程　沛：叔叔怎么突然提到她了？

程　德：她前几天给我打电话了。

程　沛：什么？她说什么了？

程沛停止离开的脚步，走到程德的面前。

程　德：你还知道自己有女朋友？她前几天深更半夜打电话给我，说很久没有见到你，她很担心你，问我知不知道你的去向。不和家里说你去哪里，也不和女朋友说吗？

程　沛：我知道了……

程德站起身走到程沛的旁边，拍了拍程沛的肩膀。

程　德：去哄哄人家吧。

程　沛：嗯，我知道了。

程沛说话间低下了头，程德却猛然发现程沛的脖子后干干净净。季淮小时候因为淘气，曾经被院子里的樱桃树杈刮伤了脖子，上面留下了浅浅的一个疤痕。别人可能没有注意，但当时这个伤口是程德处理的，所以他清楚地知道，季淮的脖子上是有疤痕的，而面前的人，脖子上是干干净净的。这个认知将程德惊得不知所措，如果不是这个漏洞，他竟然真的相信眼前这个人就是自己的小侄子季淮。

程　德：季淮？

程沛还沉浸在刚刚程德说起平安打电话的事之中,一时之间没能反应过来。

程　德:季淮?

程德又叫了一次。

程沛迅速反应过来。

程　沛:怎么了叔叔?

这个语气和态度显然是自己的大侄子程沛,程德猛然之间看了一眼程沛,而程沛也发现自己可能要暴露了,急忙改变自己的语气和态度。

程　沛:反正我自己玩儿我自己的,又没碍着谁,别唠叨我了。

程德依旧眉头紧锁,但转瞬又变得正常了。

程　德:你虽然没有碍着谁,但你突然失联好像失踪一样,再有下次,我就要报警了。

程沛目光一凛,虽然只是短短的一瞬间,但程德还是捕捉到了。

程　沛:报什么警,我这不是好好的嘛!

程　德:你哥哥肯定也因为你急坏了,这样,我陪你去你哥哥公司,正好我们一起吃个午饭。

程德说完作势就要脱下自己的白大褂,换上便服,程沛急忙拉住他。

程　沛:我不去,我还有约,我们改天再去吧。反正我晚上回家也要见到他的,不急这一时。

程　德:季淮,你们兄弟俩从小感情就很好。我和你爸爸作为兄弟,在这个世界上是很特别的存在。而你和程沛在母亲肚子里就在一起了,是更特别的存在,你们要一起面对这个世界。我听说,双胞胎是有心灵感应的,应该更加亲密无间才对,我不希望你们两个之间出问题。你是个好孩子,从小都是,我这样说,你能明白叔叔的意思吗?

程沛看了一眼程德。

他当然明白程德是什么意思,他知道自己失败了。虽然不知道是哪里出了差错,但他知道程德发现了他并不是季淮。"你是个好孩子,从小都是"这个句式是用来说自己的,从来没有人这样去说季淮,因为季淮从小到大性子顽劣,总是闯祸,程德的语气显然是知道自己就是程沛。

程沛点点头,什么也没说,就离开了。

程德的笑容渐渐凝固在脸上。

18.外,大街上——日

程沛一个人在街上走,路过一个公园的时候,没有看到迎面跑来的小男孩,小男孩撞到程沛,一下子摔倒在路边,大哭了起来。程沛刚要蹲下去扶他起来,就从远处又跑来一个小男孩,将摔倒的男孩扶了起来。

跑过来的这个男孩比摔倒的男孩高了一头,虽然个头不一样,却有着相似的眉眼。没等程沛开口,小男孩就先说话了。

小 哥 哥:叔叔,对不起。我弟弟不懂事,是他乱跑的,给您添麻烦了,抱歉。

程沛看着小男孩,久久说不出话来。

小哥哥这才赶紧回头看自己哭着的弟弟,帮他拍掉了身上的灰尘。

小 哥 哥:好了,不要哭了,我把这个给你玩。

哥哥从兜里拿出了一个魔方递给弟弟,那个魔方看起来很新,哥哥一定很喜欢,一定是看见弟弟哭了才拿出来哄他的。

弟弟拿到魔方之后就不哭了,嘻嘻哈哈地去公园的草坪上玩魔方了。

程沛远远看着玩魔方的弟弟,和看起来明明很想玩却看着弟弟笑的哥哥,心里很不是滋味。他回头看见一个玩具摊上正好有卖魔方,就去买了一个想要送给那个哥哥,想要告诉他,他从那个哥哥的身上看到了他自己,也想告诉那个男孩,其实自己开心也很重要。

程沛刚结完账想要将魔方送给那个小男孩,就看到男孩的爸爸妈妈来了,他们在远处争吵着,程沛听得倒是一清二楚。

两个男孩的爸爸妈妈看到弟弟身上很脏，而且裤子破了，才知道弟弟刚才摔倒了。男孩的母亲将弟弟的裤腿卷起来，发现弟弟的膝盖破了，就指责哥哥为什么没有照看好弟弟。哥哥低着头，没有哭，也没有解释，任由父亲将弟弟抱起来，母亲拉着他离开。

程沛看着这一切，将手中的魔方攥紧了，指节泛白。

19. 内，医院——日

(往事回忆，暖黄色调)

年轻的程衍在产房门前焦急地等待着，时不时向门内张望。程德和妻子也在，两个人安慰程衍不要心急。

程　　德： 大哥，别着急，嫂子才进去十分钟。

程　　衍： 我担心呀，毕竟她怀的是双胞胎。

程德妻子： 这可是天大的福气呀，嫂子一定会母子平安的。

程衍点点头，但整个人还是坐都坐不住。

季清躺在病床上，脸上布满了汗水，她的指甲抠着床沿，指甲里面泛着血丝。

季　　清： 好痛啊！

护　　士： 女士，要不要剖宫产？顺产生双胞胎的话可能会比较痛苦，但你现在状况不错，已经开了三指了，你可以考虑一下。

季　　清： 不用考虑了，我要自然分娩，我要顺产生下我的孩子。

护　　士： 好，那你坚持一下，保持体力！

季清点点头便不再说话，紧紧抓着床沿的手体现了她的紧张与疼痛。稍过一会儿，季清的疼痛开始剧烈，医生们都围了上来。护士也在旁边一边为她擦汗，一边鼓励她。

季　　清： 好痛！我真的……不行了！

医　　生： 拿剪刀来，孩子的脐带缠住脖子了，快！

季清听见医生的话心里一慌，差点就要喘不上气来。

医　　生： 别想别的，快使劲！

季清坚持了很久，终于一阵轻松，听到了一声婴儿的啼哭。

孩子的脸色憋得发紫，似是受了很大的罪。医生赶快把他交到护士手里，护士也很紧张地抱着第一个孩子去抢救，医生赶紧回头继续面向季清。

医　　生：不要松懈，继续用力。

季　　清：我真的……没有力气了……第二个还要多久？

护　　士：一般来说，要一个小时。

季　　清：要这么久？可我真的……受不了了！

季清的脸色越来越苍白，有些承受不住。

医　　生：看到头了！快用力，第二个宝宝也要出来了！

随着季清咬牙用力，第二个孩子也降生了。

护　　士：看来小儿子很疼妈妈，舍不得妈妈再疼一个小时，居然相隔五分钟就出生了。

程衍煎熬了两个小时，产房的红色灯才熄灭，走出两个护士，抱着两个襁褓。

护　　士：谁是季清家属？

程衍急忙冲上前去。

程　　衍：我！我是！我是季清家属！我是孩子爸爸！

护　　士：恭喜，双胞胎男孩，大的五斤半，小的四斤半。

程衍看着襁褓中的两个小肉球，激动得难以言语。

程　　衍：我太太呢？她怎么样？

护　　士：你太太很坚强的，毕竟是顺产，还是两个。第一个倒是还好，第二个体重有些轻。第一个胎儿生产的时候发现脐带缠了脖子三圈，还是比较危险的，产妇体力也即将耗尽，幸亏她坚持下来了，第二个胎儿比较争气，只间隔五分钟就出生了，不然还真的要出事的。

程衍后怕地点点头，谢过护士之后就和程德妻子急忙接过了两个孩子。季清也从产房中被推了出来，整个人面色十分苍白，一看就是遭了不少的罪。

程衍看着两个小娃娃,和季清相视一笑。

程　　衍:老婆,谢谢你。

> 季清只是微笑,力气实在是耗尽了,便缓缓睡去。等季清再次醒来的时候,已经回到了病房里,床边是寸步不离的程衍。

季　　清:对了,还没给儿子取名字呢。

程　　衍:早就取好了。大儿子叫程沛,小儿子叫季淮。好不好?

> 季清惊讶地看着程衍,程衍只是温柔地看着季清。

程　　衍:你是独生女,我们有两个儿子,有一个跟你姓又如何?长子姓程,以后接手我们家的生意,小儿子就姓季,以后你可以把季家的东西都留给他。

> 季清暖暖一笑,眼角流出了眼泪。

季　　清:那自然是两个孩子都要一样的。

程　　衍:我们的孩子,一定要最好的。

> 季清点点头,又急忙摸着自己的胸口,涨红了脸。

季　　清:老公,你把儿子抱过来吧,我想喂奶……我胀得厉害。

程　　衍:好。

> 两个孩子没有办法一起吃奶,护士也说可能奶水喂两个孩子有些勉强,程衍想了想,还是抱起了季淮。

程　　衍:季淮生出来就比较轻,才四斤多,先喂他吧。

季　　清:那程沛怎么办?

程　　衍:等季淮吃完再喂他吧,我去买一些最好的奶粉给他。

> 程衍看着在季清怀里吃奶的季淮,心里有说不出的幸福和满足。他轻轻刮了一下正在吃奶的季淮的脸颊,也抱了抱程沛。

程　　衍:你们要快快长大哦。

20.内,程沛家——日

(往事回忆,暖黄色调)

幼年的程沛和季淮分别拿着学校期末考试的成绩单站在门外，两个长相一模一样的孩子脸上却呈现出不一样的表情。程沛拿着的成绩单上是 95 分，而季淮的成绩单上只有 71 分，但季淮是开心的，而程沛却一直低着头一言不发。

保姆带着两个刚放学的孩子进屋，季清马上出门迎接。

季　清：妈妈的宝贝们回来啦！今天学校发成绩了对不对，谁先来和爸爸妈妈分享一下？

季　淮：妈妈，我！

季淮大剌剌地把成绩单递给了季清，季清看到季淮的成绩笑着摇摇头，摸了一下季淮的头顶。

季　清：很不错，有进步了。这次已经超过及格线十一分了，要继续努力，知道了吗？

季　淮：嗯！妈妈我知道了！我很努力的！

季清温柔地笑笑，程衍也走了过来，拿起季淮的成绩单看了看。

程　衍：（点点头）是有进步了。

程衍看着程沛，程沛心不在焉地看着季淮和季清的互动，心里暗暗想着自己应该也会得到表扬。

程　衍：程沛，你呢？考得怎么样，没有让爸爸失望吧？

程沛心里想着弟弟只考了 71 分就得到了表扬，自己应该也会得到表扬，就笑着将成绩单递给了程衍。季清凑过头去看，程沛的高分也让她很开心。

季　清：哥哥真棒！是很高的分数呢！

程沛刚刚想仰起头接受表扬，却听到程衍严厉的声音响起。

程　衍：把你的卷子拿过来我看一下。

程沛瞬间将自己充满笑意的表情收敛，将小书包脱下来，将卷子拿了出来递给程衍。

程衍看了看卷子上程沛做错的题目，皱了皱眉。

程　衍：你看看，这道题，不应该错的。

程沛双手背在身后，小手绞在一起。

程　沛：爸爸，对不起。

程　衍：你是哥哥，是家里的接班人，你一定要足够努力知道吗？
这种不必要的错误，是不允许犯的。

程沛鼻子一酸，眼泪就落了下来。

季清拍了拍程衍的手臂。

季　清：老公，程沛还是个孩子，你和他说这些太早了。

季清蹲下来，温柔地擦了擦程沛脸上的眼泪。

季　清：宝贝，这样很棒了，妈妈为你骄傲。

程　衍：你不要宠坏了他，成为优秀的人，这是他的责任。

季清刚想说什么，程沛就拽了拽她的袖子。

程　沛：妈妈不要说了，是我不好，我下次一定会考满分。

程　衍：这才是我的儿子。

程沛擦了擦眼泪，低着头就打算回房间。

程　衍：儿子？

程沛抬起头，眼睛里蓄满的泪水快要掉下来了。程衍也有些于心不
忍，就走过去蹲在他身边。

程　衍：儿子，别怪爸爸对你太严厉了，我这是为你好，知道吗？

程沛点点头。季清看儿子的状态实在不是很好，赶快安慰他。

季　清：弟弟，你看看哥哥，是不是很棒！哥哥考了高分哦，你要不
要向哥哥学习？

季淮懵懵懂懂，看见妈妈这样说，急忙点头。

季　淮：要！

程　衍：去吧，晚饭前把错的题每道罚抄五遍，拿过来给我看。

程　沛：好的，爸爸。

程沛拿着书包走进书房，将门关上，含着眼泪打开书包准备做题，客
厅里传来了爸妈和弟弟的声音。

程　衍：季淮，你还敢笑，别以为你进步了就好了，这才多少分？

季淮嘻嘻哈哈地往季清怀里钻。

季　清：好了,刚说完哥哥又要说弟弟吗,孩子还这么小,你怎么脾气这么大?

程衍"哼"了一声。

程　衍：你呀,就知道宠着他们两个,有句话叫——慈母多败儿。

季清白了程衍一眼。

季　清：我呢,是不是慈母我不知道,但你肯定不是慈父。所以呢,我的孩子们也不会成为败儿的。对不对啊弟弟?

季　淮：对!

程　衍：对什么,你也去抄写,写不完不准吃饭了!

季淮笑嘻嘻地冲着程衍做了一个鬼脸。

季　淮：爸爸,那我写完能吃红烧肉吗?

程　衍：哼。

程衍点了一下季淮的额头,转身去了厨房。

程　衍：陈姐,晚上做红烧肉吧。

保　姆：哎,好的!

季淮听到了程衍和保姆陈姐讲的话,兴奋地在屋子里跑来跑去高喊着爸爸万岁,整个客厅都充斥着幸福快乐的气氛。季清有些发愁地看着书房紧闭着的房门,她轻轻走过去,将门打开一点点,看到程沛在安静地写作业,就又悄悄将门关上了。

季　清：弟弟,哥哥在学习,你也去学习吧,不要吵到哥哥哦。

季　淮：我不要学习! 我要去玩叔叔给我买的电动赛车!

季淮从客厅跑到院子里玩,程沛在书桌前抬头看窗户外季淮在草地上玩赛车的场景,眼泪再一次滴落在作业本上。上面的铅笔字很工整,只是全都被眼泪打湿了。程沛小声地抽了一下鼻子,生怕被屋子外面的人听见似的,啜泣着将哭湿了的那页作业撕下来,重新开始写。

21.内,葬礼——日

(往事回忆,暖黄色调)

程德在丧礼大厅迎接前来吊唁的宾客,大厅的中央挂着季清和程衍的照片,照片下程德妻子带着程沛和季淮一一向前来献花吊唁的宾客鞠躬回礼,季淮因为意识到父母的离世而大哭,程沛则面无表情,眼睛里蓄满了泪水也强忍着不流下来。

程德妻子蹲下身子搂着季淮,季淮在程德妻子的怀里哇哇大哭,程沛自己一个人仍旧低着小小的身子向宾客回礼。

22.内,程德家——日

程德妻子在程衍的家中指挥着工人将家具都用白布遮好,屋子里面鲜艳的全家福如今看起来竟像是这个屋子里面最不应该出现的东西。

程德将穿着一身丧服的程沛和季淮带回了自己的家,对于曾经经常来的叔叔家季淮没有排斥,但程沛显得处处别扭。

他推开程沐的房门,里面的程沐坐在书桌前甜甜地看着他笑。

程　沐:大哥,有事吗?

(镜头切回程沛的脸,已经是少年程沛)

程　沛:没事,看看你,作业有没有不会的,要不要大哥教你?

(镜头再次切到程沐的脸,也从小女孩变成了少女)

程　沐:嗯! 有一道数学题不会做,大哥给我讲讲吧!

程　沛:好。

程沛笑着坐在了程沐旁边的椅子上准备讲题,刚说了几句话就响起了季淮跑进屋里的声音。

季　淮:沐沐!

程沐听见季淮的声音,表情突然很开心,与面对程沛时的乖巧是全然不同的,是一种发自内心的欢喜。

程　沐:二哥,你回来啦?

季　　淮：沐沐，你看我给你带回来什么了？

> 季淮晃了晃手里的光盘，上面的人物是当时最火的韩剧的男女主角，程沐激动地得一下子从椅子上跳起来。

程　　沐：天哪！二哥！这个是绝版的！国内不是说早就没有了吗？你是怎么做到的！

季　　淮：不告诉你！

程　　沐：我要看我要看！快给我！

> 季淮故意举高了光盘逗弄程沐，程沐一跳一跳地从季淮手里抢。

程　　德：沐沐，不要闹了。

程　　沐：爸爸，你快让他给我！

程　　德：季淮，你不要总是宠着沐沐，小小年纪总是看那些韩剧，教坏人了！沐沐，你大哥不是要给你讲题吗？赶紧去听！

> 程沐一脸委屈，程德也无可奈何。

程　　德：唉，学会了再去看！

> 程沐立刻转悲为喜。

程　　沐：谢谢爸爸！

季　　淮：快去吧！作业做完了就给你！

程　　沐：那拉钩，一言为定！

季　　淮：一言为定！

> 程沐赶紧扑到季淮的身上拥抱他。

程　　沐：耶！二哥万岁！

> 程沐急忙跑到程沛的身边坐好。

程　　沐：大哥，快教我！

> （情景渐渐模糊了）

23.外，校园里——日

（初中时期，程沛和季淮在寄宿学校念书，暖黄色调）

程沛放学后往宿舍走着,手里拿着的校服上沾着很多钢笔水,于是他把衣服脱下来拿在手里,后面有一群穿着篮球服的小伙子笑嘻嘻地喊。

同 学 甲:季淮!

程沛回头。

小群体一拥而上,钩住程沛的肩膀。

乙:还真的是你小子,刚我还以为是你那哥哥呢,害得我们以为叫错人了,吓死我了。

程沛没有答话。

甲:就是,跟你哥真的玩不到一起去。

丙:他哥用得着跟我们玩儿嘛,人家跟学习玩就行了。

乙:程沛虽然跟你长得一样,但总觉得有点傻兮兮的,哈哈哈哈哈!

同学们一哄而笑。

程沛挣脱开同学的肩膀,愤怒地离去,留下一脸错愕的同学们。

同学们正诧异着季淮的奇怪举止,就看见季淮光着上半身从水房中走了出来。

几个同学看见真正的季淮,瞬间意识到刚才又一次认错人了,尴尬地面面相觑。

季 淮:你们几个,怎么了?

甲:我们刚才……把你哥当成你了……

季 淮:我俩有这么像吗?

丙:关键是他今天没穿校服,所以我们以为是你,就开了几句小玩笑。

丙说得轻描淡写,但季淮却听出来了里面的味道。

季 淮:说什么玩笑了?

乙:我们说……不爱和他玩……说他有点儿傻。

季淮瞬间就把书包扔了过去。

季　　淮：我说你们是有病吧？我哥招你们惹你们了,说他干什么?

> 季淮抓了抓头发,捡起书包,赶紧往宿舍楼跑去。

（情景再一次模糊）

24.内,教室——日

（程沛、季淮和平安的高中时期,暖黄色调）

老　　师：这次期中考试的成绩出来了,程沛还是第一名,大家掌声
鼓励!

> 掌声很稀少,程沛也没有开心的情绪。

老　　师：季淮,你还是最后一名! 有些题明明已经在送分了,为什
么也答不对? 你给我在班级最后面罚站!

> 季淮不屑地站在了后面。

老　　师：你不要这种态度,你能不能学学程沛? 两个人明明是一胎
生的,怎么差别这么大? 其他的同学我也不点名了,咱们
班是按成绩排座的,难道你们永远都坐最后几排吗?

> 季淮将脸撇到了一边,程沛的身子微微坐正了些。

老　　师：多余的话我也不想说了,你们不要以为现在才高一就不抓
紧时间,三年时间眨眼间就过去了,到时候后悔就来不及
了,你们明不明白!

老　　师：好了,宣布一件事情,咱们班李莉同学以全校第二的成绩
获得了去美国做交换生的资格,我们班会有一个从美国来
的新同学和我们一起共度三年时光。

老　　师：林同学,进来吧。

> 林平安从门口走进来,齐肩的黑发配上齐刘海显得十分俏皮,女孩
> 身上是白衬衫和过膝裙,显得干干净净。她微笑着走上讲台,没有
> 扭扭捏捏也没有过分做作,两个酒窝在脸上浮动着。

平　　安：大家好,我叫林平安,我是美籍华裔,这一次来到中国是为

了看我父母亲心心念念的故土，虽然我是美国国籍，这是因为我出生在美国，但我就是一个中国人，我的身体里流着中国人的血。希望大家能够接受我，谢谢大家！

底下响起了掌声，程沛也不由自主地为这个落落大方的女孩鼓掌，但是季淮却站在后面没有反应，只是直直地盯着女孩的脸，发现女孩也笑着注视到自己的时候，挑衅般地挑了挑眉。女孩也注意到了季淮，看着对方不屑的表情也激起了自己的好胜心，也冲着男孩翻了一个不经意的白眼。

季淮玩味地看着林平安，突然笑了出来，也加入了鼓掌的浪潮。

平安这才满意地笑开了花。

老　师：好，那平安同学就从今日起正式加入我们班级。平安同学的交换考试成绩也非常突出，你就坐在我们学校第一名的旁边，程沛，记得好好照顾新同学。

程　沛：好的，老师。

程沛急忙站起身来帮平安整理好了书桌和座位，平安这才注意到了程沛，她不经意地发现原来第一排的男生和最后一排的男生长得一模一样。

老　师：好了，这节课你们上自习，季淮，回到你的座位上去！好好学习！

季淮甩着胳膊回了座位，老师也离开了教室。

平　安：同学你好，以后我们就是同桌了哦。

程　沛：你好，我叫程沛，你有什么不懂的可以问我。

平　安：现在就有不懂的啦！你和后面的同学是双胞胎吧？你们长得一样哦！

程　沛：是的，我是哥哥，他是弟弟。

平安忍不住又回头看了一眼季淮，却没想到季淮也在最后一排远远地看着她，两人四目相对，平安马上收回了视线，季淮也看向窗外。

平　安：真的很像！那你们怎么不姓一个姓？

程　　沛：我跟爸爸姓，他跟妈妈姓。

平　　安：哦……

　　　　程沛看见平安的神情，就怕她想多了。

程　　沛：我们两个的名字都是出生时我爸爸取的，因为我妈妈也是
　　　　独生女，所以让季淮去继承妈妈家的衣钵。

　　　　平安这才放心地笑笑。

平　　安：我早就听李莉同学说起过你了，你才是全校第一名，为什
　　　　么放弃了交换的机会呢？

程　　沛：我没办法离开中国，我弟弟还在这里。

平　　安：你爸爸妈妈也可以照看你弟弟啊，是你舍不得家里吧？

程　　沛：我爸妈……很早之前就过世了。

　　　　平安的脸色一变。

平　　安：对不起……我不知道。

程　　沛：没关系，已经很久了。

　　　　电风扇呼呼地转着搅动夏季的热气。程沛偷偷瞟着旁边女孩的脸，
　　　　温柔得让人心里有一种满足感。季淮坐在后排看着第一排平安搭
　　　　在肩膀上的头发微微有些出神，旁边的男生甩给季淮一本新的漫
　　　　画，季淮重新嘻嘻哈哈地和朋友聊了起来。

25.外，校园外——傍晚

　　　　平安小心地抓着书包在前面走，时不时侧过头来向后面张望。身后
　　　　有几个穿着夸张的年轻人尾随着平安。平安的脚步越快后面人的
　　　　脚步也越快，走到一个胡同里的时候，几个人迅速地围了上来。
　　　　程沛看到了这一幕，飞奔着跑去报警，并去叫学校的保安。
　　　　季淮也从其他的地方走过来，看到之后马上跑过去。

流　氓　甲：小妹妹，才放学吗？哥哥送你回家好吗？

平　　安：你是谁？我不认识你。

流 氓 乙：小妹妹别听他的，我是好人，让我送你回去吧。

平 安：麻烦你们离我远一点。

流 氓 丙：哎哟，小妹妹脾气不好呀，哥哥们就是想和你认识一下，怎
么这么不给面子呢？

季 淮：平安？你在干吗？

流 氓 甲：哟，小淮哥，这个小妹妹你也认识呀？

> 季淮走到林平安面前，林平安用求救的眼神看着他。不知道为什
> 么，林平安觉得，季淮出现的那一刻，她的心就安定了下来。

季 淮：这是我女朋友。

> 平安猛地看向季淮，季淮也看向她，给了她一个眼神，平安马上就会
> 意地拉住了季淮的胳膊，往他身后躲。

流 氓 乙：大哥，这女的是小淮哥的朋友，我看我们算了吧。

流 氓 丙：是啊大哥，季淮这人打架厉害是出了名的，我们算了。

流 氓 甲：滚蛋，他再厉害他现在也是一个人，能不能别尻？

> 三个人小声算计着，季淮握了握平安的手，示意她放下心来。三个
> 小流氓下定决心了似的，梗着脖子看着季淮。
> 季淮看着三个人的表情，就非常了然对方的意思，就让平安拿着书
> 包去旁边的一个地方坐着。
> 平安刚一转身，后面的四个人就打了起来。
> 平安急忙想跑过去帮忙，却看见季淮以绝对压倒性的优势将三个人
> 打倒在地上，三个人躺在地上哀号，季淮只是眼角擦破了一点皮。
> 程沛带着保安也赶到了，保安急忙控制住地上的三个小流氓，程沛
> 也赶快跑到平安的身边检查她的状况。但是平安并没有理会程沛，
> 而是赶紧到季淮的旁边检查他的伤口。

平 安：季淮，谢谢你。

季 淮：谢什么，我还能看着不管？

平 安：那也还是要谢谢你的。

> 平安看着季淮眼角的伤口，也没注意到旁边还有别人，就伸手去摸

了一下,害得季淮疼得倒吸了一口凉气。

季　　淮:干吗啊你!

平　　安:很疼吗?

季淮痞痞地把眼角受伤的那一半脸递到了平安的面前。

季　　淮:你亲一下,我就不疼了。

程沛看着心里一紧。

程　　沛:季淮,别和女孩子开这样的玩笑。

季　　淮:大哥,放心吧,她不敢……

平安的吻轻轻地落在了季淮的眼角。

程沛和季淮都愣在了原地。

平　　安:不疼了吗?

季　　淮:哦……哦……嗯。

程沛拉长了脸,看着眼前两人的互动,攥紧了拳头。

程　　沛:平安,吓坏了吧,我送你回家吧。

平　　安:你们两个吃饭了吗? 我请你们两个吃晚饭吧,谢谢你们今

天帮了我。

三个人来到了一家牛肉面店,那时候牛肉面店的老奶奶还没那么

老,看见三个人来了很开心地上了三大碗藏了鸡蛋的牛肉面。

26.内,教室——日

午休铃声响起,同学们都飞快地跑出去准备吃午饭。程沛也被一个

男生叫了出去。

程　　沛:平安,你不吃午饭吗?

平　　安:你先去吧,我还有事。

程　　沛:好吧,那你记得吃午饭。

平安点点头,程沛离开了教室。人都走了,只剩下上课睡觉还没醒

的季淮。平安拿着一个粉红色的饭盒走到季淮的面前。

平　安：季淮同学。

季　淮：有事吗？

平　安：这个是我自己亲手做的……因为我一直在国外，中餐不是
　　　　很会做，所以做了意大利面，不知道合不合你的胃口……

季　淮：为什么给我做？

平　安：谢谢你昨天救了我。

　　　　季淮笑了笑。

季　淮：那你不是昨天已经请我吃过饭了吗？

平　安：嗯……那是因为……

季　淮：我猜猜，是不是因为你喜欢上我了？

平　安：不是的！

季　淮：那算了。我不吃了，你自己慢慢吃吧。

　　　　季淮说完就将饭盒推了回去，将书盖在脸上继续睡觉。平安看着季
　　　　淮的样子，心有不甘，抿了抿嘴唇。

平　安：那如果我说我喜欢你呢？

　　　　季淮听到她的话，书本盖着的脸顿时浮上了笑意，又很快地收敛后
　　　　才把书拿了下来，面无表情地看着平安。

季　淮：理由。

平　安：你喜欢我吗？

　　　　季淮沉默。看着平安的小脸一点一点地在沉默当中垮了下来，他才
　　　　微微笑了。

季　淮：喜欢。

　　　　平安听到确定的答案，也笑了，扬起的酒窝就像当初第一次见到季
　　　　淮时那样。

平　安：这就是我的理由。

　　　　季淮笑着亲了一下平安的脸颊。平安接受的一直是西方的教育，也
　　　　大方地握着季淮的手一起打开饭盒分享午餐。

　　　　门外的程沛拿着给平安买的午饭，一字不落地听到了两个人的对话。

程沛靠着教室门外的墙大口大口地呼着气,强忍着眼泪和怒火。

下午上课的铃响,同学们都陆陆续续回了教室,平安已经在自己的位置上坐好,程沛才从教室外恍恍惚惚地走了进来。

平　　安:程沛,你怎么了?

程　　沛:没什么……

老　　师:好了,大家不要讲话了,已经高二了,怎么还不好好学习?你们上次的考试成绩出来了,班长,你来给大家念一下!然后按成绩换一下座位! 我去开会了!

程沛站起身来接过老师手里的成绩单,却看着说不出话来。

这次倒数第一名不是季淮,而是林平安。

季淮是倒数第二名。

他转身看了一眼林平安,平安狡黠地看着他笑了笑,似乎是早就知道会有这样的结果,并且非常开心,用唇语对程沛说着话。

平　　安:拜托啦!

程沛红着眼看着最后一排还在睡觉并不知情的季淮,捏紧了手中的成绩单。

27.外,街边大排档——夜

程沛今天难得没有回家,而是来到一个大排档喝酒。

他想起了今天他无奈地将林平安和季淮排在了一桌时,平安对他的感谢和开心。他没有想到平安居然为了和季淮坐在一起,而交了白卷。

就那么想离开自己吗……明明之前和自己是班级的第一名第二名的……为了季淮,居然甘心做最后一名。

程沛笑着流出了眼泪,他的爱情没想到还没有开始就这样被迫结束了,之所以是被迫结束的,是因为毁灭了他的初恋的那个人是自己的亲弟弟,是和自己一胎所生的双胞胎弟弟。

程沛举起杯一饮而尽,记忆也回到了现实。

28.内,酒吧——夜

程沛在酒吧里,端着一杯酒一饮而尽。

醉意朦胧的程沛仿佛看到季淮就坐在他的旁边,手里拿着啤酒嘻嘻哈哈地冲着他笑。

程　沛:臭小子……你……把我的一切都毁了。

程沛苦笑。

程　沛:你……怎么就那么好命啊……

29.内,程沛家——夜

喝醉酒的程沛摇摇晃晃回到了家中,强烈的醉意让他头晕目眩,拿钥匙开门的手也有些颤抖。他抬头看着二楼的窗户,黑暗的窗户就像黑洞一样差点要吸走他的灵魂。程沛推开门,看着客厅的一片漆黑,他突然不知道自己生存的意义到底是什么。

难道,他就不配拥有一盏为自己而亮起的灯吗?

程沛苦笑。

程　沛:除了我自己,再不会有人亮起这屋子里的灯了。

话音刚落,从厨房传来的光亮和声音就让他移不开眼,他不敢想这到底会是谁,季淮是不可能的,叔叔也没有钥匙,剩下有钥匙的只有可能是……

会是她吗?

程沛不敢相信,却还是不认命地张了嘴。

程　沛:平安,是你吗?

程沛望着这道温暖的光线,心中急切的情绪更甚,步履蹒跚却加速往厨房走去,他想抓住这道光。他知道,这束光线,可能就是他最后的救赎。

程沛看没有人回应他,再一次不死心地大喊。

程　沛:平安! 平安! 是不是你?

厨房里有碗盆掉落的声音响起。

真的是她！

程沛加快脚步走到厨房,看到了一个女人的背影,围着围裙站在炉灶旁,厨房的餐桌上都是做好了的冒着热气的饭菜。

酒意还在程沛的腹中烧灼翻涌着,他如今已经失去了理智,失去了应有的判断。

这女孩是他的,他不能忍了。

他想着,整个身子就扑在了面前女人的身上,他从背后搂着面前的女人,将头埋在她的脖颈处,用力地汲取着她的味道。

女人不仅没有挣扎,还伸出手摸了摸程沛放在她脖子后面的头。程沛得到了她的回应,开心得难以自持,立刻就抓住了她的手,将她的身子转了过来。

程　　沛:平安！我爱你！我……

许　　丽:程总……是我……

程沛的笑容立刻僵在了脸上,逐渐冰冻,直到出现了一抹难以磨灭的裂痕。

许丽听到程沛对林平安小姐的告白已经非常惊讶了,那可是程总的弟妹啊！然而她根本来不及反应,程沛的表情已经冷到让她不敢出声。

程　　沛:为什么,是你？

许　　丽:程总……我想谢谢你送我生日礼物……所以……

程　　沛:钥匙哪儿来的？

许　　丽:是……我问林平安小姐要的……

程　　沛:钥匙放下,滚。

许丽有些不死心,刚刚程沛抱住她的那一刻,她的心跳和欣喜告诉她,她是喜欢程沛的,这次如果她就这么走了,可能就再也没有机会了。

许丽一边这样想着,一边解下了围裙,扑在程沛的怀里。

许　　丽：程总！我喜欢你！能不能不要赶我走……

程沛低头看着怀里死死抱着自己的女人，眼中是模糊不清的情绪。

许　　丽：程总，我一直都很喜欢你，我知道你不喜欢我……但我可以不要名分，我可以连女朋友都不是……

程沛死死地盯着许丽。

这个女人说，喜欢自己。第一次，有人这么直白地告诉自己，她喜欢自己。宁可为了他，什么都不要吗？程沛的酒劲更加上头了，他感觉到自己的心和脖子上的动脉都在怦怦地跳，他的意识也越来越模糊。

要不要，就这样，把林平安忘了？

要不要，就选择一个喜欢自己的女人，不要再为了那些虚无缥缈的感情而劳心？

要不要……

程　　沛：我……

许丽看着程沛的犹豫，以为他是在想林平安。

许　　丽：程总……你把我当成平安小姐也没关系的……

林平安。

又是这个名字。

程沛刚刚想搂住许丽的手又放了下来，他不能忘记他的这个初恋女孩，更不能有人取代她在他心中的位置。

程沛的手落在许丽身上，许丽刚想微笑，就感觉到了巨大的力量将她的身子拉扯开了。

程　　沛：你还不配被我当成她。

许　　丽：程总，我不是那个意思……

许丽的脸在程沛瞳孔的折射下越发扭曲。

都是这个女人，毁了他最后的幻想。

程沛猛地掐住了许丽的脖子，好像要终结她的生命。许丽惊恐地看着他，不断地挣扎。

程　　沛：我说了，让你滚！

程沛撒手,许丽的脸已经憋成了猪肝色,她从未见过这么恐怖暴戾的程沛。她大口大口呼吸着新鲜空气,看着程沛阴冷的神情,迅速哭着跑出了程沛的别墅。

程沛听到许丽跑出去后大门关上的声音,颓然地靠着冰箱坐在了地上。

他又变成孤家寡人了。

这一切都是自己造成的。

遗憾的是,自己根本没有能力去改变这一切,他的背后就像有一只无形的大手,每当他想要往前迈出一步的时候,就瞬间将他拉了回来,让他动弹不得。

这种桎梏,他受够了,却也只能认命。

程沛在冰冷的地上坐了很久,桌子上飘着香气的菜也渐渐变凉,菜里的油凝固成状态各异的薄片,在菜汤上漂浮着。程沛觉得那就是他自己,也许在某一个时刻曾经完美过,曾经也飘出过让人欣喜的味道,但经过时间的推移,如今变得又恶心又黏腻,而且无处藏身。

二楼的房间传来微弱的声响,但是程沛还是捕捉到了。

他缓缓地从地上站起来,走到二楼的房间,看着柜子上的手机,闪烁着蓝色的光。程沛将手机点开,屏幕上立刻跳出来很多条未读短信。他将短信一一点开查看,在一条短信内容上停下。

(短信)

平　　安:季淮,就算你要跟我分手,也不要这样躲着我,我很担心你,我们见一面好吗?

平　　安:季淮,周五中午,我在公园喷泉处等你。不见不散。

平　　安:季淮,我希望你能来。我想你了。

程沛看着自己心爱的女孩这样哀求的语气,忍不住怒火中烧。

季淮,你真的,好幸福啊。

程沛想将短信删除,但想了很久始终都没能按下删除键。

程沛闭上眼吸深呼了一口气,开始打字。

(短信)

程　　沛:好。

没有一分钟,平安就回了过来。

(短信)

平　　安:你终于回我了!吓死我了!我还以为你出了什么事呢,你
　　　　没事就好,那我们周五见哦!

平　　安:晚安!我爱你!

程沛瞬间将手机摔得四分五裂。

30.内,季淮房间——日

程沛在季淮的房间里踱步,手指不断划过季淮的物品,看起来有些
癫狂。今天的程沛看起来和平时很不一样,他的眼神中多了一丝盼
望和欣喜,这让他整个人看起来神采奕奕。

程沛从柜子里翻出了季淮的衣服,试了一件又一件,最终选择了一
件既符合季淮风格又有点儿像程沛风格的成熟的外套。他在镜子
前仔仔细细看着自己的样子,觉得十分完美,没有修理的胡子也是
他精心设计过的让自己更像季淮的手段。

程沛看着镜子里的自己,和自己变装过后凌乱的屋子,才突然发现,
原来他这么了解自己的弟弟。

程沛转身想要离开季淮的屋子,却看到了墙上季淮和平安的一张拍
立得照片。上面的季淮背对着镜头,平安的脸从季淮的肩膀上探出
来,露出如花般的笑容,这刺痛了程沛的心。

他一把将照片从墙上扯了下来,想要撕掉,却发现背对着镜头的季
淮露出的脖子上有一道浅浅的疤痕。程沛瞬间明白了那天程德为
什么在自己的背后站了一会儿就突然开始怀疑自己而且那么确定,
原来原因就在这里。

他嘴角微弯,仿佛在感谢这张照片再一次帮他弥补了破绽,于是他
打消了撕毁这张照片的念头,把它重新挂回了墙上,还用手抚摸了
一下照片上平安的脸颊。

31.内,程沛房间——日

程沛走回了自己的房间,从衣柜里拿出一件高领衫遮住了脖子的部分,又蹲下身子从柜子最下面拿出了一个小小的保险柜,他熟练地转出了一串数字,保险柜门打开了。

蓝色的丝绒盒子,孤独地在里面躺着。

程沛把盒子拿出来打开,里面的钻石戒指立刻感受到了许久未见的阳光,开始折射出璀璨的光彩。

这个钻石戒指,已经准备得太久太久了。

因为很想让她戴上,想让她知道自己这么多年的痴心。

因为她偏偏喜欢的是自己的亲弟弟,所以他愿意把这个戒指连同那一份狂热的爱都锁在这小小一方天地里。

但是,也许,也许只是也许,一点点的概率下,他可以用另一种方式去拥有这个女孩。他不会介意自己这样的做法是否太过卑鄙,他只知道如今自己已经有权利去争取她了。

纵然这权利下有多少血淋淋的真相,他都不在乎了。

他不能放过这次机会。

他直视着戒指,镜头一黑。

32.外,公园喷泉——日

黑屏。

画 外 音:猜猜我是谁?

仍旧黑屏,没有任何音效。持续三至五秒后响起女生的声音。

平　　安:季淮! 你来了!

程沛的手拿开,女孩的眼睛立刻重见光明,她赶紧转身看身后的男人。

平　　安:季淮! 你终于出现了!

平安往前一扑就钻进了程沛的怀里,突如其来的香气和柔软让程沛心口一窒。

程沛的手有些不知所措,最终还是决定落在平安的背上,将她搂在自己的怀里,贪婪地嗅着她洗发水的香味。这种味道,纵使他见过再多的女生,都没能碰到一个类似的。

平安从他的怀里抬起头,狠狠地捶了他胸口一拳。

平　安:你到底死哪儿去了?

程　沛:你猜?

平　安:我不猜。

平安嘟起嘴,不开心地从程沛的怀里挣脱。

程沛站在平安的身后,看着喷泉折射的日光照着平安闪闪发光的发丝在风中飘着,女孩的目光虽看着是嗔怒,深处却满是幸福。程沛觉得自己就像是滩涂上的一堆淤泥,可平安却像海空上翱翔的海鸥,那么洁白美好。

这么好的女孩,期待的那个人,不是他。

程沛的心里,又出现了一道裂痕,他望着她的背影,面无表情。

程　沛:我去了你永远都找不到的地方。

平　安:那是哪里?

平安笑着转身,却看到了程沛来不及收回的表情。

程沛走过来,拉起了平安的手。

程　沛:如果有一天,我真的去了你找不到的地方,你会爱上别人吗?

平　安:不会。

女孩笑着摇头,斩钉截铁的态度不但没有让面前的男人开心,反而让他的脸色更加不好。

平　安:怎么了吗?

程　沛:没事。

平　安:难道我爱上别人你才会开心呀?

程　沛:当然不是。但我希望你快乐、幸福,不对吗?

平安突然平静地看着他。

平　　安：季淮，你记着，如果没有你了，我不会快乐，不会幸福。我会天天想你，夜夜想你，也不想再爱上任何人。

程沛看着严肃的林平安，久久说不出话。

程　　沛：你干吗这么严肃，我说笑的！

平　　安：不要开这种玩笑。

程　　沛：好了，不要生气了，我们去转转。

平　　安：嗯！

小　　贩：小姐，看看这条纯银手链，很适合你哦！

平安拿起手链想要试戴，正想说什么，程沛就先开了口。

程　　沛：这是合金的，不要买。

小　　贩：先生，这真的是纯银的。

程　　沛：如果不是怎么办？她会过敏的。

平安猛地抬头看程沛。

程沛还在和小贩交谈，并没有注意到平安的神情。

林平安看着程沛的脸，心中腾起了一个让她震惊的想法，但她不敢相信自己的猜测。她觉得自己的汗毛都竖了起来，明明是艳阳天，却感觉到了丝丝冷意。

林平安对合金过敏的事情，从来没有对季淮说过。

（林平安回忆，暖黄色调）

高三时，季淮送了她一条项链，她戴了很久却发现自己的脖子上有一圈很痒，去医院看了才知道是过敏。但她又不想让季淮觉得她很娇气，所以用了别的同学交给她的办法，就是在项链上涂上一层透明的指甲油。结果没想到，第二天自己的脖子变得又红又肿。

她用校服的领子遮住脖子，只有体育课季淮出去打篮球时才敢露出来透透气，程沛走过来，递给她一支药膏。

程　　沛：季淮小时候出疹子，都用这个的，很好用。

平　　安：谢谢。

程　沛：你这是过敏了，不要再戴项链了。

平　安：可是，那是季淮送的……

程　沛：那就告诉季淮你过敏，不就好了？

> 平安却笑着摇头。

平　安：季淮很难得送我个礼物，我不想让他失望。你放心吧，我
　　　　会告诉他的。

> （情景渐渐模糊，回到平安纠结的表情）
>
> 事情过了这么久，可能程沛都已经不记得了，但平安却清楚地知道，
> 她没有告诉过季淮自己会过敏。
>
> 会是程沛告诉他的吗？
>
> 平安搁置了心中的猜疑，放下了手链。

平　安：程沛。

> 程沛手中的动作一顿，却没有抬头，但平安还是捕捉到了他的异常。

程　沛：我哥怎么了？

平　安：没事……没事啊……程沛最近怎么样？

程　沛：怎么突然关心起他了？

> 平安看着面前人的态度，和平时没什么区别，倒是放心了许多，便主
> 动挎上了他的胳膊。

平　安：没什么，他是你哥哥嘛。

程　沛：嗯，他挺好的。我们逛了这么久你也累了，我们去吃东
　　　　西吧。

平　安：好啊。

程　沛：你想吃什么？

> 平安没有直视程沛。

平　安：我们去吃你平常最爱吃的大肠米线吧？

程　沛：好，听你的。

> 平安的脸色突然惨白，任由程沛拉着她的手往前走了一段路。

平　安：季淮？

程　　沛：嗯，怎么了？

平　　安：我有点不舒服，我们改天再去吃吧，可以吗？

程　　沛：你怎么了？哪里不舒服？要不要去医院？

平　　安：没事，我应该回家休息一下就好了。

程　　沛：可是你脸色很不好，真的没问题吗？

平　　安：真的，让我回家吧。

程　　沛：那我送你。

平　　安：不用了，我自己回去就好。

　　　　程沛刚想说自己可以开车送她，却想起来季淮是没有车的。只能看着平安跟跟跄跄的背影渐行渐远，他不知道自己哪里做得不好，他回想今天他们之间发生的一切，还是不明所以。

　　　　门开了，平安走进屋子，将自己狠狠地摔在床上。

　　　　她开始大哭，她此时几乎可以确定，季淮失踪了。

　　　　可是她没有证据，而且欺骗大家的，是最疼爱季淮的亲哥哥。

　　　　她不知道到底发生了什么，但是她心里却有一种极度不安的预感。

　　　　夜深了，程沛也进了屋子。

　　　　他坐在沙发上，点燃一根烟。自己的手机放在茶几上，他拿起来翻看，几乎都是公司的消息。程沛一一阅读完，刚刚锁屏，手机又亮了起来。

　　　　（短信）

平　　安：大哥，你睡了吗？

　　　　程沛没想到平安会主动找自己，急忙想要回复，却发现自己太过着急了，就慢慢抽完了一根烟，才回复。

　　　　（短信）

程　　沛：还没，在工作。

　　　　（短信）

平　　安：程沛，我们是最好的朋友吗？

　　　　程沛的手握紧了手机。

　　　　（短信）

程　　沛：是。

（短信）

平　　安：在我心里，你是最好的朋友。

　　　　　平安的语气让程沛有点儿心慌，他想了想还是把电话拨了过去。

程　　沛：平安？你怎么了？有事可以告诉我。

平　　安：没事，上次说要请你吃饭，有空吗？

程　　沛：有空，但我怎么能让你请我呢？

平　　安：上次谢谢你愿意让我采访，应该的。

程　　沛：你请我吃饭可以，但是要我付钱。

平　　安：好，你是大老板，我是不会心疼你的钱的哦！

　　　　　程沛笑笑。

程　　沛：好。那我明天下午去接你。

平　　安：好。

程　　沛：平安？

平　　安：嗯？

程　　沛：你真的没什么事吗？

平　　安：没事呀！你想太多了！就是单纯地想找你吃个饭而已。

　　　　　程沛听着电话那头平安的情绪不像是有事，才放了心。

程　　沛：好，那明天见？

平　　安：明天见，晚安。

程　　沛：晚安。

　　　　　平安将电话挂断，关了灯的房间里传来抽泣声。

33.内，餐厅——夜

程沛在高级餐厅的卡位上等待着平安的到来。平安没有让程沛去
接她，所以程沛就早早地来到了约定的地点。今天的程沛看起来神
采奕奕，平安的主动邀请让他十分开心。一早起来他就为自己挑选

了一身昂贵的西服，戴了名贵的手表，看起来既贵气又低调。

平安从大门口进来，程沛一眼就捕捉到了。看着平安向自己走来，他心里想了很多想要和她说的话。程沛摸了摸自己的裤子口袋，里面那个精致的小盒子也在加剧程沛的紧张。看着平安一步一步走到面前，程沛准备好的满腔的话正要开口，却看到平安红肿的眼睛。

程　　沛：平安，你怎么了？

> 平安缓缓落座。

平　　安：我没怎么，你等很久了吗？抱歉，路上有点堵。

程　　沛：所以应该让我去接你的。为什么眼睛这么红？你哭过了？

平　　安：没有，可能是昨天晚上没有睡好吧。

程　　沛：是因为季淮？

> 平安避开了程沛的目光，转而拿起了菜单。

平　　安：先看看吃什么吧，我饿了。

> 程沛看她兴致缺缺，也没再问下去，就顺着她的意思点起了菜，点的全都是平安喜欢吃的。

平　　安：没想到你这么了解我的喜好。

程　　沛：当然，因为……

> 平安抬起头看他。

程　　沛：因为我们认识这么多年了，你喜欢什么肯定会知道一点点的。

平　　安：抱歉，我都不知道你喜欢什么。是和季淮一样的吗？

> 程沛的脸色变了变，但还是保持微笑。

程　　沛：不是的，其实我和季淮的口味差了很多，有时候根本就是相反的。

> 平安状似不经意地点了点头。

平　　安：季淮很挑剔，很多东西都不吃。就像大肠米线，连闻一下都不愿意。

> 程沛眉头紧皱，没有答话，死死地盯着平安的脸企图看出一些端倪。
>
> 因为觉得自己可能已经暴露了，程沛已然失了方寸，但表面上仍然

十分镇定。

平　安：不过人的口味是会变的，也许哪天他突然就变得爱吃原本不爱吃的菜了，你说是不是？

程沛看着平安微笑。

程　沛：是。

聊天之间服务生正好上了菜，话题也就随之结束了，接下来的时间里，程沛和林平安只是在安静地吃东西，偶尔平安会品评一下这家店菜的好坏，程沛会说一些他们学生时代的事情逗平安一笑。

34.外，平安家小区楼下——夜

程沛开车送林平安到了小区楼下，平安欲言又止。

平　安：谢谢你送我回来。

程　沛：应该的。

平　安：确实很难为情，是我把你找出来的，却让你请客，还要送我回来，我们明明不顺路。

程　沛：送自己想送的人，东西南北都顺路。

平安当作没有听到程沛这句话，看了看手表转移了注意力。

平　安：咳……我看时间还早，我家的小区广场有个喷泉，还挺好看的，我刚刚吃多了，要不要一起走走？

程　沛：好啊。

程沛说着就将车子停在了一边，下车陪着平安散步。小区的夜晚很安静，路灯昏昏暗暗照不清人脸上的表情。两个人许久都没有开口。

平　安：你知道，我为什么会选择季淮吗？

程沛也曾问过自己这个问题，为什么一模一样的脸，更优异的成绩、更出色的工作，却让他败给了季淮那个不学无术的混球呢？

程　沛：为什么？

平　安：因为他够真实。

程沛没有答话。

平　　安：季淮是个很可爱的大男孩,他懂得怎样去面对喜怒哀乐,别看他吊儿郎当的,其实心思是非常细腻的……

平安不断称赞着季淮的种种好处,程沛身侧的手微微颤抖。

平安最终还是忍不住开口了。

平　　安：程沛,我求你,告诉我季淮在哪里。我知道,你一定知道,季淮是逃不过你手掌心的。

看着平安的眼泪,程沛心里隐隐作痛。

程　　沛：那我呢?

平　　安：什么?

程　　沛：我就不真实、不细腻了吗?

平　　安：大哥……

程　　沛：我不是你大哥!

平　　安：程沛……

程　　沛：多少年了,我一直在你身边,我不信你看不出来我对你的感情。

平　　安：我明白……但是……

程　　沛：别说你明白!你根本不明白!我对你付出的从来就不比季淮少,可你都没有正眼看过我!

平　　安：程沛,谢谢你对我的好……

程　　沛：呵呵,一句谢谢,就算对我的补偿吗?

平　　安：我想,爱情这种东西,不应该用付出的多少来衡量。

程　　沛：那我问你,如果没有季淮,你会不会选择我?

平　　安：也许会。

程沛从口袋里掏出戒指,在平安的面前打开,单膝跪地。

程　　沛：平安,嫁给我。

平　　安：我是你弟弟的女朋友,你不能这样,更不应该这样对季淮。

程　沛：我爱你并不比他爱你少，他能给你的我一样能给你。现在，我要听你的答案。

平　安：不可能。这就是我的答案。

程　沛：如果没有季淮，你会不会同意？

程沛用希冀的眼神看着平安。

平　安：你问了我两个问题，都是假设没有季淮，可是根本没有这种如果，季淮已经出现在我的世界当中了，不论如何，他在我的心中将永远存在，我对他的爱，也不会因为死亡而改变。

平安转过身，背对着程沛。

平　安：大哥，你还是起来吧，季淮已经向我求婚了，我也已经答应他了。从名义上来讲，我已经是你的弟妹了。所以，对不起。

平安径直离开了，留程沛一人在原地。

远处的喷泉猛地喷射出来，伴随着灯光开出一朵朵绚丽的水花，彩色的灯光映在程沛的脸上不断地变幻。

程沛站起身开车离开。

喷泉的水池里漂着一个精致的戒指盒子。

35.外，湖边——夜

程沛坐在自己家别墅后的湖边，望着一片死寂的湖水，开始自言自语。

程　沛：季淮，你告诉我，你到底比我好在哪里？

程　沛：我真羡慕你，死了也能一直被人爱着。

程　沛：不像我。什么都比不过你。

程　沛：如果再来一次，我真希望那天死的人是我，就让你把我杀了，一了百了。

远处的草丛里突然传来声音，立刻引起了程沛的警觉。

程　沛：谁？

　　　　小动物从林子里穿梭而过的声音，程沛放下心来，继续望着湖水发呆。

　　　　远处一直跟踪程沛的程德叔叔，两眼发红，在震惊中久久不能回神。

36.内，程沛家——夜

（黑白色调，程沛的回忆）

　　　　季淮穿着棒球服、紧身牛仔裤，一副小混混的打扮。手中拿着没有喝完的啤酒瓶，摇摇晃晃开了家门。屋子里很黑，他找了半天才找到灯的开关，屋子霎时间的明亮让他有些睁不开眼，他揉了揉眼，突然屋子里响起了另一个人的声音。

程　沛：你又喝醉了？

季　淮：吓我一跳！有病啊你！

程　沛：和谁喝的酒？

季　淮：你管得着吗？你谁呀你？别以为比我早出生五分钟你就了不起了，真拿自己当长辈了？

程　沛：就算大一分钟，我也是你哥哥。

季　淮：别放屁了，我就没拿你当过哥哥，明不明白？

　　　　季淮不再理会程沛，径直穿过客厅往仓库走去，程沛尾随着季淮。

程　沛：季淮，你老大不小了，就不能找个工作吗？我在公司里给你安排了一个职位，明天你就去上班。

　　　　季淮在仓库里找着什么，听到程沛这样讲，立刻站直身体看着他。他举起手中的啤酒瓶在程沛面前摇晃，里面飞溅出来的啤酒洒在了程沛的高级衬衫上。

季　淮：程沛，我告诉你，你无权干涉我的人生。

程　沛：你别忘了，爸妈不在后的这么多年，是谁把你养大的。那是我们的公司，我不想独吞，所以你也要去履行你自己的义务。

季淮听到后猛地把手中的瓶子扔在了地上,啤酒瓶的玻璃碎片在地上发出了清脆的声响,其中一片碎玻璃还划伤了程沛的脸颊。

季　淮：程沛！别这么道貌岸然了！在你心里,拯救我这种失足少年是不是特有成就感？你自己的虚荣心是不是特满足？你对我的管制像个哥哥还是像个让人无语的爹？

季淮的酒意上头,手晃动不稳地指着房间。

季　淮：你知不知道,我觉得这个地方就像个监狱？

季淮越说越激动,酒精的作用开始发酵,他的身形开始摇晃,站立不住。季淮离程沛越来越近,一边说着,一边用一根手指不断地戳着程沛的胸口。

季　淮：程沛,我告诉你,每次看到你长着和我一样的脸,我就特别恶心。

程沛瞬间红了眼眶。

季淮仍旧在仓库中翻找着什么,口中还一直骂骂咧咧。

程　沛：你是不是在找这个？

程沛从仓库门后的角落里拿出了一个笼子,里面是一只死掉的鸽子。

季淮看到几近抓狂。

程　沛：你以为,我不知道你每天都在做什么吗？我有没有说过,不要在家里养动物？

季　淮：程沛！你大爷的！这只不过是只鸽子！这是我要送给平安的！

程沛眼里闪过一丝惊讶和愧疚,但马上又恢复了平静。

程　沛：不论如何,你要按我说的去做。

季淮看着程沛,他仿佛不太认识眼前这个男人。

他盯着这张脸。

37.外,湖边——日

(暖黄色调,季淮的回忆)

两个长得一模一样的男孩在湖边的小船上玩,笑得天真烂漫。在游戏的过程中,弟弟不小心掉到水里,不深的水还是吓坏了弟弟,哥哥不顾自己的危险,急忙跳下水把弟弟拖上了岸。

弟弟后怕得直哭,哥哥抱住了弟弟。画面定格。

38. 内,程沛家——夜

在季淮的眼中,当年的哥哥的脸和如今程沛的脸慢慢模糊重合,人都一样,但是他们却没有办法像曾经一样了。

季淮从程沛手中夺过死掉了的鸽子,越过程沛,走出仓库。

程　沛:你要去哪儿?

季淮的声音很平静,也很冷淡。

季　淮:与你无关。

程沛一把抓住季淮的胳膊,将他狠命地往回扯。

程　沛:明天让你去面试是为了你好,你今天哪儿也不准去,乖乖准备明天的面试。

季　淮:我是不会去面试的,别想安排我的人生。

程　沛:你不去工作,是不是因为你有个好女朋友,能养着你?你不工作,拿什么娶她?是拿我的钱还是继续拿她的钱?

程沛的声音从季淮背后响起,一直以来让女朋友平安养着的事情是季淮心中的刺,逼得他停住了脚步。

程沛继续说,不去理会季淮的怒火。

程　沛:如果你执意不去,也可以,但是只要我一通电话,平安就会陪着你一起失业了。你们以后拿什么生活?你是个男人!

季　淮:程沛,你不要脸!

季淮扑上来和程沛扭打在了一起,季淮喝了酒,力气总是要比平时大一些,程沛被打了很多下,季淮还是不肯松手,将程沛压在身下,狠狠掐住他的脖子。

程沛难以呼吸,脸色涨得发红。他的目光渐渐开始涣散,脑海中浮现出他在医院见到父母尸体时的场景以及儿时和弟弟玩耍的场景。

慌乱中,他拿起茶几边上的花瓶,狠狠地向季淮头上砸去。

季淮痛得蜷缩起来,头上也开始流血,但他仍然没有停止对程沛的咒骂。

季　淮:对,你是哥哥,你事业有成,你瞧不起我,我快被你逼疯了!

程沛一气之下,将季淮关进了仓库。

季淮在仓库里大叫。

季　淮:程沛! 你放我出去! 你这个人渣! 你有什么了不起! 凭什么你是哥哥你就要管教我! 这不公平!

程沛揉着额头,多年来的委屈让他一个字都不想多说。

程　沛:公平? 自己不努力谈什么公平? 这个家哪样不是我撑起来的? 一个人没有自制力别谈什么公平! 你好好反省一下自己吧。

里面的季淮还在咒骂着,程沛一个人径直上楼回了房间。

39.内,程沛家——日

(黑白色调,程沛自白)

程　沛:(画外音)我做好了早饭,想要把他放出来。

程沛穿着围裙,与他身上昂贵的西装显得格格不入。他熟练地煎好了鸡蛋,向仓库走去。

程　沛:(画外音)我心想,他应该也冷静下来了。

程沛打开仓库的门,映入眼帘的却是停止了呼吸的季淮。程沛急忙跑上前去查探,然而季淮的死亡事实却一遍一遍地冲击着他的脑袋,让他几乎开始耳鸣。

程　沛:(画外音)我不敢相信,他就这么死了。那可是我自己的亲弟弟,他躺在那里没有生的气息,我好像看到我自己的死亡。那一刻,我真的希望,躺在那里的人是我,不是我最爱的弟弟。

程 沛：(画外音)我应该去自首，我应该为我杀人的罪行付出代价……不！我没有杀人，我把他关进仓库的时候他还好好的！我还有事业，我还有公司，我不能被抓。

程 沛：(画外音)我是不会让他们抓到我的。

程沛在家中清理他们打斗留下的痕迹，将地上啤酒瓶的玻璃碎片一点一点地扫干净，季淮的尸体就躺在不远处。

程 沛：(画外音)我……我应该去认罪服法，或者直接自杀，不然，我没有脸去见我们的父母。

程沛开始擦拭花瓶上的指纹。

程 沛：(画外音)可我没办法，为了这个错误去葬送我的一生。即使这个人是我的弟弟，我的双胞胎弟弟。

程沛开始清洗有血的地板。

程 沛：(画外音)我姓程，而他姓了我母亲的姓。原来没有姓父亲的姓有这么多好处，亏我还一直以独一无二的长子自居。缘于父亲对母亲的爱意，姓季的，也几乎夺取了父母所有的关爱。

程沛开始挪动季淮的尸体。

程 沛：(画外音)因为他，我才明白，原来五分钟的时间可以如此恐怖。它可以决定我和季淮出生的先后，更决定了我们的一生。接生我们的医生说，我出生的时候经历了很多痛苦，脐带绕了脖子三圈差点勒死我自己，吃了不少的苦头。

程沛将季淮的尸体装进了一个大袋子里面。

程 沛：(画外音)而季淮这个命运的宠儿，在我拼了命地来到这个世界之后，只用了五分钟，就轻轻松松出生了。

程沛将装着季淮尸体的袋子拖到他们儿时玩耍的湖边。

程 沛：(画外音)令我最不能忍受的是，父母离开之后，他居然处处反抗我。要知道，我爱他，我一直在认认真真强迫自己做可以抚养他成人的优秀哥哥。可是他就像我人生的噩梦，我也不止一次地想，他如果消失了该有多好。

程沛在装着季淮尸体的袋子里塞满了石头。

程　沛：(画外音)可是真的到了这一刻，我才发现，原来季淮早已经成为我生命当中的一部分。如今没有了他，我整个人也被生生撕成两半。一半随着他离开，另一半在这人世间如行尸走肉般苟活。我想，这是我应得的惩罚。

"扑通"一声，季淮沉入湖底。

程　沛：(画外音)再见了，季淮。

镜头转向程沛的脸，已是满脸泪痕。

40.内，程沛家——日

程沛脚步虚浮地回到了家中，面色苍白，神情中满是悲伤。他坐在沙发上，双手捂住了脸颊，又开始啜泣。

程　沛：(画外音)将季淮的尸体处理好后，我开始思考。如何能让季淮已经永远消失在世界上的这个事实成为一个秘密。

程沛抬起头，坐在沙发上，看着茶几上的摆设出神。

一个俄罗斯套娃吸引了程沛的目光。

程　沛：(画外音，神情凄凉)我明白了。

程沛将俄罗斯套娃一层一层地拆开，又一层一层地装回去。沙发对面的立式镜子照出了程沛有些扭曲的脸。

程　沛：(画外音)没想到，季淮因为我而死，但他却留给我一条生路。

程沛上楼，进了季淮的屋子，打开季淮的衣柜，挑了几件衣服换上。

镜头停在衣柜的衣服上。

程　沛：(画外音)这真是讽刺，我曾经最痛恨这张一模一样的脸。如今却可以帮我，用两个身份活在这个世界上。

程沛换完衣服走到衣柜的镜子前面，赫然是季淮的样子。

41. 内,程德家——夜

程德进屋,猛地把门关上,程德妻子从房间走出来。

程德妻子:怎么样? 找到季淮了吗?

程德没有答话,只是两眼通红地盯着妻子,里面有泪光闪现。

程德妻子也盯着程德,红了眼眶。

外面下起了暴雨,屋内的程德和妻子在客厅里静默地相对而坐,泡好的茶冒着热气,氤氲在两人之间。

程德妻子:要么……

程　　德:什么?

程德妻子:要么我们报警,或者劝他自首?

程德还没有答话,就响起了门铃声,两个人神色一凛,有些戒备。

程德妻子:这么晚是谁?

程　　德:我去看看。

程德将门打开,门外是浑身湿透的林平安。

平　　安:叔叔,打扰了。

程　　德:平安,怎么回事?

程德妻子听见声音也从客厅出来,看到浑身湿透的林平安,赶紧给她拿了条毛巾擦干头发,又把自己的睡衣给她披上。

程德妻子:你这孩子,怎么这么狼狈?

林平安接过程德递过来的热茶,想了想,将茶放在桌子上,就跪了下去。

程　　德:你这是干什么? 快起来。

平　　安:叔叔、姊姊,我是真的没办法了,我直说了吧,程沛装作季淮和我约会,季淮是真的不见了……求求你们,帮帮我,不然我真的要报警了。

程德妻子轻轻碰了一下程德的胳膊。

程德会意地看了一眼妻子,将跪着的林平安扶了起来。

程　　德：你不用这么着急，我想事情还没有到要报警这么恐怖，毕
　　　　　竟季淮是个老大不小的人了。你说程沛装成季淮和你约
　　　　　会，确实是该说说他的，他们两个从小就这样，季淮不愿意
　　　　　去做的事情总是求程沛装成他的样子代替他去做。

平　　安：你的意思是，季淮不想见我？

程　　德：这个我不知道，你们年轻人的感情还需要你们自己解决，
　　　　　但你放心，季淮好好的，前几天我还看到他了。

平　　安：真的吗？

程　　德：真的啊，他去我的诊所找我，我的助手们都看到了的。

　　　　　平安这才放下心来，露出了笑容。

平　　安：那就好，其实我一直很担心他是……是出了什么意外，知
　　　　　道他没事我就放心了。

程　　德：你这么晚淋雨过来，就是为了他的事？

　　　　　平安点点头。

平　　安：抱歉，叔叔婶婶，这么晚真的打扰了，那我就先走了。

　　　　　程德妻子递给平安一把伞，眼睛微红。

程德妻子：好孩子，可别再淋雨回去了，你病了，季淮也会心疼的。

平　　安：我没事，放心吧，婶婶。

　　　　　平安被程德和程德妻子送出了门，走了几步才发现自己身上还披着
　　　　　程德妻子的睡衣，就赶紧折返想将睡衣送回去，走到门口刚要敲门，
　　　　　却听到里面的谈话。

程　　德：这事情千万不能让林平安知道。

　　　　　听到这话，平安停止了敲门的动作，而是附耳过去听门内的动静。

程德妻子：可是，她迟早会发现的，程沛在她面前根本就伪装不了。

程　　德：那怎么办？让她知道季淮已经死了，让她知道程沛是杀人
　　　　　凶手，然后报警抓了程沛？

程德妻子：这……

程　德：我们已经失去季准了，不能再失去程沛，不然我怎么对得起我大哥？

门里的人还在交谈着，门外的平安捂住嘴巴，泣不成声。

42.内，程沛家——夜

程沛从湖边回到家中，在客厅里抽烟，突然响起了敲门声。

程　沛：谁？

平　安：是我。

程沛将门打开，看到的是一身狼狈的平安，心中一紧。求婚失败的他已经知道自己和平安再也回不去从前了。

程　沛：你……有事吗？

平　安：我来还你东西。

程　沛：什么？

平安伸出手，是那天他扔在平安小区喷泉池子里的戒指。程沛有些意外，心中又升起了一点点的希望。

平安看着他的脸，语气十分平静。

平　安：那天我走后，想了一想，觉得我还是应该跟你开门见山把话说清楚。等我折回去的时候，看到你已经走了，这个就在水池里。

程　沛：为什么捡回来？

平　安：因为，我觉得这个戒指也许代表着你对我的感情，你扔掉，是因为你把这些给了我，不指望再有所回报，而我今天把它还给你，是告诉你，这么多年的感情，我都当作没有发生过。

程沛愣在原地。

程　沛：你为什么要这么对我？

平　安：这话应该我问你。

程　沛：你什么意思？

平　　安：程沛，我一直以来都拿你当作我最好最好的朋友，不仅仅因为你是季淮的哥哥，不仅仅因为你们有着一模一样的脸，而是因为我真的拿你当朋友。

程　　沛：平安，如果你是因为我和你求婚的话，我愿意收回。

平　　安：不，你错了，我很感谢你对我的感情，也很抱歉我没能早点发现，早点和你说明，让你煎熬了这么久。

程　　沛：那你为什么？

平　　安：程沛，我现在还愿意拿你当我最好的朋友，我只问你一个问题，你可不可以答应你会如实回答我？

> 程沛盯着平安的脸，她在哭，纵使雨水已经淋湿了她的脸，但程沛还是清晰地捕捉到了她的泪痕。

程　　沛：好。

> 平安深吸了一口气，却还是没有控制住泪水。

平　　安：季淮……他……他是不是……是不是……不会再出现了？

> 程沛没有答话，看到雨越来越大，赶紧把平安带进了客厅。程沛转身关门，脸色已经十分苍白。
>
> 平安抓住程沛的胳膊，用力地摇晃他。

平　　安：程沛……我求你……我求你告诉我他还在……我求你告诉我他没事……对不对……你说话啊，你说话啊！

> 平安歇斯底里地哭着，程沛有些不知所措，情绪也开始变化。

程　　沛：你冷静一点。

> 程沛的语气也带了哭腔，不知道是因为感受到了眼前女孩的痛苦，还是怀念自己的弟弟。

平　　安：你要我怎么冷静？我告诉你，我都知道了！

程　　沛：你知道什么了？

> 程沛语气中的慌张让平安更加确信程德说的话是真的，她也顾不上继续哭，取而代之的是愤怒和恨意。

平　　安：知道你是个禽兽！是你杀了他！

程沛突然冷了下来。

程　沛：谁告诉你的？

平　安：是你叔叔和你婶婶对话，我无意中听到的。你是不是以为你自己做得天衣无缝？其实你只能够欺骗你自己！大家都知道你是个冒牌货！

程沛的表情开始扭曲。

平　安：那天，你装成季淮，我已经觉得不对劲，你知不知道季淮最讨厌吃的就是大肠米线？他说过，他只要闻一下味道就想要吐了！你却顺着我的话说那是你最喜欢吃的！

平　安：程沛，你为什么不知悔改？

平　安：你是杀人凶手，为什么不去自首？你这样对得起季淮吗？

程　沛：我……

平　安：你知不知道为什么季淮一直不和我结婚？

平安冰冷的目光射向程沛，他的脆弱和恐惧立刻无所遁形。他摇了摇头。

平　安：因为他早就知道你喜欢我，他害怕他娶了我会让你难过，所以一直努力赚钱，好让我们能搬出去住，也想给你时间让你慢慢接受！

程　沛：不可能的……他恨我……他恨死我了……

平　安：他告诉我，虽然他总是和你吵架，但是他心里一直很感谢这么多年你对他的照顾，他说，他始终记得那个湖边陪他的哥哥，那是全世界最好的哥哥。

程　沛：别说了！我不想听！

平　安：还有，程沛，为什么你愿意牺牲自己的童年也要撑起这个家？为什么你喜欢我，却从来没有提过？为什么你明明觉得大家都偏心季淮，自己也还在偏心他？

程　沛：我没有……我没有……

程沛跑到大厅的镜子前，双手捂住耳朵不想听平安的话，却在镜子
中看到了季淮的影子。

平　安：因为你根本，就是爱着季淮的。你爱这个弟弟，所以什么
　　　　都不和他抢，但你因为你的恨意，才把这种爱看作一种牺
　　　　牲。我相信，如果再来一次，你还是愿意这样对他。

程沛看着镜子当中出现的季淮慢慢变成了小时候季淮的样子，头发
乱糟糟的，衣服也不是很整齐，一看就是刚刚打过架的样子。程沛
蹲下来和这个小小的季淮对视，伸手想摸摸他的脸，却只触摸到冰
冷的镜子。

程　沛：哥哥带你回家，别怕，没人能欺负你。

平　安：程沛，季淮……到底在哪儿？

程沛好像听不到平安的话，只看着镜子里的孩子。突然镜子里孩子
的脸变成了程沛父亲的，程沛立刻大惊失色。

程　沛：爸……爸……对不起……

程沛立刻向后躲。

程　沛：爸，我不是故意的，我没想杀他！爸，这都是意外！

程沛开始在客厅里面发病，到处打砸东西，吓得平安躲在了角落里。

程　沛：爸！都怪你！我也是你儿子！我不想做哥哥！为什么？
　　　　为什么你们都只对季淮一个人好？我也是你亲生的！我
　　　　也很爱你和妈啊！

程　沛：是你们把我逼成这样的！你们不能怪我！

发了疯的程沛还是来到了角落里的平安面前，平安吓得瑟瑟发抖。

程　沛：妈，你说是不是？

平　安：程沛，你别这样……我不是你妈……

程　沛：我知道，你是季淮的妈，不是我妈！你们都爱他！

程　沛：妈，你知道吗？我也很希望你能够多关心我一点，所以我
　　　　就很努力，真的很努力了。可是我发现，我越努力，你们就
　　　　对我越不重视，妈，这是为什么？我也是你生的啊！

程沛抓起平安的手放在自己的脸上。

程　　沛：妈，你摸摸我，我也是你的儿子啊！

平安的手开始发抖，声音也忍不住发颤，却还是让自己保持冷静。

平　　安：那你告诉妈妈，你弟弟在哪里？

程沛的脸在平安的手中摩挲着，像是在享受母亲的抚摸。

程　　沛：他在水里……嘘……他变成鱼游走了。你们只有我这一
　　　　　个儿子了，我会好好孝顺你和爸的，妈。

平安泪如雨下。

平　　安：是哪里的水？

程　　沛：就是……小时候的那个湖……

话音刚落，门就被撞开了，警察走进来用枪指着程沛。

警　　察：不许动！警察！

程沛看到警察，依旧抓着平安，平安已经因为惊吓过度瘫倒在地上。
警察想要上前逮捕程沛，程德从警察身后走出来。

程　　德：我侄子生病了，他的精神状态不好，我是专业的，相信我。

程德拍了拍警察的肩膀，示意警察先把枪放下，然后走上前去。

程　　德：程沛，别怕，叔叔来了。

程沛看到程德的脸，突然扁起了嘴巴像一个孩子一样开始大哭。在
场的人看着这样一个大男人哭成这个样子，不但一点也没有觉得好
笑，反而都怀着满满的悲伤。就连破门而入的警察们也都放下了
枪，用可怜的目光看着程沛。

程　　沛：叔叔，我爸知道了……他不原谅我……我妈也知道了……
　　　　　她也不帮我。

程德拍着程沛的背，安抚着他的情绪。

程　　德：程沛，你病了，我们去看病好不好？

程　　沛：叔叔，我没病……我是杀人凶手。你不要告诉别人，我很
　　　　　害怕……我没想杀他的……那是我自己的弟弟……

程　　德：好了，都过去了。

程德和警察带走了发疯的程沛,程德妻子穿过人群将地上的平安扶
起来。

程德妻子:吓坏了吧?

平　　安:你们……

程德妻子:你叔叔从客厅的窗户看到你在门口的影子了,就猜到你要
　　　　来找程沛,他怕你出事,还是决定报警,毕竟……他不想让
　　　　程沛再犯错误了。

平安趴在程德妻子怀里痛哭。

43.内,精神病院——日

三个月后。

程沛坐在病床上发呆,护士和他说话给他喂药他都没有反应,只是
呆呆地看着地面。程德从远处走来,手中拿着一个文件夹。

程　　德:他今天有好些吗?

护士摇摇头,程德会意地点点头,护士就从病房离开了。

程　　德:程沛?听得见叔叔说话吗?

程沛没有任何的反应。

程　　德:那天警察们找到季淮的尸体了,在湖里……

程沛还是没有反应,程德将手中的文件夹打开,里面是季淮的尸检
报告。

程　　德:你知道吗?季淮的尸检结果出来了,死于酗酒过度而引发
　　　　的心脏停搏,头上的伤不是致命伤。程沛,叔叔告诉你,你
　　　　没有杀了你的弟弟,知道吗?这和你没有关系。

程沛的眼珠微微动了一下,偏过头来直视程德。

程　　德:叔叔也和警察那边都讲过了,你之前的行为只是因为你病
　　　　了,那都不是真正的你。所以,赶快好起来,配合治疗,程
　　　　家的公司还需要你撑起来,好不好?

　　　　程沛依旧盯着程德,门再次打开,平安走了进来。平安向程德微微
　　　　点头,程德站起身来拍了拍平安的肩膀。

程　德:拜托你了,和他说说话。

平　安:好。

　　　　程德又看了一眼程沛,摇了摇头走出病房。
　　　　平安将带来的花放在花瓶里,又给程沛削了一个苹果,放在他的
　　　　手里。

平　安:对不起,我那天对你说了很抱歉的话。

平　安:季淮的事和你无关,你还是我最好的朋友。但你毕竟还是
　　　　装作季淮骗了我,所以程大老板要赶紧好起来,要请我吃
　　　　很多次饭我才会原谅你哦。

　　　　程沛的脸看向平安,平安看到这张与季淮一模一样的脸,心还是忍
　　　　不住抽痛,又急忙低下头。

平　安:我想,如果季淮在天有灵,知道自己的哥哥变成了这样,一
　　　　定也很难过吧。你的做法有一点没错,你可以帮助季淮继
　　　　续活着,只要你好好的,我们也会因为你的存在,而永远
　　　　不会忘掉季淮,你明白吗?

　　　　平安偷偷擦掉了眼角的泪水,才重新微笑着看着程沛。

平　安:你知不知道我为什么给你买了苹果?因为我今天要给你
　　　　讲个故事哦。

平　安:有一个儿童心理学家,专门主持儿童电台,并回答孩子们
　　　　提出来的问题。有一天,一个叫 Alice 的六岁小女孩打来
　　　　电话问了一个问题。她问:"我是个好孩子,我弟弟是个坏
　　　　孩子。爸爸妈妈要求我们每晚 9 点上床睡觉,每一次我都
　　　　很听话,按时上床。可弟弟却不听话,每次要一个苹果才
　　　　肯上床,而他居然每次都能得逞。我也想要一个苹果,但
　　　　父母从来不给我。为什么弟弟是个坏孩子,他总能得到苹

果,而我是个好孩子,却总得不到苹果?"

程沛的眼神又动了动,开始认真听平安说话。

平　　安:这个著名的儿童心理学家也被这个问题问住了,他诚实地告诉Alice:"很抱歉,我现在不知道。如果有一天我知道答案了,一定第一时间告诉你。"一晃三年就过去了,那天,他去参加一场婚礼。婚礼上,紧张的新郎将本该戴在右手的戒指戴在了新娘的左手。神父为他解围说:"孩子,她的左手已经完美无瑕了,你戴在她的右手吧。"心理学家这才恍然大悟。他迅速离开婚礼现场,回到电台,叫停了所有正在播出的节目,开始呼喊Alice的名字。他说:"Alice你在吗?你在收音机前吗?你还记得三年前的问题吗?我很抱歉,你现在九岁了,我才有了答案。我希望你能认真听,希望你不要再为坏孩子得到苹果而耿耿于怀。坏孩子虽然得到了苹果,但其实你得到了上帝最好的礼物,就是你是个好孩子。"

程沛闭上了双眼,泪水从脸颊上划过。

44．内,程沛家——日

一年后。

已经逐渐痊愈的程沛被程德从医院接出来回到家中,程沛走进客厅,发现整个家里过了一年却没有任何的变化,连应有的灰尘都没有。程沛摸了一下客厅的茶几桌面,捻了捻手指,也没有发现灰尘。他纳闷地坐在沙发上,拿出手机,熟练地打开微信朋友圈,看到林平安上传了刚刚在国外拍摄的照片,便顺手点击保存在手机的相册中。程沛打开手机相册,里面全是这一年内平安出国拍摄的照片,程沛上下滑动着翻了翻,足足有上百张。他点开一张大图,上面是平安灿烂的笑容,程沛释然地笑笑,将照片全部选中,点击了删除键。

程沛刚刚做完这些,客厅的门再一次被打开了。

许丽拿着满满一购物袋的生活用品和一束鲜花进了屋,看到程沛坐
　　　在沙发上,赶紧走上前去,把花递给了程沛。

许　　丽:程总,听说你今天出院,恭喜你。

程　　沛:谢谢你。

　　　许丽发现程沛盯着她手里的钥匙和购物袋,又急忙解释。

许　　丽:这钥匙是程德先生给我的,他让我在你养病的时间里抽空
　　　来打扫一下。

　　　许丽说完看了一下程沛的神情,似乎没有生气,而且点了点头,许丽
　　　才放下心来。她把购物袋里的东西拿出来,程沛看了看,除了一些
　　　吃的,就是生活用品,而且都是他一直用的牌子。

程　　沛:(微笑)谢谢,让你费心了。

　　　许丽正在把买好的水果和蔬菜放进冰箱,听到程沛的话后身形一顿。

许　　丽:程总客气了,您不在公司的这段时间大家都很想您,希望
　　　您能好好照顾自己。

　　　许丽转过身来,换上了很职业的微笑,掩饰了眼底的落寞。

许　　丽:程总,那您好好休息,我先回去了。

程　　沛:等等。

许　　丽:程总还有其他事吗?

程　　沛:上次,你做的菜,我没有吃,能不能再做一次?

　　　许丽听了程沛的话,有些不敢相信自己的耳朵。

许　　丽:程总……你……

程　　沛:我刚好也没吃饭,你有空的话正好我们一起吃。如果不愿
　　　意的话也没关系,你可以去忙你的事情。

许　　丽:不!……不用……我可以的。程总,那您先休息一下,我
　　　很快就好了……

程　　沛:你可以不用说"您",也可以不用叫我程总,叫我程沛好了。

　　　许丽红着脸进了厨房,门铃再一次响起,程沛走到门口开门。

程　沛：哪位?

王　亮：请问是程沛先生家吗?

> 程沛将门打开，门外的男人一身西装，拿着公文包。

45.内,程沛房间——日

> 程沛坐在自己房间的床上,手中拿着一个牛皮纸文件袋。

王　亮：(画外音)是这样的,您的父母在您上小学一年级的时候就为您成立了这个基金会,当时考虑您还年幼,也考虑给您一个惊喜,所以协议上写明了您年满三十周岁时再将这个基金会交由您打理,在此之前将处于保密运行状态。我想,可能他们还没有来得及告诉您,就意外过世了,为此我也感到十分抱歉。

> 程沛的手颤抖着打开了材料,里面是照片和一些协议文件,照片上的程衍和季清还很年轻,脸上还洋溢着初为人父人母的喜悦,两个人背后的布景上写得很清楚,是"程沛基金会成立仪式"。接下来的几张照片都是签约仪式的现场程衍和季清的样子,程沛一张一张仔细地看过,手有些发抖,似是下了很大的决心,才打开了那封信。
>
> 信上分两段,是不同的笔迹。娟秀的字体是季清的,遒劲的是程衍的。程沛看到的那一刻就知道这一定是自己父母亲手写的。
>
> (季清信件正文)

季　清：程沛,你今天七岁了,也马上要上小学了,妈妈相信,你一定会成为最最优秀的学生。

你和季淮都是上天赐给妈妈的礼物,妈妈对你和季淮的爱是一样的。但妈妈对你除了爱,还有一份感谢。

谢谢你,我的宝贝,谢谢你从来都那么懂事,愿意承担起一个做哥哥的责任,帮我和爸爸一起照顾淘气的弟弟,你让我觉得你就是这个家的小天使。

所以,爸爸妈妈决定在你七岁生日的这一天,送给我们程
家未来的顶梁柱一份专属于你的特别的礼物。

爸爸妈妈以你的名义成立了这个基金会,去资助那些和你
一样优秀却没有条件读书的小朋友。

现在的你还小,但妈妈相信,再过二十几年,等到你三十岁
的时候,收到这份特殊的生日礼物,一定能明白爸爸妈妈
的心意,也希望我的宝贝儿子会喜欢。

当你拆开这封信的时候,爸爸妈妈估计已经老了,这个家,
应该也可以放心交到你的手上了。

儿子,妈妈希望你记住,每一个孩子都是妈妈身上掉下来
的一块肉,是妈妈最最疼爱的宝贝,我会永远永远永远都
爱你,我的小男子汉。

永远爱着程沛的妈妈:季清。

程衍的信比季清的短,只有短短几行,体现着一个父亲对于自己孩
子那种深沉的爱。

(程衍信件正文)

程　　衍:儿子,从你和季淮出生的那天开始,我的人生就已经完美
了。爸爸没有什么别的奢求,只希望我们一家永远幸福地
生活在一起,所以我们成立这个基金会,也要把这种幸福
传递给别人。

儿子,也许你会觉得爸爸对你比对你弟弟严厉,但爸爸要
告诉你的是,爸爸只希望季淮可以平安长大,因为他有一
个可以让我们放心托付的哥哥。

而你,将永远是我的骄傲。

儿子,生日快乐。

没能做你的慈父的:程衍。

程沛拿着信呆坐了很久,直到许丽喊他下楼吃饭,程沛才恍惚醒了

过来,将信折好放在曾经放戒指的保险柜里。

程沛床边的床头柜上,一直倒扣着的全家福已经被程沛重新拿起放好,上面的一家四口都笑得很灿烂。

(全剧终)
指导教师:俞洁

指导教师点评

该作品讲述了主人公程沛误认为杀害双胞胎弟弟后经历掩饰伪装、内心挣扎直到人格分裂的曲折过程,最后在亲人的帮助下与往事言和、重拾生活信心的故事。一方面,作品的题材较为新颖独特。作者通过对多重人格文本和理论的研读,对主人公复杂的人格状态设置得相当到位,具有说服力。除了较强的编剧技巧的展现外,更具备了成熟、稳定、细致的个人风格。

该剧本的优点在于故事的发展不是以外在的突发情节来贯穿,而是以人物由于内心欲望而付诸行动作为故事发展的推动力,从而使主人公的人物形象更为丰富立体。作品另一个独特的地方在于,作者善于从多元视角讲述这个故事。作品从主人公程沛视角出发,通过男主角的多次回忆,让观众了解程沛感到的父母对他的冷漠以及嫉妒父母对弟弟季淮的溺爱是其"杀人"行为背后的隐秘动机,这种爱的缺失也是导致人物精神分裂的主要原因;另一方面,作品通过周围人(叔叔程德和弟弟女友平安)的讲述和回忆,又使读者对于事实的真相有更为多重的理解。

作品对情节节奏控制较好,通过悬念设定将每场戏的过渡处理得恰到好处。作品的结局既让主人公一直压抑的情绪得到最终的释放,又促使人们反思传统的家庭教育方式的利弊,探索更合理、更健康、更有利于儿童成长的家庭教育方式。

我们不能说作品完美无瑕,比如情节局限于家庭情感伤害,缺少社会大环境的关照,细部中关于男主人公处理弟弟尸体的情理未必合宜等,都是可以挑剔的地方。但整体而言,故事脉络较为清晰,人物性格把握比较恰当,画面感较强,特别是剧作对于复杂人性和情感成长历程做了艺术努力,不失为一篇优秀的学生剧作。

深　渊

鲍　烨

作者简介

鲍烨,女,1995 年 11 月生,籍贯江西,浙江传媒学院文学院戏剧影视文学专业 2014 级学生。

故事梗概

警察肖杨多年前处理的案件被曝光——真正的犯人被抓,而当年被骂得狗血淋头的李坤是被冤枉入狱的。肖杨毅然决然辞去警察的职务陪李坤回家寻找母亲,尽力去弥补对李坤的伤害。但是当年的案件却没有想象的那么简单,肖杨的前未婚妻就是被害人陈芸,而她的家人,却总感觉藏着不可告人的秘密。回到老家的李坤和肖杨,在寻找母亲的路上,渐渐发现了事情的蹊跷。母亲的死亡让李坤陷入绝望,又一起杀人案的出现却让肖杨陷入两难的抉择。真相渐渐浮出水面,却和肖杨想象中的真相相差甚远。救赎还是毁灭,对李坤和肖杨而言,从他们踏上归途开始,就已经步入无法逃离的深渊。

1.内,公安局——日

电视机里正播报着新闻,肖杨换着台,但是每个频道都报道着同样的新闻——四年前杀人案的犯人自首,而嫌疑人李坤被冤枉入狱四年。警察局门外记者沸沸扬扬地嚷着让肖杨出来说话,被民警拦了起来。

播 音 员:四年前的久安县入室杀人案件真相大白,犯罪嫌疑人胡志华因不堪心理压力自首,而当年一直不承认罪行被关押至今的李坤终于得以洗净冤情。

队　　长:(大跨步地走向肖杨的座位,把报纸甩在桌上)现在外面都闹得沸沸扬扬了,你还有心情看电视?

肖　　杨:(拿起报纸)上面说什么?

队　　长:(叹了口气)李坤今天被无罪释放了。

肖　　杨:……那是应该的。

队　　长:我知道这不全是你的错。当年!……咳,(看了一眼肖杨的眼色,把语气放轻)要不是当年发生了那样的事,你也不会这么大意地抓错人。(拍拍肖杨的肩膀)别太放在心上,过段时间就好了……只是(环顾四周,同事们慌忙把看热闹的头转过去)我知道你一直是个好警察,是我们整个队的榜样,这些年来尽职尽责,为我们市破了很多案……

肖　　杨:(听到这些夸奖像是不耐烦了,叹了口气)欸……

队　　长:上面也没有太为难你不是?(坐下来,与肖杨勾肩搭背)但是吧,你看外面那么多人,整天围着我们公安局也不是个办法啊……这影响……不太好吧?

肖　　杨:我知道了……(站起身,向同事们敬了个礼)这几天打扰各位了!

肖杨向大门走去,他准备堂堂正正地面对镜头,面对自己的错误。

队　　长:态度诚恳一点啊!(看着肖杨的背影,轻轻摇了摇头)唉,这小子。

队长走开,看到肖杨桌上的照片,又走了回去,轻轻擦拭掉照片上的灰尘,深深叹了口气。

2.内,陈芸家——日

刘　　叔:(把饭菜端到桌子上,坐下准备吃,抬头看见电视里的新闻)老……老婆!

陈芸的姑姑陈枫正在厨房,没有听见。

刘　　叔:(起身)哎呀,出大事了! 快出来看!

陈　　枫:(白了刘叔一眼)能出什么大事啊?(端着菜走出厨房)

电视机里正播放着肖杨的采访。

肖　　杨:四年前,因为我坚持认定李坤就是凶手,而忽略了案件很大的漏洞……是我当时毫无根据的坚持,让李坤蒙冤这么久。虽然我有所怀疑,却没有本着该有的严谨态度去思考这件事情。如果当时,如果后来,如果我们公安局早一点和法院和检察院沟通一下,多探讨一下,而不是这么决绝地做出判定,说不定……我……愧对他,没有相信他的话,是我被怒火蒙蔽了……我也愧对我身上这身警服。对不起,都是我的错,因为我,让真正的犯人逍遥法外,因为我,让李坤受了这么多苦。我会对这件事负责,我会对李坤进行补偿。请大家……请李坤,能原谅我的错……

陈枫看着电视,呆在了原地。

陈　　枫:这是……

周梅芝:怎么? 你们才知道吗?

陈　　枫:这,这是真的吗? 你怎么没告诉我们啊?(才想起把菜放到桌上)李坤居然不是凶手!

陈　　恬:(打开门走了出来)坤哥当然不是! 只是你们当时谁都不信他!

周梅芝:昨天小杨给我打电话了……恬恬,洗手吃饭。

刘　　叔:(坐在沙发上看着报纸)李坤……今天被无罪释放了。

陈　　枫:(怔了一下)嗯。

陈　　恬:真的吗?! 坤哥会回来吗?! 妈!

周梅芝:这么多年,(看着桌子上陈芸的照片)是我们错怪他了……

陈　　枫:别难过了,今天小芸可算是,真的能安息了。

陈　　恬:妈……

　　　　　房间里一阵沉默。

周梅芝:是我们做错了……对小芸,对坤子,对小杨……从一开始
　　　　就错了……我累了,想休息一下。(回到房间,关上了门)

陈　　恬:妈……(和家人对视了一眼,走到房门口)妈,你别难过了! 等
　　　　坤哥回来,我们好好对他!

3.内,监狱办公室——日

　　　　　李坤正在等待出狱,狱警正在签字,然后把属于李坤的物品还给他。

狱　　警:出去以后啊,好好生活。

李　　坤:是。(李坤检查着自己的衣物,小心地把自己的吊坠挂在脖子上)

狱　　警:恭喜你,终于……

李　　坤:报告!

狱　　警:(笑了一声)你现在啊,不用喊报告了。

李　　坤:那个……我想打个电话。

狱　　警:你是想给家人打电话吧? 他们来接你吗?

李　　坤:(挠头)不知道……

　　　　　电话中传来女声:您拨打的号码是空号。

狱　　警:没人接啊?

李　　坤:嗯……

狱　　警:你要不问问肖警官吧?

李　　坤:肖警官?

狱　　警：肖杨，你还记得不？（看了看李坤的表情）你也不要怪他，他当时确实经验不够，也太急于求成了……你在狱期间，一直都是他联系你母亲的……他一直担心你母亲的身体，还会时不时汇点钱过去，你要不问问他？

李　　坤：……我会看着办的。

4.外，监狱门口——日

监狱门口等着很多记者，他们举着相机和话筒，等待着李坤的出现。
李坤从门口走了出来，看到面前的记者，有些手足无措。

记　　者：出来了出来了！李坤，此时此刻你有什么感想？

记　　者：请问你抱着什么样的心情在监狱里度过四年的？

李　　坤：我……

记　　者：听说逮捕你的肖杨是你的好朋友，你对他的所作所为有什么想说的？

李　　坤：肖杨……我不认识他。肖警官怎么会是我的朋友。

记　　者：（稍稍有些吃惊）那……你们当时不是认识的吗？听说被害人陈芸也跟你是朋友。

记　　者：听说你母亲……

李坤往后躲着，用手遮住自己的脸和不断闪烁的闪光灯。

肖　　杨：都挤在门口干吗呢？！

记　　者：肖杨！肖杨来了！（把镜头都对着肖杨）肖警官，您对李坤被冤的案件有什么想说的吗？肖警官您后悔吗？您对李坤有什么想说的吗？

肖　　杨：这里是监狱，不是采访间！（拦住越靠越近的记者们往后退）散了啊，都散了！别在这里问了！刚刚我已经说过很多了，（招呼警卫过来）你们已经严重影响秩序了，都赶紧走吧。

记者渐渐走了，只剩下肖杨和李坤站在原地，两人都没有说话。肖杨点了一根烟,然后递了一根过去。

李　　坤:(看了一眼烟,把头扭开)喷,我都戒了。

肖　　杨:(慌忙把烟收回去,把自己的烟也掐了)对不起对不起……我给
忘了……你……

李　　坤:(不耐烦)喷,你怎么还不走啊?怎么着,还想着给我送行呢?

肖　　杨:……你现在怎么打算?

李　　坤:怎么打算?我能怎么打算?(拎起包)拿着你们给我的补偿
金滚蛋!

肖　　杨:坤子……是我对不起你。

李　　坤:别,肖大警官的道歉我可承受不起。现在事情弄清楚了,从
此以后,你,继续当你关阳市的好警察,我,拿着我这几年的
补偿金好好活下去。我们以后,没有任何关系。再见。

肖　　杨:(看着李坤走远,还是忍不住跑过去拉住他)坤子……坤子!是
我错了,是我的错,我不该怀疑你,不该不相信你的话,是
我让你变成这样的,以后我会帮你的,我一定会弥补……

李　　坤:(用力甩开他的手)你觉得现在说这些还有用吗?!(一把抓住
他的领子)肖杨!我这辈子都不会原谅你!从你把我当作
杀害小芸的凶手那刻起,你就不是我认识的那个人了。

警　　卫:(看到李坤抓住肖杨的领子慌忙跑出来)你干什么!(警卫们强行
拉开两人)肖队!没事吧?李坤!你在干吗!

李　　坤:(狠狠地看着肖杨大口喘气)肖杨,你欠我的,你永远都还不
了。(甩开警卫的压制,拎着包走了)

肖　　杨:(看着李坤的背影好一会儿,深深地叹了一口气)没事儿了,你们
都回去吧。

警　　卫:肖队,别管他了。他经历了这么多事儿,好不容易认命了,
又突然被无罪释放了,一时间肯定接受不过来……

肖杨听着,握起了拳头。

5.内,局长办公室——日

肖杨把辞职信放到桌子上,局长露出惊讶的表情。

局　　长:你……真的想好了?

肖　　杨:是。

局　　长:肖杨……你内心怎么过意不去我们都理解,但是这件事情
都过去了,上面也说会根据你这么多年立下的功劳从轻处
理了。虽然说是降职,但我们努力一把,照样可以……

肖　　杨:局长,我觉得我现在不适合继续工作。

肖杨从局长办公室出来,被队长拦住。

队　　长:局长同意了?

肖　　杨:嗯。

队　　长:不是,我说你脑子怎么就这么一根筋啊? 我就是让你表个
态,出面调解一下,没说让你辞职啊! ……你看,如果你不
在,我们整个支队怎么办啊? 我们关阳市的安危可是寄托
在你身上啊!

肖　　杨:(拍拍队长的肩膀)局长给我放假了。

队　　长:嗨,你吓我干吗!

肖　　杨:局长不让我辞,说回来以后还有一个很大的案子要我办。

队　　长:啊? 你要去哪儿?

肖　　杨:回家。

6.(梦境)内,肖杨家——夜

肖杨对着镜子看自己身上的警服,敬了个礼。

小　　芸:(趴到肖杨背上)以后,你一定是个超级能干、超级优秀的大
警察!

肖杨正笑着,看到镜子里的自己变成了李坤的模样。

李　　坤:肖杨! 你相信我! 小芸怎么可能是我杀的! 肖杨!

肖杨回过头,看到了倒在血泊里的小芸。

7.内,肖杨家——夜

肖杨从梦中惊醒,大口地喘气,看向床头柜上他们三人的合影,难以再次入睡。

8.外,火车站——日

李坤闷闷不乐地走出售票处,手里拿着买票需要的证件和钞票。

肖　　杨:(站到李坤面前)怎么,没买到车票吗?

李　　坤:怎么是你?

肖　　杨:走吧(拿过李坤的包)。

李　　坤:(抢回去)你干什么?

肖　　杨:给你拿行李啊。

李　　坤:肖杨,我不是说过我们以后不要再见了吗?

肖　　杨:(拿出车钥匙)那你也得回家吧?

李坤语塞。

肖　　杨:赶紧吧。

李坤不动。

肖　　杨:哎呀,快走吧,我保证,回到久安我就不跟着你了。肖姨在家肯定等急了。

李坤被肖杨拉上了车。

9.内,车内——日

李坤的手机总是不停地响,李坤烦闷地挂掉电话。

肖　　杨:都是那些记者吧? 他们总是这样,无论是什么事都能跟踪报道,你不接受采访,他们也能想着法子找到你,我跟你说,你别理他们……

李　坤:啧……你能不能安静点?

肖　杨:……对不起啊。

李坤想把车窗打开但是找不到把手,肖杨见状,按下按钮把李坤的车窗摇下去。李坤吹着风,才变得平静一点。

李　坤:自由……(把手伸出窗外,闭上眼睛)

肖　杨:(瞥了眼李坤的神色)那个……(李坤仍闭着眼睛)这几年……我一直想回去看看肖姨……你放心,我每年都有给她汇款……

李　坤:我妈她……还好吗?

肖　杨:她始终不肯见我……这一年太忙了我也没有回去过,前几天……我给肖姨打电话发现电话也打不通了。可能是不会原谅我的吧。

李　坤:……也不知道她怎么样了。

肖　杨:肖姨的性格你是知道的,她认定的事情,是一定不会变的。为了证明你的清白,她从南走到北,吃了不少苦……

李　坤:哼,那倒跟你有些像啊……真不愧都是姓肖的。

肖　杨:……我后来其实想帮忙的。

李　坤:帮什么忙? 忙着找证据?

肖　杨:我想帮你洗脱嫌疑! 我后来也想过,这件事有不对劲的地方,我跟上面反映想重新彻查一下,可是局里……坚持认为是你干的。他们只想尽快把案子结了,可是每次证据都不足,拖了一年又一年……

李　坤:(握紧了拳头又松开)算了,事情都过去了。

肖　杨:这几年欠你的,我会弥补回来。

李　坤:你离我远一点就是弥补我了。

肖杨装作没听到,继续开着车。

李　　坤:(看到肖杨手指上的戒指)陈芸家……你还回去过吗?

肖　　杨:没有,(自嘲地笑了一下)他们一家也都是受过伤的人,怕回去了,就再也走不出来了。

李　　坤:明明自己是一个警察,既没有保护到自己的未婚妻,还假公济私把自己兄弟给抓了,真有本事啊你。你要是不觉得愧疚,那真是没良心。活该。

　　　　　肖杨握紧了方向盘,但是没有说话。

10.内,宾馆——夜

　　　　　李坤看着窗外出神,肖杨拿着外卖回来。

肖　　杨:随便吃点吧,馄饨、包子。

李　　坤:谢谢。

肖　　杨:看什么呢,这么出神?

李　　坤:没什么……每天吃的东西不一样,每天看到的风景不一样……我之前想都不敢想。怕想了,只会更加难过。

肖　　杨:(把正准备吃饭的碗放下)……对不起……

李　　坤:别再说对不起了,说对不起有什么用,丢掉的这么多年,根本不会回来。

肖　　杨:这几年,过得很苦吧?

李　　坤:都习惯了。(本来不想说了,但是忍不住动了动嘴巴)连口供都要按你们的话来说。说实话吧让我别瞎掰,说假话吧让我把话编全乎了。证据又找不到,案子一拖再拖,审判又一推再推,一年两年三年,只能折磨着我自己开口承认,呵,什么狗屁警察,真邪门。

肖　　杨:我回去调查一下,会让他们给你一个交代的。

李　　坤:哼,还是算了吧。(拿起碗筷准备吃饭)好不容易出来了,再告我个诽谤,我可说不清。我怕了。这几年别的没学到,低

头认㞞就是对的。(扒饭吃)

肖　　杨:(看见他脖子上的吊坠)你的项链?

李　　坤:(摸了摸自己的吊坠)这是我爸和我妈的信物。他们一人一个。

肖　　杨:你爸?

李　　坤:早走了。

肖　　杨:哦……对不起。

李　　坤:没关系,我早就不记得他长什么样了。我从小跟我妈相依为命。她那么小的身板,以前一天做好几份工作,回来还得给我做饭,她真的挺不容易的。她比我厉害多了,以前那么辛苦,我也没见她说过累。就算活得不那么容易,对谁也都是笑呵呵的。(李坤说着,突然就沉默了)她现在不知道怎么样了。我真是不孝,她生病了,我都不能回去看她。可是,能怎么办呢?

肖　　杨:快吃吧,吃完早点休息,明天早点上路,估计上午就能到家了。

李　　坤:(吃饭)你不吃啊?你不吃我可全吃掉了。

肖　　杨:你吃吧。

11.内,宾馆——夜

两人躺在床上,都难以入睡。

李　　坤:你非得和我睡一间房吗?

肖　　杨:嗯?

李　　坤:你睡隔壁去,我出钱。

肖　　杨:为什么?

李　　坤:和陌生人睡一起,我睡不着。

肖　　杨:对你来说我已经是陌生人了吗?(见李坤没有回答)不要。

李　　坤:你!

肖	杨	：我看你就算我不在这里，你也会睡不着吧？没关系，你会适应过来的，"外面的生活"。
李	坤	：哼。

房间又陷入无声之中，肖杨看着天花板，忍不住打破了寂静。

肖	杨	：没想到我们还能这样睡在一起。

李坤睁开眼睛，也看着天花板，没有搭腔。

肖	杨	：没想到都过去这么多年了。要是小芸还在……就好了。她会很欣慰的吧？
李	坤	：小芸……

肖杨伸出手，看着自己手上的戒指。

李	坤	：那个人？
肖	杨	：嗯？
李	坤	：那个叫胡志华的人。
肖	杨	：嗯……
李	坤	：他怎么说？
肖	杨	：具体的细节还在调查中，过几天整个案件的过程……*（努力让自己保持平稳的语调）*应该会整理出来。
李	坤	：哦……
肖	杨	：你放心，这一次一定会干干净净地整理清楚，给你个清白。
李	坤	：你……没事吧？
肖	杨	：嗯？
李	坤	：听着自己的未婚妻被害的全过程，还要保持冷静地面对犯人，对你来说很辛苦吧？
肖	杨	：*（冷笑一声）*所以他们让我别再插手了。
李	坤	：还好他自首了。
肖	杨	：是啊，还好他自首了……

12.内,车内——日

肖杨开着车带李坤回到了久安县,两个人都安静地感受着四处熟悉的风景,经过的地方还有他们曾经熟悉的身影。回到自己曾经住的地方,李坤忍不住红了眼眶。

13.外,李坤家小区门口——日

门口围了好多居民,他们和李坤保持着距离,好奇又谨慎地看着他。

李　　坤:(看到了认识的邻居)刘阿姨!

刘 阿 姨:啊!坤子啊,你回来了!哎呀没想到你这么快就回来了?

李　　坤:嗯……我妈她,在家吗?

刘 阿 姨:哎呀,我好久没看到她了,她不是搬走了吗?

李　　坤:搬走了?她搬哪里去了?

刘 阿 姨:这我就……

刘阿姨的孙子跑到李坤面前。

李　　坤:这是……

刘 阿 姨:(慌忙抱起孙子)呵呵,我孙子。

李　　坤:(想摸摸小孩的头)好可爱啊。

刘 阿 姨:(躲过李坤的手)欸,你要不去楼上看看吧?你去问问住户是怎么回事儿?

李　　坤:(缩回手强颜欢笑)嗯,好。

李坤和肖杨往楼上走,听到身后人们的议论。

刘 阿 姨:(跟孙子说)我不是跟你说了不要出来吗?以后不要靠陌生人太近知道吗?

路 人 甲:欸,人家都是你多少年的老邻居了,这么见外。

刘 阿 姨:虽然说他是无罪释放的,但是吧……他也经历了这么多,影响总是不好吧。

路 人 乙:对啊……也是蹲了那么多年牢的,说不定变成什么样。

路 人 丙:说不定就跟里面的罪犯一个德行了!

刘 阿 姨:嘘! 人家还没走远呢!

肖　　杨:啧。

　　　　　肖杨看向李坤,李坤好像没有听见一样。

14.内,李坤家门口——日

　　　　　李坤和肖杨在家门口看到蹲在地上快要睡着的陈恬。

李　　坤:小恬?

陈　　恬:(猛地站起来,惊喜地)坤哥! 你回来啦! ……(才看到站在身后的肖杨)姐……姐夫……

肖　　杨:(点头示意)嗯。

陈　　恬:你们怎么……一起回来的?

李　　坤:小恬,你怎么在这里?周阿姨呢?她知道你在这儿吗?

陈　　恬:哎呀,知道~坤哥,我都已经长大了,不会乱跑了。我知道你要回来,我可等了你好长时间呢!

李　　坤:等我?

陈　　恬:你还不知道吧?肖阿姨之前就搬走了,什么也没留下,也没告诉任何人。手机也换了,人也不知道去哪儿了……

李　　坤:你说什么?(说着就要敲门)

陈　　恬:(拦住他给了他一张纸条)我已经帮你问过了,这家住户说这个房子是他买的,前住户早就搬走了……这是她走之前留下的联系方式……已经打不通了。

李　　坤:(敲门)开门! 开门!

肖　　杨:(抓住李坤的手)坤子,你冷静一点!

李　　坤:我怎么冷静?! 我妈都不见了!

住　　户:啧,谁啊! 大早上的,敲什么敲!(打开,看到门口站着的三个人,忍不住一愣)你是谁啊?

李　　坤:这是我家,你是谁? 我妈呢?

住　　户:你妈? 我都在这里住了一年了,这是你家?

住户上下打量李坤。

住　　户:李坤? 你是前几天新闻里那个杀人犯李坤?

陈　　恬:你说什么呢! 谁是杀人犯啦! 坤哥是被冤枉的! 新闻里
　　　　不是写了吗!

住　　户:哎哟小姑娘,我就说你怎么三天两头跑我这问这问那的,
　　　　原来是帮你的这个哥哥打听消息啊。(注意到身后的肖杨)你
　　　　又是谁?

肖杨瞪着他没说话,亮出了警察证。

住　　户:哎哟警察同志警察同志,请进请进。(看向小恬和李坤不满
　　　　地)你们,唉,进来吧,进来吧。

15.内,李坤家——日

住户把房产证、转让书等证件摆在众人面前,大家仔细地看了起来。

住　　户:我都说了吧,警察同志,这个房子真的是肖敏亲手转给我
　　　　的,你看她签的字! 手印!

李　　坤:(摸着妈妈签字的地方和手印)她为什么……

住　　户:可能是缺钱吧,她当时急着把房子卖出去,价钱特别低,我
　　　　一看,还挺实惠的,就买了。没想到拿到钱她比我还高兴!
　　　　哎呀警察同志,你知道现在买房真的不容易啊……

肖　　杨:那肖阿姨当时跟您有说过什么吗? 她要搬到哪里去之类
　　　　的?

住　　户:这我哪知道啊? 我只不过是,只不过是买了套房子而已。
　　　　我要早知道这房子是他的(指李坤),我肯定不占这点便宜!

陈　　恬:你什么意思啊! 你这个人怎么说话的!

李　　坤：小恬！算了。(李坤站起身)既然已经确定这套房子是你的了,那我也没必要还在这里了。打扰了。

　　　　　李坤拉着小恬和肖杨准备走。

住　　户：你等等！(住户跑到厨房搬出一坛杨梅酒)看这灰,可真是搁了一段时间了。你妈搬家的时候落这儿的,她说她搬不动了,等她儿子回来让他搬走。我问她那得等到什么时候,我记得她当时可开心了,跟我说,快了,很快就能回来。(住户拍了拍李坤的肩膀)你让你妈等得可真久啊。

李　　坤：(抱起酒)谢谢。

肖　　杨：(看见酒坛子底下粘着一张字条)这是什么？

　　　　　字条上是一串数字。

住　　户：这字条！当时你妈搬行李的时候接了个电话,拿了个纸条写了点什么,结果整理完行李愣是半天没找到这张纸,急匆匆就走了。嚯,原来粘这酒坛子底下了。

　　　　　肖杨立刻掏出手机,打了上面的电话,没人接,肖杨紧接着又打了一个。

电话那头：喂？谁啊？

肖　　杨：你好？请问,您认识肖敏吗？

电话那头：谁？我不是什么小敏。(挂断)

　　　　　肖杨继续打这个电话。

电话那头：啧……谁啊！大早上的！

肖　　杨：您好,请问您真的不认识肖敏女士吗？因为……

电话那头：不认识不认识！打错了！(挂断)

住　　户：看来是打错了吧,都一年了……电话可能也不是这个了。

李　　坤：谢谢你,那我们走了。

肖　　杨：嗯……(把字条揣在口袋里)

16.外,小区门口——日

陈　恬：坤哥,你也没地方去,你住我们那儿吧?

李　坤：不了,这事你不用操心。

陈　恬：可是……(电话响了,陈恬走开接电话)妈……是,坤哥回来
　　　　了,还有姐夫……

肖　杨：你接下来打算怎么办?

李　坤：找。

肖　杨：怎么找。

李　坤：我妈她一辈子也没出过这个小县城,哪里她都不熟,她能
　　　　到哪里去。这个地方就这么大,肯定能找到的。

肖　杨：我帮你一起。

李　坤：不用,你已经帮我回到了久安,你可以走了。

肖　杨：找人我在行,我可以帮你。

李　坤：不用你帮,肖杨,你记得你之前说的,回到久安,就各走各
　　　　的了。

肖　杨：你搬着这一大坛酒能怎么走啊?

陈　恬：坤哥,姐夫,我妈请你们回家吃顿饭!

李　坤：你们去就可以了,我……

陈　恬：(一把拉住李坤)哎呀坤哥,走吧。我妈说了,一定要请你过
　　　　去,我们一家都等着呢。

李　坤：我……

陈　恬：毕竟……是我们欠你的……要不是我们……你可能会好
　　　　一些……走吧,要不然我妈心里真的过意不去的。你还没
　　　　见过我们的新家吧?

李　坤：新家?

肖　　杨：你们搬家了？

陈　　恬：我妈说太闷了，喘不过气……所以就搬家了……姐姐的事对我妈打击太大了……

李　　坤：……是啊。

肖　　杨：……我还是别过去了。

陈　　恬：姐夫，我们一家还等着你呢。

肖　　杨：其实我跟你们家已经……没有什么关系了，阿姨她……

陈　　恬：我妈说有话要跟你说，你跟我们一起吧。（故作轻松）一切都过去了，事情弄清楚了，真正的凶手抓住了，现在姐姐也算是能真的安息了吧。

肖　　杨：是吗？

陈　　恬：（揽住两人）哎呀走吧～难得你们两个都回来了，这顿饭一定得吃！

17. 内，陈家门外楼梯——日

李　　坤：小恬，到了吗？

陈　　恬：到了，就在楼上，坤哥，你真的不留下吗？好吧好吧，吃了饭再说。

陈　　恬：（打开门）妈！我们回来了！

听着小恬的声音和打开门的动作，李坤愣了一下，仿佛看到了曾经一起到她们家玩的时候。

18.（回忆）内，陈家门外楼梯——日

陈　　芸：妈！我们回来了！

李　　坤：阿姨好！

周　梅　芝：小坤也来了？来，一起吃饭。

陈　　恬：(跑到饭桌边)哇！今天的菜这么好。(用手拿起一只鸡腿)

周 梅 芝：(拍掉小恬的手)啧，先去洗手。

　　　　　　李坤和陈芸、陈恬一起挤到洗手池前去。

19.内,陈家门口——日

陈　　恬：还愣着干吗！快点进来呀！

李　　坤：哦,哦！好……

肖　　杨：(抢在前面进门)这回可不是我跟着你啊。

20.内,陈家——日

陈　　恬：妈！我把坤哥和姐夫都带回来了！

刘　　叔：都来了？

周 梅 芝：坤子,小杨。

李　　坤：周阿姨……刘叔。

肖　　杨：姑父……(犹豫了一下)周阿姨。

周 梅 芝：(怔住)欸。

陈　　枫：都来啦。

李　　坤：陈姨。

肖　　杨：姑姑。

陈　　枫：你都还叫我姑姑,(悄悄拍了一下肖杨的肩膀)啧,怎么不叫梅
　　　　　芝"妈"啦？

周 梅 芝：算了……本来就还没结婚……来吃饭吧。

陈　　恬：(看着气氛不对,赶紧调节)菜都要凉了,快来快来。

陈　　枫：对对对,快来吃饭吧,快过来快过来。(看到酒坛)这是？

李　　坤：我妈酿的杨梅酒。

21.内,饭桌上——日

饭桌上气氛非常怪异和安静。

刘　　叔:咳……今天我们家难得这么多人,一起举个杯吧!庆祝坤子出狱!终于沉冤得雪!

陈　　恬:对!庆祝坤哥平安回来!

众人举杯,李坤有些尴尬地回应着。

陈　　枫:这酒啊,还是肖敏姐酿得好。

李　　坤:谢谢。

陈　　枫:你们……找到她了吗?

李　　坤:还没,一点消息都没有。

陈　　枫:唉……你说她怎么走得这么突然,也不跟我们说一声。

周　梅　芝:是我们不好……没有好好照顾她……她一个人在这里……多么难熬啊……

陈　　恬:妈……别当着坤哥的面……

李　　坤:没关系……是我不好,没有能力照顾好她。

陈　　枫:别说得这么难过了,一定会找到的,肖敏姐这么能干,一定生活得好好的等你回来呢。

李　　坤:嗯。

陈　　枫:(给李坤夹菜)听肖敏姐说过,你呀,最喜欢吃我做的辣椒炒肉了。你快尝尝,还是不是那个味儿?

李　　坤:谢谢陈姨。

陈　　枫:谢什么,肖敏姐不在,我们就是你在这里最亲的人了。你以后需要什么,尽管问陈姨。

李　　坤:其实不用麻烦的。

陈　　枫:你就当是我们对你的补偿吧。如果当初没有误会你,尽想着赶你走……我们本来还会像以前一样,肖敏姐时不时找我聊天打牌,告诉我一天又发生了什么趣事,你还会提着一大坛杨梅酒来我们家串门,小恬还会拉着你留你下来吃饭……

陈　　恬:姑姑,现在也是这样的,你看,肖姨的酒,你看,我又拉坤哥回来吃饭了。

刘　　叔:唉……归根到底还是我们对不起你啊……

陈　　枫:坤子……是我们对不起你,没有选择在你最脆弱的时候站在你身边……如果不是因为……（陈枫的话戛然而止,看向了肖杨）

肖杨从开始吃饭就没有说话,紧紧地握着筷子,承受着内心的煎熬。

陈　　恬:要不是姐夫……坤哥也不会被冤枉这么久。（小恬带着哭腔,不服气地瞥着肖杨）

周梅芝:(给肖杨夹菜)我相信他也不是故意的……坤子,每个人都有每个人的苦衷,你不要怪他。他也……不容易……

肖　　杨:(看向周梅芝)周阿姨……

李　　坤:我不会怪他……也不会怪你们,我知道这不是你们的错,你们也是受害人……我有什么资格怪你们。

陈　　恬:可这也不是你的错呀!坤哥,你别这样说。

周梅芝:坤子,是我们对不起你,你受了这么多苦,很累吧?我知道从我们怀疑你的那一刻起,我们跟你就越来越远了……可是,可是我实在没办法啊……我的女儿,我的女儿就这么没了,是谁害的她,我真的没办法……没办法不怀疑你……我知道你喜欢小芸……我跟你妈认识这么多年了,我是看着你长大的,我怎么就……怎么就突然怀疑你了呢,你是这么好的一个孩子……我对不起肖敏姐……也对不起你……（周梅芝突然控制不住自己,哭了起来）

陈　　恬:妈……妈……你别这样。

李　　坤：周姨……

陈　　枫：小恬，快去扶你妈。

周 梅 芝：(深呼吸)不用了……我先回屋了。你们吃吧。

22. 内，陈家厨房——日

　　　　　　陈恬正在洗碗。

李　　坤：我来帮你吧。

陈　　恬：坤哥，你别怪妈妈……她……最近总是这样。

李　　坤：阿姨看起来休息得不太好……

陈　　恬：可能是太对不起你了吧。

李　　坤：我没想到你们都这么关心我……

陈　　恬：坤哥，(很认真地看着他)我是一直相信你的。

李　　坤：(忍不住笑起来)我知道。

陈　　恬：不管当时妈妈怎么对你，姐夫怎么对你，我一直都是不相信的，不相信你会杀人，何况还是姐姐。

李　　坤：小恬，谢谢你。

陈　　恬：坤哥，你瘦了好多，这几年很辛苦吧？

李　　坤：还好……

陈　　恬：一切都过去了……妈妈就是因为总是走不出去，才会这样……过去的就让它过去吧，一切都会好起来的。坤哥，等肖阿姨回来，我们两家，还像以前一样好不好？我不想再因为什么事情，失去你们任何一个人了。

李　　坤：小恬，你真的长大了(摸摸小恬的头)。

肖　　杨：李坤！我！

　　　　　　李坤和小恬尴尬地分开。

肖　　杨：我……出去一趟……

李　　坤：你要去哪儿？

肖　　杨：派出所，我找同事帮忙查一下肖姨的消息吧。

李　　坤：我跟你一起！

肖　　杨：别了吧……我怕你影响不太好。

陈　　恬：坤哥怎么就影响不太好了？

肖　　杨：我不是别的意思……就是，你知道他现在是众所周知的
　　　　　人，出现在派出所别人可能以为……又出什么事了。

李　　坤：我不介意别人怎么想，快走吧。

陈　　恬：早点回来！

23.外,路上——日

肖　　杨：你们刚刚在说什么呢？

李　　坤：在洗碗。

肖　　杨：……就洗碗？

李　　坤：怎么了？

肖　　杨：没怎么……

李　　坤：你想说什么啊？

肖　　杨：没什么啊！

李　　坤：小恬在我心里一直都是个小妹妹，你是知道的。

肖　　杨：哦。

李　　坤：啧，是真的啊！

肖　　杨：哦！我知道了！我什么都没说，你这么敏感干什么？

李　　坤：咳……是,是吗？

肖　　杨：我不知道你心里怎么想，但我知道小恬挺喜欢你的。你好
　　　　　好考虑考虑。

李　　坤：考虑什么啊，你是知道的……

　　　　　　肖杨大跨步地向前走着,李坤挠了挠头,追了上去。

李　　坤：你是知道的,我喜欢的不是她。

肖　　杨：我不知道。你以前不喜欢不代表现在也不会喜欢嘛。

24.内,久安派出所——日

肖　　杨：哎,高博!

高　　博：哟? 什么风把您给吹回来了? 肖大警官?

肖　　杨：去,别贫,有正经事找你帮忙。

高　　博：你还有事找我帮忙? 说吧,我听听。

肖　　杨：帮我找一个人。

高　　博：谁?

肖　　杨：肖敏。

高　　博：肖敏? 谁啊? 这么大排场让你找?

肖　　杨：(使眼色)啧,让你找就找,怎么这么多话。

高　　博：(看向李坤)哦哦,肖杨,来,借一步说话。

> 高博把肖杨拉到角落里。

高　　博：你怎么什么事都掺和啊?

肖　　杨：什么?

高　　博：那个人,是李坤吧?

肖　　杨：对啊,怎么了?

高　　博：你小心一点,现在全国都关注着他呢。

肖　　杨：关注他干吗啊?

高　　博：你想啊,事情闹那么大,谁不怕他突然做出一件什么事来啊? 要是再爆料几个局里的内幕消息,那就完了!

肖　　杨：有病吧,谁这么闲得慌啊,担心这担心那的。

高　　博：嘘! 你也注意一点吧,你把人家害得那么惨,人家不报复你才怪。

肖	杨	:他能怎么报复我啊?难不成砍我一刀?那我也没话说。
高	博	:你!唉……算了算了,总之你注意一点,现在也有人跟着你呢!
肖	杨	:跟着我?
高	博	:你是真傻还是假傻啊,我们久安县、我们关阳市的宝贝英雄?局长那么舍命地护你周全,就是怕你再惹什么事被贬了。不盯着你才怪。
肖	杨	:……难怪……
高	博	:唉,真是好命啊!从县里调到市里,还被局长这么看重,这天底下,就你最能干了!(拍拍肖杨的肩膀)
肖	杨	:(自嘲地笑了一声)是吗?
高	博	:说吧,还有啥事?
肖	杨	:再帮我查一个人(把字条递过去)。
高	博	:嚯,你现在是走侦查吗?这字条怎么这么脏?
肖	杨	:查这个电话的主人,还有通话记录。他是云和的,叫贾方和。
高	博	:你不都清楚了吗?那要我查什么?
肖	杨	:这个人的生活状况,经常往来的人脉之类的。今天下午这个贾方和给我打了个电话过来,问我是不是找肖敏,他说肖敏还欠她两个月的房租。这说明肖阿姨在云和。肖阿姨怎么会在云和呢……
高	博	:是啊……为什么呢?
肖	杨	:叫你顺着查啊!
高	博	:哦……哦哦哦!
肖	杨	:谢了。
高	博	:你这是增加我的工作量啊……问题是还不是帮你,是帮……
肖	杨	:帮李坤怎么了?他什么都没做错,是我对不起他的。
高	博	:我只是觉得有些害怕。

肖　　杨：害怕？

高　　博：你不知道，他当年有多猛。

肖　　杨：什么？

高　　博：看来你真不知道……他当年跟我一批去的警校，体能训练，散打训练……每门都是最高分，简直是我们这儿的传说！我们当时都以为他肯定能当上警察的，唉，没想到后来……

肖　　杨：后来什么？

高　　博：哦！怪不得你不知道，正好那一年你大学回来了，参加的那次考试，我们都参加了，就他没有。

肖　　杨：没有？他干什么去了？

高　　博：那谁知道（高博摊摊手）。总之你得感谢他，要不然他可能就是你的竞争对手了，谁能考上警察，谁能去市里，就不一定了。

肖　　杨：他这么厉害？

高　　博：（看着李坤的背影）以前是，现在……嗯……不一定了。

李　　坤：（看到他们在看自己，径直走了过去）你们聊完了吗？

高　　博：聊完了，聊完了。

肖　　杨：（拍了拍高博的肩膀）辛苦你了，（冲李坤）走吧。

高　　博：我会尽快给你回复的！

25. 外，路上——日

李　　坤：你们刚刚聊了什么聊这么久？

肖　　杨：没什么。

李　　坤：没什么聊了这么久？

肖　　杨：……嗯。

李　坤：啧。

　　　　肖杨突然停住脚步。

李　坤：又怎么了？

肖　杨：这条路……

李　坤：充满了回忆的路吧。

　　　　两人一起往前走。

肖　杨：我刚上班那会儿，小芸就会每天拿着各种饭菜来看我，等
　　　　到我下班，我就先把她送回家。我记得那个时候，时间好
　　　　像就这会儿变得特别快，我努力放慢了脚步，还是一眨眼
　　　　就走到了家门口。……她倒是一点都不介意，走得飞快，
　　　　想赶回去看电视，（笑）还嫌我一个警察怎么走路这么磨蹭。
　　　　她就会小跑一段路，然后在这个路口等着我，等我走过去，
　　　　她就又跑到前面去了。

　　　　李坤看着这条路，在不经意间笑了笑，眼里却充满了悲伤。

26.（闪回）外，小路上——日

　　　　小芸站在路口等着，手里拎着饭盒，她转过头，看到肖杨，笑着扑进
　　　　他的怀里。

　　　　远处，是躲在角落里的李坤，看着他们两个渐渐走远。

27.外，陈芸家（以前的家）门口——傍晚

　　　　两人不知不觉走到了陈芸曾经生活过的地方。

李　坤：要不要……上去看看？（看肖杨没动）唉……来都来了，总不
　　　　能一辈子不面对吧。

　　　　李坤把肖杨拽上楼。

28.内,陈芸家——傍晚

李　　坤:好久……没来这里了。

　　　　肖杨径直走进陈芸曾经的房间,里面的摆设还跟四年前一样,只是布满了灰尘。他坐在陈芸曾经的床上,想象着在这个房间发生的案件,陷入悲伤。视线移到书架上,他看到一本相册,里面记录着陈芸从小到大的照片。翻着翻着,肖杨看到一张陈芸和李坤的合照,合照后面藏着一张碎纸片,光线渐暗,肖杨打开手电筒,看到纸片上面写着:我答应你。突然一只手伸向肖杨的肩膀,肖杨下意识地朝背后人打去,陌生人身手敏捷地躲开,并开始向肖杨攻击。

肖　　杨:(边防卫边问)李坤?

李　　坤:(从外面传来声音)怎么了?

肖　　杨:(反应过来对手不是李坤,开始还击)你是谁?

　　　　外面也传来打斗的声音。

李　　坤:你是谁?(打斗声)放开我!(李坤推开黑衣人)

　　　　客厅里黑衣人举起棍子朝李坤挥去,沉闷的一声之后客厅没了声音。

肖　　杨:(急忙撂倒对手向客厅跑去)李坤!

　　　　陌生人趁机扑倒背对自己的肖杨,狠狠就是一棍子,突然"啪"的一声灯亮了起来。

肖　　杨:啊!

陌 生 人:肖……肖队?!

肖　　杨:嗞——(肖杨痛苦地捂住自己的肩膀倒在地上)

陌 生 人:肖队!您没事吧?!

李　　坤:(拉完电闸站在门口,看着倒在地上的两个人)怎么回事?肖杨,你怎么了?

肖　　杨:我没事……(爬起来马上检查李坤的身体)你怎么样?有没有受伤?

李　坤：（有些感动）你——

王　志：肖队！（推开李坤）您没事吧？肩膀怎么样？（摸着肖杨的肩膀）对不起！我不知道是您！我听您这么着急地去救他，我还以为是李坤的……咳……同谋……

肖　杨：你！

王　志：（看到躺在一边的小胡）哎哟！小胡！你怎么了？李坤！你居然袭警！

李　坤：（指着滚到一边的警棍）我可是正当防卫……

王　志：你！

肖　杨：（站起身，看着小王和小胡两个人）好了好了，别吵了！说吧，怎么回事？你们两个怎么在这里？

　　　　王志和小胡两人面面相觑：我们……我们是过来准备的！

肖　杨：准备？

王　志：嗨！这不是胡志华自首了嘛，要过来指认现场，我们就提前来看看，准备准备。

肖　杨：你们这黑灯瞎火地偷袭是准备？

王　志：不不不，你误会了，我们看门开着，还以为有人偷偷溜进来干什么坏事呢。哪知道是你……们……唉，说起来，肖队你们在这儿干吗呢？

肖　杨：喷，用不着你管，大晚上的天都黑了，你们快回去吧。

王　志：这……不太好吧。

肖　杨：什么不好？

　　　　众人看向李坤。

王　志：（小声地）肖队，这过几天那个胡志华就过来指证了，前嫌疑犯现在在这里逗留……身边还跟着你，这传出去……

李　坤：看来我真是名声在外啊。

肖　杨：小王啊……你说这久安县的事什么时候也要关阳市的人

亲自来管了?

王　志:肖队,瞧你这话说的,这不是担心你嘛,咳咳,(拉着小胡往外走)这时候也不早了,肖队,我们先走了哈!

李　坤:(看着他们走掉,拍拍身上的灰)走吧,我们也回去吧。

肖杨看着李坤的背影,猛地挥拳过去。

李　坤:(敏捷地躲开)你干什么?

肖杨不回答他反而继续进攻。

李　坤:(边躲闪边问)你怎么了?(躲闪)肖杨!

肖杨继续进攻,李坤躲闪着撞到桌子上,有些恼怒了。

李　坤:(李坤抓住肖杨伸过来的手,强迫他停下来)你有病吧!

肖杨抽出手就是一个手刀,被惹恼的李坤开始还击,两人打了起来。李坤猛揍肖杨的肚子,踢肖杨,突然李坤一手抓住肖杨的手腕,同时抵住肖杨的脚,将肖杨一个过肩摔摔到地上。李坤把肖杨按在地上,想要狠狠地朝他的脸打上一拳。

肖　杨:咝——(李坤的手压在了他受伤的肩膀上)

李　坤:(停住了手,揪着肖杨的衣领突然咆哮道)你为什么不还手?!为什么不还手?!就这么想让我打吗?!

肖　杨:对不起。

李　坤:你说什么?

肖　杨:是我活该。

李坤不等他说完,又是一顿猛揍。

李　坤:(边揍边骂)该!该!就是你活该!要不是因为你,要不是因为你!(李坤停下来,喘着粗气躺在地上,努力克制住自己发红得想要掉泪的眼睛)我们就不会……是现在这个样子。

肖　杨:咳咳……(边喘着气边笑着)真不愧是警校第一名。我信了。

李　坤:……是不是高博告诉你的?

肖　杨:……对不起……

李　坤：呵，肖大警官试探人的功底真是厉害啊。

肖　杨：我是真的……对不起你。你想怎么打我骂我都可以。

李　坤：啧，你别再恶心我了。快滚。

　　　　两个人都累得躺在地上，一动不动。

肖　杨：哟——

李　坤：(看着浑身是伤的肖杨有些内疚)你要不要去医院？不过我是
　　　　不会送你去的。

肖　杨：呵呵，小伤，就你打的那么几下跟猫挠的似的，放心吧，我
　　　　还没那么脆弱。

李　坤：切……

肖　杨：……你……当年为什么没去考试？

李　坤：我爱去不去，关你什么事？

肖　杨：我听高博说，以你的实力，你当年明明能考上警察的。

李　坤：所以呢？

肖　杨：当年是不是发生了什么事？

李　坤：(不屑地笑了一声，从地上爬起来)我不说的话，肖大警官是不
　　　　是又要抓我了？

肖　杨：……我不是在质问你，(艰难地从地上爬起来)我只是……担
　　　　心你，替你觉得可惜。

李　坤：可惜？是啊，如果当年考了的话……或许现在的一切都不
　　　　一样了……

　　　　房间里响起肖杨的手机铃声。

李　坤：(拍拍肖杨肩膀上的灰)相信我，肖大警官，我不告诉你是为你
　　　　好，(戳戳肖杨的胸口)还有你这颗小小的自尊心。(见肖杨站
　　　　着不动)怎么？要让电话一直响着？

　　　　肖杨无奈，回房找手机。李坤叹了口气，回想起当年的事情。

29.（回忆）外，小巷边——日

陈　芸：坤子！这里这里！

李　坤：什么事啊，这么神神秘秘的。

陈　芸：(拿出电影票)我们等下去看电影吧！

李　坤：(惊讶)我们？

陈　芸：嗯！

30.内，陈芸家——傍晚

肖　杨：(拿起电话)喂，局长。

局　长：听说你还跟那个李坤在一起？

肖　杨：是，我想至少弥补一点……(捡刚刚打斗时掉在地上的相册)

局　长：肖杨啊，我跟你说你怎么不听呢？那个李坤，他在监狱里待了那么多年，肯定会找你算账的！你要是不注意……

肖　杨：没事的，就算他想揍我一顿……(摸摸刚刚被打的地方)哟……已经揍过了啊。

局　长：啊？

肖　杨：没事没事，想揍就让他揍吧(趴在地上找那张纸片)。

局　长：你！

肖　杨：局长，谢谢您的关心，我相信他，不会有事的。所以，请不要再派人跟着我们了。

局　长：……唉，是不是找到李坤的母亲，你就不跟着他了？

肖　杨：我……

局　长：肖杨啊，做人啊，有时候差不多就行了，你管不了那么多的，趁这几天，好好休息吧，局里的人都还等着你呢。

肖　杨：(找到纸片的时候看到掉落在书架缝里的东西，是一本笔记本和一个耳夹)这是……

局　　长:喂？喂？肖杨！你在听吗？喂！

肖　　杨:哦……那个,局长,我一定会好好休息的,您放心。

局　　长:嗯,这就对了,那个肖杨啊……

肖　　杨:喂？喂？我这信号不好,我就挂了啊。

局　　长:哎,我话还没——嘟——嘟——

　　　　　肖杨看着手上的笔记本和耳夹若有所思。

31.内,陈家——夜

陈　　恬:你们回来了！啊？坤哥！姐夫……你们……的脸怎么了？

陈　　枫:哎哟！你们是怎么搞的啊！出了一趟门就成这样子了？
　　　　　在地上打滚了吗？

　　　　　周梅芝也跑出来,抿着嘴一言不发。

肖　　杨:周阿姨……

李　　坤:咳咳……也没什么事……

刘　　叔:哎呀！男孩子之间打打闹闹很正常嘛,啧,快去洗个澡,把
　　　　　身子擦一擦,快去快去(冲肖杨和李坤使眼色)。

肖杨、李坤:哦(灰溜溜地跑走)。

32.内,客房——夜

　　　　　肖杨躺在床上看着耳坠发愣,李坤洗完澡走出来。

肖　　杨:(看到李坤脖子上的吊坠)你没事吧？

李　　坤:这句话应该是我问你吧？你确定不要去一趟医院包扎一下？

肖　　杨:我不是说这个。

李　　坤:嗯？

肖　　杨:你很担心吧？你妈。

李　　坤：(摸着吊坠沉默)嗯……

肖　　杨：虽然你努力想装作不在意，但我早就看出来了……肖姨这
么多年了，一定很不容易，你一定很想她吧？

李　　坤：是啊，(倒在床上)我等了这么多年，就是为了有朝一日能和
她团圆，她是我在这世上唯一的亲人了……她现在在哪儿
呢？ 她知道我出来了吗？ 我都能想象到她见到我的时候，
会哭成什么样子……肯定……皱纹变多了，变憔悴了吧
……因为我……

肖　　杨：我们明天去云和。

李　　坤：什么？

肖　　杨：下午的时候那个人打电话来了。

李　　坤：(猛地坐起身)那个字条上的电话？

肖　　杨：对，他说他是肖姨的房东，肖姨在云和欠了他两个月的房租。

李　　坤：怎么可能……

肖　　杨：所以我觉得我们可以先去云和看看。

李　　坤：这么重要的事你怎么现在才说?!

肖　　杨：比起跟你说，先让高博查一下比较好，久安这边交给高博
就行了，云和那边我不是很熟，得我们自己过去找。

李　　坤：……嗯……你小子! (揪衣领)以后有什么事第一时间先告
诉我! 这是我家的事!

敲门声。

陈　　恬：姐夫……

李坤讪讪地松开手，肖杨整理好衣服去开门。

肖　　杨：什么事？

陈　　恬：(闷闷不乐)我妈找你有事。

肖　　杨：周阿姨？ ……那我去找一下她(看到陈恬手上的药盒，让路给
陈恬，自己离开)。

李　　坤:(见陈恬还在屋子里)小恬,还有什么事?

陈　　恬:你的脸都伤了……还有手,我帮你上点药。

李　　坤:啊,这点小伤,不用了。你还是去帮你姐夫……

陈　　恬:(赌气地坐在李坤旁边,拿出酒精棉)你还有哪里伤到了?

李　　坤:呃……(把胳膊亮给她看)

陈　　恬:(心疼地)姐夫也真是狠心(擦药)。

李　　坤:我们就是闹着玩的。

陈　　恬:……你们明天要去云和?

李　　坤:你都听到了?

陈　　恬:我也要去!

李　　坤:你去干吗?

陈　　恬:总之我要跟着你。

李　　坤:小恬……我找到我妈就回来了,不用担心。

陈　　恬:我不是担心! 我……我也想肖姨了,不知道她现在怎么样
　　　　了……总之!(用力按了一下伤口)

李　　坤:嗞——

陈　　恬:啊,对不起对不起!(小心翼翼地擦拭伤口)总之,我明天跟你
　　　　一起去! 就这样! 晚安(头也不回地跑走)。

李　　坤:唉……

　　　　　陈枫拿着水果站在角落里,听到了他们的对话。

33.内,周梅芝卧室——夜

肖　　杨:周阿姨……

周　梅　芝:来,坐吧。

肖　　杨:(局促不安地)我……

周　梅　芝:说吧,你们两个怎么回事。

肖　　杨：我，我们……就是闹着玩的，没什么事……

周梅芝：唉……（摸了摸肖杨脸上的伤）消了炎了吗？（捏了捏他受伤的肩膀）

肖　　杨：嗯……

周梅芝：唉，都不是小孩了，怎么还打架？是坤子生气了吧？

肖　　杨：不是。

周梅芝：你不要怪他……是我们对不起他才会让他现在这样……都是我的错，都是我的错。

肖　　杨：周阿姨，不是您的错，是我……是我对不起你们。

周梅芝：（摇头）不。

肖　　杨：是我让您失望了，我知道您恨我，没有照顾好小芸，没有时间陪她，没有保护好她，我知道是我的错……

周梅芝：你别说了，别说了。

肖　　杨：我……

周梅芝：对不起，我又失控了，（周梅芝努力让自己平静下来）你走吧。把药拿回去，记得擦。

肖　　杨：周阿姨，您早点休息……（准备开门出去）

周梅芝：小杨，我知道小芸她不会原谅我的。我不知道我还有什么资格让你喊我一声妈，但是你要知道，不管以后你发生什么事，这里都是你的家。（握住肖杨的手）我已经失去我的女儿了，我不希望我女儿曾经爱的人……也没有一个依靠。

肖　　杨：周阿姨……

周梅芝：对不起……你答应我，你和小坤，你们两个一定要好好的。

陈　　恬：妈！明天我要出去！

周梅芝：什么？

陈　　恬：（把头探进妈妈房间）我跟坤哥去云和一趟。

肖　　杨：你？

陈　　恬：咳咳。

周 梅 芝：去云和干吗啊？你不要老缠着坤子,人家正忙着呢。

陈　　恬：哎呀～妈～我不会打扰到他的！还有姐夫,(拉住肖杨)姐
　　　　　夫跟我们一起去！你放心好啦！多一个人多一份力嘛,都
　　　　　不知道肖阿姨现在在哪……我也怪想她的……

周 梅 芝：唉……去吧去吧,你也长大了,管不了你了。

陈　　恬：嗯！我去收拾行李了～

肖　　杨：那,我也回去了,周阿姨晚安。

周 梅 芝：小杨！注意安全。

肖　　杨：嗯。

34.内,客房——夜

陈　　枫：坤子啊。

李　　坤：陈姨。

陈　　枫：我可以进来吗？

李　　坤：嗯。

陈　　枫：怎么样？好点了吗？

李　　坤：嗯,好多了,小恬刚给我擦了药。

陈　　枫：你看起来真的瘦了很多。(摸着李坤的手)刚开始你妈真的
　　　　　很担心你,又急又躁的,在里面吃了很多苦吧?

李　　坤：还好。

陈　　枫：刚出来还不太适应吧?

李　　坤：嗯。

陈　　枫：(抱住李坤)会好起来的,都会好起来。我们坤子啊,这么懂
　　　　　事,肖敏姐见到你该有多高兴啊。说起来,你们有她的消
　　　　　息了吗?

李　　坤：肖杨说我妈去了云和。

陈　　枫：云……云和？

肖　　杨：（推门进来）啊，姑姑也在呢。

陈　　枫：正在说你呢，坤子说你们要去云和？

肖　　杨：是呀。

陈　　枫：怎么突然就去云和了？

肖　　杨：感觉会在那儿。

陈　　枫：怎么会呢，肖敏姐她都不怎么出门，怎么会跑出县呢？

李　　坤：我也觉得……

肖　　杨：肯定是有什么事吧，要不然那个人也不会这么说。

陈　　枫：那个人？

肖　　杨：姑姑，你知道肖阿姨为什么把房子卖掉吗？

陈　　枫：我怎么知道，唉，我都没来得及问。

李　　坤：那为什么要搬到云和去呢？

陈　　枫：搬到云和？你听谁说的？

肖　　杨：有一个叫贾方和的人说肖阿姨在云和欠了他房租。

陈　　枫：谁？

肖　　杨：贾方和，您认识？

陈　　枫：不……不认得，就是觉得名字有点耳熟而已。

肖　　杨：您要是记起什么一定要跟我们说啊。

陈　　枫：嗯……你们……什么时候去？

李　　坤：肖杨说明天就走。

陈　　枫：明天？你们不多住几天？或者……

李　　坤：不了陈姨，我等不及了。

陈　　枫：也是也是，那我跟你们一起去吧？

李　　坤：您？陈姨，不用这么麻烦。

陈　　枫：不麻烦不麻烦，我正打算这几天去一趟云和呢，两边离得这么近,顺便就跟你们一起过去吧。

李　　坤:这……

陈　　枫:没关系的,那边我熟,说不定还能帮上你们什么忙呢!

李　　坤:那行,谢谢陈姨。

陈　　枫:谢什么,(伸手拍拍李坤的肩膀)陈姨能帮你一点是一点啊。

肖　　杨:(看到姑姑手上的戒指,装饰和捡到的耳坠是一套的)这戒指……

陈　　枫:嗯?

肖　　杨:哦,没什么,挺好看的,(挠头)这是姑姑新买的? 以前都没
　　　　见您戴过。

陈　　枫:傻孩子,什么新买的? 这不是小芸刚工作那会儿给我买的
　　　　礼物嘛,啧,好像还是你们一起给我挑的呢。

　　　　肖杨陷入沉思,想起当时陪小芸买的两套一样的首饰。

陈　　枫:(见肖杨没回话)对不起,不该跟你提起小芸的……

肖　　杨:姑姑没关系,我就说这个戒指有点眼熟。

陈　　枫:好好休息吧,那我不打扰你们了。

35.内,客房——夜

　　　　陈枫关上门走了出去,两人松了一口气倒在床上。

肖　　杨:这下好了,现在你人气爆棚,小恬、姑姑都赶着要陪你去
　　　　云和。

李　　坤:啧,说什么呢,只是关心我而已。

肖　　杨:啊……(肖杨捂着自己的肩膀)

李　　坤:啧,(李坤拿起旁边的止痛贴)把衣服脱了。

肖　　杨:什么?

李　　坤:我可不想被人举报虐待警察。

肖　　杨:我自己来。

李　　坤:算了吧,我怕你再动几下身体就散架了。啧,还不快点把

衣服脱了过来？

李坤帮肖杨清理伤口。

肖　杨：(沉默了一会儿)我今天……

李　坤：(同时)你今天……

肖　杨：你先说吧。

李　坤：我知道你要说什么。

李坤把最后一张止痛贴贴在肖杨身上，起身拿出之前被肖杨捡到的笔记本。

李　坤：是说这个吧？

肖　杨：你！还给我！

李　坤：(躲开肖杨)欸，这个是刚刚在小芸那里拿的吧，你这样子不好。

肖　杨：这也不是你的东西！

李　坤：(按住肖杨的肩膀让他动不了，严肃地说)这是她的日记，我劝你不要看。

肖　杨：你……看过了？

李　坤：(把笔记本压到自己枕头底下)每个女生都有自己的小秘密，我劝你最好不要看就对了。这个我先替她保管着，等……等……唉，等时候到了再给你吧。

肖　杨：什么时候到了？

李　坤：我也不知道，总之现在你不能看，我答应了要替她保密。

肖　杨：我是她未婚夫，我……

李　坤：(敏捷地躲开肖杨的偷袭，把笔记本抱在怀里)你想都别想！

肖　杨：(放弃争抢，倒回床上)嗬……(拿出相册里的纸片丢给他看"我答应你")喂，这些字是你写的吧？

李　坤：什么？

肖　杨：你答应她什么了？为什么这张纸片藏在她的相册里？

李　坤：(沉默许久)我不记得了。

肖　杨:	真的?
李　坤:	⋯⋯嗯。

36.(回忆)内,电影院——日

李坤正神经紧绷地看着电影。

陈　芸:	(揪住李坤的衣袖)坤子。
李　坤:	(一个激灵)嗯?
陈　芸:	(将身体倾向李坤,嘴巴贴在李坤耳朵边)坤子⋯⋯我想求你一件事。

37.内,客房——夜

李　坤:	那天⋯⋯
肖　杨:	什么?
李　坤:	那天⋯⋯我去见过小芸,在她出事前。(李坤看了一眼肖杨的脸色)我妈酿了杨梅酒,说要给小芸当结婚礼物。我给送了过去⋯⋯她当时很开心,还让我一定要去她的婚礼。那个时候你总是不在,她总是一个人待在家里⋯⋯我跟她说,你别结婚了,跟我走吧。(笑了起来)
肖　杨:	她说了什么?
李　坤:	三个字。你猜她说了什么?(没等到肖杨的回话)对不起,她跟我说了对不起。其实她有什么好说对不起的啊,她这么优秀的姑娘,是我配不上她。小芸是个好女孩,家境好,性格又好,长得也好。估计没人不喜欢她吧。能认识她真是我这辈子最幸运的事。(李坤翻了一个身,看着肖杨)我一直以为我能一直这样陪在她身边。就算不跟她在一起,能在她身边默默守护她,就好了。没想到上了大学回来她就把你

带回来了。

肖　　杨：所以呢？

李　　坤：你比其他人，已经幸运很多了。

肖　　杨：呵，是吗？你不明白。

李　　坤：我明白，可是我还是羡慕你。你的一切，我都羡慕。（李坤仰面看着天花板，陷入了沉思）

肖　　杨：是我没用。是我没守护住她。身为一个警察，我救得了别人，却没来得及回来看她一眼。口口声声说自己是一个警察，我却连我心爱的人都救不了。

李　　坤：是啊，所以你不是一个好警察，你连杀害她的凶手都抓错了。

肖　　杨：……是我对不起你。坤子……你能原谅我吗？我知道我做什么都不能弥补我的过错，我……

李　　坤：都过去了。肖杨，我不恨你的。这件事情不是你一个人的错。有公安局的错，有检察院的错，也有法院的错，你不过是没有相信我而已。我不能因为这个就杀了你，也不能杀了那个胡志华，我什么都做不了。这就是我的命而已。我认了。

肖　　杨：坤子……

李　　坤：今天的事，就当是我们俩扯平了。我不想再欠你什么了。

肖　　杨：谢谢你……

李　　坤：但我不会原谅你，肖杨，我做不到。时间过去这么久，我们都变了。

　　肖杨起床到卫生间抽烟，看着镜子里的自己，迷茫又痛苦。他想起当年宣誓的时候的样子："我宣誓：我志愿做一名人民警察。国旗在上，警察的一言一行，决不玷污金色盾牌。宪法在上，警察的一思一念，决不触犯法律的尊严。人民在上，警察的一生一世，决不辜负人民的期望。"

38.内,肖敏曾经居住的房子——日

贾　方　和:(拿出协议书)喏,这就是她欠下的房钱……你们要不……

肖　　　杨:我给你。

李　　　坤:不用了,这是我妈欠的,我还得起。

贾　方　和:哟……看起来这赔偿费是很大一笔啊。

陈　　　恬:哎你!

陈　　　枫:你什么意思啊!

贾　方　和:(马上闭上嘴)就好奇,好奇。

陈　　　枫:(白眼)所以,肖敏姐到底到哪去了啊?

贾　方　和:这我怎么知道!我只是把房子租给她了,她没还钱就不见了,我还想问呢!

肖　　　杨:电话也早就停机了……

贾　方　和:难道回久安了?

陈　　　枫:不可能!敏姐要是回来了肯定会跟我说的。

贾　方　和:这……嘿嘿,肖警官,(握住肖杨的手)这件事还得靠您了,我实在没办法了,我真的不知道她去哪儿了……

肖　　　杨:(看着他的手)没关系,麻烦你了。(故意两只手一起抚摸着贾方和的手)如果你有什么情况,一定要告诉我们。拜托了。

贾　方　和:(不自在地抽回手)呵……呵……一定的,一定的。

39.外,楼梯处——日

(电话中)

肖　　　杨:喂?怎么样?

高　　　博:肖敏这个人……可能真的有问题,查了一下,这一年既没有通话记录也没有银行交易记录……整个人就像是蒸发

了一样。不过……

肖　　杨：不过？

高　　博：不过最后几笔银行交易记录应该就是那笔房产，这一大笔钱居然转走了。

肖　　杨：转移到哪里了？

高　　博：你可能不信，就是小芸的姑姑卡里。

肖　　杨：姑姑？

高　　博：对，交易显示 11 月份收到房子的钱，第二天就把这笔钱打给了陈枫。说到陈枫，你让我查的那个贾方和，他们两个应该是认识的，而且看通话记录，交往应该是比较频繁的。

肖　　杨：怎么说？

高　　博：这个陈枫和贾方和应该是牌友，你还不知道吧，小芸她姑姑经常说去云和出差，其实是偷偷背着家人去找云和那些人打牌，据说啊手气特别差，老是输一屁股债。

肖　　杨：这些周阿姨他们知道吗？

高　　博：肯定不知道吧，要不然她肯定在这个家待不下去的……欸，说起来，她最近好像都不怎么打了……你说……是不是跟肖敏这笔钱有关系啊。

肖　　杨：嗯……

墙角传来对话的声音。

40.外,楼梯口——日

陈　　枫：就为了那么两个月的房租！就为了这么点钱！就为了这么点钱！

贾 方 和：我，我怎么知道打电话的人是警察啊？

陈　　枫：你不知道是谁你就问人要房租啊?!那当初你说好让肖敏姐

好好住你那儿呢？房租不够你怎么不跟我说一声？人不见了你怎么不跟我说一声？这么大的事你就不说话了?!

贾 方 和：嘘！你小点声！是肖敏姐不让我说的，说什么欠了房租本来就不好意思了，我还想说没关系呢！哪知道第二天就不见了！我还以为回去找你了呢……再说了……不是说好那件事之后我们不要联系了嘛。

陈　　枫：你以为！你以为！万一出了什么事你负得了责吗?! 你就祈祷能找到肖敏姐吧！

贾 方 和：那个(小声地)万一……他们找到了怎么办啊？万一肖敏姐说了什么……那我们……

此时肖杨忘记了他的手机还没挂。

高　　博：喂?! 喂？肖杨？你还在听吗？

肖　　杨：(假装刚走过来)嗯，你说吧。(假装意外地看到两人)姑姑？贾老板，你们……在这干吗呢？

陈　　枫：没事没事，(假装镇定)这不是怕漏了什么信息，想多问问贾老板嘛，对吧？

贾 方 和：对对对。

肖　　杨：哦……那我(指手机)先走了。

陈　　枫：嗯……欸，小杨，你刚刚……

肖　　杨：什么？

陈　　枫：没什么没什么，去接电话吧。

肖　　杨：嗯(转身离开)。

贾 方 和：(小声地)他刚刚应该没听见什么吧？

陈　　枫：(看着他的背影)应该吧。

肖　　杨：(小声地)高博，帮我仔细地调查一下陈枫这个人。还有贾方和，从赌场查起。

高　　博：赌场？

| 肖 | 杨: | 姑姑暂且还不知道,我刚刚和贾方和握了握手,从他手上那块老茧的程度,我敢确定他有百分之九十的概率是常年混迹赌场的。你查查云和的赌场现在还开着的是哪几个,正好趁着这次机会,一网打尽。 |

41. 内,肖敏曾经居住的房子——日

陈恬看着李坤在屋子里走了个遍,然后站在窗户边上一动不动。

| 陈 | 恬: | 在想什么呢? |

| 李 | 坤: | 没有什么。 |

| 陈 | 恬: | (轻轻牵住李坤的手)别担心,会找到的。 |

| 李 | 坤: | 嗯…… |

| 陈 | 恬: | 没想到肖姨真的到云和来了,她这么足不出户的人……为什么呢? |

| 李 | 坤: | 对啊,为什么呢,我是她儿子我都想不明白。你说,她是不是不想要我了,她觉得我这个儿子没救了没希望了,我让她感到羞耻,她想要忘掉我,忘掉久安,到一个新的地方重新开始? |

| 陈 | 恬: | 不会的,坤哥,你别这么想,肖姨她这么相信你,她绝对不会这样想。坤哥,肖姨她一直在等着你回来呢。 |

| 李 | 坤: | 她还生着病呢……她那样的身体,能去哪里……哪里……(李坤突然抬起头)医院! 对! 医院! 我妈身体不好,肯定会去医院看病,药房,药房也有可能! |

| 陈 | 恬: | (看向窗外)坤哥,我去问问这附近的医院。 |

| 李 | 坤: | 我跟你一起(说着两人往门口跑去)。 |

| 肖 | 杨: | (打开门进来)你们这是要去哪儿? |

| 李 | 坤: | 我妈身体不好,肯定会去医院看病,你知道云和的医院有 |

哪几个吗?

肖　　杨:你先别急。(拉住急着出门的两人)等等,你们现在这样没有
目的地找要找到什么时候? 唉,这样,我请这边的同事帮
个忙,让他去查一下云和各家医院这一年的问诊信息,看
看有没有你妈的消息。我们现在分头行动,我去一趟派出
所,你俩去问一下附近的药店吧。

李　　坤:我跟着你吧。

肖　　杨:不用,(见李坤不动)啧,小恬一个姑娘家在人生地不熟的地
方逛来逛去,你怎么好让她一个人?

陈　　恬:就是! 坤哥,我要你陪我嘛!

李　　坤:那好吧,那一会儿有了消息第一时间告诉我!

肖　　杨:嗯。

42.内,云和派出所——日

肖　　杨:怎么样? 查到了吗?

女警A:(白眼)拜托,你以为查整个医院一年的问诊名单很简单吗?

肖　　杨:不好意思,我比较着急。

女警A:不过……话说,这个人是谁啊? (小声地)是一个很厉害的
嫌疑人吗? 你们在做什么案子吗?

肖　　杨:(小声地)你想知道吗? (让女警凑过来)她是……关你什么事啊!

女警A:(讪讪地坐回位置)哦……

肖　　杨:这位同志,你应该知道身为警察应该自觉保护公民的重要
信息,不要有没必要的好奇心。

女警A:是。

肖　　杨:不过……(凑近女警的耳朵)有一件事想请你帮个忙。

女警A:(害羞地)什么啊?

肖　　杨：帮我调查一个人，嘘……（带着气声说，并朝女警 A 眨眼）这可是绝对不能透露的机密哦。

43.内,云和医院——日

小恬和李坤、陈枫和刘叔都匆匆赶来。

李　　坤：肖杨！是这里吗？

肖　　杨：嗯,找了半天只有这一次信息。

李　　坤：（看着肖杨递过来的单子,上面写着住院信息）妈……

44.内,医生办公室——日

医　　生：（看着单号）这个病患啊,我有印象,当时病得特别严重,走路都飘着的,可是就是不肯住院,看上去特别要强。我说这住院费也不着急交,她也说不行,就急着离开,不敢待在这里。

李　　坤：那她后来去哪里了？

医　　生：这我哪知道？（上下打量李坤）你是她儿子？哼,现在的年轻人啊,非得等到老母亲病得快不行了才想起来要尽孝。这都快一年了,也不知道怎么样了。

李　　坤：既然您不知道,那告辞。

医　　生：欸！这上面还有药单,这种顽疾一两年是好不了的,你找到你母亲的时候记得给她买一点备着,她当时可是连药都没买就走了！

李　　坤：（紧攥着药单离开）谢谢。

45.外,街道——日

大家漫无目的地走在路上,个个都垂头丧气的。李坤走在最前面。

陈　恬：接下来我们怎么办……哎呀，姐夫，你说话啊！

肖　杨：(看了一眼李坤)我会再想办法的。

陈　恬：可是……坤哥他……

肖　杨：(走到李坤旁边)你不要担心，我会再想想办法的，肖阿姨
她……

李坤径直走着，没有停下来。

肖　杨：(一把拉住李坤的手)你能不能不要这副德行！

肖杨看到李坤手里快要攥破的药单，紧紧握着的拳头还在因用力过
度而发抖。

李　坤：(甩开肖杨的手，冷静又空洞地说)怎么办，我找不到我妈了。

46.外，街道旁——夜

李坤喝着酒走在最前面，肖杨和陈恬跟在后面。

李　坤：(抱着灯杆吐)看什么看?! 没看过啊！(朝路人扔酒瓶)滚！

肖　杨：(拉住李坤)够了。

李　坤：别拉着我！(继续往前走)啊！今天天气真好啊！

肖　杨：李坤！(拿掉酒瓶)别喝了，回去吧。

李　坤：(踢、赖)你懂什么，你懂什么?! 老子想喝就喝！想醉就醉！
自由！你懂什么叫自由吗?! 你不懂，我懂！我懂！!(猛地
灌酒一口)

肖　杨：你闹够了没有?

李　坤：没有！我没有！(跑了几步就摔倒在地上，趴在地上不起来反而
哭了起来)

陈　恬：坤哥！你没事吧?(看着地上的李坤忍不住也哭了起来)你起
来，你起来。

李　坤：(翻个身躺在路上)我等了这么久！啊!!!(看着夜空眼泪不停
地往下流)……可是……(擦眼泪)可是我怎么一点都开心不

起来呢……（痛哭）我妈呢？我妈呢?! 你是不是不要我了啊……我怎么找不到你啊！妈！

陈　恬：（抱住李坤，哭）坤哥，你别这样，你别这样。

李　坤：（掏出药单看了半天接着啜泣）四百六十八……呵呵，连四百六十八的药我妈都买不起……（攥紧拳头捶地）我有什么用！我有什么用!!

陈　恬：坤哥！你别这样，别这样……

肖　杨：（蹲下来摸着李坤的背）对不起……

李　坤：别碰我！都是因为你！都是因为你们！是你们毁了我！是你们！我到底做错了什么？我做错了什么呀……你们要这样对我……你们要这样对我！

陈　恬：对不起，坤哥对不起，让你受苦了。

肖　杨：坤子……

李　坤：我没有杀人，不是我……我没有……不是我……不是我……你们不是知道的吗……我怎么会……（晕了过去）

陈　恬：坤哥？坤哥！

肖　杨：没事，他睡着了……（扛起李坤）走吧，我们回去。

47.内,云和宾馆内——夜

肖杨把喝醉了酒昏睡过去的李坤搬到床上，为他整理好。看着熟睡的李坤，他陷入沉思，想着李坤喝醉后的模样，难以释怀，此时响起了敲门声。

肖　杨：（开门）姑姑？

陈　枫：（往房间里看）坤子已经睡了？

肖　杨：嗯，喝了点酒。

陈　枫：唉……真是辛苦你了，我买了牛奶，还有粥，等他醒了给他喝吧。

肖　　杨：好。

陈　　枫：那我回去了，你也早点休息。

肖　　杨：姑姑！

陈　　枫：嗯？

肖　　杨：(看了眼熟睡的李坤，带上门出去了)等等。

48.内，宾馆走廊——夜

陈　　枫：怎么了？

肖　　杨：姑姑，你真的不知道肖阿姨在哪里吗？

陈　　枫：唉，我要是知道就好了。

肖　　杨：你跟她关系这么好，她走之前没有跟你说什么或做什么特
　　　　　别的事吗？

陈　　枫：我，我也不知道……唉，你也知道，当时我们都以为是
　　　　　坤子……害的，小芸她妈又不愿再面对肖敏姐，我们也是
　　　　　没办法啊。

肖　　杨：她卖房的事你也不知道吗？

陈　　枫：我都不敢跟她联系，也没去找过她……真不知道她为什么
　　　　　会这样……

肖　　杨：这样啊。

陈　　枫：那个……小杨啊，你当时……

肖　　杨：嗯？

陈　　枫：你当时在楼梯口，有没有……听见我们说什么呢？

肖　　杨：没啊。你们不是在说肖阿姨的事吗？

陈　　枫：对对！是的是的……这不是怕你听到什么误会了嘛。

肖　　杨：误会什么？

陈　　枫：没什么没什么，呵呵。

肖　　杨：姑姑……你跟那个贾老板……认识吗？

陈　　枫：怎……怎么突然这么问？

肖　　杨：看你们在一起聊天感觉很熟的样子，我之前还以为你们不认识呢。

陈　　枫：哈哈……这个啊，是一个好久没联系的老朋友了，都差点认不出了呢……

肖　　杨：老朋友？

陈　　枫：说来话长，很早以前做生意的时候认识的。嗨，这不是生意也黄了吗，就没怎么联系了。

肖　　杨：姑姑认识的人很多啊，不知道还有什么我们不知道的人你也认识。

陈　　枫：我哪有这么厉害啊，不过就是认识几个一起做生意的朋友而已，哈哈哈。

肖　　杨：肖阿姨……

陈　　枫：唉，辛苦你了。肖敏姐的事我也在四处打听呢，只是可怜坤子了，这几天肯定担心死了……早点休息吧。

肖　　杨：嗯……姑姑，你的耳环掉了。

陈　　枫：(下意识地摸着耳朵回头)什么？

肖　　杨：骗你的。

陈　　枫：(笑着轻拍肖杨)别吓姑姑，姑姑连耳洞都没有，哪有什么耳环？

肖　　杨：你有的呀。

陈　　枫：嗯？

肖　　杨：我跟小芸一起给你买的那套首饰，就是这个戒指还有耳环，你怎么不戴了？我记得买了两副，一副是耳环，一副是耳夹。看来您的是耳夹，对吗？

陈　　枫：啊！对，对，那个啊……夹着耳朵疼，我给收起来了。

肖　　杨：(拿出耳夹)是这个吗？

陈　　枫：你……你在哪里找到的？

肖　　杨：我还以为是妈……周阿姨弄丢的，刚刚才想起来没有耳洞
　　　　　的是姑姑，这个应该是您的。

陈　　枫：对不起小杨，姑姑不小心弄丢了，怕你生气，没告诉你。（欣
　　　　　喜地拿过来）找了好久了，你这是在哪里找到的啊？

肖　　杨：……小芸房间。

陈　　枫：……啊……那……那可能是我什么时候去整理屋子的时
　　　　　候掉的吧……

肖　　杨：你还回去过？

陈　　枫：当……当然！

肖　　杨：不知道当时发生了什么，才会把这么重要的耳夹掉了。

陈　　枫：哈哈，可能就是打扫卫生太急了吧。

肖　　杨：您收好，这次不要再掉了。

陈　　枫：嗯，谢谢你啊小杨，时间不早了，快去睡吧。

肖　　杨：好的，晚安姑姑……（看姑姑走了，忍不住喊了一声）姑姑，如果
　　　　　您有什么知道的事情，一定要告诉我。

陈　　枫：嗯，如果有肖敏姐的信息，一定第一时间告诉你。

　　　　　陈枫回到房间带上门，深深地松了一口气，她仔细打量着失而复得
　　　　　的耳夹，皱起了眉头。

49.内，云和宾馆——夜

（电话中）

高　　博：不查不知道，一查吓一跳，你说这陈枫，怎么这么厉害。（翻
　　　　　资料）背地里开赌场，设赌局，我以为她顶多就是打打牌玩
　　　　　玩，老手啊……哇，人真是不可貌相啊。不过这是她早年
　　　　　的时候了，现在估计整个县里没什么人知道了吧。据说早
　　　　　就金盆洗手了，好像嫁给刘叔之后就规规矩矩了。

肖　　杨：这几年就没有什么情况？

高　　博：你也不是不知道，她是做生意来回跑的，这大多数转账金额也都不算是小数目……排查起来……

肖　　杨：就没有点什么奇怪的地方？

高　　博：与其说奇怪，这么跟你说吧，这一年左右陈枫没有再去过云和了，好像是生意也没有再做下去了，和那个贾方和也没有了联系，但是在这之前，陈枫把一小部分钱打到了贾方和那里，其他钱全部打给了……

肖　　杨：什么钱？

高　　博：就是一张信用卡，肖敏卖掉房子的所有钱都打到她这张卡里了，但是当天，这笔钱包括信用卡里的所有钱就都转走了，一干二净。

肖　　杨：转到谁那里了？

高　　博：胡志华。没错，就是那个杀了你未婚妻陈芸的真正凶手胡志华。所以说陈枫这个人很厉害，不仅是会做生意那么简单，而且认识的人各行各业都有。我现在有些怀疑……

肖　　杨：我果然没猜错……

高　　博：什么？

肖　　杨：我查了一下云和这边的赌场，这个胡志华，就是云和最有名的地下赌场的老板。不过他在一年前就关了赌场做生意去了，导致当时正在调查的警方扑了一个空。如果我没猜错的话，姑姑和这个贾方和都参与了这次活动，而且还是借着肖阿姨的名义。

高　　博：你是说……陈枫拿了李坤他妈妈卖房子的钱去帮胡志华逃跑？

肖　　杨：嗯。

高　　博：那陈枫为什么要帮他呢？而且虽然说肖敏阿姨和她关系

好,但肖敏阿姨这么正直的人,如果知道的话是绝对不会让陈枫这么做的,还是说……

肖　杨:或者说,陈枫有什么把柄在胡志华手里,不得不隐瞒我们。

高　博:难道是欠了赌场一大笔钱?

肖　杨:我总觉得……没那么简单。

50.(梦境)内,陈芸家——日

陈　芸:坤子! 求求你,就帮我这一次吧!

李　坤:我……

陈　芸:这是我第一次也是最后一次拜托你了,你一定要答应我,(哭)我知道这对你来说很不容易,我知道……对不起……对不起。

李坤回过头,看见另一副打扮的陈芸。

陈　芸:(笑着)坤子! 坤子! 坤子!

陈芸挽着旁边穿着警服的肖杨。

51.(梦境)内,李坤家——日

肖　敏:你这个不争气的东西! 让你回来! 让你回来! 我白养你了!

李　坤:妈! 对不起。

肖　敏:(哭着蹲在地上)你走!

李　坤:妈,这次就当我为我自己求了一个心安……下次我绝对不会擅自决定了,妈,我都听你的,妈……

52.内,宾馆——夜

李　坤:(从梦中惊醒)妈!

肖　　杨：醒了？

李　　坤：(头疼)哟——

肖　　杨：喏,刚刚姑姑拿来的牛奶。

李　　坤：这里是？

肖　　杨：(指四周)看不出来吗？ 你喝多了,晕倒了,然后我把你拖到宾馆了。

李　　坤：……谢谢。

肖　　杨：你……做噩梦了？

李　　坤：要你管。

肖　　杨：……坤子。

李　　坤：嗯？

肖　　杨：……算了。

李　　坤：什么？ 我……喝醉了做了什么奇怪的事吗？

肖　　杨：没有。

李　　坤：那你干吗这么看着我？

肖　　杨：我一定会帮你找到肖阿姨,相信我。

李　　坤：我自己也可以,不用你……

肖　　杨：不管你说什么,我都会帮你,你放心吧。

李　　坤：……你今天挺奇怪的。

许久,虽然房间里两人都沉默,但肖杨感受到李坤也还没有睡着。

肖　　杨：在想什么呢？

李　　坤：你有没有……做过什么后悔的事？

肖　　杨：……

李　　坤：对不起,我问错人了,估计你这一辈子都在后悔。

肖　　杨：是呀,后悔没有陪在小芸身边,后悔没有及时赶回来,后悔抓了你,后悔没有多去看看肖阿姨。

李　　坤：嘁——看你这么失败的样子,我也真觉得后悔。

肖　　杨：后悔什么？

李　　坤：（看着他许久）唉……算了。

肖　　杨：什么算了？

李　　坤：懒得说了。

肖　　杨：你还真是个有很多秘密的人。

李　　坤：我要是不守着一些秘密啊，说不定我都没有什么活下去的价值了。

肖　　杨：为什么这么说？

李　　坤：伤了没人会难过，死了也没人会祭奠，说不定还会被人朝尸体上吐一口痰，"呸，活该！"坏人的下场都是这样吗？

肖　　杨：不知道……

李　　坤：……那时候我总害怕有一天我也会变成这样，（看向放在桌角的牛奶盒和粥）不过还好，就像小恬说的，一切好像都没变过，我还是我，小恬还是小恬，陈姨还是陈姨……

肖　　杨：坤子……

李　　坤：嗯？

肖　　杨：如果……我是说如果，你所看到的并不是真实存在的……

李　　坤：什么不是真实存在的？

肖　　杨：就比如说，你有一个很信任的人，对你很好，却不是真心地对你好，你会怎么办？

李　　坤：如果我不知道这个人是真心还是假意，那我就当作她对我的好都是真的吧。

肖　　杨：为什么？

李　　坤：如果你不清楚一个人，就怀着恶意去揣测，头疼的只是自己吧。

肖　　杨：我好像知道你为什么没有考上警察了。

李　　坤：（很认真地看着肖杨）我是没去考，不是考不上。我妈从小就告诉我,做人要怀着一颗善良的心,与其去揣测别人,不如先做好自己。总会有人对你好的。

肖　　杨：那如果,这个好实际上是不好呢? 如果这个好是包裹着好的外表,给你吃下的却是坏掉的种子呢?

李　　坤：那就等着这种子发芽吧……人总是要受报应的吧,像你一样。说实话,是人都会觉得受伤的吧……就像好端端的却被人从背后砍了一刀一样,不过我已经身经百战了。人们总说要善良地活着,但是这个世界,好像善良的人,都过得不怎么样。这个世界是属于狡猾的人的。成功属于他们,金钱属于他们,所有人都景仰着他们。

肖　　杨：不……也不都是这样。

李　　坤：都是这样的,你也是。你是一个狡猾的人,只不过你自己不知道而已。

肖　　杨：是这样的吗?

李　　坤：那谁知道呢? 说不定你背地里做了什么伤天害理的事。

肖　　杨：要是你爱的一个人,做了伤天害理的事,你会原谅她吗?

李　　坤：不会。(沉默了许久)不,我也不知道。(沉默)那他们会后悔吗?

肖　　杨：嗯?

李　　坤：你说,那些做了坏事的人,会后悔吗?

肖　　杨：会吧。

李　　坤：后悔什么?

肖　　杨：不值得吧,人生一旦做错了什么事,就再也无法回头了。

李　　坤：那这样的人就不是坏人。真正的坏人是不会后悔的,他们不会为自己做过的事情想退路,不会在意自己的所作所为有什么影响,他们不会同情可怜那些被伤害的人,也从不需要别人的同情和怜悯。比起无用的歉疚,他们可能只是想……毁灭。

肖　杨：为什么突然这么说？

李　坤：揣测别人的内心真的很累。算了，有什么关系呢。一切都过去了。

肖　杨：嗯……都过去了。

两个人都没有睡着，肖杨看着李坤的背影，担心着姑姑的所作所为可能给李坤带来的伤害，而李坤却摸索着放在枕边的陈芸的日记本，若有所思。

53.（梦境）内，陈芸家——日

陈芸洗了澡走进房间，边擦着水边打着电话，她站在阳台上，看着风景。楼下的胡志华也正在看着这个身材姣好的女孩。挂断电话的她听见敲门声，正打算转头，就被人拖进了房间。陈芸在绝望中被胡志华侵害，眼角流着泪却看见了门外的一双眼睛，那双眼睛正是自己的姑姑陈枫。

54.内，云和宾馆——日

肖杨从梦中惊醒，猛地坐起身，看到身旁熟睡的李坤，长吁一声。
敲门声突然响起。

肖　杨：谁？

门外没了动静，肖杨谨慎地轻轻打开门，看到的是陈恬莫名其妙地看着自己浑身冷汗的表情。

陈　恬：姐夫，你怎么出这么多汗？

肖　杨：啊，热的。怎么了？

陈　恬：坤哥呢？

肖　杨：还在睡……昨天可能真的累了。

陈　恬：嗯，你们这房间一股酒味儿，昨天坤哥的手，没事吧？

肖　杨：就一点擦伤而已。

陈	恬	:他昨天也没吃东西吧……就喝酒了。唉,我去买点创可贴和胃药吧。
肖	杨	:我跟你一起吧。
陈	恬	:嗯(担心地看了一眼还在睡觉的李坤,带上门出去了)。

55.外,药店——日

店	员	:您好,请问需要什么?
陈	恬	:创可贴还有胃药。
店	员	:创可贴这款可以吗? 胃药要哪种?
陈	恬	:嗯……
店	员	:请问是怎么不舒服呢?
陈	恬	:就……宿醉,估计现在胃很难受吧。
店	员	:啊,您稍等,我给您拿。
肖	杨	:(看到店员拿药时从衣服里掉出来的吊坠)这吊坠?
店	员	:这种药可以吗? 我们这里卖得最好的。
陈	恬	:好的。
肖	杨	:(一把抓住店员脖子上的吊坠)你这个哪里来的?
店	员	:(扯回吊坠)你干什么?! 别动我!
陈	恬	:姐夫! 你怎么了?
肖	杨	:你脖子上的吊坠,哪里来的?
店	员	:什么哪里来的? 这本来就是我的!(上下打量)你是谁啊?
陈	恬	:不好意思啊,不好意思。(拉住肖杨)姐夫,你怎么了?
肖	杨	:这不是你的!(抓住店员的手)你给我出来!
店	员	:你干什么?(抓住柜台)你放手! 你干吗?!

药店的店员全部围了过来。

| 陈 | 恬 | :姐夫! 这吊坠怎么了吗? 你…… |

店　　长：怎么了？

店　　员：(躲到店长身后)这个人，这个人要抢我的东西。

店　　长：不好意思，这位先生，如果您不说清楚的话，我恐怕就要报警了。

肖　　杨：我最后再问一遍，这个吊坠是哪里来的？

店　　员：我不是说了吗？这是我的！我的！你是谁啊?! 我的东西说抢就抢？你是抢劫吗？

肖　　杨：(出示警察证)那好，那只能请你配合我的调查，跟我走一趟了。

店　　员：什么?!

56.内，派出所——日

警　　察：郑成泽是吧？

郑　成　泽：(挠头发)不是，我都说了这是我的了，你们也没有证据啊，就把我抓过来。(不满地看向肖杨)大哥，这个人是谁啊，看起来来头很大。

警　　察：啧，欸欸！认真一点(敲桌子)。肖队既然说这个不是你的，那肯定是有原因的。这个(拿起吊坠)原先本不属于你对吧？

郑　成　泽：咳……这原先不重要，重要的是现在。

陈　　恬：谁管你现不现在?! 你偷了就是你的吗?! 这是我坤哥的！

李　　坤：(匆匆地赶来)找到了吗?!

郑　成　泽：(吓一跳)这又是谁啊？

李　　坤：(看到桌上的吊坠)我的吊坠……(揪起郑成泽的衣领)你这个小偷！

郑　成　泽：我……我不是。

肖　　杨：坤子！冷静！

李　　坤：你这个！你这个哪里来的?!

郑 成 泽：……（整理衣领）怎么又来一个，你谁啊？（郑成泽看到李坤脖子上一模一样的吊坠）你……这……

李　　坤：（忍不住红了眼睛）你认识我妈吗？

郑 成 泽：你是……肖阿姨的……儿子？

57．内，民政局——日

李坤和郑成泽坐在民政局的长椅上，一言不发。肖杨看到失魂落魄的李坤，攥紧着拳头转身走出了民政局。

郑 成 泽：一开始她还走得动路，来我这里买药，后来就一天不如一天了，我叫她去医院，她不肯，就这么一天天地挨着。有一天我去送药，发现家里没人应，一连好几天都没有打电话过来，我还以为她搬走了……（见李坤没有反应，继续说）那之后好几个月过去了，我突然接到一个电话，让我去太平间认人，我才知道……肖阿姨不在了，警察局查不到她认识的人，除了电话记录里的我。

李　　坤：（动了动喉咙，发出干渴的声音）哦……

工作人员：李坤！

李坤和郑成泽一起过去。

工作人员：喏，遗体确认这里签字。

李坤颤抖地举起笔，看着上面的字，却动不了。

工作人员：死亡证明给你，遗体存放费、冷冻费……（抬头瞥了他一眼）郑成泽说她有个儿子让我们多保留几天，所以骨灰还在，你等下去取吧，这之前，先把字签了，遗体存放费、冷冻费和火化费到那里交一下。你……带了钱吧？

郑 成 泽：（见李坤还是没反应）带了带了。

工作人员：唉……你节哀，这世上有很多找不到家属的人就这样悄无声息地离开甚至连尸体都找不到，你母亲还算是可以安息了。

58.内,殡仪馆骨灰存放间——日

工作人员:啊！总算找到了,现在有名字了,肖敏女士的,给你。

李　　坤:(抱着骨灰盒)谢谢。

工作人员:您已经补齐了寄存费用,我们这里还可以继续帮您保管存放,请问您是想放在这里呢,还是拿回去?

李　　坤:不用了……我要带她回家。

工作人员:哦……好的(离开)。

郑　成　泽:你要带阿姨回去了吗?

李　　坤:嗯。

郑　成　泽:那我以后就不能来这里看她了。

李　　坤:谢谢你照顾我妈妈。

郑　成　泽:肖阿姨是一个很好的人,我无父无母的,从小就一个人在外打拼找生活,是肖阿姨让我感受到了妈妈的温暖。

李　　坤:她……(李坤清了清喉咙,让自己能说出话来)她有跟你说些什么吗?

郑　成　泽:她说她有一个儿子,她说她在等他回来。我一直在想这个人会是谁呢? 能这么幸运这么幸福,能每天吃到肖阿姨做的饭,能每天听到肖阿姨的唠叨……谁又这么狠心,让肖阿姨(忍不住哽咽)等了这么久。

李　　坤:(再也忍不住抱头痛哭)是我,妈,是我,我回来了,我带你回家。

　　　　　陈恬站在门口,看着伤心欲绝的李坤,也忍不住泪流满面。

　　　　　肖杨转身就走,满脸阴沉地朝陈枫所住的宾馆走去。

59.内,殡仪馆门口——日

李　　坤:谢谢你。

郑 成 泽：不用谢了，以后……我能去祭拜肖阿姨吗？

李　　　坤：嗯，欢迎，你不来，她会难过的。

郑 成 泽：对了，(从包里拿出一个文件夹)这个……是刚刚在派出所的时候一个漂亮的警察让我给肖警官的。

李　　　坤：漂亮的警察？

郑 成 泽：好像是因为没找到肖警官，气急败坏的，哈哈。(左顾右盼)肖警官也不知道哪里去了，你帮我交给他吧，肯定是重要的文件资料吧。

李　　　坤：嗯……好的。

郑 成 泽：那……后会有期。

李　　　坤：后会有期。

60.内，宾馆——日

陈枫打开门，看到了喘着气一脸阴沉的肖杨盯着自己。

陈　　　枫：小杨，你怎么回来了？ 小坤呢？

见肖杨不回答而怒气冲冲地盯着自己。

陈　　　枫：怎……怎么了？ 发生什么事了？(突然她反应过来，脸色突变)难道是找到肖敏了？

肖　　　杨：(咬牙切齿)找到了。

61.外，回家路上——日

陈　　　恬：坤哥！ 你要去哪里？

李坤拿着骨灰盒还有资料袋大步向前走着，表情坚定又隐忍。

陈　　　恬：坤哥！ 你走慢点！ 你要去哪里？

李　　　坤：回家。

62.内,宾馆——日

陈　　枫:你说什么?! 真的吗? 肖敏姐她……

肖　　杨:嗯。

陈　　枫:那坤子他……

肖　　杨:现在应该在殡仪馆。

陈　　枫:那我……(紧张地收拾东西)我去看看。

肖　　杨:(抓住姑姑的手)姑姑,你的手为什么在抖?

陈　　枫:肖敏姐怎么就突然死了呢,怎么就突然没了呢,那坤子怎
　　　　么办啊?

肖　　杨:她不是突然死的,是病逝的。

陈　　枫:是吗? (流下眼泪)我不知道。

肖　　杨:你不知道吗? 如果你知道了,会告诉我们吗?

陈　　枫:小杨,你在说什么啊,肯定会,我如果知道我怎么会……怎
　　　　么会放着她不管。

肖　　杨:真的吗? 那你为什么不敢看我? 姑姑,你在害怕?

陈　　枫:(跌坐在地上)我……我……

肖　　杨:你在怕什么?

陈　　枫:我……我不知道,我不知道。

肖　　杨:是怕肖阿姨不会原谅你,还是怕事情一发不可收拾?

陈　　枫:什么不会原谅我啊? 什么一发不可收拾? 我不知道你在
　　　　说什么?

肖　　杨:姑姑! (一把把陈枫从地上拽起来)肖阿姨现在死了! 你现在
　　　　满意了吗?!

陈　　枫:关我什么事,关我什么事啊……(哭)怎么办? 坤子怎么办
　　　　啊? 他得多难过啊?

肖　　杨：是啊,你也知道坤子会难过?他现在失魂落魄行尸走肉的!他唯一的亲人没有了!你满意了吧?

陈　　枫：(假装镇定地抹了一把脸,正色)小杨,我知道坤子会难过,但这跟我有什么关系啊,我是肖敏姐的姐妹,现在这种情况,我也很难过啊!

肖　　杨：(冷笑)姐妹?你是说把人家房子卖了,骗光了人家的钱,然后把人家赶到穷巷陋室里的人是姐妹?

陈　　枫：你……你在说什么?

肖　　杨：胡志华你认得吧?那个杀了陈芸的真正凶手。

陈　　枫：你——?!

肖　　杨：虽然我现在不能确认你们到底什么关系,但是,那个耳夹,掉在小芸家的耳夹,肯定跟你有关系。当年到底发生了什么?姑姑,我现在都不能确认,你是不是那个胡志华的帮凶。

陈　　枫：不是!不是这样的!小杨!你听我跟你解释。

　　　　　门打开的声音,李坤站在门口。

李　　坤：你们……你们在说什么?

肖　　杨：坤子,你怎么突然回来了?

陈　　枫：(偷偷抹掉泪水)是呀,坤子你怎么回来了?听说……听说肖敏姐……

李　　坤：(拿着骨灰盒)我带她回来了。

　　　　　李坤默不作声地收拾东西。

肖　　杨：你要干什么?

陈　　恬：(冲进房间)坤哥!

李　　坤：回毛山。

陈　　恬：我跟你一起!

肖　　杨：毛山?你去毛山干什么?

李　　坤:(停顿了一下收拾东西的手)我想亲手把妈妈的骨灰埋在那里。

肖　　杨:……那我跟你去。

陈　　恬:我也要去!

陈　　枫:我……小坤啊,陈姨就不去了……

陈　　恬:为什么?

　　　　　　李坤停下来看着陈枫。

陈　　恬:姑姑,一起吧,我们要送肖阿姨最后一程啊!

陈　　枫:我……

肖　　杨:姑姑,你不能走。(紧紧抓住陈枫的手臂)我们都去。

李　　坤:(上下打量着肖杨)随你们便。

陈　　枫:(想要抽出手臂)可是……

肖　　杨:那正好,趁着天还没黑,我们争取快一点过去吧。是吧,姑姑?(小声地)在事情没有确认之前,我是不会让你离开我的视线的。

陈　　枫:唉……好,我去。(避开肖杨的眼神)小恬,我们也快回去收拾东西吧。

陈　　恬:好!

陈　　枫:(小声跟肖杨说)明天……等把肖敏姐安葬了,我会全部告诉你的。

　　　　　　李坤边收拾东西边侧过头看向交头接耳的两人,李坤把要交给肖杨的文件藏进了自己的包里。

63.内,宾馆——日

局　　长:(电话)你这不是在开玩笑吗?!

肖　　杨:局长,陈枫绝对有问题,请您一定要派人过来,我怕……

局　　长:(电话)肖杨,我再警告你一次! 你现在是被重点关注的对象,不要再给我惹麻烦了!

肖	杨	：局长,您听我说,陈枫和胡志华的关系绝对不简单,我现在虽然还没有更多的证据,但是……
局	长	：(电话)这件事不需要你插手!
肖	杨	：局长!
局	长	：(电话)肖杨啊,这抓捕工作不是开玩笑的,你这一没证据二没谱的故事,没人会信。你啊,别再管这件事了好吗? 你说你,前几天才被降职,现在惹出什么事来……
肖	杨	：可是……
局	长	：(电话)好了! 李坤的母亲也找到了,你的任务也结束了,休假差不多了吧? 明天就回来吧。
肖	杨	：我……
电	话	：嘟嘟嘟——

门缝里陈枫看着打电话的肖杨,不安地咬着指甲。

64. 内,局长办公室——日

局	长	：(挂了电话)唉……
队	长	：局长?
局	长	：你说,我是不是不该让小杨去找李坤?
队	长	：胡志华的案子……又有变动了?
局	长	：唉……总感觉会有问题。(摸着自己办公桌前的局长的牌子)那个胡志华,到久安了吗?
队	长	：到了,指认之后会马上回来的。
局	长	：唉,希望别再出什么乱子了,让他们看好点。
队	长	：是!

65. 外,毛山后山——日

李坤把肖敏的骨灰安葬在了后山。肖杨和姑父也在一同帮忙安葬。

李　　坤	:（抚摸着石碑）妈……我回来了……对不起……
肖　　杨	:（把手搭在李坤背上）节哀……
李　　坤	:我想……去一趟我以前住的地方。
肖　　杨	:哪里？
李　　坤	:（指向山里）那里。

66.内,后山小屋——日

李坤正在收拾小屋里的东西。

李　　坤	:估计以后都不会来了,这些东西还是收走吧。
陈　　恬	:坤哥,我还真不知道你在这地方还有一所房子。
李　　坤	:小时候啊天热的时候会来这里待几天,避暑度假。好久没来了。
陈　　枫	:这里挺好的,（打扫着卫生）啧,除了灰大。
刘　　叔	:哎呀,这地方真是舒坦啊。坤子啊,你要是早点告诉我们就好了,我们就趁你们不在,上来舒服几天。
李　　坤	:那您现在就舒服舒服吧。
刘　　叔	:那行啊,那我们今晚就住这里吧?
陈　　恬	:什么?
刘　　叔	:不是,你看,这天都快黑了,这荒郊野岭的,不好下山啊。
陈　　枫	:也是……坤子,可以吗?
李　　坤	:也不是不行,那我去收拾一下别的房间。
肖　　杨	:我来帮忙。
陈　　恬	:哎呀,姑姑姑父,你们怎么要住这种地方?
刘　　叔	:小恬啊,这里是难得的还有着坤子和他妈妈回忆的地方了,你让他多待一会儿吧。
陈　　恬	:这样啊,（小恬看着四周充满了李坤和肖敏阿姨生活气息的房子）

这个地方,好像也没什么不好的,那好吧,那就住一晚吧,就一晚哦。

陈　枫:小恬啊,你去隔壁家借点菜来,还有米,我去热个锅给你们做一顿土菜!

陈　恬:嗯。

陈　枫:老刘,你跟着小恬一起。

刘　叔:嗨,这么大姑娘怕什么,快去快回吧,就走几步路。

陈　枫:喷,你……

刘　叔:(拉住陈枫)我有话问你。

67.内,后山小屋——日

陈　恬:坤哥,姐夫,你们看到我姑姑姑父了吗?

李　坤:没有啊,怎么了?

陈　恬:咦,这就奇怪了。

肖　杨:怎么了?

陈　恬:他们说去热锅做饭,我向隔壁借了菜回来,锅是热着呢,没见着他们人呢。

肖　杨:怎么会?(起身去房间里找)

李　坤:到哪里去了?

陈　恬:这锅里也没水,是不是去后院打水了? 怎么这么久没回来?

李　坤:我去找找吧,这后院连着后山,没有封上,可能走出去了找不到路。

肖　杨:要我陪你吗?

李　坤:不用,你要是也走丢了就麻烦了,这边的路我熟得很,我一个人去就行。

陈　恬:那你快点回来啊。

李　　坤:嗯,放心好啦。

68.内,后山小屋——夜

没过多久,姑姑姑父回来了。

陈　　恬:姑姑姑父,你们到哪里去了,我等你们半天!

陈　　枫:不小心摔了一跤,哎哟。

陈　　恬:(忙去搀扶)没事吧? 怎么搞的?

刘　　叔:这山路也真是难走,你姑姑这细皮嫩肉的,一不小心就崴
　　　　　了一下脚掉坑里了。肖杨,把水拎进去!

肖　　杨:好。(向后看)李坤呢?

陈　　枫:李坤? 他没跟我们一起啊!

陈　　恬:什么? 你们没碰到他吗? 他出去找你们了啊!

陈枫和刘叔无意中对视了一眼:没有看到啊。

刘　　叔:这孩子,走哪里去了?

陈　　枫:他什么时候走的啊?

陈　　恬:十几分钟前。

肖　　杨:我去找他。

陈　　枫:欸欸!(拉住肖杨)这天都要黑了,别去了,坤子对这里熟,没
　　　　　找到我们一会儿就会回来的。

肖　　杨:可是……

李　　坤:姑姑,你们已经回来了?

刘　　叔:你看吧,说曹操,曹操就到。

李　　坤:你们这是去哪儿了?

刘　　叔:唉,别说了,你陈姨摔了一跤,好不容易走了回来。

陈　　恬:你才是,走哪儿去了? 人都没碰到。

李　　坤:啊,可能我走了另一条路吧,还好都没事。

陈　　枫:好了好了,别说了,快进去吧,我做饭给你们吃。

陈　　恬：我来吧我来吧，姑姑你先坐着。

　　　　　　李坤看着天空，没有动。

肖　　杨：看什么呢？进去吃饭吧。

李　　坤：我不想吃。

肖　　杨：多少也吃点吧，怎么着人都不能饿着啊。

李　　坤：肖杨，我想拜托你一件事。

肖　　杨：什么？

李　　坤：帮我拿回我妈的吊坠。

肖　　杨：那个郑成泽没有还给你？

李　　坤：嗯，我本来想留给他做个纪念，但是我实在不能安心……
　　　　　那是我妈留下的唯一的东西了，我想物归原主，把这两个
　　　　　吊坠放在一起，一起给她陪葬。

肖　　杨：好，那我明天去拿。

李　　坤：不，我今天就要。我今天就要放进去。

肖　　杨：(看着李坤的眼睛)好，我给你去拿。

李　　坤：嗯，我等你，天快黑了，路上小心。

69. 内，后山小屋——日

陈　　恬：嗯，姐夫呢？

李　　坤：下山了。

陈　　枫：什么？

李　　坤：我让他帮我拿一样东西回来。

陈　　恬：哦……那我们……不等他啦，开饭！

刘　　叔：好好好。

李　　坤：等等(从厨房下面拿出一坛酒)。

刘　　叔：这是？

陈　　枫：这是？

李　　坤：我妈之前做的杨梅酒，应该放了好几年了吧，今天都喝掉吧。

陈　　恬：坤哥……你确定？真的要喝掉吗？

李　　坤：嗯。

70. 内, 药店——夜

肖　　杨：你说什么？

郑 成 泽：坤哥没有告诉你吗？他拿走了啊。

肖　　杨：什么时候？

郑 成 泽：在殡仪馆的时候，我看他很伤心，就把吊坠还给他了，毕竟
　　　　　这是肖阿姨唯一留下的东西。

肖　　杨：……那为什么……

郑 成 泽：对了，肖警官，那个文件夹你拿到了吗？

肖　　杨：什么文件夹？

郑 成 泽：坤哥没有给你吗？奇怪了。

肖　　杨：你说清楚一点！

郑 成 泽：就……就是在派出所的时候，有一个漂亮的警察姐姐找不
　　　　　到你，让我替她交给你的一个文件夹，我也不知道是什么，
　　　　　我看你不在，就让坤哥给你。

肖　　杨：该死！（急忙冲出药店）

郑 成 泽：肖警官，发生什么事了吗?! 肖警官！

71. 内, 派出所——夜

女　　警：哟，你怎么来了？（整理自己的着装）还以为见不到你了呢。

肖　　杨：东西呢？

女　　警：什么东西？

肖	杨 : 我问你让你查的东西呢!
女	警 : 这么凶干什么! 我不是让······(指着跟着跑进来的郑成泽)让那个小伙子给你了吗?
肖	杨 : 里面有什么? 我问你里面有什么!
女	警 : 赌场的账本资料啊! 不是你让我查的吗? 你说的果然没错,账本里面果然有陈枫和贾方和的名字,他们的交易记录我也都给你了,你不会没收到吧?
肖	杨 : 打电话给关阳市派出所。
女	警 : 什么?
肖	杨 : 快!
女	警 : 哦······哦! 是!
肖	杨 : 等等! ······不,我来打。

72.内,派出所——夜

高	博 : 喂?
肖	杨 : 现在要你做一件事。
高	博 : 肖杨?
肖	杨 : 听好,现在确认了胡志华确实与陈枫、贾方和认识,你现在找人去抓捕贾方和,然后找到王志和小胡。
高	博 : 王志,小胡?
肖	杨 : 他们是局长身边的人,也是负责胡志华的案子的人,问问他们胡志华哪天回来指认。
高	博 : 等等,等等。
王	志 : 肖······肖队?
高	博 : 他们正好就在我旁边······哈哈。
肖	杨 : 那正好,王志,胡志华哪天回来指认现场?

王　　志：就明天。

肖　　杨：你明天帮我审审胡志华，他和陈枫到底什么关系，还有，他们之间到底有什么秘密。一定和陈芸也有关系。

王　　志：是！不过……

高　　博：(抢过话筒)肖杨，你那边发生了什么事吗？

肖　　杨：暂时还没有……但总感觉快了。

73.内,派出所——夜

警　　察：哎呀！这谁踩的一脚泥巴啊？把整个地面都弄脏了！

女　　警：是……肖队。

肖　　杨：(看向自己的鞋子)泥巴？(肖杨想起来姑姑姑父还有李坤脚上的泥巴,还有路上泥巴地上的脚印)

74.(闪回)内,后山小屋——夜

陈　　恬：你才是,走哪儿去了？人都没碰到。

李　　坤：啊,可能我走了另一条路吧,还好都没事。

75.(闪回)内,后山小屋——夜

李　　坤：帮我拿回我妈的吊坠。

肖　　杨：好,那我明天去拿。

李　　坤：不,我今天就要。我今天就要放进去。

76.(闪回)内,宾馆——日

肖　　杨：虽然我现在还不能确定你们到底是什么关系,但是,那个耳夹,掉在小芸家的耳夹,肯定跟你有关系。当年到底发生了什么？姑姑,我现在都不能确认,你是不是那个胡志华的帮凶。

深　渊 / 481

陈　　枫：不是！不是这样的！小杨！你听我跟你解释。

> 门打开的声音,李坤站在门口。

李　　坤：你们……你们在说什么？

77.内,派出所——夜

肖　　杨：不好！我真是傻！(往门外冲)

郑 成 泽：怎么了？

肖　　杨：如果泥巴地上有脚印,怎么会找不到人呢？怎么会走到另一条路上去呢？李坤！

郑 成 泽：什么意思？(拉住要跑出门外的肖杨)哎,你要去哪里?!外面下暴雨呢？

肖　　杨：暴雨?!刚刚天气不还是好好的吗？不行(冲进雨里)。

郑 成 泽：等等！你要去哪里？

肖　　杨：毛山！

郑 成 泽：(拉住他)你疯了！这么大的雨！上不去的！

肖　　杨：放开我！

女　　警：肖队,别闹了！这么大的雨你要干什么？快进去！(指挥别的同事)愣着干吗?!快把肖队拉进去！

78.内,派出所——夜

> 云和派出所所长头疼地揉着太阳穴。

所　　长：说吧,发生了什么事？

肖　　杨：(裹着毛巾捧着姜茶)所长,我请求上山。

> 同事们面面相觑。

所　　长：唉,不是啊肖警官,你得告诉我们发生了什么,我们才好做决定啊！

肖杨紧闭着嘴不说话。

所　　长：我们这么大的警力，不能听你说上山就上山吧？如果你不
　　　　　说出来，我们是不会行动的。你总不能让我们白跑一趟
　　　　　吧？

肖　　杨：我有预感，有不好的事要发生了。

所长深吸了一口气，努力地忍住想要骂人的冲动。

79.内，后山小屋——夜

喝醉了酒的陈枫趴在桌上痛哭流涕。

陈　　恬：姑姑！姑姑！

陈　　枫：呜呜呜呜呜，肖敏啊！是我对不起你！是我对不起你！

陈　　恬：不是你的错，姑姑，你别哭了！

刘　　叔：唉，你别管她了，你们先去休息吧。

陈　　恬：姑姑！叫你少喝一点！（见李坤在收拾桌子）我来帮你收拾吧。

李　　坤：嗯。

刘　　叔：（驮着陈枫回房间）走了走了，睡觉去睡觉去。

80.内，小屋主客房——夜

陈　　恬：坤哥，你睡了吗？

李　　坤：还没呢。

陈　　恬：那个……

李　　坤：怎么了？

陈　　恬：你也知道的，我姑姑她一喝酒就……你不要介意。

李　　坤：嗯。

陈　　恬：她也是……很难过的。

李　　坤：……我知道。

陈　　恬：我……可以进来吗？

李　　坤：嗯。

陈　　恬：(走进房间)我……

李　　坤：怎么了？

陈　　恬：坤哥……(抱住李坤)

李　　坤：小恬你……

陈　　恬：我知道你很难过，我知道你在硬撑着，我知道你不想让我们担心。可是你不用的。

李　　坤：(轻轻地抱住陈恬)谢谢你。

陈　　恬：我知道你喜欢姐姐，也知道你做了很多……可是我不介意，我知道我代替不了姐姐在你心里的位置，可是……可是我也喜欢你啊！这么多年来，我都没有放弃过。我相信你是无辜的，我一直在等，一直在等你出来。我等到了。(忍不住哭了起来)我知道你这么多年一定受了很多苦，我知道你一直在坚持……可是我多么希望你难过的时候不要一个人扛着，不要一个人忍耐着，我多么希望你多看我一眼，多看我一眼……

李　　坤：小恬……

陈　　恬：(亲了一下李坤)坤哥，以后，让我陪着你吧。

李　　坤：对不起……(看着动情的陈恬，吻了上去)

81. 内，小屋主客房——夜

深夜的暴雨惊醒了陈恬，她翻身发现身边没有李坤。陈恬起身寻找，看到站在山头背对着自己淋着雨的李坤，还有撑着雨伞从背后走向李坤的姑姑。

陈　　恬：姑姑？

82.内,派出所——日

手机铃声吵醒了在派出所小睡的肖杨。

肖　　杨:(看见电话立马打起了精神)喂?

陈　　恬:姐夫! 姑姑……姑姑她不见了!

肖　　杨:你说什么?

派出所里的人都站了起来,面面相觑。

83.内,后山小屋——日

云和警察正带队搜山。

刘　　叔:(抱头)昨天明明还好好地躺在我身边……一觉醒来就不见
　　　　了。昨天雨下得那么大,能去哪里呢?

肖　　杨:姑姑是不是先回去了?

陈恬抿着嘴一言不发。

刘　　叔:怎么可能! 这大老远的,难道不会打个电话,不,拍醒我说
　　　　一声!

肖　　杨:(看着站在一旁默不作声的李坤)你昨天……到哪里去了?

李　　坤:应该是我问你才对吧? 不是说很快回来吗?

肖　　杨:我……

陈　　恬:昨天不是下暴雨吗? 你想让姐夫也走丢吗?

肖　　杨:那个吊坠,郑成泽跟我说了,你不是拿走了吗?

李　　坤:哦,对。(拿出吊坠)我昨天忘了,翻衣服口袋的时候才发现。
　　　　让你白跑一趟了。

肖　　杨:李坤你……

警　　察:肖队! 找到了!

刘　　叔:找到了?!

警　　察：可是……

刘　　叔：可是？

84.外，后山(悬崖)——日

刘　　叔：怎么可能！(往悬崖处跑,被警方拦住)陈枫！她怎么可能
　　　　　自己走过去呢?! 她怎么可能会摔下去！你放开我！我就
　　　　　看一眼！

陈　　恬：(哭着)姑父,你别过去了,姑父！

刘　　叔：怎么会这样呢,怎么会这样？

肖　　杨：(一把抓住李坤)现在你满意了?! 现在你满意了?!

陈　　恬：姐夫！你干什么,姐夫,你松手。

肖　　杨：是你干的吧,李坤？是你干的吧?! 啊?!

李　　坤：你怀疑我？

肖　　杨：你为什么不等等？你为什么不再等等?!

李　　坤：肖杨,你怀疑我？

陈　　恬：姐夫,你冷静一点,姑姑的死不是坤哥干的,不是他,你不
　　　　　要这样。

肖　　杨：不是他？不是他还有谁?! 是你吧,李坤？是你吧！(揪着
　　　　　李坤)你老实告诉我,昨天晚上,你干什么去了?! 你是不是
　　　　　因为要杀她,才支走我的？

刘　　叔：什么？李坤,你怎么能这样?!

李　　坤：(任由他揪着自己的领子,冷笑)呵。

陈　　恬：姐夫,姐夫！(扯开肖杨的手,把李坤挡在身后)姐夫你误会了,
　　　　　真的不是他！他昨天……他昨天晚上,跟我在一起！

刘　　叔：小恬你?!

肖　　杨：你……你说什么？

陈　恬:(哭着跑开)你们,你们,为什么总是这样!

李　坤:小恬!(愤恨地瞪着肖杨)这下你满意了吧,肖大警官?!(追出去)

肖　杨:(怅然若失)难道……是我想错了?

85.内,派出所——日

李坤被带到派出所录口供。

李　坤:一起吃了晚饭,陈姨喝多了,刘叔就带他到房间里去了。我就和陈恬一起打扫了一下屋子。

警　察:然后就没了?

李　坤:没了。

警　察:听说你们喝酒了?

李　坤:对。

警　察:哪来的酒?

李　坤:我妈妈以前做的,一直放在那里。

警　察:这么珍贵的酒说喝就喝了? 还是说,哦～因为你母亲的死,你觉得陈家人都亏欠你,你就故意让他们喝醉,好趁机下手,对不对?

李　坤:不是。

警　察:啧,你就老实说了吧。

李　坤:我该说的都说了,还要我说什么?

警　察:他们陈家冤枉了你还害你入狱这么多年,害得你母亲无依无靠客死他乡,啧啧啧,所以你就怀恨在心,想要报复,是不是?

李　坤:这种话从你嘴里说出来很容易是不是?

警　察:怎……怎么了?

李　坤:别人经历的痛苦,在你嘴里就好像还没有放个屁重要,就因为我之前是嫌疑犯,就因为我在监狱待过几年,所以什么事情都是我的错,是吗? 你说是这样吗?

警　　察:(慌张)你你你干吗!

李　　坤:(暴怒)什么狗屁警察!

肖　　杨:(跑过来拦住李坤)你在干吗? 这是派出所! 你冷静一点。

李　　坤:要是你,你冷静得下来吗? 他这样说你,你受得了? (转身就走)

警　　察:哎,你站住!

肖　　杨:算了吧,口供不是录完了吗?

警　　察:可是……

肖　　杨:得饶人处且饶人吧。

86. 内,宾馆——夜

李　　坤:(见肖杨走进来)你来干吗?

肖　　杨:小恬呢?

李　　坤:估计是哭累了,回房间睡了。

肖　　杨:哦……

李　　坤:刘叔去处理遗体的事了,估计想运回久安。

肖　　杨:跟周阿姨说了吗?

李　　坤:还没呢。(叹一口气)小恬怕她接受不了。

肖　　杨:你……

李　　坤:你想问什么就问吧。

肖　　杨:我……

李　　坤:(冷笑)你不是怀疑我吗?

肖　　杨:你和小恬……昨天真的?

李　　坤:你想问的不是这个吧?

肖　　杨：(下定决心)昨天是你让他们喝酒的吧？

李　　坤：是，所以呢？

肖　　杨：你知道姑姑喝了酒会不老实的吧？或许会乱跑，乱走，耍酒疯。

李　　坤：大概？

肖　　杨：那个悬崖边上，一看就不是天然造成的虎口，虽然被雨水冲刷过了，但是姑姑掉下去的那个地方，原先应该是有遮挡的吧？以为是平地却一脚踩空，摔下去的。

李　　坤：这么说，你是觉得那个陷阱是我做的吗？

肖　　杨：坤子，你认真一点。

李　　坤：你凭什么觉得是我？

肖　　杨：我……(犹豫了一下)郑成泽说他把吊坠还给你了。

李　　坤：对。

肖　　杨：那你……

李　　坤：我不是说了我忘了嘛。

肖　　杨：他说有东西让你交给我。

李　　坤：啊！(拿出文件丢给他)你是说这个吧？

肖　　杨：你……看了？

李　　坤：嗯，你是从什么时候开始查的？

肖　　杨：我……

李　　坤：你不是说有什么消息都会第一时间告诉我吗？

肖　　杨：对不起，我只是不想让你担心，我怕有什么误会。

李　　坤：不，你没误会，你猜对了。

肖　　杨：什么？

李　　坤：这笔钱(指着账本里的陈枫的债务)确实是拿我妈卖房子的钱还的。

肖　　杨：你怎么知道的？

李	坤：猜的，哈哈，就猜你不信。
肖	杨：昨天，你是跟着姑姑和姑父回来的吧？
李	坤：嗯。
肖	杨：发生了什么？
李	坤：什么都没发生，只是，听到了一些不该听的。
肖	杨：你听到了什么？
李	坤：(冷笑)我干吗告诉你？
肖	杨：坤子！
李	坤：我告诉你有什么用？人都已经死了。
肖	杨：坤子，你告诉我，姑姑是不是你推下去的？
李	坤：你还在怀疑我？
肖	杨：我……
李	坤：肖杨，你到底有没有相信过我。
肖	杨：我……我当然相信你，只是，你要告诉我真相。
李	坤：真相？呵，肖杨，这么多年来，你有找到过真相吗？你有真正相信过一个人吗？嗯？肖大警察？
肖	杨：坤子，我是警察，追求真相是我的义务。
李	坤：义务？很多时候我都在想，为什么是我？为什么偏偏是我？这个世界上好的事情多得去了，可是为什么我遇到的都是……我知道在很多人心里，我的形象就是没用的活该的罪恶的死嫌疑犯，就算我被无罪释放了，就算我真的想好好生活，可是没有办法改变，我做什么都会被怀疑，我说什么都不会被相信。我以为你会不一样。
肖	杨：你别这么说，我……
李	坤：呵呵，她才是那个藏得最深的坏人吧。你知道吗？她骗我妈说帮我打官司，把我妈房子卖了，拿的钱却给了那个胡志华。呵，真可笑，我这么信任她依赖她，把她当亲人一样

对待，我以为，她也是真的疼我的。我李坤这一生真是瞎了眼，竟然觉得这个把我妈抛下不管不顾的人是我的亲人。我妈也真是……（哽咽）她到死都不知道那个被她当做好姐妹的女人，只不过是利用了她而已。

肖　　杨：坤子……姑姑她确实是做错了，可是，她也有可能有什么难言之隐啊。

李　　坤：难言之隐？什么难言之隐，不过就是贪婪的借口罢了。

肖　　杨：你只要再等等，再等等我就能查出来了，她做了什么，所有的所有的一切，可能还包括小芸的死，都会有更好的结果。

李　　坤：更好的结果？有什么结果是比她以死谢罪更好的？

肖　　杨：你怎么会这么说，坤子？你变了……死不是她应该得到的，没有人有权利决定一个人的生死。如果她真的有错，她应当接受法律的制裁。

李　　坤：法律？你跟我说法律？一个让他朋友含冤入狱的人跟我说法律？天大的笑话！

肖　　杨：这跟这件事不一样！坤子，我知道你很委屈，你很难过，我不是说了我一定会补偿你的。

李　　坤：好，你要怎么补偿我？

肖　　杨：我……

李　　坤：如果我说，人是我推下去的，你会怎么做？

肖　　杨：你说什么？

李　　坤：我不仅把陈枫推下了山，我还想你死。我就是故意让你在暴雨天下山，就是想让你死在山上，因为我恨你，我恨你们，恨你们每个毁了我的人。

肖　　杨：坤子，你是说真的吗？

李　　坤：如果这是真的你会怎样？这是假的又怎样？你会抓我吗？你要告我吗？你不是说你要补偿我吗？怎么样？让我逃

走吗,肖大警官?

肖　杨:……不要逼我。

李　坤:让你说一句"我相信你"这么难吗?

肖　杨:我……

李　坤:我知道了。

肖　杨:什么?

李　坤:不早了,先睡觉吧。有什么事明天再说……我累了。

肖　杨:你先别睡。

李　坤:放心吧,我不会跑的,毕竟这天底下没有肖大警官抓不到的人。

肖　杨:坤子……

李坤没有再理他,而是装作睡了过去。

肖　杨:唉……

87.内,宾馆——夜

肖杨躲到窗户旁接电话。

局　长:听说,李坤又惹上事了?

肖　杨:不是他。

局　长:他比你快一步,他杀了陈枫是不是为了掩盖什么秘密?

肖　杨:现在还不确定是他杀的,局长。

局　长:除了他,还会是谁?

肖　杨:……

局　长:给你一个机会。

肖　杨:什么?

局　长:只要你抓住李坤,我就申请恢复你的职位,他现在跟你在一起吧?说不定这次将功补过戴罪立功,你还能升一升。

肖　杨:局长我……

局	长	:你好好考虑考虑。
肖	杨	:李坤他不是这样的人,这个案子还没确定下来,不能就此判定凶手,说不定是姑姑、陈枫她自己出的意外。
局	长	:肖杨啊,就说你太善良,我就担心你会这样,我知道你跟他本来就有感情,而且这次你对他又有很大的歉意,但是啊,那个李坤,你不要太相信他了。你好好看紧他,做了坏事总会落下把柄的。
肖	杨	:李坤他……李坤他……
局	长	:现在他既没有了母亲,又不知道怎么生活下去,他肯定会想办法报复你们的。
肖	杨	:他不会!
局	长	:他最近是不是性情不稳定,还神出鬼没的?犯人总是这样。你好好想想吧,趁他还在你身边,你好好把握。
肖	杨	:……是。

李坤没有睡着,背着身听着他们的话,不知在想些什么。

88.内,宾馆——日

肖杨睡醒,看向李坤的床,床上没有人,肖杨猛地清醒过来。

肖	杨	:李坤?!(看向房间四周)李坤!(没见到李坤)该死!
肖	杨	:(打开门准备出去)刘叔。
刘	叔	:(忙了一晚刚回来)啊,小杨啊,你要去哪里这是?
肖	杨	:刘叔你看见坤子了吗?
刘	叔	:没有啊,他不是跟你在一起的吗?怎么了?
肖	杨	:没……没事,那个,小恬呢?
刘	叔	:唉,还在睡呢。
肖	杨	:还在睡?睡了多久了?
刘	叔	:从昨天坤子带她回来开始吧,就一直睡到现在,这几天对

她的打击可能太大了。

肖　　杨：哦……那我去找找坤子。

刘　　叔：肖杨！

肖　　杨：嗯？

刘　　叔：没事儿，等你跟坤子回来，再跟你说。

肖　　杨：嗯。

89.内,派出所——日

王　　志：有动静了！

局　　长：什么？

王　　志：肖队的定位开始移动了。

局　　长：方向是？

王　　志：毛山。

小　　李：尸检报告出来了,死者属撞击身亡,跌落悬崖时身体多处骨折。但是,我们发现死者身体里有毒素。

王　　志：毒素？

小　　李：食道和胃里还有未消化的酒精成分和食物,可能是吃了什么东西……

局　　长：通知警队进行抓捕。

90.外,后山——日

肖杨来到后山的时候,李坤正安静地坐在肖敏的墓碑前,地上满是烟头。

李　　坤：哟,来了。

肖　　杨：(在李坤身边坐下)什么时候开始抽了？

李　　坤：昨天(递了一根给肖杨)。

肖　　杨：我不抽。

李　　坤：啧，装什么，喏。

肖　　杨：(点上烟)怎么又来了？

李　　坤：想我妈了。小时候我看过一部电影，我问我妈，为什么这里面的人好人没有好报。她说，做好人不是为了图什么报，只是为了对得起自己，这个世界总会是美好的。你说，她现在还会说这样的话吗？

肖　　杨：不知道。

李　　坤：以前我觉得，我怎么对待别人，别人就会怎么对待自己，这中间只不过是时间的问题。你看这个世界是美好的，它就会是美好的。你说，我是不是错了？

肖　　杨：我不知道。

李　　坤：在监狱的时候我觉得生活还是有希望的，我还想着可以出去，还想着以后的生活会好起来的，还想着妈妈，还想着那坛杨梅酒。可是当我真的出来以后，我总觉得生活好不起来了，怎么样都好不了了。我好像终于知道了这个世界做一个好人的代价。

肖　　杨：你是一个好人。

李　　坤：不，我不是好人。我本来是想让她死的。(李坤很认真地盯着肖杨)我就在酒里下了毒。

肖　　杨：你说什么？

李　　坤：(苦笑)但是量太少了。好像没什么效果。

肖　　杨：你……

李　　坤：是不是觉得我很好笑？

肖　　杨：你想把他们全毒死？小恬，刘叔，还有你自己？

李　　坤：所以后来我后悔了。还好他们没事……但是她还是死了，自己摔死的。

| 肖 | 杨 | ：什么叫还好？你知道这叫什么吗？故意杀人，你以为不是你害的就没事了吗？等会尸检报告出来，你…… |

肖　　杨：什么叫还好？你知道这叫什么吗？故意杀人，你以为不是你害的就没事了吗？等会尸检报告出来，你……

李　　坤：那你要抓我吗？将功补过？戴罪立功？

肖　　杨：坤子……你走吧。

李　　坤：真的？

肖　　杨：我欠你的。

李　　坤：你……

肖　　杨：坤子，我真的希望你能生活得更好，这个世界不是你想的那样的，你想想小恬，还有……我也会站在你身边的。

李　　坤：你想说什么？

肖　　杨：我劝你去自首……会判得轻一点，或者说是误食了什么东西，相信我，不会有事的。

局　　长：没有机会了。

肖　　杨：局长？！

　　　　　李坤和肖杨瞬间被警队包围。

局　　长：这下没有话说了吧？李坤，现在以故意伤害罪带走吧。

肖　　杨：等下！局长！

局　　长：肖杨啊！多亏了你啊！这几天辛苦你了。

李　　坤：肖杨！

肖　　杨：坤子，不是这样的。局长！

局　　长：快点带走！

李　　坤：肖杨！你真是好样的啊？！我果然看错你了！*（被扭送上警车）*

局　　长：肖杨啊，还是做事不够果断。

肖　　杨：局长，你为什么这么做？我也要跟着他。*（说着要上车）*

局　　长：*（拦住）*肖杨，这件事到此为止。你不要插手了。

肖　　杨：局长！

局　　长：久安那边还等着你呢，你先过去看看吧。

肖　　杨：久安？

局　　长：胡志华招认了。果然还审出了别的东西。你肯定想知道。

肖　　杨：你说什么？

91. 内，陈家——日

警　　察：事情的经过就是这样。陈枫目击了当年胡志华强奸陈芸的场面，胡志华用债务威胁陈枫保密，还在一年前回来讨要债款。陈枫和贾方和利用肖敏的房子转卖的费用还债并且清理了关系。本来快查出来了，可惜了……陈枫女士的死我们感到抱歉。

周　梅　芝：(颤抖地)你是说……陈枫她，不仅没有救小芸，还害了坤子和肖敏……

警　　察：本质上是这样的。

陈　　恬：(赶忙扶住快要晕倒的妈妈)妈！

周　梅　芝：这是造了什么孽啊！

刘　　叔：对不起，不好意思啊，我们家现在……

警　　察：那不打扰你们了，我们先告辞。(拉着肖杨)肖队，走了。

肖　　杨：你先走吧，我……

陈　　恬：你也走！我们家不欢迎你！

肖　　杨：小恬我……

陈　　恬：要不是你，(忍不住打肖杨)你这个坏蛋！你说好不会再伤害坤哥的呢！你说好要补偿他的呢?! 你把他还给我！还给我！

刘　　叔：小恬，住手，也不是他的错，是坤子他自己……

陈　　恬：不是他干的！坤哥没有杀人，也没有害人！是姑姑自己掉下去的，你不是知道的吗？姐夫，你把他带出来吧，求你了。

肖　　杨：我……

周　梅　芝：得马上给江慧打电话了，还有校方，看他们认不认得什么律师，或者是法院的人……陈枫他们家人应该要找过来了，现在需要有人帮忙，而且打官司什么的需要人手。我要把小芸那套房子卖了。

陈　　恬：妈？

周　梅　芝：是我们欠他的。

陈　　恬：妈，谢谢你。

周　梅　芝：一定是搞错了……这中间一定是哪里出了问题，为什么呢，为什么会这样……

陈　　恬：姐夫，我们什么时候可以去看他？

肖　　杨：我不知道，要等正式判决下来以后，才能到看守所看他。

陈　　恬：还要等多久？

肖　　杨：我也不知道。

陈　　恬：我觉得，是我的错。

周　梅　芝：别说傻话。

陈　　恬：那天晚上，我醒了，我看到了。

肖　　杨：你看到了什么？

陈　　恬：我看到姑姑掉下去了，但是坤哥没有去拉她。

肖　　杨：你说什么？

刘　　叔：你说什么？

陈　　恬：我看到姑姑和坤哥在说话，我以为没事的，可是姑姑她没站稳，是她自己掉下去的。那么大的雨，地那么滑，我应该去阻止他们的。如果他们没有站在外面聊天，姑姑就不会掉下去了，坤哥也不会……

周　梅　芝：不，不会的，为什么呢？他怎么会见死不救？坤子他脾气多好啊，他怎么可能？他一定是不小心，一时冲动，太害怕了,是意外而已,他不是故意的,对吧?

陈　　恬:妈……

刘　　叔:……是她自己忘了,怪不得别人。

陈　　恬:忘了什么?

刘　　叔:(看着肖杨,认真地说)小杨,你应该谢谢坤子。是他救了你。

肖　　杨:他救了我?

刘　　叔:那天我跟陈枫不是一起去打水了吗?她……她告诉我了一切。

肖　　杨:告诉你了什么?

刘　　叔:她说你快揭穿她了。她想害你。当然我阻止了,但是我不知道,她还是在那个地方埋了陷阱。

肖　　杨:你是说……

刘　　叔:坤子是故意支走你让你下山的。他应该是听到我们的对话了吧。他怕陈枫会对你下手。

肖　　杨:刘叔,你为什么不早告诉我。

刘　　叔:我看你急着找坤子,不是说让你跟坤子一起回来再告诉你吗,哪知道……你说,要是……他回不来了。

陈　　恬:不,不会的,他不是故意的,不,是姑姑自己掉下去的,酒里的毒,只是,只是他一时冲动,我们不都没事吗,他会回来的。

刘　　叔:唉,如果他又被判了几年……那……

陈　　恬:没关系的,只要不是死刑,我等他。

周　梅　芝:小恬你……

陈　　恬:妈,我要等他,等多久我都可以,我已经等了很久了,再久一点有什么关系。

92.内,车内——日

高　　博:你到哪里去了?说好的核对资料呢?胡志华这个案子你

不管了。

肖　　杨：不都已经清楚了吗？你核对就行了。

高　　博：哦……我还以为你还很关心这个案子呢。

肖　　杨：现在有更重要的事情要做。

高　　博：李坤吗？

肖　　杨：嗯。

高　　博：你说我就不明白了，他为什么要杀人呢？明明都快查出来了。

肖　　杨：不知道……人不是他杀的。

高　　博：哦哦哦，不是不是不是，不过这故意伤害罪总是逃不掉了……唉，可怜啊。

肖　　杨：啧。

高　　博：以前啊，虽然说我们一起在警校时是挺怕他的，但我们都知道他是个好人，傻了吧唧的，又老实又善良又孝顺……有一次他受了很严重的伤，从栏杆上翻下来，骨头都碎了，愣是咬着牙疼到晕倒才被人发现。他怕他妈妈担心，什么事都不告诉她。做人也仗义，谁说一句被欺负了他保证是第一个冲出去的，也不管是不是真的。当时听说他杀了陈芸我都不信，但是吧，我就知道他早晚会干一次彻头彻尾的傻事。

肖　　杨：这个傻子。

高　　博：他从不计较自己吃不吃亏或受不受伤之类的，别人都这么说，但我知道，他心里还是有期盼的，期盼自己的爱能得到回答，期盼自己的好能被人知道，期盼有人会关心他受不受伤难不难过，他只是不说，不说而已。他都藏在心里，早晚会憋坏的——他不说，怎么有人知道呢？他让自己活得太苦了。

肖　　杨：你也觉得吗？

高　博：是呀,如果一个人心里不够苦,怎么会像他那样不顾后果地做事。就是太苦了,苦得都不想想后果了。

肖　杨：你说,他还会好吗?

高　博：谁知道呢,这个世界,好像欠他太多了。

93.内,看管所——日

李　坤：你打算就一直坐着不说话到会面结束吗?

肖　杨：对不起,我都知道了。你把我赶下山是想保护我。

李　坤：那为什么说对不起? 不应该说谢谢吗?

肖　杨：谢谢……

李　坤：我不接受……算了。

肖　杨：我们在想办法帮你出来,我们请了律师,还……

李　坤：谢谢。

肖　杨：你就不想快点出来吗?

李　坤：出来了有什么用? 肖杨,我觉得我再也不相信,明天会更好了。

肖　杨：会的,相信我。

李　坤：我已经相信你很多次了,我累了。我从来不知道,原来人可以这么坏。每个做错事的人,为什么都能这么轻易地做出痛心疾首的表情,好像受伤的是他们,他们才是真正的受害者,被请求原谅的人才是真正的坏人。

肖　杨：你是个好人。

李　坤：是不是好人,又有什么要紧。法官才不在乎凶手究竟是好人还是坏人。不过,我真的一点都没有后悔,那个时候,我就这样站着,眼睁睁地看着她掉下去,摔到地上,我心里还有一点痛快,像解脱了一样。肖杨你知道吗? 人不是我杀的。我没有推她下去,但是,我也没有救她。(闭上眼睛)我看上去,好像成了真正的坏人。

肖　　杨:不,你不是。

李　　坤:这么多年我好像一直都在努力地配合别人,迎合别人,我好像太委屈自己了。不过现在,我终于为我自己做了一件事了。

肖　　杨:恭喜你,只是,这代价好像有点大。

李　　坤:无所谓了。(沉默)人生真苦。肖杨,我感觉我活到头了,我才二十几岁,但我感觉我这一生的苦都已经尝完了,接下来的人生,我是不是只有甜了?

肖　　杨:会有的。

李　　坤:小芸的日记本,你拿去吧。

肖　　杨:你不替我收着了?

李　　坤:累了,我觉得你可以看了。

肖　　杨:好。

李　　坤:我最后问你一个问题。

肖　　杨:你说。

李　　坤:那天,是你让他们来抓我的吗?

肖　　杨:不是,我是想放你走的。

李　　坤:你不是要劝我自首吗?

肖　　杨:你爱去不去。

李　　坤:好,我相信你。

肖　　杨:嗯,你相信我,我不会再骗你了。我会想办法让你尽快出来的。

李　　坤:不用了,肖杨,我想跟你说一件事。

肖　　杨:什么?

李　　坤:我原谅你了。但我要你记住,你欠我的。

肖　　杨：那我用我这一辈子的时间来还给你，你看够吗？

李　　坤：(笑)不——够！你帮我跟周阿姨也说一声吧，我也不怪她了。

肖　　杨：好。我怎么感觉你在跟我道别？

李　　坤：现在的情况难道不应该道别了吗？你走吧，时间快到了。

肖　　杨：李坤！我们等你出来。

李坤深深地看了一眼肖杨，然后笑着走出了会面室。

李　　坤：肖杨，我从没有不原谅任何人，我谁都原谅了，可是好像，我原谅不了这样轻易原谅别人的自己。

肖杨看着对面空着的椅子，把脸埋进自己的手里，没有声音地叹气。

94.内，肖杨家——日

肖杨打开小芸的笔记本，看着上面熟悉又陌生的字迹。突然，他停在了其中一页，这一页的纸缺了一个角，上面写着密密麻麻的字。

"我知道这样做是我不对，我知道我自私，想要利用坤子对我的爱。

"可是如果这次考试小杨没有考上，我们就没有机会了，如果他没有考上警察，妈妈是不会同意的，他也不会留在久安陪我。他说了他考上了会跟我求婚！要是没有考上……我想都不敢想。我知道这一切都很自私，可是，坤子会答应的……吧？

"今天我请坤子去看电影了，我下定决心终于说出了口。我看到他的表情了，我也好难过啊，我这样是不是太过分了……坤子也很想考警察吧，可是只要这一次，只要今年，把今年的名额给小杨，就好了。

"坤子还是没有给我回复，怎么办。我是不是太让他伤心了？可是坤子这么厉害，他明年再考，也是一定可以考上的吧。坤子，拜托你答应我，时间要来不及了。"

肖杨翻天覆地把房间翻了一个遍，终于在一件衣服口袋里，掏出了那张曾经夹在陈芸相册里的纸片，他把纸片放在缺失的那一角上，整张纸算是完整了。"我答应你。"——这是坤子的回答。

肖　　杨：(瘫坐在地上)原来……原来真是你让我成为警察的……

95.(闪回)内,派出所——日

高　博:看来你真不知道……他当年跟我一批去的警校,体能训练,散打训练……每门都是最高分,简直是我们这儿的传说! 我们当时都以为他肯定能当上警察的,唉,没想到后来……

肖　杨:后来什么?

高　博:哦! 怪不得你不知道,正好那一年你大学回来了,参加的那次考试,我们都参加了,就他没有。

肖　杨:没有? 他干什么去了?

高　博:那谁知道(高博摊摊手)。总之你得感谢他,要不然他可能就是你的竞争对手了,谁能考上警察,谁能去市里,就不一定了。

96.(闪回)内,陈芸家——夜

肖　杨:我听高博说,以你的实力,你当年明明能考上警察的。

肖　杨:……我不是在质问你,我只是……担心你,替你觉得可惜。

李　坤:可惜? 是啊,如果当年考了的话……或许现在的一切都不一样了……

李　坤:(拍拍肖杨肩膀上的灰)相信我,肖大警官,我不告诉你是为你好,(戳戳肖杨的胸口)还有你这颗小小的自尊心。

97.(闪回)内,陈家——夜

李　坤:(正经脸)这是她的日记,我劝你不要看。每个女生都有自己的小秘密,我劝你最好不要看。这个我先替她保管着,等……等……唉,等时候到了再给你吧。

肖　杨:什么时候到了?

李　　坤：我也不知道，总之现在你不能看，我答应了要替她保密。

　　　　（敏捷地躲开肖杨的偷袭，把笔记本抱在怀里）你想都别想！

肖　　杨：（放弃争抢，倒回床上）啧……（拿出相册里的纸片丢给他看"我答应你"）喂，这些字是你写的吧？

98.（闪回）内，宾馆——夜

李　　坤：你有没有……做过什么后悔的事？

肖　　杨：我……

李　　坤：对不起，我问错人了，估计你这一辈子都在后悔。

肖　　杨：是呀，后悔没有陪在小芸身边，后悔没有及时赶回来，后悔抓了你，后悔没有多去看看肖阿姨。

李　　坤：嘁——看你这么失败的样子，我也真觉得后悔。

肖　　杨：后悔什么？

李　　坤：（看着他许久）唉……算了。

肖　　杨：你还真是个有很多秘密的人。

李　　坤：我要是不守着一些秘密啊，说不定我都没有什么活下去的价值了。

99.内，肖杨家——日

肖　　杨：真是可笑……傻子，傻子！都是傻子啊！

100.内，派出所——日

同　　事：肖队好！

肖　　杨：好。

同　　事：肖队，你……不要太难过。

肖　　杨：什么？

同　　事：你还不知道吗？

肖　　杨：知道什么？

101. 内，派出所——日

肖杨在办公室看着手里的报纸，内容是李坤在判决日当天在狱中自杀。同事们都在窃窃私语，但他们的眼角都看向肖杨，肖杨装作漠不关心地看着报纸，实际上却是在看着李坤的遗照出神。

肖　　杨：傻子……

陈　　恬：肖杨！

肖　　杨：小恬？

陈　　恬：(捶着肖杨的身体)混蛋！混蛋！你不是说！你不是说可以救坤哥的吗？他人呢？他人呢？我问你！他人呢？这不是真的吧？你是不是偷偷把他藏起来了？他怎么会死在监狱里?!

肖　　杨：(任凭陈恬打着自己)对不起……

陈　　恬：(哭着停止了打闹)怎么会这样，怎么会这样，不就三年吗？我等得了的啊！呜呜呜，他怎么这么狠心，这么绝情。

肖　　杨：对不起。

陈　　恬：说对不起有什么用啊？你把他还给我，你把他还给我！是我错了，是我的错，是我害了他……(晕倒过去)

肖　　杨：小恬？小恬?!

102. 内，医院——日

肖　　杨：什么……时候有的？

陈　　恬：就是那次，(摸着自己的肚子，流下了眼泪)我还没来得及告诉他……这是我们的小孩啊，你说他如果知道了，会不会……就不死了?

肖　杨:嗯。

陈　恬:他可能是用这种方式在惩罚我们,让我们永远记着他,永远都不得安心。

肖　杨:真是狠心啊,是我欠他的。看来是让我一辈子都还不起了。呵,像是他会做的……你接下来想怎么办,这个小孩?

陈　恬:生下来。如果连孩子都没了,那么这个世界上,就没有任何属于他的东西了。我会忘了他的。

肖　杨:你妈怎么说?

陈　恬:不知道,我觉得她也会答应的。

肖　杨:那就好。

陈　恬:姐夫。

肖　杨:嗯。

陈　恬:我好难过呀,今天判决下来,我还庆幸他不用很久就能出来了。我还想着生活会好起来的呢。

肖　杨:(摸着陈恬的头)会好起来的,对吧?

103.内,派出所——日

报警铃声响了起来,同事们都紧赶着出动。

同　事:肖队! 有任务了!

肖　杨:好! 我马上就来!

肖杨慢慢地站起来把报纸折起来放好,等到大家都走出办公室以后,跌坐在椅子上,捂着脸痛苦地叫了一声。他捂着脸沉静了一会,迅速站起身装备好警服,最后拿起警帽,看了一眼帽徽,戴在了头上。他走出门,在关门的时候,最后看了一眼他的办公室和办公桌前的报纸,办公桌上已经没有他那张放了七年的女孩灿烂的笑脸的照片。取而代之的是一本日记本,还有不知从哪里找到的,李坤和她妈妈的那两个吊坠。

（全剧终）

指导教师：吴斯佳

指导教师点评

鲍烨同学的剧本《深渊》源自大三下学期剧作小课的作业。后来在小课作业的基础上，她又做了非常大程度的修改和调整。

该剧本的灵感来自近年的一则热点新闻，创意点表现在一个本来没有杀人的人被冤枉为罪犯，白白关押了数年，当他被释放之后却找到了害得自己家破人亡的凶手，真正地走上了杀人之路。这个角度非常深刻和犀利，对于人性的挖掘细致入微，让人看后如鲠在喉。

剧本的情节比较复杂，但是作者从容不迫地层层剥笋般将整个故事娓娓道来，从中我们看到了非常丰富的人物关系，其中有肖杨、李坤的兄弟情义推进，也有李坤与陈恬的爱情，更有陈枫与肖杨、李坤等人的恩怨纠葛。人物形象比较丰满，人物关系也建构得比较精彩。在叙事方面，剧本采用了传统的线性叙事手段，将李坤出狱后寻母作为人物的动作线，慢慢纠缠起一组又一组的人物关系来，这种做法是合适的，对于如此纷杂的故事情节来说，通过给人物设置明确的目的来进行线索集中不失为一种好的手段。

寻母固然是一个将人物集中起来的有效方式，但是寻母其实并非人物的终极目标，所以在剧本中表现这一人物动作是可以的，不过需要注意度的问题。现在的剧本过于将笔墨放在对寻母的障碍的表现之上，显得有些故作噱头，也增加了剧本的篇幅，而这些篇幅其实是有点儿水的。此外，剧本表现了正邪双方的较量，陈枫作为反面势力，她与肖杨、李坤的正面势力显然是不对等的，换句话来说，就是恶人太弱势了，所以正与邪的斗争便不那么精彩了。

冬的刻度

毛奥兹

作者简介

毛奥兹,女,1995 年 10 月生,籍贯山东,浙江传媒学院文学院戏剧影视文学专业 2014 级学生。曾获北京大学生电影节影评大赛一等奖、剧本《立冬》获第三届"魅力桐乡"微电影大赛剧本类铜奖、《冬的刻度》获"如戏"编剧冬令营入围奖等。

故事梗概

三段式结构讲述同一群人在"立冬""小雪""大寒"三个节气里有关自身、亲人和爱人的温情谎言,勾画出谎言城市中的"小确幸"。

女白领竹晴把无家可归、头上还长着犄角的男孩阿牵带回了自己独居的公寓。阿牵的出现迫使竹晴和已婚男的"不伦之恋"频频受阻。一个月前,城市另一端,一次父子的争吵过后,"骨干级教师"老刘的时间定格在了教师节那天。小刘每天都把时间调成九月十日,电视上重复录播那天的新闻,请小朋友扮演老刘的学生到医院看望他。国庆节前夕,小学生的口误让老刘开始怀疑。时间进一步提前,考生乌小蕴喜欢上了暑假补习班里的周佳致。一次失败的跟踪后,两人结识。经历种种恋爱心路,决定大胆告白的乌小蕴,却撞见周佳致跟一个男生表白被惨拒。为了保护周佳致,乌小蕴擅自决定装作他的女朋友……

1.外,河滨公园——傍晚

下班时分的河滨公园,夕阳在整条河铺满,柳枝扫在水面上,波光粼粼。一两个孩子穿着幼儿园的制服在通向公园的斜坡上追逐,拉着长影。

竹晴穿着嫩黄色风衣、细跟鞋,打着电话从斜坡上一顿一顿地走下来。棕红色微卷的长发,指甲上贴着大小不一的假水钻。她的余光瞥到了坐在河堤长椅上的一个男孩。他穿着麻料的灰色上衣,土黄色的九分裤子,露出细长的脚腕。他头上对称地长着两条黑白相间、长约半米的犄角。

快要经过犄角男时,犄角男对她挥手。竹晴假装没有看见,径直走了过去。

竹　　晴:(讲电话)小八,你的消息准确吗? ……总部的人怎么会来我们这边? ……(两人有说有笑)

2.外,小路——傍晚

走出了吵闹的路口,天色也渐暗了下来。竹晴惊觉有人在她身后,不敢回头地快步走,高跟鞋踩出"嗒嗒"声。她瞥到身后的黑影也加快了脚步,抬头一看,不巧正是一条狭长幽暗的小路。

小　　八:(电话里)喂,竹晴……竹晴,你在听吗?

电话声从寂静的小路上传出,特别清晰。竹晴慌忙中将电话切断,走得飞快,奔着小路的出口,几乎要跑起来。身后的黑影也忽然加

快了脚步。竹晴见状,握紧手机,朝着前方的拐角全速飞奔。两只
手扶到墙壁时,湿湿滑滑,竹晴看着自己精巧的指甲缝隙里塞满了
幽绿的苔藓。

眼看出口的光圈越来越大,就快到拐角时,竹晴的衣服被盘在墙壁
上的废铁丝钩住,一个踉跄,高跟鞋卡在石缝里,黑影顺势拉住竹晴
的风衣袖子。

竹　　晴:你干什么!

近距离看,方才看出这是一个大约十五六岁的孩子,竹晴稍稍有些
心安。这孩子低着头,很高但是瘦得出奇,抓住竹晴的手几乎皮包
骨头,青色的血管凸起,一直延伸到小臂。

犄　角　男:小姐,可以帮帮我吗?

竹　　晴:(上下打量)你想干吗?

犄　角　男:可以带我回家吗?

竹　　晴:(甩开犄角男想要靠近的手)你在说什么呀?

犄　角　男:冬天快到了,我没地方去,拜托你了!

竹晴注意到男孩没有任何行李,两手空空。

犄角男抬起头看向竹晴,幽暗中那双眼睛直勾勾地盯着竹晴,闪着
水花,手加大力度紧紧攥住她的袖子。

竹晴也抬头和他的视线交会良久,竹晴先把视线移开。

竹　　晴:……我知道了。

说完加快步伐走开。

犄角男跟在竹晴身后,两人朝小路的出口走去,走进一团亮光,直至
两人的背影慢慢消失,只剩下狭窄小巷里拉长的影子。

出片名、片头字幕。

冬的刻度

故事一:立冬

3.外,十字路口——傍晚

十字路口人流不息,斑马线上留下不同尺寸花色但都是匆匆忙忙的

脚印。竹晴和犄角男走到路口时刚好红灯,红绿灯在他们之间,把他们分割成两个世界。犄角男身后是一棵巨大的法桐树,但是仅有三分之一的叶子还侥幸地残存在树枝上,一阵风过后,又一部分飒飒而下。竹晴身后是一家三层楼高的婚纱店,模特雕塑冷漠地俯视着人群,店员打开橱窗的射灯,各种精心裁切的礼服马上变得光彩夺目。

竹　　晴:(独白)我叫竹晴,25 岁。大学毕业后就一直单身,跟人同住是什么感觉,早已经忘了。

(音乐进)

换姿势站,放松穿高跟鞋的脚。

竹　　晴:(独白)他是谁,哪里人,为什么头上会有犄角,为什么无处可去? 我对他一无所知。一个长着犄角的陌生男人,我将带他来我独居的公寓。会怎样呢? 一无所知真是一个致命的吸引,太久没有改变的我,不受控制地期待起来。

犄角男低下头又抬起头,向左看又向右看,最后悄悄转头打量身旁的人。

每个人都面无表情,只是跟竹晴一样盯着对面的计时器,若有所思。

红灯倒数,三秒,两秒,一秒,停顿,绿灯了。

人潮又一次开始涌动。

(音乐停)

4.外,公寓走廊——夜

竹晴站在门口用钥匙开公寓的门。老式的公寓,房间全部在楼的一侧,另一侧是用铁栏杆围着的走道。天已经完全黑了,楼道里的灯光昏黄,把压缩的影子照得更加模糊。

竹　　晴:(打开门)这是我家,有点小。

犄角男的脸半明半暗,看不出表情。他一只脚迈进了房门,另一只脚抵在门沿上,迟疑着。

竹晴打开屋内的灯,拿了一双粉色的拖鞋给犄角男。

竹　　晴：你将就下,就这双新的了。

　　　　犄角男弯下身子,把脚伸入鞋子里面,刚刚好。

竹　　晴：(笑)你的脚可真小。

　　　　犄角男不好意思地摸摸头,轻轻把门关上。

　　　　听到关门声的竹晴抬起头看向犄角男。

　　　　犄角男站在鞋柜旁边,又一次不敢迈开步子,眼睛上下打量这个公寓。

竹　　晴：你叫什么名字? 多大了?

犄 角 男：我……我……

竹　　晴：(怀疑地加大音量)连名字都没有吗?! 你不是坏人吧!

犄 角 男：我不是坏人! 我不是坏人! 我……叫阿牵,我……19 岁。

竹　　晴：阿牵……我是竹晴。先坐下吧。(指着房间内的懒人沙发)

阿　　牵：谢谢你,竹晴小姐! 真的! 谢谢你!

5.内,竹晴家——夜

　　　　竹晴在厨房里切菜,将炒好的菜端出来,看到靠着窗睡着了的阿牵。

　　　　竹晴坐在睡着的阿牵身边,一边吃饭一边观察他,轻轻叫了他的名字,偷偷摸了摸他垂在两侧的犄角,最后帮阿牵盖上毛毯。

　　　　关掉电视,只剩随即消失的电磁波和全黑的荧幕。

6.内,竹晴家——夜

　　　　滴——滴——滴——(电话声)

　　　　竹晴裹着浴袍蹑手蹑脚地从浴室出来。

竹　　晴：喂。

男　　声：睡了吗?

竹　　晴：(手指随意地磨蹭着浴巾擦水)还没,刚洗完澡。你还没回去?

男　　声：在家呢,明天我买好菜去你那儿。

竹　　晴：(瞥了一眼阿牵)老家来了人,明天去酒店吧。

男　声:嗯——行。那我吃了过去。

竹　晴:不一起吃吗?

男　声:听话宝宝,下个假期,我一定抽空带你出去。

竹　晴:……

男　声:这次一定答应你! 我保证! 我挂了啊,睡吧,爱你。

嘟——嘟——嘟——(断线声)

竹晴一边用毛巾擦头发,一边看着手机上的备注:刘姐。

7.内,竹晴家——清晨

闹钟响。

竹晴起床径直走向洗手间,迷糊中发现从不使用的肥皂盒莫名被打开了,毛巾也变脏了,越来越多细小的细节被改变了,她转向镜子,看到一个陌生女人正虎视眈眈地回望,镜子突然碎裂,竹晴的手被玻璃划破。

恐惧过后,竹晴惊觉阿牟不见了,她急匆匆地走到小公寓的每个角落,几乎疯狂地翻开沙发上的毛毯,打开所有窗帘检视阿牟的藏身之所,还是不见阿牟的踪影。

竹晴看手表,时间已经是八点钟,她急匆匆出门没有注意到手上的伤口慢慢在消失不见。

8.内,竹晴公司——日

明亮的公司食堂,竹晴和小八在窗边吃午餐,两人身后的窗户正巧都像一个十字架背负在她们身后。

竹　晴:(叉了一片水果放嘴里)你都什么情报? 主管呢?

小　八:你别着急嘛,我预计过两天他就得来上班了,毕竟人家从北京来,也得给时间安置一下。你今天还加班吗?

竹　晴:应该不用吧。

小　八：(回头四处打量,对某处笑)我之前介绍给你的那个,怎么样,吃个饭?

竹　晴：不了,我今天下午还有点事,改天吧。

小　八：(把手里的餐具重重放下)又有事! 别怪姐姐不提醒你,再不找就没人要啦。

竹　晴：(看了一眼震动的手机)就知道说我,自己还不是也没卖出去。

小　八：这不没合适的嘛。对了,那个小李?

竹　晴：人家没有那个意思,你们别乱传。

小　八：我看不是,人家小李可是很受用。

竹　晴：闭上嘴,多吃点吧。(把煎饺塞进小八嘴里)

一阵乌云压过头顶的太阳,大堂里的影子都消失不见了。

9.内,地铁——日

竹晴踩着高跟鞋"嗒嗒"地赶着地铁,但是刚好有一班呼啸而过,头发贴在她已经有点出油的脸上,透过发丝她看到一对情侣在她隔壁等待,两人依偎着,从容不迫。

竹晴拿出粉饼,一边补妆一边观察着那两个人。

一滴汗顺着眼角划过,脸上的妆显得更加斑驳,竹晴赶忙压了厚厚的粉上去,地铁门正好开了。

10.内,酒店——日

竹晴推开门,房间漆黑。

男人突然将她抱起,竹晴先是下意识地抗拒,男人不断进攻,两人拥吻。

11.外,庙会——夜

黑夜中不断绽放烟火,路上的积雪还没融化,庙会里人声嘈杂,人流拥挤成一团。竹晴牵着一双手,在人流中缓慢地前进,人流越来越拥挤,手就这样松开了。

一个声音对着竹晴讲:我得走了。

烟火、人群和声音瞬间消失,变成一团混沌的黑暗。

竹晴四处张望,嘴里微弱地讲:不要走啊。

慢慢声音越发急躁,她焦急地不断辗转,有一束光照进来。

黑暗中竹晴拼命向一个发光的出口奔跑,脚下先是踩到水,又慢慢地踏上雪泥,最后被黑暗的沼泽吞噬,整个身子沉沉下坠,她挣扎着,但是什么也抓不到,反而越陷越深,眼看就要无法呼吸。

12.内,酒店——日

竹晴在床上惊醒,枕边没有人。她伸手抚摸床单,还有留下的温度。竹晴默默起身穿好衣服,又突然间愤怒地脱下所有衣服,走进浴室。她赤裸着在镜子前审视自己,慢慢看到身体的重影,尔后是地铁上见到的男女在她面前一丝不挂地亲吻,她的分身也走向前,三人纠缠、厮打、最后融化在一起。

13.外,河滨公园——傍晚

傍晚的阳光一直延伸到河堤的斜披上。竹晴踢着小石子,心不在焉地走下坡路。她看向昨天阿牵坐过的长椅,阿牵正坐在上面跟她打招呼,再下一秒,又不见了。她走过去,坐在昨天阿牵坐的位置上,视线中的世界开始恍惚。

阿　　牵:竹晴小姐!……竹晴小姐!

　　　　阿牵的声音从斜后方传过来。

竹　　晴:阿牵?!你去哪里了!我还以为你走了!

　　　　阿牵的脸被夕阳镀得通红,他还穿着昨天的衣服,头上的犄角随着喘气的声音一动一动。

阿　　牵:我去找工作了……可是没有人愿意用我。

竹晴愣住,脑子里重现自己的曾经,这句话她也对某人讲过。

竹　　晴:(指着犄角)因为……它吗?

阿牵在竹晴身后跟着,垂下头,叹了口气,没说话。

竹晴走到阿牵身后,像牵着马一样拉着阿牵的两条犄角,笑着走在回家的斜坡路上,阿牵的脸也从郁闷慢慢变得开心起来。

竹　　晴:(独白)跟阿牵的重聚,意外地让我安心。阿牵消瘦的背影,在夕阳的拉长下显得有点可怜。突然一种强烈的预感告诉我,我和阿牵之间可能会因此发生一些变化。我不知道这预感从何处来,就这样撞进我脑中。

竹　　晴:你想吃什么?

阿　　牵:绿色的蔬菜我都喜欢。

竹　　晴:走,咱们去超市,我来犒劳犒劳你。

14.内,小酒馆——夜

锋利的刀片把黄瓜切成细长的条,醋倒进一边的小碟子里,被人取走送到餐桌上,放到一张欢迎会的邀请函旁边。

小酒馆内觥筹交错,竹晴和一个高高瘦瘦的人在小酒馆的角落里。

竹　　晴:真没想到是你来我们这边。

宋　　逸:总部说要锻炼我一下。

竹　　晴:(把酒杯放在吧台上)……

宋　　逸:还好吗,我看你的号码倒是一直都没有变。(身体开始迫近)

竹　　晴:对,大学毕业后就没有换过。

宋　　逸:(手向竹晴的手靠近)还……一个人吗?

竹　　晴:(尴尬地把放在桌上的手收回)嗯。

宋　　逸:我也是,跟你分开之后,都不会跟女生好好相处了。

竹晴尴尬地低头笑。正巧有人喊宋逸过去。

宋　　逸:我先过去会儿。

竹　　晴：嗯。

　　　　竹晴转身走出小酒馆。秋日的晚风吹着,路边的树叶沙沙作响,一
　　　　股凉意袭来,竹晴刚要用手环抱住身体,一件西装搭在她肩上。

另一个男声：晚上还是挺凉的。

竹　　晴：(抓紧外套)是啊,谢谢。

15.内,公交车——日

　　　　竹晴把头贴在车窗上,外面的树叶有了开始脱落的迹象。

　　　　公交车的喇叭愤怒地吼叫,又是塞车,竹晴懒得抬头。

　　　　车鸣声——风声——树叶沙沙作响声——女人的嘶叫声——婴儿
　　　　的哭声——电话的忙音——

　　　　竹晴靠着车窗,阳光打在一半的脸上,她流下泪。

16.内,酒店——日

　　　　竹晴脱下外套,拉起被子把整个身体蒙住。

　　　　电视开着,画面上是十一出行的新闻,但是没有声音,只听到手机在
　　　　不断地振动。房间很大,落地窗把阳光全部收录,窗外沿江。

　　　　竹晴拉上窗帘,堵上耳朵,还是能听到手机的振动。

　　　　终于忍受不了,她掀开被子,打开免提。

男　　声：宝贝儿,我错了,下次,下次说什么我都陪你,请假我也陪
　　　　……(竹晴切断电话)

　　　　竹晴又把身体蒙住。

　　　　手机振动继续。电视继续播放。

17.内,竹晴房间——夜

　　　　晚饭后竹晴正边喝着苹果酒边看电视剧,桌上的外卖还没收,地上
　　　　已经堆了一部分酒瓶。刚洗完澡的阿牵来到沙发前,头发贴在脸颊

上,粉色毛巾搭在他的肩上。他有点支支吾吾,窗外振动着鸣唱的甲虫盖过了他的声音。

阿　牵：竹晴小姐,我……可不可以……

　　　阿牵的脸涨得通红,手搅着他的旧衣服的衣摆。

　　　竹晴没听见,还全神贯注地盯着电视。

阿　牵：竹晴小姐!

竹　晴：(心不在焉)嗯?

阿　牵：可不可以……吻……我……

　　　声音越来越小。

竹　晴：(迷糊地)你说什么?

阿　牵：没有!没什么!……晚安,竹晴小姐。

　　　猛地,阿牵跌坐在沙发上。

竹　晴：(独白)不知是今夜的风太温柔,还是家里刚刚寄来的苹果酒太好喝,我的手拉住了阿牵的胳膊。刚刚洗过澡的阿牵身体散发着热气,没关系,我是醉了的。谁让我是醉了的呢。

　　　竹晴用手抚摸阿牵的脸。

竹　晴：(独白)阿牵的脸也是热热的,跟我冰凉的指尖对比明显。

　　　阿牵闭上眼睛。

竹　晴：(独白)苹果酒的味道好喝吗,阿牵?

　　　两人初吻。

竹　晴：(独白)阿牵,你会喜欢苹果酒吗? 和我一样喜欢甜的东西吗?

　　　阿牵睁开眼睛,迫不及待地摸自己的头发。

阿　牵：竹晴小姐……竹晴小姐! 我的犄角消失了!

　　　竹晴迷糊地睁开眼。

竹　晴：什么犄角? ……嗯? 阿牵,你的犄角消失了?! ……真的!

　　　竹晴伸出手摸阿牵的头发。

| 阿 | 牵 | :跟书上写的一样!……书上说,和女生接吻……犄角就会消失一整天。 |

阿牵的手还在头上揉搓着,傻傻地笑得眼睛弯起来。

竹	晴	:(失落地)这样呀……恭喜你啊。
阿	牵	:谢谢你,竹晴小姐,晚安。
竹	晴	:晚安。

18.内,竹晴公司——日

竹晴在自己的办公桌上忙碌地敲打键盘,跟同事交接文件。
阳光透过巨大的落地窗把整个办公室照得一览无遗。

19.外,马路——日

阿牵骑着车送外卖,急匆匆地抢过一个红灯,回过头看着被红灯拦住的车流,得意地笑。

20.内,竹晴家——傍晚

竹晴刚要用钥匙开门,阿牵就从屋内把门打开,两人对视,笑。

21.外,路口——傍晚

竹晴盯着路口的婚纱店,旁边梧桐树的叶子已经所剩无几。

22.内,竹晴家——夜

电视上播着无聊的节目,竹晴和阿牵在沙发上接吻。下一个镜头,他们一个在床上,一个在沙发上,都睡着了。

23.外,街上——日

下雨的早晨,阿牵的车轮带起地上的积水。

撑着各种颜色各种款式的伞的人们在过商业区的十字路,四周都是高楼,人仿佛被困在十字路口,只能缓慢地行进。

24.内,公司楼——日

竹晴和自己的同事都穿着正装,跟商业伙伴握手,互相介绍。

25.内,酒店——日

竹晴来到酒店房门口,她的手触摸着门框,眼睛对着猫眼向里望去。

26.内,竹晴家——夜

电视上播着《金粉世家》里面经典的告白情节,阿牵洗完澡坐下来和竹晴接吻,然后两个人又开始忙自己的事。

特写:竹晴转过身,眼睛看向电视。阿牵停顿几秒也回过头来,只看到竹晴缩成一团的背影。

(从第18到26场,都配以竹晴以下独白)

竹　　晴:(独白)没有了犄角的阿牵顺利地找到了工作,只不过要每天傍晚请我帮他"除犄角"。这种事情从一开始的局促到顺理成章也并没有花费多长时间,人的适应能力真的太强了。有时候在工作空闲时我也在想,我和阿牵会怎样走下去呢?阿牵会不会有一天遇到了自己喜欢的女孩子,然后离我而去?我还在想接吻这一行为。同样是肢体的接触,为什么手跟手在第一次见面时就要相握,而嘴唇跟嘴唇的接触却要一种仪式的你情我愿后才会发生?是因为嘴可以咀嚼食物、发出声音还是有灵巧的舌头,但我们这种程度的接吻,又跟握手有什么不一样呢?

阿牵,又是怎样想我的呢?

27. 内，竹晴公司——日

竹晴拉开抽屉，掉出一封信。

信内容：可以约你吃饭吗？

竹晴抬头环视公司，每个人都低着头在电脑前敲敲打打。

竹晴慌忙把信塞到包里。

28. 外，餐厅门外——日

阿牵一个急刹车，重重摔在路上，手臂上擦破了皮。

29. 内，竹晴家——夜

竹晴拿着信反复看，又拿起信纸闻。

阿牵开门。

竹晴慌忙把信藏在屁股下。

竹　晴：阿牵，你最近怎么都这么晚才回来？……都长出来了！

阿　牵：(把手臂藏在身后)最近有点忙。我先去洗澡。

竹　晴：把犄角去了再洗吧。

两人亲吻，竹晴用手摸屁股下的信。

30. 内，竹晴公司——日

竹晴一到公司马上拉开抽屉，果然又有一封信。

信上写：周六中午，上岛咖啡，等你。

抽屉里还有一支马里莫。

竹晴拿出马里莫，看了许久，又抬头巡视四周，把花插到笔筒里，又拿出来，最后丢到垃圾桶中。

31. 外，公园——日

下过雨后公园里落满了银杏的叶子。阿牵坐在两人初遇的长椅上发呆,不时有孩子拾起沾了水的叶子往天上抛,有些砸落在阿牵身上。
孩子的家长前来致歉,阿牵无动于衷。

32.内,酒店——日

电梯门缓缓打开,竹晴的脚踝上刺着一株马里莫。
竹晴走过酒店长长的楼道,往一个房间里塞了一封信,匆匆离去。

33.内,竹晴公司——傍晚

下班时间已过,公司内空空荡荡。竹晴猫着腰藏在茶水间,往自己
的办公桌上看,等了很久,但是并不见什么人影。

34.内,竹晴家——夜

竹晴在门外敲门没人回应,她拿出钥匙打开门,长出犄角的阿牵正
坐在地上发呆,一片漆黑中,阿牵的全身镀满光晕。

竹　　晴:今天太忙了,饿了吧,我去做饭。
　　　　阿牵转过身来。
阿　　牵:我们出去吃吧,我今天领了薪水。
竹　　晴:行呀,我好久没有出去吃了。
　　　　竹晴让阿牵转身,自己开始换衣服,补妆,从抽屉里拿出从没戴过的
　　　　钻石耳环戴上。
竹　　晴:(独白)一个极度在意别人的愚蠢的人,是无法忍受"别人觉
　　　　得你好孤独"的。阿牵会带我去哪里呢? 我对未知总有比
　　　　一般人更加强烈的兴趣,可能这就是我们相遇的原因了
　　　　吧。

35.外,林荫路——深夜

两人走在几乎光秃的林荫路上,暗黄的灯光模糊掉两人的表情。

竹　　晴：刚才的酒真好！

　　　　竹晴脱掉风衣外套，穿着小洋装、高跟鞋，却依旧在马路上蹦蹦跳跳。

竹　　晴：你看！ 这样我都不觉得冷！ 我最喜欢秋天了，这样的风，这样的夜晚，真希望越长——越长——越长——越好。

阿　　牵：这风还是挺冷的，可能是喝了酒的关系吧。

竹　　晴：管它是因为喝酒还是什么别的，我反正最喜欢秋天了！ 阿牵，我们再续一摊！ 喝个不醉不归！

　　　　两人向路的深处走，慢慢拉长的，只有竹晴一人的影子。

36.内，小居酒屋——深夜

　　　　夜已经深了，小酒馆关了暖气，客人们纷纷走了。阿牵靠在竹晴的身上，闭着眼睛。竹晴还在往自己的杯子里倒酒，眼神恍惚，风衣外套随意地丢在小酒馆木头做的吧台上。

竹　　晴：阿牵，你醉了吗？

阿　　牵：没，在我家乡，大家都很能喝。

　　　　阿牵闭着眼笑了。

竹　　晴：你家在哪儿？ 我都没听你说过。

阿　　牵：在一个没有冬天的地方。

　　　　竹晴也靠上了阿牵的肩膀，抬起头看着阿牵的下巴。

竹　　晴：你是海南人吗？

竹　　晴：（独白）我真的醉了，阿牵的回答已经听不到了，但是我也并不在意。就这样喝酒喝到死似乎也不错。为什么会想到死亡，我也不知道，也许死亡就是我们活着的最终意义。活着为了什么，可能是尽力不受控制地做自己喜欢的事。今天晚上的我，突然觉得此后的人生中，可能再也没有办法像这样与自己接近，像这样为自己而喝酒、而快乐了。

（刚才两人喝酒谈笑的热闹场面）

竹晴更加紧靠着阿牵,两个人互相支撑在一起。

竹　晴:阿牵,我今晚,不想回家。（说完也闭上了眼睛）

37.内,酒店——夜

昏蓝暧昧又缓缓移动的灯光、摇动的床、涂红指甲油的脚趾。男女发生关系的片段随着抖动虚晃的镜头拼接。

竹　晴:(独白)睡在哪里都好,我就是要把秋风都吃进嘴巴里,让它充满我的喉咙、我的气管,跟我的肺泡交换,流满我的身体。我要极尽所能把这个夜晚留下,这个离自己最近的夜。

38.内,小居酒屋——清晨

老　板:(轻拍竹晴的肩膀)小姐,小姐!

竹　晴:阿嚏!嗯?

老　板:已经早上了,我们要打烊了。

竹晴有点睁不开眼睛,她把披在身上的外套穿了起来。

竹　晴:今天是几号?怎么会这么冷。

老　板:今天已经是立冬了。

竹　晴:已经立冬了吗?今年冬天这么快就要来了。

竹晴环顾了小酒馆一圈,没有看见阿牵的影子。

竹　晴:(自语)这小子,把我一个人丢下自己先走。

老板目送着跟黄叶一起卷在大风里的竹晴离开。

老　板:风可真大啊。

39.内,竹晴公司——日

竹晴和小八在食堂吃饭。

小	八：怎么样了？知道是谁了吗？
竹	晴：没有。但是他约我在星期六吃饭。

竹晴从口袋里掏出手机,解锁,时间是星期五,又把手机放回口袋里。

小	八：那不就是明天了吗？去吗？
竹	晴：我还没想好。
小	八：去一下看看嘛,不行大家继续当朋友。你一个人也够久了。
竹	晴：嗯。

竹晴又一次打开手机看时间,"刘姐"的未接来电有很多条,竹晴直接把他拉进了黑名单。

40.内,竹晴家——傍晚

竹晴敲门还是没有人应答。她在开门的同时还在呼唤着阿牵的名字。

竹　　晴：阿牵——阿牵？……还没有回来吗？

天已经要暗了,竹晴还坐在沙发上。房间没有开灯,只有电视机的荧幕发出光照着整间小小的、一居室的公寓。她的手指不停地敲打着茶几,墙上的时钟已经走过了九点钟。

竹　　晴：(自语)为什么不给他买部手机呢？

竹晴急匆匆地套上外套,关上门,跑着去小酒馆。

41.外,斜坡——夜

大风顺着斜坡刮在竹晴焦急的脸上,掉落的银杏随着风卷成一个个迷你的旋涡。上坡的费力却丝毫没有影响竹晴,她越爬越快,几乎要跑起来。

42.内,小居酒屋——夜

竹晴粗鲁地拉开木头做的推拉门,直奔吧台找到昨天的老板。

竹　　晴：老板！你还记得昨晚和我一起来的男孩子吗？他早上去

哪儿了?

老　　板:(疑惑地)一起来的男孩子?

竹　　晴:对啊,就是那个高高瘦瘦的! 还有……

竹　　晴:(自语)我怎么会突然想不起阿牵的脸?

竹　　晴:睫毛很长! ……嗯,还有什么? 还有什么……还有什么
　　　　……

竹　　晴:(独白)为什么我会想不起阿牵的脸? 我记得他的骨头硬硬
　　　　的,身上有着雨后青草的味道,他的脚很小,对了!

竹　　晴:(激动地)他的头上可能会有黑白相间的犄角!

　　　　老板从吧台里探出大半个身子。

老　　板:小姐,你昨天是自己一个人来的呀。

竹　　晴:怎么会呢?

竹　　晴:(独白)怎么会呢? 我是和阿牵一起来的呀! 我们一起喝
　　　　酒,喝了好多好多,昨天的风那么温柔,我和阿牵说了那么
　　　　多话,我怎么会只有一个人?(闪回昨天的画面)

老　　板:说到黑白相间的犄角,今天我收拾桌子的时候倒是看见了
　　　　一只有黑白犄角的天牛。唉,冬天要到了,昆虫是过不了
　　　　冬的呀。

　　　　老板从吧台后面的木架上拿出杯子,倒水给竹晴。

竹　　晴:天牛? ……在哪儿?(手撑在吧台上)那天牛在哪儿?

老　　板:早上的时候就在吧台边,我一朋友带去给孩子当标本了。
　　　　我倒是羡慕它们,用力地鸣叫两个月,要比我们这样日复
　　　　一日的消磨可强多了。

　　　　老板把水递给竹晴。

　　　　竹晴呆滞地接过水,紧紧地握着装着大麦茶的枣木杯,转过身靠在
　　　　吧台上。

竹　　晴:(独白)我站不稳,只好扶着吧台转身看酒馆对面的梧桐树,

怎么叶子突然就少了很多。

光秃秃的树枝上残存的几片叶子被突如其来的风卷落,人们纷纷把帽子扣在头上,逆风疾走。

竹　　晴:(独白)原来好多事情已经在我迷迷糊糊的时候悄悄结束了,像一直不肯尝试的柿子,像整条马路的桂花香气,还有,阿牟。

阿牟站在斜坡上,突然快速地奔跑起来,背影发着光,最后飞起来消失不见。

竹　　晴:原来冬天,真的要来了。

故事二:小雪

43.内,医院病房——日

老刘躺在床上,床边的小桌上放着一个空花瓶,瓶底还有些水。床右面有一扇窗,半开着,下面是医院的小花园。床对面墙上挂着一台电视机。刘志慧把新日历挂在墙上,刘志远推开房门进来。

刘 志 慧:哥,你来啦。

刘 志 远:嗯,(看向老刘)爸还没起? 东西都收拾好了?

刘志慧点头。

刘 志 远:你快去上课吧。

刘 志 慧:你……工作找的怎么样了?

刘 志 远:昨天三叔带我去了。

刘 志 慧:怎么样?

刘 志 远:还行吧。

刘 志 慧:待遇呢?

刘 志 远:3000。

刘 志 慧:少了点。

刘 志 远:就一个司机还能给多少。

刘 志 慧：（坐到刘志远对面）哥，还是当老师最适合你。

　　　　刘志远给老刘拉被子，装作没听到。

刘 志 慧：你就是太轴，服个软认个错，到你这里怎么就这么难办？

　　　　刘志远没抬头，依旧看着老刘，手机的闹钟响了，刘志远关掉，全程
　　　　没有看手机。

刘 志 远：慧慧，八点二十分了，你快迟到了。

　　　　刘志慧叹了口气，收拾东西出门，走到门口停下。

刘 志 慧：跟你说什么都没用，三叔那边你好好想想吧。

44. 内，医院食堂——日

　　　　医院食堂的椅子因为久坐暴露出原来的金属颜色，地板惨白锃亮，
　　　　调高的天花板里镶嵌着功率极大的空调，刘志远拿着饭盒不禁打了
　　　　个喷嚏。

食堂阿姨：要什么。

刘 志 远：两个芹菜肉包子，一碗小米粥。

食堂阿姨：（笑）今天不给你爸带了？

刘 志 远：他还没起，过会儿我再来。

食堂阿姨：真好，你这儿子当的真有心。

　　　　刘志远不答，用力抓着塑料袋，留下钱走了。

45. 内，教室——日

　　　　哄闹的大学阶梯教室，老师在讲台上撑着胳膊发呆，中古的电风扇
　　　　很慢地旋转着，有人拿着书本扇风，有人趴着小睡，晨光洒在大半个
　　　　教室里。

　　　　刘志慧赶在打铃前推开门，坐到教室的最后一排，拿出教育心理学
　　　　课本。

　　　　老师开始讲联系同学去高中实习的任务，窗外郁郁葱葱。

46.内,刘家——夜

一片漆黑,车灯扫过隐约能看出在黑暗的房间里坐着的人影。

一阵急促的开门声。

刘志远在漆黑中打开灯,手边的花盆打翻在地。

刘 志 慧:(径直奔过)哥,你怎么回事?三叔给我打电话都说了!

刘 志 远:(后退几步)当心。爸睡了吗?

刘 志 慧:(打开冰箱拿起罐装的橙汁)你别给我转移话题,这次又怎么
回事?

刘 志 远:那个老板油嘴滑舌的,我不太喜欢。

刘志慧拿起橙汁直接对着嘴灌下去。

刘 志 慧:(随便用袖子擦嘴)人家油嘴滑舌的关你什么事。你开你的
车。愿意听,听;不愿意听,不听。

刘 志 远:有些事情你不清楚。

刘 志 慧:我是不清楚,哥,你说你怎么就这么多事!有应酬的你不
行,不体面的也不行。给你找了个不用说话的,多舒服,谁
不想去,你怎么就又不行了呢?

刘 志 远:(走过去关上冰箱门)你不懂,有些事情,我就是看不惯。

刘 志 慧:这看不惯,那看不惯,你见过哪个工作还可以自己挑老板
的?你以前在学校里不也是,跟级部主任都聊不来,你这
样不行。

刘志远去厨房洗菜,刘志慧跟上。

刘 志 远:你吃过了吗?

刘 志 慧:哥,你别就知道逃避问题。

刘 志 远:(稍微加大音量)我不是在逃避问题。有些原则上的⋯⋯

刘 志 慧:不是我说你,小学生的晚会,唱唱歌跳跳舞,每个人都参与
参与,多好!非排什么舞台剧,谁当红花谁当绿叶,明摆着

得罪人。你学学人家日本,个个都是白雪公主和王子,没人演小矮人,没人演巫婆坏蛋。

刘 志 远:那像什么话,那样排的戏能看吗?

刘 志 慧:至少大家都开心! 你这儿呢,为了一个破戏,值吗?

刘 志 远:我知道让爸生气是我不对。可我真不明白,他们这些家长到底在争什么,都是抽签,谁演什么有那么重要?

刘 志 慧:哥,你是真傻!

刘 志 远:(不敢看刘志慧的眼睛)工作丢了也好,咱爸是什么样的人,让他拉下脸托关系我这心本来也悬着,这下一了百了,倒好了。

　　刘志慧不说话,回房间,关门一声巨响。

　　刘志远自己在厨房,打开冰箱,把剩下的橙汁一饮而尽。

47.内,刘志慧房间——夜

　　刘志远端着刚下的面站在刘志慧门口良久,刚要敲门,刘志慧打开门。

　　刘志慧看见了刘志远手里的面,打开门示意他进去。刘志远把面放在书桌上就要出去。

刘 志 慧:哥……

刘 志 远:慧慧,我明天就去跟三叔道歉。

刘 志 慧:哥,我也没想为难你。

　　刘志远说完加速逃离刘志慧的房间。

　　一碗素面,放着一个煎成溏心的荷包蛋,刘志慧小心地把溏心戳破,黄色的蛋液慢慢流淌出来,铺满整个银幕。

　　(场景48至55,均用黑白移轴镜头复现且倍速切过,配节奏感强烈的弦乐)

48.内,医院病房——日

　　日历不停地挂上新的,但是撕开的那页都是 9 月 10 日。电视开了又关，一直播放的都是教师节的新闻，水壶提着去开水房一次又一次，拿着康乃馨花束的小朋友也换了一批又一批。

49.内，别墅区车库——日

刘志远在车里，王轶带着老婆和女儿上车。

刘志远开车送小姑娘上学，正巧是自己被开除的小学。

王轶和老婆亲自把女儿送到校门口。

接着送王轶老婆上班，最后载王轶去公司。

刘志远就在环城高架上一圈又一圈，一圈比一圈快，最后变成旋涡。

50.内，医院病房——日

孩子们从病房出来，刘志慧在楼梯口偷偷塞给他们零钱和不同的糖。

玻璃糖纸反射光线，明晃晃一片。

51.内，公司——日

办公室的桌面上放着一家三口的合影和一张多人的全家福。

王轶正喜笑颜开地打着电话，用笔记下一个公寓的门牌号。

52.外，高档公寓门口——日

王轶拉着林慧在车外亲热，林慧拉开车门，老板嘱咐刘志远。

日子一日日重复。

53.内，车内——日

刘志远开着车，王轶老婆坐在后座发现一张美甲店的会员卡。

54.内,车内——夜

各种奢华的地方,刘志远和林慧点头致意,林慧穿着不同的衣服上车,最后回到偷情公寓,刘志远目送林慧上楼。

55.内,美甲店内——夜

王轶老婆在美甲,指甲上的水钻光彩夺目,王轶老婆面无表情。

56.外,高档会所——夜

画面顺着礼服从黑白变成彩色。

林慧穿着礼服从一个大厅走出,大堂顶上吊着一个巨大的水晶灯,刘志远的车停在大厅门外。林慧喝多了,从远处摇摇摆摆走来,刘志远打开近光灯看清是林慧,赶忙下车扶她。

刘 志 远:林姐,你没事吧?

林　　慧:(笑)你怎么能叫我姐呀?

刘 志 远:王总叫我喊他哥。

林　　慧:那我就是你姐啦?你多大?我说不定比你还小呢。

刘 志 远:我 25。

林　　慧:我才 24!你叫我姐,你把我喊老了!你说怎么办吧,你得跟我道歉。

刘 志 远:对不起林姐。

林　　慧:还这样叫!再这样我让老王扣你工资了。

刘志远着急语塞。

林　　慧:叫我慧慧吧,大家都这样叫。

刘 志 远:……还是喊你小林吧。

林　　慧:小林,跟个日本人似的。

两人纠缠着上车,林慧的头发不时拂过刘志远的脸,他脸上的皮肤不适地抖动着,想要减少那种痒痒的感觉。

车开了。

林慧在后座哼日语版的《我只在乎你》,声音渐渐变弱。刘志远把车窗默默关起来。车慢慢驶向一个桥洞,一路颠簸。

林　　慧:停车!

刘志远急刹车,刚靠边停下,林慧就打开车门呕吐不止,刘志远在旁边开了一瓶水。

林慧昏睡过去,刚才秀丽的头发,现在沾到自己的呕吐物,瞬间蔫了。

刘 志 远:林姐! 林姐!

57.内,医院走廊——夜

刘志远在走廊打电话,不时看向房间内在打吊瓶的林慧。

刘 志 远:王哥,林姐身体不舒服,我们在医院,得晚会儿过去了。

王轶在酒桌上,避了避酒,示意在打电话。

王　　轶:不用过来了,让她好好休息吧。

刘 志 远:王哥,那……

王　　轶:哦,我把钱打给你,你等我一下啊。

刘 志 远:王哥,我不是这个意思,你还过来吗?

王　　轶:都这个点了,我过不去了。后天就是国庆了,我回家收拾收拾带囡囡出去玩。你不用来接我了,在那里照顾她吧。

刘志远透过玻璃看向林慧,林慧闭着眼靠在墙上,病号服挂在身上几乎看不到里面还有支撑的肉身,脸上的妆还没完全掉光,刘志远去洗了一块毛巾,推门进病房。

林　　慧:(顾着用手扯睫毛,没看刘志远)他不来,是吧?

刘 志 远:王哥说让你好好休息。

刘志远把热毛巾递给林慧。

林　　慧:(扯下一只眼睛上的假睫毛)我就知道他不会来。

刘志远：林姐，不是，小林，你躺下休息吧。

林　慧：钱他打了吗？（一边拿毛巾擦脸）

　　　　刘志远掏出手机查看。

刘志远：打了。

林　慧：人不能太贪心，你说是不是？

　　　　刘志远沉默。

林　慧：听老王说，你以前是个老师，是吧？

　　　　刘志远不置可否。

林　慧：老师，都清高得很，我知道你看不起我。

刘志远：林姐，我没有。

林　慧：没事，你先听我说，我也最讨厌老师。我们家原来是开小
　　　　卖部的，我从小就知道，谁有钱就听谁的，谁有钱就跟谁
　　　　玩。（换一面毛巾继续擦脸）管你在讲台上又是"礼义廉耻"
　　　　"精忠报国"的扯那么多。你别看我比你小，我经的场可比
　　　　你多多了。送你一句话啊，投桃报李，你懂吗？

　　　　刘志远脑中闪回自己从排戏到和家长闹矛盾再到自己被开除的场景。

刘志远：我不懂，桃我投了，但是没李。

林　慧：所以你傻啊，桃也不是随便投啊。你不光得看你想得到什
　　　　么，你还得看看那个能给你李的人想要什么。像我和老
　　　　王，我要钱，他要面儿。

刘志远：他不就是想和你……

林　慧：不是，不只是。要是只那个，他随便找什么女人不行啊，干
　　　　吗非找我这样的，他又不是特别有钱。他就是好面子，证
　　　　明他有钱养两个，对两个都有情有义还协调得这么得当，
　　　　那他多厉害。

　　　　刘志远脑中回想起级部主任说：你道个歉，家长面子给足，什么都好
　　　　办，戏改成唱歌跳舞不也很好？你还年轻，咱们学校的这些学生家

长,哪个对你以后没有帮助?

刘 志 远:可是……

林　　慧:(扶自己的额头)你这样的人,跟你说这些也没用。

　　　　　刘志远闪回妹在医院说:跟你说什么都没用。

刘 志 远:(突然转头看向林慧)你觉得,我是哪样的人?

林　　慧:(有点惊讶地看刘志远)你是个,好人。

　　　　　刘志远叹了口气,不讲话,走到窗边把窗户打开。

林　　慧:你走吧,我打完还要好久。

刘 志 远:你打完我再走。

　　　　　林慧瞟了刘志远一眼,没说话。

　　　　　不一会儿林慧睡着了,刘志远关了灯,望着吊瓶发呆。

　　　　　外面下雨了。

58.内,医院病房——日

　　　　　老刘的吊瓶快打完了,很慢才滴下来一滴。刘志远推门进入老刘的
　　　　　病房,老刘还没醒,刘志慧买了早餐放在桌边。

刘 志 慧:(压低声)哥,你昨晚怎么没回家?

刘 志 远:加班了,你都弄好没。

刘 志 慧:(愣了愣,点头)给这么点钱还加班,资本家真剥削。爸,你醒了?

老　　刘:你俩都在啊。

刘 志 慧:喝不喝水?

老　　刘:给我倒一杯吧。

　　　　　刘志慧拿起暖瓶就往杯子里倒了满满一杯,刘志远见了拿过杯子,
　　　　　倒出少半杯热水,加了点凉水进杯子里。

老　　刘:志远,班里最近怎么样啊?

刘 志 远:都挺好的。

老　　刘:(笑)我昨晚做梦,你们猜我梦见谁了?

刘 志 远：谁啊？

老 　刘：王顺！你们还记得吗？拿石头子砸我的那个！他梦里跟
　　　　我说，刘老师，我快结婚了，现在在外地工作，教师节没办
　　　　法回来看您了。他还跟我道歉，说当时应该多听听我的
　　　　话，不该用石头砸我。这孩子，也不知道现在怎么样了。
　　　　都说男孩子到了初中，有的理化生成绩就会变好，王顺这
　　　　么机灵，说不定还真就跟梦里一样呢。

刘 志 慧：这可不好说了！现在男女早就一样了。

老 　刘：(瞟一眼日历)志远，我没记错，今天是教师节吧。

刘 志 远：是，爸，喝水吧。

　　　　刘志远把日历撕下，露出崭新的 9 月 10 日的字样。

老 　刘：当老师的，最盼着的就是这个节了，说不攀比，那可真难。
　　　　(看桌子)哎，那里怎么有花？谁送的啊？

刘 志 远：……(看了刘志慧一眼)呃，爸，这是我学生晨读时送我的。

老 　刘：真好，真好。跟你说呀，这小朋友送花，可是要有大决心
　　　　的。父母好不容易多给了两个钱，不去买零食，跑来送花。
　　　　真好，真好，慧慧，你跟你哥多学学。

刘 志 慧：(看刘志远一眼)爸，你饿吗？

老 　刘：你看你，长大了，不让人说了。我不饿，把电视给我打开
　　　　吧。这医院真是，我都没事了还不让我出院。

电 视 机：下面为您播报，国庆出行，安全最重，各景区为迎接十一做
　　　　最后……

　　　　刘志慧身子一颤，志远瞪她，赶忙用脚踢开了电视线。

老 　刘：啊？我这眼镜还没找到，电视又不行了。老了老了，跟我
　　　　一样。

刘 志 慧：爸，你哪里老。

老 　刘：老不老，只有自己清楚。学校，我肯定回不去了，好在你哥

还在。志远,你这立业了,下一步怎么打算的啊?

刘 志 远:还早呢爸。

刘 志 慧:爸,你怎么也开始逼婚了,(看着对面坏笑)哈哈哈。

老　　刘:我也知道这种事强迫不来,但是你也要多多留意啊。

刘 志 慧:我看刘志远这个榆木疙瘩是还没开窍呢。

刘 志 远:我现在没心思想这些。

老　　刘:唉,行了,你们自己的事,我也操不上心了。

59.内,医院洗手池——日

刘志慧在盥洗台洗饭盒,刘志远打着电话提着暖瓶过来。

刘 志 远:(踱着步)要给嫂子解释什么?说是我女朋友?王哥,这不太好吧。唉,我不会撒谎啊。行吧,嫂子要是问,我就这么讲。

刘志远走到刘志慧旁边,放下暖瓶打开热水龙头。

刘 志 远:你怎么回事?交代你这么两件事都做不好!

刘 志 慧:那花瓶让窗帘给挡住了,你不是也没看见吗?!

刘 志 远:天天这样布置,就是生怕穿了帮,你倒好!(低声)一天到晚不知道在忙什么。

刘 志 慧:爸不这样,谁怕穿帮!

刘 志 远:你!

刘 志 慧:天天把日历都翻到同一天,插着录像放新闻,假装你还在学校,还请小孩假扮学生给咱爸送花,你觉得可不可笑?

刘志远想关水龙头,不小心烫了一下手,他慌忙把手甩开,暖瓶倒在地上,水洒了一地,刘志远蹲下去收拾。

刘 志 远:慧慧,我知道你心里委屈。我这样安排,还不是为了不让爸再受什么刺激。我上班了,也没办法天天在这里守着。

刘 志 慧:别给我来这套,我去上班好不好,你来这里天天守着试试。你这都不当老师了,还这么会教育人,我还真差点就被你教育了。刘志远我告诉你,我受够了,别扯什么为了爸好的鬼话了,从以前到现在,多少天了,爸有一点恢复的样子吗?你就是自私!就是懒!天天维持一个样子,天天光知道哄着爸,你根本就不是真正关心咱爸。一样的话,说几十遍,一样的日子,过几十天,你不觉得爸很可怜吗?他为什么要一直过你选择的生活?爸还能有多久?你没资格这样消耗爸的生命。

刘志远气鼓鼓的,一时语塞,站起身来想要反驳。

刘志慧把饭盒塞到他手里。

刘 志 慧:(语气缓和)等冬天到了,你想瞒也瞒不下去了。

刘志慧转身跑去电梯口。

60.内,医院电梯——日

刘志慧从电梯急匆匆出去,小学生小凯和子皓拿着花进电梯。

子　皓:你明天不来了?

小　凯:不来了,我以后都不想来了。

子　皓:我也不想来了,等我攒够了钱……

小　凯:还差多少?

子　皓:不到 100。

小　凯:那你还得给傻老头再背 20 天的书,哈哈哈。

子　皓:哎,到了,你先进去吧。

小　凯:你先吧。

两人在门口推搡着。

子　皓:我……还是你先吧。

小　凯:我们猜拳,谁输了谁先。

子皓输了,推开病房门。站到老刘面前,敬礼。

子　皓:刘老师,节日快乐!

小　　凯：刘老师，您辛苦了！（把花送到老刘手里）老师，这是送您的花。

子　　皓：老师这是送您的糖！我妈妈亲手做的！希望老师吃了马上康复，每天过得甜甜蜜蜜。

老　　刘：谢谢孩子们，花老师收下了，糖你们就自己留着吃吧。

子　　皓：不行，我妈妈叫我一定送到！

老　　刘：哈哈哈，行行！那老师就恭敬不如从命了。

　　　　　转过身忙着把花插进去。

小　　凯：老师，那我们就……

老　　刘：（没有听到）你们现在学到哪一首诗了？

子　　皓：（看小凯，小凯翻了一个白眼）学到了《过故人庄》。

小　　凯：（小声）又来了。

老　　刘：给老师背一背，我来看看你们学得怎么样了。

子　　皓：故人具鸡黍，邀我至田家。

老　　刘：你也跟着他一起背呀。

子皓、小凯：绿树村边合，青山郭外斜……

61.外，小学门口——日

　　　　　王轶和老婆站在校门外接女儿放学，两人之间隔得很远，老婆的肩膀更是直接朝向了王轶的另一边。王轶远远地看到女儿，招手。

王　　轶：囡囡！这里！

　　　　　女儿踮着脚看到爸爸。

女　　儿：爸爸！

　　　　　王轶和老婆走上前去，王哥想搂住老婆，被老婆斜过身避开。
　　　　　王轶走向前把女儿举过头顶。

王　　轶：（拿鼻尖蹭孩子）想爸爸吗？

女　　儿：想。

王	轶：好孩子，跟爸爸说说，爸爸不在的这几天你听妈妈的话没？
女	儿：听了！ 爸爸，我们明天去哪里呀？
王	轶：我的小公主，你想去哪里？
女	儿：我想去台湾！

62.内,医院病房——日

老刘笑着看两个小朋友。

老	刘：背得挺好的！ 你们最近学了哪一篇课文啊？
子	皓：《跨越海峡的生命桥》。
老	刘：我记得了，是两岸同胞献血的故事！
小	凯：不是，是捐骨髓。
老	刘：啊，对对对，台湾是个好地方呀，你们去过吗？
子	皓：没有。
小	凯：(抢着说)我明天就要去了！
老	刘：明天怎么去？ 在梦里去，哈哈哈。
小	凯：明天我爸爸妈妈带我去！

子皓用手暗暗戳小凯，小凯不理会。

| 老 | 刘：爸爸妈妈不用上班吗？ |
| 小 | 凯：明天就放假了！ |

子皓掐了一下小凯的腿。

| 小 | 凯：啊，你掐我干吗？ |
| 子 | 皓：老师，六点多了，我妈妈要催我回家了，我们先走了！ |

两个小学生推门出去。

| 老 | 刘：好，快回去吧，路上小心点！ 注意安全！ ……明天，是放什么假？ |

63.内,医院走廊——日

刘志远一手拿着饭盒另一只手听电话,小踱着步。

刘 志 远:王哥,这我真的不能同意。我知道,但是,说未婚妻也有点
　　　　过了……嫂子都看见什么了?王哥我真的……林姐呢,她
　　　　什么意思?

小学生看到刘志远,停下。

小　　凯:叔叔,今天的?

小凯摊开手。

刘志远塞了十块钱给他,示意是两个人的。

刘 志 远:王哥,你这样我真的很为难。

小　　凯:叔叔,明天开始我们都不来了。

刘志远转过头看小凯。

刘 志 远:为什么呀?

小凯没讲话。

刘 志 远:叔叔给你加工资好不好?王哥,啊呀,我不是这个意思啊!

慌忙用手捂住电话。

小　　凯:我妈妈说撒谎会遭报应,我不想再当骗子了。

刘志远看着小凯拉着子皓走入电梯。

刘 志 远:王哥,真不行!这谎我不能撒!我爸这边不是没办法
　　　　了嘛!

一个护士焦急地跑过来拍刘志远的背。

护　　士:你快进去看看你爸!他情况不太好。

刘 志 远:王哥,我这里有事,先不跟你说了!

64.内,医院病房——日

老刘插着输氧管,心跳微弱。刘志慧破门而入。

刘 志 慧:怎么回事?你怎么才跟我说!

刘 志 远:还在观察。

> 护士长进门。

护 士 长:三号床的家属是吧?

> 兄妹俩点头。

护 士 长:医生建议老爷子出院调养。

刘 志 慧:什么意思?不给我们治了吗?

护 士 长:治疗也只能是维持,建议你们回家调养,说不定效果还好
一些。

刘 志 慧:护士长,你说实话,我爸是不是快不行了。

护 士 长:你们不要这么紧张!听医生的,很多病人出了院情况大有
好转。你们自己想想,等老爷子醒了就可以办出院了。

> 护士长轻轻把门带上。

刘 志 慧:哥,怎么办?医院都开始撵我们了。

> 刘志远挠挠头,倚到窗台上。

刘 志 远:慧慧,你听我说。今天你说的话我也仔细想了。我不能再
让咱爸一直过这样的生活了。我们等爸醒了就搬回家住,
等月末我就把工作辞了,咱一点点训练咱爸,说不定他的
大脑就能恢复了。

刘 志 慧:(哭腔)哥,你说咱爸会好过来吗?

> 刘志远抱住刘志慧。

刘 志 远:没事的,好人有好报,咱爸一定没事。

65.内,刘家——日

> 三室一厅不大的房子,刘志远推着老刘,刘志慧在后面小心地跟着。

老　　刘:还是回家好!早不放我回来。

刘 志 慧:家里好吧,没让我们俩弄成狗窝。

老　　刘：哈哈哈,值得表扬! 志远,我看这路上银杏叶都发黄了,怎黄得这么早!

刘 志 远：爸,都十月了,也该黄了?

> 刘志慧愣住,掐刘志远。
>
> 老刘默不作声,闭上眼睛,神情痛苦。

刘 志 慧：爸……

老　　刘：(突然)已经十月了吗? 我怎么还觉得是九月啊,今天不是教师节吗?

刘 志 远：爸,你都过糊涂了吧。

> 老刘皱眉,摸了摸头,似乎是头痛的样子。

刘 志 慧：哥,你胡说……

老　　刘：可能是在医院待糊涂了。志远啊,重阳节过了没?

刘 志 远：还没呢。

> 兄妹俩想把老刘架到床上。

老　　刘：我不累我不累,给我把电视打开吧,在医院天天都要憋死了。

> 电视的声音渐渐放大,刘志慧去厨房做菜,刘志远收拾老刘的用品。

66.外,刘家——夜

> 王轶在刘家小区门外,刘志远从楼梯口下来。看见衣衫褶皱满脸疲惫的王轶和他脚底一地的烟灰。

刘 志 远：王哥,你这是?

王　　轶：小刘,你能帮哥一把不?

刘 志 远：王哥,要是还是那件事,真的没什么好谈的。

王　　轶：小刘,你听我说,不用来真的,就装装样子就行。这件事办完了,我给你安排个好地方去。

刘 志 远：王哥,你也看见了,我爸身体越来越不行。不瞒你说,我想做到这月末就辞职,还没来得及跟你说。

王　　轶：我也真的是没有办法了，我都把谎给你嫂子编好了，事到
　　　　　如今只有你能帮我了。

　　　　　王轶深吸一口烟吐出。

刘　志　远：王哥，你不该这样的。

王　　轶：我也知道错了，现在不是想办法悔改嘛。小刘，你帮帮我，
　　　　　人都有一次被原谅的机会。

　　　　　刘志远为难，不语。

王　　轶：囡囡需要一个完整的家庭，我不想跟她妈妈离婚。（王轶抓
　　　　　住刘志远的肩膀，整个力量都靠过来）你知道，小孩子，需要一
　　　　　个完整的家。我不想囡囡以后都没有妈妈。

刘　志　远：（木木地）孩子是得有个完整的家庭。

王　　轶：小刘，我知道跟你讲其他的也没用，你是个好人，我也知道
　　　　　这样的要求让你太为难了，我是真的走投无路了。你放
　　　　　心，你以后要是有什么困难，王哥就算拼尽全力也要帮你。

刘　志　远：王哥，给我点时间。

王　　轶：好好好，这几天你就在家好好陪陪老人家，不用去上班了。

刘　志　远：好。

67.内,美甲店——日

　　　美甲店里，林慧做着新娘甲，刘志远在休息区的沙发上看手机，里面
　　是刺激大脑恢复的方法。

68.内,餐厅——日

　　　林慧和刘志远两人吃菜，有说有笑。刘志远用手擦去林慧嘴上的饭
　　粒，林慧顺势抓住刘志远的手。

69.外,公司——傍晚

林慧刚下班走出电梯,刘志远就刚好推开大堂的门来接林慧。
竹晴讪笑着走开。

70.内,电影院——夜

林慧和刘志远坐在一起,刘志远低头看手机,林慧看着银幕上的爱情喜剧发呆,影院里笑声一片。刘志远伸手拿水,碰到拿错方向的林慧的手,慌忙避开。林慧侧头看刘志远,点头微笑。

71.内,车内——夜

刘志远开车,林慧坐在副驾驶。

刘 志 远:我一会儿还是把你送到小区门口。

林　　慧:送到楼下吧,你跟我进房间待一会。

刘 志 远:这么晚了,不会再有人了吧。

林　　慧:还是谨慎点好。我不想这么多年就这样打水漂了。

刘 志 远:行。

林　　慧:我没想过你会同意。

刘 志 远:我也没想过自己会同意。只是囡囡太可怜了。

林慧不答,打开车窗看着窗外,又到了那个当时使她眩晕的桥洞,夜深了,车飞驰而过。

林　　慧:(自语)谁不可怜呢?

72.内,刘家——日

刘志远刚一开门,就看到刘志慧和老刘讪笑着看他。刘志远愣了一秒,打量自己身上,没有什么异样。

刘 志 远:怎么了?

刘 志 慧:嘿嘿嘿。哥,你是不是有什么事没告诉我们?

刘 志 远:……哪有什么,你到底在说什么?

刘 志 慧:(笑盈盈)你就别装了,我都和爸说了!

刘 志 远:你说什么了?

老　　刘:志远,有女朋友了也不告诉我。这是好事啊。

刘 志 慧:对啊哥,爸和我都可开心了! 快说说你们是怎么认识的!

刘 志 远:你都看见什么了?

刘 志 慧:看见的可不少! 哥,想不到啊! 男大十八变! 你们都到那一步了。

老　　刘:志远,虽然我不太赞同你们年轻人这么开放,但是已经这样了,你要好好待人家,不能有二心。

刘 志 远:知道了爸。

老　　刘:什么时候叫她来家里吃个饭?

73.内,婚纱店——日

刘志远和林慧在婚纱店挑选婚纱,林慧选了最贵的款式。刘志远拿着卡毫不犹豫地刷了下去。

74.内,刘家——日

刘志远带着林慧到家里吃饭,饭桌上其乐融融。林慧饭后拿出给老刘的礼物,老刘喜笑颜开。刘志远看着,许久也笑了。

75.外,公园——日

刘志远和林慧在拍摄婚纱照,两人摆出各种亲密的姿势,没有一丝的尴尬和不自然。休息期间刘志远拧开一瓶水,喝了几口递给林慧,林慧也直接对着瓶口毫不避讳地喝了下去。

76.内,楼道——日

刘志远和林慧去亲戚家送请帖,亲戚留步,两人婉言辞别。

77.内,房间——夜

林慧湿着头发从浴室走出来,刘志远还没走,但是已经睡着了。
林慧坐在旁边,仔细盯着刘志远看,两人的距离越来越近。

78.内,刘家——夜

刘志远在梦中被老刘叫醒。

老　　刘:志远,外面下雪了。

刘志远迷迷糊糊睁开眼,看手机,四点二十分。

刘 志 远:爸,你怎么这么早就醒了?

老　　刘:你马上要去娶新娘子,怕你睡过! 再说,我高兴,一点也不困。

刘 志 远:还早呢,爸,我八点去。

老　　刘:早点起来准备准备也是好的。我娶你妈那个晚上,我一夜
都没睡。就躺在床上啊,闭着眼睁着眼都是放电影一样
的。我的脑子就跳啊跳,都要抽筋了。

刘 志 远:我都没听你说过这个。

老　　刘:好多年没这种感觉了。能赶上你结婚,我的命也算不错。
可惜慧慧的就看不到了。

刘 志 远:胡说什么呢爸,慧慧的你也能看到,到时候慧慧也得是个
贤妻良母了。她可真不像,不知道哪个倒霉孩子会娶了
她。

老　　刘:真快,你跟慧慧,都长大了。

刘 志 远:爸,再睡会去吧。

老　　刘:好。

79.内,婚礼现场——日

大堂里觥筹交错,王轶作为"大鹏"忙得不可开交。王轶一家都来了,看起来很和谐。林慧"请"来的家人不多,但是都装得像模像样,和老刘父女相谈甚欢。竹晴匆匆赶来,推开大厅已经关闭的大门,一束光刺进来。

大厅里放着刘志远和林慧巨大的结婚照,PPT开始播放,林慧挽着假爸爸走上红毯,大厅里很快安静下来。刘志远从林慧爸爸手中接过林慧的手,两个人相视。刘志慧和竹晴在桌上已经开始偷偷抹泪,老刘一脸紧张,王轶也一脸紧张,因因和她妈妈开心地等待着。

司　　仪:朋友们,婚姻是相互的理解和信任,更是彼此的托付和珍惜。此时此刻我想新郎新娘都会有一句话想对彼此说,那么现在有请两位新人转过身来,看着彼此的眼睛。

刘志远牵起林慧的手,林慧的泪猝不及防地流下。

司　　仪:先生,当你的手牵定她的手,从这一刻起,无论贫穷或富贵,健康或疾病,你都将关心她,呵护她,理解她,尊重她,谦让她,一生一世,你愿意吗?

刘志远长久地沉默,林慧抬起头看他。王轶的脸瞬间降到冰点,大堂内开始有了唏嘘,老刘偷偷攥紧了手。

刘 志 远:我愿意。

司　　仪:掌声为新郎见证!女士,当你的手牵定他的手,从这一刻起,无论贫穷或富贵,健康或疾病,你都将忠于他,支持他,帮助他,安慰他,陪伴他,一生一世,你愿意吗?

林　　慧:(哭腔)我愿意。

台下掌声雷动,老刘和刘志慧都用一样的姿势捂住脸擦眼泪。

80.内,车里——夜

老刘和刘志慧坐在王轶安排的车里,往刘家的方向开。外面的雪停了,车轮带过的地方一阵咯吱咯吱雪碾实的声音,异常静谧。

老　　刘: 师傅,可以走鱼行路吗?

刘 志 慧: 爸,鱼行路不通咱们家啊。

老　　刘: 好不容易出来一次,我想去学校看看。

刘 志 慧: 今天这么晚了,又冷,我们改天再去吧。

老　　刘: 让我去看一眼吧。

刘 志 慧: 可是……

司　　机: 让老人家去吧,不远。

雪夜的路灯都变成黄闪,司机缓缓开着车。附属小学更是一片寂静,只有门卫室亮着昏黄的灯。司机把车停在小学门口,下了车。老刘不能下车,摇下车窗,远远地看着黑夜中静寂的小学,很久很久。(音乐起)

刘 志 慧: 爸,十一点了,我们走吧,让司机下班。

老　　刘: 嗯。

车子返程,老刘闭眼养神。车慢慢开过桥洞,刘家的小区渐渐逼近。雪又在下了,车里听到雨刮器划过的声音,跟时钟配合默契。

刘 志 慧: (轻轻推了推老刘)爸,醒一醒,我们快到了。

老刘睡得很沉,并没有回应。

故事三:大寒

81.外,停车区——傍晚

天色已晚,黑暗中乌小蕴脸的特写,眼睛惊讶地看着前方,嘴咬着手指。

画 外 音: 2014 年 12 月 31 日。周佳致被喜欢的人拒绝了。跟我一样。

82.内,补习班——日

紧张刺激的音乐。

明亮的教室,太阳直照在一半的墙面上。老师在台上讲课,下面的同学窃窃私语,互有所指。教室里放着高考倒计时,炎热的夏天,补习班座无虚席,风扇和空调双管齐下也没能免去同学们手里的小风扇。老师回过头去写板书,一个男生站起来用书挥舞空气,音乐高涨。另一个男生拿起外套舞动,同桌女生害怕得闪躲,突然老师回头,音乐停止。同学们在座位上静默,仿佛之前的事情都没发生,老师继续讲课,大家用眼神交流,有的害怕得皱眉,有的讪笑,有的有点跃跃欲试,音乐又起。

同学们欢笑打闹,又突然个个惊觉,音乐停,一个女生惨叫。

老　　师: 怎么了?

女 同 学:(恐惧地)没什么。

老师又转过头。又一声尖叫。

老　　师: 谁?又怎么了!

同学们窃窃私语。

老　　师: 说!

乌 小 蕴:(突然站起)老师——你头上有只马蜂!

老　　师: 啊——!(尖叫着跑出教室将马蜂轰走)

全班哄堂大笑,乌小蕴趁着坐下的空子偷瞄斜后排的周佳致,男生低着头像在写着什么,充耳不闻整个教室的嬉笑。乌小蕴嘟着嘴讪讪地坐下。

83.内,咖啡店——日

乌小蕴一屁股坐到咖啡馆的角落里,把下巴搁在咖啡杯上,眼睛直勾勾盯着门口,手边放着周佳致的考卷。

周佳致推门而入,乌小蕴赶忙将目光收回,低头装作玩自己手指的样子。

咖啡店的灯光渐暗,窗帘全部拉上,墙上的时钟指着三点。

投影在墙上的电影开始放映,是《美美》。

周佳致盯着电影的画面,一个男生的背影走进公园的厕所。

84.外,公园——傍晚

乌小蕴看到周佳致从公园的厕所出来的背影。乌小蕴凝视着周佳致乌黑的头发和发旋,她听到自己心跳的声音,环境中的车声、鸟声、风卷动树叶的声音跟自己的心跳卷在一起。

紧张刺激的音乐响起。乌小蕴加快脚步,手里攥着周佳致的考卷。马上就要追上时,她伸出手想要拍周佳致的肩膀。音乐停,周佳致的手机响。

乌小蕴转身飞快跑开,周佳致看到一个奔跑而去的背影。

85.内,乌小蕴房间——夜

乌小蕴拿着周佳致的考卷给自己做订正。她拿起周佳致的考卷放进自己的睡衣里,趴在床上身体慢慢抖动。满头大汗后把考卷抽出,喘着气枕在床头。床头上贴着距离高考还有 300 天。

母亲推门而入。乌小蕴装睡再次把考卷压在身下。

灯熄灭。

86.内,竹晴公寓——夜

竹晴和男朋友在昏暗的楼道里疯狂接吻,放大的呼吸声被烟花打断。

竹晴睁开眼睛,透过男友的碎发望向烟花升起的地方,刚好被一栋楼挡住,什么也看不见。

87.内,医院病房——夜

刘志慧扶在爸爸的床边浅睡,被烟花的声音惊醒。她走到窗边把窗户关好,看着外面绽放的烟花,眼睛一闪一闪。

88.内,乌小蕴房间——日

乌小蕴躺在床上抱着手机换各种姿势。

乌 小 蕴:啊,热死了!

把身上的毛巾被一脚踢开。跳离床铺,套好衣服,冲出房门。

又折返,回到梳妆台前凝视自己的脸,开始化妆。

89.外,篮球场——日

乌小蕴赶到篮球场后,场上只剩零星的人坐在球筐下休息,人群中辨认不出哪个是周佳致。乌小蕴站在球场外面,扒着网,眯起眼睛使劲瞧。

车铃声。

周佳致骑车从乌小蕴身边擦过。乌小蕴奔向自己的车骑上开始追。

90.外,路口——日

过了好几个转弯路口,眼瞅着周佳致陷入人海但是又奇迹般出现。

91.外,居民楼——日

车子拐进一个居民区的小路,周佳致无迹可寻,乌小蕴无奈地停下车,看了又看,还是找不见人影,准备推车离去。

周 佳 致:跟了我一路,你有事?

乌小蕴看到他从地下停车室慢慢上着台阶。

乌 小 蕴:没有啊,想太多了吧你。

　　　　漫长的沉默和周佳致的打量。

乌 小 蕴:(窘迫地)你的试卷在我这里,我一直没找到机会拿给你。

周 佳 致:那……试卷呢?

乌 小 蕴:啊?

　　　　周佳致伸出手。

　　　　乌小蕴着急地翻着书包,最后低着头不敢看对面的男孩。

乌 小 蕴:要不,你给我你的手机号码? 我什么时候再到这边,给你带着?

　　　　又一阵沉默。

　　　　乌小蕴刚要张口打破尴尬,一串数字就进入耳中。

　　　　一个声音从身体里炸出,呐喊着:YES! YES! YES!

92.外,河堤公园——傍晚

　　　　乌小蕴骑着上坡,身体吃力,她站起来骑,整个夕阳全部洒在脸上,嘴却张着在笑。

　　　　随着背影下坡消失在地平线中听到一声大喊。

乌 小 蕴:YES——

93.内,图书馆——日

　　　　乌小蕴做着题,瞟到手机消息一闪就马上拿起来,戴上耳机。音乐起。

94.外,河堤——日

　　　　乌小蕴拿着手机悠悠走过,鸟屎正好落在鞋上。

　　　　竹晴和阿牵与她擦肩而过。

95.内,房间——日

　　　　乌小蕴一边拿着手机一边夹菜,爸爸一筷子打在她手上。音乐停。

乌 小 蕴：啊！干什么啊？

　　　顺着爸爸眼神的方向，乌小蕴一看自己的筷子把废纸巾插了一个洞。

乌 小 蕴：我吃饱了。

　　　跑着回房间。音乐起。

96. 内，咖啡店——日

电影开始播放，只有乌小蕴拿着手机聊天的脸被屏幕照亮。后面的人开始不满地咳嗽，她无动于衷。

97. 外，篮球场外——日

拿着手机的乌小蕴被飞出场外的篮球正好砸中，顾不上疼，赶快去接即将落地的手机。

98. 内，教室——日

新助教刘志慧在台上自我介绍，黑板上方是距离高考还有 246 天。乌小蕴立着书在偷偷打字。上课铃响了，音乐声音终止。

99. 外，回家路上——日

乌小蕴骑着车哼着歌。

周佳致从后门跟着一下子把帽子扣在乌小蕴头上。

乌小蕴吓得停住车，不料跟送外卖的阿牵相撞。

帮着阿牵捡起送去医院的外卖后又气鼓鼓地疯狂追赶周佳致。

100. 内，乌小蕴房间——夜

　　　乌小蕴在被窝里支着身体打电话，手机的光从脸一侧的缝隙中透出来。

乌 小 蕴：你说测试啊，我考得可差了。

周 佳 致：多少分？

乌 小 蕴：不行，不能告诉你。

周 佳 致：这么小气吗？

乌 小 蕴：告诉你也可以，但是有条件。

周 佳 致：什么条件，说出来听听。

乌 小 蕴：那我也得问你一个问题，你必须如实回答！

周 佳 致：行，你问吧。

乌 小 蕴：呃……这我可得好好想想。你有没有喜欢的人啊？

周 佳 致：（长久沉默）……

　　　　　静得只剩心跳的声音。

乌 小 蕴：没诚意。

周 佳 致：算是有。

乌 小 蕴：（一把掀开被子）哎?！真的！谁啊，哪个班的?！

周 佳 致：仅限一个问题的啊！该你了。

乌 小 蕴：（害羞地）我也……

周 佳 致：也什么也，考几分啊到底？

乌 小 蕴：……不！告！诉！你！

　　　　　乌小蕴挂了电话，闷起被子，双腿砸床。

门外声音：乌小蕴！干吗呢？安静点！

101.外，医院——日

刘志慧冲出电梯，和不少路人相撞，奔到医院外面的长椅上坐下。
打开手里的饭盒，眼泪砸到铁盒子里发出当当的响声。音乐进。

102.内，教室——日

课间操音乐。
乌小蕴和朋友急忙在座位上把校服裤子套到自己裤子外边。

朋　　友:问出来了吗?

乌 小 蕴:没有呀。

朋　　友:快点,一会儿点名了。

乌 小 蕴:(边穿边说)好了好了,走。

　　　　　两人随着人流跑去操场。

103. 外 , 操场——日

　　　　　明艳的阳光,晃动着的方阵,一个个后脑勺切过去,还有一张张气喘
　　　　　吁吁的脸。

朋　　友:我跟你说,光我知道的,就好几个喜欢他。

乌 小 蕴:我知道啊! 哎呀,急死我了。

朋　　友:铿锵四班,勇往直前!

乌 小 蕴:你说,他喜欢的人会不会是我啊!

朋　　友:也有可能! 要不他干吗不说。

刘 志 慧:那边两个同学,不要讲话。

朋　　友:(不张嘴,牙缝里冒出的声音)还有一种可能!

乌 小 蕴:(同方式)说!

朋　　友:我听说他跟助教走得挺近的,不是都说男生喜欢什么 A V
　　　　　女教师吗。

乌 小 蕴:不是吧!

朋　　友:也不好说! 咱班不少人喜欢那个助教呢。

乌 小 蕴:(瞟了一眼刘志慧)狐狸精!

104. 内 , 办公室——日

　　　　　周佳致拿着作业推开门,径直走向刘志慧。乌小蕴和朋友在门外。

朋　　友:今天第三次了!

乌小蕴不讲话,侧着身想要偷听。

朋　　友:我觉得有问题。

乌 小 蕴:嘘,我听听他们说什么呢。

　　　　　朋友应声闭嘴,跳起来想看清里面的情况。

　　　　　周佳致突然打开门,错愕。

乌 小 蕴:嘿嘿。

周 佳 致:学傻了吧你。

105.内,教室——日

值日生擦掉板书,高考倒计时变为还有 219 天。

刘志慧在教室看自习,乌小蕴看着周围人陆陆续续去找刘志慧请教问题,自己赌气看书找答案。

外面的风呼啸着,撞击着窗户发出咻咻的声音。

106.内,乌小蕴房间——日

房间里放着 U2 的老歌,乌小蕴在房间里打着电话,踱着步。

乌 小 蕴:你说花鸟市场吗?

周 佳 致:对。

乌 小 蕴:我知道啊,我可熟了,我带你去。

周 佳 致:但是还没想好要买什么。

乌 小 蕴:嗯……多肉、柠檬、薄荷都很好!

周 佳 致:你养过?

乌 小 蕴:我是没有养过啦。对了,金鱼也不错。

周 佳 致:金鱼很快就会死掉吧?

　　　　　乌小蕴在床上做着拉伸运动,突然停下。

乌 小 蕴:不是哦,金鱼其实可以活得很久,十几年也可以。有一次
　　　　　我去朋友家,你猜你看见什么,他鱼缸里的金鱼养得像鲤

鱼一样大,给我吓惨了。

周 佳 致:听起来有点恐怖。但是我也希望可以养活得久一点的。

乌 小 蕴:怎么说呢,小动物是很可爱,但是又担心哪天被自己养死
了,我妈妈说我那叫杀生,一直不肯给我养。养花花草草
虽然不会因为它们死了太伤心,但是其实真要养起来还是
很麻烦的,我养过,但是都没两天就死了。

周 佳 致:哈哈哈,可以想象你是怎么对待它们的。

乌 小 蕴:嘿,哪有,我明明很小心。

周 佳 致:金鱼挺适合你。

乌 小 蕴:为什么啊?

周 佳 致:它们好像只有很短的记忆,你对它们不好,它们也会马上
忘了。

乌 小 蕴:(无语)你说,朋友家活那么久的金鱼,却永远只有几秒钟的
记忆,是件好事还是坏事呢?

周 佳 致:如果都是不好的回忆,那么是件好事吧,但是要是很好的
回忆,就是件坏事吧。

乌 小 蕴:可是不管是好事还是不好的事,我都不想忘记啊。体验?
嗯,怎么说呢,感觉吗? 我想把所有感觉都体验一遍。下
一个人、下一件事会给我怎么样的感觉? 会不一样吗? 一
边这样想着,一边回忆和认识着,那种感觉很棒。

周 佳 致:(沉默很久)讨厌的事也不想忘记吗?

乌 小 蕴:怎么了?

周 佳 致:没事,我要去吃饭了。

乌 小 蕴:嗯⋯⋯

周 佳 致:怎么?

乌 小 蕴:没事,拜拜! (低头欲挂手机)

周 佳 致:我们明天⋯⋯车站见?

乌小蕴一抬腿碰到床头柜。

乌 小 蕴: (忍痛忙说)好啊!

乌小蕴全身舒展地朝背后倒下去。

107.外,夜

秋风大起,落叶卷起一波接一波。行人在风中被动地行走,竹晴逆着风奔跑去小酒馆。夜深了,雨声渐渐沥沥,树叶粘在土上,路上渐渐空无一人。

108.外,车站——日

看着周佳致骑着车子的身影从远处冒着雨赶来,乌小蕴才撑开伞绕车站一周又出现在他面前。

乌 小 蕴: 你来很久了吗?

周 佳 致: 没有,我才到。

乌 小 蕴: 你都淋湿了。

说着想要拿纸巾给周佳致擦脸上的雨水。周佳致微微避开。

周 佳 致: 不碍事,走吧!

乌 小 蕴: (迟疑)好。

109.内,教室——日

快要放学时的作业点评时间,教室里充满低语。

刘 志 慧: 法国作家司汤达说,要产生爱情,只要有一点点的希望,就足够了。

乌小蕴在数学题中抬起头。

刘 志 慧: 这句话虽然用了名人名言,但是出现在高考作文里,还是不太合适的。乌小蕴,你可以尝试着用其他不影响意思的名言换掉这一句。

乌小蕴转身投字条给朋友。

乌 小 蕴：(字条)你觉不觉得她在挑衅我？

朋友收到后用眼神回复，两人像协商好什么事情。

110．内，办公楼——日

竹晴站在窗边看着楼下光秃秃的树。

林　　慧：(拍竹晴)发什么呆呢，后天要穿得漂亮一点啊！

竹　　晴：你结婚我穿那么好看干吗？

林　　慧：我就你这一个伴娘！你不穿好看点不是给我丢人吗？

竹晴突然凝视林慧。

竹　　晴：(缓缓开口)小八，你真的决定要结婚了？

竹晴突然抱住林慧。

林　　慧：放心，一切都会好的。一切都过去了，一切都会好起来的。

竹　　晴：嗯，我知道。

111．内，乌小蕴房间——夜

乌 小 蕴：你的茉莉怎么样啦？

周 佳 致：挺好，没死。你的仙人掌呢？

乌 小 蕴：(瞧了一眼在书桌上的仙人掌)也没死。给你做个测试！

周 佳 致：你又从哪里看的？

乌 小 蕴：长发还是短发？

周 佳 致：不长不短。

乌 小 蕴：骨感还是丰满？

周 佳 致：骨感吧。

乌 小 蕴：白皮肤还是黑皮肤？

周 佳 致：都好啊。

乌　小　蕴：158 还是 168?

周　佳　致：168。

乌　小　蕴：双眼皮还是单眼皮?

周　佳　致：合适就好。得得得! 没完啦。

乌　小　蕴：(自语)不是她吧。

112. 外,车内——夜

刘志远开着车,王轶坐到后座。

王轶瞧见刘志远默默打开了车窗,立马把烟熄灭了。

王　　轶：小刘,之后还想做老师吗?

刘　志　远：其实当司机也挺好的。

王　　轶：那……我有个朋友那里……

刘　志　远：(打断)王哥,我已经决定去外省啦。

王　　轶：小刘,你别误会啊。

刘志远见红灯停下车。

刘　志　远：王哥,之前因为我父亲的事情确实有些焦头烂额。后来经过这些天,我跟妹妹也讲好了,以前都依靠着父亲,但是其实我们也都想出去见识一下。趁着年轻,还想看看自己到底能做出什么样来。

王　　轶：小刘,你误会哥了,哥真的不是想赶你走啊。(见刘志远不讲话,开始抽自己嘴巴)都怪我,我太不是个东西了。

刘志远没回头,等绿灯亮。

刘　志　远：王哥,以后别再去找林姐啦。

王　　轶：(捂着脸)谢谢你,兄弟。

113. 外,放学路上——日

初雪刚过,路面还有残冰。乌小蕴推着自行车,没戴手套的手冻得通红,她一会儿换左边一会儿换右边,把另一只手插到口袋里。

朋　　友:乌小蕴——后面——等等我——

　　　　乌小蕴停住脚步,连打了两个喷嚏。

朋　　友:你感冒啦?

乌 小 蕴:没有,可能是有人骂我了。

朋　　友:(笑)谁会骂你啊。

乌 小 蕴:刘志慧已经一个星期没来上课了。你说,会不会跟我们有
　　　　关系啊?

朋　　友:你瞎说什么呢! 我们也没怎么样吧。

乌 小 蕴:周佳致应该喜欢的不是她。

　　　　朋友的脚一下子踩进雪水里。

朋　　友:哎,晦气晦气。我其实也觉得周佳致不喜欢她。

乌 小 蕴:那你觉得他喜欢谁啊?

朋　　友:你不觉得周佳致有哪一点不太一样吗?

乌 小 蕴:什么地方?

朋　　友:说不上来,感觉这个人……有点假,不真实的感觉。但是
　　　　也想不出来,有点琢磨不清他到底在想什么。

乌 小 蕴:有吗? 阿嚏——

朋　　友:就是感冒了吧你! 快给我离远点!

乌 小 蕴:(把脸凑过去)干吗,就是要传染你!

　　　　两人嬉闹。

114.外,屋顶——日

课间操时间。乌小蕴一个人在教学楼天台喝着牛奶,眼睛往操场
看。操场上乌压压的人头跑动着,像一块一块芝麻糕一样。
天台铁门的开门声。乌小蕴迅速躲到电压箱后。
哭声伴着操场的音乐和口号声。乌小蕴好奇地伸头。看到刘志慧

一个人在楼台上哭。乌小蕴心虚想要偷溜,但是眼看着刘志慧越来越往楼的边缘跑。

乌小蕴停住不再前进。刘志慧竟然爬到了台子上,眼看要跳下去。

乌小蕴一下子冲过去抱住刘志慧的腰,两人摔在扫好的雪堆里。

乌 小 蕴:老师,你没事吧?

刘 志 慧:你怎么突然?

乌 小 蕴:老师! 我错了! 你可不能这样啊。

刘 志 慧:啊?

乌 小 蕴:对不起,都是我干的。我没想到会对你影响这么大。

刘 志 慧:我也没想哪样呀。(破涕为笑)。

乌 小 蕴:(失措地)那你怎么哭了,还往那边走?

刘志慧摸乌小蕴的头顶。

刘 志 慧:我没事,你放心。你刚才说,你都干了什么啊?

115.外,操场——日

周佳致一边做操,一边向乌小蕴的班级看。黑压压的人群,随着动作更加难以聚焦,也不知道周佳致具体看的哪个方向。

116.外,屋顶——日

刘 志 慧:原来是你啊,我说怎么最近都这么不顺。

乌 小 蕴:对不起。还有,伯伯的事你也别太难过,好人有好报。

刘 志 慧:(轻笑)我知道。

乌 小 蕴:(小声)还有那件事,要保密噢。

刘 志 慧:(站起来)快高考了,虽然对你说这些真的不合适,但是我觉得,你应该是个自信的孩子啊,说不定那个被喜欢的就是你啊。如果真的这么忐忑不安,反倒可能没办法安心去复习了,不如就直接问问他。

乌 小 蕴:现在吗？我害怕……

刘 志 慧:随你啦,我只是觉得,要早点完成自己想做的事,才不会遗憾。

乌 小 蕴:嗯,我知道了。

117.内,教室——日

乌小蕴拿笔撑着脸,死死盯着桌面上的本子。化学公式全变成一个又一个不同的名字。她站在这群名字中间,一个一个把不要的摘除。不一会儿那页纸就变成了黑乎乎的一片。

找不到。一个名字也没有了。

乌 小 蕴:真的是我吗?

教室的倒计时变成187天。

118.外,居民楼——清晨

乌小蕴躲在一间"全家"里,拿着试卷,眼睛却一直瞟向周佳致家楼洞。

周佳致的短信。

群 发:圣诞节快乐～

乌小蕴抓狂地垂下头。

119.内,乌小蕴房间——夜

乌小蕴躲在被子里讲电话。

乌 小 蕴:我真的想不出还有谁了。

朋 友:我觉得,真的可能就是你啊。

乌 小 蕴:是我吗?可是……

朋 友:没那么多可是,女追男隔层纱,而且我觉得他对你应该有意思。

乌 小 蕴:我害怕我说了以后连朋友都做不成。

朋 友:可真不像你。

120.内，教学楼——日

节奏强烈的音乐。乌小蕴风风火火地下着旋转楼梯,每一步都卡在音乐上。

一个急刹到周佳致班门口,拦住一个同学。

乌 小 蕴:(大声)快叫你们班周佳致出来!

周佳致抬头看到门口的乌小蕴,缓缓起身。

乌小蕴冲进门拉住周佳致的手就跑。

两人停在楼梯口。

周 佳 致:怎么啦?

乌 小 蕴:你下个学期要去江西?是真的吗?

周 佳 致:(低下头)嗯。

乌 小 蕴:你怎么都没告诉我。

周 佳 致:之前一直也没确定。

乌 小 蕴:什么时候走?

周 佳 致:年后吧。

乌小蕴失语,喘着粗气,眼神不敢看他。

上课铃打响。

周 佳 致:(起身)那……

乌 小 蕴:(打断)考完了,你还回来吗?

周 佳 致:没确定,我也不清楚。

走廊里没有人了,只剩他们两个。

周 佳 致:上课了,快回去吧。

乌 小 蕴:你先回吧,我去下厕所。

周 佳 致:好。

等周佳致背影消失后,乌小蕴趴在栏杆上小声抖着肩膀哭了。

121.内,教室——日

刘志慧的教育实习结束,在台上发言。乌小蕴趴在桌子上,脸转向墙。

122.外,车区——傍晚

乌小蕴一个人在车区,冬日的风吹过卷起地上的尘土,乌小蕴眯起眼睛,找了一圈,就零星几个车子还在。

她坐在周佳致的车座上,对着天空哈着气,天色暗了,校园的夜灯亮起。远远看到周佳致和另一个男生走过来后,乌小蕴马上躲在了车区的电箱后面。

周佳致磨蹭着把车锁打开,一直用眼睛看着对面的男生。

男　　生:怎么啦?

周 佳 致:(从书包拿出)你一直想要的专辑。

男　　生:哇,谢谢啊兄弟!

周 佳 致:没事。

　　　　　男生也推好车,准备跨上,周佳致一把扶住男生的车把。

周 佳 致:抱一下吧。

　　　　　男生诧异,没有讲话。

周 佳 致:我下学期就转走了。

男　　生:兄弟你怎么不早说!

　　　　　伸出手把周佳致抱入怀里。

　　　　　时间已经过去一会儿了,周佳致却越抱越紧,头深深按在男生肩膀上。

　　　　　乌小蕴皱着眉,没看懂眼前的场面。她面对着的周佳致表情模糊,像在哭,又像在笑。

男　　生:(试图推开)兄弟?

　　　　　周佳致没有动。

　　　　　画面定格。

乌小蕴的耳朵里听不到声音,只见男生把周佳致推倒在地落荒而逃,还踩碎了他刚收到的CD。周佳致躺在地上,没有动,也没有声音。

123.外,路口——夜

圣诞节刚过,路上还都是各种商家布置的圣诞树和彩灯。

乌小蕴把自行车骑得飞快,路过公园的斜坡时甚至站了起来。

曾经的球场没有人在打球,咖啡店前的树全部光秃,衬着里面昏黄色的灯光。

乌小蕴目光直直地看着前方,穿过人潮汹涌的路口,停不下来。

124.内,刘家——夜

家里堆满了大纸箱,刘志远和刘志慧还在不停地贴着胶带,房间只剩几件家具,露出年久发黄的墙皮。

突然外面响起烟花的声音。

刘 志 远: 又是一年了。

刘志慧挽住刘志远的手把他带到窗边,两人看着窗外。

刘 志 慧: 哥,新年快乐。

125.内,竹晴家——夜

竹晴撑着的小桌板上放着无数苹果酒的空瓶,她头半倚在床上,像是睡着了。

突然外面响满烟花的声音。

她半眯着眼睛,想起身,然后又睡着了。

126.内,乌小蕴家——夜

窗外到处是烟花绽放的声音,电视里播放着跨年的晚会,乌小蕴从客厅回到自己房间,关上所有灯。房间随着烟花一明一暗,乌小蕴

使劲用手去捏仙人掌,刺痛后又狠狠甩开,火车在房门外呼啸而过,
没有听到花盆裂开的声响。

127.内,教室——日

周佳致低着头独自在楼道里走。每走过一处大家的目光都从悄悄
打量变成肆无忌惮。各种声音钻入他的耳朵,又像是他自己脑子里
发出的。

甲　:唉,你快看! 他走过来了!

乙　:天哪,他好惨哦,自己一个人。

丙　:就是他,喜欢男人。

丁　:太恶心了吧。

戊　:怎么可能,假的吧。

周佳致一回头,什么声音都没有,所有人都在做着自己的事,只剩一
点点的不自然。

乌小蕴跑上前,十指紧扣拉住周佳致的手。周佳致一怔,低头看。

乌 小 蕴:(满面笑容)我们班主任又拖堂,走吧!

留下刚才议论的人面面相觑。

128.内,考场——日

考场上期末考试紧张地进行,乌小蕴遇到不会的题,闭上眼睛。
另一边,周佳致认认真真地看着题,下笔飞快。
教室黑板上距高考的倒计时变成了 166 天。
窗外下起大雪。

129.外,路口——日

周佳致和乌小蕴同撑一把伞在路口等红绿灯。
刘志远开着车带着刘志慧驶过。

绿灯亮了,从对面走来的竹晴不小心蹭到了乌小蕴的伞,伸手拍去大衣上的雪迹,顶着雪仓皇而去。

130.外,周佳致家楼下——日

乌 小 蕴:这么快就到了。

周 佳 致:你等我一下。(跑去楼上)

乌小蕴撑着伞,看着雪花慢慢从天空飘下,她伸出手接住,雪很快化在了手里,她伸出舌头轻轻舔上去。

周 佳 致:这个给你。

乌 小 蕴:这个……你不带走了吗?

周 佳 致:这是我移出的一株。不要让它死了哦。

乌 小 蕴:嗯。

周 佳 致:那……

乌 小 蕴:那边学校都安排好了?

周 佳 致:嗯。

乌 小 蕴:那……

周佳致轻轻抱住乌小蕴。

乌 小 蕴:周佳致。

周 佳 致:嗯?

乌 小 蕴:周佳致。

周 佳 致:嗯。

乌 小 蕴:不可以把我忘了哦。

眼泪滴到茉莉盆栽里。

周 佳 致:嗯。

乌 小 蕴:你要说出来,说你不会把我忘了。

周 佳 致:你不会把我忘了!

乌小蕴笑着轻轻推开。

乌 小 蕴：那我走了噢。

周 佳 致：嗯。

> 乌小蕴撑着红伞，雪已经落到能覆盖住脚面的程度，走到跟周佳致相识的路口，马上就要走到拐角。

周 佳 致：乌小蕴——我是不会——把你忘了的！

> 乌小蕴的眼泪倾泻。

乌 小 蕴：（自语）我也是。

> 周佳致主观视角，背对着他的红伞左右挥动了几下，离开视线。

（全剧终）

指导教师：俞春放

指导教师点评

  毛奥兹同学的剧本《冬的刻度》表现的是对当今社会的某种认知与期盼。在她看来，在当今的速食社会中，人与人之间的隔膜渐渐加深，每个人都隐藏在自己粉饰的面具之下，用谎言维系着日常生活平静的假象，但是我们仍旧怀有追求温暖并渴望给予他人温暖的愿望。因此她在剧本中写了三个有关谎言和温暖的故事，目的是展示"谎言城市中的小确幸"这样的主题，意在唤醒人们去抛开社会身份的禁锢，积极地对自己的内心展开追求。

  剧本不追求情节的跌宕起伏，大量细小而微妙的心理活动，具有超现实的感觉。这种处理方式使得这剧本具有某种文艺化的色彩，但从另一层面来讲，也削弱了故事性。

  剧本在形式上也做了些探索。第一个故事发生的时间只有一个月，第二个为三个月，第三个为半年。第三个故事包含了前两个故事的全部时间，对前面的故事进行补充。前一个故事的结尾可能在后一个故事中体现，从而形成了一种情感上的协奏。

情节弱化、人物单薄、剧情一定程度上的概念化使得这剧本还有上升空间。总体来说，这剧本还是有自己的鲜明特色的。

鱼与虾之夜

刘 浩

作者简介

刘浩,男,1995年3月28日生,籍贯山东东营,浙江传媒学院文学院戏剧影视文学(编剧与策划)专业2014级学生。《鱼与虾之夜》入围国际短片电影节。

故事梗概

在上海工作多年的沈梦(女,26岁)回到故乡,与一直留在小城的初恋男友刘大年(男,27岁)街头偶遇,关系微妙的两人意外卷入一起案件,随着调查的深入,他们的过往与秘密也渐渐浮现……

1.内,出租车——夜

一男一女坐在出租车的后座。

女人穿着卡其色的风衣,她环抱着胳膊,红着眼睛,低声抽泣着看向窗外。

男人穿着不合身的西装,他时不时地偷偷看看女人,低垂着头,欲言又止的样子,显得有些局促。

男　人:你还记不记得,你还记得不记得,刚分班那会儿,我们全班大扫除?

男人看了看女人,女人没有看他。

男　人:教室搞完了,老师突然说,所有拿着扫把的同学出来扫操场,然后你就……

男人笑了起来。

男　人:然后你就……

他继续笑。

男　人:你就……

他笑得前仰后翻。

男　人:你就突然把扫把塞到我的手里了。

他自顾自地笑着。

男　人:那是咱们第一次见面,我都不认识你。

女人仍旧看着窗外,低垂着头。
男人渐渐平静下来,微微低头。

男　人:那天下雪,整个操场白花花一片,我不知道哪来的力气,拿着扫把来来回回扫了很久。

两人沉默,男人看看女人,抬起手想要挠头,旋即又放下,无所适从地搓了搓手。
女人抹了抹眼角,"扑哧"一声笑了出来。
片名:鱼与虾之夜

2. 内,超市——夜

一只白皙的手在米缸里反复抽插。

中年女人:(画外音,不太标准的普通话)梦儿,梦儿,你在听我说吗?

叫沈梦的女人穿着一双浅白色的高跟鞋,重复着手插米缸的动作。

她突然回过神来。

沈　　梦：妈,嗯,怎么了妈?

她的母亲叹了口气。

母　　亲：我说,你二舅为了你工作的事没少使劲。

两人并排穿过货架,沈梦一只手提着购物篮,另一只手插进风衣,眼
神蜻蜓点水般扫过货架上的商品。

两人在收银台前驻足排队。

母　　亲：银行这么好的单位,上班晚下班早,你再考虑考虑。

沈梦把篮子里的商品放到收银台上。

沈　　梦：天天和钱打交道,多脏啊……

年轻的女收银员看了看沈梦。

母　　亲：你二舅说了,是做客户经理,不碰钱的。

母亲顿了顿。

母　　亲：再说了,银行的小伙子也不错……

沈　　梦：妈,你就别操心了,我和佳俊很快就回上海了。

母亲欲言又止。

收 银 员：需要袋子吗?

沈　　梦：当然。

收 银 员：一共六十。

沈梦拿出卡包翻着银行卡,母亲上前一步把一百块钱递了过去。

母　　亲：现在经济不景气,你二舅好不容易……(被打断)

沈　　梦：妈! 你怎么胳膊肘往外拐啊? 他那个民办三本毕业的闺
女就在银行! 他安的什么心你不知道?

服务员看看母女两人,将几张纸币放到收款台上。

服 务 员：找零四十。

沈梦没有拿钱,母亲顿了顿,把钱收走。

母　　亲：不能这么说,都是一家人,你二舅也是替你着急。

沈梦冷笑。

沈　梦:可算了吧,他们巴不得把我留下。

母　亲:留下怎么了? 和家人在一起多好啊,有什么事儿还能相互
　　　　照应,不比你在那边强吗?

　　　　沈梦提起菜。

沈　梦:我先回家了。

　　　　沈梦戴上了口罩。

母　亲:不是说去姥姥家吗? 你二舅难得也在……

沈　梦:下次吧。

　　　　沈梦转身离开。

母　亲:这孩子! 哎……

　　　　附加场:

　　　　沈梦走出超市来到街边。

　　　　街边一个正在抽烟的老头面前摆着两个红盆。

老　头:水中明月不可捞,占此逢之运不高,渔翁寻鱼运气好,虾来
　　　　撞网跑不了。小姑娘,买些鱼和虾?

　　　　沈梦驻足,看着两个红盆中的鱼与虾。

3.外,街边——夜

　　　　沈梦打着电话走在街上,她的手里多了一袋鱼和虾。

沈　梦:你醒了?

沈　梦:我拿了羊绒衫就回去做,桌上有面包,你先将就吃点。

沈　梦:再待一周? 最多一周,你别着急嘛。

　　　　沈梦顿了顿。

沈　梦:对了,过两天咱们出去住吧……

沈　梦:也没什么,就是我妈……算了,回去再说,你快起床吧,别
　　　　打游戏了。

男　人:(山东广饶话)沈梦?

沈梦愣住了,她将手机放进口袋,摘下口罩看向路边。

一个正在路边摊吃面的男人推了推眼镜。

男　　人:（方言）沈梦！真的是你啊！

沈梦看清了男人。

沈　　梦:你是……刘大年?

叫刘大年的男人走向她。

沈梦把鱼、虾拎到身后攥紧。

刘 大 年:你（方言转普通话）……你还记得我啊?

沈梦低头笑笑。

沈　　梦:这怎么会忘呢,你……你怎么穿成这样啊?

刘大年穿着不怎么合身的黑色西装礼服。

刘 大 年:嗨,别提了,这不是去参加杜小刚的婚礼了嘛,都没吃饱,
又出来吃点。

刘大年看了看沈梦。

刘 大 年:你……这才……（刘大年用手比画着）大学两年,不对,你是四
年,工作……你应该毕业了五年,工作五年,那就是……

沈　　梦:九年没见了。

刘大年看着她不好意思地抓了抓头发。

沈梦侧脸避开他的目光。

刘 大 年:是啊,你真的一点都没变啊!

沈　　梦:没变漂亮吗?

刘 大 年:对对对,我不是这个意思,不是,我的意思是……（被打断）

沈梦笑笑。

沈　　梦:大年,我要去趟干洗店,我们改天再聊吧。

刘 大 年:好,行,（沈梦转身）等等,我和你一起去吧。

沈　　梦:算了吧,不早了。

刘大年走到她的身旁,沈梦换了只手,把鱼和虾拎到外侧,刘大年自
顾自地走向前。

刘 大 年：我都没想过还能遇到你，咱们还是同桌那会儿……（声音渐渐远去）

4. 外，夜街上——夜

沈梦和刘大年并排走在一起。

刘大年兴奋地说着什么，时不时用手比画着。

沈梦低着头，有些尴尬地笑着。

（此段只有背景乐）

5. 内，洗衣店——夜

两人在干洗店门口驻足。

沈　　梦：到了。

刘 大 年：行。

刘大年没有要走的意思，沈梦对他淡淡地笑了笑走进干洗店。

洗衣店柜台后的男人低着头翻找着什么，看到沈梦后马上站直。

沈　　梦：你好，我来取衣服。

男人打量了一番沈梦，歪着头看了看她身后的刘大年，沈梦觉得奇怪，转头看向在门外踢着石块的刘大年。

刘大年以为沈梦叫他，急忙走进来。

刘大年掏出钱包。

刘 大 年：我这有我这有。

沈梦对他摇摇头，看向男人。

沈　　梦：前天放在这里的，一件羊绒衫，Collection of Style 的。

男人把一旁的记录本拿起，翻了两页后发现自己拿反了，赶紧正了过来。

刘 大 年：羊绒衫是该干洗，上次我自己水洗，缩了一半。

男人瞥了瞥刘大年。

沈　梦：大年，我这就回去了……

　　　　男人突然拍了一下自己的脑门。

男　人：哦对，在外面仓库呢，我去拿，你们先坐下等会吧。

　　　　男人跑了出去，手里攥着一个黑色塑料袋。

　　　　刘大年坐在了一旁的沙发上，沈梦顿了顿，也坐了过去。

　　　　沈梦把鱼、虾放在一旁，刘大年挠了挠自己黑皮鞋里穿的白袜子。

　　　　沈梦看了一眼自己的手表，一只手握住另一只，有些着急的样子。

　　　　刘大年叹了口气。

刘大年：唉！

沈　梦：嗯？

刘大年：没事没事。

　　　　两人沉默。

刘大年：要是那时候多看看书就好了，也上个好大学，说不定……
　　　　算了算了。

　　　　沈梦低头不语。

刘大年：听说你去上海念书了？去年五月份我出差，在上海待了三天，
　　　　去了金茂大厦，还去了东方明珠，好家伙，大城市就是大城市，
　　　　原来都是听你说，真的去了才知道，你为什么那么喜欢那里。

　　　　沈梦皱眉，她看了一眼手表，又朝外面看看。

刘大年：对了，我们当时是团购的两球联票，第三颗球上有啥？我
　　　　一直挺好奇的。

沈　梦：什么？

刘大年：第三颗球，东方明珠的第三颗球，最小的那个！

　　　　沈梦摇了摇头。

沈　梦：我不知道。

　　　　刘大年顿了顿。

刘大年：那个，我想联系你来着，还在咱们班群里问了一圈，结果他
　　　　们都不知道你的电话。对了，你什么时候退群了？我记得

你那时候很活跃的……

沈梦低头摩擦着自己大拇指和中指的指甲。

沈　　梦: 我也忘了。

刘 大 年: 你什么时候回来的?这次回来准备待多久?我叫上张莉、任峰、杜小刚,再加上几个老同学,大家聚一下吧!他们都可想你了,上次我们聚餐的时候……(被声音中断)

柜台后的房间里传来了酒瓶落地的声音。

两人望向发出声音的房间。

刘大年站起来,沈梦紧张地攥住手。

刘大年小心翼翼地拨开挂着的衣服,走向房间。

走到一半时,刘大年突然回头走向沈梦。

沈梦双手环抱着自己,有些惊慌地看着渐渐逼近的刘大年。

刘大年对她做出嘘声的手势,从她一侧的沙发旁拿起一根拖把,举着拖把蹑手蹑脚地走进房间。

一个中年女店员被绑在地上,旁边是倒了的酒瓶,她被胶布封着的嘴发出"呜呜"声。

刘大年撕开她嘴上的胶带。

女 店 员: (方言)哎,疼,轻点,疼! 报警,快报警,抓小偷!

刘 大 年: 啊?

女 店 员: 快点,快啊!

刘大年慌乱地拿出手机拨号。

刘大年接起电话看向沈梦,沈梦站在原地呆呆地看着他。

刘 大 年: 没事的(对沈梦),没事,没事(自言自语)。

电话通了,他把手机放在耳边,另一只手挠了挠头。

6.内,派出所审讯室门外——夜

审讯室外,沈梦坐在走廊的椅子上讲电话。

沈　　梦: 在往回赶呢,路上耽误了……就……碰到一个老同学……

高中同学……你不认识……你肯定不认识啊……走到……走到……这里是……

沈梦环视警局,发现两个大腹便便的中年男人坐在自己对面的长椅上,一个头上包着纱布,另一个叼着根烟,抽烟的男人发现了沈梦,两人对视,男人直勾勾地看着他。

这时刘大年从洗手间走出。

沈　　梦: 等下说。

沈梦挂掉电话站起身,女店员擦着眼泪走出审讯室,一个年轻的警员拿着稿纸对他们招招手。

警　　员:(方言)你俩进来一下。

刘大年咽了一下口水对沈梦点点头,有些紧张地擦了擦汗,沈梦跟在他后面,两人走进审讯室。

7.夜,派出所审讯室——内

两人进屋,警员正翻看着手里的稿纸。

警　　员:(方言)坐。

刘大年他端详了一下正在抖腿的警员。

刘　大　年:(方言)嘿,蒋靖宇! 正找你呢!

叫蒋靖宇的警员愣住了,他看了看刘大年。

蒋　靖　宇: 哟,大年! 瞧我这眼神! 怎么是你啊!

刘大年挠挠头。

刘　大　年: 别提了,够倒霉的。

蒋　靖　宇: 嗨,没事,就录个口供! 很快就能走了!

刘　大　年: 行,我们赶时间呢,改天请你吃饭!

蒋　靖　宇: 看看,看看,这什么话! 都是老同学,生疏了不是!

蒋靖宇看了看侧着身子的沈梦。

蒋　靖　宇: 哟,这……这不是沈梦吗!?

沈　　梦撩开鬓角的一缕头发,对他笑笑。

沈　　梦:(普通话)靖宇,好久不见了。

蒋 靖 宇:哇,咱们一中女神真是越来越美了!

蒋靖宇看了看沈梦,突然意识到了什么,狠怼了一下刘大年。

蒋 靖 宇:你俩还谈着啊! 这都多久了,都他妈十几年了吧? 你们结婚了? 啥时候的事儿? 我要补个大红包! 哎哟,你踩我干吗?

蒋靖宇看到了板着脸的刘大年。

沈　　梦:早就分手了,靖宇,我还赶时间,能快点吗?

蒋 靖 宇:啊,啥时候的事儿啊……

蒋靖宇注意到刘大年正狠狠地瞪着自己。

蒋 靖 宇:能,能,情况我们基本了解了,刚刚那个店主说得很清楚,这样,你们稍等,我去跟我们队长打声招呼!

蒋靖宇倒了一杯水递给沈梦。

蒋 靖 宇:咱还能委屈了老同学不是!

他悻悻地看了看一言不发的刘大年。

蒋 靖 宇:大年,你出来下!

刘大年看了看沈梦,跟着蒋靖宇离开审讯室。

沈梦看了看手表。

8.内,派出所审讯室门外——夜

蒋靖宇透过窗户看了看审讯室内端坐着的沈梦。

蒋 靖 宇:(方言)你俩啥时候分手了?

刘大年站在门的一侧偷偷看着沈梦。

刘 大 年:(方言)高考后吧。

蒋靖宇若有所思地点点头。

蒋 靖 宇:我说呢,你们要是办喜酒了怎么会不请我呢?

刘大年蹲在墙边,蒋靖宇也蹲了下来。

蒋 靖 宇:我记得很清楚,高二那年情人节,不是流行送什么德芙巧克力嘛,你吃了一个月泡面,结果还是不够,又跟我借了二十。

刘大年挠挠头。

蒋 靖 宇:你翻墙买回来藏抽屉里,结果大课间的时候被老师发现了。

刘 大 年:哎,别提了,死活没要回来。

蒋 靖 宇:嗨,谁让你不早点给她! 非要等什么情人节,搞什么惊喜!

刘大年点点头。

刘 大 年:嗯,要是能早点给她就好了。

蒋 靖 宇:后来呢,她知道这事儿吗?

刘 大 年:后来我又买了金丝猴。

蒋 靖 宇:不是,这能一样吗,我是说她知道你买过德芙吗?

刘 大 年:这有啥好说的。

蒋靖宇扶着膝盖站起。

蒋 靖 宇:金丝猴,学校食堂都有两块钱的金丝猴!

9.内,派出所审讯室——夜

沈梦端起桌上的浓茶,闻了闻,又放回桌上。

沈　　梦:咳,咳……

她清了清嗓子,皱着眉头张望整间老旧的审讯室。

她一不小心看到了头顶上悬着的白炽灯,就像直视到了正午的太阳。

沈梦表情痛苦地闭眼低头,她的手机突然响了起来。

沈　　梦:刚才人太多了听不清……就是路过广场,一群老年人在跳舞……

沈梦朝窗外望了望。

沈　　梦:打不到车嘛,再等会,别催我啦……青椒……青椒炒蛋吧,或者韭菜炒蛋……

沈梦扶着头。

沈　梦：什么叫猪食！你爱吃不吃，有本事你自己……喂，喂？

沈梦的手机暗掉了，她的眼圈变得有些发红。

她拿出一盒粉饼，打开后看着镜子里的自己。（粉饼坑坑洼洼的，可以看出是曾摔碎过又自己压实的）

她打开一支口红，颤巍巍地将它放在嘴角。

10. 内，派出所审讯室门外——夜

刘大年偷偷看着审讯室内的沈梦，蒋靖宇走了回来。

蒋靖宇：（方言）搞定了，你们先回去吧。

刘大年点点头。

几个警察急匆匆地穿过大厅，派出所的电话响个不停，两侧的座位上坐满了面露疲态的人们。

蒋靖宇：旧城区纺织厂倒闭了，一下几千人都丢饭碗了，跳楼的、盗窃的、抢劫的，干啥的都有，世道不太平啊。

刘大年又看了看屋内的沈梦，沈梦也看到了他，站起身来。

蒋靖宇：（笑）还瞅呢，贼心不死啊！

沈梦出门。

沈　梦：可以走了？

蒋靖宇：可以，当然可以，我就不送了。

蒋靖宇笑嘻嘻地对刘大年挑挑眉。

蒋靖宇：你俩路上小心！

沈梦没有看刘大年。

沈　梦：麻烦你了靖宇。

蒋靖宇：嗨，多大点事儿！你也是见义勇为啊！

刘大年瞥了瞥沈梦。

刘大年：今天真是多谢了，改天出来撮一顿，我请！

蒋靖宇：你和我客气啥！咱们足球队情谊，那可是铁打的！哎，你还记得咱俩联欢会的时候唱的那首歌吗？

蒋靖宇哼了起来，一只手还打着拍子。

刘大年会心地跟着点起了头，两人一起清唱起来。

蒋靖宇的身体扭起，像跳着不知出处的舞蹈，刘大年也跟着他左晃右晃，但他的四肢不太协调，显得有些滑稽。

沈梦看着陶醉其中的两人，不由得松了口气，捂嘴偷笑。

刘大年看到沈梦的样子，如释重负地憨笑。

沈梦的手机响了起来。

11. 外，派出所门口——夜

沈梦讲着电话步伐急促地走出派出所。

沈　　梦：方佳俊，你说清楚，你到底什么意思？……这才过来几天，你现在回去我怎么办？……不行，你不能回去……相亲？什么相亲？……肯定是你妈的主意，你别听她的！……等会见面说，我这就到家了……你先别买票，你等我回去……听见没方佳俊，你必须等我回去！

沈梦攥着菜气急败坏地加快了脚步。

刘大年也加快了脚步，他跟在沈梦后面，两人保持着四五米的距离，沈梦突然驻足。

沈　　梦：你怎么还跟着我？

刘 大 年：我……

沈　　梦：大年，我就要结婚了。

刘大年愣住了。

刘 大 年：哦。

沈　　梦：哦，哦什么哦？

沈梦盯着他，刘大年深吸一口气，挠了挠头。

沈梦笑着摇了摇头。

沈　　梦：一没办法了就挠头，你还真是一点都没变。

刘大年赶紧把手放下,搓了搓手,像个做错事儿的孩子。

沈　　梦:我要走了,拜托你别再跟着我了。

刘大年不语,沈梦向前走。

刘大年停在原地。

刘 大 年:其实我早就知道了。

沈梦驻足。

沈　　梦:什么?

刘 大 年:我早就知道你会离开这里,你以前在空间里写过的,你说你讨厌这里,你说你一定会……（被打断）

沈梦叹了口气继续走,突然身子崴了一下。

她的高跟鞋戳进了下水道口。

她扭着脚卖力地拔着自己的鞋,但鞋跟仍卡在下水道口。

沈梦突然哭了,她把鱼、虾扔在地上。

刘 大 年:我来吧。

沈梦伸出手拒绝他。

沈　　梦:别过来! 你放过我吧,放过我吧!

她继续哭着,她脱掉鞋子,赤脚站在路边左顾右盼。

刘大年不知所措。

沈梦拦住一辆经过的出租车。

她坐在后座,出租车向前驶出。

刘大年拔出了那只高跟鞋,又拿起歪倒在地上的另外一只,捡起鱼、虾站在路边。

过了许久,之前的出租车退到他的面前,刘大年把车门打开,将高跟鞋以及鱼和虾放在后座上,又关上车门,他几次犹豫着伸出手试图打开车门,但又都缩了回去。

出租车没有启动,仍停在他的面前。

（全剧终）

指导教师:赵建飞

指导教师点评

刘浩同学的短篇剧本《鱼与虾之夜》是一部酝酿颇久的短片剧本,几乎贯穿整个本科学习阶段,还两度拍摄为短片,算是一个久经打磨相对成熟的作品。

故事讲述一个小县城的夜晚,年轻人刘大年偶遇了高中时期的恋人沈梦。作为县城青年的刘大年,以一贯的热络与沈梦寒暄,从大城市受挫返乡的沈梦却是一肚子心事,跟刘大年完全不在一个频道上。一边是热情寒暄,另一边却是冷淡应付,正如鱼与虾在一个水缸里的相遇,虽同处一室,却不能相语。剧本在塑造两种不同心境、个性的人物时,细腻自然,宛若生活本身。

故事包含了一些戏剧性事件,如洗衣店取衣服发现店员被抢劫。然而作者并没有以此来推动人物关系的急剧变化,它只是两人相处过程的一个延宕。在警局偶遇的警察同学,表面看起来使故事累积的巧合又多了一个。然而,如果你熟稔小县城生活,就会了解到这样的偶遇本身就是日常。抢劫案被置于一边,旧同学重逢似乎带来更大的压力。然而,生活不是非得别扭着,作者轻巧地引入了故事的转折点。在两位男生怀旧的起舞中,沈梦焦灼不安的心境稍稍有所释放,她终于重新感受到自己跟故乡的关联中比较愉快的那一部分。

故事最终以一个开放式结尾,来暗示沈梦与这个县城、与刘大年之间的可能性。无论结果怎样,沈梦这一夜的尴尬心境,折射了一个努力的年轻人在大城市与小县城都难以安身的状态,这也是剧本的现实意义所在。